LA VIE RÊVÉE D'ERNESTO G.

JEAN-MICHEL GUENASSIA

LA VIE RÊVÉE D'ERNESTO G.

roman

LE GRAND LIVRE DU MOIS

À Gisèle, à Henri, à Roger

La vérité, c'est qu'il n'y a pas de vérité.

Pablo NERUDA

Chez les Kaplan de Prague, on était médecin de père en fils depuis une dizaine de générations. Le grand-père de Joseph, le professeur Gustav Kaplan, avait tracé un arbre généalogique qui remontait au début du XVIIe siècle avant de laisser son nom dans l'histoire comme découvreur de la maladie de Kaplan, affection dermatologique qui défigurait une des nièces de François-Joseph.

Il avait passé plus de cinquante ans à sillonner l'Empire dans tous les sens pour glaner scrupuleusement les dates des naissances, mariages, alliances et décès à des époques où chaque femme faisait une flopée d'enfants, où l'état civil était aussi aléatoire que les frontières, et même s'il y avait des ratures, des points d'interrogation et quelques blancs sur son document, il avait à peu près reconstitué l'histoire de ces médecins qui se reproduisaient comme des lapins.

Joseph revoyait Édouard, son père qui exerçait dans un bel immeuble de la rue Kaprova, dérouler sur la table de la salle à manger le précieux parchemin d'un mètre cinquante de long après l'avoir extrait de son tube en cuir vert, pour lui expliquer les méandres d'une arborescence embrouillée, certaines lignes se chevauchant ou se croisant d'une façon inquiétante et ambiguë. Joseph en avait tiré des conclusions qu'il garda pour lui. Personne ne pouvait nier qu'il y avait eu plusieurs mariages arrangés entre cousins, oncles et nièces. En ces temps lointains, dans ces sociétés fermées, l'instinct de survie primait.

Peut-être pouvait-on trouver dans ces alliances répétées une explication au manque de discernement de cette population et à l'erreur fatale qui devait conduire à sa quasi-disparition. À force de se répéter qu'ils avaient une chance exceptionnelle de vivre sous le gouvernement des Habsbourg, les juifs avaient fini par croire que les Autrichiens et les Prussiens étaient des amis, et quand ils les virent arriver, si beaux dans leurs uniformes noirs, ils ne se méfièrent pas.

Souvent, Joseph s'était demandé s'il était responsable de ce silence ouaté qui s'était installé entre son père et lui ou peut-être l'un comme l'autre étaient-ils incapables de se parler, une forme de barrière affective (de ces mots qui n'arrivent pas à s'échapper, dissimulés derrière des sourires de connivence). On se dit, ces paroles vont blesser ou tout gâcher, on les enferme au fond de soi et, avec les années, on les empile jusqu'à dresser un mur infranchissable.

Joseph n'avait pas réalisé la gravité de la Première Guerre mondiale. À Prague elle semblait lointaine, une sorte de jeu d'adultes qui se termina, il avait alors huit ans, dans la satisfaction générale par la création de la République tchécoslovaque. Sa mère Teresa faisait son éducation, lui parlait indistinctement en français et en allemand, elle avait plus de facilités dans cette dernière langue et projetait d'apprendre le russe avec lui pour lire Pouchkine dans le texte. Elle adorait la valse, la musique du bonheur, Édouard était raide et mal à l'aise, il pensait que le ridicule tuait et refusait de se donner en spectacle. Aussi Teresa voulut-elle apprendre la valse à son fils, elle n'eut pas besoin de longues explications. À sa grande surprise, il savait déjà.

– Tu es beau, mon petit prince, tu danses comme un Viennois, disait-elle en tournant.

Ils dansaient dans le salon presque tous les jours (il dansait si bien qu'elle oubliait qu'il n'avait que huit ans).

La dévastation apparut deux ans plus tard, la grippe décima le pays, fit dix fois plus de morts que la guerre.

Pour le dixième anniversaire de son fils, et pour la première fois, Édouard fut absent. Teresa se sentit fatiguée et se mit à tousser. Elle lui offrit comme chaque année un de ces livres finement illustrés parus chez Hetzel. Joseph s'attendait à un autre Jules Verne qu'il adorait, il reçut l'*Histoire d'un savant par un ignorant* de René Vallery-Radot, où le gendre racontait la biographie de son beau-père Louis Pasteur. Joseph le feuilleta, déçu, n'en montra rien, dit qu'il était ravi et le découvrirait pendant les vacances.

Teresa n'arrivait plus à respirer, son souffle disparaissait dans un râle. La dernière fois que Joseph la vit, elle eut à peine la force de soulever sa main, elle était presque bleue, oui d'un bleu nuit, et refusa qu'il s'approche. Elle fut emportée en huit jours par une pneumonie.

Envolée, la clarté de l'enfance.

Joseph n'eut aucun chagrin, ne pleura pas. On trouva qu'il était sacrément fort pour son âge, il ne réalisait pas qu'il ne la reverrait plus. Édouard, qui était à Vienne pour l'épidémie de grippe, fut prévenu tardivement, arriva juste à temps pour l'enterrement. Il s'en voulut toujours de ne pas avoir été présent quand sa femme avait besoin de lui. Il ne disposait d'aucun remède pour enrayer la maladie mais ne pouvait s'empêcher de penser qu'il aurait réussi à la sauver, il lui aurait donné de sa force et, pour une fois, il aurait prié le Seigneur.

– Tu sais, mon fils, si j'avais été là, il y aurait peut-être eu un miracle. Tu comprends ?

Joseph fit oui de la tête. Ils n'en parlèrent plus jamais. Pourtant, il se demandait pourquoi les étrangers que son père était allé soigner étaient plus importants que sa mère. Ils allaient souvent se recueillir sur sa tombe, ils se prenaient la main. Édouard marmonnait une prière, ils s'embrassaient en se serrant fort.

Joseph ne lut jamais le beau livre de Vallery-Radot.

Il le rangea dans la bibliothèque de sa chambre à côté des autres et n'y pensa plus. Avec les années, Joseph oublia sa mère et son ressentiment, à quel point il l'avait aimée, combien elle lui avait manqué.

En 23, l'année de sa bar-mitsva, un mauvais souvenir, son père n'était pas religieux mais avait tenu à ce qu'il la fasse, ils partirent quinze jours à Karlovy Vary où Édouard prenait ces eaux qui faisaient un bien fou ; il y allait chaque année pour se reposer de sa vie agitée de Prague. À l'hôtel, il rencontra une femme élégante un peu forte qui s'appelait Katharina, une veuve autrichienne avec deux enfants. Ils partaient tous en calèche avec un panier de pain d'épices et des sucres d'orge multicolores, faisaient de longues promenades dans les environs, avaient l'impression délicieuse d'être ensemble seuls au monde et riaient beaucoup.

Quelques mois plus tard, Édouard, après le dîner, leva le nez de son journal.

– Il faut qu'on se parle, mon fils.

Il avait revu Katharina par hasard lors d'un voyage à Vienne, c'était une personne de grande qualité, de très bonne famille, ils éprouvaient l'un pour l'autre un sentiment profond et envisageaient d'unir leurs destinées, elle serait une bonne mère pour lui, elle l'aimait comme ses propres enfants, viendrait avec eux s'installer ici, il y avait suffisamment de chambres et il engagerait une personne en plus.

– Tu t'entends bien avec elle, avec ses fils ?

– Oui, ils sont très gentils

– Avant de lui demander sa main, je veux savoir si tu es d'accord, si tu n'y vois pas d'inconvénient.

Joseph fixa son père. Il y eut un silence. Joseph n'avait pas d'objection majeure à formuler, Katharina était une femme gaie, attentionnée, lisait sans accent des poèmes de Gérard de Nerval, lui avait offert *Sylvie* : « *En souvenir de nos si jolies promenades* », avait-elle écrit sur la page de garde.

– Franchement, je ne préfère pas. On est bien ensemble.

Édouard se redressa, hocha la tête comme si son fils venait de formuler un postulat mathématique ou une évidence incontestable. Au lieu de reprendre la lecture de son journal, il alla se coucher. Joseph était persuadé que son père passerait outre mais il n'entendit plus parler de Katharina, il se dit qu'après tout, pour y renoncer aussi facilement, ce n'était peut-être pas aussi sérieux qu'il y paraissait. Ils n'évoquèrent plus jamais cette histoire. Une seule chose changea, ils cessèrent d'aller en cure à Karlovy Vary et passèrent leurs étés en Bavière.

Parfois quand son père levait les yeux de son journal, il restait les yeux perdus dans le vague et Joseph se demandait s'il pensait encore à elle.

Au cours de ses études, Joseph participa à la création du mouvement des Étudiants socialistes pragois et fut élu secrétaire puis président de la section des étudiants en médecine qui comportait de sept à douze membres suivant les années. Ses déclarations enflammées pour la gratuité de la médecine le firent détester de ses professeurs et du recteur. Ses affiches prônant la libéralisation de la contraception (y compris pour les mineures) et l'instauration de la méthode Ogino comme système idéal de régulation des naissances attirèrent sur lui la haine des bien-pensants. Il réussit le tour de force de réconcilier le cardinal et le grand rabbin de Prague qui protestèrent ensemble auprès du doyen de la faculté de médecine.

Édouard ne comprenait pas son fils, son agressivité, sa colère. Pourquoi devait-il batailler chaque jour contre sa propre chair ? Qu'avait-il raté dans son éducation pour le transformer en mécréant ? Il n'avait pas peur des ennuis qu'il finirait par lui attirer, il craignait que son fils finisse au ban de la société, que ses efforts pour en faire un homme soient réduits à néant. À quoi bon le rappeler à l'humilité et lui répéter qu'une personne de sa condition ne devait pas provoquer les autorités quand Joseph avait rangé son père dans la catégorie des fossiles que la révolution balayerait le moment venu et chantait à tue-tête la nuit venue dans les ruelles de Prague avec ses camarades, résidus de la pire populace : « Le vent heureux du socialisme souffle enfin et anéantira les bourgeois… »

Avec ses traits fins, sa cambrure fière, sa mèche au vent, Joseph ressemblait à un de ces jeunes seigneurs florentins au sourire limpide de Ghirlandaio. Il menait une vie dissolue, s'affichait avec des voyous surréalistes, des communistes joyeux, passait ses nuits au *Chapeau rouge* à se saouler des orchestres de jazz dixie venus des États-Unis. Il préférait le *Lucerna* ou le *Gri-gri*, deux dancings de folie où les valses succédaient sans temps morts aux javas et aux tangos jusqu'au petit matin, où les cavalières s'abandonnaient dans ses bras comme des amoureuses pour l'éternité. Il adorait tournoyer et se fondre avec sa partenaire dans cette musique qui les possédait. Elles disaient qu'il était le meilleur danseur de Prague et qu'il leur faisait perdre la tête, rien ne pouvait le flatter davantage.

La voix aérienne et fraternelle de Carlos Gardel le bouleversait.

Carlitos, comme il l'appelait affectueusement, était l'homme qui comptait le plus pour lui. Il possédait la collection complète de ses 78 tours importés à prix d'or d'Argentine, mais il découvrait souvent des titres inconnus. Un musicien mexicain lui traduisit quelques chansons magiques. Joseph, déçu de ces poèmes de midinette, les apprit par cœur, en espagnol c'était tellement plus beau. La mort brutale du chanteur en 35, le laissa comme orphelin. Il pleurait en l'écoutant des heures durant, sans trop savoir si c'était l'infinie tristesse de la musique ou sa disparition si injuste qui le tourmentait à ce point. Il se coiffait désormais comme Gardel, raie sur la droite et cheveux plaqués avec une pointe de gomina. Il abandonna la tenue débraillée de ses camarades pour adopter l'élégance de son idole disparue, avec un costume de bonne coupe, à peine cintré, une cravate rayée ou un nœud papillon et une pochette en soie assortie.

Il chantait *Volver* d'une voix grave et, même s'il ne comprenait pas les paroles, il arrivait parfois à trouver la larme dans la gorge qui rendait cette chanson si émouvante.

– Je veux devenir bandonéoniste, affirma-t-il, un peu ivre, à sa nouvelle conquête sur le pont Charles, quand le soleil apparut sur le fantomatique château.

Il se lança avec passion dans l'accordéon, arrêta les cours au bout de trois semaines, c'était un instrument horriblement compliqué.

Pour fêter son diplôme de médecin, Édouard lui offrit un costume en alpaga noir sur mesure et l'invita à l'*Europa*, un des plus beaux restaurants de Prague. Joseph remarqua que son père était bien connu du maître d'hôtel et de plusieurs serveurs qui le saluaient avec connivence, il les appelait par leur prénom, ceux-ci connaissaient ses plats préférés et son vin de prédilection.

– Un tokay bien frais, monsieur Kaplan ?

– Si vous en avez, Daniel, je prendrais volontiers un oremus 29.

Ils attendirent en silence qu'on les ait servis. Joseph admirait les volutes exubérantes de la voûte Art déco. Édouard dégusta le vin doré avec un cérémonial de connaisseur, ferma les yeux, expira profondément.

– Divin.

– Je ne savais pas que tu fréquentais cet endroit.

– Il y a beaucoup de choses que tu ne sais pas.

Édouard avait élaboré de grands projets, il envisageait de louer l'autre appartement sur le palier, madame Marchova, sa vieille propriétaire qui l'adorait, était d'accord, il la soignait pour son éternel mal de dos, elle était ravie que Joseph, qu'elle n'avait pas vu depuis une éternité, s'installe dans son immeuble où elle ne louait qu'à des médecins et des dentistes.

Un jour, pas tout de suite bien sûr, mais il y pensait avec plaisir, Édouard laisserait à son fils sa clientèle. Joseph coupa court à ses rêves. Il ne voulait pas exercer de façon traditionnelle et avait l'intention de poursuivre ses études.

– Qu'est-ce que tu as envie de faire, mon fils ?

– De la recherche, papa.

« Mon Dieu ! pensa Édouard, consterné, mais en lui souriant comme s'il trouvait cette idée merveilleuse, pourquoi les enfants sont-ils si compliqués ? »

Joseph refusait de rencontrer des jeunes filles juives d'excellente éducation pour fonder une famille. Elles étaient tellement ennuyeuses et prévisibles avec leur timidité fabriquée, elles ressemblaient déjà à leurs mères en modèle réduit et, quand son père en invitait à la maison, il s'amusait à proférer des insanités pour les choquer.

Il apostrophait ses professeurs en leur disant qu'ils seraient fusillés lors de la révolution (il y veillerait personnellement), manifestait contre le gouvernement pourtant tolérant et distribuait des tracts à la sortie de la Grande Synagogue pour réclamer la légalisation de l'avortement. Une plainte fut déposée.

Dans ce temps-là, on ne rigolait pas avec les bonnes mœurs. En désespoir de cause, Édouard décida que Joseph devait quitter le pays et, sous prétexte de lui faire faire une spécialisation en biologie dans la meilleure université du monde, il l'envoya à Paris.

Joseph partit sans prévenir personne et oublia Tereza, sa petite amie du moment. Deux jours de train et il débarqua sur une autre planète. Prague lui parut soudain une ville de province tristounette engoncée dans sa naphtaline. À Paris, il se promenait au bord du volcan. Les noubas arrosées succédaient aux meetings incantatoires, les promesses de changer le monde et de mourir plutôt que de renoncer ne l'empêchaient ni de travailler, ni de danser jusqu'à l'aube, ni de se faire une multitude d'amis pour la vie.

Il se trouva une chambre de bonne rue Médicis, avec vue sur le jardin du Luxembourg. Un matin plein d'espoir, il offrit l'hospitalité à Marcelin, un étudiant en droit sans le sou, anarchiste et bon vivant, qui rêvait de défendre les opprimés, gagnait sa vie en faisant le deuxième accordéoniste dans les dancings de Robinson ou les guinguettes de Joinville, jurait que la java était la plus belle danse au monde, jouait admirablement les tangos de Gardel et avait rompu avec sa famille, des bourgeois de Calais.

Ses copines se demandaient quand Joseph dormait.

– Je n'ai pas le temps, lançait-il en se précipitant à l'hôpital Bichat où il était externe dans le service de pathologie infectieuse.

Son patron l'incita à s'inscrire au grand cours de microbiologie de l'Institut Pasteur, Édouard accepta de payer les frais de scolarité.

– Avec plaisir, mon fils.

Une énorme charge de travail supplémentaire, mais ça valait la peine de se donner du mal pour pénétrer dans le saint des saints. Tous les après-midi de novembre à mars, il se rendit au célèbre laboratoire au premier étage de l'aile sud, au-dessus du service de la rage aménagé par Roux en personne.

L'enseignement semblait avoir été conçu pour lui plaire : peu théorique, avec beaucoup de travaux pratiques : préparation des milieux de culture, ensemencement, examen au microscope, coloration microbienne, inoculation, autopsie d'animaux infectés, isolement de germes. Le docteur Duclaux, ami de Pasteur, et un des inventeurs de la chimie biologique, affirmait que la bactériologie commençait par le travail des mains qui était supérieur à celui du cerveau. Joseph se faisait remarquer par son pragmatisme, son efficacité dans les manipulations, et obtenait les meilleures notes.

Cinq mois à courir, à en oublier les heures et les jours, sans trouver le temps de déjeuner ou de dîner, mangeant un gâteau dans le bus ou le métro, s'endormant jusqu'au terminus. Joseph était heureux et avait la conviction d'avoir découvert ce qu'il aimait vraiment.

Dès le mois d'avril quand le Grand Cours s'arrêta, il eut l'impression d'être en vacances et se trouva un stage de laborantin dans le service de Legroux, qui travaillait sur le dangereux bacille de la morve du cheval.

Un matin, en rentrant, il trouva une de ses conquêtes dans les bras de son pote Marcelin et, passé le premier moment d'inquiétude, ils furent surpris de son éclat de rire.

Joseph méprisait la jalousie comme toute forme de possession.

Sa véhémence à avoir raison, sa maîtrise de la dialectique, sa mauvaise foi et son accent roulant de Bohême lui valurent une flopée d'insultes et de bagarres.

– Tu sais ce qu'il te dit le métèque ? hurlait-il en se précipitant sur son interlocuteur et en visant le nez.

Il recevait autant de coups qu'il en donnait, passait pas mal de nuits dans les salles de dégrisement des postes de police, mais les commissaires avaient bien d'autres soucis pour ne pas s'embarrasser de querelles d'étudiants.

En quelques mois, Joseph eut la confirmation que les rêves pouvaient devenir réalité. Le gouvernement du Front populaire accéda au pouvoir. Mais la bourgeoisie refusait de se laisser dépouiller et s'apprêtait à résister.

Pour tous, c'était une question de principe, pas seulement d'argent. Il s'agissait de savoir qui commandait et imposerait sa loi à l'autre. La rue grondait, les manifestants étaient innombrables, des milliers d'usines étaient occupées. Les unes après les autres, toutes les professions cessèrent de travailler. Le pays s'arrêta. Début juin, la grève était générale.

On était au bord de la guerre civile.

In extremis, le patronat finit par céder. Augmentations de salaire, quarante heures, semaine des deux dimanches, mensualisation, conventions collectives, congés payés, et surtout le plaisir trouble et indécent d'avoir fait plier les patrons, de les avoir obligés à avaler leur chapeau et leur morgue, cette jouissance sans pareille d'avoir enfin gagné. Et cette découverte, inouïe pour beaucoup : on n'était pas obligé d'attendre une vie meilleure dans l'au-delà, on pouvait l'obtenir sur cette terre et, pour une fois, ce n'était pas toujours les mêmes qui étaient condamnés à se serrer la ceinture et broyer du noir.

À la fin de sa première année d'études à Paris, Joseph aurait dû retourner à Prague, fêter son succès avec son père, parler de l'avenir, passer du temps avec lui comme il le faisait dans sa jeunesse, mais il y avait eu un contretemps affectif. C'est-à-dire qu'à l'amour de son père s'était superposé un sentiment qui l'avait réduit à néant. Non, pas celui d'un engagement politique ou d'une passion amoureuse qui justifie toutes les bassesses. En vérité, il avait abandonné son père pour son seul bon plaisir.

Il n'en avait tout simplement pas eu assez envie.

Il avait agi à vingt-six ans comme un adolescent égoïste. Il en arriva à la conclusion que l'amour n'avait rien d'absolu, c'était une donnée quantifiable dont on pouvait mesurer le poids ou l'intensité, par exemple de 1 à 10, comme avec un curseur. Quel repli de notre cœur fournissait les efforts quand notre réservoir d'amour n'était pas suffisant ?

Édouard n'avait fait aucune remarque désobligeante quand il lui avait annoncé son intention de faire un voyage en Écosse avec des amis de la faculté. Au contraire, il avait répondu sans la moindre acrimonie :

– Bon voyage, mon fils, amuse-toi bien.

Et il avait adressé un mandat télégraphique substantiel.

Marcelin devint vraiment son ami lorsqu'il lui présenta Ernest, qui avait été le chauffeur de Carlos Gardel lors de ses séjours à Paris, jusqu'à la dernière fois, en 34. Ernest parlait volontiers, il suffisait de lui payer une ou deux chopines et il racontait la douceur infinie de Gardel, comment il enchantait le plateau du studio de Joinville où il tournait (le metteur en scène était tellement sous le charme qu'il oubliait de dire : « Coupez »). Les tournages étaient interminables, à la fin de la chanson, le réalisateur, pour le seul plaisir de l'entendre à nouveau, disait : « On refait une autre prise pour la lumière. » Carlos savait bien que c'était pour l'écouter à nouveau, il recommençait avec joie, et c'était encore et toujours meilleur. C'est là qu'était née la légende : à chaque chanson, il chantait mieux.

Depuis la mort de Carlos dans ce maudit accident d'avion, Ernest n'arrêtait pas de pleurer et s'était mis à boire.

– Je te jure, Joseph. Inconsolable.

Ernest avait aussi le titre envié de confident. Il jurait que Gardel était bel et bien français, qu'il était né à Toulouse et avait émigré à l'âge de deux ans, il lui avait avoué un soir de grande mélancolie que s'il affirmait être argentin, c'était à cause de sa mère : elle tremblait qu'il soit mobilisé pendant la guerre, et lui, bon garçon, ne voulait pas lui faire de peine.
– C'est la vraie vérité, Joseph. Paye-moi encore un coup et je te raconterai comment Carlos a inventé le tango.

En application du principe qui veut que le jour ait été créé pour travailler et la nuit pour s'amuser, Joseph sortait même quand la pluie ou le froid vidait les rues des bourgeois et des manifestants ou quand il n'avait plus un rond à la fin du mois. Il comptait sur les doigts de la main les fois, veilles d'examen essentiellement, où il s'était couché avant trois ou quatre heures et il se levait sans fatigue à sept pour aller à l'université. Il avait été adopté par les Étoiles filantes, une bande de fêtards, potards et carabins mêlés à des fils de famille reniés pour leurs débauches, des rescapés un peu cabossés du Grand Jeu, des dandys, des artistes qui cherchaient leur voie, d'éternels étudiants qui avaient oublié dans quelle faculté ils s'étaient inscrits et dont l'objectif commun sur cette terre était d'en profiter au maximum avant que le monde n'explose.

Ils s'étaient juré, tu restes libre ou tu meurs, de ne jamais se faire attraper par les croqueuses et les enjôleuses avec leurs sourires divins qui ne rêvaient que de se trouver un mari et de les ligoter pour la vie.

Ils ne commettraient pas la même erreur que leurs pères.

Chaque fois que l'un d'entre eux se faisait avoir, parce qu'on finit toujours par tomber sur une fille maligne (un jour ou l'autre on se fait tous prendre), ils refusaient de participer à la noce et renouvelaient leur engagement de rester des hommes libres.

Joseph, ce beau garçon élégant et fin aux cheveux brillants, à l'accent charmant, et au rire enjôleur, séduisait les filles qui s'ennuyaient à mourir sur les banquettes pendant que les hommes discutaient sans fin des problèmes du Front populaire, des drames de la guerre d'Espagne et de la montée des fascismes dont ces dames se contrefichaient comme de leur deuxième amoureux. Ce n'est pas qu'elles n'y accordaient aucune attention mais c'était casse-pied à la fin de ne parler que de politique. Lui, il dansait. Il dansait comme s'il avait inventé la danse. Elles laissaient de côté les conventions, le qu'en-dira-t-on, et venaient le solliciter.

La première fois, il fut surpris. Ça ne se faisait pas qu'une femme demande une danse à un homme qu'elle ne connaissait pas (ou c'était une mauvaise fille).

Mais au fond, cela ne lui déplaisait pas de voir une belle traverser la piste, hésiter, quelquefois passer sans s'arrêter, faire un demi-tour innocent et s'immobiliser devant sa table. Les conversations s'interrompaient devant cette inconnue debout. Il se levait et sans un mot l'emportait dans les tourbillons d'une valse ou d'un tango. Les professionnelles, les marlous et les gigolos s'écartaient quand il montait sur la piste. Les musiciens de l'orchestre multipliaient les BIS pour le seul plaisir de voir leur musique s'incarner sous leurs yeux. Entre ses bras, une danseuse pataude ou raide devenait aérienne, il collectionnait les bonnes fortunes, ce qui lui valait une réputation de don juan et le respect de ses amis.

Pourtant, c'était une méprise, Joseph n'était pas un séducteur. S'il avait voulu aborder une femme, il est probable qu'il n'aurait pas su comment s'y prendre, mais la danse chassait sa timidité naturelle. À la sortie du bal, il invitait ses conquêtes dans sa chambre de bonne, et ça marchait presque toujours. Avec Marcelin, il avait été convenu que le premier arrivé laissait la place à l'autre, qui allait faire un tour et revenait au bout d'une heure, avec une baguette de pain frais.

Pas assez de place pour trois.

Lorsque l'accordéon s'évanouissait, Joseph redevenait un homme comme les autres (une vraie anguille). Aucune fille n'arrivait à établir avec lui de relation durable. Quand elles envisageaient d'une voix pleine d'espoir l'hypothèse qu'ils puissent se revoir, faire du canot au bois de Boulogne ou aller au cinéma, il répondait qu'on l'attendait à l'hôpital, et avec sa thèse à terminer, son stage à Pasteur, la montagne de repiquages de cultures en retard, non vraiment, ce n'était pas de la mauvaise volonté, mais c'était impossible, et la nuit venue, il changeait de dancing.

La mode était à l'émancipation féminine, à l'exigence du droit de vote pour les femmes, au bannissement de la java. Joseph prit conscience qu'il ne s'agissait pas seulement de revendications politiques, peut-être le mal était-il plus profond. Comme une cassure irrémédiable.

Ses conquêtes acceptaient de moins en moins son bon vouloir.

Alice lui lança sa bottine et l'aurait éborgné s'il n'avait anticipé sa réaction avec sa vivacité habituelle. Désormais, il se faisait insulter un soir sur trois (en moyenne). Odette le traita de salopard, Germaine de cruel, Suzanne d'être méprisable, Nicole de faux-jeton, Lucie d'ignoble et d'hypocrite,

Claudette d'homme le plus dégoûtant qu'elle ait jamais rencontré et apparemment elle s'y connaissait, Jeanne de danseur infect et rebutant, Rose de noms d'oiseaux, d'autres encore de noms de rongeurs ou d'insectes nuisibles, et Jacqueline, une étudiante en philosophie de la Sorbonne tellement mignonne avec sa coupe à la Louise Brooks, de Sardanapale au petit pied. D'autres affichaient leur mépris, elles en furent pour leurs frais.

À vous dégoûter d'inviter une femme à danser.

– Qu'est-ce qu'elles ont toutes, hein ? Tu peux me le dire ? demanda Joseph à Marcelin, après qu'Yvonne lui eut lancé avec haine que des comme lui, elle n'en avait encore jamais vu, jamais jamais, et qu'il n'était qu'un petit trou-du-cul.

Certaines hurlaient, criaient, pleuraient, le giflaient, l'attendaient devant sa porte, faisaient du scandale dans l'immeuble, prenaient la concierge à témoin de son inconduite mais elle s'en fichait royalement. La plupart ne disaient rien, haussaient les épaules, dépitées, et disparaissaient dans leur solitude. Il arrivait qu'il les croise à nouveau dans une soirée ou un night-club, sans qu'il puisse se rappeler s'il les connaissait ou pas, s'il les avait aperçues à la faculté ou ailleurs, qu'il danse avec l'une sans se souvenir de leur aventure commune et quand, dans sa chambre, elle lui demandait s'il l'avait reconnue, il répondait non, se faisait traiter de mufle, de goujat, de pignouf et de paltoquet.

En vérité, Joseph était affligé d'un handicap qui le gênait énormément, il n'était pas physionomiste.

Un vrai talon d'Achille

Lui qui mémorisait sans difficulté d'épais et indigestes traités de médecine oubliait vite celles dont il avait partagé l'intimité. Au bout de quelques semaines, leurs traits s'évanouissaient dans un magma de figures floues et anonymes.

– Tu n'es qu'un macho ! lui lança Margarita, une réfugiée andalouse qui dansait le tango comme une reine, refusait de lui adresser la parole mais le convoquait d'un regard lorsqu'elle l'apercevait au *Moulin de la Galette* (il était le seul homme de Paris à danser comme un Argentin).

Joseph ne savait pas ce que voulait dire ce vocable espagnol. C'était la première fois qu'il l'entendait. Pas la dernière. Elle dut lui en expliquer le sens et insista : non, ce n'était pas un terme exclusivement réservé à ses compatriotes, il s'appliquait aussi aux Français, aux Tchèques et aux autres. En ce temps-là, les hommes étaient machos, c'était dans l'ordre des choses et ça ne leur posait pas de problème.

Joseph se dit que ces femmes ne pouvaient pas avoir toutes tort et entreprit d'extirper cette maladie masculine à coups d'efforts et d'attentions répétés. Il supplia Margarita de l'aider, elle se mit à rire (l'homme idéal n'est qu'un phantasme pervers). Changer et devenir meilleur était son obsession. Il se surveilla, contrôla le moindre de ses gestes, paroles, regards et attitudes.

Ses tentatives se révélèrent inutiles, renforcèrent sa réputation de pire des salauds assortie d'une ombre de vice, peut-être d'une pointe de sadisme, mais quel danseur. Tu as vu comment il glisse sa jambe gauche ? Quand il les invitait à prendre un café au lait, il ne savait jamais quoi leur dire ; quand il donnait un rendez-vous pour dîner, il l'oubliait ; quand il s'en souvenait, il disait à Gwladys : « Bonsoir Simone, comment vas-tu ? », et Valentine était tout aussi susceptible qu'Irène ou Julie quand elle le voyait, on a du mal à le croire, entrer dans une brasserie un bouquet d'anémones à la main et s'asseoir à une autre table regardant sa montre avec une moue d'impatience.

Cela le confortait dans l'idée que les femmes, en dehors de la danse et du sexe, sont des êtres compliqués, difficiles à satisfaire et pleins d'arrière-pensées.

Au bal de *La Coupole*, certains de ses amis disaient que son problème était psychologique (donc pas facile à soigner). Deux d'entre eux pensaient qu'il était atteint de prosopagnosie, ce qu'il contesta avec véhémence. Deux autres penchaient pour du narcissisme et se disputaient pour déterminer le degré de gravité, un dernier optait pour de la misogynie primaire, ce qui était un diagnostic banal, mais ce dernier spécialiste n'était qu'en première année de médecine. Ce syndrome du valseur fut l'objet d'interminables discussions. En effet, dans aucune des œuvres fondatrices de la psychologie, il n'avait été évoqué qu'Œdipe eût dansé la valse ou le tango.

Maître Meyer, un avocat retors et sympathique, chez qui Marcelin faisait son stage, avait donné à Joseph, c'est-à-dire gratuitement, la recette qu'il pratiquait au Palais de Justice où il croisait chaque jour des centaines de personnes à en avoir le tournis sans plus savoir si c'étaient des juges, des greffiers, des huissiers ou des confrères.

En vérité, il l'avait échangée contre une leçon de tango. Joseph lui avait expliqué comment ne jamais écraser les pieds de ses partenaires, cette maladresse étant la source probable de ses échecs sentimentaux. Désormais, grâce aux conseils avisés de Meyer, quand un visage féminin excitait une infime vibration mémorielle, Joseph se précipitait sur l'heureuse élue avec un sourire de satisfaction, franc et naturel, presque amical, et lançait un joyeux : « Comment allez-vous depuis tout ce temps ? Que devenez-vous ? »

« N'hésitez pas à écarter les lèvres et à montrer vos dents, avait insisté maître Meyer. La spontanéité et la sincérité doivent transpirer de vos paroles. »

Il lui avait fait une démonstration sur-le-champ et Joseph avait eu l'impression d'être son meilleur ami. Si cette ruse méphistophélique marcha à quelques reprises, à d'autres il se fit sèchement recevoir :

« Mais on ne se connaît pas ! Pour qui me prenez-vous ? »

Ou bien : « La dernière fois, tu me tutoyais, mon cochon. »

Ce n'était bien sûr qu'un pis-aller mais ô combien préférable à des insultes en public. Les copines de ses camarades lui remontaient le moral jurant que, comparé à eux, il était un ange. Si leurs amis se souvenaient de leur visage et de leur prénom, elles n'en étaient guère plus avancées.

Quand Viviane pénétra dans la salle enfumée du *Balajo*, Joseph faisait tournoyer Olga dans une valse anglaise qu'il appréciait peu à cause des mouvements compassés et guindés. Il ne se rendit pas compte que tous les hommes dévisageaient cette nouvelle venue la bouche ouverte et les yeux concupiscents. Viviane avait des jambes fines, une jupe moulante en serge grise, une taille d'amazone, un corsage au col en corolle et une chevelure bouclée.

Marcelin, sur l'estrade, jouait de l'accordéon, il l'avait tout de suite repérée. En l'apercevant, il s'était dit :

« Oh là là là là là là. »

Derrière la balustrade, Viviane suivait les zigzags du couple, son regard s'éclaira. À la fin du morceau, Joseph remercia Olga et regagna sa table. L'orchestre enchaîna avec une valse musette, les danseurs envahirent la piste. Viviane déclina trois invitations d'un imperceptible mouvement du menton, se dressa sur la pointe des pieds pour repérer Joseph, se dirigea lentement vers lui. Il leva les yeux, la découvrit, silhouette instable à peine dessinée par son corsage scintillant, pensa :

« Qu'est-ce qu'elle a de beaux cheveux, on dirait... »

Il ne put la comparer à personne. Il n'aurait jamais pensé qu'elle puisse le regarder. Aucun homme ne peut être assez arrogant pour se croire choisi par une fille comme elle.

Elle restait immobile. Il ne pouvait pas y avoir de hasard à ce point. Elle lui tendit une main potelée et tiède. Un bracelet serpent doré de style égyptien tardif était enroulé sur son avant-bras. Joseph trembla quand il l'emmena vers la piste. On s'écarta devant eux. Joseph dissimulait sa fierté mais elle jaillissait malgré lui. Viviane ne savait pas bien danser, elle lui marchait sur les pieds avec ses talons pointus. C'était un détail auquel Joseph ne prêta aucune attention. Seules les femmes remarquèrent ses pas hésitants et échangèrent des sourires narquois.

Ils s'arrêtaient seulement quand l'orchestre faisait une pause tous les trois quarts d'heure. Il l'invita au bar pour boire une coupe. Ils ne se dirent pas des choses très importantes. Seulement des : Qu'est-ce qu'il fait chaud aujourd'hui, et : Il y a un monde fou ce soir, et : Vous venez souvent ? ou d'autres considérations de dancing bondé où il faut crier dans le vacarme. Ils se fixaient sans se parler. Elle épongea son front. Joseph pensa : « Celle-là, ça m'étonnerait que je l'oublie. »

L'orchestre reprit avec *Les Roses blanches*. Ma chanson préférée, dit-elle. Joseph s'écarta pour la laisser passer, quand elle l'effleura, il perçut son parfum : un souffle de mimosa ou de jasmin, il ne savait plus très bien, une odeur de

Méditerranée, d'un pays de soleil. Elle chantonnait les paroles. Elle avait une façon particulière de le tenir. Les autres femmes posaient à peine leurs mains sur son bras ou son épaule. Viviane s'accrochait, se rapprochait à le frôler sans cesse. Il sentait par moments la pointe de ses seins, sa chair un peu molle sous la soie, sa moiteur inconnue, son déhanchement implacable, sa cuisse qui se frottait contre la sienne, son essoufflement maladroit, ses cheveux qui lui fouettaient le visage, son regard voilé qui l'enveloppait. Il lui demanda son prénom. J'adore ce prénom.

Ils n'attendirent pas la fermeture pour s'en aller. Joseph glissa quelques mots à l'oreille de Marcelin :

– Cette nuit, ça serait mieux, si tu ne rentrais pas.

– Pas de problème, répondit-il, aigrelet.

En les voyant s'éloigner, lui qui était profondément athée se dit pourtant :

« Mon Dieu, protégez-nous des femmes au nez retroussé qui ont un petit cul tout rond, perchées sur des talons hauts et maquillées comme des actrices de cinéma. »

Viviane, c'était le genre de femme qu'on n'oublie pas. Elle traînait une réputation délicieusement sulfureuse de briseuse d'hommes, des on-dit de jalouses qui faisaient banquette, rien de prouvé. On susurrait aussi qu'elle avait une pierre à la place du cœur, une dévergondée qui ne comptait plus les malheureux qui s'étaient jetés à ses pieds, la suppliant de ne pas les abandonner. On parlait du suicide raté d'un marchand de chaussures de Nevers ou de la folie d'un notaire de Rouen. Cette rumeur était née après qu'elle eut affirmé à Mady qu'autrefois elle avait été une sentimentale, une vraie, mais certains en avaient trop profité. Un soir, elle lui avait recommandé de se méfier comme de la peste des lieutenants de vaisseau, tout ce qu'ils juraient ou écrivaient, c'étaient des bobards, rien d'autre, maintenant, il n'y avait plus d'eau dans la fontaine, elle n'avait plus de pitié pour aucun homme, tous des cloches, des mous, même s'ils étaient riches et mettaient leur fortune dans la balance.

Quand elle se réveilla, Joseph, pour la première fois, prit l'initiative de lui demander s'ils allaient se revoir. À sa grande surprise, elle accepta avec une joie d'enfant de chœur puis s'en fut en lui souhaitant une belle journée.

Ils se retrouvèrent le soir dans une brasserie de la place Clichy. Elle était gourmande, adorait le chocolat viennois. Il l'écoutait avec délectation. Sa conversation n'était pourtant pas particulièrement passionnante, elle avait la voix pointue. Joseph saisissait les regards des autres hommes et ressentait le bonheur, inepte certes, de la vanité (mais c'était tellement agréable).

Viviane travaillait comme fonctionnaire deuxième échelon au ministère de la Marine, elle supervisait la comptabilisation des stocks des arsenaux d'outre-mer, plus particulièrement de Cochinchine, une tâche stratégique quand on connaissait la situation là-bas, Joseph l'ignorait. Viviane lui apprit tout ce qu'elle savait ou presque sur les colonies, même si elle n'y était jamais allée. Ses descriptions étaient d'une précision militaire lorsqu'elle lui parlait des cuirassés ou des torpilleurs, du *Béarn*, du *Fougueux*, du *Frondeur*, du *Jean Bart*, et quand la conversation languissait, Joseph demandait où on en était avec le vaisseau amiral *Lorraine* et pour quelle raison ses monstrueux canons de 340 tiraient six degrés à droite ou à gauche, était-il arrivé à bon port malgré ses avaries répétées. Elle lui expliqua sous le sceau du secret le plus absolu (« Tu promets, hein ? ») qu'ils avaient de gros problèmes avec la maintenance à Saigon pour les deux dynamos qui frisaient les soixante-dix degrés (en haut lieu on s'inquiétait beaucoup).

Si Joseph buvait ses paroles, c'est que les Tchèques sont d'une nature rêveuse, qu'ils n'ont pas de mer, adorent les histoires de bateaux et tout ce qui est mystérieux.

La deuxième année de son séjour parisien, Joseph se trouva confronté à un cas de conscience majeur. L'Espagne était à feu et à sang. Le général Franco, dans son entreprise de reconquête, bousculait le gouvernement républicain empêtré dans ses dissensions internes et gagnait inexorablement du terrain. L'Allemagne nazie et l'Italie fasciste le soutenaient, en face les démocraties pinaillaient et s'esquivaient. Le gouvernement de Front populaire de Léon Blum, confronté à une opinion majoritairement pacifiste et à bien d'autres problèmes, se défila et se réfugia dans une peu glorieuse non-intervention qui laissa le champ libre aux fascistes.

Du monde entier, plus de cinquante mille volontaires s'enrôlèrent dans les Brigades internationales et apportèrent leur soutien au gouvernement républicain. Il en fallait du courage pour partir dans un pays inconnu et affronter la mort quand la plupart n'avaient jamais touché à une arme. Il régnait une effervescence, presque une émulation, pour savoir qui partirait et comment. Chacun avait sa filière et ses contacts. Ses amis pensaient que Joseph serait un des premiers à s'engager. Lui se demandait s'il pourrait intégrer une des brigades françaises ou devrait rejoindre le bataillon Dombrowski composé de Tchèques, de Hongrois et de Polonais.

Probablement Viviane eut-elle une mauvaise influence. Quand il lui fit part de sa décision de partir combattre, elle lui demanda pourquoi. Il déclara que la guerre civile en Espagne dépassait la simple lutte entre frères ennemis, c'étaient deux conceptions du monde qui s'affrontaient à mort. Nos libertés fondamentales en dépendaient. Elle insista :

– Qu'est-ce que tu en as à foutre toi, de ce qui se passe dans un pays où tu n'as jamais mis les pieds ?

Il reformula sa démonstration :

– Il y a d'un côté les fascistes, de l'autre les démocrates. Si on perd, on est foutu. L'Église et le capitalisme triompheront.

Viviane ne comprenait rien à la politique.

– Tu crois que les Espagnols viendront se battre pour vous si un jour les Russes attaquent les Tchèques ?

Joseph décida d'attendre la fin de l'année universitaire en expliquant que son absence ne déterminerait pas l'issue de la guerre. Avec son diplôme de biologiste, affirmait-il avec conviction, il serait d'autant plus efficace pour la cause et ne laisserait personne douter de sa détermination. Accaparé par ses recherches, sa deuxième année au Grand Cours de Pasteur et Viviane, il n'avait plus le temps de participer aux réunions ni aux manifestations et il émettait des jugements sceptiques sur l'enthousiasme écervelé de ses compagnons qui prenaient leurs désirs pour des réalités.

Les seules conversations pour lesquelles il se passionnait concernaient les agents pathogènes, l'identification prochaine du virus de la variole, l'utilisation de la pénicilline dans le traitement des infections bactériennes et les recherches pour découvrir un antibiotique contre la tuberculose.

Et sa thèse, bien sûr, un monument en devenir. Sur les sipunculides.

Certains le regardaient avec méfiance, d'autres ne lui parlèrent plus quand ils apprirent qu'il passait ses nuits à danser avec Viviane dans les bals de la Bastille. Ses explications alambiquées selon lesquelles on peut être socialiste et adorer la valse (ce n'était pas incompatible, au contraire) ne convainquirent personne.

Ses camarades partirent sans lui.

Ernest s'était engagé. Mais lui, il était dépressif.

Joseph refusait d'admettre qu'il était contaminé par le fatalisme et la résignation qui gagnaient la population. Chaque jour, une mauvaise nouvelle confirmait que les jours de la république étaient comptés. Il perdit son ami Marcelin quand il lui déclara qu'il était né pour soigner, pas pour tuer, il vit sur son visage une moue de mépris inouï. Marcelin s'en alla sans lui dire adieu ni lui serrer la main. Joseph apprit qu'il avait rejoint un bataillon anarchiste à Barcelone. Ça chauffait là-bas, on ne pouvait pas imaginer.

Et puis, un soir, il oublia Viviane. Incroyable, non ?

Comme un coup de gomme.

Peut-être que l'affection est soluble en totalité puisqu'il n'en reste aucune trace ni séquelle. Si ça se trouve, elle n'existe que dans notre imagination.

Leurs dîners, leurs soirées à Nogent, leurs nuits amoureuses, effacés, évidés. Il s'en souvint alors qu'il dansait un tango, forcément langoureux, à l'*Élysée-Montmartre* avec une Bretonne de Lorient, tout en nerfs et en rire. Il hésita à passer chez Viviane pour s'excuser, se dit que le mieux était d'attendre que sa colère passe. Il échafauda plusieurs excuses de premier ordre, décida après réflexion qu'il affirmerait avoir été retenu par une terrible opération à l'hôpital. Il patienta un jour, deux jours, le samedi, le dimanche, pas de Viviane. Ni le lundi. Elle ne vint pas aux nouvelles. Il fut vexé, se demanda si elle n'avait pas eu un accident, un drame dans sa famille ou peut-être avait-elle été comme lui victime d'une panne de mémoire. Il n'entendit plus jamais parler d'elle et ne la revit dans aucun des endroits qu'ils fréquentaient ensemble.

Une drôle de façon de se séparer. Mais y en a-t-il de meilleure ? Un abandon mutuel sans vainqueur ni vaincu.

Nous, ce n'était rien du tout ?

Peu de temps après avoir passé sa thèse, grâce à ses excellents résultats au Grand Cours, on lui fit une proposition particulièrement intéressante : un poste était à pourvoir à l'Institut Pasteur d'Alger.

Une telle offre, aussi prestigieuse, ne se renouvellerait pas.

Joseph ne se rappelait plus quel philosophe avait démontré que la chance ne passait jamais deux fois à votre portée. Si on ne la saisissait pas, un autre en profitait. Ses derniers amis observèrent qu'en fin de compte il était comme eux, il renonçait à ses convictions pour une belle carrière. Il répondit que la république espagnole était foutue, la victoire de Franco inéluctable, il ne servirait à rien de participer au baroud d'honneur, plein de grandeur et d'héroïsme mais inutile et suicidaire. Il continuerait la lutte, à sa manière, en Algérie.

C'était une époque agitée. Après avoir avalé l'Autriche, Hitler décida la réunification de l'Allemagne avec la région des Sudètes qui appartenait à la Tchécoslovaquie depuis le traité de Versailles. Comme la France et la Grande-Bretagne avaient signé un traité d'alliance avec la Tchécoslovaquie, une nouvelle guerre mondiale s'annonçait. Chaque pays mobilisa ses troupes. À Munich, dans une conférence de la dernière chance, le Premier ministre du Royaume-Uni et le président du Conseil français sauvèrent la paix en abandonnant ce pays au Führer. Le soulagement d'avoir évité la guerre l'emportait sur le respect de la parole donnée et sur la stratégie, les foules reconnaissantes acclamèrent leurs dirigeants qui avaient honte de cet accord.

Joseph téléphona à son père pour prendre de ses nouvelles et lui demander conseil au sujet de son contrat. Ce n'était pas bien payé et, avec ces évènements menaçants, il préférait revenir au pays. Édouard l'en dissuada, affirmant que sa présence ne changerait rien au cours de l'histoire, il devait saisir cette chance exceptionnelle. Que son fils ait été choisi par le plus grand laboratoire du monde était pour lui un bonheur et un honneur qui justifiaient tous les sacrifices, il lui fit jurer de partir pour Alger.

Quatre jours plus tard, Joseph devait prendre le bateau à Marseille. Vingt-six heures de voyage.

La nuit précédant son embarquement, il fit un cauchemar qui le réveilla, tremblant et en sueur. Il errait dans un abattoir bondé de cadavres d'hommes égorgés, de femmes éventrées, poursuivi par un boucher aux yeux crevés. Il entendait le souffle de la masse qui frôlait son crâne. Et puis le monstre lui sauta dessus et disparut comme par enchantement. Un silence terrifiant. Il pleuvait du sang du plafond. Il en était poisseux. Il s'enfonçait dans un sable mouvant rougi, tentait avec des gestes désespérés de surnager et de ne pas se laisser aspirer.

Le matin, il se précipita au grand bureau de poste de l'avenue Saint-Antoine, dut attendre trois heures son appel téléphonique, redoutant de rater le départ de son bateau. Il réussit à avoir la communication, son père s'apprêtait à quitter son cabinet. Il l'exhorta à fuir pendant qu'il était encore temps. Édouard ne voulut rien entendre. Dix fois au moins, Joseph lui répéta qu'il devait partir mais son père était déterminé à rester. Même si des dizaines de milliers de Tchèques faisaient leurs valises, il refusait de quitter son pays. Il ne se sentait pas menacé. À Prague, une majorité de gens sensés pensaient qu'Hitler n'était pas assez idiot pour s'attaquer aux Alliés, que tôt ou tard à la recherche de son espace vital, il s'en prendrait à la Russie, son ennemi naturel. La seule chose qui l'intéressait, c'était de faire main basse sur l'industrie d'armement tchèque, il n'y avait donc rien à craindre.

La nuit de la traversée, avec le bruit des moteurs et le tangage, Joseph ne put trouver le sommeil, il passa son temps accoudé au bastingage, à suivre les circonvolutions de trois mouettes qui s'amusaient à survoler l'étrave du bateau. Une lumière bleutée se leva avant le soleil. Les mouettes disparurent. Il les chercha dans l'immensité et, dans la direction du continent, aperçut au loin, sur sa gauche, une côte informe.

« Ce n'est pas possible que ce soit l'Espagne ! se dit-il avec raison, il n'y a aucune terre à cet endroit. »

Mais, perdue dans l'horizon naissant, déchiquetée sous les nuages tamisés, une ligne sinueuse courait en le narguant entre la mer et le ciel.

« Si j'avais cédé à mon impulsion, à cette heure je serais mort. »

CHRISTINE

Joseph dormait quand le *Lépine* avait accosté au port. Il avait raté le lent travelling avant l'arrivée dans la baie avec la ville accrochée aux collines. Elle ne s'était pas offerte à lui, il n'avait pu fouiller du regard cet amphithéâtre ondoyant ni écouter les autres passagers qui repéraient et nommaient des lieux connus.

Quand Joseph repensait à Alger, la première impression qui lui venait à l'esprit était cette lumière d'or en fusion au moment où il avait ouvert la porte de la coursive, encore engourdi, le flash interminable d'un photographe invisible qui l'avait obligé à protéger son visage avec ses mains. Il sentit une odeur vanillée, une bouffée de chaleur l'éclaboussa. Il se demanda s'il y avait le feu, il n'y avait aucune panique, à peine le ronronnement de la grue qui déchargeait les régimes de bananes sur le quai affairé. Il écarta lentement les doigts pour s'accoutumer à cette incandescence, leva les yeux, aperçut un bleu de paradis originel comme il n'en avait jamais vu, ni à Prague, ni à Paris, balayé de toute impureté, chaleureux et chatoyant, un monument monochrome en suspension dont la seule fonction semblait de vous hypnotiser.

En cette fin de journée d'octobre 38, à l'âge de vingt-huit ans, il découvrit enfin le ciel et le soleil, regarda les docks en arcade montante comme une vague et, posé fièrement au-dessus, un jeu inextricable de cubes soudés par un architecte fou dévalant en cascade jusqu'aux immeubles éclatants qui défiaient la mer et il comprit ce que voulait dire Alger la Blanche.

Joseph débarqua du bateau, ses deux valises à la main, chercha du regard la personne qui devait l'accueillir. Sur le quai il n'y avait que des dockers arabes au visage buriné qui déchargeaient la soute, le maillot maculé de sueur. Aucun des marins ne put le renseigner.

Il attendit à l'ombre d'un camion pendant une heure, demanda à l'officier de quart qui n'était au courant de rien, se résolut à prendre un taxi dont l'échappement dégageait autant de fumée que la cheminée du bateau. Dans sa Panhard rouge et noire, le chauffeur lui fit la conversation en se plaignant de la chaleur de cet été tardif qui n'en finissait pas.

Au premier abord, Joseph ne vit aucune différence avec la métropole, les mêmes avenues haussmanniennes avec une foule bruyante, des trams qui avançaient au milieu de passants indisciplinés, des cafés aux terrasses bondées, des voitures enchevêtrées, des magasins impeccables, des femmes habillées comme à Paris. Il débarquait en Afrique, quelque chose qui aurait dû ressembler au Sahara avec des dunes, des chameaux, des Touaregs, un goût d'aventure, de mystère, et il se retrouvait dans une cité occidentale.

Il était déçu.

Ils arrivèrent sur une place immense bordée de rangées de réverbères Art déco, de palmiers, écrasée par un monument polygonal gigantesque d'un blanc immaculé de style mauresque que Joseph prit pour la mosquée. Le taxi lui expliqua amusé que c'était la Grande Poste (heureusement les mosquées se trouvaient dans la Casbah). Joseph aperçut enfin une femme drapée dans un haïk, un fin voile blanc qui lui couvrait en partie le visage, plus loin un indigène en djellaba rayée tirant un âne pelé qui portait deux grands sacs en osier bourrés de légumes disparut dans une ruelle. Le taxi monta de larges avenues en lacet. Le chauffeur lui désigna le massif musée des Beaux-Arts, lui conseilla de se promener dans le Jardin d'essai réputé pour sa fraîcheur, ses espèces exotiques, ses eucalyptus au parfum mentholé. Par la fenêtre abaissée, Joseph respira profondément mais rien ne vint.

La pointe de la baie disparaissait dans une brume de chaleur, la ville entière s'y évanouissait.

Le taxi s'immobilisa devant un immense palais de trois étages aussi blanc que ses voisins. Il n'y avait pas de gardien à l'entrée, Joseph entra et aperçut d'autres locaux disséminés dans le parc. Il pénétra dans le bâtiment principal étonnamment silencieux où régnaient une fraîcheur réconfortante et une pénombre de cathédrale. Ses « Il y a quelqu'un ? » restèrent sans réponse. Il frappa à toutes les portes d'un long couloir, les poussa avec hésitation, les pièces étaient vides. Ce n'était pas possible qu'il n'y ait plus personne à cinq heures de l'après-midi. Il ouvrit la porte vitrée du fond, découvrit un vaste laboratoire encombré de dizaines de tubes à essai, de boîtes de Petri, de flacons compte-gouttes, d'éprouvettes graduées qui chauffaient dans des bains-marie, de fioles, de mortiers en céramique, d'ampoules à décanter et quatre hommes en blouse blanche penchés de part et d'autre d'une paillasse plantée de microscopes. L'un d'eux chauffait un récipient argenté à la flamme d'un bec Bunsen, puis il ferma la virole, transféra avec précaution son contenu dans une ampoule de coulée qui contenait une solution jaune. Il prit une spatule, agita. L'homme leva le ballon à bout de bras, imprima une légère rotation, le liquide devint vert foncé.

– Catastrophe ! s'écria un homme aux cheveux blancs en brosse et au visage rond.

– On est pourtant partis du même échantillonnage, observa son voisin.

– Si ça se trouve, c'est encore une autre espèce, répondit celui qui lui faisait face.

– Tant pis, on recommence tout de zéro avec les autres prélèvements.

Les épaules s'affaissèrent, Joseph entendit des murmures de découragement.

Des « On a pas de bol », mélangés à des « J'en peux plus », et des « On y arrivera jamais ».

L'homme aux cheveux en brosse le remarqua qui attendait dans l'entrebâillement.

– Je suis Joseph Kaplan. Je viens d'arriver.

– Kaplan ?... Ce n'est pas possible. Ils se foutent de moi ! Je leur ai dit que vous ne m'intéressiez pas. On est tous biologistes ici. C'est un entomologiste dont j'ai besoin !

La carrière de Joseph à l'Institut Pasteur ne commença pas sous les meilleurs auspices. Le patron s'appelait Edmond Sergent. Il ne lui demanda pas s'il avait fait bon voyage ou s'il avait trouvé facilement. Au premier abord, il donnait l'impression d'un homme affable, débonnaire, ce n'était qu'un leurre. Certainement un petit chef, un caporal, comme il avait dû en supporter tant à l'hôpital.

Joseph le suivit dans son bureau méticuleusement rangé au premier étage. Pendant une heure il essaya au téléphone de trouver celui qui, à Paris, avait engagé Kaplan. Il expliqua, réexpliqua que ce n'était pas Kaplan qui posait problème, il était, il n'en doutait pas, un remarquable microbiologiste, surtout s'il avait brillé au Grand Cours, mais lui il avait besoin d'un entomologiste, d'un docteur ès sciences confirmé, à la rigueur d'un vétérinaire, il l'avait dit à Guérin, répété à Tréfouël, écrit et réécrit dans ses demandes depuis un an, apparemment personne ne les avait lues ou on se fichait de ce qu'il écrivait et il ne voyait pas pourquoi il continuerait à accumuler des rapports dont nul ne tenait compte. Quand il apprit que c'était Louis Martin en personne qui avait embauché Joseph, il répondit accablé que non, il n'avait pas envie de lui parler.

Il reposa le combiné qui semblait peser une tonne, resta perdu dans ses pensées. Joseph se voyait déjà dans le bateau du retour, se dit qu'après tout il n'était pas pressé de rentrer, il avait de quoi vivre quelques semaines pour découvrir le pays.

Par la fenêtre, il apercevait deux palmiers qui paraissaient se saluer. Le désert n'était peut-être pas très loin ? Après, il irait en Espagne. Là-bas, il serait utile à quelque chose. Et après encore, il rentrerait chez lui et retrouverait son père.

Sergent se redressa et poussa un soupir.

– Vous avez de la chance qu'on soit en sous-effectifs et que j'aie lu avec un grand intérêt votre thèse sur la digestion intracellulaire des sipunculides et leurs cellules sanguines. Vous aurez une période d'essai statutaire d'un an. Après on verra. Bienvenue à Alger, monsieur Kaplan.

Commença pour Joseph une nouvelle vie qu'il n'aurait pas imaginé, un mois plus tôt, être capable de mener. Après son épisode parisien quelque peu agité, il avait l'impression de s'être transformé d'un coup de baguette en moine cistercien. Il avait tellement envie d'être accepté par Sergent et les autres, reconnu par eux comme un biologiste digne de faire partie de leur équipe qu'il se pliait sans rechigner à toutes les demandes, acceptait avec reconnaissance les tâches ingrates, les besognes fastidieuses. Il n'avait pas d'horaires, pouvait travailler trente ou quarante heures d'affilée. À plusieurs reprises, il s'écroula sur un lit de camp dans un coin du labo pour un sommeil sans rêves.

Un moine ne pose aucune question, il obéit. Cette obéissance devenait une source profonde de satisfaction intérieure comme il n'en avait jamais connu auparavant. Il n'avait plus à choisir ou à décider, faisait ce qu'on lui disait, vivait dans un monde idéal où il n'y avait aucun ennemi, aucun problème. Son emploi du temps était organisé, planifié sans le moindre interstice.

Pas une minute pour douter.

On lui avait réservé une chambre à la pension Montfleury tenue par les Moreno, à sept minutes à pied. Pendant des semaines, son seul déplacement se limita à cet aller-retour. Le dimanche en fin d'après-midi, quand c'était possible, il s'autorisait une petite détente dans l'immense Jardin d'essai qui était sur son passage, s'asseyait sous un eucalyptus géant pour lire *Précis d'entomologie*, un épais manuel de 1924 qui commençait à dater mais restait aussi passionnant qu'instructif.

Le soir de son arrivée, madame Armand, la secrétaire de Sergent, avait bien voulu s'occuper de lui, elle n'était pas là pour assurer les fonctions administratives, mais elle avait téléphoné pour lui. Joseph avait eu de la chance. Une chambre avec vue s'était libérée deux jours auparavant. Elle lui avait obtenu le prix de l'Institut. Tout seul, ça lui aurait coûté plus cher ; avec son traitement, il ne pouvait pas se le permettre. En attendant, il serait comme un coq en pâte. Joseph se contentait de cette chambre modeste où, en se penchant sur la droite de l'étroit balcon, il apercevait un rectangle de mer au loin.

C'était agréable mais inutile, il rentrait si tard qu'il ne servait à rien d'ouvrir les volets.

Le matin, il avait pris l'habitude de se lever à six heures, il partait travailler aussitôt après avoir pris son petit-déjeuner avec les autres pensionnaires, pour la plupart des fonctionnaires de passage ou des représentants de commerce qui lui racontaient leurs tournées dans le bled, il écoutait en hochant la tête d'un air entendu.

Les bruits de bottes, les rumeurs de conflit s'étaient évanouis. Personne n'avait l'air inquiet, ils le trouvaient d'un tempérament angoissé.

– On en a assez bavé et des deux côtés, vous comprenez jeune homme, c'est pour vous qu'on s'est battus, il ne se passera rien, personne ne veut d'une nouvelle guerre, lui expliquait monsieur Moreno.

Il avait laissé son bras et sa jambe gauches dans une tranchée de l'Argonne et passait ses soirées assis sur une chaise sur le pas de la porte à médire du gouvernement et à commenter les résultats de la coupe d'Afrique du Nord de football avec les voisins qui amenaient aussi leurs chaises pendant que les femmes parlaient à côté d'on ne sait quoi. Ces attroupements obligeaient les passants à descendre du trottoir, cela ne dérangeait personne, tout le monde se connaissait, le seul inconnu qu'on avait aperçu depuis longtemps, finalement, c'était lui.

Joseph était toujours aussi peu physionomiste et pour éviter une boulette avait adopté la combine de maître Meyer. Il disait bonjour à tous avec un grand sourire, tendait une main franche, lançait :

– Comment allez-vous aujourd'hui ? Ça fait plaisir de vous voir.

Dans le quartier, on trouvait ce Tchèque très sympathique. Si ce n'était son drôle d'accent, on aurait dit quelqu'un de chez nous. Pourtant, Joseph n'avait pas encore la mentalité du pays.

Un soir où il faisait chaud comme en plein jour, on lui proposa gentiment de s'asseoir et de bavarder avec le groupe. Il expliqua que c'était impossible : il se rendait à l'Institut pour un relevé d'expériences. Personne ne le crut, on n'avait jamais vu un médecin travailler à une heure pareille, hormis, bien sûr, quand on allait le chercher de nuit. Ce refus poli alimenta longtemps les conversations.

Deux clans s'affrontaient, de force très inégale. Les hommes soutenaient qu'il manifestait toute la condescendance des « patos », ces Français de métropole, et plus encore des Parisiens (ceux-là étaient imbattables sur l'échelle de la suffisance et du mépris). Une fois réaffirmé ce jugement intangible, ils étaient à court d'arguments. Ils ne pouvaient résister au débit tumultueux des femmes qui, au contraire, le trouvaient plein de charme, avec son sourire lointain, ses gestes délicats, ses cheveux brillants. D'abord, il était toujours bien mis, avec une élégance inhabituelle chez les Algérois, fagotés comme l'as de pique, débraillés et mal rasés, qui sortaient leur costume seulement pour un enterrement ou une communion. Lui, il devait avoir trouvé l'âme sœur.

– La meilleure preuve, clama Denise qui avait toujours le dernier mot, c'est que madame Moreno lui fait son linge, jamais ses costumes, ni ses chaussures. Vous avez vu comment il est tiré à quatre épingles, moi je dis que c'est sa belle qui s'en occupe.

Aucun homme ne pouvait rétorquer quoi que ce soit à une telle démonstration. Ils restèrent pensifs, se dirent :

– Le salaud, c'est un rapide !

Ils ne pouvaient pas imaginer qu'un homme, fût-il tchèque, puisse manier, et avec dextérité, un fer à repasser ou une brosse à reluire. Ignorant qu'il était le centre des commérages du quartier, Joseph laissa ainsi passer la chance qui lui était offerte d'être adopté.

La seule chose qui l'intéressait, c'étaient les nouvelles de son pays. Au début, il achetait *L'Écho d'Alger* chaque matin, mais la page internationale était anémique, elle avait comme unique objectif de vanter l'importance de la France et de son empire, son rôle déterminant dans les relations internationales. Rapidement, il ne fut plus question des accords de Munich. La Tchécoslovaquie avait été digérée, le journal énumérait les aspects positifs du gouvernement du Führer.

Joseph recevait de courtes lettres de son père. Tout allait pour le mieux à Prague. Il soignait l'officier allemand qui occupait désormais la moitié de son appartement, au grand dam de madame Marchova, la propriétaire, qui refusait de parler à l'occupant. Les lettres mettaient de plus en plus de temps à arriver ou se perdaient en chemin. Joseph écrivait, le bloc de papier sur ses genoux, dans le calme du Jardin d'essai, à peine troublé par des cris lointains de gamins qui jouaient aux cow-boys et aux Indiens…

Ça fait bien longtemps que je n'ai pas reçu de tes nouvelles, j'espère que cette lettre te trouvera en bonne santé. Je ne me souviens plus si je te l'ai dit, de ma chambre, j'ai une vue superbe sur la mer. Enfin, un morceau, parce qu'il y a un immeuble devant. D'où je t'écris, on aperçoit aussi la mer, j'ai l'impression de l'entendre. La prochaine fois, j'achèterai une carte postale pour que tu voies. À l'Institut, j'ai toujours autant de travail et je suis très content de…

Il releva la tête, en panne d'inspiration. Un vent frais avait dispersé la brume. La ville apparaissait en relief avec des contrastes accentués dans le contour de la baie.

Soudain, ce fut comme s'il la découvrait et venait de débarquer.

Au loin, très loin, à l'endroit où la mer et le ciel s'entremêlaient, une côte montagneuse se découpait ou c'étaient des nuages incertains qui créaient cette illusion, il était impossible qu'il y ait une côte visible. Il scrutait en plissant les yeux, à en avoir mal aux tempes, il apercevait pourtant une masse bleutée de montagnes informes et l'horizon disparaissait.

Depuis son arrivée, Joseph travaillait, sous la direction du docteur Donatien, sur une nouvelle forme de fièvre ondulante qui affectait les moutons. Sergent ne lui avait plus adressé la parole. Ils se saluaient d'un signe de tête quand ils se croisaient dans les couloirs. Le jeune homme n'avait guère plus de relations avec les autres médecins de l'équipe, leurs discussions concernaient exclusivement leurs recherches. Quand ils parlaient entre eux et qu'il entrait dans la pièce, ils s'interrompaient, lui demandaient ce qu'il voulait et ils attendaient qu'il soit reparti pour poursuivre. Ses collègues ne lui posaient aucune question sur sa vie précédente ou actuelle. Un jour de la première semaine, un groupe bavardait dans le jardin de l'Institut à l'ombre du micocoulier. Quand Joseph tenta de s'immiscer dans la conversation, ils se turent. Une autre fois, Joseph avait voulu savoir si les docteurs Foley et Parrot étaient originaires d'Algérie et avaient fait leurs études ici, ceux-ci l'avaient dévisagé d'un air interloqué comme si ses questions étaient le summum de l'indiscrétion. Joseph s'était excusé de les avoir dérangés.

Il ne savait pas s'il devait insister ou attendre, s'ils étaient naturellement méprisants ou s'il y avait une raison. Ils avaient une fâcheuse tendance à lui laisser la surveillance des expériences en cours, il n'osait pas refuser d'y jeter un œil et de s'en occuper à leur place. C'est toujours au dernier arrivé qu'on refile les corvées.

Joseph déjeunait seul dans la cuisine aménagée au sous-sol où il avalait la gamelle à trois étages préparée le matin par la mère Moreno. Comme elle avait constaté qu'il ne rentrait jamais dîner, elle lui avait doublé les portions pour lui permettre de manger un morceau le soir. Elle n'était pas obligée. Elle ne le faisait pas pour les autres pensionnaires. La gamelle n'était pas comprise dans le prix de la pension, mais l'Institut, c'était différent, ils travaillaient pour le bien public sans se ménager ni compter leurs heures. C'était sa contribution aux progrès de la science. Joseph aimait rester seul la nuit quand les autres avaient rejoint leurs familles.

L'Institut lui appartenait.

Il traînait dans les salles, examinait les fiches de suivi, reconstituait les travaux, déduisait les analyses des comptes rendus, échafaudait d'autres pistes, retenait les pratiques des uns et des autres, leurs méthodes de classement et d'organisation, rectifiait ses erreurs et veillait à ne pas attirer l'attention du patron. Sergent dirigeait sans que rien lui échappe, avec un mélange curieux de pugnacité et de bienveillance, et chaque responsable de laboratoire lui rendait compte en direct. Il passait avec une facilité déconcertante des travaux permanents sur la prophylaxie du paludisme ou des problèmes liés à la scarification des nouveau-nés avec le BCG, de l'évolution du vaccin antirabique à l'élaboration de répulsifs contre les criquets pèlerins ou à l'utilisation du sulfamide soluble contre le trachome et les conjonctivites granuleuses. Sa mémoire était infaillible, il ne fallait pas traîner pour lui transmettre les résultats des recherches. Tout partait de lui et revenait à lui, son autorité était tellement évidente que personne n'aurait imaginé remettre en cause la moindre de ses directives. Quand il formulait une hypothèse de sa voix rauque, c'était aussitôt une nouvelle piste. S'il émettait un doute, on arrêtait sans hésitations ni regrets. Cela faisait près de quarante ans qu'il dirigeait en patron absolu.

Depuis trois semaines, Joseph s'occupait du sérum anticlaveleux. Il passait des heures l'œil collé au microscope, à ne plus pouvoir en ouvrir la paupière ni se redresser. Il suivait à la lettre le protocole établi, rien ne marchait. Il n'osait poser aucune question, exécutait les tests varioliques dans l'ordre défini.

Un matin, Sergent le trouva endormi sur le lit de camp dans la bergerie où il était censé surveiller les suites de l'inoculation d'une partie du troupeau. Joseph fut réveillé par le cri d'un mouton marqué que Sergent examinait avec attention.

– Il m'a l'air en pleine forme, affirma Sergent, satisfait.

– Vous croyez ? osa Joseph.

– Après ce qu'on lui a injecté, il est vivant.

Ils se retrouvèrent dans la cuisine. Joseph servit le café dans de grands bols qu'ils burent en silence.

– Kaplan, êtes-vous satisfait de votre travail ?

– Bien sûr, monsieur, c'est très intéressant. Le problème, c'est que je me sens un peu à l'écart de l'équipe.

– Tant que vous serez en stage, les autres médecins ne vous considéreront pas comme un des leurs. Pas facile d'être admis dans la congrégation. Vous devez tenir le coup. Et vous êtes bien installé ?

– La pension est correcte. Je ne fais qu'y dormir. Madame Moreno me prépare mes repas.

– Vous êtes toujours dans cette pension minable ! Qu'est-ce que ça veut dire ?

Sergent se leva, mécontent, disparut sans un mot.

Dans l'après-midi, madame Armand vint trouver Joseph, annonça d'un ton sec qu'elle lui avait pris un rendez-vous le lendemain à midi avec l'administrateur de biens de l'Institut.

– Quand vous aurez à vous plaindre de quelque chose, poursuivit-elle, il est préférable de vous adresser directement à moi.

Elle tourna les talons avant que Joseph ait pu lui répondre.

Alger la mystérieuse. Il n'avait jamais dépassé le marchand de journaux au coin de la rue de Lyon, sous prétexte qu'il avait trop de travail pour se balader.

Pas envie de connaître cette ville, il préférait y rester étranger, comme de passage.

Il avait objecté à madame Armand qu'il ne voulait pas s'installer dans un appartement, pas le temps de s'en occuper, la pension Moreno lui convenait parfaitement, elle avait répondu que chaque médecin avait droit à un logement de fonction dès son admission au stage. Aucune raison de déroger à cette règle. Il avait pris le trolleybus, après un trajet interminable il était descendu à Opéra, s'était promené un moment, perdu, trompé de direction, des rues identiques, la même bousculade qu'à Paris avant de se résoudre à demander son chemin à des passants pressés.

La quiétude villageoise de son quartier s'était transformée en tohu-bohu de femmes qui s'interpellaient d'un immeuble à l'autre, de livreurs qui couraient en tous sens avec leurs diables surchargés et d'encombrements de voitures. Il déboucha sur la rampe Magenta, découvrit que le port seul était de plain-pied avec la mer. Alger la citadine surplombait la Méditerranée, construite en hauteur sur des voûtes et des arcades comme si elle s'en méfiait et voulait s'en protéger. Cela permettait de la découvrir à chaque coin de rue, de l'admirer de partout. Le trolley passa en sens inverse, il hésita, il se trouvait bien à la pension Moreno et n'avait pas envie de changer de vie. Il arriva quinze minutes en retard rue Dumont-d'Urville, l'étude Morel était fermée. Sur un panneau, les horaires d'ouverture montraient qu'on ne plaisantait pas avec l'exactitude. Joseph descendait l'escalier quand la porte s'ouvrit.

Un homme d'une trentaine d'années aux cheveux ondulés, cigarette à la bouche, élégant avec son gilet pied-de-poule à revers, se précipita vers lui, bras tendus en avant.

– Monsieur Kaplan ? Vous avez eu du mal à trouver ?

Joseph n'eut pas le temps de répondre. L'homme le dévisageait avec insistance, sourcils froncés, il agrippa sa main d'un air soupçonneux, trois longues secondes, et son visage s'éclaira.

– Je suis si heureux de faire votre connaissance. Comment allez-vous ?

– On se connaît ?

– Je vous ai vu au *Balajo*, avec une femme superbe, il n'y avait que vous sur la piste, tout le monde vous admirait, un tango magnifique, vous dansez aussi bien que Fred Astaire.

– Vous exagérez.

– Je vous jure, on a dû vous le dire déjà. C'était comme au cinéma. J'ai pensé que vous étiez professeur de danse.

Il était si anormalement accueillant que Joseph se demanda s'il n'avait pas, lui aussi, profité des leçons de Meyer (ou peut-être était-il avocat). Il découvrit vite que chez lui, c'était spontané. Il n'arrêtait pas de lui répéter qu'il était heureux, tellement heureux de l'avoir rencontré, un grand bonheur.

Cet homme lui fut immédiatement sympathique.

Joseph ne pouvait se douter que cette rencontre avec Maurice Delaunay allait bouleverser sa vie. Celui-ci parlait à toute vitesse, et il ne lui laissa pas le temps de refuser son invitation à déjeuner.

– Je vous emmène à ma cantine, vous allez adorer.

Il alluma une cigarette et lui en proposa une. Il conduisait sa traction avant avec maestria, se faufilait dans les interstices de la circulation en riant comme un enfant, profitait de la puissance de la voiture pour doubler les trolleys sur la voie de gauche, et se rabattre in extremis en forçant le passage, sans répondre aux coups d'avertisseurs et aux insultes qui accompagnaient sa conduite musclée, occupé qu'il était à vanter les mérites incomparables de sa 7 CV qui ne lui avait pas coûté un centime. Il voulait absolument que Joseph devine comment il l'avait obtenue. Non, on ne lui en avait pas fait cadeau et il ne l'avait pas volée. Il l'avait gagnée !

– Ouais !

Un soir de chance inouïe au casino de la Corniche de la pointe Pescade. Onze tours de baccara gagnants à quitte ou double. Du jamais vu. Au fur et à mesure, de plus en plus de clients s'agglutinaient autour de la table pour suivre la partie. L'autre s'acharnait. Double ! Double !

– Au dernier coup, j'avais un six, lui aussi. Il a demandé une carte, un deux. Sur le tapis, il y avait une fortune. J'étais obligé de tirer une carte. Et Dieu m'a donné un trois. Ouais, un trois, j'en croyais pas mes yeux. Il tremblait comme une feuille de papier, il ne pouvait pas payer. Il m'a proposé sa voiture. Et voilà le travail. Je le croise de temps en temps, il m'évite. Son père a une cimenterie. À Alger, c'est des petits joueurs. Maintenant, personne ne veut jouer avec moi. Mais au fond tant mieux, j'ai pas les moyens.

Ils roulèrent une dizaine de minutes. Maurice se gara sur le trottoir du front de mer. Joseph, qui s'attendait à un austère restaurant d'entreprise, se retrouva au bord d'une plage de sable désertée à cette époque avec un fortin en béton à l'angle.

Une grande baraque en bois surplombait la mer avec une terrasse immense construite sur pilotis.

En entrant, Joseph retrouva une odeur familière et, sans y arriver, chercha dans sa mémoire à quoi ou à qui la rattacher.

Maurice connaissait tout le monde : le patron, un certain Padovani, sa femme, la serveuse, plusieurs clients à qui il alla serrer la main et demander comment ça allait aujourd'hui. Il présenta Joseph à chacun comme un des deux meilleurs danseurs du monde et aussi un des pontes de l'Institut Pasteur, un très grand médecin, spécialiste d'il ne savait plus trop quelle maladie redoutable qui pouvait vous faire mourir en cinq minutes, ils venaient de trouver le remède, on pouvait être tranquille. Par gratitude, le patron offrit une anisette bien tassée, accompagnée d'une demi-douzaine de petites assiettes, on pouvait picorer. C'était délicieux.

Le père Padovani était ravi qu'on le félicite enfin pour ses fèves au cumin, ses pommes de terre à l'harissa, ses pois chiches grillés, ses filets de sardine à l'escabèche et ses graines de lupin saumurées.

– Faits maison, vous pouvez me croire sur parole.

Joseph mit du temps à comprendre qu'il s'agissait juste d'amuse-gueules. Maurice expliqua que c'était et de loin la meilleure kémia d'Alger. Joseph lui fit répéter à deux reprises, demanda d'épeler le mot. Personne ne savait comment ça s'écrivait exactement, si ça prenait un k ou un q, ils s'en fichaient tous. Padovani resservit des anisettes. Joseph avait perdu l'habitude de l'alcool, sa tête lui tournait. Maurice parlait, les autres riaient. Ceux qui arrivaient les rejoignaient. Ils se tapaient deux ou trois fois sur les épaules. Joseph serrait des mains d'hommes bienveillants. Certains l'embrassaient comme s'ils l'avaient toujours connu. Il n'avait pas l'habitude de ces effusions. Il était, depuis son arrivée, en manque de chaleur humaine et n'eut aucune hésitation à adopter les rites de cette tribu. Il fit comme les autres, se mit à donner des tapes dans le dos, à poser une bise sur chaque joue, à laisser tomber le vouvoiement.

Une tape, une bise, on se tutoyait. Les chichis, c'est pour les Chinois.

Pour la première fois de sa vie, un inconnu, son voisin, posa la main sur son épaule, il eut un instant de doute, mais c'était une manifestation d'amitié qui ne prêtait à aucune confusion. Quand Joseph offrit sa tournée, il fut définitivement adopté. Il remarqua, au fond de la salle, une estrade avec de hauts tabourets, demanda à quoi servaient le piano et l'accordéon. On fait dancing, expliqua le patron, bien sûr le meilleur d'Alger et on dansait avec un orchestre chaque soir que Dieu laissait.

Et soudain, la mémoire lui revint. Cet effluve indéfinissable, c'était celui du *Balajo* ou du *Mimi Pinson*, de la transpiration et de la cigarette mêlées, des poitrines palpitantes étourdies par la valse, des parfums de femme dispersés, de la poudre des visages envolée dans les tournoiements de tangos à jamais en suspension, des corps chauds qui se séparent, une empreinte à nulle autre pareille. Joseph comprit pourquoi Maurice disait que les bains Padovani, c'était le paradis sur terre. Une anisette encore. Légère alors. Quelques noisettes. Des olives piquantes. La mer derrière les vitres panoramiques du ponton. Alger la bleue. Il demanda où il se trouvait. Peut-être à cause du trouble de l'anisette, du souvenir revenu de Viviane, où est-elle ? et des autres, estompées, ou du brouhaha, il entendit « tour de Babel ».

– Je ne savais pas que c'était ici, murmura-t-il.

– Je te jure, mon frère. Tu es à Bab-el-Oued, clama son voisin.

Maurice Delaunay était un rêveur invétéré mais obstiné, il avait les pieds sur terre. Enfant, un professeur lui avait demandé :

– Et toi, qu'est-ce que tu veux faire plus tard ?

Quand ses camarades répondaient aviateur, ingénieur ou pompier, il avait lancé :

– Moi, je veux être riche.

– Ce n'est pas un métier, Maurice.

– Ah bon !

Il se voyait en fondateur de la deux cent unième famille, avec un bureau en acajou immense donnant sur l'Arc de triomphe, des tapis persans, des cornes d'éléphant sculptées, des tableaux incompréhensibles comme il l'avait vu dans les magazines qui vantaient les exploits des capitaines d'industrie, avec leur col en fourrure d'astrakan, leurs souliers vernis italiens, leurs limousines anglaises bicolores, entourés d'artistes, de célébrités en toilette du soir, de danseurs russes et de Jean Cocteau. Il donnerait des ordres à des secrétaires empressées, on lui obéirait comme à un général, il enchérirait d'un geste délicat pour acquérir des babioles Renaissance, on l'applaudirait. Il chercha longtemps dans quel domaine son talent éclaterait, s'était successivement imaginé dans la fabrication de crèmes de beauté pour dames, dans la construction de cabriolets, d'ustensiles ménagers, de vêtements beaux et pas chers, producteur de cinéma et bien d'autres activités lucratives.

La crise de 29 le laissa désorienté. Si autant de fortunes s'envolaient en un clin d'œil, si tant d'hommes admirables se suicidaient, ruinés, qui la veille encore donnaient des dîners de gala, comment pourrait-il espérer accomplir sa destinée ?

Ses parents eurent la bonne idée d'emmener la famille au bois de Vincennes à l'Exposition coloniale de 31. Elle était gigantesque et il était impossible d'en faire le tour, ils y allèrent six dimanches et ne réussirent pas à tout visiter. Les visiteurs, ils se comptaient par dizaines de millions, étaient convaincus de la mission civilisatrice de l'Occident qui répandait bienfaits et progrès sur la terre entière ; la France, particulièrement, offrait sa culture et ses principes humanistes pour le plus grand bonheur du genre humain. Le maréchal Lyautey, commissaire de l'exposition, confirmait que la vraie mission de l'action coloniale était de réaliser une œuvre de paix et de solidarité humaine. Maurice, adolescent, en avait été bouleversé.

Les événements douloureux de 36 confirmèrent la cruelle incertitude qui pèse sur les gens de bien. Les manufactures occupées, les revendications odieuses de mécréants avinés à vous dégoûter d'entreprendre amenèrent sa mère à l'unique conclusion qui vaille :

– Dans la vie, mon fils, la seule chose durable et certaine, c'est la terre. Elle ne vous déçoit jamais. La pierre aussi, bien sûr. Une usine peut être occupée par ses salariés ingrats, la Bourse couler comme le *Titanic*, une idée géniale se révéler un désastre imprévisible, mais un immeuble de rapport, assuré auprès d'une compagnie notoirement solvable, c'est immuable.

Elle se félicitait d'avoir investi sa dot dans trois appartements sur les boulevards loués à des fonctionnaires comme il faut et deux commerces à côté des Grands Magasins qui lui assuraient une rente garantie contre les revers du sort, de la concurrence et les troubles de la populace.

– Dans ce pays heureusement la propriété est sacrée, on a beau dire, nos cocos sont moins pires que les autres.

Après avoir échoué trois fois au baccalauréat, avoir pas mal louvoyé et changé d'avis, Maurice avait enfin trouvé sa voie : faire fortune dans l'immobilier. C'était sûr et certain, il était taillé pour.

Il ne savait pas encore exactement comment, il devait étudier la question sous ses moindres aspects. Son père Philippe lui avait expliqué qu'il ne fallait pas compter sur lui pour financer ses extravagances, il ne mettrait pas un centime dans sa nouvelle lubie (encore un projet à la noix). On n'avait jamais vu une personne sans argent réussir à faire construire ; quant aux banques, elles n'étaient pas là pour prêter de l'argent, contrairement à ce que croyaient les imbéciles de son âge, mais pour en avancer à ceux qui en avaient déjà. S'il voulait gagner sa vie, il devrait bosser avec lui, se lever et se coucher plus tôt, ne plus traîner dans les boîtes de nuit, se donner du mal pour y arriver, il ne lui ferait pas plus de cadeaux que son propre père ne lui en avait fait quand il avait commencé à travailler au magasin après guerre ; sinon, sa sœur prendrait sa place, tant pis pour lui.

– Hélène ? Elle a à peine dix-huit ans.

Maurice n'avait jamais considéré sa petite sœur autrement que comme une fille, c'est-à-dire un être destiné à se marier, faire des enfants et vivre bourgeoisement, qu'elle veuille œuvrer dans une entreprise de plomberie zinguerie lui paraissait aussi comique qu'incongru, que son père y accorde du crédit relevait de cette révolution pernicieuse qui affaiblissait les esprits les plus stables.

– Ta sœur a du caractère, quand elle veut quelque chose, elle l'obtient. Aucun de mes fils n'ayant envie de reprendre cette affaire, je ne vais pas fermer boutique ou la vendre à un étranger. Heureusement, elle est là, je vais la former. Elle y arrivera.

Maurice s'en fichait à un point qui le fit paraître magnanime. Il leur souhaita bonne chance, embrassa sa sœur qu'il avait en affection, s'en alla avec deux valises. Il avait hésité un moment à émigrer aux États-Unis ; il parlait l'anglais couramment, seul acquis de ses maigres études, il était vraiment doué pour les langues ; tout le monde lui avait dit que, tout compte fait, l'Amérique, c'était beaucoup moins facile qu'on ne le disait pour devenir riche, la quasi-totalité des immigrants bossaient pour des clopinettes, il fallait se battre comme un forcené pour y arriver (en plus c'était dangereux, ça tirait dans tous les coins).

Il partit donc pour l'Afrique. L'Empire servirait à quelque chose. Là-bas, il le sentait, tout était encore possible, les richesses infinies, la main-d'œuvre abondante.

En descendant du *Ville-de-Marseille*, il eut comme chaque voyageur un coup de cœur pour cette ville sublime, la plus belle du monde. C'était là qu'il voulait vivre.

Il se donnait moins de dix ans pour réussir. Alger la New York.

– Avant trente ans, j'aurai fait fortune.

Quinze jours après son arrivée, grâce à un de ses nouveaux amis, il avait trouvé un travail plutôt bien payé de clerc de gestion, traitement frais et commission, chez Morel, le plus gros administrateur de biens d'Algérie. Celui-ci avait été impressionné par sa détermination (un bon vendeur sait se vendre, n'est-ce pas) et son anglais d'Oxford ; si la maîtrise de cette langue n'avait aucune utilité dans ce métier, elle ne constituait pas un obstacle. Le poste nécessitait une totale mobilité et convenait à un célibataire comme lui. Ça tombait pile poil, Maurice adorait voyager. Les distances ne lui faisaient pas peur, ni les voyages en car, les petits hôtels de l'arrière-pays, la chaleur, la poussière et les moustiques.

Maurice avait décidé d'adopter la tactique du cobra royal ; personne ne le voit venir, on passe à côté sans le remarquer, il fixe sa proie sans en avoir l'air, rit intérieurement puis se jette dessus pour l'engloutir. Infaillible. Quel meilleur poste que celui-là pour réaliser son étude du marché immobilier algérien, son potentiel, ses besoins, ses risques, pénétrer les cercles influents, se faire connaître et apprécier avant de lancer sa propre affaire ?

– On a beau dire, pour réussir il faut aussi de la chance.

– Vous aimez le poisson ? demanda Maurice.

Joseph devina qu'il devait aimer, répondit qu'il adorait. Maurice fut ravi. Aux bains Padovani, le déjeuner était simple : poisson grillé ou friture. Le choix dépendait de la pêche du jour : sardines, dorades ou rougets. Quand les bateaux ne sortaient pas, deux ou trois fois dans l'année, c'était comme le soir : grillades, côtelettes d'agneau, merguez.

– Mer… quoi ?

Maurice était certain que Joseph se moquait de lui. Pouvait-on imaginer une pareille ignorance ? Joseph expliqua qu'il avait débarqué seulement depuis deux mois et vivait dans un isolement relatif. À cet instant précis, Maurice Delaunay bascula définitivement. Il avait été cordial comme on devait l'être avec un nouveau client, il avait manifesté son admiration au danseur d'exception, mais un homme capable de charrier en ayant l'air sérieux était, dans ce pays, une personne recherchée et éminemment fréquentable.

– Hé, vous savez quoi ? lança-t-il à la cantonade. Joseph Kaplan dit qu'il ne sait pas ce que c'est qu'une merguez !

L'éclat de rire fut général. Longtemps qu'on n'en avait pas entendu une aussi bonne. Le patron s'approcha, main tendue.

– Les amis m'appellent Pado.

Joseph afficha l'air le plus malicieux possible, sourire jusqu'aux oreilles, sourcils arqués, yeux plissés de celui qui clame : je vous ai fait marcher, et il eut en quelques secondes plus d'amis qu'il n'en avait jamais eu. Aussi bien sûr, une réputation de pince-sans-rire. À Alger la blagueuse, c'était un passeport. Padovani grilla des côtelettes de mouton et un chapelet de merguez.

« Bon sang, ce que c'est piquant », pensa Joseph, le gosier en feu.

Dès lors, Joseph associerait le bonheur à l'odeur de la grillade au feu de bois. Il comprit cela bien plus tard, longtemps après être revenu en Tchécoslovaquie, et se glorifierait, à juste titre, d'avoir introduit la merguez au pays de Kafka.

– On se tutoie, si tu n'y vois pas d'inconvénient ? Moi je préfère.

– Oh oui, c'est mieux, avait répondu spontanément Joseph.

Maurice n'avait pas fait d'études : la faute à des enseignants incompétents et à la conviction qu'il était suffisamment malin pour s'en passer et réussir dans la vie. Joseph l'écoutait, fasciné par sa conviction et ses raisonnements imparables. Pour Maurice, l'école devait apprendre à lire, écrire et compter.

Le reste, c'était pipeaux, flûtes et tambourins.

– Les gens comme moi n'ont pas besoin de leurs salades. C'est la vie qu'ils devraient enseigner.

– Tu vas t'y prendre comment pour réussir ?

– Il y a encore deux, trois points à régler. L'agitation actuelle n'est pas favorable aux affaires, j'en profite pour peaufiner mon projet, étudier les détails des détails, rencontrer les personnes qui comptent, me faire des amis importants. Le moment venu, comme deux et deux font quatre, ça tombera. Ouais, pas possible autrement. Tu dois comprendre, Joseph, dans la vie, il n'y a que deux sortes d'hommes : les locomotives et les wagons.

– Je ne vois pas les choses comme toi. Dans mon métier, douter est une obligation. Moi ce que je veux, c'est faire reculer la frontière et découvrir quelque chose.

Maurice pensait que l'activité de l'Institut se limitait au seul vaccin contre la rage. Joseph lui expliqua une partie de leurs recherches.

– Je ne savais pas qu'il restait autant de maladies inconnues, dit Maurice. C'est une activité qui doit être rentable.

– Ce n'est pas notre préoccupation. Notre objectif n'est pas de faire des bénéfices. On vend les vaccins au prix coûtant. On y est très attaché. C'était l'idéal de Pasteur.

Quand il évoqua le nouveau sérum anticlaveleux qui semblait prometteur, Maurice horrifié posa sa brochette de mouton.

– Tu es vraiment sûr qu'il n'y a aucun danger ?

Maurice fit visiter à Joseph l'appartement qui lui était destiné, rue Géricault, un bel immeuble haussmannien sur arcades avec un ascenseur à piston assez lent qui les déposa au cinquième étage. Trois pièces blanches en enfilade avec vue sur l'immense square Nelson, une cuisine carrelée en zellige marocain avec un garde-manger pour famille nombreuse, une salle de bains avec une baignoire en émail immaculé, dans le couloir des placards à ne plus savoir quoi mettre dedans, et du balcon, on apercevait un étroit rectangle de mer.

– Je n'ai pas les moyens de payer.

– C'est un logement de fonction.

– C'est trop loin.

– Avec le trolley, tu y seras en un quart d'heure.

– À la pension, on me prépare mes repas, je ne sais pas cuisiner.

– Ça te coûtera moins cher d'aller au restaurant. Et puis, on sera voisins.

Sur la gauche, la façade monumentale du cinéma *Majestic* aux lettres rouges sur fond blanc s'étalait verticalement sur une hauteur de cinq étages.

– J'habite de l'autre côté de la rue, en face de la lettre E. Tu aimes le cinéma ?

– Ça fait un moment que je n'y suis pas allé.

– Tu vas pouvoir te rattraper. Ils jouent *Les Aventures de Robin des bois* avec Errol Flynn, j'adore les films américains. Je le reverrais avec plaisir. Je réserve des places pour demain soir ?

– J'ai tellement de travail.

– Tu finis à quelle heure ?

– Je n'ai pas d'horaires. J'arrête quand je veux, quand je suis fatigué.

Joseph était partagé entre ses résolutions et la sympathie que Maurice lui inspirait, comme un mauvais génie qui serait venu le tenter, le ramener à sa vie parisienne, mais, accoudé à la rambarde, se chauffant au vent d'un soleil blanc avec les cris d'enfants qui montaient du square, les palmiers qui le ceinturaient, la douceur de cet après-midi, il se dit qu'après tout, ce n'était pas inconciliable, au contraire. Son choix était fait, il n'aurait ni à résister ni à lutter, il ne se laisserait pas distraire de son engagement à l'Institut, il accomplirait dans ce pays quelque chose d'important et s'accorderait aussi du bon temps le samedi soir et le dimanche si possible. Maurice prit son paquet bleu et or de cigarettes Bastos, lui en proposa une. Ils fumèrent tranquillement.

– Tu peux toujours essayer. Si ça ne te plaît pas, tu pars quand tu veux.

Maurice l'aida à déménager ses affaires de la pension. La mère Moreno promit de lui garder sa chambre payée jusqu'à la fin du mois. Un seul voyage suffit pour transporter ses deux valises.

– Dis-moi, toi qui connais bien Alger, où est-ce qu'on peut acheter des cartes postales ?

Maurice prit l'habitude de l'emmener le matin et de venir le chercher chaque soir, il donnait de longs coups d'avertisseur pour le prévenir. Joseph n'avait pas besoin de regarder sa montre, il était neuf heures, il enlevait sa blouse, coupait l'électricité, quittait son laboratoire et, comme il était le dernier, personne ne se rendit compte qu'il partait plus tôt.

Trois fois, Maurice l'oublia. Joseph attendit, ne le vit pas venir, en déduisit qu'il avait probablement trouvé mieux à faire, n'en profita pas pour rattraper son retard et, comme il n'y avait plus de trolley, retourna à pied chez lui, une bonne heure de marche, il n'avait qu'à suivre la pente.

Si Joseph et Maurice s'étaient rencontrés à Paris, ils ne seraient jamais devenus amis, au contraire, ils se seraient probablement insultés. Ils n'avaient pourtant changé de camp ni l'un ni l'autre. Ils conclurent donc que c'était le climat si doux, le bleu si bleu de la mer et du ciel qui les rendaient moins belliqueux, affirmèrent qu'au fond, ils s'en fichaient de ces histoires de droite, de gauche et de lutte des classes, ils n'allaient pas laisser leurs idées décider à leur place. Ils se trompaient. La beauté des lieux n'avait aucune influence sur leur comportement, il n'y a pas de mer plus sanglante que la Méditerranée.

Joseph écrivit souvent à son père, petite lumière qui s'éloignait inexorablement, il lui envoya aussi trois cartes postales avec des statues de la ville. Son père adorait les sculptures. À Alger il n'y en avait pas beaucoup. Elles étaient pompeuses et d'une rare lourdeur.

– Tu ne connais pas Prague ? dit-il à Maurice. On ira ensemble. Je te montrerai les plus belles statues du monde. J'aurais dû y retourner pour convaincre mon père de s'en aller, il aurait été obligé de m'écouter, on serait repartis ensemble.

– Tu te fais de la bile pour rien. Tu vas voir, ça va s'arranger.

Ils dînaient chez Padovani. Dès le deuxième soir, Joseph avait ressenti l'agréable sensation d'être un habitué. Un sourire sincère accompagné d'un « Comment il va aujourd'hui ? » Ils avaient maintenant leur table, près d'une fenêtre, personne ne se serait avisé de s'y asseoir. Avant qu'ils ne passent commande, Michèle, la serveuse, apportait les anisettes, les amuse-gueules et leur proposait le plat du jour.

Une autre bouteille de mascara.

On venait leur serrer la main, leur taper sur l'épaule, certains traversaient la salle pour trinquer. Ils avaient le droit à la même blague à plusieurs reprises sous différentes formes. Tu as pris quoi ? La friture ! Aïe aïe aïe !

– Cette femme si belle avec qui tu dansais, c'était ton amie ? demanda Maurice.

Joseph fit oui de la tête, chercha ses mots :

– On avait une relation bancale.

– Tu l'aimais ?

Joseph ne connaissait pas la réponse.

Comme chaque soir à dix heures, dans une lumière verte, l'orchestre commença. Deux accordéonistes et une batterie. Ils se débrouillaient bien. Le plus âgé était doué, adorait le paso doble, faisait des variations sur *España Cañi*. Joseph retrouvait cette musique miraculeuse, elle le pénétrait par tous les pores de la peau, le réchauffait.

– On a eu une curieuse séparation.

– Tu as dû beaucoup souffrir.

Joseph haussa les épaules, parla plus fort pour se faire entendre :

– Viviane avait… une peau… pas de la soie, pas du satin, plus douce encore… comme une pivoine… Tu as déjà touché une pivoine ? Quand je lui effleurais le corps, je tremblais.

Joseph hochait la tête. Un tourbillon d'accordéon, les doigts de Viviane plantés dans son dos, son odeur de jasmin et de mimosa, la voix de Gardel. L'avait-elle seulement regretté ?

– Pourquoi vous vous êtes séparés ? poursuivit Maurice.

Joseph pensa : « C'est ce qui arrive quand l'un des deux n'aime pas assez l'autre », mais il se tut et sourit. Personne ne lui avait jamais posé la moindre question. Un ami certainement. Ils trinquèrent à nouveau.

– Il faut se méfier de celui-là. Bien fruité mais 13 degrés. Il tape derrière la tête.

Maurice présentait Joseph à ceux qui arrivaient. Il n'avait que des meilleurs amis. Il lui faisait de la publicité. Comme s'ils s'étaient toujours connus.

– Le meilleur danseur que j'aie jamais vu. À Paris, les plus belles femmes se battent pour danser avec lui.

– Vous m'invitez ? demanda une brunette avec une robe bleue à fleurs.

Joseph faillit lui prendre la main. Trop risqué de valser sur *Les Roses blanches*.

– Pas ce soir. Une autre fois.

– Ça m'étonnerait, lança-t-elle en tournant les talons.

– Franchement, tu as eu tort de refuser. À Alger, les filles se prennent pour des duchesses, la réputation tu comprends, elles ne font jamais le premier pas. Vas-y.

– Cette chanson porte malheur.

– Ma chérie aime bien danser, confia Maurice, il faudrait que je prenne des cours, non ?

– Ça ne servira à rien. Écoute-moi bien, Maurice, les filles, si tu danses comme un fer à repasser, elles s'en fichent. Ne pense pas aux autres hommes, ils ne regardent que ta femme. Toi, tu as d'abord vu Viviane, tu t'en souviens encore. La danse et l'amour, c'est pareil. Regarde-la droit dans les yeux. Rien d'autre. Pour se lancer, la meilleure des danses, c'est la java. Quand elle mettra ses mains au-dessus de ton cou, ne la joue pas voyou, pas de mains dans les poches, elles ont horreur de ça, ni sur les hanches, c'est pour les bourges. Tes doigts en douceur sur l'amorce de ses fesses.

– Elle ne va pas apprécier.

– Mon pote Marcelin dit que les fesses des femmes ont été inventées pour la java. N'appuie pas, ne souris pas. Elle doit pouvoir douter. Elles ne sont pas idiotes. Des pas comme un canard. Les épaules un peu rentrées. Et ne la quitte pas une seconde du regard. Décontracté. Entre vous, il doit y avoir l'espace d'une feuille de papier à cigarette. Pas plus, pas moins. Tu pivotes doucement, sans te presser. Et puis ta main droite remonte au creux de ses reins, l'autre sur le haut de sa cuisse. Une légère pression. Tu la fixes toujours, sans sourire. Tu te dandines en douceur. Elle est obligée de te suivre.

Contrairement aux règles élémentaires du savoir-vivre, les femmes venaient lui demander un tango, elles n'avaient pas à insister, Joseph acceptait presque toujours, même pour celles dont le visage lui déplaisait ou qui ressemblaient à des tonneaux ou lui marchaient sur les pieds. Si par hasard il dansait deux fois avec une partenaire, aussitôt les pépiements se déchaînaient, le cancanage étant, en ce temps-là, le principal sport féminin à Alger la médisante.

Aucune fille ne pouvait comprendre Joseph.

Il ne cherchait ni à se caser ni à trouver un beau parti. Il s'en fichait royalement. Lui, la seule chose qu'il aimait sur terre, c'était travailler dans son laboratoire, danser le plus souvent possible, chantonner sur les disques de Gardel et nager une demi-heure en fin de journée sur la jetée de l'Amirauté, même quand l'eau était glacée.

Après tout, on ne connaissait pas les Tchèques et peut-être n'aimait-il pas les femmes, murmuraient certaines de dépit, mais elles se heurtaient aussitôt à leur sixième sens : un homme qui danse aussi bien la valse ne peut pas ne pas aimer les femmes. On lui pardonnait ses refus, ses « Je vais voir », ou ses « Dès que c'est possible, je vous le dis » ; on l'invitait à nouveau et il s'esquivait, comme un somnambule.

D'habitude, Maurice prenait peu de risques. Cette fois, sur l'avenue de la Marne en déboîtant, il n'avait ni le temps ni la distance pour doubler le trolleybus, il aurait dû se ranger mais il écrasa la pédale d'accélérateur. La traction n'était pas très nerveuse. Joseph ferma les yeux, se raidit sur son siège, s'accrocha à la poignée et attendit le choc. En face, le camion pila, dérapa légèrement, klaxonna. Maurice se rabattit in extremis, insulta le chauffeur par la fenêtre ouverte, éclata de rire, cria des ouais de contentement en tapant nerveusement sur le volant. Il se gara brutalement à proximité de la Grande Mosquée.

Jamais Joseph n'avait pénétré dans la Casbah, il détaillait ce quartier mauresque assoupi et insalubre. Des maisons décrépites, fermées, s'imbriquaient les unes dans les autres, des passages tortueux s'évanouissaient en escaliers obscurs. Ils passèrent par une ruelle sombre qui semblait finir en impasse où ils ne pouvaient marcher de front.

Maurice l'emmena dans un autre de ses fiefs. Le restaurant *Le Marseillais* était bondé. Ils durent attendre leur tour. Les serveurs portaient d'immenses plateaux avec des dizaines de plats empilés en pyramide. Maurice retrouva plusieurs connaissances, présenta Joseph comme un de ses meilleurs amis. On choisissait son repas sur un grand tableau, tout était au même prix. À un franc. Pour faire l'addition, c'était pratique, on comptait les assiettes.

Joseph proposa d'offrir sa bouteille de champagne. La maison n'en avait pas, ils se rabattirent sur un sidi-brahim assez âcre. Passant soudain de la jovialité excessive à l'abattement, Maurice se servit trois verres successivement. Si beaucoup l'ont expérimenté et décrit, personne n'a clairement explicité le lien de cause à effet entre l'alcool et l'amour. Pourquoi le désespoir amoureux amène-t-il à boire ? Pour chasser sa peine ? Se convaincre qu'on se trompe ? Gommer le présent ? Se donner du courage ? Se punir ? Rêver que rien n'est perdu ? Ou un de ces curieux mélanges qui expliquent l'incohérence du propos. Joseph n'eut pas à insister pour qu'il ouvre son cœur :

– Je l'aime à la folie, elle m'aime tout autant, pourtant elle va me quitter.

Christine, c'était son prénom, il parlait d'elle comme si Joseph la connaissait, lui posait une infinité de problèmes (il y contribuait passablement). Elle était comédienne et avait décidé de quitter Alger pour aller vivre à Paris.

Têtue comme une mule. Impossible de la faire changer d'avis.

– Si tu l'aimes, tu peux la suivre. Tu n'as pas d'obligations.

– Je suis venu ici pour faire fortune ! Je ne vais pas rentrer maintenant, je n'ai pas un rond. De quoi j'aurais l'air ?

– Pourquoi sa carrière serait-elle moins importante que la tienne ?

– Elle n'arrête pas de travailler. Elle fait du théâtre, enchaîne tournée sur tournée. Il y a une foule de théâtres dans ce pays. Ce n'est pas le boulot qui manque. Elle en refuse. Elle répète nuit et jour une nouvelle pièce depuis un mois. Ce n'est pas suffisant, madame a besoin de nouveaux défis.

Christine en avait assez du théâtre algérois, elle rêvait de cinéma. À Alger, le dernier film qu'on avait tourné, c'était *Pépé le Moko*, trois ans déjà, où elle avait fait de la figuration, on l'apercevait dans deux scènes, dont une avec Gabin. Depuis, rien.

Elle avait écrit à Gabin afin de lui demander conseil mais il n'avait pas répondu. Elle avait fait un aller-retour pour passer une audition aux studios de Billancourt pour un rôle dans un film en costumes qui se passait sous la Révolution. N'ayant jamais eu de nouvelles, elle s'était persuadée qu'elle devait être sur place pour réussir. Sa décision était prise, à la fin de sa pièce ou de la tournée s'il y en avait une, elle partirait à Paris.

– Si elle s'en va, il y aura un malheur. Je suis fou d'amour, tu comprends ? Tu dois m'aider, Joseph.

Maurice avait élaboré une théorie du comédien qui portait le théâtre aux nues et vouait le cinéma aux gémonies. En réalité, il avait lu avec attention des interviews d'acteurs célèbres dans *Cinémonde* et *Cinérevue*. D'après eux, le métier de comédien, le vrai, c'était sur une scène qu'il se pratiquait. Maurice ne voyait pas trop la différence mais il leur faisait confiance. Ils avaient l'air de mépriser le cinéma, une activité purement lucrative, factice, destinée à ceux qui avaient échoué sur les planches face à un public de connaisseurs qui sifflait ceux qui n'avaient ni présence ni voix pour s'imposer dans les classiques. Le cinéma, c'était l'art de l'illusion où le comédien n'était plus qu'un jouet entre les mains d'un metteur en scène habile.

– Si Raimu, Jouvet et Guitry affirment la même chose, on peut les croire, non ?

Il sortit un article de journal plié en quatre de son portefeuille, l'ouvrit avec précaution, fit la lecture d'une voix bouleversante :

– « *… Avec la musique on explique l'histoire, avec les lumières on dit au spectateur ce qu'il doit regarder, avec le montage on lui impose ce qu'il doit voir. Le vrai comédien n'a pas besoin de ces artifices pour convaincre le public en chair et en os qui bouge, tousse, respire, applaudit, siffle, vibre, c'est le* *public qui fait le comédien. Au cinéma, il y a un écran entre le comédien et son public...»*

– C'est ce que tu dois lui expliquer.

– On ne se connaît pas !

– Je lui ai souvent parlé de toi. Elle a hâte de faire ta connaissance. Demain, c'est la première de sa pièce.

– Je n'ai pas envie, je m'ennuie au théâtre.

– Je te demande de me rendre un service ! Fais un effort.

– Si sa décision est prise, aucun argument au monde ne la fera changer d'avis. Tu l'aimes vraiment ? Alors, épouse-la.

– J'y ai pensé, elle est contre le mariage. Elle affirme que c'est une prison pour les femmes. Elle veut absolument garder sa liberté.

– Une féministe ! Tu n'as pas de chance. Sur le fond, elle n'a pas tort. Peut-être qu'il faut lui présenter les choses autrement. Tu aimes les enfants ? Tu as envie de fonder une famille ?

– Elle dit que les enfants, c'est le début de l'asservissement. Pour elle, femme au foyer c'est une insulte. Elle veut s'épanouir dans son métier, ne dépendre que d'elle, ne pas s'occuper de tâches ménagères.

– Insiste, la robe blanche, Mendelssohn, le voyage à Venise, ça marche.

– J'ai menti sur mon âge.

Si Joseph avait été une femme, Maurice l'aurait ému, il l'aurait pris dans ses bras et consolé. Il en aurait ri, et lui aurait pardonné. Mais personne ne pouvait miser un centime sur la réaction de Christine quand elle apprendrait son mensonge. Pas le genre à apprécier.

Maurice faisait partie de cette race de petits paons, dragueurs impénitents, raconteurs de bobards, marchands de salades sentimentales et d'histoires à la noix. Il y en a qui mettent des talonnettes, d'autres des épaulettes, certains rabattent leurs cheveux d'arrière en avant, ou les teignent couleur charbon de jeunesse, lui c'était un incorrigible baratineur.

Le genre à lâcher sous un air de confidence (faussement détaché) qu'il était le petit-fils caché de Rockefeller (pas tous les jours facile), pilote d'essai sur le nouvel avion à réaction français (faut surtout pas en parler), agent des services secrets en repos incognito (je vous fais confiance).

– Tu as vingt-trois ans ? Incroyable. Moi aussi, tu m'as eu, reconnut Joseph.

– C'est ma force, je fais beaucoup plus vieux. Pour les affaires, c'est impeccable.

– Les femmes sont bizarres, si tu couches avec une autre, elle se dira : c'est la vie, les mecs sont des salauds, il faut se résigner. Mais ça, elle ne te le pardonnera jamais.

Une fumée blanchâtre sortait d'une cheminée d'usine en brique. Une odeur capiteuse d'orange enveloppait les quatre à cinq cents personnes agglutinées sur la place de cette zone industrielle le long du boulevard Thiers sur les hauteurs d'Alger. En ce début de soirée, Maurice patientait avec Joseph et quelques amis. Ils essayaient de le convaincre des bienfaits médicaux de l'Amer Picon dans le traitement du paludisme.

C'était prouvé.

Cet apéritif avait d'abord été un médicament que l'armée française commandait en quantité considérable pour soigner la troupe. Le scepticisme de Joseph les choquait, son incrédulité montrait qu'il était encore un étranger.

– Il y a un ou deux siècles, en surdosant le quinquina, on a pu observer des effets bénéfiques, soutint Joseph. Aujourd'hui, il faudrait boire des centaines de litres pour obtenir un résultat, tu mourrais d'une cirrhose avant. Le paludisme tue toujours autant.

Il n'eut pas le temps de poursuivre, la foule se mit à avancer, ils pénétrèrent dans un dépôt désaffecté mal éclairé.

Aucune affiche, aucune indication de salle ne donnait à penser qu'un spectacle allait se donner. Pas de guichet, pas de billet à acheter, pas d'ouvreuse, pas de chaises ou de fauteuils non plus.

Ils restaient debout, collés les uns aux autres, ceux qui entraient poussaient ceux qui piétinaient. Maurice et Joseph furent séparés de leurs amis et se retrouvèrent adossés à un pilier, une demi-heure fut nécessaire pour que tous trouvent place dans l'entrepôt, les portes furent fermées, les lumières faiblirent, le silence se fit peu à peu.

Une rangée de spots illumina l'estrade sans rideau.

L'odeur entêtante de l'orange l'emportait sur la fumée de centaines de cigarettes.

Le noir se fit.

Des cris, des coups de feu, des hurlements.

« Mauvais début, théâtre amateur », pensa Joseph.

Une faible ampoule éclairait à peine la scène. Des hurlements plus forts.

Joseph poussa un soupir de résignation, combien de temps pouvait durer une pièce dans un endroit pareil, longtemps probablement.

Des bruits de bottes, comme un concerto allegro, une charge de cavalerie.

Joseph eut un frisson dans le dos. Trois hommes et une femme en uniforme de l'armée allemande captèrent son attention. Un officier, des soldats. L'action se déplaçait uniquement grâce à des éclairages fugitifs sur le mur nu et vide, sans décor ni meubles ni accessoires, tour à tour un bureau, une cellule, un palan de déchargement avec ses poulies comme salle de torture, un renfoncement dans le mur pour une autre cellule.

Maurice donna un léger coup de coude à Joseph.

– C'est elle, chuchota-t-il en la désignant du menton.

Christine était impitoyable, méthodique, calme. On venait enfin d'arrêter l'homme recherché, était-ce l'écrivain Kassner, haut responsable en fuite du parti en déroute ? Personne ne le savait, on ne possédait qu'un de ses livres immondes sans photo, pourquoi avoir brûlé les autres ?

Une autre femme la suppliait, en appelait à son humanité, elle la repoussait sans ménagement.

– C'est Nelly, murmura Maurice.

Une heure ou deux ? Joseph n'aurait pu dire combien de temps avait duré la représentation. Elle lui avait paru brève. Jamais il n'avait été aussi bouleversé et passionné par une pièce de théâtre. Maurice fut le premier à applaudir, à donner le signal. Un bonheur unanime. Comment dire merci autrement qu'en frappant dans ses mains à en avoir mal, en criant des bravos ?

Deux spots s'allumèrent. Les comédiens ne vinrent pas saluer, pas de rappel, la foule insista, les spectateurs frustrés se hissaient sur la pointe des pieds, où étaient-ils donc ?

Ils avaient disparu, plus d'acteurs, plus de théâtre. Juste l'odeur de l'orange.

La foule sortait du hangar et bloquait la circulation.

– Comment t'as trouvé ? demanda Maurice. Franchement.

Il ne laissa pas à Joseph le temps de répondre. Maurice avait uniquement aimé Christine, un tel plaisir de la voir sur scène, bouger, réciter son texte comme si elle y croyait vraiment. Incroyable cette sincérité. Sans elle : aucun intérêt. Le reste, la pièce, il n'était pas emballé. Du théâtre comme de la peinture abstraite, sans logique ni réalisme. Il n'avait pas compris grand-chose à cette histoire tarabiscotée. Qui était qui, lequel était vraiment Kassner, pourquoi les autres le cherchaient avec autant d'acharnement et criaient sans cesse ? Pas facile de se repérer dans ce vide, c'était triste qu'ils n'aient pas les moyens de se payer un décor. Ils auraient pu faire un effort, avec trois bouts de bois, des rideaux, un coup de peinture. Il n'y avait pas cru un instant. Il avait entendu des réflexions dans le public, apparemment il n'était pas le seul à s'être cassé les pieds, il était inquiet pour leur avenir, ici le spectacle c'était pour se distraire, pas chercher midi à quatorze heures.

– Il faut quand même des rebondissements, des quiproquos et des bons mots, non ?

Joseph expliqua que c'était une nouvelle forme d'expression développant une approche politique, en rupture avec le théâtre traditionnel, et surtout une mise en garde sur ce qui se passait en Allemagne, mais Maurice n'en démordait pas :

– Ennuyeux au possible, en plus deux heures debout, pas de chaises pour s'asseoir, c'est se foutre du monde !

Il était embêté à l'idée d'affronter Christine.

– Tu ne peux pas lui dire le fond de ta pensée, Maurice. À mon avis, le mieux, c'est de dire que tu as adoré, tu ne trouves pas les mots pour exprimer ton bonheur, elle jouait merveilleusement et tous les spectateurs avaient l'air heureux.

– Ouais, tu as raison.

Du haut de ses vingt-cinq ans, Albert Mathé prônait des valeurs ascétiques au nom de la morale. Il clamait que l'art n'était qu'un instrument de propagande au service de la bourgeoisie, le théâtre commercial était mort, il devait désormais éclairer les âmes, se transformer en outil de libération culturelle et avait comme fonction de porter un message politique indépendant du contenu idéologique, d'informer de la réalité sociale, donc l'histoire devait être au centre de l'expression, la dramaturgie délaisser l'individu avec son destin personnel au profit d'une dimension épique.

Mathé avait rencontré Malraux en 35 alors qu'il était venu à Alger présenter son roman *Le Temps du mépris*, le premier livre écrit sur la barbarie nazie et ses atteintes à la dignité humaine. Il lui avait demandé l'autorisation d'en faire une pièce de théâtre, Malraux lui avait envoyé un télégramme avec un seul mot : « *Joue.* »

Dans sa troupe, l'œuvre était collective, anonyme : les auteurs, les techniciens, les comédiens n'étaient pas cités, ils ne venaient pas saluer le public, ne réclamaient aucune notoriété, gagnaient peu ou pas d'argent ; pour subvenir à leurs besoins ils avaient des métiers, pour vivre ils avaient le théâtre. Les places n'étaient jamais payantes, le spectateur participait s'il voulait. On ne lui demandait rien. Il devenait aussi important que les acteurs, était appelé à se substituer à eux la pièce finie, le plaisir n'était plus le but recherché mais la prise de conscience et la compréhension du monde.

Cela dit, il était chez Padovani comme chez lui. Il y avait même joué une pièce.

Michèle l'interrompit pour servir les plats. Les comédiens, Joseph et Maurice levèrent le bras, les assiettes passaient de main en main, ils commencèrent à manger. Il y avait tellement de monde que Padovani leur avait installé une table sur la terrasse ouverte. En ce début décembre, dans cette nuit souveraine, on se serait cru au printemps, mer immobile et ciel laqué piqueté d'étoiles.

Sur l'estrade, Tony et Jeannot, deux guitaristes manouches, enjôlaient les amateurs en demi-cercle devant eux. Des groupes assis sur la plage bavardaient ou profitaient du concert assourdi.

Joseph ferma les yeux. Cette musique le transperçait, pas seulement la virtuosité, la tempête intérieure, l'ivresse du tournis. Sa tête tremblait, ses lèvres aussi. Quand il rouvrit les yeux, Christine le fixait d'un air amusé.

– On danse ? demanda-t-il.

– C'est une musique pour écouter, répondit-elle.

– Eh ben moi, j'ai des fourmis dans les jambes, dit Nelly.

Elle se leva, cigarette au bec, pas le genre à se laisser influencer par le qu'en-pensera-t-on d'Alger la cancanière. Rien à attendre de ces petits-bourgeois, des minus. Elle s'en tamponnait le coquillard. Depuis toujours cataloguée mauvais genre, elle mettait un point d'honneur à honorer sa réputation. À l'école on la punissait, elle ne baissait pas les yeux, l'effrontée, têtue pire qu'une mule, elle répond vous vous rendez compte ! Elle fumait dans la rue, sortait sans chapeau, riait trop fort, se maquillait comme une moins-que-rien, s'habillait avec des robes de scène, elle n'était pas devenue putain, elle jouait la comédie, faisait ce qui lui plaisait quand ça lui chantait, elle avait juste envie de danser avec ce type qui avait envie de danser.

– Vas-y mollo, dit Christine, il a eu une grosse peine de cœur.

Joseph n'était pas content après Maurice qui baissait les yeux. Pouvait pas savoir qu'elle allait lui répéter, les femmes tu vois on ne peut pas leur faire confiance, des perruches, tu dis un truc à voix basse sous le sceau du secret absolu, l'histoire confidentielle d'un ami très cher, jamais un homme le répéterait, elles le racontent à leurs deux ou peut-être trois meilleures copines…, faut se taire, jamais parler de personne. Par ailleurs, tout bien considéré, ce n'était pas grave non plus, sauf que maintenant devait plus y avoir beaucoup de monde à Alger qui l'ignorait.

Finalement, c'est fou ce que deux types peuvent se dire d'un seul regard.

Joseph aurait pu tomber plus mal. Nelly avait les yeux verdoyants. Incroyablement. Et aucun sens du rythme, elle se laissait conduire, une vraie comédienne, elle le suivait au millimètre.

– Il ne faut pas être triste, chuchota-t-elle en se pressant contre lui.

Joseph connaissait les sentimentales depuis longtemps, il ne répondit rien, un sourire mie de pain, il savait bien que les femmes adoraient les hommes qui avaient eu des chagrins d'amour, ils avaient droit à un statut privilégié. Avec une auréole. Ça voulait dire qu'ils avaient aimé, souffert, pleuré peut-être, il y avait de la sensibilité sous le capot, pas une brute d'Algérois mais une espèce à part, si on y mettait de la chaleur et de la tendresse, un vieux cœur maltraité pouvait recommencer à battre, servir encore une fois. Elle en était passée par là, un vrai salaud, un type d'ici, elle le croisait de temps en temps, sa famille n'avait pas voulu d'elle, une actrice vous pensez, il l'avait jetée comme une vieille chaussette, elle avait mis du temps à s'en remettre, heureusement elle avait son travail, sans Mathé elle ne savait pas ce qu'elle serait devenue, lui c'était un monsieur.

Tony et Jeannot allèrent se reposer. Lumière verte, musique douce, les choses sérieuses. Padovani mettait un point d'honneur à offrir les dernières nouveautés, il adorait Bing Crosby, Ray Ventura, Lucienne Boyer et aussi Jean Sablon, bien qu'il n'ait pas de voix. Rina Ketty chantait *J'attendrai* avec son délicieux accent italien. La piste se remplissait. Nelly connaissait les paroles par cœur.

– C'est ma chanson préférée. Vous dansez très bien. Elle s'appelait comment ?

– Je préfère ne plus y penser.

Et voilà une histoire qui commence.

Christine était heureuse, sa meilleure amie avait enfin tiré le bon numéro, difficile de trouver un défaut à ce zèbre rare, célibataire pas encore endurci, avec ses cheveux brillants, son élégant costume cintré, sans oursins dans les poches, médecin très doué, affirmait Maurice qui l'avait connu à Paris, il disait aussi que son ancienne amie était belle comme une orchidée, il y a des hommes champions pour cacher leur histoire, il n'avait pas l'air désespéré, la tristesse devait être à l'intérieur, des comme lui elle n'en rencontrerait pas souvent.

– T'es vraiment sûr qu'il n'est pas marié ? insista Nelly.

Elle avait son idée sur la façon dont il fallait soigner Joseph.

– Les hommes, ce n'est pas le tango qui les intéresse.

Fine mouche, elle lui posa des questions avisées, innocentes, depuis combien de temps il était là, s'il aimait la ville, ce qu'il faisait à son travail, s'il pensait rester longtemps, elle ne voulait pas lui montrer qu'il lui plaisait, elle en avait marre des anguilles et des commis voyageurs, elle ne connaissait rien à la biologie, encore moins à la recherche, elle, l'école elle l'avait arrêtée pour être couturière, pas désagréable mais adjudante vieille bique, quand elle était adolescente, elle rêvait d'être Jeanne d'Arc et de sauver la France, la voix rauque c'est le tabac, elle n'arrivait pas à diminuer, elle ne connaissait pas non plus la Tchécoslovaquie, elle n'avait pas beaucoup voyagé.

– Ah bon, il fait très froid ? J'ai horreur du froid, je suis allée à Paris une fois, j'ai gelé.

Un jour, elle achèterait un manteau en renard argenté ou en lapin bleuté d'Alaska, elle économisait pour.

– Si on veut faire du cinéma, c'est Paris ou Hollywood, non ? Je ne suis pas pressée, j'adore votre accent, si je vous assure, ça change des hommes d'ici, ils ont une patate chaude dans la bouche, je n'ai pas d'accent moi, hein ? Au théâtre ce n'est pas possible, Mathé est intraitable, il dit que Bérénice avec l'accent de Bab-el-Oued ne mérite pas de vivre. Dans ce pays, les hommes sont immobiles, rien ne bouge, ils vivent encore au Moyen Âge, les femmes à la maison avec les enfants. Je ne les supporte plus. Christine encore moins que moi. On ne veut plus sortir avec des types d'ici, ils nous dégoûtent.

– Ah bon ? fit Joseph.

Nelly n'aurait pas dû, ça ne se faisait pas, pas la première fois, pas à la première danse. Était-ce le bonhomme ou sa chaleur ou les couples d'amoureux qui les cernaient dans l'attente de l'éternel retour, la tête qui tournait, y a beaucoup de monde ce soir, hein ? Les mains autour du cou, les yeux qui souriaient, les cœurs en tambourin, elle en avait envie, c'est tout, lui il n'aurait pas osé, il était bien élevé, les hommes n'osent pas toujours ou alors les mufles, les Tchèques y doivent être timides, elle s'appuie sur lui, il se baisse légèrement, elle n'a pas honte, elle ferme les yeux, tremblement de ses lèvres sur ses lèvres collées, elle l'embrasse comme une femme qui a envie d'embrasser, vraiment, pas comme au cinéma, un baiser d'amour, il la serre contre lui très fort, l'aubaine des corps inattendue.

Mathé prit Joseph en amitié, un passeport rêvé pour être aussitôt accepté et intégré au groupe, sinon il n'aurait été que l'ami de Maurice, c'est-à-dire un Parisien, et le petit ami de Nelly (ce qui n'était pas une originalité). Parce qu'il était tchèque, que Mathé n'en rencontrait jamais dans cette ville coloniale, qu'il rêvait de Prague, vénérait Kafka et trouvait une coïncidence extraordinaire dans le fait que Joseph avait le même prénom et les mêmes initiales que le héros du *Procès*.

– Cette similitude est une malédiction, confia Joseph. Je suis né en 1910, Kafka n'avait encore rien publié. Pour moi, il n'est pas vraiment un écrivain tchèque. Quand on est bilingue, on écrit dans la langue de son cœur. J'ignore dans quelle langue il rêvait mais, comme Rilke, il a écrit toute son œuvre en allemand. C'était la langue dominante et de la reconnaissance sociale, et Brod l'a publiée à Berlin. Aujourd'hui encore, elle n'a pas été totalement traduite en tchèque. En dehors des cercles intellectuels, il reste méconnu et peu apprécié.

– *Le Château* vient de sortir en français, c'est plus qu'un roman, vous ne pouvez pas nier qu'il se passe dans votre pays.

– Dans la version originale, il n'y a pas le moindre détail qui indique que *Le Procès* ou *Le Château* se déroule à Prague, pas un seul. Il n'y a pas un écrivain moins pragois que Kafka.

– Ça pourrait se passer en Afrique d'après vous ?

– Où vous voulez.

– À Alger ? À Oran ?

– L'histoire pourrait se dérouler n'importe où. Si Kafka paraît énigmatique, c'est qu'il n'a jamais trouvé de solution à ses problèmes littéraires personnels, ses livres sont tous restés inachevés. Quand un romancier ne finit jamais un roman, n'est-ce pas un aveu d'impuissance ? Kafka voulait qu'on les brûle, il n'était pas dupe de leur valeur. Son ami Brod l'a trahi et il s'est trouvé une mission : il a entrepris de les réécrire et de les restructurer. Pourquoi, d'après vous ? Kafka était incapable de construire une intrigue, de trouver une chute, aussi, à chaque fois qu'il se heurtait à une impasse dans son labyrinthe, s'en sortait-il par une pirouette qui repoussait l'échéance, ou il posait son manuscrit sur une étagère et passait à un autre texte.

Maurice avait rappelé à Joseph qu'il devait sermonner Christine, la convaincre de renoncer à sa carrière parisienne. Au cours du repas, Joseph attaqua de côté, demanda à Christine quels étaient ses projets. Mathé qui lui faisait face répondit à sa place : *Le Temps du mépris* avait eu un immense retentissement, il venait de signer avec un théâtre pour une série de représentations et une tournée en Algérie, peut-être aussi en Tunisie, il avait accepté une proposition de Radio Alger pour monter des pièces radiophoniques, il avait plusieurs idées à mettre en chantier, dont une adaptation des *Frères Karamazov* qui lui tenait à cœur.

– Trente-neuf aurait pu être une bonne année pour nous, conclut-il.

– Vous croyez qu'il y aura la guerre ? demanda Joseph.

– Elle a commencé, nous ne nous en sommes pas rendu compte.

Pour Joseph, la vie aurait pu être agréable s'il n'avait été obsédé par son père. Pas une nuit sans qu'il se réveille brusquement dans sa chambre pragoise, un moment de confusion et d'angoisse. Il ne recevait plus aucune lettre d'Édouard et n'était pas sûr que les siennes lui parviennent. Il avait tellement envie d'entendre sa voix.

Les communications téléphoniques étaient aléatoires. N'ayant pas de téléphone dans son appartement, il était obligé d'aller à la Grande Poste. À deux reprises, il réussit à obtenir Prague en moins de quinze minutes, sinon, en général, c'étaient de longues heures de patience. Ils étaient de part et d'autre d'une porte de prison et attendaient qu'elle s'entrouvre. À chaque fois, c'était un bonheur immense, une véritable libération, cette sensation d'être si proches, à nouveau intimes, comme s'ils allaient se retrouver en soirée.

– Tu as le bonjour de madame Marchova, elle m'a demandé si un jour tu viendrais t'installer dans l'autre appartement sur le palier ou si elle pouvait le louer.

– Je ne suis pas près de revenir à Prague, papa. Et certainement pas pour y travailler.

Joseph demandait des précisions sur la vie à Prague, son père le rassurait sans cesse, il n'y avait aucun problème, les Allemands s'occupaient surtout des questions industrielles, son colonel était charmant, il lui avait conseillé de lire Nietzsche qu'il vénérait, lui avait laissé son exemplaire personnel de *Humain, trop humain*, son livre de chevet. Ils avaient ensemble de longues conversations. Édouard, qui comme tous les médecins avait du mal avec la philosophie, avait la plus grande difficulté à assimiler ce concept troublant de chimie des sentiments, heureusement Gerhard (c'était le prénom de son colonel) lui avait expliqué qu'il devait sublimer son instinct et en terminer avec la métaphysique. Quand son père écourta l'appel sous prétexte de terminer sa lecture Joseph comprit qu'il n'était pas libre de s'exprimer, peut-être son colonel était-il en face de lui.

Le plus souvent, l'attente était interminable. Au début, Joseph emportait son *Précis d'entomologie*, lisait sur un banc ou bavardait avec les autres usagers du mystère infini des transmissions.

Sujet unique de discussions interminables.

Apparemment, le temps d'attente n'était pas lié aux aléas politiques ou militaires mais on n'en était pas sûr. À plusieurs reprises lors de menaces graves ou de crises diplomatiques, on obtint Anvers, Séville, Florence ou Hambourg sans problème. Par contre, quand il ne se passait rien de notable, le téléphone était coupé et nul ne pouvait dire pourquoi.

Ils formaient un groupe qui avait fini par se connaître et se nommer par leur pays d'appel. Quand Joseph arrivait, un Italien ou un Espagnol, les nationalités les plus représentées, le tenait informé de l'état du trafic. Pour la Hollande, c'était impossible, pour la Pologne ce n'était pas le jour non plus, l'Allemand poireautait depuis le matin. Ou, aujourd'hui il y avait une chance, le Hongrois avait eu Budapest rapidement. Certains alléguaient le rôle des services secrets sans pouvoir être plus précis, ou celui de la censure, on ne savait plus très bien laquelle, de la météo sur le continent qui était sous la neige quand nous on se baignait encore, de l'état du réseau algérien qui datait de la guerre de 14, de l'armée qui réquisitionnait les lignes, du bordel dû au Front populaire, des trotskystes ou bien du gouvernement anglais.

Ils fixaient tous l'immense horloge qui les menaçait là-haut dans la nef.

– Vous ne croyez pas qu'elle avance ?

Ce n'était pas seulement ce silence imposé qui était insupportable, c'était d'être totalement désarmé, assis comme des andouilles à des milliers de kilomètres de chez vous à attendre sans espoir, avec ces doutes poisseux qui vous rongeaient l'esprit. Le plus souvent, ils patientaient pour rien, la Grande Poste fermait à sept heures, ils se retrouvaient sur les marches à se demander s'ils allaient tenter leur chance le lendemain, se donnaient rendez-vous, se souhaitaient bon courage puis s'en retournaient chacun de leur côté.

Joseph, qui prenait ce temps précieux sur son travail, ne venait qu'une fois par semaine, et encore, quand il réussissait à s'esquiver en fin d'après-midi sans se faire remarquer. Malgré la déception, le découragement, il continuait à venir, renoncer aurait été un abandon, comme une autre trahison.

Les bonnes résolutions sont conçues pour s'autodétruire. On ne change jamais.

Joseph finit par vivre comme à Paris. Nelly fut son mauvais prétexte. Elle riait pour un rien. C'était agréable. Elle disait avoir eu son lot de misères, refusait de les évoquer, jurait ne plus y penser, elles avaient disparu à jamais de sa mémoire.

Parmi d'autres qualités, Nelly avait le don de la conviction. Elle adorait persuader les autres qu'elle avait raison, ne supportait pas la contradiction, ne renonçait jamais, avait une capacité de discussion hors du commun et, de guerre lasse ou à court d'arguments, vous reconnaissiez que oui, on ne pouvait pas dire le contraire, elle avait raison. Cela dit, il fallait résister, elle se méfiait de ceux qui cédaient trop vite :

– Tu dis que tu es d'accord pour me faire plaisir.

Elle soutenait que les douleurs amoureuses ressemblaient aux chaussures en cuir neuves, elles font mal au début, souvent de façon intolérable, on croit qu'on va en mourir (mais personne n'est jamais mort d'un mal aux pieds), les grands chagrins, c'était kif-kif bourricot, au bout d'un temps plus ou moins long et après avoir plus ou moins souffert, on s'en accommodait en les rangeant dans un coin où ils finissaient par s'étioler, vieux trophées devenus inoffensifs.

Après avoir longuement étudié la question, elle en était arrivée à la conclusion que le complice du désespoir était la solitude, il fallait donc ne jamais rester seul et éviter les gens tristes, c'était à cela que servaient les amis, des embauchoirs contre la déprime.

Souvent, elle remarquait que Joseph avait l'air lointain, répondait « Rien » d'une voix absente quand elle lui demandait à quoi il pensait, elle lui conseillait :

– Ne reste pas à Prague, reviens ici.

Ou quand, malgré elle, il y retournait :

– Il faut t'adresser à ton malheur, lui poser des questions, trouver une solution pour qu'il arrête de t'importuner. Parle-lui. S'il est trop dur, n'hésite pas à marchander. S'il a peur que tu l'abandonnes, il négociera avec toi.

Les premières fois où elle lui prodigua ces conseils, il la prit pour une douce illuminée, une de ces filles un peu maboules comme il en avait croisé une bonne douzaine, Joseph n'était pas du genre à affronter les femmes de face, il préférait esquiver, s'en sortir par un sourire, marmonner on verra ma caille en sucre.

Et puis une nuit très tard, alors qu'elle ronflotait la tête sur son épaule, il s'adressa à haute voix à son père qui le fixait dans le noir, lui non plus n'arrivait pas à trouver le sommeil, ils bavardèrent de choses banales, comme ils ne l'avaient jamais fait auparavant, de météo et d'approvisionnement, Joseph évoqua son travail à l'Institut, Édouard était vraiment intéressé, posa plein de questions, il était très fier et lui recommanda de ne pas se mettre en avant, ils décidèrent de se retrouver de temps en temps, ils réglèrent ainsi pas mal de problèmes.

Pas tous, bien sûr.

Joseph finit par ne plus savoir s'il voyait son père ou s'il rêvait de lui, si ce contact magique relevait de la télépathie ou du subconscient. Ces moments lui laissaient un souvenir tellement précis qu'il en était désorienté. Comme cette fois où son père lui avait raconté que son colonel, qui adorait Jean-Sébastien Bach, lui avait offert un enregistrement des *Variations Goldberg* par Wanda Landowska. Jamais de toute sa vie il n'avait rien entendu d'aussi beau. Ils les écoutaient ensemble, bouleversés, à en avoir les larmes aux yeux.

Nelly avait également élaboré une sorte de théorie d'Archimède appliquée à la peine et à la tristesse qui la rendait toujours gaie, elle réussissait à en faire profiter les autres grâce à des questions auxquelles on ne pouvait répondre que par oui.

– Ton père, il t'aime vraiment ? Il pense d'abord à ton bonheur ? Il t'a envoyé à Paris pour que tu deviennes un grand médecin ? Il t'a poussé à venir à Alger ? N'as-tu jamais pensé qu'il t'avait éloigné de lui pour ton bien ? Il rêve que tu sois heureux ? Oui, oui, oui, alors, où est le problème ?

D'après elle, plus le désespoir était fort, plus il fallait poser de questions, si on se débrouillait bien, il finissait toujours par reculer. Ce qui étonnait Joseph dans cette négociation avec la souffrance, c'est qu'elle l'interrogeait de façon spontanée, sans méthode ni calcul.

Elle soutenait aussi que l'avenir n'existait pas, une invention des curés pour briser les hommes et les tenir en laisse. Ignorant le temps qui nous restait, on devait faire ce qu'on avait envie de faire au moment où on le voulait, sans rien remettre au lendemain. Si on réfléchissait, si on hésitait, on était foutu. Elle ne conjuguait rien au futur et n'embarrassait personne avec ses angoisses du lendemain.

Nelly n'évoquait jamais son passé, comme si elle était née la veille ou était amnésique, impossible d'avoir la moindre précision sur sa vie d'avant, d'où elle venait, où elle avait grandi, les souvenirs lui étaient étrangers. Elle ne vivait que dans l'instant, au jour le soir, sans autre projet que de se demander où ils iraient dîner après la représentation.

– Je t'embête tout le temps avec mon père, tu ne me parles jamais de ta famille.

– On est ensemble, il n'y a rien d'autre que nous entre nous.

Hormis du passé qu'elle cachait et de l'avenir qu'elle fuyait, Nelly discutait de tout avec passion, était toujours d'humeur enjouée, elle se lançait régulièrement dans des démonstrations aventureuses. La première fois, c'était sur l'existence indiscutable de l'Atlantide. Joseph, désagréablement cartésien, osa émettre un doute.

– Tu paries ? lança-t-elle avec défi.

– Et on parie quoi ?

– Une nuit d'amour.

Nelly adorait perdre. Joseph aussi. Elle pariait souvent.

Quand elle affirma que le hasard n'existait pas, que notre destin nous dominait et qu'il était donc inutile de nous faire de la bile pour des nèfles, il se retint de lancer que c'était une aberration. Elle trouvait évident que les deux meilleures amies du monde se retrouvent en couple avec les deux amis qu'étaient Joseph et Maurice.

C'était écrit à l'avance.

– Il n'y a pas de coïncidences, conclut Nelly.

Nelly habitait avec Christine un bel appartement avec vue sur l'Amirauté qui, à deux, ne leur revenait pas cher. Résultat, les filles habitaient à dix minutes des garçons.

Dès leur rencontre, Nelly prit l'habitude de dormir souvent chez Joseph. Depuis Viviane, il n'avait plus vécu avec quelqu'un. Elle, il ne savait pas, il ne posa pas cette question idiote. Il avait furieusement envie d'elle, une chaleur au creux du ventre, elle aussi, c'est tout, purement et totalement incontrôlable, la mécanique des sens. Ils ne se donnaient jamais de rendez-vous, pas question de se ficeler.

– On se retrouvera.

Il passait au théâtre, ils dînaient souvent en tête à tête dans un restaurant du bord de mer, rentraient en marchant main dans la main ou, quand il avait trop de travail et ne pouvait la rejoindre, vers minuit elle donnait quatre coups contre la porte, avec un bref temps d'arrêt après le premier (un signal de conspiratrice), elle n'allumait jamais la lumière sur le palier. Dans le noir, ils se détectaient à tâtons comme deux aimants qui se percutent, se soudaient avec une brutalité et une tendresse irrésistibles et ne pouvaient plus savoir lequel des deux palpitait autant. Il mettait du temps à s'endormir, la peau exacerbée, l'oreiller brûlant, il allumait la lampe de chevet, ne se lassait pas de la regarder, nue dans le lit, avec les draps en boule, vestiges de ces moments magnétiques.

Le matin, elle ne l'entendait pas se préparer et partir, elle se levait vers midi, il lui préparait toujours son petit-déjeuner, elle tirait la porte, n'avait pas la clef et n'en voulait pas. Il ne fut jamais question qu'elle s'installe chez lui, elle aurait été obligée de revoir sa conception du lendemain ou elle n'en avait tout simplement pas envie.

Il y avait des nuits où elle trouvait porte close, Joseph, absorbé par son travail, l'avait oubliée, penché sur son microscope ou ses éprouvettes. Elle ne faisait aucune réflexion.

Il y avait des nuits où elle ne venait pas, où à minuit il éteignait la lumière dans l'entrée, attendait en vain ses coups sur la porte, lui non plus ne posait aucune question et se disait que demain serait une autre nuit.

Quand Christine et Nelly les invitaient à dîner, essentiellement les dimanches et lundis soir, jours de relâche, les garçons arrivaient chacun avec deux bouteilles, soit du rosé de Mascara soit du rouge de Tlemcen, Christine ne voulait pas de mélange pour éviter le mal de tête.

Elles ne se cassaient pas trop la nénette à préparer les repas.

Christine mettait un point d'honneur à ne rien faire, soutenait en fixant Maurice droit dans les yeux que les hommes ne servaient qu'à déboucher les bouteilles de champagne, ouvrir les boîtes de conserve, poser les papiers peints, porter les valises et deux ou trois choses pour lesquelles ils avaient réussi à se rendre indispensables, elle affirmait ne pas se souvenir du dernier jour où elle avait touché à une casserole, un chiffon ou un balai.

Nelly heureusement ne formulait aucune revendication féministe, préparait tout avec bonne humeur, cocas aux poivrons achetés à la boulangerie voisine, tomates avec thon à l'huile, œufs durs pas trop cuits, concombres vinaigrette, artichauts violets et des montagnes de carottes râpées au citron, rien de meilleur pour garder joues roses et teint frais, quand elle avait du courage, elle les faisait cuire au cumin, délicieux mais peu fréquent.

Deux fois, elle fit cette omelette à la soubressade piquante dont elle raffolait, deux fois Maurice fut tellement malade que la mère Landru ne recommença plus.

Nelly n'appréciait pas qu'on la charrie sur ses talents de cuisinière, prétendait au contraire être douée pour le risotto aux calamars et aux oursins qu'elle préparait en période de répétitions, Mathé affirma qu'il n'avait jamais rien mangé de meilleur. Quand Joseph avait réussi à la convaincre de le cuisiner, Christine s'y était opposée, jurant que jamais chez elle une femme ne servirait un homme, ils avaient eu droit à des cacahuètes et des olives, si bien que Joseph et Maurice prenaient désormais leurs précautions et apportaient un poulet acheté chez le rôtisseur de la place Nelson. Elles préféraient aller au restaurant, ce n'était pas plus cher, c'était moins fatigant et meilleur, mais souvent, ils avaient la flemme de sortir.

Un soir qu'ils croquaient des carottes, Christine leva son verre de vin rouge à la santé de Nelly.

– Au fait, bon anniversaire, fit-elle en le vidant d'un coup.

Maurice et Joseph étaient surpris qu'elle ne les ait pas prévenus, ils auraient commandé un gâteau praliné avenue de la Marne et acheté un cadeau, c'était la moindre des choses.

Nelly avait horreur des célébrations à date fixe, chaque

jour devait être une fête et elle détestait surtout les anniversaires. Aucune raison de fêter sa jeunesse disparue et ses rides inévitables.

À force d'insister, ils lui arrachèrent qu'elle venait d'avoir vingt-quatre ans et qu'il lui manquait une dent.

– Et toi au fait, demanda-t-elle à Joseph, tu as quel âge ?

Il allait répondre quand il remarqua les yeux froncés de Maurice.

– Un peu plus vieux que toi. C'est important ?

– Je m'en fiche.

– Je suis d'accord avec toi, dit Maurice, moi aussi, les anniversaires me dépriment.

– Vous n'êtes pas marrants, conclut Christine. C'est beau de souffler des bougies.

– Excuse-moi de te le dire, mais pour une femme soi-disant moderne c'est d'un démodé, lança-t-il.

Christine se leva sans un mot, attrapa sa veste, son sac, sortit en claquant la porte. Maurice hésita, pensa qu'elle allait peut-être revenir, leur demanda ce qu'il avait dit de choquant, se précipita à sa poursuite, ils l'entendirent crier des « Kiki attends-moi », dans les escaliers, sa voix s'éloigna et s'éteignit.

Le principal sujet de conversation de Nelly consistait à papoter de gens que Joseph ne connaissait pas ou qu'il avait croisés une fois ou deux. Elle reliait les uns aux autres avec légèreté et évidence, racontait sous le sceau de la confidence absolue des rancunes, des ruptures, des tocades, des folies impossibles à croire. D'après elle, la moitié de la ville avait couché avec l'autre moitié, s'était aimée clandestinement, fâchée, réconciliée, disputée à nouveau ; un manège étourdissant d'aventures, de disparitions, de retrouvailles, de haines de pieds-noirs à côté desquelles les Montaigu et les Capulet étaient des blagueurs et le marquis de Sade un enfant de chœur, de secrets de famille remontant au siècle précédent, un charivari de passions troubles, souvent incestueuses, d'histoires de vierges qui faisaient sourire les initiés, de mariages arrangés in extremis, d'accouchements lointains, de sarabandes de mœurs africaines inconnues et de bien d'autres choses, pires encore, dont elle ne pouvait pas parler car elle avait juré le silence.

Un feuilleton quotidien, inépuisable et pimenté.

Elle échangeait ses informations avec quelques amies proches, formant un réseau de renseignements d'une efficacité redoutable. Chaque jour, elle faisait l'éducation algérienne de Joseph, commençait par un « Où j'en étais restée ? » qui permettait un enchaînement parfait.

Joseph finit par connaître intimement une foule de personnes. Quand Nelly les lui présentait chez Padovani ou ailleurs, ils prenaient son sourire pour de la gentillesse, ils auraient été effarés de découvrir que ce sympathique étranger en savait plus sur eux que leur propre mère. Joseph était fatigué de ces monologues, lui n'avait rien à révéler, hormis l'avancement de ses recherches, mais elle ne s'y intéressait pas. À plusieurs reprises, il avait voulu l'interrompre, lui dire qu'il n'en avait rien à faire de ces petites turpitudes mais elle avait des yeux tellement verts qu'il avait préféré se taire.

Sur elle, Nelly était mutique. Quand il l'interrogeait sur son travail, elle ne parlait jamais de théâtre, de Tchekhov, de Brecht ou d'aucun auteur, mais de Mathé : sa précision, son humanité, son enthousiasme, sa culture immense, son énergie, sa simplicité, son humour, sa ferveur, au point que

Joseph lui demanda s'il n'y avait pas eu quelque chose entre eux. Elle cligna des yeux.

– Trois fois rien. C'est un homme exceptionnel. Totalement honnête. Il t'aime beaucoup.

– Et avec Christine, il est comment ?

– Les hommes posent trop de questions, en général.

Nelly lui apprit que Maurice avait fini par rattraper Christine dans la rue, elle l'avait fait mariner, il s'était excusé, elle lui avait pardonné. Joseph ne voyait pas quelle faute il avait commise, Nelly ne s'en souvenait plus. Christine et Maurice n'étaient pas un sujet de conversation.

– Tu es son ami, tu irais tout lui raconter, elle ne veut pas.

Deux fois par mois, Maurice partait en tournée pour son patron, des itinéraires interminables qui duraient une semaine quand il faisait l'Oranais ou le Constantinois, pas marrant mais instructif.

Ils passaient alors des soirées tous les trois. Jamais Joseph ne parlait autant qu'en l'absence de Maurice. D'habitude personne (absolument personne) ne lui posait la moindre question sur son activité. On se contentait d'un hochement de tête, d'un « Ah c'est bien », admiratif, quelquefois on le félicitait et l'encourageait à continuer.

Au début, Joseph se sentait frustré de ce manque de curiosité. Christine, au contraire, demandait mille explications et précisions sur son travail et ces maladies horribles, ne s'épargnait aucune description des douleurs et de leur évolution, réclamait des détails sur des expérimentations qui retournaient le cœur de Nelly.

– Arrêtez de parler de choses aussi dégoûtantes. C'est vrai, quoi, on est en train de manger.

Christine n'était pas du genre à obtempérer. Quand elle avait une idée en tête, nul ne pouvait l'en faire démordre (surtout pas Nelly). Elle revenait à la charge, continuait à l'interroger, avec une mémoire de scribe infatigable.

– Au fait, comment avez-vous réussi à démontrer le rôle de la tique du chien dans la transmission de la leishmaniose cutanée ?

*

Le réveillon du jour de l'an 39 fut particulier. Nelly l'appréhendait, Joseph s'en faisait une joie.

Il avait été décidé que ce serait le plus grand, le plus beau jamais vécu. Personne ne se souvenait comment cette idée était née, qui l'avait lancée. Elle s'était diffusée dans l'air, un parfum de fin du monde les envahissait insidieusement, avec la conviction partagée que le sablier s'était retourné, probablement le dernier réveillon avant l'explosion. On avait juste envie de s'amuser, ensemble, une dernière fois, de garder cette soirée comme un souvenir merveilleux qu'ils pourraient évoquer plus tard en se disant : Au moins, on a été heureux.

Nul n'aurait imaginé aller ailleurs que chez Padovani. Les places étaient comptées, seuls les bons clients auraient ce privilège mais il y en avait tant, si on ajoutait les parents, les amis des amis, le patron refusa trois réservations sur quatre, sa femme passait des heures à expliquer qu'il y avait deux cent soixante places assises, en poussant les tables, on frôlerait les trois cent dix, du jamais vu.

Il y eut plus de monde que prévu. La piste de danse avait été sacrifiée, Padovani avait été obligé d'ajouter des tables, il avait hésité mais il faisait trop froid pour en mettre sur la terrasse. On pouvait difficilement quitter sa table et les serveuses avaient le plus grand mal à se déplacer, elles posaient les plats en bout de rangée et ils passaient de main en main. Les commandes se perdaient dans les airs. En désespoir d'ivresse, plusieurs se servirent directement, une foule de bouteilles disparurent du bar sans être comptées. Les Padovani se disputèrent, elle criait que c'était sa faute, il criait plus fort encore qu'il n'y pouvait rien.

C'était imprévisible.

L'orchestre jouait en sourdine, il y avait un tel bruit qu'on ne l'entendait plus.

Mathé, encadré par sa nouvelle amie, et par Christine, avec sa troupe au complet, occupait la table habituelle près de la fenêtre, Joseph leur faisait face, essayant de répondre aux questions précises de Mathé qui l'interrogeait comme s'il avait été un spécialiste de Kafka. Joseph lui avait déjà expliqué qu'il appréciait peu cet auteur. Sans se soucier de ses réserves, Mathé revenait à la charge, il avait repensé à leur désaccord sur l'interprétation du *Procès*, il soutenait que c'était un manifeste remarquable sur l'absurde et Joseph, au contraire, que l'absence de rationalité n'avait aucun intérêt.

– Quand Joseph K. est arrêté, il reste libre. Lors de son interrogatoire, il ne se défend pas, on ne l'accuse pas, c'est lui au contraire qui critique le système. L'appartement de l'huissier sert de tribunal, pendant son procès la femme de l'huissier a une relation sexuelle avec un étudiant. Cela n'a aucun sens, ces situations privent le texte de la force du quotidien. C'est la réalité qui doit être irrationnelle et incompréhensible.

– C'est pourtant ce qui se passe dans les pays fascistes, rétorqua Mathé.

– C'est une erreur d'avoir une lecture métaphorique de Kafka. Il est dans le néant, confiné dans un monde désincarné, eux sont dans la négation des droits.

– La barbe ! On ne pourrait pas avoir une discussion plus marrante un soir de réveillon ! lança Nelly.

Joseph se dressa. Pouvant à peine reculer sa chaise, il grimpa sur la table, attrapa Nelly par la main, la hissa à la force du poignet. Sans se préoccuper des exclamations et des protestations, il avança, essayant de ne pas piétiner les assiettes, l'entraînant dans son sillage, elle renversa quelques verres en criant « Désolée, désolée ». Joseph demanda à un des comédiens d'ouvrir la fenêtre. Une bouffée de vent glacé s'engouffra dans le restaurant. Il s'élança sur le rebord, aida Nelly à le rejoindre, ils étaient en déséquilibre, faisaient des moulinets avec leurs bras. Ils sautèrent sur la terrasse déserte. Comme un orchestre obéissant au chef qui le commande avec ses doigts tendus, les musiciens jouèrent enfin dans le silence revenu. La foule ébahie s'agglutinait derrière les vitres. Joseph entraîna Nelly dans *Quand on s'promène au bord de l'eau*. La mer était noire, il n'y avait pas d'étoiles, pas de lune. Ils avaient la piste pour eux seuls, elle tournoyait trop vite, se raidissait, chevauchait ses pas, avait tendance à se rapprocher.

– Ferme les yeux, murmura-t-il.

Ils tournaient, tournaient, elle se laissait guider. Presque le bonheur. Une douzaine de couples les rejoignirent. Des courageux à qui le froid ne faisait pas peur, emmitouflés dans leurs manteaux. Maurice en complet-veston tira Christine par la main. Elle n'avait pas envie de danser.

– Tu vas voir, lança-t-il. C'est un grand moment.

Au milieu de la piste, Christine lui faisait face, attendant qu'il la prenne dans ses bras, la ronde continuait autour d'eux. Soudain, Maurice tomba à genoux, écarta les bras. Un à un, les couples s'arrêtèrent et les entourèrent.

– Christine chérie, j'ai l'honneur de te demander ta main.

Elle mit quelques secondes à comprendre, ouvrit la bouche, ses lèvres tremblaient. Maurice, nerveux, chercha quelque chose dans sa poche et sortit un écrin rouge.

– Mon amour, c'est pour toi.

Il ouvrit le boîtier, découvrant un diamant serti dans un anneau doré qu'il offrit à sa bien-aimée.

– Pour nos fiançailles.

– Tu es tombé sur la tête !

D'un revers lifté, elle envoya promener le boîtier. La bague s'envola, vingt cous gracieusement synchronisés suivirent les loopings. Maurice, effaré, regarda son diamant se noyer au milieu de la forêt de jambes, son premier réflexe fut de se précipiter pour le récupérer. Christine retourna vers le restaurant. Un instant, il hésita, fit quelques pas à genoux pour la suivre, se ravisa, fonça tel un demi de mêlée à la recherche du bijou. Heureusement, il y avait une Algéroise honnête dans l'assistance qui, trouvant la bague vraiment jolie, la lui présenta au creux de sa paume, et quand il voulut la prendre referma ses doigts.

– Moi, je vous épouse de suite, dit-elle, émue.

« Encore une folle ! » pensa Maurice. Il lui ouvrit la main, récupéra son bien.

– Christine ! Christine ! cria-t-il en se frayant un passage.

Elle avait disparu, engloutie par la foule. Il titubait face à ce mur infranchissable comme un boxeur groggy. Maurice pleurait, sans honte aucune, des perles de tristesse infinie. Il buvait un coup, un autre, reniflait toujours. Mathé le consola, lui donna sa cigarette, lui mit la main sur l'épaule, un frère.

– Tu sais, Christine, c'est une chic fille. Il ne faut pas lui en vouloir.

Heureusement, Maurice avait fait sa demande impromptue avant les douze coups fatidiques. À Alger la superstitieuse, c'était l'année 38 qui finissait mal. Trente-neuf gardait toutes ses chances. Le décompte fut assourdissant, le zéro fêté triomphalement.

Avec hystérie même (c'était, paraît-il, habituel ici).

À la table de Mathé, aucune effusion, on ne s'embrassa pas.

– Ce sera une mauvaise année, affirma-t-il. Elle aurait mieux fait d'accepter.

Les hommes n'étaient pas tendres avec cet imbécile de Maurice. Quelle idée de prendre un risque pareil ! Pourquoi ne pas s'être déclaré en tête à tête ? Après tout, on ne savait pas grand-chose de ce Parisien. Nous au moins on est plus malins (on n'achète rien sans l'accord des parents). En revanche, l'image de Maurice auprès de la gent féminine s'en trouva considérablement rehaussée. Derrière l'homme entreprenant se cachait un romantique. De nos jours, il n'y en avait plus beaucoup. Les trente témoins de cette scène, et les quelques milliers à qui elle fut rapportée les jours suivants, s'interrogèrent longuement : était-ce qu'elle ne l'aimait pas ou en aimait-elle un autre ? Cette dernière hypothèse avait la faveur. D'abord, parce que c'est péché de gâcher la marchandise, on n'imaginait pas Christine bête au point de faire la difficile. Derrière ce refus se cachait un autre homme.

Forcément.

Et, de l'avis de ces connaisseuses, il ressemblait à Mathé, elles en auraient mis leur main au feu. Nelly et les autres comédiennes levaient les yeux au ciel, juraient sur tous les saints que c'était un fantasme collectif. Personne ne les croyait.

À Alger la cul-bénite, le mariage relevait de l'extatique, les rares courageuses qui, après bien des circonlocutions, osèrent aborder la question avec Christine, furent horrifiées. Christine haïssait l'engagement solennel, la promesse du meilleur et du pire provoquait chez elle (toutes proportions gardées) un effet identique à celui du chiffon rouge agité devant le taureau.

– Ce n'est pas la mort qui te séparera de l'homme qui t'aime, c'est ta connerie qui le fera fuir, lança-t-elle à une intrépide qui voulait savoir si elle aimait Maurice. Jamais je ne me marierai ! L'esclavage de la femme reste à abolir !

– Tu feras comment si tu as un enfant ? insista la téméraire.

– Je n'aurai jamais d'enfant ! On nous engrosse pour nous ligoter, nous interdire de vivre. Je ne suis pas une bonniche ! S'il veut un môme, il n'a qu'à le pondre lui-même !

Si elle avait craché sur la Croix, elle se serait fait moins d'ennemis. Personne ne discute avec un taureau. On s'écarte ou on le tue. On la laissa s'énerver, on plaignait ce pauvre Maurice, il n'avait pas tiré le bon numéro celui-là.

On peut classer les problèmes insolubles de la vie dans deux cercueils, ceux qu'on cache dans un coin obscur où on arrive à les oublier, ils finissent par ne plus vous embarrasser, abcès dormants peut-être étouffés (peut-être pas), et ceux qui vous écorchent comme des hameçons, vous continuez à saigner sans vous en rendre compte et ce sont les pires car on s'habitue à vivre avec la souffrance.

Le matin du jour de l'an, un dimanche de pluie, Joseph alla sonner à la porte de Maurice. Ce dernier ne répondit pas. Joseph insista, ils devaient déjeuner chez les filles. Maurice finit par ouvrir, en pyjama rayé, avec le visage gonflé d'un homme qui n'a pas dormi. Joseph eut le plus grand mal à le convaincre de le suivre. Maurice n'avait pas faim, il avait besoin de rester seul et détestait le 1er janvier. Ils arrivèrent en retard. Avec un bouquet de glaïeuls roses car les femmes adorent ces fleurs hideuses.

Elles s'extasièrent, n'avaient pas de vase assez grand, les mirent à tremper dans l'évier. Un gros poulet cuisait dans le four. Ça sentait une journée de bonheur. Elles servirent l'apéritif avec des olives, des amandes, des canapés au fromage. On trinqua en se souhaitant une bonne santé. Sauf Maurice. Il se dressa, un rien cérémonieux, leva son bras pour porter un toast.

– Christine, mon cœur, excuse-moi pour hier soir. Laissons tomber le mariage, les formalités, tout le bataclan. On n'en a pas besoin. Quand on veut vivre ensemble, on doit se respecter, non ?

Il vida son verre d'un coup. Il y eut un silence flottant. Le lapement de sa langue sur ses lèvres anisées.

– Tu penses à quoi ? fit Christine.

– Je me disais que tu pourrais venir habiter à la maison. Tu aurais de la place.

– Restons indépendants. On peut vivre ensemble, chacun chez soi, libres de se voir quand on en a envie. Je ne veux pas de la routine du quotidien, te demander ce que tu as fait aujourd'hui et que tu me répondes : « Comme d'habitude. »

On aura uniquement le meilleur, tu ne crois pas que c'est mieux ?

Il s'assit, ne dit presque rien du repas, ne fit aucun commentaire sur le poulet rôti. Pour une fois qu'elles faisaient un effort.

– On vous félicite, les filles, il est fameux, lança Joseph. Hein, Maurice ?

– Ouais.

Maurice n'évoqua plus ses demandes ratées, Christine n'y fit jamais aucune allusion. La vie continua. Pourtant, il y avait un petit caillou dans le cœur de Maurice.

*

Sergent détestait être convoqué au Gouvernement général par un coup de téléphone. Toujours une très mauvaise nouvelle. Des hommes tombaient comme des mouches dans une ville de la Mitidja, des enfants devenaient aveugles après avoir été piqués par des insectes, des troupeaux étaient décimés par une épidémie bizarre apparue dans le djebel, la vigne pourrissait pour Dieu sait quelle raison, un ver sournois inconnu s'infiltrait sous la peau et cent autres calamités effroyables, ce pays s'ingéniait à empiler toutes les misères du monde. Le gouverneur général n'avait d'autre solution que d'appeler Sergent au secours, il n'avait aucun budget prévu et pas de personnel non plus, il allait demander une rallonge à Paris mais, avec les événements, il ne fallait guère se faire d'illusions. Sergent vitupérait que, la dernière fois déjà, il avait juré que ce serait la dernière fois, c'était physiquement infaisable, ses médecins planchaient sur des recherches impossibles à interrompre et étaient saturés de travail.

– Monsieur le Gouverneur, je suis au regret de devoir refuser.

– Pour la France, Sergent, pour notre mission civilisatrice. L'approvisionnement des troupes est menacé. Vous êtes mobilisé !

– C'est la dernière fois.

Quand madame Armand poussait les portes en meuglant : « Réunion dans un quart d'heure ! », les plus prévoyants arrivaient avec une pile de comptes rendus de travaux et d'expériences en cours, comme un mot d'excuse, parapluie censé détourner le cours de l'avalanche, les plus anciens avaient une excuse, leurs femmes demanderaient le divorce s'ils en faisaient plus et, avec leur modeste traitement (cette année encore, on n'a pas été augmenté), ils n'avaient pas les moyens de payer des pensions alimentaires. Il y avait un accord tacite, aimable et ferme, entre ces médecins déterminés à ne plus céder, déchirés entre les priorités et à la limite de la rupture nerveuse.

Joseph n'était pas assez aguerri.

– J'ai une montagne de travail fut sa seule défense. Vous m'aviez dit que c'était urgent.

– Il faut vous organiser. Chez nous, jeune homme, les journées ont vingt-quatre heures et les semaines sept jours.

La mission était à accomplir séance tenante. Un éleveur du village de Saint-Arnaud dans les environs de Sétif, à environ trois cents kilomètres à l'est d'Alger, une région de hauts plateaux, voyait son troupeau de bovins souffrir d'une piroplasmose transmise par une tique résistant au traitement habituel. Le fermier Fagès fournissait l'armée de terre et, le moral des troupes étant directement proportionnel à la quantité de pitance, l'enjeu stratégique était primordial.

– En vous dépêchant, vous attraperez le train de nuit, demain matin vous faites votre récolte de tiques et les ponctions aux bovidés, et vous pourrez rentrer le soir. Vous avez de la chance, l'été on y suffoque.

Pendant plus de six mois, une ou deux fois par semaine, Joseph allait faire le voyage pour Sétif, dormant d'un œil, abruti de fatigue tellement le wagon était bruyant, et il n'eut jamais l'occasion de visiter la sous-préfecture ni les ruines romaines.

Au premier voyage, Joseph fut accueilli par une délégation d'une trentaine de personnalités, le sous-préfet s'était déplacé avec le commandant de la subdivision militaire, ainsi que les curés, maires, notables et fermiers de la région dont le bétail succombait mystérieusement. Le vétérinaire lui parla comme à la réincarnation de Pasteur, ils le reçurent avec mille prévenances, lui offrirent une superbe boîte de dattes fraîches. Fagès, le plus gros exploitant, n'était pas effrayé par la perte du marché d'approvisionnement de l'armée ni par sa ruine prochaine mais par la mort inexorable de son cheptel, ses bêtes se vidaient et cessaient de s'alimenter.

Joseph resta avec lui dans l'étable, brossa doucement le pelage des bœufs, attrapa les tiques avec une pince, les jeta dans un tube rempli de lamelles de papier, fermé d'un bouchon de coton pour l'aération et la conservation pendant le voyage, fit des ponctions à tous les animaux, refusa dîner et hébergement, rentra par le train de nuit avec ses prélèvements qu'il analysa, découvrit avec stupeur que plusieurs bovins étaient infectés par cinq sortes de tiques, certains en portaient des centaines.

Sergent regarda les plaques au microscope avec consternation.

– C'est effrayant, murmura-t-il. Heureusement, il n'y en a que dix pour cent de contaminés. Il faut d'abord isoler les animaux sains. En général, le pic de l'infection a lieu en avril, il n'y a que deux espèces de tiques actives toute l'année, ce ne sont pas les plus dangereuses.

Les tests en culture montrèrent que l'augmentation d'une dose de quinine concentrée était efficace contre ces acariens. Joseph finit par trouver le bon dosage. Un gros tiers des troupeaux avait disparu. Malgré leur coût relativement élevé, il fut décidé d'administrer des traitements préventifs. Joseph fut chargé de déterminer l'état de prémunition des animaux et réussit à établir un calendrier du traitement acaricide. Pendant cette période, il travailla quasiment sans s'arrêter, confirmant le vieil adage qu'un bon chercheur doit avoir surtout des fesses résistantes.

Sergent, qui habitait au dernier étage avec sa famille, lui prêtait sa salle de bains, son épouse lui apportait du café fort et des biscuits. Elle disputait son mari quand elle trouvait Joseph endormi sur sa paillasse, affirmait qu'un employeur, quel que fût son prestige, devait protéger ses employés, et (ce que Sergent appréciait peu) que la nouvelle législation sur les quarante heures s'appliquait aussi aux jeunes médecins de l'Institut. Elle renvoyait Joseph de force chez lui en rappelant que le Seigneur interdisait le travail le dimanche, lui conseillait de ne pas se laisser dépouiller de sa journée de repos, il aurait le temps à l'âge de Sergent de passer sa vie dans son laboratoire.

Ce qui procurait une intense satisfaction à Joseph, ce n'était pas seulement d'avoir mené à bien cette mission mais aussi d'être devenu un membre à part entière de l'équipe. Désormais, ses collègues prenaient de ses nouvelles, s'enquéraient de l'avancement de ses recherches, lui parlaient avec simplicité et voulaient son avis sur leurs travaux. Certains l'invitèrent à déjeuner chez eux le dimanche. Il se retrouva assis à côté de jeunes filles de la bonne société algéroise aussi ennuyeuses que celles de Prague et finit par refuser ces invitations sous le prétexte qu'il avait trop de travail.

*

Peut-être ce pays rêvé et son soleil blanc leur aveuglaient-ils l'esprit ou son hiver comme un printemps les amollissait-il, mais les Algérois étaient persuadés que la guerre n'aurait pas lieu, une impossibilité qui relevait d'un calcul mathématique. Il y avait eu neuf millions de morts lors du dernier conflit et huit millions d'invalides, en Allemagne ils n'avaient pas pu oublier leurs quatre millions de morts. Étaient-ils assez fous pour se battre à nouveau ? De l'intimidation, c'était certain, du bluff, c'était probable, chacun avançait ses pions, prenait ses avantages, les plus forts profitaient des plus faibles, c'était la vie, au dernier moment ils s'arrêteraient.

On rassurait Joseph, on lui déconseillait de lire la presse parisienne, alarmiste pour vendre son papier, et de s'en tenir aux journaux d'Alger qui accordaient une confiance inébranlable au gouvernement pour éviter la catastrophe. À l'Institut, ses collègues pensaient qu'avec la fin de la guerre d'Espagne, tout allait rentrer dans l'ordre. Des sondages avaient montré qu'une large majorité de la population approuvait les accords de Munich. Face à l'agressivité d'Hitler, l'opinion hésitait, des informations précises montraient que l'armée n'était pas prête, il fallait réarmer. Les plus âgés gardaient en mémoire les quatre années d'horreur et condamnaient la course à l'armement.

Christine était la plus déterminée des pacifistes que Joseph ait jamais croisés et la plus convaincante. Nelly avait confié à Joseph, en lui faisant jurer de ne pas le répéter, que Christine avait été pupille de la Nation. Elle le tenait de Mathé (Christine n'en parlait jamais), tous deux avaient perdu leur père en 14 lors de la bataille de la Marne. Depuis sept ou huit ans, Christine s'était fait connaître comme une activiste des luttes féministes. « Sur cette terre, ce sont d'abord les femmes, françaises ou arabes, qui sont colonisées et opprimées, réduites à l'état de génisses. On s'époumone dans le désert. Autant vouloir faire reconnaître les droits de la souris à un chat. »

Les sympathisantes se comptaient sur les doigts des deux mains, se divisaient pour un rien, passaient plus de temps à se disputer qu'à lutter. Un combat et un sacerdoce. Christine ne se décourageait pas, signait un nombre considérable de manifestes, enchaînait rendez-vous, assemblées, comités, harcelait sans répit la presse locale pour qu'elle annonce débats et réunions sur le droit de vote et l'égalité des femmes, les mariages forcés, les brutalités subies en silence, la contraception et l'avortement. Elle subissait une censure permanente, les deux principaux journaux, *La Dépêche algérienne* et *L'Écho d'Alger*, ne publiaient rien sous prétexte que ces informations n'intéressaient pas leurs lecteurs. Le premier, de droite, l'ignorait, le second, radical-socialiste, conservateur et colonialiste, la détestait. Seul *Alger républicain* passait ses communiqués mais c'était un journal de gauche que peu de gens lisaient, et ceux-là étaient déjà convaincus.

En 33, elle n'avait que vingt-trois ans. Christine avait participé à la création du Comité algérien d'initiative pour le mouvement Amsterdam-Pleyel qui dénonçait les menaces de guerre impérialistes et prônait le désarmement général, une vague gigantesque de millions de femmes et d'hommes exigeaient la paix de leurs dirigeants. À Alger, près de mille adhérents avaient reçu la carte blanche à lettres bleues et, chaque année, y collaient le timbre à l'effigie d'Henri Barbusse, de Romain Rolland ou de Maxime Gorki ; après le Front populaire, le mouvement s'était effiloché, victime de dissensions internes. Christine avait poursuivi avec le Rassemblement universel pour la paix, qui l'avait déçue également, et elle venait de rejoindre avec enthousiasme la Ligue des femmes pour la paix dont le Manifeste l'avait bouleversée.

Pour la première fois, des femmes s'élevaient contre la guerre non en raison de leurs opinions politiques mais en tant que femmes : « *Aux femmes qui ne se lasseront pas de défendre la vie. Nous, mères, femmes, sœurs, déclarons que nous ne nous résignerons pas, comme en 14, au massacre de nos fils, de nos compagnons, de nos frères.* »

Leur groupe ne comptait plus que sept participantes. Elles se postaient chacune sur une place ou à un carrefour important, installaient une table pliante et faisaient signer la pétition de soutien. Elles expliquaient, discutaient, essayaient de faire partager leur opinion, obtenaient souvent des signatures de femmes seules, des encouragements de celles, les plus nombreuses, qui ne voulaient pas signer sans l'accord de leur mari ; plusieurs musulmanes, surtout des jeunes qui ne portaient pas le voile, s'engagèrent aussi. Avec les couples, il y avait des incidents, les hommes d'une façon générale n'appréciaient guère, pas rare qu'elles se fassent insulter, voire bousculer, la pétition arrachée et déchirée, la table renversée d'un méchant coup de pied. Elles parlementaient, mais en vain. Leurs femmes, alors, s'excitaient, hurlaient, les molestaient. Quelquefois, des sympathisants s'en mêlaient, le ton montait, des cris, des injures.

Une désolation pour un mouvement pacifiste.

À plusieurs reprises, les agents de police durent intervenir, confisquèrent des listes précieuses de noms. Du jour au lendemain, comme si elle avait reçu des instructions, la police changea d'attitude. Presque chaque jour, elles recevaient des amendes pour troubles sur la voie publique : la première à trente-cinq francs, ça allait encore ; soixante-dix francs les suivantes, c'était dissuasif, même pour les plus virulentes, sauf pour Christine.

– On veut nous asphyxier, on espère nous imposer le silence, nous ne céderons pas !

Les économies si péniblement sauvegardées furent attaquées. Les proches, les clients de Padovani, Mathé et les comédiens, par conviction ou charité, tous y allèrent de leur obole. Joseph fit exception. Il soupesa le chapeau avec une moue, le passa ostensiblement à son voisin sans mettre le moindre billet à l'intérieur.

– Tu pourrais nous aider, exprimer ton amitié.

– Si tu as besoin d'argent, je veux bien t'en prêter ou t'en donner, mais si c'est pour manifester ma solidarité avec cette cause absurde, pas question. Vous faites le jeu d'Hitler.

Arriva le moment où, les carnets d'épargne engloutis, la quête ne suffit plus, les bonnes volontés trouvèrent la contribution intolérable. Après une tumultueuse assemblée générale, elles se promirent de chercher d'autres moyens de réveiller cette population apathique et se résolurent à ne manifester qu'une seule fois par semaine le samedi matin sur la place des Trois-Horloges au marché Triolet, avec des camarades un peu musclés qui imposaient le respect. Elles n'entraînaient plus beaucoup l'adhésion, c'était pour le principe, pour montrer que le mouvement existait. Christine sentait que l'idée de la guerre s'insinuait dans les consciences, une évidence pour les uns, un poison pour elle.

– Pourquoi ceux qui défendent la paix sont-ils les lâches et ceux qui prônent la guerre les courageux ?

Maurice ne venait plus chercher Joseph à l'Institut. À deux reprises, il était reparti bredouille, pour cause d'expériences impossibles à interrompre, sans savoir s'il devait se vexer d'un « Je ne sais pas quand je pourrai » murmuré les dents serrées, avec l'air énervé de celui qui a trop de travail envers celui qui n'en a pas assez.

En cet après-midi de fin janvier 39, Joseph fut surpris de voir Maurice débouler à l'improviste dans son laboratoire. Ils ne s'étaient pas revus depuis ce déjeuner du jour de l'an où Christine avait refusé de venir habiter chez lui.

Quand Joseph le découvrit, la lèvre fébrile, cherchant ses mots, les vêtements en pagaille, il pensa : « Cet imbécile a recommencé et elle l'a encore envoyé promener. »

– Il faut que tu viennes, c'est urgent.

– Je ne peux pas, j'en ai encore pour une heure ou deux.

– Christine a été arrêtée !

Avec les adhérentes de la Ligue des femmes pour la paix, elles avaient décidé de protester contre la pratique de ces amendes insidieuses lors de la venue d'Édouard Daladier. Pendant que certaines distribuaient des tracts à la foule des passants venus l'acclamer, d'autres agitaient des pancartes pacifistes. On les bousculait, on leur crachait dessus. Christine, malgré l'imposant service d'ordre échaudé par les incidents survenus lors du passage de Daladier à Tunis, avait réussi à franchir le cordon de sécurité et à bloquer la voiture du président du Conseil pour lui remettre une pétition exigeant l'arrêt du réarmement, tambourinant sur sa vitre avant d'être ceinturée sans ménagement par des agents de police. Un ami avait prévenu Maurice.

Jusqu'au soir, ils firent le tour des postes de police de la ville, renvoyés de l'un à l'autre sans obtenir la moindre information, attendant sur un banc qu'on daigne s'occuper d'eux, expliquant dix fois leur situation. Au poste du boulevard Gallieni, un brigadier les envoya au commissariat central. On les considéra avec suspicion, on leur demanda s'ils faisaient partie de ce mouvement, s'ils étaient de la famille. Maurice était furieux. Il avait dû fournir sa carte d'identité et allait se retrouver fiché comme sympathisant. Il clamait pourtant qu'il n'avait rien à voir avec ces folles, c'était juste son amie, ils espéraient se marier, ce n'est pas un crime d'être amoureux.

– On n'est pas obligés de partager les mêmes opinions. Je ne suis pas d'accord avec elle !

Un inspecteur de police corse leur avait confié que c'était une furie, il avait fallu quatre hommes, et des costauds, pour la maîtriser. Le chef du gouvernement avait eu une vraie frayeur, ils avaient tous cru à un attentat.

Pour ne pas donner à cette affaire une importance qu'elle n'avait pas, elle ne serait poursuivie que pour insultes et outrages à agents de la force publique devant le tribunal.

– On ne pouvait pas faire moins, elle a été vraiment trop grossière, expliqua l'inspecteur.

Il affirma qu'elle ne tarderait pas à sortir. Maurice écumait :

– C'est de la folie ! De quoi elle se mêle ? Elle ne pouvait pas rester tranquille à faire la comédienne ? Tu vois ce que ça donne quand les femmes s'occupent de politique ? Finies les conneries ou je la laisse tomber ! Elle me pourrit la vie ! Je vais reprendre les choses en main, crois-moi, elle va m'entendre.

Ils l'attendirent des heures. On leur annonça qu'elle allait être jugée séance tenante. Ils eurent à peine le temps de retourner chez eux. Nelly était terriblement inquiète. Pas informée de la manifestation, elle était passée chez Maurice puis chez Joseph, avait trouvé porte close, interrogé les voisins, personne ne put la renseigner.

Transférée au palais de justice, Christine passa le lendemain matin devant le tribunal des affaires correctionnelles statuant en flagrant délit, seule femme au milieu de onze hommes, dont six Arabes. Elle avait les cheveux en bataille, la lèvre supérieure gonflée, le corsage blanc moucheté de taches grenat, son mouchoir rougi collé sur le nez, les paumes des mains éraflées d'avoir agrippé le bitume. On lui fit une fleur, elle fut la première à comparaître. Joseph et Maurice s'assirent au troisième rang, épuisés. Avec leurs mines de déterrés, ils ressemblaient aux prévenus dans le box. Un retraité leur confia que le président du tribunal était un dur, à la main lourde. Christine refusa l'assistance d'un avocat sous le prétexte idiot qu'elle était innocente et clama qu'elle déposait plainte pour coups et blessures contre la police. Le président lui expliqua qu'elle n'avait pas la parole, elle le traita de militariste.

– J'en suis fier, madame.

– Vous n'êtes qu'un boucher !

Il la fit expulser par les gendarmes. Le procureur réclama une peine d'une exceptionnelle sévérité. Elle fut condamnée à six mois de prison avec sursis et mille cinq cents francs d'amende. Ils furent tous effarés par l'énormité de la somme.

Affaire suivante.

Dans la soirée, Christine fut relâchée. Elle devait signer le registre de levée d'écrou. Elle refusa catégoriquement, exigea de se faire examiner par un médecin pour établir les mauvais traitements subis. Quand le gardien de la paix, derrière sa guérite, lui demanda de débarrasser le plancher fissa, elle le traita de gros con de flic. Il hésita un instant, afficha une moue de mépris, lui répondit d'aller se faire soigner chez les folles. Maurice et Joseph intervinrent pour la faire sortir, c'était difficile tellement elle était énervée, elle réclamait son sac à main. Apparemment, elle l'avait perdu dans l'échauffourée lors de son arrestation. Elle refusait de sortir tant qu'ils ne lui auraient pas restitué ses affaires, voulait aussi déposer plainte contre la police pour vol.

– Tous des pourris !

– Si vous ne l'emmenez pas de suite, je la recolle au violon, lança le policier à Maurice et Joseph.

– Je veux récupérer mon sac ! Où est mon porte-monnaie ? Ils l'ont piqué ! Salauds de flics !

Ils ne furent pas trop de deux pour la pousser dehors. À peine arrivée au bas des marches, était-ce la vertu bienfaisante de la nuit fraîche ou le contrecoup de la colère, Christine se calma, passant de l'excitation extrême à la léthargie. Ils marchèrent le long de la rue d'Isly déserte, sans dire un mot. Elle avançait comme un automate, ils lui jetaient de brefs coups d'œil.

Soudain, elle se figea. Dans le miroir d'une boutique de mode allumée, elle avait découvert son visage tuméfié. Elle avança à en avoir le nez collé à la vitre, passa une main tremblante sur ses lèvres, remit de l'ordre dans sa coiffure, contempla ses paumes meurtries, les tamponna avec son mouchoir, se tourna lentement vers Joseph.

– Dis-moi, je suis défigurée ?

– Je vais te soigner.

– Je ne pourrai pas jouer demain.

Maurice s'approcha, lui prit la main, y déposa un baiser, lui sourit.

– Avec un peu de maquillage, ça ne se verra pas. Franchement.

– On ne faisait rien de mal. C'était pour la paix.

– Ce sont des brutes, fit Maurice.

Les blessures étaient superficielles, des éraflures que Joseph savonna délicatement et nettoya avec de l'eau oxygénée. La lèvre était bosselée, avec son *Rouge Baiser* il n'y paraîtrait plus, et elle avait un hématome sur la hanche gauche, apparemment rien de cassé. Christine s'était débattue, peut-être avait-elle mordu un agent, elle ne s'en souvenait plus, un autre l'avait soulevée, jetée à terre violemment, traînée par un bras, elle avait résisté, essayé de se relever, reçu un coup de coude sur le nez, après elle avait été piétinée.

Christine était déterminée à déposer plainte pour le vol de son sac et les blessures, pas question de s'écraser, elle n'avait pas peur, il y aurait cent témoins pour prouver l'agression dont elle avait été victime, la brutalité des policiers, leur acharnement.

– Ils ont peur de nous, nos armes sont nos idées.

– Si tu veux, je connais un avocat, un coriace, affirma Maurice.

– Oh oui !

– Demain matin, tu iras consulter mon médecin qui te fera une attestation.

– Tu as raison.

– C'est une question de principe, mon amour. On ne doit pas transiger avec la paix.

– Heureusement que tu es là.

Joseph observait Maurice : il avait l'air terriblement convaincu mais évitait son regard.

– On n'arrêtera pas Hitler avec de belles paroles, objecta Joseph. Les pacifistes allemands, il les a tués, ceux qui s'opposaient à lui aussi. On ne pourra pas éviter la guerre.

– Tu te rends compte de l'hécatombe ? C'est une folie ! lança Christine.

– On ne peut pas discuter avec les fascistes. L'affrontement est inévitable. Quand ils attaqueront, tu feras quoi ? On sera obligés de se défendre. Il faut se préparer.

– Si tout le monde se bat comme toi en Espagne, Hitler n'a aucun souci à se faire.

– C'est minable ce que tu dis.

– Il y en a qui ont eu du courage, d'autres non.

Joseph se redressa, désorienté, à la fois blessé et en colère.

– Donc il fallait se battre en Espagne et pas contre Hitler ? Votre vrai problème à vous les pacifistes, c'est votre profonde stupidité.

Il partit sans se retourner. Personne ne songea à le retenir ou à le rappeler. Le soir, il pensa que Nelly allait sonner chez lui, ou Maurice. Personne ne vint.

Chaque jour qui passait écorchait Joseph un peu plus. Il se disait que c'était fini entre eux, qu'il était préférable de se fâcher et de rester seul que de se trahir, mais il prenait conscience qu'il avait un sérieux problème, il était trop dur avec ses amis et incapable de les garder. Il ne regrettait rien, mais cette rupture lui pesait. À son travail ou la nuit, il ne cessait d'y penser, trouvait que Christine avait raison et tort à la fois, ne pouvait s'empêcher de reconnaître sa force de caractère et son courage à défendre ses opinions. Peut-être aussi avait-elle touché le point sensible. Ne s'était-il pas trouvé de bons prétextes pour ne pas s'engager dans les Brigades internationales ? Ou avait-il compris avant les autres que la cause était désespérée et qu'il ne servait à rien de poursuivre un combat perdu d'avance ?

Au bout de deux semaines, Nelly réapparut. Elle l'attendait en fumant au bas de son immeuble, elle l'aperçut au loin qui rentrait chez lui en lisant le journal.

– Tu boudes ?

Il ne sut quoi répondre, compta sept mégots sur le sol. Elle insista :

– On n'est pas fâchés ?

Il avait oublié à quel point ses yeux étaient verts.

Nelly avait l'impudeur réjouissante. Une façon irrésistible d'incliner la tête. Elle s'approcha lentement de son visage, l'embrassa sur la bouche. Dans la rue ! Devant tout le monde ! Mon Dieu, cela ne se faisait pas. Elle avait la chair de poule. Lui aussi.

Il l'agrippa à la broyer. Les passants détournaient le regard. Des réflexions désagréables, inaudibles, des « On aura tout vu ! » Il entendit aussi : « Où va-t-on ? »

Joseph perdit avec jubilation sa réputation de médecin comme il faut.

Nelly le prit par la main, ils n'attendirent pas l'ascenseur, montèrent les escaliers quatre à quatre, au troisième étage ils étaient essoufflés, la poitrine de Nelly palpitait, il haletait, elle l'embrassa encore, aspira son frisson. Elle l'empêcha d'allumer la lumière, ils gravirent les dernières marches en trébuchant, dans le noir il ne trouvait pas la serrure, elle lui arracha sa veste, il murmura : « Et si quelqu'un vient ? » Elle ne l'entendit pas ou elle s'en fichait. Ses doigts palpaient son visage, sa peau en nage. Elle lui fit l'amour sur le palier. La veine de son cou battait à se rompre. Il reconnut la radio du voisin du cinquième, *Martinique*, un air de jazz assourdi, rythma leur envol.

Ils dînèrent dans le restaurant du square Nelson. Elle ne fit aucune allusion à la dispute, lui parla de la nouvelle pièce que Mathé leur faisait répéter : *Le Baladin du monde occidental*, du dramaturge irlandais John Millington Synge, plus une minute à elle, le répéta trois fois (sous-entendant que c'était l'unique raison de sa disparition). Mathé jouait aussi, retraduisait et adaptait le texte au fur et à mesure des répétitions.

– Comment s'y retrouver quand on change de rôle chaque jour ?

Elle lui prit la main, la serra, gênée, but un autre verre de vin rouge et demanda s'il accepterait de revoir Christine.

– Pourquoi pas ?

– J'avais peur que tu refuses. Ça serait merveilleux que tout recommence comme avant.

Joseph rata la première de la pièce, qui tomba lors d'un de ses déplacements à Sétif d'où il rentrait en train vers une heure du matin. Il en lut dans *Alger républicain* une critique élogieuse, trouva une invitation signée par Nelly et Christine glissée sous son paillasson.

On l'attendait avec impatience.

Malgré sa fatigue, il ne put faire autrement que d'aller à *L'Œuvre Moderne*, place du Général-Bugeaud. Heureusement, sa place avait été réservée. La salle était bondée. Très vite, il fut transporté au siècle précédent dans un village irlandais épuré à l'extrême avec un puits, un banc et une toile peinte d'un arbre au bas d'une colline. Mathé jouait le fils qui s'accuse d'avoir tué son père et affronte crânement la colère et le mépris des villageois, sa diction était imparfaite.

– C'est l'acoustique épouvantable de cette salle rectangulaire, jura plus tard Nelly, particulièrement convaincante dans le rôle de la fille du pasteur.

Joseph fut surpris de l'emballement du public qui applaudit debout pendant dix minutes. Il eut le plus grand mal à accéder aux loges et entendit des remarques élogieuses sur la prestation de Christine. Quand la porte s'ouvrit, il ne vit qu'elle dans la cohue de la pièce. Elle se précipita, ravie qu'il soit venu, l'embrassa avec chaleur, il lui dit qu'il avait adoré et l'avait trouvée extraordinaire. Elle fut surprise.

– Vraiment ? répéta-t-elle deux fois, incrédule et heureuse.

– Je te jure, confirma-t-il avec une sincérité de voleur surpris la main dans le sac. C'était passionnant, bouleversant, tu étais… unique.

Elle avait l'air si épanoui.

– Tu ne peux pas savoir à quel point je suis contente.

Joseph n'était pas un homme hypocrite. Après tout, il ne connaissait pas grand-chose au théâtre. Il se persuada qu'elle avait été remarquable. Maurice l'embrassa aussi, le prit par l'épaule à la mode du pays.

– Je suis si heureux de te voir, vieux frère. Elle est épatante, ouais ? Allez, je vous invite. On va fêter ça.

Chez Padovani, Mathé était désappointé. Jamais il n'y avait eu aussi peu d'argent dans le chapeau, un comédien soutenait qu'il existait une relation de cause à effet entre le montant de la recette et la satisfaction des spectateurs.

– Je n'avais jamais vu une salle aussi heureuse, affirma Joseph.

– Des radins, oui. Désormais, on fera payer l'entrée.

Maurice leva son verre, porta un toast à leur amitié retrouvée.

– Vous vous étiez disputés ? demanda Mathé.

– Oh, des bêtises, répondit Nelly.

– On ne laissera plus la politique nous séparer, poursuivit Maurice. On n'en parlera plus. Nous avons mille sujets de conversation agréables. Celui ou celle qui abordera une discussion polémique sera sanctionné. Il offrira le cinéma à tout le monde. Et, pour le plaisir, je vous invite demain à voir *Seuls les anges ont des ailes* au Majestic, il paraît que c'est un excellent film américain avec Cary Grant.

– Pourquoi on n'irait pas plutôt au Trianon ? On y passe *Quai des brumes*, demanda Nelly.

– J'ai déjà réservé quatre places.

Christine détestait les films qui faisaient l'apologie de la violence virile et n'appréciait pas qu'on choisisse le programme pour elle. Maurice avait beau promettre qu'elles ne s'ennuieraient pas une seconde tellement il y avait d'action avec les avions et de suspense avec les aviateurs, ce ne serait pas de la guimauve pleurnicharde comme avec Carné et après il offrirait les glaces, elles décidèrent d'aller seules au Trianon, aimant à l'avance l'histoire d'amour de ce déserteur désenchanté et de cette fille perdue.

– Vous n'allez pas me laisser les billets sur les bras. Ils ne les reprennent pas.

– On ne va pas se disputer pour un film quand on fête notre réconciliation, plaida Joseph. On ira la semaine prochaine. Ils vont le jouer longtemps.

Joseph alla jusqu'au bar, se pencha à l'oreille de Padovani. Ce dernier fit oui de la tête, chercha un 78-tours dans son immense collection, disparut derrière la cloison et retentirent les premières notes de *Volver.* Joseph retourna à la table, tendit la main à Christine qui le suivit sans hésiter. Il dansa en fermant les yeux, elle les ferma à son tour. Ils glissaient sur la piste, emportés par la musique de Gardel, tournoyant lentement au milieu des autres couples. Elle dansa vraiment bien, il sentit son corps qui frémissait, elle se laissa aller mais pas trop. Et sa main sur son cou, elle le caressa, non, elle était juste posée contre sa peau. Et sa jambe contre la sienne…

À la fin, les danseurs applaudirent.

– J'adore cette chanson, dit-il.

– Elle est vraiment émouvante.

– C'est parce que Gardel chante pour nous. À Prague, j'avais tous ses disques.

Padovani enchaîna avec *El día que me quieras*, un tango sublime du chanteur argentin. Joseph s'apprêtait à proposer à Christine de poursuivre quand elle lui tourna le dos.

– Tu m'invites ? demanda Christine à Maurice.

– Oh, écoute, je suis fatigué. Je dois me lever à l'aube. Je vais rentrer.

Il fit un signe de la main. La serveuse arriva avec son carnet.

– C'est pour moi l'addition, Michèle.

– Tu ne vas pas recommencer, lança Christine.

– J'avais dit que je vous invitais.

– À qui ? Pas à moi. On fait comme d'habitude. Chacun paie sa part.

– Non, ça me fait plaisir.

– Pas question. Je suis assez grande pour payer mon repas, j'en ai marre de ta condescendance.

– De quoi tu parles ?

Christine attrapa son sac à main, fouilla dedans deux secondes avant de le jeter sur la table.

– Nelly, prête-moi un peu d'argent.

Nelly fouilla dans son porte-monnaie, sortit deux billets de dix francs et de la monnaie.

– Je ne suis pas très riche, c'est tout ce qui me reste.

– On ne va pas faire de salamalecs pour un malheureux repas, reprit Maurice.

– Je ne demande pas la charité. Je te l'ai dit : tu ne m'achèteras pas.

– Je peux t'avancer les cachets de la prochaine tournée, proposa Mathé.

– Je te dois déjà deux mois de représentations.

– Voilà ma contribution, intervint Joseph en portant la main à son portefeuille.

– Je ne veux pas d'argent d'un militariste !

Les amendes à répétition et celle, énorme, du tribunal, avaient ruiné Christine. Sa mère, avec qui elle était en froid sans qu'on sache pourquoi, lui avait adressé un mandat télégraphique depuis Saint-Étienne en lui précisant que c'était le dernier ; la moindre des choses quand on réclamait de l'aide, c'était de remercier et de souhaiter une bonne année aux gens qu'on aurait dû aimer. Grâce à une amie de Mathé, Christine donnait l'après-midi des cours de théâtre, un travail agréable et mal payé, et jouait des pièces radiophoniques, ces compléments de revenus lui permettant à peine de survivre. Elle avait réussi à obtenir une ardoise au restaurant *Le Marseillais* qui pourtant ne faisait jamais crédit à personne, Padovani continuait à l'aider malgré les gros yeux de la mère Padovani qui, ce soir-là, ne put se retenir :

– Ma petite Christine, je suis désolée de te le dire, quand on n'a pas les moyens de se payer le restaurant, on mange chez soi.

– Oh, le patron, c'est moi ici ! Tu peux venir quand tu veux, ma belle.

– Je ne suis pas ta belle !

Elle partit en claquant la porte, suivie par Maurice. Padovani était sidéré. La patronne triomphait :

– Tu peux dire adieu à ta note.

Peu après, un tableau joliment décoré fit son apparition au-dessus du comptoir. Personne n'y prêta attention. À chaque fois qu'un client venait demander un bref délai – « Tu me connais » – au père Padovani, il le renvoyait vers son épouse, elle désignait le cadre et le solliciteur apprenait avec consternation que les mauvais payeurs avaient lâchement assassiné le crédit.

Pour pallier cette fâcheuse situation, l'alternance fut décidée à l'unanimité, les garçons inviteraient les filles à dîner chez eux et prépareraient le dîner une fois sur deux. L'heure du repas variait, s'il y avait représentation c'était tardif. Plus question de dépenser l'argent qu'on n'avait pas dans des restaurants, certes sympathiques, mais désormais plus dans les moyens de Christine, on ne pouvait pas la laisser seule. Il y eut une réflexion désabusée de Nelly sur l'abus des spaghettis, omelettes et riz à la sauce tomate dans la cuisine masculine ; une autre, cynique, sur les talents culinaires des femmes d'aujourd'hui, mais l'important, n'était-ce pas d'être ensemble ?

Chez eux, il n'y avait pas, bien sûr, l'ambiance des restaurants qu'ils fréquentaient, pas les rires, les blagues idiotes, pas les amis, les copains qu'on revoit après une longue absence et vous racontent leur vie comme on comble un fossé. Ils n'étaient que quatre, avec des silences tapis, des sujets à ne pas aborder si on ne voulait pas se fâcher. Maurice avait un poste radio à galène qui captait les ondes à l'autre bout du monde (à La Nouvelle-Orléans, affirmait-il). Ils s'asseyaient en rond, écoutaient des jazz inconnus et des solos de clarinette qui les bouleversaient. Joseph acheta un phonographe-valise Gramophone avec arrêt automatique et une douzaine de 78-tours de Gardel.

Comment avait-il pu attendre si longtemps pour le retrouver ?

Les filles avaient droit à des concerts réguliers mais le trouvaient sucre d'orge à la fin. Il leur proposait de danser, était prêt à déménager la table, les fauteuils, il y renonça, son phono n'était pas assez puissant et puis c'était ridicule de prendre son coin-salle à manger pour un dancing.

Certains soirs, chacun restait avec sa chacune.

Il y avait une grande différence entre Nelly et Christine. L'une acceptait avec plaisir qu'on l'invite, l'autre pas.

– Je suis féminine, pas féministe. Toi, je t'autorise à m'inviter, précisait Nelly. Tous les hommes n'ont pas cet honneur.

Joseph payait volontiers pour Nelly, sans regarder ni compter. En général, ils séparaient leurs additions.

Quant à Christine, ses revendications passaient par

l'autonomie financière. Après avoir refusé la demande en mariage de Maurice, elle lui avait expliqué à nouveau : elle n'acceptait pas cette législation qui la décrétait mineure, l'obligeait à obéir à son mari, lui demander son autorisation pour avoir un emploi, ouvrir un compte en banque ou obtenir un passeport. Maurice avait sauté sur l'occasion :

– Moi, je t'autorise mon amour.

– C'est ton autorisation qui est intolérable. Je préfère rester célibataire. Moi, je veux exister, pas être la femme de !

La liste de ses revendications était assez longue. Elle voulait voter, être éligible aux élections comme les femmes turques ou anglaises, pouvoir disposer de ses biens propres sans passer par le bon vouloir de son mari, elle réclamait l'égalité des salaires, une juste répartition des tâches ménagères, les mêmes emplois que les hommes, un libre accès aux contraceptifs interdits depuis la loi de 1920. Elle ne supportait plus, surtout, ce dogme gravé dans les consciences, martelé sans cesse par le pape, l'Église et les autres religions, cet asservissement érigé en idéal : la place naturelle de la femme est au foyer.

– Ces injustices nous tuent, ces brutalités inexorables, on n'en finira jamais, disait-elle parfois, fatiguée.

– Quelles brutalités ? s'inquiétait Maurice.

Joseph et Nelly remarquèrent un changement chez Maurice. Jusqu'alors, il avait toujours manifesté un faible intérêt pour la chose publique. Mais, dans cette période troublée, il était difficile de ne jamais exprimer ses convictions. Il vouait une haine tribale au Front populaire qui avait ruiné le pays. Jusque-là, il avait répété ce qu'il avait entendu partout : Mussolini avait redressé l'Italie en remettant les Italiens au travail, on aurait bien besoin d'un homme fort pour en finir avec ces feignants de pauvres qui rêvaient de piquer l'argent des riches.

Au début, Christine avait demandé : « Qu'est-ce que ça peut te faire ? Tu n'as pas d'argent.

– Je vais faire fortune. Je n'ai pas envie de bosser pour les congés payés. »

Comme les autres, il s'était résolu à la guerre. Impossible de faire autrement.

Et puis, avec la nouvelle année, touché par la grâce, il était devenu pacifiste convaincu, stigmatisait les va-t-en-guerre avec la foi des néophytes, se mit à dévorer Romain Rolland et en recommandait la lecture si émouvante, il ne ricanait plus des exigences grotesques du sexe faible, avait oublié ses sous-entendus goguenards sur ses frustrations ou ses défaillances psychologiques, il se révélait compagnon de route des plus véhémentes suffragettes, prêt à se colleter malgré sa nouvelle non-violence avec ceux, innombrables, qui les traitaient de harpies et de mères indignes.

Maurice n'était jamais aussi pacifiste et féministe qu'en présence de Christine. Quand elle n'était pas là, franchement, il restait tel qu'on l'avait toujours connu et pensait comme tout le monde. Par charité, on évita de relever cet écart. Cette évolution imprévue – Joseph parlait d'alignement – lui valait la reconnaissance et l'admiration de sa chérie.

– Comment peut-elle l'aimer ? demandait Joseph.

– L'amour est aveugle, non ? répondait Nelly, qui refusait d'évoquer ce dilemme avec son amie. Elle est enfin heureuse, c'est le principal.

– Qu'est-ce qu'elle lui trouve ?

– Il est gai, bel homme, plein d'enthousiasme, il l'adore.

– Ils ne vont pas bien ensemble. Elle est devant lui.

Maurice venait de réaliser l'affaire du siècle. La première de sa destinée africaine. Il en avait raconté les péripéties à tout le monde. On avait compris qu'il disait vrai car il ne changea aucun détail. Il offrit plusieurs tournées chez Padovani et se fit de nouveaux amis. Pour un Parigot, il n'avait pas la bouche en cul-de-poule. Il en profita pour apurer l'ardoise de Christine, il ne savait pas comment le lui annoncer, il était sûr qu'elle n'apprécierait pas. Il avait vendu une immense maison avec un parc style anglais, un verger quasi normand, une véritable palmeraie, une écurie, des dépendances et la mer au loin.

Un coup d'éclat. Une affaire menée de main de maître de bout en bout, comme un chef. Il avait reçu les félicitations publiques de Morel, son patron, avare de compliments. Personne n'aurait imaginé qu'il réussirait à fourguer cette propriété, invendable à ce prix ou à n'importe lequel dans la situation actuelle. Il avait trouvé un général muté depuis peu, dont la femme, tombée amoureuse de ce pays, plaçait ainsi son héritage. Cet honorable militaire, originaire de Saint-Amand-les-Eaux, n'avait aucune idée du mot « marchandage ». Il ne lui serait jamais venu à l'esprit de discuter du montant. Quand son épouse chérie, la mère de ses cinq enfants, lui confirma que c'était la demeure de ses rêves, il se retourna vers Maurice, ôta son monocle, claqua des talons.

– Topons là. Voilà une vente rondement menée.

Maurice ressentit une gêne envers cet honnête homme, un sentiment bizarre et inconnu dont il n'aurait plus tard aucun mal à se débarrasser (mais il était encore débutant dans l'immobilier).

Une suée sur le front. Un imperceptible tremblement de la lèvre inférieure.

Quand il annonça à son général – c'est ainsi qu'il le nommait – qu'il avait pris l'initiative de négocier et lui avait obtenu une remise substantielle, ce dernier commença par refuser. On pourrait croire qu'il n'avait pas les moyens d'installer sa famille. Maurice dut insister, il ne pouvait supporter qu'un officier de l'armée française soit abusé.

– Ce serait une grande malhonnêteté, mon général.

– J'admire vos scrupules, jeune homme, c'est si rare de nos jours.

La générale le trouva charmant, d'une excellente famille certainement. L'éducation, ça se voit. C'est de cette façon que Maurice fut admis dans l'entourage du général, invité aux délicieux goûters que son épouse donnait une fois par mois le dimanche après-midi, elle les appelait « garden-parties », il y rencontrait la meilleure société.

Le gratin algérois.

Si le paradis a jamais existé, il aurait pu se situer sur cette côte sublime où à l'infini du regard, au sommet d'une plage de sable immaculée, s'étendaient une forêt de pins parasols, gardiens discrets courbés vers la rive, des bouquets de palmiers, une mer opale et ce silence ouaté, ce vent léger comme un cachemire, quelque part entre Sidi Ferruch et Zéralda, si près si loin d'Alger. Là, on se sentait au commencement du monde, seul sur terre. En ce dimanche tellement heureux de la fin août 39, Christine parcourait un éditorial, Nelly bronzait, Maurice et Joseph faisaient la planche.

– « Nous sommes arrivés au bout du toboggan. Nous

n'avons pas su nous arrêter quand il était encore temps. L'Europe va exploser », lut Christine.

– Si tu arrêtais de t'empoisonner avec ces journaux, tu n'en saurais rien. Profite du bonheur, observa Nelly sans ouvrir un œil.

– C'est peut-être notre dernier dimanche.

– Allez les filles, venez vous baigner, criaient les garçons.

Début septembre, Hitler envahit la Pologne, on s'y attendait, on fut quand même surpris, la France et l'Angleterre lui déclarèrent la guerre. On prévoyait un choc frontal d'une brutalité inouïe. Quelque chose comme Verdun ou un anéantissement. Pendant près d'un an, il ne se passa rien ou presque. À Alger, on continua comme avant, on écoutait les nouvelles à la radio, elles n'étaient pas bonnes, ça n'empêchait personne de travailler, d'aller danser ou manger une glace en famille. Au contraire, on voulait vivre encore un peu. On s'habituait à cette drôle de guerre. Certains prédisaient qu'elle n'aurait jamais lieu, tout était arrangé, négocié en sous-main comme le traité de non-agression entre l'Allemagne et l'URSS.

Christine gardait confiance.

– Personne n'a envie de mourir pour Dantzig ou la Pologne. Il y a une vraie chance de sauver la paix.

La mobilisation générale fut décrétée. Le 19e corps d'armée se constitua dans la pagaille. Maurice fut affecté à la 1re brigade d'infanterie algérienne, une des deux seules à ne pas être envoyée en métropole, puis muté comme ordonnance à l'état-major. Hormis les intimes, personne ne sut comment il s'y était pris. Il ne donna aucun détail, fut pour une fois d'une étonnante discrétion, probablement lui avait-on recommandé d'en dire le moins possible.

– Ma bonne étoile, affirmait-il aux sceptiques.

À l'état-major, il retrouva son général qu'il venait chercher en traction à la propriété qu'il lui avait vendue et qu'il ramenait le soir avant de rentrer chez lui, son service accompli. Le moral au centre de commandement était, assurait-il, d'un calme olympien. Derrière eux (derrière nous, donc), il y avait l'Empire, le colossal empire colonial français avec ses treize millions de kilomètres carrés, ses soixante-dix millions d'habitants, ses richesses incommensurables. Ses populations allaient enfin pouvoir manifester leur reconnaissance à la France éternelle qui leur avait tant apporté. Cette base arrière, hors de portée des prédateurs, y compris Anglais et Américains, allait mettre six cent mille hommes de troupe entraînés et équipés à la disposition du ministre des Colonies.

Maurice passa une guerre tranquille mais avec beaucoup de responsabilités au Fort national et reprit avec assurance l'argumentation développée par Christine. Non, ce n'était pas un planqué, il agissait ainsi pour exprimer ses convictions pacifistes. Et il avait un travail phénoménal, on ne pouvait pas imaginer. Il évita ainsi le sort funeste des soldats des trois divisions nord-africaines postées en première ligne lors de l'attaque allemande, régiments mélangés de Français et d'indigènes, quasi décimés, chair à canon sacrifiée sans utilité militaire.

Joseph, médecin tchécoslovaque, n'était pas concerné par la mobilisation. Il y avait une méchante loi qui interdisait d'exercer aux médecins étrangers. On ne savait pas trop si elle s'appliquait à l'Algérie et à la recherche. Lui bataillait sans relâche avec ses collègues sur le nouveau traitement contre le paludisme à base de plasmoquine. Il avait passé avec succès la redoutable épreuve de la prémunition. En restant enfermé à plusieurs reprises et de nombreuses heures dans une chambre stérile, il avait été piqué par des dizaines d'anophèles, peut-être des centaines, nés dans le laboratoire et provenant de larves prélevées dans des étangs infestés. Aucune maladie n'en avait résulté car le moustique, pour transmettre le parasite, devait avoir été contaminé par un homme impaludé. Cette première infection latente protégeait Joseph comme un vaccin naturel contre une surinfection. Suivant l'exemple de Pasteur, tous les médecins avaient testé sur eux-mêmes cette technique et aucun n'avait jamais attrapé le paludisme.

Sergent avait obtenu que le personnel en âge d'être appelé sous les drapeaux lui reste affecté au titre de l'effort de guerre. L'Institut devait fournir des quantités industrielles de médicaments et de vaccins contre le typhus et la variole pour l'armée, la charge de travail devenait considérable mais personne ne se plaignait.

Seule, Nelly trouvait que ce n'était pas humain de passer ainsi ses jours et ses nuits à bosser. Surtout les nuits.

*

Pour le réveillon de l'année 40, nul n'avait envie de faire la fête. Ils dînèrent simplement tous les quatre, écoutèrent le concert de Debussy à la radio en sirotant quelques bouteilles de gris de Boulaouane, se souhaitèrent une bonne année avec une émotion inhabituelle, ils mesuraient leur chance d'être encore ensemble quand les autres couples étaient séparés. Après minuit, ils avaient probablement trop bu, Nelly se sentit sentimentale, elle commença à fredonner *J'ai ta main*, une chanson de Charles Trenet qu'elle adorait, en fixant Joseph, ses yeux verts brillaient, il lui prit la sienne, Christine et Maurice les rejoignirent et ils chantèrent en chœur autour de la table basse :

Viens plus près, mon amour
Ton cœur contre mon cœur
Et dis-moi qu'il n'est pas de plus charmant bonheur
Que ces yeux dans le ciel, que ce ciel dans tes yeux,
Que ta main qui joue avec ma main…

Le lundi 16 mars 40, en fin d'après-midi, quand Maurice débarqua à l'Institut en uniforme, il était blême. Joseph pensa qu'un malheur avait frappé Christine. La main fébrile, Maurice lui tendit un télégramme : « *Affaire extrême gravité, stop. Contacte-moi de toute urgence, stop. Philippe Delaunay.* »

– C'est mon père. Il a dû arriver une catastrophe. Je t'en supplie, Joseph, me laisse pas tomber.

Maurice avait peur de téléphoner. Il redoutait une mauvaise nouvelle. Même s'il l'aimait beaucoup, il avait peu de contacts avec sa famille restée à Paris. Ils avaient juste échangé une carte de vœux pour la nouvelle année. Joseph l'emmena à la Grande Poste, retrouva ses vieux amis assis sous l'horloge. Ils essayaient toujours d'appeler leurs proches. Depuis la déclaration de guerre, c'était de plus en plus long, sauf pour les Italiens qui étaient en dehors des hostilités. Joseph avait renoncé à tenter de joindre son père à Prague, il ne pouvait passer ses journées à attendre. Ils se parlaient la nuit.

L'opératrice obtint Paris en dix minutes. Ils entrèrent dans la cabine trois.

– Du courage, mon vieux, dit Joseph.

Maurice respira profondément, décrocha le combiné qui résonnait de Allô, donna l'écouteur à Joseph.

– Papa, c'est moi Maurice. Comment ça va ? réussit-il à prononcer d'une voix blanche.

– C'est ta sœur, mon grand.

– Hélène ! Elle est morte ?

– Non, elle est enceinte.

– Ce n'est pas possible ! Elle a… elle a…

Il cherchait son âge, effaré, se laissa choir sur le tabouret, arracha l'écouteur de la main de Joseph.

– Pourquoi elle n'avorte pas ? s'écria-t-il.

Son père continuait à parler.

– Mon Dieu ! murmura Maurice deux fois.

Il reprit des couleurs, celles de la fureur, de la colère, se redressa. Joseph le laissa dans la cabine, referma la porte pour préserver l'intimité de cette conversation familiale. C'était inutile, Maurice hurlait : « La salope ! La salope ! » On l'entendait à l'autre bout de la poste. Joseph alluma une Bastos, se crut obligé d'en offrir une à chacun de ses amis assis sur le banc. Ils fumèrent cinq minutes en regardant ailleurs, en parlant du temps assez beau pour la saison. Maurice raccrocha brutalement, resta prostré. Sa mâchoire était animée d'un tremblement. Il sortit en titubant, donna un méchant coup de pied dans la porte et éclata en pleurs. Joseph lui mit la main sur l'épaule, le serra contre lui. Ils quittèrent la Grande Poste où régnait un silence caverneux.

Tellement de malheurs de nos jours.

Hélène, sa sœur, sa petite sœur chérie, s'était fait engrosser par un inconnu, enfin, c'était une façon de parler, elle, elle le connaissait bien sûr, mais elle ne voulait pas dire son nom, son père avait crié, très fort, elle lui avait répondu effrontément.

Elle préférait mourir plutôt.

Sa mère avait pleuré et pleurait encore, Hélène n'avait pas révélé le nom du « malfaiteur », il n'y avait pas d'autre mot pour qualifier l'enfant de salaud qui avait abusé d'une jeune fille d'à peine dix-sept ans, dix-huit depuis trois semaines, promise à un avenir merveilleux désormais gâché, à un beau parti envolé, avec une belle dot dont elle n'aurait pas une miette, tant pis pour cette gourde, aucun honnête homme ne voudrait d'elle maintenant, si ça se trouve on connaissait la crapule, son père ne voyait pas qui ça pouvait être, comme quoi ça ne servait à rien de donner aux filles une bonne éducation, le vice dans la peau, ouais.

L'imbécile de médecin avait diagnostiqué une anémie graisseuse, paraît qu'elle était grosse comme une vache. Si encore elle l'avait dit tout de suite, faute avouée aurait pu être réparée, elle avait attendu six mois cette andouille.

– Je croyais que vous étiez très catholiques ?

– Pourquoi tu dis ça ?

– L'avortement n'est-il pas formellement interdit par l'Église ?

– Là, ce n'est pas pareil. De toute façon, c'est foutu.

Maurice était si abattu, si triste, qu'il craignait de se mettre à pleurer comme une gonzesse. Il ne voulait plus voir Christine pendant un moment. Le temps que le chagrin passe.

Joseph avait été chargé d'annoncer qu'il était patraque.

– Ah bon ? s'était-elle inquiétée.

Joseph ne devait plus savoir mentir ou était-ce elle qui lisait dans son regard ou lui qui la laissait lire ? Elle pensa : « Il me cache la vérité, mon Maurice est à l'agonie », elle ne voulut rien entendre, se précipita à son domicile, trouva son chéri effondré, plein de rage et d'humiliation mêlées. De dignité aussi.

– Tu comprends, dans notre famille, l'avortement est inconcevable.

Son père avait décidé d'envoyer Hélène à la campagne pour éviter la honte et l'ignominie, un oncle avait une affaire de bois à Périgueux. L'accouchement s'y ferait dans la plus grande discrétion.

S'il n'y avait pas eu la guerre et tout ce bordel, Maurice serait remonté à Paris, sa sœur et lui se seraient parlé comme avant, elle aurait confié à son grand frère le nom du fumier qui abandonnait une gamine enceinte, il serait allé lui casser la gueule, un homme ça doit assumer ses responsabilités ou c'est pas un homme, non ? Un moins-que-rien, ouais.

Christine se pencha vers son amoureux, lui posa la main sur l'épaule, il gardait la tête baissée, elle passa la main dans ses cheveux, lui caressa le visage, l'embrassa sur le front, il finit par lui sourire.

– Tu aimes ta sœur ? demanda Christine.

– Je l'adore.

– Tu ne crois pas qu'elle a besoin de soutien ? Elle est jeune, elle est perdue, abandonnée. Ce n'est pas un drame d'avoir un enfant, c'est un bonheur.

– Ça veut dire que toi, tu accepterais d'avoir un enfant ?

– Pourquoi pas ?

– Avec moi ?

– Avec qui d'autre, imbécile ! Dès qu'on y verra plus clair.

Poussé par Christine, il se lança dans une longue, inhabituellement longue lettre à son père. *« Il faut pardonner, papa, c'est notre devoir de chrétiens »*, écrivit-il avec ses jambages tout ronds. Quand il hésita, Christine lui dicta ce qu'il devait mettre : « *Nous devons la soutenir, l'aider dans cette épreuve, pas l'accabler. Le déshonneur serait de l'abandonner aujourd'hui.* » Nelly précisa aussi : « *Sinon, à quoi servirait une famille* ? Avec un point d'interrogation, Maurice. Moi, ce qui m'a manqué, c'est d'avoir un frère comme toi. » Elle poursuivit, inspirée : « *En ces temps troublés que nous vivons, cet enfant sera un espoir pour notre famille, son avenir.* » Joseph ajouta : « *La colère et l'amertume sont des poisons qui ruinent la santé. Elle a besoin de calme, de fortifiants et de viande rouge.* Pour faire un beau bébé, c'est mieux, expliqua-t-il, et pas d'alcool ni de cigarettes. Vas-y, mets-le, qu'est-ce que tu attends ? C'est pour son bien. »

Philippe Delaunay ne s'attendait pas à ce message œcuménique. Il réfléchit, son fils n'avait pas tort, il remonta dans son estime : « Il est meilleur que je ne l'imaginais. C'est une belle chose qu'un fils donne une leçon de vie à son père. » Il consola son épouse.

– Le mal est fait, dit-il, nous allons lui montrer notre amour, le moment est venu pour nous d'appliquer nos convictions chrétiennes. Nous n'avons pas à en avoir honte, elle accouchera chez nous.

Sa femme fut stupéfaite et montra à sa fille la lettre qui avait tout changé. Cette missive consolida à jamais l'amour qu'Hélène vouait à son frère aîné et valut à Maurice sa reconnaissance éternelle.

– Tu sais, dit Nelly, je t'entends la nuit quand tu parles à ton père.

– Il m'arrive souvent de rêver de lui.

– Tu ne rêves pas, tu lui parles.

– Oui, je lui parle dans mes rêves.

Une déroute invraisemblable. Des colonnes de civils hagards comme des somnambules sur des routes bombardées, sans un regard pour les cadavres dans les fossés. Orléans, Gien, rasés. Les centaines de milliers d'hommes des armées alliées en perdition, acculés dans le piège de Dunkerque et embarquant dans la confusion, Paris ville abandonnée, la Wehrmacht défilant sur les Champs-Élysées et Hitler guilleret face à la tour Eiffel.

La honte et l'amertume.

À Alger, on ne pouvait pas se douter de ce qui se passait là-haut. Fin mai, le téléphone ne passait plus. Sauf à l'état-major, mais Maurice ne pouvait rien dire. Secret-défense. À force d'être tanné (« À nous, tu peux le dire ») il avait fini par lâcher :

– Ça va très mal.

– Tu plaisantes, Maurice ?

– C'est la catastrophe. Ouais. C'est foutu.

Comment imaginer ce cauchemar ? Il y avait la radio avec ses informations amidonnées. Les journaux plus ou moins précis avec leurs photographies riquiqui. La stupeur, on l'avait au cinéma. Jamais il n'y avait eu autant de monde dans les salles. Les films, on s'en fichait, on voulait juste voir les actualités cinématographiques. Les gens se levaient dans le noir, criaient, pleuraient, refusaient de sortir, restaient plusieurs séances d'affilée pour revoir l'horreur. Ceux qui avaient vu racontaient aux autres qui ne les croyaient pas. Il y en a qui juraient que c'était de la propagande. L'armée française, c'était quelque chose. Elle ne s'était pas évaporée. Où était-elle ?

La rumeur se répandait. « Au *Vox*, ils ont les nouvelles

actualités Gaumont. » On se précipitait. C'étaient les mêmes, ou d'autres qui leur ressemblaient. Ou au *Plaza* ou au *Rialto*. On faisait la tournée des cinémas. Il y avait des files d'attente inhabituelles. On demandait juste à la caissière quand ils avaient reçu les actualités.

Des journaux parlaient de cent mille Français tués. Aux actualités, ils disaient soixante mille côté Alliés ? Comment savoir ? Qui les a comptés ? Avec qui sommes-nous alliés depuis la capitulation ? Avec les Allemands ? avec les Anglais ? Avec qui on est ?

Qui est avec nous ?

Au *Marignan*, c'était effrayant. Pire qu'un film de guerre. Il n'y avait pas de musique.

Le pont de Sully-sur-Loire éventré, le château en ruine, la ville comme un champ de gravats, une seule maison debout, une cohorte interminable de fourmis, civils perdus et soldats fusil en berne à la recherche d'un pont, et des corps alignés par centaines sur les rives du fleuve.

On était écrasés. Christine pleurait. Elle voulait être seule.

La seule bonne nouvelle en cette sinistre période fut apportée par Maurice. Sa sœur venait d'avoir un garçon. L'accouchement avait été difficile. Le toubib avait refusé de faire une césarienne. Par principe. Elle en avait bavé.

– Ça lui apprendra ! avait commenté Maurice. Et elle ne veut toujours pas dire qui est le père. Ça ne lui portera pas chance. Un môme qui arrive pendant la débâcle, ce n'est pas bon signe.

– Comment peux-tu dire des horreurs pareilles ? avait rétorqué Christine. Je te trouve odieux ! Tu ne penses pas que c'est assez dur pour elle ?

Maurice finit par en convenir.

– Ouais, le môme s'appelle Franck.

*

Joseph analysait les résultats décevants du nouveau traitement contre le paludisme quand Sergent vint le trouver. Il s'assit en face de lui, de l'autre côté de la paillasse.

– Nous devons nous parler, dit-il.

– Les derniers tests sont encore négatifs, répondit Joseph en désignant une série d'éprouvettes graduées. Je dois tout recommencer, il va me falloir plus de temps que prévu. Sur ce tube, c'est encore plus embêtant, j'ai une réaction positive alors que le sérum n'est pas celui d'un paludéen, j'avais fait extrêmement attention, je ne vois pas où j'ai commis une erreur.

Sergent restait perdu dans ses pensées. Joseph crut qu'il était contrarié par cette nouvelle. Après un long silence, Sergent soupira profondément.

– Je n'aurais jamais cru devoir faire un aussi sale boulot. J'ai deux questions à vous poser. Je vous demande des réponses franches et sans ambiguïté. Êtes-vous juif, Kaplan ?

– Oui, c'est ma religion de naissance mais je ne suis pas très croyant.

– Que vous soyez un peu juif ou beaucoup ne changera rien. Est-ce que vous me faites une confiance totale ?

– Bien sûr, monsieur.

Le 4 octobre de cette sombre année 40, le gouvernement du maréchal Pétain avait promulgué une loi prévoyant l'internement des ressortissants juifs étrangers. Trois jours plus tard, une autre loi retirait la nationalité française aux juifs d'Algérie. Au mois d'août, une loi avait déjà interdit l'exercice de la médecine aux juifs, français ou étrangers. L'amiral Abrial, nouveau gouverneur général, venait d'arriver pour appliquer ces textes avec zèle.

Sergent devait remplir, toutes affaires cessantes, un formulaire sur la composition ethnique du personnel de l'Institut avec l'origine raciale en remontant aux quatre grands-parents paternels et maternels. Il ne pouvait conserver des indigènes israélites ou musulmans que dans le personnel subalterne. Pour le personnel scientifique, c'était hors de question.

– Je me doutais que tôt ou tard il y aurait un problème, fit Joseph.

– Mon cher Kaplan, j'ai longuement réfléchi, votre nationalité autant que votre religion vous condamnent. Il n'y a que trois solutions. En tant que patron d'un organisme public, je suis obligé de vous virer, on vous arrête, vous serez interné d'abord ici et après en métropole. Inutile de souligner à quel point cette idée me révulse. Deuxième possibilité, vous quittez l'Institut pour fuir je ne sais trop où. Dans le contexte actuel, vous n'irez pas loin et serez ramené entre deux gendarmes et emprisonné. Dernière hypothèse, je peux vous envoyer quelque part où jamais personne ne viendra vous arrêter mais, je vous préviens, les conditions de vie y sont extrêmement pénibles pour un Européen.

– Ai-je vraiment le choix ?

– Je prends un gros risque pour l'Institut, il faudra être très discret. Vous avez entendu parler de la station expérimentale ?

Sergent conduisait vite sur la route étroite. Chargée à la hâte d'un assortiment de provisions, de matériel et de produits de laboratoire calés et protégés avec soin, la Juvaquatre filait dans la nuit. Après avoir rempli à ras bord la camionnette à l'Institut, ils étaient passés à l'appartement de Joseph. Sergent avait voulu l'accompagner pour l'aider à emporter ses affaires. Joseph n'avait toujours que les deux valises avec lesquelles il était arrivé à Alger deux ans auparavant. Qu'allait-il faire de ce qu'il avait acquis depuis ?

– Prenez l'essentiel. Le reste, laissez-le, vous n'en aurez pas besoin.

Joseph aurait voulu emporter son Gramophone, les disques de Gardel et son poste à galène quand Sergent l'arrêta :

– Là où vous vivrez, il n'y a pas encore l'électricité. Il vous faut tout abandonner, ce sera la preuve de votre départ précipité.

Sergent refusa qu'il laisse le moindre message. Joseph était gêné de partir sans prévenir Nelly, Christine et Maurice.

Le sentiment poisseux de les trahir.

– Que vont-ils imaginer ? Ce sont mes amis.

– Ils ne pourront rien pour vous. Une première vague d'arrestations est prévue dans les prochains jours. Les juifs auront la primeur, ils seront regroupés dans un camp d'internement ouvert dans l'Oranais, viendront les rejoindre les gaullistes, les francs-maçons, les communistes, les républicains espagnols et les nationalistes algériens. On prépare activement les listes. On parle d'ouvrir un autre camp dans le Constantinois. Nous avons une infection sociale mortifère qui se propage de façon foudroyante, une épidémie contre laquelle il n'existe pour l'instant aucun autre remède que la fuite. Vous êtes engagé avec la femme qui vit avec vous ?

– Avec Nelly ? Nous vivons d'une façon indépendante. Elle n'a pas la clef d'ici.

– Tant mieux. Vous n'aurez pas à l'entraîner dans ce calvaire. Personne ne doit savoir que vous partez ni où vous allez. Si ce sont des gens qui vous aiment, ils comprendront quand vous leur expliquerez, une fois la guerre terminée. Quand la police les interrogera, ils diront la vérité : vous avez disparu brutalement sans leur dire au revoir, en emportant uniquement quelques vêtements. On pensera que vous avez pris le train pour la Tunisie, le Maroc ou le Sénégal et on vous oubliera. C'est la meilleure chose qui puisse vous arriver.

En conduisant, Sergent lui donnait ses consignes sur le programme de recherches. Il parlait fort pour couvrir le bruit du moteur poussé à fond. Au fur et à mesure, il s'assurait que Joseph l'avait bien compris et adhérait sans réserve.

– Ce projet a commencé il y a quelques années, il a subi beaucoup de retard, il durera encore longtemps, l'idéal serait que vous restiez deux ou trois ans.

Joseph le regarda pour deviner s'il était sérieux, il n'apercevait que le contour de son visage rond à peine éclairé par le tison de sa cigarette. Sergent fixait la route pierreuse.

– C'est le minimum pour faire du bon boulot. De toute façon, les hostilités seront longues. Dans votre situation, vous ne pourrez pas revenir avant la fin de la guerre, ni écrire ou voir qui que ce soit. Vous allez vivre dans une des régions les plus insalubres d'Algérie. Un endroit totalement inhospitalier. À part mon chef de chantier, il n'y a pas un Blanc à quinze kilomètres à la ronde et ce sont de malheureux fermiers. Vous vivrez avec des Arabes dont la plupart ne parlent pas français. Vous, vous avez de la chance, vous êtes prémuni contre le palu. Vous allez pouvoir accomplir quelque chose de grand. Si j'avais été plus jeune, j'aurais été heureux de m'en charger. Dupré fait l'approvisionnement en matériel de chantier et en nourriture toutes les cinq ou six semaines, vous pouvez avoir confiance en lui. Parfois pendant la saison des pluies, le camion n'arrive pas à passer, il faudra vous débrouiller.

Sergent se gara lentement sur un terre-plein au bord de la route, prit une autre cigarette, en offrit une à Joseph. Il coupa les phares. Ils fumèrent en silence.

– Je vous préviens, Kaplan, vous ne pourrez pas quitter votre poste avant que je vous aie trouvé un remplaçant.

– Je ne sais pas si j'arriverai à tenir le coup seul si longtemps.

– Vous serez trop occupé pour y penser, les indigènes sont dans un état de dénuement sanitaire total. La science, c'est bien, mais soigner les êtres humains, c'est primordial.

– Je ne l'ai jamais fait.

– Quand vous aurez en face de vous un gamin avec une rate protubérante, vous réaliserez que le paludisme n'est pas qu'un sujet de recherche. Il y a toujours eu dans cette contrée une mortalité effrayante. Désormais, votre problème ne sera plus un tube qui vire au bleu ou au blanc, ce sera un bébé qui meurt.

Joseph essayait d'apercevoir le paysage invisible au-delà de la vitre noire. Il devait réfléchir d'une façon cartésienne, peser le pour et le contre, évaluer les avantages et les inconvénients, son esprit était vide, il ferma les yeux, lui revint la vision solaire d'Alger depuis le pont du bateau lors de son arrivée, il pensa à cette ville blanche où il faisait si bon vivre, où il avait été si heureux, se dit que c'était fini, provisoirement ou peut-être pour toujours. Qui pouvait dire comment tournerait cette guerre si mal partie ? Après tout, deux ou trois ans, qu'est-ce que c'est quand on vient d'avoir trente ans ?

– Vous croyez que j'en serai capable ?

– Si je n'en étais pas convaincu, je ne vous l'aurais pas proposé.

Joseph termina sa cigarette, ouvrit sa vitre pour la jeter, un air glacé pénétra dans le véhicule. Il avança le bras droit vers Sergent, les deux hommes échangèrent une longue poignée de main.

– Une chose encore, vous ne pouvez plus vous appeler Kaplan. À partir de maintenant, vous êtes le docteur Garnier.

De la poche intérieure de sa veste, Sergent sortit un carnet vert qu'il lui donna.

– Vous trouverez dans ce cahier le programme d'expériences que j'ai élaboré, vous allez le réaliser in vivo. Vous serez seul pour prendre les bonnes décisions. Pour les détails matériels, officiellement vous ne serez plus rémunéré par l'Institut. Votre traitement et vos indemnités seront versés sur un compte dont vous disposerez à votre retour et vous prendrez vos congés d'un coup. Si possible, on vous gardera votre appartement. Ne vous inquiétez pas, personne ne vous posera la moindre question. Parce que personne ne s'aventure jamais dans ce coin perdu. D'ailleurs, il n'y a pas de route.

Sergent avait raison, comme toujours. La chaussée goudronnée s'arrêtait à Zegla, un village situé à une quinzaine de kilomètres de la station. On ne pouvait parcourir cette distance qu'à dos de mulet sur un sentier caillouteux qui disparaissait en octobre avec la saison des pluies. Un temps, il avait été question d'amener l'électricité dans ce cul-de-sac mais le dossier s'était perdu entre deux ministères et c'était une dépense que personne n'imaginait assumer. Au bout de deux interminables kilomètres, le méchant chemin pierreux disparut. Ce n'était plus qu'un champ d'ornières ravinées, Sergent roulait au pas, visant au centimètre, mais ses efforts s'avéraient inutiles, la Juvaquatre soulevait des nuages de poussière, raclait le sol dans un bruit de ferraille, souffrait, semblait sur le point de se disloquer, comme dépourvue d'amortisseurs et de suspensions. Au bas d'une descente, le paysage changea, des flaques jaunâtres apparurent, une végétation impénétrable de ronces et de broussailles, de roseaux et de palmiers nains.

Et des étangs. À l'infini.

Il leur fallut encore deux bonnes heures pour arriver à destination. L'ouled Smir était une vallée encaissée de l'arrière-pays de Sidi-bel-Abbès coincée au nord par l'atlas Daïa qui déversait ses pluies en cascade dans une plaine argileuse aux marécages innombrables. À la saison humide, ils finissaient par se rejoindre, reliés par des fossés tortueux, des haies de hautes herbes et de garrigue, une friche immense où l'eau croupissait dans les replis d'un terrain inculte et hostile.

Dans les années vingt, l'État avait donné à l'Institut Pasteur plusieurs centaines d'hectares de cette terre désolée. Le don d'une riche héritière avait permis à Sergent de faire élever un tertre et dessus, avec les plus grandes difficultés en raison de son isolement, une station expérimentale de lutte contre le paludisme calquée sur le modèle de celle qui avait si bien réussi à Boufarik dans cette plaine mortifère de la Mitidja. En réalité, il s'agissait d'un groupe de quatre maisons, dont une grange ouverte servant d'étable aux mulets, formant un carré avec au centre un puits de trente-deux mètres de profondeur qui fournissait une eau trouble qu'il fallait filtrer et faire bouillir.

Et autour, un hameau désert, une dizaine de gourbis de torchis et de branchages.

Sergent sortit du véhicule en se frottant le dos, monta sur le marchepied et donna plusieurs coups d'avertisseur. Joseph attendit à l'intérieur. Ils remarquèrent une vieille femme accroupie contre un muret, entourée de poules blanches qui cherchaient leur nourriture. Sergent la rejoignit, discuta un moment avec elle, revint vers Joseph.

– Ils sont sur le chantier. Je ne sais pas où. Il va falloir les trouver.

Ils partirent à la recherche de Carmona, le chef de chantier, et de ses ouvriers.

– Vous verrez, c'est un type particulier. Il faut un certain caractère pour vivre dans le coin. La nature ne nous aide pas beaucoup. Ici, tout est compliqué. On a du mal à trouver des ouvriers et à les garder. Il faut savoir les commander, sinon ils s'en vont. Pour s'entendre avec lui, ce n'est pas compliqué : à lui les travaux, à vous la médecine.

Le royaume de la vase. Les Arabes l'appelaient le pays de la désolation. On avançait avec peine, on se perdait comme dans un labyrinthe, on s'épuisait vite en s'enfonçant jusqu'au mollet dans la boue. La pente du terrain quasiment nulle rendait impossible l'écoulement de l'eau. D'innombrables insectes, espèces endémiques ou inconnues, proliféraient. Les tiques tuaient les mammifères. Même les rats avaient fui. Les moustiques y pullulaient en nuées opaques et avaient chassé Européens et indigènes à l'exception des quelques familles berbères que Carmona avait réussi à fixer pour le chantier.

– Quand j'ai découvert cette région, je me suis dit que Dieu s'était amusé à y accumuler les pires obstacles pour l'homme, comme s'il avait voulu y rendre sa vie impossible. Un raté de la Création, avait plaisanté Sergent en lui faisant visiter le domaine où il allait exercer désormais.

Ils pataugèrent pendant deux heures, Carmona et ses ouvriers restaient invisibles, Sergent regardait sa montre avec impatience.

– Je ne vais pas pouvoir rester plus longtemps. Il est impossible de faire cette route de nuit. Je dois partir maintenant.

Ils déchargèrent le contenu de la camionnette au milieu de la cour. Sergent lui fit visiter sa maison avec son rideau de porte en moustiquaire, deux pièces sans fenêtre sommairement meublées, une étroite salle à manger avec une table en bois, trois chaises en osier et un coin cuisine avec un four à bois, un évier avec un robinet, un placard à provisions, une chambre à coucher avec un poêle Mirus, une armoire et un lit enveloppé d'une moustiquaire en dais.

– C'est spartiate bien sûr mais le matelas est confortable. L'important est à côté.

La deuxième maison était plus spacieuse, toujours sans fenêtre, elle servait de laboratoire et, avec sa paillasse en porcelaine, son matériel soigneusement aligné sur des étagères, ses ampoules à brome et à décanter, ses ballons, ses becs Bunsen, ses éprouvettes, ses tubes à essai et trois microscopes, on aurait pu se croire à l'Institut. Une armoire à pharmacie contenait quelques médicaments. La mission de Joseph était double : soigner les indigènes et mettre en place le programme de prévention contre le paludisme. Contre un mur, un lit de camp avec une couverture marron et une moustiquaire roulée le long du mur.

– La troisième maison, c'est celle de Carmona. Il ne tardera pas à rentrer.

Sergent l'aida à transporter et à ranger les caisses dans le laboratoire.

– Dupré vous ravitaillera dans quatre ou cinq semaines. Vous avez une bonne réserve de nourriture. Notez ce dont vous avez besoin, il vous l'apportera la fois d'après. S'il y a une urgence, voyez avec Carmona. Prenez votre temps pour vous installer, ici les heures s'écoulent différemment, on n'est jamais pressé ; demain ou après-demain ou la semaine suivante, c'est pareil. On s'éclaire avec la lampe à pétrole, on se lève et on se couche avec le soleil. Bon courage, Kaplan.

Joseph ne mit pas longtemps à ranger ses affaires dans l'armoire. Sur la table où il passa le doigt il n'y avait pas un grain de poussière, sur les meubles et le sol non plus. Il fit un tour dans le hameau attenant, ne vit personne, la vieille femme avait disparu. Dans la cour, il lui sembla entendre un chant de femme, une voix lointaine comme une sirène. Il tendit l'oreille, ne put distinguer si c'était son imagination qui lui jouait un tour ou le léger souffle du vent. Vers quatre heures, sous un ciel grisailleux, il fit le tour de la butte, îlot perdu sur une mer de marécages. Il n'y avait pas un bruit, pas de ressac, pas un oiseau dans le ciel. Il attendit encore. Jusqu'à la nuit tombée.

Il ne pouvait décemment pas disparaître sans prévenir ses amis. Il déchira une feuille d'un cahier et commença à écrire dans la triste lumière du jour qui disparaissait :

Ma chère Nelly,

On a eu l'occasion de parler de toutes ces lois qui nous interdisent de vivre. Je ne pouvais plus rester à Alger. J'ai eu une opportunité de m'enfuir, je n'ai pas pu te prévenir. Je pense que tu me comprendras. Je te souhaite le meilleur…

Ses mots traînaient, pesaient une tonne, il était surpris d'avoir si peu à lui dire. Il roula la lettre en boule, la jeta. Pas à elle qu'il devait écrire.

Dans la pénombre qui prenait possession de cette terre perdue de bout du monde, sa stupidité lui revenait comme un boomerang, la monstrueuse absurdité de ses semblables l'écrasait. Il aurait voulu se jeter à genoux et demander pardon à Christine, pardon pour les millions de cadavres à venir, les misères inouïes, les destructions innombrables, lui crier qu'elle avait eu mille fois raison de se battre pour la paix avec une telle énergie malgré la certitude inexorable de la défaite, sans craindre les sarcasmes et le mépris. Ni les accusations de lâcheté. Ce sont toujours les pacifistes les plus courageux, c'est si facile de faire la guerre, de tuer son voisin, d'étriper des enfants, d'être le dernier à survivre quand il aurait fallu vouloir que tous vivent. Il avait été comme les autres d'une insupportable arrogance. Il avait affiché son sourire suffisant, moqué ses efforts dérisoires, ses tracts piétinés, ses pancartes mal écrites, ses amendes comme une sanction divine, ses désillusions comme des coups de poignard dans le cœur. Il avait haussé les épaules, levé les yeux au ciel quand elle disait : « Je vous en prie, souvenez-vous de la grande boucherie. Plus jamais ça. » Il avait ricané avec le troupeau et n'avait jamais fait le moindre effort pour l'aider dans ses tentatives désespérées. Un soir, à la fin d'un meeting particulièrement pitoyable, il lui avait dit : « Christine, tu es ridicule à la fin. » Elle lui avait répondu : « Je sais et je n'ai aucune pudeur. »

Quand Joseph se réveilla, il aperçut un plafond de briques rugueuses et violacées et mit dix secondes à réaliser où il se trouvait.

Il pensa : « C'est pas vrai ! »

Il s'assit sur le bord du lit, désorienté, et serra sa tête dans ses mains. Ce n'était pas un cauchemar mais sa réalité. Pour longtemps. L'impression que peut ressentir un prisonnier innocent, oublié dans une cellule pour des années. Lui au moins, sa prison était vaste. Il devait s'y mettre de suite et ne pas ruminer. Juste une épreuve.

Un scientifique, une mission.

Neuf heures à sa montre, jamais il ne s'était levé aussi tard. La station expérimentale était déserte. Cette appellation mirobolante avait dû être décernée par une personne pleine d'humour ou de dépit. Ou animée d'un espoir insensé.

Il passa la journée à ranger son laboratoire, à disposer le matériel à sa façon, à essayer de retrouver la même disposition qu'à Alger. Il détailla le cahier vert remis par Sergent. Un travail considérable l'attendait. En plus des soins à apporter aux indigènes qui occuperaient un quart de son temps, le patron comptait une grosse année pour établir un inventaire exhaustif des larves vivant dans les eaux stagnantes et la boue avec une nomenclature des plantes aquatiques, analyser leur état et la texture organique du terrain afin de déterminer s'il existait ou non une relation entre l'acidité de l'eau et la prolifération des anophèles.

Un an, ou deux peut-être.

Soudain, une idée horrible l'envahit et l'anéantit en un instant. Et si Carmona s'était sauvé avec sa famille sans demander son reste ? Comment expliquer son absence autrement ? Il sortit sur le pas de sa porte, regarda alentour, la station était toujours déserte, les environs d'un calme infini. Que ferait-il s'il devait rester seul ? Il ne pouvait qu'attendre le passage de Dupré dans quatre ou cinq semaines. Il avait de l'eau potable, des provisions pour trois mois, rien ne l'empêchait de débuter l'inventaire.

C'était le premier jour d'une nouvelle vie.

Sur un cahier vierge à la couverture écossaise, il écrivit :

28 octobre 1940. Jour 1. Aujourd'hui commence ma vie de Robinson.

Dans le marais, Joseph avançait à pas mesurés, cherchant une hypothétique bosse du chemin pour ne pas s'enfoncer dans cette glaise argileuse. En trois mètres, ses chaussures en cuir furent empaquetées d'une mélasse empourprée, elles n'étaient pas imperméables, ses pieds clapotaient dans une soupe poisseuse, le bas de son pantalon était souillé, des éclaboussures maculaient aussi sa veste. Un vrai pied-noir. Joseph hésitait entre poursuivre ou revenir sur ses pas.

« Il me faut des bottes en caoutchouc, se dit-il. De toute urgence. Des blouses aussi. » Sur son carnet, il nota, mal à l'aise : « *Demander des bottes en 41.* » Il ajouta : « *Deux paires.* » Il respira profondément, fit un pas puis un autre, ce n'était pas si pénible, juste fatigant d'extraire ses pas de ce bourbier, et il poursuivit sans plus se soucier de son costume et de ses chaussures vernies.

Il marcha une heure, examinant les ponts de branchages superposés qui couvraient habilement les rides suintantes du terrain et permettaient de passer les ornières. Il remarqua un vol tournoyant de vanneaux, discerna dans le lointain des ombres qui s'agitaient. Une douzaine d'Arabes ceinturaient une parcelle asséchée d'un bourrelet de boue d'une cinquantaine de centimètres. Ils étaient vêtus d'une tunique claire, d'un gilet beige et d'un pantalon bouffant aux jambes remontées jusqu'aux mollets. Ils portaient tous un turban blanc.

Leurs pelles remontaient des paquets de terre humide qu'ils aplatissaient sur le muret avec de petites tapes. Plusieurs d'entre eux étaient assis sur le remblai et fumaient tranquillement. Joseph aperçut un autre groupe qui levait des digues sur le bassin voisin. Ils s'arrêtèrent un à un de travailler, se tournèrent vers lui. Joseph ne distinguait aucun chef de chantier. Il s'approcha, ils restaient immobiles. Il leur faisait face.

– Moi docteur, essaya Joseph en tapant du plat de la main sur sa poitrine.

Ils le fixaient d'un air inexpressif.

– Parler français ?

Un vieil homme ridé hocha la tête, se tourna, esquissa un signe du bras en direction du champ voisin. Joseph vit un Arabe de grande taille venir vers eux. Des enjambées comme des sauts. Ils s'écartèrent pour le laisser passer. La chemise ouverte, il portait la même tenue que les autres, il s'arrêta à un mètre de Joseph, planta sa pelle dans le sol. Il faisait au moins deux mètres de haut, ou peut-être sa minceur le faisait-elle paraître plus grand. Un visage tanné, une barbe grisonnante. Il détailla Joseph, son regard s'immobilisa sur ses pieds, emmitouflés dans leur gangue d'argile.

– Je suis le nouveau docteur. Vous parlez français ?

D'un air fatigué, l'homme s'essuya le front d'un revers de manche, releva son turban abaissé. Il avait les yeux noirs, les pommettes très saillantes.

– Je cherche le chef de chantier.

– Je suis Carmona.

Jour 4. 31 octobre 1940. Ce matin, j'ai trouvé, posée devant ma porte, une paire de bottes en caoutchouc. Elles étaient un peu grandes et crottées. Une fois nettoyées, elles sont comme neuves et conviennent à merveille pour se déplacer dans cette pataugeoire. Elles me montent aux genoux. Je présume que c'est Carmona qui les a mises là. Qui d'autre ? Après notre rencontre, il est retourné dans son champ parmi les autres, sans dire un mot, ils se sont remis au travail sans me prêter plus d'attention. J'ai attendu un moment puis j'ai fait demi-tour. Je ne sais pas s'il habite la maison en face. J'aurais mille questions à lui poser mais il est insaisissable. Est-ce qu'il m'évite ?

Jour 11, je crois, ou 12 ? C'est la dernière fois que je les numérote. Je ne vais pas devenir prisonnier de chaque journée. Je n'ai pas de comptes à tenir ou à rendre. La date suffira, tant que je ne l'oublierai pas. Demander un calendrier à Dupré. Je n'en ai pas vraiment besoin mais tous les médecins en ont un.

Il m'arrive de croiser Carmona. À la station ou au détour d'un chemin. Il me fait un signe de tête. Je le lui rends. Il ne s'arrête jamais, ne me demande rien. Je me suis organisé sans lui. Il me parlera quand il le voudra. Il habite dans la maison en face.

21 novembre 1940. Ce matin, j'ai laissé ma montre sur la table. Je la pose là le soir quand je me couche et je l'ai oubliée. J'ai passé la journée à crapahuter dans le marais à faire des prélèvements. J'avais peur qu'on me la vole. La porte ne ferme pas. Je me disais que c'était une épreuve, que je verrais bien en rentrant. J'y suis très attaché, elle m'a été offerte par mon père le jour de ma bar-mitsva. C'est une Lange, elle est d'une précision absolue et n'est jamais tombée en panne.

Le soir, quand je suis rentré, la montre était toujours sur la table. Elle s'était arrêtée à 15 h 11. Je n'ai plus l'heure. Est-ce que Carmona a l'heure ?

17 décembre 1940. Aujourd'hui, Dupré est arrivé. Dire que je ne lui avais jamais adressé la parole ou presque, à peine bonjour bonsoir. J'étais si heureux de le voir et d'entendre enfin une voix humaine. Il m'a montré fièrement la médaille de bronze reçue pour ses trente ans de service à l'Institut, il y est entré à sa création avant-guerre, il avait seize ans. Il a offert l'apéritif au personnel. Ils ont trinqué à ceux qui ont été mobilisés. Sergent a levé son verre en précisant : « À tous nos absents, où qu'ils soient. » Juste après, il lui a annoncé qu'il était temps de faire une livraison.

Il m'a apporté des journaux. Il me dit que j'ai eu bien raison de partir. À Alger, on a arrêté des milliers de juifs. À part ça, la vie continue. Avec sa femme, ils sont allés voir Les Hauts de Hurlevent, *il paraît que c'est un très beau film. Il m'a avoué qu'on me trouvait distant mais que c'était une idée fausse. Il n'a pas tort. C'est vrai que je ne vais pas au-devant des gens.*

Il a déchargé les provisions et du matériel de chantier. Je lui ai donné un coup de main. J'ai vu qu'il appréciait. Je l'ai interrogé pour savoir si cela ne le dérangeait pas que Carmona soit absent. Il m'a répondu d'un ton sec : « Celui-là, moins je le vois, mieux je me porte. » Ils communiquent uniquement par écrit au moyen d'un cahier qui se trouve dans l'étable.

C'est là qu'il laisse la paie des ouvriers du chantier. Je n'avais pas réalisé qu'ils étaient payés. Il m'explique qu'il n'y a pas de travail dans la région, l'Institut est le seul à employer des Berbères et des Kabyles. On leur verse un petit salaire et une partie des provisions leur est attribuée. Ici, avec cinquante francs, une famille vit pendant un mois ! Il paraît que si on leur donne plus, ils en profitent pour s'en aller. Eux ce sont des privilégiés, les autres crèvent de faim.

J'ai préparé un mémo de mon installation pour Sergent avec un compte rendu de mes travaux. Je ne dis pas un mot de Carmona. Il comprendra pourquoi, je pense.

Avant son départ, je lui ai demandé quelle heure il était mais j'ai mis pas mal de temps à ranger le matériel de labo-

ratoire, après c'était idiot de remettre ma montre à une heure approximative.

19 décembre 1940. Peut-être que je deviens fou. J'entends des voix. Pas tout le temps. Souvent. Une voix de femme qui chante dans le lointain. Aiguë, nasillarde. Je suis incapable de déterminer si c'est une voix humaine ou le fruit de mon imagination.

31 décembre 1940. En vérité, 1er janvier 41 en fin de journée quand j'écris ces lignes. Je m'apprêtais à réveillonner. Pas facile d'être plein de gaieté tout seul, encombré du souvenir des réveillons si heureux à Alger. Où sont-ils, tous mes amis, en cette nuit si particulière ? Font-ils la fête, vont-ils danser chez Padovani ? Ou, en cette sombre période, restent-ils ensemble pour se sentir plus proches les uns des autres ? C'est peu dire que Nelly et Christine me manquent. Je pense à elles sans cesse. Se reverra-t-on un jour ?

Je me cuisinais du riz à la tomate quand on a frappé à la porte. Un instant, j'ai cru que c'était Carmona, j'ai ouvert à un vieil Arabe qui portait un bandeau sur l'œil. Il avait l'air paniqué. Il parle assez bien le français. Je l'ai suivi dans sa maison en torchis où, couché sur une couverture, son petit-fils était en train de mourir. Il avait le ventre monstrueusement gonflé, comme s'il avait avalé une citrouille. J'ai à peine posé la main dessus qu'il a hurlé de douleur. L'enfant devait avoir quatre ou cinq ans, il était agité de convulsions. La rate était hypertrophiée au-dessus des fausses côtes et dure comme du bois. Il n'y avait rien à faire. À ma connaissance ou à celle de tout autre médecin sur cette terre, il n'existe pas de traitement. Quatre femmes étaient accroupies et me scrutaient. On n'entendait que le crépitement du feu qui se consumait à même le sol. Le vieil homme m'a demandé si j'allais le sauver, je lui ai dit la vérité. Il a traduit pour les femmes, elles se sont mises à pleurer. Dans le laboratoire, je n'avais rien, absolument rien pour le soulager. À ce stade, l'aspirine n'a aucun effet. J'ai pris de l'éther. J'en ai mis sur un coton. Il s'est endormi. Je lui tenais la main. Il s'est réveillé deux fois, me fixait d'un air étrange. Il n'avait pas l'air d'avoir mal. Il est mort en début d'après-midi, on ne s'en est pas rendu compte.

Ils sont partis. Le vieil homme portait l'enfant dans ses bras, le corps roulé dans une couverture. Si j'ai bien compris, leur cimetière est assez loin d'ici. J'ai aperçu Carmona au milieu des autres dans le cortège. Ils ont disparu de ma vue en cinq minutes.

J'ai préparé une note pour Sergent. « Vous m'avez envoyé dans ce pays pour que j'accomplisse la mission de l'Institut. Si vous voulez que je reste, je dois avoir une vraie pharmacie à ma disposition. Ou je les soigne et je peux soulager leurs douleurs, ou nous ne servons à rien. »

11 janvier 1941. Le vieil homme s'appelle Ali. Il a fait la Grande Guerre en France pendant deux ans. Il a perdu un œil à Douaumont, il a reçu une médaille, il en est très fier. Son petit-fils se prénommait Belkacem. C'est le troisième qui meurt en deux ans. Il y a longtemps, il a perdu deux enfants de la malaria. Je trouve cet homme extraordinaire. Il ne se plaint pas. De rien. S'il est triste, il n'en laisse rien paraître. Au contraire, il sourit, il blague. Lui, il a un travail, il est payé. Sa famille a de quoi manger. Il vit dans des conditions épouvantables, moyenâgeuses, mais il affirme qu'il y a pire. Son fils, le père du gamin, a été enrôlé dans l'armée française, il n'a pas de nouvelles, il espère qu'il va bien.

Ali me tutoie. Moi aussi.

Je lui pose des questions sur Carmona, il fait semblant de ne pas entendre, j'insiste, il hoche la tête, ne répond rien ou à côté. Quand je demande pourquoi Carmona est habillé comme un Arabe, il affirme que le saroual est plus pratique que nos pantalons et que je devrais essayer.

Il me dit que je suis son ami. Je n'imaginais pas m'en faire un ici.

Je lui ai demandé s'il entendait parfois une voix de femme. Il m'a répondu que oui. Tout le monde l'entend ici. De temps en temps. C'est le vent de l'Atlas qui siffle.

25 février 1941. J'ai commencé depuis dix jours la campagne de prophylaxie contre le paludisme. Le programme élaboré par Sergent consiste à distribuer de la quinine à toute la population, elle soignera les paludéens et agira à titre préventif sur ceux qui en sont indemnes. Il semble que quarante centigrammes de chlorhydrate de quinine soient le bon dosage. Au-dessus, on a souvent des maux d'estomac, des troubles de l'ouïe et dans quelques cas des ivresses passagères. Le plus long est de faire les dragées de vingt centigrammes de sel enrobées de trente centigrammes de sucre. Les enfants en raffolent, pour eux la dose est réduite à dix centigrammes et à cinq pour les tout-petits. Son administration quotidienne est très accaparante. Impossible de faire autrement.

Ali me donne un sacré coup de main. S'il ne m'accompagnait pas, il me serait impossible de me repérer dans le labyrinthe des marécages. Grâce à lui, je peux organiser une tournée sanitaire. Il me sert d'interprète et m'a conduit dans un autre hameau où vivent une quinzaine de familles. Uniquement des vieux en haillons, des femmes et une kyrielle d'enfants. Ils n'ont pas de cabanes pour s'abriter, des pans de tissu poussiéreux leur servent de tentes. D'après ce que j'ai compris, une partie des hommes ont été mobilisés, les autres travaillent sur le chantier. Difficile d'imaginer leur dénuement. Les enfants ont des vêtements en loques, les nourrissons et les plus petits restent nus et jouent sur le sol boueux. Ils n'ont pas de puits, puisent l'eau dans le marais qui sert d'égout. Inutile de les soigner tant qu'ils vivront dans ce cloaque. Il faudrait qu'ils s'installent à la station, au moins ils auraient un puits et je pourrais m'occuper d'eux plutôt que de perdre plus d'une heure dans le marais pour les rejoindre. Ali dit que c'est impossible, ce sont des gens du Sud, des Kabyles, des casseurs de cailloux, ils ont l'habitude de camper sous ces tentes. Lui est un Berbère, ils ne peuvent pas vivre ensemble. J'ai insisté, il m'a répondu que c'était ainsi depuis toujours mon ami, personne ne peut rien changer à cela. Leurs femmes ne portent pas le voile. On peut les aider, les soigner, mais pas vivre avec eux. Ils nous prennent le peu qu'on a. Dans huit jours ou trois mois, ils seront partis ailleurs.

Seul, je ne peux rien faire. J'étais décidé à en parler à Carmona. Sur le pas de ma porte, je le vois qui s'éloigne, indifférent. Comme si je n'existais pas. Il disparaît vite. J'entends toujours cette voix de femme qui chante.

9 mars 1941. Depuis quelques jours, le ciel était gris en plein jour avec des nuages monumentaux, une armée serrée de cathédrales qui explosent. Des déflagrations comme du canon. Un tir de barrage ininterrompu. Et puis il est devenu uniformément noir, sans le moindre interstice, les couleurs ont disparu. Les oiseaux aussi. Une chape infinie et basse nous a recouverts. La pluie a redoublé. Je connaissais les orages brutaux de l'hiver algérois qui douchaient la ville et transformaient les rues en ruisseaux. Ici, ce sont des trombes de préhistoire. Est-ce la proximité de la montagne ou le Déluge qui s'annonce ? Autre chose de plus menaçant ? Fracas permanent. La terre gorgée ne tremble plus. L'eau gicle, déferle. Des cataractes pendant une semaine. Les vagues nous grignotent. De l'écume partout. Aucune accalmie. Le marais disparaît sous l'avalanche. Un isolement total de début du monde. Impossible d'allumer une cigarette. À l'abri, je suis humide. Le niveau monte. Encore quelques jours et on va mourir noyés.

Dans la nuit (ou bien était-ce le jour qui avait disparu), on a frappé à ma porte, j'ai cru que c'était Carmona, enfin. Ali m'a dit qu'on évacue la station demain. Après, ce ne sera plus possible. Je vais emporter le strict minimum. Ce que je peux porter.

Je ne sais pas quelle heure il était à mon réveil. J'ai aussitôt remarqué un bruit étrange, inhabituel. Le silence absolu. Il ne pleut plus.

25 mars 1941. Dupré était coincé. Il ne pouvait pas passer. Sergent lui a ordonné d'attendre à Sidi-bel-Abbès. Il y a eu des inondations dans tout le pays. Des dizaines de morts. Des disparus. Une montagne s'est effondrée à Tlemcen. Dix jours pour que le niveau diminue. Dupré s'est embourbé vingt fois. Par endroits, la route a disparu. Il me jure qu'il pleut plus à Alger qu'à Paris. Ici, dans cette fosse gigantesque, c'était pire. Toutes les digues, tous les murets levés ont été emportés. Comme si la terre avait voulu se venger de nos actions dérisoires. Des années de travail perdues. Il faut recommencer. Dupré décharge tout, pressé de rentrer. La prochaine fois, il apportera d'autres instruments de chantier.

D'après lui, il n'y a rien à faire pour les gens d'ici. C'est comme ça.

De toute façon, le hameau a disparu. Ses habitants aussi. Ali me dit qu'ils se sont réfugiés sur une hauteur. Ils ont l'habitude, chaque année c'est pareil, mais cette année est la plus mauvaise depuis toujours. À cause de la guerre, peut-être. Le tertre a fondu de moitié.

5 juillet 1941. Ali me pose une foule de questions, d'où je viens, comment est mon pays, pourquoi je ne suis pas marié à mon âge et pourquoi je n'ai pas d'enfant. Il fait tellement chaud qu'on ne peut sortir qu'entre 4 heures et 10 heures du matin. Après c'est le fer à repasser. L'eau s'évapore. Les moustiques pénètrent partout. J'ai toilé la charpente et construit un sas en moustiquaire, il y en a des malins, des malignes plutôt, qui entrent, je ne sais pas par où.

Depuis quelques semaines, je teste un nouveau produit : le dichlorodiphényltrichloroéthane que Sergent vient de m'envoyer. Cet insecticide est d'une incroyable efficacité, aucun anophèle ne lui résiste. On va réussir.

28 octobre 1941. Un an, déjà. Je me suis senti rarement aussi libre que dans ce pays hostile et désertique. Je suis le seul maître de ma vie. Je crois que c'est lié à l'absence de montre. Je me lève, je me couche, je dors, je mange et travaille quand et comme je veux, rythmé par une horloge purement interne. Il n'y a aucune fenêtre. Pour savoir si c'est le jour ou la nuit, je suis obligé d'ouvrir la porte.

J'entends souvent cette voix venue de l'au-delà, assez dis-

tinctement certains soirs, comme si elle était portée par le vent. Pourtant aujourd'hui, il n'y en a pas et je l'entends.

Avec Carmona, nous ne nous sommes jamais parlé mais il m'a donné des bottes. Ici, c'est la liberté. J'ai remarqué qu'il n'en portait pas. Ni lui ni les autres Arabes. Je ne sais pas pourquoi j'écris ça. Il n'est pas arabe. Ils vont pieds nus dans la boue. Ou avec des sandales ouvertes.

21 novembre 1941. La campagne de quininisation préventive me prend beaucoup de temps mais c'est une immense satisfaction de mesurer son efficacité, surtout sur les bébés et les jeunes enfants aujourd'hui protégés. Depuis un an, zéro infection. Je mesure l'avancement des travaux de Carmona, de loin, sans intervenir.

J'avais tellement de travail entre cette campagne, les nouveaux tests cliniques sur la quinine et les recherches sur les tiques que je n'avais plus le temps de lire.

Ou peut-être plus envie.

Mon seul contact avec le monde se fait grâce aux journaux que Dupré m'apporte. Il me livre L'Écho d'Alger *et* La Dépêche d'Algérie. *Malheureusement, les numéros ne se suivent pas. Je lis tout, de la première à la dernière page, y compris la rubrique nécrologique et les annonces. Je lis lentement pour en profiter. C'est une bouffée d'oxygène qui m'est donnée, la vie continue et je n'en suis pas complètement écarté.*

La guerre évolue mal, Hitler triomphe partout. Il a conquis l'Europe entière, l'URSS est sur le point de s'écrouler. L'Amérique reste spectatrice et le massacre continue. Mon séjour dans ce bled n'est pas près de finir.

La Dépêche *a publié un feuilleton extraordinaire. Je l'ai découpé et relu deux fois. C'est un grand roman.* Premier de cordée *raconte l'histoire héroïque et humaine d'un jeune guide de haute montagne, sa vie, son combat pour surmonter son vertige, les difficultés du quotidien mais aussi la fraternité des hommes, leurs combats pour s'accomplir. Et surtout la montagne. Majestueuse, fascinante, impitoyable. Une véritable histoire d'amour.*

Un jour, j'irai à Chamonix.

7 janvier 1942. J'ai eu le plaisir de voir arriver Sergent qui a fait le livreur. Je reçois ses notes toujours aussi précises transmises par Dupré mais l'avoir en face de moi a été un vrai bonheur. Jamais je n'ai été aussi heureux de voir quelqu'un.

Les nouvelles à Alger ne sont pas bonnes. Tout le monde a peur. Weygand a eu la peau d'Abrial, il a continué d'appliquer les lois raciales avec zèle. Les arrestations dans la communauté juive ont été innombrables, beaucoup se sont retrouvés dans des camps français, les conditions de vie y sont, paraît-il, abominables. Pétain a débarqué Weygand à son tour et l'a remplacé par un autre fidèle.

Sergent m'a dit qu'il était très content de mon travail, mes observations in vivo lui sont particulièrement utiles. D'après lui, je dois me concentrer sur la baisse des taux de gamétocytes et tester de nouveaux dosages en y associant de l'atébrine.

En mai, Dupré fera une livraison qui promet d'être compliquée. Il apportera des poissons d'eau douce qui viennent tout droit du Texas. Les gambouses sont des dévoreurs de larves de moustiques, leur taille de trente à quarante millimètres leur permet de poursuivre les larves au milieu des plantes. Ils sont, affirme-t-il, aussi voraces que prolifiques. Il est très intéressé par les résultats exceptionnels obtenus avec le DDT. Il est persuadé que la réponse immédiate contre le paludisme viendra moins de la recherche fondamentale que des mesures anti-larvaires : épandage d'insecticides, drainage et assèchement des zones humides, boisement intensif pour accélérer l'évaporation de l'eau et la faire circuler, l'empêcher de stagner par tous les moyens.

Quand j'ai évoqué Carmona et son silence permanent, il a eu une réaction étonnante. Il s'est écrié : « Avec vous aussi ! » Sur le coup, je n'ai pas réagi. Il a haussé les épaules avec fatalisme. Avant lui, m'a-t-il confié, le premier chef de chantier est resté trois semaines, le deuxième huit jours. Lui est là depuis trois ans et il fait le sale boulot.

23 mars 1942. Je n'ai plus de lame de rasoir depuis un moment. J'ai oublié d'en demander à Dupré. Je me laisse donc pousser la barbe. J'avais commencé à la tailler avec des ciseaux mais j'ai renoncé. Ça ne me va pas si mal. Dommage que Christine ne puisse me voir, elle aurait aimé. Nelly, je ne crois pas, qui me faisait la guerre car je lui râpais la joue le dimanche.

Ali me dit que je leur ressemble de plus en plus. Je n'arrive pas à savoir s'il se moque de moi ou s'il est sincère.

2 mai 1942. J'ai raté Dupré. Quel dommage. C'est un tel bonheur d'entendre parler français une fois de temps en temps. Et il me donne des nouvelles. J'ai l'impression qu'avec lui, je suis à Alger au milieu de la vraie vie. Je ne sais jamais avec précision quand il vient. Je ne peux pas rester à la station à l'attendre. À mon retour, j'ai trouvé quatre tonneaux d'un mètre de haut, à l'intérieur ça grouille de milliers de poissons. Il a laissé aussi plusieurs centaines de plants d'eucalyptus. Je retrouve l'odeur si douce du Jardin d'essai. Je dois m'organiser pour être là quand il passe mais je ne sais pas comment.

26 juin 1942. Dans L'Écho d'Alger*, cet article à la page Spectacles :* « Pour la deuxième semaine consécutive, les auditeurs de Radio Alger ont été privés de la retransmission de leur dramatique radiophonique. Les raisons de cette grève inadmissible trouvent leur origine dans les réclamations éhontées des comédiennes qui exigent la même rémunération que leurs collègues masculins sous prétexte qu'elles font le même travail. Dans les moments particulièrement douloureux que traverse notre pays, on aurait pu espérer plus d'esprit civique de la part de ces suffragettes sans vergogne. »

Christine, je te reconnais bien là.

30 juin 1942. Entrefilet cocasse en bas de la page Spectacles de L'Écho d'Alger *:* « Mesdames les comédiennes ayant obtenu satisfaction de leurs revendications sur l'égalité des rémunérations ont repris le chemin du studio. Les auditeurs de Radio Alger pourront enfin profiter de leur émission radiophonique préférée dès mardi soir où sera proposée, pour leur plus grand plaisir, *La Maison du péril*, une pièce policière de madame Agatha Christie. »

Christine, surtout ne change pas.

4 septembre 1942. Aujourd'hui, j'ai pratiqué un accouchement. Le premier et, je l'espère, le dernier. Ça a été vraiment abominable. Ali est venu me chercher, comme toujours au dernier moment. Il avait l'air paniqué. C'était pour sa petite-fille, enfin c'est ce que j'ai compris, je ne le jurerais pas. Il m'a entraîné dans le labyrinthe. On entendait ses hurlements à au moins cent mètres. La jeune femme, elle doit avoir seize ou dix-sept ans, était dans un piteux état. Le travail avait dû commencer depuis longtemps, le bébé était bloqué, la tête mal engagée, les femmes qui l'entouraient criaient autant qu'elle. Il a fallu les expulser, j'ai gardé la femme d'Ali qui parle un peu le français. Ali a fait bouillir de l'eau. J'étais assez paniqué, je tentais de rameuter les souvenirs lointains de mon passage à l'hôpital universitaire Motol de Prague. À l'époque, je pensais que c'était le rôle des sages-femmes pas des médecins, que jamais de ma vie je n'aurais à pratiquer un accouchement.

Elle était incroyablement blême, le bébé ne bougeait pas, elle souffrait horriblement, je lui ai fait une piqûre de morphine qui l'a apaisée.

C'est quoi la priorité : la mère ou l'enfant ?

Elle ne parle pas un mot de français, la vieille traduisait. À plusieurs reprises, elle a failli partir, revenant je ne sais comment, je lui disais de pousser, elle comprenait, faisait des efforts inouïs, au bord de l'agonie. Où est-elle allée chercher cette force ? À un moment, elle a fait oui de la tête, a poussé encore plus fort mais ce foutu bébé était coincé. Elle s'est mise à trembler. Elle n'en pouvait plus. Son corps s'est affaissé. Combien de temps une femme peut-elle résister à cette souffrance ? Je n'avais plus qu'une solution et elle me faisait horreur. J'ai réussi à prendre le scalpel dans la trousse. J'ai dit à la vieille de la tenir fermement et j'ai incisé le périnée. Elle a à peine réagi. Je devais avoir plus mal qu'elle. J'étais inondé de sang. Et il y a eu un moment où la peur s'est envolée. J'avais les gestes assurés, les réponses cliniques. J'ai réussi à attraper le dessous de la tête du bébé, j'ai tiré, il résistait, elle hurlait, j'ai tiré plus fort, il est venu d'un coup. Je n'en revenais pas de l'avoir entre les mains. On est restés quelques secondes en suspens, il s'est mis à hurler pour signaler qu'il était vivant. Je l'ai nettoyé, j'ai coupé le cordon et je l'ai posé sur sa mère qui l'a pris dans ses bras et a trouvé la force de l'embrasser et de le serrer contre elle avec un amour insensé.

Je lui ai refait une piqûre d'anesthésiant pour la suturer. À nouveau, mon cœur tambourinait, j'avais l'impression de me coudre moi-même, j'étais inondé de sueur. J'espère bien ne plus jamais avoir à recommencer.

Elle m'a donné un sourire pour me remercier. Va-t-elle s'en remettre ? Je ne peux plus grand-chose pour elle. Je passerai chaque jour pour les voir tous deux. Le bébé a l'air d'avoir six mois, une tête énorme de trente-huit centimètres et il pèse quatre kilos cinq. Il a aussi des doigts transparents, une force incroyable et de longs cheveux noirs très soyeux.

14 novembre 1942. Les Alliés ont débarqué à Alger. Dupré m'a raconté à quelle vitesse incroyable ils avaient réussi à prendre la ville et à se rendre maîtres de l'Algérie. En une journée. À peine ont-ils entendu quelques coups de canon et de lointaines rafales. Il paraît que la liesse populaire était énorme quand les Anglais et les Américains ont défilé rue d'Isly. Sergent me fait dire qu'il pense à moi et, dès qu'il m'a trouvé un successeur, il me rapatrie. La seule chose que je ne comprends pas, Dupré et Sergent non plus, c'est comment les Américains ont pu nommer l'amiral Darlan haut-commissaire, lui qui a servi si fidèlement Pétain et soutenu la collaboration avec les Allemands. On ne peut quand même pas retourner sa veste aussi impunément.

31 décembre 1942. Je finis l'année dans l'incertitude la plus totale. J'attendais Sergent ou du moins Dupré. Rien. Que se passe-t-il ? Pourquoi est-ce qu'ils tardent autant ? M'ont-ils oublié ? Chaque journée se traîne, interminable. Je n'ai pas quitté la station depuis dix jours de peur de les rater. Et toujours cette voix qui revient à la nuit tombée. Il n'y a pourtant pas le moindre vent.

7 janvier 1943. Enfin Sergent. Je l'attendais comme le Messie. Avec d'aussi mauvaises nouvelles, j'aurais préféré qu'il ne vienne pas. Mais il a tenu à me les porter lui-même. Darlan a été assassiné fin décembre par un jeune résistant fusillé deux jours après au terme d'un procès qui aura duré moins d'une heure. Les vichystes ont désigné le général Giraud pour le remplacer. Sa première décision a été de refuser la grâce que lui demandait la Résistance. Les suivantes ont été de maintenir les lois raciales et antisémites et de ne pas ouvrir les camps de concentration du Sud, où des milliers de juifs, de résistants et de réfugiés espagnols croupissent dans des conditions horribles. Impossible de me faire revenir. Je lui avoue que je me sens perdu, je voudrais qu'il m'explique. Il ne comprend pas plus que moi ce qui se passe. « Dès que c'est possible, je vous remplace, vous pouvez me faire confiance », affirme-t-il.

Il a bien vu mon air sceptique, peut-être méfiant.

« Encore de la patience, il faut être philosophe », me dit-il.

C'est donc à cela que sert la philosophie. À se résigner.

5 février 1943. Je m'ennuie. Je me pétrifie. C'est la première fois de ma vie que j'ai cette impression de m'écrouler. Je n'ai plus envie de rien. Je ne fais plus rien. Je ne dors pas, je ne mange plus, je ne me lave plus. J'attends, assis sur le pas de ma porte. Je guette le paysage immobile et qu'il se produise quelque chose d'inattendu, qu'un rayon de soleil traverse les nuages, qu'un oiseau vole soudain ou que cette voix de femme me parvienne une fois de plus.

Écrire ces lignes me demande un effort démesuré.

J'ai remonté ma montre à une heure fantaisiste, uniquement pour voir la trotteuse avancer et avoir ainsi la preuve que je suis bien vivant.

Où sont mes amis aujourd'hui ?

25 février 1943. Dupré est arrivé avec une nouvelle immense. Les Allemands ont capitulé à Stalingrad, il y a trois semaines. Je devais être le seul être humain sur cette terre à l'ignorer. Cent mille prisonniers ! L'hiver russe aura triomphé une fois encore. La roue a tourné. Il va perdre. C'est sûr. Mais quand ? J'ai une sale impression. Je vais crever avant. Je suis inutile. Je n'arrive plus à me convaincre de l'importance de mon sacerdoce.

8 mars 1943. La pluie n'a pas cessé depuis trois jours. Le ciel est triste à se tirer une douzaine de balles dans la tête. Ça n'en finira jamais. Je suis fini, oublié dans ce trou. Je vais mourir ici. Sur ce promontoire stupide. Si j'avais eu du courage, je me serais battu et je serais déjà mort.

Finalement, je me retrouve comme mon homonyme du Procès, *coincé dans un monde logique et incompréhensible. Je me demande quelle raison l'organise et quelle logique l'administre. Et je perds mes forces et ma vie à essayer de poser la bonne question, celle qui obtiendra une réponse, car, pour toutes les autres qui me torturent, il n'y en a aucune.*

9 mars 1943. Le sommeil me fuit toujours. J'ai dormi deux heures, je crois. Je ne sais pas si je rêvais ou si j'étais éveillé, je faisais l'amour avec Christine. Ou je me regardais faire l'amour avec elle. Je suis sûr que c'était elle. Je n'ai jamais aperçu son visage. C'était sa voix, je crois, son odeur peut-être, la couleur de sa peau certainement. Où est-elle ?

4 *juin* 1943. *Que ce soit avec la quinacrine seule ou associée avec la prémaline, les gamétocytes restent élevés. Avec l'un ou l'autre médicament administré une fois par semaine, en dose d'un comprimé et demi à trois comprimés selon l'âge, les résultats ont été pareillement insuffisants. J'ai moins de gamétocytes et surtout de plasmodium chez les sujets recevant de la prémaline S, mais cela n'a pas suffi à empêcher l'apparition de l'épidémie saisonnière de paludisme.*

C'est bien le plasmodium qui est la cause efficiente de la maladie et l'anophèle qui le propage, mais Sergent avait encore raison, cela ne suffit pas, il faut aussi un certain degré de fréquence, d'abondance ou d'intensité. Il existe un vrai « seuil de danger » où la maladie se propage. Il y a plus de moustiques à Paris qu'en Algérie mais pas de réservoir humain pour ceux-ci. Il faut donc rester sous ce seuil soit par des mesures antilarvaires énergiques, soit par des médicaments actifs contre le plasmodium, le médicament contre le paludisme reste à découvrir. À ce jour, il n'existe pas.

Si la maladie recule, c'est surtout en raison des mesures antilarvaires : écoulement des eaux stagnantes, plantation massive d'eucalyptus, efficacité des gambouses dont les œufs éclosent au moment de la ponte. Ce poisson fait une consommation immodérée de larves, il est probablement notre meilleur allié contre l'anophèle.

14 *juillet* 1943. *Je me suis accordé une journée de vacances. J'ai fait le ménage, nettoyé, balayé, enlevé une montagne de*

poussière. En fin de journée, j'ai entendu la voix. Très distinctement. Je ne suis pas fou. Ce n'est ni un rêve ni une illusion. Une femme chante. Elle vient de la maison en face. J'en suis sûr.

Cet imbécile de Dupré a oublié mes cigarettes. Je n'en ai plus. J'en suis réduit à fumer des feuilles d'eucalyptus séchées. C'est infect. Je suis en manque. Vraiment. Je n'ai pas du tout envie de m'arrêter. Au contraire.

23 juillet 1943. 46° à l'ombre. Fournaise extérieure. Arrêté de travailler. Chaleur intolérable. Pire que les autres années. Je devrais me lever à quatre heures du matin et j'aurais six, sept heures d'activité sans trop souffrir. Mais ça doit être à cause de l'heure à laquelle je m'endors, je me réveille trop tard, le soleil écrase tout. Les nuits sont suffocantes, plus chaudes encore que les jours. Bouger est une aventure qui demande un effort considérable.

Manger aussi est une épreuve. Je suis maigre comme un haricot et barbu comme un naufragé.

Si Dupré ne m'apporte pas de cigarettes, je le tue.

18 septembre 1943. Les bonnes nouvelles se succèdent. La Corse est libérée. Les Alliés ont débarqué en Italie et, en cadeau, un magnifique article à la page Spectacles de L'Écho d'Alger :

« Hier au théâtre de *L'Œuvre Moderne*, place Bugeaud, la première d'une pièce très attendue, le *Prométhée enchaîné* d'Eschyle, mis en scène par Albert Mathé, qui joue également le rôle-titre de ce classique avec une troupe où le chœur et les comédiennes sont particulièrement remarquables. Le metteur en scène et adaptateur a su éviter les pièges d'un texte hiératique en transformant Prométhée en héros mythique qui se révolte pour les libertés humaines et ne craint pas de défier les dieux. Les représentions se poursuivront jusqu'au 25 septembre au bénéfice du Secours populaire. Il est recommandé de réserver. »

La vie continue, heureusement.

28 octobre 1943. Trois ans… TROIS ! J'ai du mal à y croire en l'écrivant. Je ne sais plus qui a dit que les plus dures étaient les trois premières années. Moi probablement.

4 décembre 1943. Je me suis trompé de direction. Je me demande encore pourquoi j'ai choisi la recherche alors que je préfère tellement soigner les êtres vivants. Quand je reviendrai dans le monde, je m'installerai comme médecin de ville ou dans un hôpital.

Je rêve de Montparnasse et de la Bastille. S'y amuse-t-on toujours autant ?

28 décembre 1943. Dupré me transmet une longue lettre de Sergent où il me félicite de l'avancée de mes recherches et de mes résultats. Il me remercie pour l'éminent service rendu à l'Institut. Il me jure que mon épreuve finira bientôt.

21 janvier 1944. Aujourd'hui, j'ai eu la plus grande surprise de ma vie. Quelque chose d'indéfinissable, entre le magique et la consternation. Je tremble encore de ce que j'ai vu.

Je lisais le journal assis sur le pas de ma maison, en vérité je le relisais, n'ayant pas croisé Dupré depuis près d'un mois. Je fumais tranquillement. C'est un endroit d'où l'on aperçoit toute la station, le village indigène et les champs environnants.

Au loin, on distingue dans la brume les contreforts des monts de Daïa.

J'ignore si c'est désormais le reflet de ma nature profonde ou le résultat de mon interminable confinement, mais je me délecte des potins en provenance d'Hollywood sur le mariage d'Orson Welles et de Rita Hayworth. Quelle beauté. Je hais cet homme. J'en étais à rêver de cette déesse de l'amour quand j'ai entendu la voix.

La station était déserte en cette fin d'après-midi. Je me revois lever la tête lentement. Comme si la chanteuse allait apparaître. En face de moi, il y avait la maison de Carmona, distante d'une trentaine de mètres. Sa porte était entrouverte. Le son venait de là. À n'en pas douter. Je me suis approché avec précaution. La voix s'affirmait, de plus en plus présente, claire, distincte. J'ai poussé la porte. La pièce était très sombre, j'avançais, guidé par la voix, je la découvris, à peine éclairée par la lumière blanche du jour, assise contre le mur, sur d'épais coussins verts. Elle portait un somptueux caftan en soie bleue brodé d'une profusion de perles et de fils d'or avec des manches amples parsemées de rubans galonnés et un saroual tout aussi richement décoré. Et de fines chaînes d'argent et d'or étaient enroulées autour du cou. Dans la pénombre, elle chantait d'une voix de gorge doucereuse, plaintive, avec des lamentos éplorés et des envolées aiguës et joyeuses, rythmant avec un tambourin serti de nacre et de cymbales. Je devinais ses yeux noirs soulignés de khôl. Sous sa parure et son fard, elle n'a pas d'âge. À aucun moment, elle n'a paru étonnée de ma présence ou craintive. Elle a continué à chanter sans me regarder, les yeux dans le vague. Peut-être a-t-elle senti mon émoi, son timbre a faibli, s'est fait plus intime, rauque, presque nasillard, comme si elle m'offrait sa chanson et que ses paroles incompréhensibles m'étaient destinées.

Je ne sais pas le temps que je suis resté ainsi, à la contempler, à la fois émerveillé et fasciné.

Et puis, sa voix a disparu, il ne restait que le son imperceptible de sa main sur la peau du tambour. Comme un battement de cœur. J'ai reculé et suis revenu chez moi.

Je ne l'entends plus.

Je me demande maintenant si ce n'est pas le fruit de mon imagination, sans savoir s'il s'agit d'un rêve ou d'un cauchemar.

9 février 1944. Je n'ai plus jamais entendu sa voix. J'ai guetté, des heures entières, de jour comme de nuit. Elle n'a plus jamais chanté.

27 février 1944. Carmona. Le mystère Carmona. Je ne lui ai jamais parlé. Je le vois passer parfois. Il ne m'accorde pas un regard. Nous ne nous sommes jamais rien dit mais je me suis rarement senti aussi proche de quelqu'un que de ce Blanc qui vit comme un Arabe. Je ne sais pas pourquoi.

30 mars 1944. J'obtiens dans des tubes réactifs des floculations, voire des surfloculations, pouvant faire croire à une réaction positive quand ce sérum n'est pas celui d'un paludéen. L'erreur est encore consécutive à une faute technique, à un matériel ou à un réactif défectueux. On pourrait conclure à tort à une positivité alors qu'il s'agit d'une réaction nulle et qu'il existe des paludéens inconnus. La cause de cette confusion en eau distillée ou en eau légèrement salée de sérums doit être recherchée en priorité.

25 avril 1944. Sergent est arrivé assez tôt avec un jeune médecin. Il s'appelle Rousseau. Je ne connais pas son prénom, il m'a serré la main avec énergie. Il est de Bordeaux. Il va me remplacer. Il est convaincu de sa mission civilisatrice. Il a eu l'air de trouver le laboratoire sommaire, la maison aussi. Il connaît mes travaux et va poursuivre, avec fierté, a-t-il précisé. Il s'est engagé pour un an. Il s'est fixé des objectifs. Il avait l'air si sûr de lui qu'à un moment, j'ai voulu lui demander s'il savait faire des accouchements et cicatriser un doigt de pied sectionné par une pelle. Pour le voir hésiter. Et je me suis dit qu'il allait paniquer et rebrousser chemin. Je me suis tu. Il a de superbes mocassins vernis. Je pense qu'il a oublié les bottes. Je n'ai rien dit non plus. Il m'a demandé : « Comment sont les indigènes ? » Sa question m'a pris au dépourvu. Je n'ai rien su répondre d'autre que : « Ils sont comme des indigènes. » Il m'a dévisagé, effaré. Il faut dire que je dois faire moins envie que pitié avec cette barbe de deux ans qui s'écoule sur ma poitrine et mes cheveux emmêlés sur les épaules. J'ai trois ans de plus que lui mais je me sens si vieux, infiniment plus vieux. Il y a trois ans que je suis là sans bouger et je suis arrivé au centre de moi-même.

*

Sergent conduisait la Juvaquatre en silence, Joseph regardait le paysage défiler avec indifférence, il se répétait qu'il vivait un moment important, comme une délivrance après une longue détention. Il aurait dû éprouver une grande joie, pourtant il restait indifférent à cette liberté retrouvée. Il ouvrit la fenêtre pour chasser la fumée des cigarettes. Ils étaient partis tard, le jour commençait à tomber.

– Vous êtes peut-être fatigué ? l'interrogea Sergent. On peut passer la nuit à Orléansville.

– Je préfère dormir à Alger.

– Vous croyez que Rousseau va s'en sortir ?

– Avec des bottes et du tabac, c'est vivable.

Sergent sourit. Souvent au cours de ces trois années et demie passées dans ce bled des bleds, Joseph s'était demandé si Sergent avait agi uniquement par générosité pour lui sauver la vie ou s'il avait sauté sur l'occasion car il ne trouvait personne pour faire ce boulot de merde. Un peu des deux probablement.

Ou comme d'habitude l'histoire de l'occasion et du larron.

– Qui est cette femme qui chante ?

– Carmona ne vous a rien raconté ?

– J'ai rarement entendu le timbre de sa voix.

Sergent gara le véhicule sur le bord de la nationale 4, alluma une cigarette et lui raconta l'histoire de Carmona. Enfin, une partie. Celle qu'il connaissait. Ou ce qu'il voulut en dire :

– Cette histoire doit rester secrète. Vous, vous avez le droit de savoir. Mais il ne faudra jamais l'évoquer. Je sais que je peux vous faire confiance… Ça a commencé en 36, on en a parlé dans la presse à l'époque. Carmona était sous-lieutenant à la Légion étrangère, un grade pour un homme sorti du rang. Il était affecté dans une compagnie de sapeurs-pionniers. Ce sont ceux qui construisent des routes, des tunnels, des lignes de chemin de fer. Dans les défilés, ce sont les porte-haches. Lui, vous avez dû remarquer, c'est un gaillard.

Un soir de perm à Oran, avec des collègues, il est allé dîner au *Cabaret Maure*, un bastringue avec danses orientales où on ne mange pas trop mal. Il y avait cette chanteuse. Elle s'appelle Aïna. Elle était assez connue. Elle chantait cette musique andalouse, mélodieuse et envoûtante. Carmona a été fasciné par le charme de cette femme à la voix sucrée et en une seconde, il est tombé amoureux, fou amoureux. Il a demandé à des spectateurs de se taire, de respecter la musique et, un mot puis un autre, ça a dégénéré, des insultes, une bousculade, il en a assommé plusieurs et il a blessé un commandant. Il s'est retrouvé aux arrêts de rigueur mais, comme il avait des états de service remarquables, il est sorti au bout de huit jours. Dans la Légion, une bagarre, ce n'est pas une honte. Et voilà que cet imbécile, il n'y a pas d'autre mot, court au cabaret, déclare sa flamme à la belle, et là, mystère ! Elle aurait dû l'envoyer promener, lui dire qu'entre eux c'était impossible, insensé, lui éclater de rire au nez, le faire jeter dehors, mais il faut croire qu'elle avait partagé son émoi. C'est incompréhensible. Ils sont partis ensemble. Sur-le-champ. Elle l'a suivi. Volontairement. Elle, à la rigueur, pouvait faire ce qu'elle voulait, lui il devenait déserteur, et à la Légion on ne rigole pas avec les principes. Dans ce pays, les couples mixtes sont très mal vus, haïs par les deux camps. Un Blanc et une Arabe, c'est un sacrilège, une trahison. Encore plus s'il s'agit d'un militaire et d'une chanteuse populaire. Il y a des limites qu'il est totalement interdit de franchir. Et puis, ce n'est pas seulement une infamie, c'est un très mauvais exemple. Il aurait touché à des enfants ou il l'aurait violée, on aurait dit ce n'est pas bien mais ça arrive tous les jours. C'est la vie. Mais là, ils ont piétiné la frontière. Sur cette terre, il n'y a que tuer son père ou sa mère qui soit pire. Et encore. Ce qu'ils ont fait ne peut pas être nommé. Tout le monde les abomine. Ce sont des fugitifs poursuivis de tous côtés. Lui, l'armée a décidé d'avoir sa peau, ici la désertion est un crime. Et elle, avec sa famille déshonorée, ses frères et ses oncles qui rêvent de les égorger, ce n'est pas mieux. Pour eux, il n'y aura pas de prescription. Dans ce pays, il n'y a jamais de pardon. Aussi, ils se cachent et sont condamnés à rester terrés indéfiniment. Vous, votre calvaire a duré trois ans et demi, le leur durera toujours. Avec la fin de la guerre, j'espère qu'ils pourront quitter l'Algérie, aller dans un coin de ce triste monde où on les oubliera, où ils auront le droit de vivre ensemble. Si quelqu'un vous demande où vous avez passé ces trois dernières années, ne répondez pas. Ou dites ce que vous voulez après tout. Aujourd'hui, cela n'a plus aucune importance, mais surtout ne parlez pas d'eux.

Ils arrivèrent à Alger à trois heures du matin, la ville était comme inhabitée, Sergent le déposa square Nelson, devant son appartement que l'Institut lui avait gardé.

– Prenez des vacances, Joseph, vous les avez bien méritées.

Joseph passa trois jours à dormir, à traîner, à redécouvrir ses affaires et surtout Carlos Gardel, dont il passait les disques inlassablement, ami fidèle enfin retrouvé. Combien de fois avait-il écouté cette voix miraculeuse dans sa tête ? Il avait oublié la richesse, la suavité de cette musique divine, ses accords bouleversants, ses mélopées qui l'enivraient à nouveau. Il se laissait griser par ce bonheur retrouvé. *Volver* le fascinait encore plus et semblait avoir été écrite pour lui :

J'ai peur de ces nuits,
Qui, peuplées de souvenirs,
Enchaînent mes rêves.
Mais le voyageur qui s'enfuit
Un jour ou l'autre arrête sa marche.
Et, même si l'oubli qui détruit tout
A tué mes vieilles illusions,
Je garde cachée une humble espérance,
Qui est toute la fortune de mon cœur[1].

1. La traduction des chansons de Carlos Gardel et d'Alfredo Le Pera est de Fabrice Hatem.

« Et si je reprenais des cours de bandonéon ? » pensait-il, en écoutant ses disques.

Dans la rue, on le dévisageait. On se demandait qui était ce dégingandé hirsute qui marchait avec des bottes et souriait d'un air idiot. Un Américain, probablement. Les sergents de ville l'avaient à l'œil. Il s'en fichait.

Ça sentait bon le jasmin, le crottin et les vapeurs d'essence.

Il se nourrissait de café au lait et de cocas à la chouchouka achetés chez la boulangère de l'avenue de la Marne, passait des heures chez le glacier de la rue Lazerge à déguster des créponnés citron, à fumer les nouvelles cigarettes à la menthe, à écouter les conversations d'inconnus, à regarder les enfants joyeux qui sortaient de l'école communale, ou il déambulait sur le bord de mer et traversait la ville jusqu'à Hussein-Dey. Mais il évitait soigneusement d'aller vers la gauche, vers Saint-Eugène et la pointe Pescade.

Il ne voulait rencontrer personne. Attablé à une terrasse de la place des Trois-Horloges, il se faisait chauffer au pâle soleil de cette fin d'après-midi quand il reconnut une silhouette familière. Nelly avançait vers lui, donnant la main à un homme d'une trentaine d'années, il lui parlait à l'oreille et elle riait aux éclats. Il n'eut ni le temps ni le réflexe de se dissimuler derrière son journal. Elle passa devant lui sans le voir. Pourtant, une fraction de seconde, son regard accrocha le sien. Ils s'éloignèrent sous les arcades. Curieusement, Joseph ne fut ni triste, ni jaloux, ni dépité. Au contraire. Il était heureux pour elle.

Il s'assit dans un des trois fauteuils en cuir du salon de coiffure pour hommes de la rue Géricault. Le patron lui demanda comment il voulait être coiffé.

– Comme Gardel, répondit-il, avec la raie à gauche et un peu de gomina.

Le coiffeur soupira pour se donner du courage, prit de grands ciseaux qu'il n'avait jamais utilisés et coupa au carré. De sa vie, il n'avait jamais eu autant de travail qu'avec cette tignasse emmêlée et cette barbe folle. Il essaya de faire la conversation, posa des questions : d'où il venait, ce qu'il faisait, s'il restait longtemps à Alger, et puis renonça. Ce figaro n'était pas de taille à lui arracher autre chose qu'un vague sourire. Joseph avait décidé qu'il ne parlerait jamais à personne de ce qu'il avait vécu.

– Vous ne désirez pas une fine moustache à la Clark Gable ?

Joseph se regarda dans la glace, hésita quelques secondes – Carlos Gardel ne portait pas de moustache –, et fit non de la tête.

Quand il sortit une heure plus tard, il se sentait étranger à lui-même, il ressemblait presque à l'homme qu'il était avant son départ, plus mince certes et la peau tannée d'un Peau-Rouge peut-être.

Il remarqua quelques discrets cheveux blancs sur ses tempes.

À trois reprises, Joseph avait marché jusqu'à chez Padovani et s'était posté en retrait. Dans la journée, hormis le dimanche, il y avait peu de monde, quelques baigneurs sur la plage, des enfants en fin de journée. Des groupes de soldats américains aussi. À aucun moment, il ne songea à prendre un bain ou à paresser sur le sable. Et puis un soir, il poussa la porte de Padovani. Était-ce un signe du destin ? Il fut accueilli par la voix de Gardel… *Lejana tierra mía…*

Le balcon
Est toujours là
Avec ses fleurs
Et son soleil…
Mais tu n'es pas là,
Tu me manques,
Ô mon amour…

Il se souvint que Padovani adorait aussi le chanteur argentin. La salle était à moitié remplie. Le patron servait un groupe de clients bruyants au comptoir quand il l'aperçut.

– Regardez qui voilà !

Maurice se retourna et, découvrant Joseph, il resta un instant interdit, la bouche ouverte.

– Ça alors… un revenant !

Il se précipita, l'attrapa dans ses bras et lui donna de grandes tapes dans le dos en criant :

– Ça fait plaisir, ça fait plaisir, ça fait plaisir !

– Moi aussi, je suis heureux de te revoir.

Maurice en avait les larmes aux yeux, secouait la tête, incrédule.

– Où t'étais passé, bon sang ? Tu nous as foutu la trouille. Tu as été arrête ?

– Oh non, mais ça a été une sale période. C'est fini maintenant.

– Tu es parti à la guerre ?

Joseph faillit lui expliquer. Maurice, ce n'était pas pareil. Il était son unique ami dans ce pays, comme un frère ou l'idée qu'il s'en faisait, quelqu'un à qui on pouvait parler sans arrière-pensées. Il chercha par où commencer, c'était si compliqué et il y avait tellement de choses qu'il n'avait pas comprises dans sa vie entre parenthèses. Comment expliquer un monde absurde que personne ne connaissait ?

– Je n'ai pas envie d'en parler, Maurice.

– Je comprends.

L'avantage des gens qui vous aiment, c'est qu'ils vous comprennent mieux que vous. Et s'ils ne vous comprennent pas vraiment, au moins ils vous aiment.

– Tu as revu Nelly ?

– Je l'ai aperçue à Bab-el-Oued.

– Elle n'avait aucune nouvelle, on pensait que tu avais été arrêté, comment savoir ? C'était moche, beaucoup de gens ont disparu, surtout des juifs et des communistes. Comme j'étais bien placé à l'état-major, j'ai essayé d'avoir des informations sur toi, mais rien, silence radio. Elle t'a attendu deux ou trois mois. Et puis elle a rencontré ce type, un photographe, assez sympathique.

– Je les ai vus tous les deux.

– Oh non, ils sont séparés depuis longtemps déjà... Bref, celui-là, c'est un comédien, je crois qu'ils sont très amoureux.

– Ce n'est pas grave. Entre nous, ce n'était pas sérieux. Christine, ça va ?

– Comment t'expliquer, beaucoup de choses ont changé ici.

Finalement, personne ne parle. Les choses importantes restent cachées au fond de nous. C'est vrai que si on devait tout se dire, il faudrait au moins une autre vie. On est probablement fabriqués pour vivre ainsi les uns à côté des autres, à se regarder de loin et à avoir des regrets de s'ignorer autant. C'est ça aussi peut-être le mystère de la vie.

– Un verre, un autre, encore un mon frère !

Joseph avait la tête qui tournait et le visage en feu. Comment avait-il pu oublier tous ses amis ? Ils venaient l'embrasser, le serrer dans leurs bras, le présenter à des inconnus qui avaient entendu parler de lui, il ne pouvait pas refuser de trinquer encore une fois, c'est ma tournée. Maurice regardait sa montre.

– Allez, viens, on se castagnette.

Ils firent le tour de son bijou, c'est vrai qu'elle était sacrément belle sa nouvelle traction avant, une quinze ébène immaculée qui vrombissait dans les tournants et accélérait dans les montées.

– Six cylindres en ligne. Personne ne me rattrape.

En moins de deux, ils étaient à la pointe Pescade, il poussa jusqu'à la Bouzaréa, retourna sur El Biar par la route de la Corniche. Il doublait les autres voitures comme une hirondelle avale un insecte. Cent vingt en haut de la côte !

– Maurice, doucement, tu vas nous tuer !

Il riait comme un môme, tapait sur son volant.

– Te fais pas de bile, Joseph, je roule peinard. La nuit est trop belle. On va en profiter.

Il avait pris du galon au bureau, était devenu le second de monsieur Morel, faisait tourner la boîte, s'occupait des grosses affaires, celles qui font de l'oseille, y avait qu'à se baisser pour ramasser, avait découvert le marketing, une invention américaine.

– Ils sont forts, je te jure, la révolution du siècle, la vraie, qui va changer le monde. Tu ne peux pas connaître, c'est tout nouveau et c'est imparable. Le reste, c'est du baratin. Maintenant, le commercial est devenu une science. Comme les mathématiques. Ouais, comme un et un font deux.

Maurice invita Joseph à dîner, il n'avait pas le droit de refuser. Il fréquentait la haute maintenant, on ne pouvait pas dire autrement, les gens bien n'allaient pas chez Padovani. Pour l'apéro, sûr, c'était la meilleure kémia d'Alger. Mais pour la grande vie, direction le *Santa Lucia*, un cabaret américano-américain jouxtant l'hippodrome du Caroubier. Au deuxième étage, une terrasse de rêve avec des milliers d'étoiles surplombait le champ de courses et la ville et la mer qu'on devinait à l'immensité sans lumière. Des prix monstrueux.

– Maurice, tu as vu ? Cent vingt francs le menu !

– Je t'invite, je te dis. Tu vas voir, c'est très classe.

Maurice connaissait tout le monde. On aurait dit un député radical à la veille des élections, il serrait des mains, tapait sur les épaules et demandait à chacun comment il allait, fait un temps magnifique n'est-ce pas, certains privilégiés étaient gratifiés d'une promesse de déjeuner ou d'un appel futur, il passait de table en table, saluait en diagonale, lançait des baisers à de belles inconnues, esquissait deux trois rotations et pas chassés à l'unisson de l'orchestre cubain qui avait, affirmait-il, enflammé les nuits du *Tropicana* de La Havane et enchaînait paso doble, mambos et rumbas, ces danses nouvelles et torrides qu'il adorait.

– Maintenant, je danse comme un dieu. Comme toi mon vieux.

Joseph se demandait comment il faisait pour avoir autant d'amis partout et pour que tous l'appellent par son prénom. Maurice s'immobilisa face à une estrade où une tablée le salua avec des « Enfin le voilà » et des « Momo, amène-toi ». Il présenta Joseph à chacun, plusieurs se levèrent pour l'embrasser, réjouis qu'il se joigne à eux, lui souhaitant la bienvenue auprès des «*Limited fêtards unlimited*», comme ils se dénommaient en riant. Une place attendait Maurice. Ils se poussèrent pour en faire une à Joseph.

Une jeune femme aux traits fins, au sourire timide, aux cheveux bruns roulés sur l'épaule se leva.

– Joseph, c'est Louise.

– Louise, c'est lui, c'est Joseph.

– Oh, Maurice m'a tellement parlé de vous.

Elle semblait sincèrement heureuse de le voir. Cela faisait longtemps, vraiment longtemps que Joseph n'avait pas rencontré des gens aussi sympathiques qui ne pensaient qu'à s'amuser, à boire, à blaguer et à danser. Louise était particulièrement attentionnée. Joseph commença par refuser, il craignait d'être ridicule après ces années de solitude, mais il reçut cette nuit-là sa première leçon de mambo, Louise ondulait comme une Cubaine (enfin, il l'imagina, il n'en avait jamais rencontré).

– Un deux trois quatre, vous vous arrêtez, un deux trois quatre, vous vous arrêtez, ce n'est pas compliqué, il faut juste suivre la musique. C'est très bien.

Joseph découvrit avec bonheur qu'il dansait le mambo à la perfection.

Ils sortirent du *Santa Lucia* en se tenant les uns les autres, en riant aux éclats sans savoir pourquoi, puis se taisant pour allumer une cigarette ou humer l'air frais de la mer, en cette heure grise avant le lever du soleil quand la terre entière est endormie mais pas vous, vous êtes gai et vivant et heureux, un peu ivre aussi et vous êtes puissant, fort et éternel, fatigué bien sûr mais ça n'a aucune importance. La nuit vous a quitté, le jour n'est pas encore venu, vous êtes seul au monde avec de vrais amis qui ne veulent pas rentrer, dormir et vont boire encore une dernière coupe au bar du casino.

Il y en a toujours un qui a des états d'âme : « Moi, je vais me coucher, je bosse demain. »

On bosse tous demain.

À demain.

Maurice affirmait qu'on pouvait tenir à dix sans problème dans sa traction. Ils n'étaient que huit, Joseph était devant avec Louise qui ne prenait pas trop de place. Maurice fit le taxi, ramenant chacun devant sa porte. Tout le monde se quitta avec des « Peut-être à ce soir ». Les premiers travailleurs mettaient le nez dehors. Il déposa Louise devant une propriété cernée de cyprès qui longeait le parc de Galland, l'accompagna devant sa porte, ils avaient l'air d'avoir du mal à se séparer.

Puis il se gara en face du square Nelson mais ils restèrent dans la voiture à fumer. Maurice voulait déménager, s'installer dans les beaux quartiers, vers le haut de la ville, la rue Michelet ou la rue Horace-Vernet, il n'avait pas le temps de s'en occuper. Il donna deux tapes sur la cuisse de Joseph tellement il était heureux de l'avoir retrouvé.

– Et Christine, comment va-t-elle ? demanda Joseph.

Maurice se figea, jeta sa cigarette, afficha un air détaché comme s'il n'avait pas entendu. Le boulanger ouvrit son store métallique.

– Elle rentre de tournée, la semaine prochaine je crois. Ce n'est pas la peine de lui parler du *Santa Lucia*, elle n'aime pas ce cabaret.

Joseph reprit le travail au bout d'une semaine de repos, il récupéra son laboratoire et rien ne pouvait le satisfaire autant que de retrouver son matériel et ses affaires. Ses collègues vinrent lui serrer la main, ce qui était inhabituel, plusieurs membres du personnel lui dirent qu'ils étaient heureux de le voir à nouveau parmi eux, personne ne posa de questions indiscrètes ou ne fit la moindre remarque sur sa longue absence, presque comme s'il était parti la veille.

Début juin, madame Armand vint le chercher, pour une fois tout enjouée, on le demandait au téléphone. Une dame, apparemment. Il la suivit jusqu'à son bureau, elle trouva quelque chose à faire et le laissa seul.

– Joseph, c'est moi, Christine.

– Oh, ça me fait plaisir de t'entendre.

– Maurice m'a dit que tu étais revenu. Je suis folle de joie.

– Vraiment ?

– On s'est fait du souci pour toi mais j'étais sûre qu'on se reverrait un jour. Tu aurais pu venir me dire bonjour.

– Il me fallait du temps pour me réacclimater.

– Je vous invite ce soir à dîner.

– Tu fais la cuisine maintenant ?

– Pas tous les jours, ne t'inquiète pas. C'est pour fêter ton retour.

À sept heures, Joseph sonna à la porte de Christine. Il avait acheté un bouquet de glaïeuls orange, il se souvenait qu'elle aimait ces fleurs. Ils tombèrent dans les bras l'un de l'autre (mon Dieu qu'elle sentait bon).

– Je suis si contente que tu sois là.

Joseph était le premier. Il mit du temps à se repérer, l'appartement était rangé, disparu le fouillis de vêtements, de coussins, de sacs vides, de produits de maquillage, de livres entassés et de journaux. Sur la table, il y avait trois couverts.

– J'ai fait un rôti. Maurice adore le rôti.

– Nelly ne vient pas ?

– Ne m'en parle pas, c'est déjà assez pénible de devoir travailler avec elle.

– Vous n'êtes plus amies ?

– C'est une manipulatrice, elle profite des gens et les rejette quand elle n'a plus besoin d'eux. Excuse-moi, mais un mois après ton départ, elle s'était déjà consolée. Et moi, c'est pareil, je l'ai recueillie et aidée quand elle avait des problèmes, elle m'a laissée tomber du jour au lendemain, elle vit le grand amour avec un pseudo-comédien, un imbécile fini. Je fais comment pour payer le loyer maintenant ?

Ils prirent l'apéritif en tête à tête, elle était intarissable sur Maurice, il avait réussi pendant deux ans à travailler à la fois à l'état-major et pour son étude, personne ne savait comment il avait fait, un bourreau de travail, et toujours aimable et le mot gentil. Elle avait eu des moments difficiles, il l'avait soutenue d'une façon admirable, elle savait qu'elle pouvait compter sur lui, elle en voulait beaucoup à Nelly, elle allait devoir quitter cet appartement qu'elle aimait tant et, avec ses moyens, n'aurait d'autre choix qu'un studio minable dans un quartier mal fréquenté.

– Tu peux trouver quelqu'un d'autre pour partager le loyer.

– Aujourd'hui, on ne peut plus avoir confiance en personne. Dis-moi, où tu étais ?

– Je peux juste dire que ça a été assez dur, je ne veux pas en parler. C'est derrière moi.

– Je comprends. Huit heures et demie, qu'est-ce qu'il fait, Maurice ?

Il aurait dû être là depuis une heure au moins.

– Toujours avec Mathé ?

– On vient de faire une grande tournée dans le Constantinois avec le *Don Juan* de Pouchkine. On a eu des rappels extraordinaires. Il a des propositions pour travailler en métropole. J'espère qu'il ne lui est rien arrivé.

Maurice apparut à neuf heures un quart, il crevait de chaleur, il était de mauvaise humeur mais ne voulut pas dire pourquoi, une affaire d'héritage compliquée avec des gens très importants, qu'il était le seul à pouvoir régler. Il but une anisette glaçons.

– Il faut avoir des principes dans la vie, non ? C'est bien qu'on reprenne nos habitudes.

Ils passèrent à table. Maurice déboucha la bouteille.

– Un petit gris de Boulaouane, tu vois, je n'ai pas oublié.

Il leva son verre à Joseph et à leur amitié, ils trinquèrent au bonheur enfin revenu.

– Il est tiède ce vin ! Bon sang, Christine, tu aurais dû le mettre au frais.

– Je l'ai sorti quand Joseph est arrivé.

– C'est une raison pour qu'on boive cette pisse d'âne ?

– Je suis désolée.

– Et on mange quand ? J'ai faim moi.

Elle disparut dans la cuisine. Elle revint avec le rôti qu'elle posa fièrement sur la table. Maurice se leva et entreprit de le couper, son visage se figea, son bras se dressa avec une tranche gondolée et marron au bout de la grande fourchette.

– C'est de la viande ça ? C'est du carton ! Tu l'as fait bouillir ou quoi ?

– Ce n'est pas de ma faute, Maurice, tu es arrivé en retard !

– C'est incroyable, ça va être ma faute ! Je travaille, je ne suis pas fonctionnaire, moi ! Quand tu as vu que je n'étais pas là, il fallait le sortir du four, ce n'est pas compliqué à comprendre !

Il jeta le couteau et la fourchette sur la table, remit sa veste.

– Il n'y a rien à bouffer ici ! On va dîner dehors !

Joseph essaya en vain de le retenir, ce n'était pas si grave, il aimait la viande bien cuite.

– C'est rata cuit, ouais !

Il partit aussitôt, tête baissée sous son chapeau de feutre. Christine le suivait dans les escaliers.

– Je suis désolée, Maurice, on t'a attendu deux heures et on a parlé. Je n'y ai pas pensé.

Sergent avait accédé à la demande de Joseph et l'avait délégué à l'hôpital d'El Kettar dans la Casbah. Joseph avait formé trois infirmières et ils vaccinaient à la chaîne contre le typhus qui venait de reprendre sur les hauts plateaux et se propageait en ville. En deux ans, l'épidémie avait tué trois mille indigènes et plus de deux cents Européens, mais ces derniers se faisaient vacciner en masse. À Alger, en six jours d'un travail harassant, trente-cinq mille indigènes furent vaccinés. Il faudrait attendre un mois pour vérifier l'immunité postvaccinale.

Joseph entendit d'abord un bruit assourdi auquel il ne prêta pas attention, puis une sirène dans le lointain, comme pour les incendies, il continua de vacciner sa file de jeunes patients. L'infirmière-chef pénétra dans la salle en criant :

– Ils ont débarqué ! Les Américains ont débarqué !

– Où ça, madame Makhlouf ?

– En Normandie !

Joseph se leva, stupéfait, il demanda à une autre infirmière de poursuivre la vaccination et sortit de l'hôpital. Des voitures passaient en klaxonnant, des drapeaux français s'agitaient aux fenêtres, ceux qui le savaient apprenaient la nouvelle à ceux qui l'ignoraient qui la transmettaient à leur tour et elle se répandit partout comme une vague de bonheur. Les gens s'interrogeaient, voulaient des précisions, mais personne n'en avait. Les radios d'Algérie ou du continent continuaient leurs programmes. Beaucoup se disaient, s'il y avait vraiment le débarquement, ils ne nous passeraient pas des variétés, ou alors c'est un débarquement de rien du tout qui ne mérite pas qu'on s'y intéresse. Certains donnaient des détails qu'ils étaient les seuls à avoir, quand on leur demandait comment et où ils les avaient appris, ils répondaient : c'est quelqu'un qui me l'a dit.

Joseph retourna à l'Institut, Sergent venait d'appeler Paris qui avait confirmé le Débarquement, mais eux aussi étaient pendus aux informations. Au journal parlé de 11 heures, le journaliste était resté muet.

Joseph passa à l'étude Morel pour voir Maurice mais elle était fermée.

Chez Padovani, la radio trônait au milieu du bar autour duquel une vingtaine de personnes étaient agglutinées. Joseph retrouva Christine, elle attendait Maurice qui avait quitté son travail en début d'après-midi. Padovani tournait lentement le bouton des stations, en captait des dizaines à l'autre bout du monde mais aucune ne parlait de ce débarquement, à croire que c'était un rêve collectif, il réussit à capter la BBC qui diffusait des variétés. À 17 heures, le speaker donna enfin de brèves informations. Joseph traduisit en simultané d'une voix saccadée :

– « Ce matin, les forces alliées… ont débarqué sur cinq plages normandes… elles se sont heurtées… à une vive résistance des… forces allemandes. Elles ont… néanmoins… réussi à prendre le contrôle… de ces plages… permettant… le débarquement des troupes… et de leur approvisionnement… Des combats importants… continuent actuellement le… long de la côte. »

La musique reprit aussitôt. Ils se dévisagèrent, dépités.

– C'est tout ?

Ils restèrent encore longtemps autour du poste, à l'affût de la moindre nouvelle. Maurice apparut vers 18 heures, le visage grave.

– Mes amis, je reviens de l'état-major. Grâce à mes contacts, j'ai pu obtenir confirmation. Il y a bien eu ce matin un gros, un très gros débarquement en Normandie, et ça a castagné méchamment, les nouvelles sont très mauvaises, les pertes américaines sont énormes, les Allemands les ont repoussés et sont en train de les exterminer. C'est un carnage.

– Tu en es sûr ?

– Malheureusement oui. En haut lieu, ils sont très pessimistes.

Ils attendirent encore, le temps paraissait interminable, ils ne buvaient pas, ne mangeaient pas, fumaient sans arrêt, ils fixaient le poste radio sans parler, guettant chaque bulletin d'informations qui ne leur apprenait rien de plus. Jamais ils ne s'étaient sentis aussi impuissants. Ils savaient que leur destin se jouait, à ce moment précis, là-haut, loin d'Alger, des hommes hurlaient, pleuraient, tremblaient et mouraient, et ils ne pouvaient rien faire de plus que rester ensemble, les uns près des autres, inutiles et vivants.

Il y en eut un qui sortit respirer sur la terrasse, puis un autre, et un autre encore, il faisait si doux ce soir-là, ils se retrouvèrent tous dehors, face à la mer d'encre, côte à côte ou accoudés à la balustrade. Christine prit Maurice par l'épaule, il la serra contre lui. La radio anglaise diffusait un concert de cornemuse.

Ce fut la nuit la plus longue de leur vie.

La plus belle plage d'Algérie était déserte, à perte de vue, bordée sur deux kilomètres de pins disséminés comme une armée de guetteurs face à la mer. Les Algérois restaient à l'ombre ; une place libre sous un de ces pins parasols était impossible à trouver. Ou bien il fallait écraser un habitué qui avait ici un droit ancestral, se disputer et se faire insulter. Sidi Ferruch était certainement un paradis mais le soleil brûlait tellement qu'en ce dimanche de juillet, en fin d'après-midi, il était suicidaire de s'exposer. Pour se baigner, les courageux devaient traverser une cinquantaine de mètres à découvert, ils couraient en criant pour ne pas sentir le sable brûlant et se jetaient dans l'eau dans une gerbe d'écume.

Derrière ses lunettes fumées, Joseph lisait le journal. En réalité il somnolait, comme Maurice. Christine se faisait bronzer les jambes.

– Au fait, demanda Maurice sans ouvrir un œil, tu l'as visité cet appartement ?

– Pas encore.

– Qu'est-ce que tu attends ? Il est parfait pour toi.

– Écoute, Maurice, on pourrait vivre ensemble, on pourrait essayer ?

Maurice s'assit, épousseta le sable sur son torse, alluma une cigarette, aspira profondément la fumée.

– On en a déjà parlé, Christine, c'est préférable de rester indépendants.

Elle hésita, jeta un coup d'œil à Joseph qui dormait.

– On peut imaginer autre chose et évoluer.

– Pendant des années, je te l'ai demandé, tu me répondais que le plus dur, c'est d'aimer et de rester libre. Tu me disais que le pire, c'est de se connaître par cœur et de se rendre des comptes. Tu ne voulais pas me demander ce que j'avais fait dans ma journée mais ce que nous allions faire ensemble. Tu m'as convaincu. Allez, on va se baigner, après on ira dîner, et ne me dis pas que tu n'as pas d'argent, je t'invite.

Maurice se dressa d'un bond.

– Qu'est-ce qu'il fait chaud ! Joseph, tu viens ?

– Je n'ai pas le courage.

Il partit seul en hurlant, se précipita dans l'eau et fit de grands moulinets avec les bras pour les inviter à le rejoindre.

Joseph la fixait, elle regardait ailleurs.

– Ça va, Christine ?

Elle fit oui de la tête avec un de ces sourires plissés qui s'accrochent on ne sait comment et disparaissent aussitôt.

Sergent pénétra dans le laboratoire où Joseph avait l'œil collé à son microscope tout en notant ses observations sur un carnet. Il s'assit de l'autre côté de la paillasse.

– On a un sacré problème avec ce typhus du porc, dit Joseph sans lever le nez. Le sang est excessivement virulent ainsi que l'urine, avec des transmissions par simple cohabitation. Plus embêtant, le virus est extrêmement fin, il traverse la porcelaine des bougies Chamberland et, encore plus ennuyeux, l'inoculation du virus tué par le formol n'immunise pas le porc. On va devoir abattre le troupeau.

Sergent le rejoignit, Joseph s'écarta. À son tour, il colla un œil au microscope un long moment, déplaça lentement la plaquette de verre.

– C'est un virus inconnu, murmura-t-il. On n'avait pas besoin de ça en ce moment.

Il se redressa, resta un instant silencieux, sortit une feuille de papier tachée de sa veste.

– Le docteur Rousseau a disparu. Quand Dupré est arrivé, il a trouvé cette lettre. Il nous donne sa démission. Il est parti sans demander son reste. Il n'a pas supporté la solitude, la chaleur et les moustiques, et surtout Carmona le fantôme. Il aura tenu moins de trois mois. Je le croyais plus fort. Il craignait de devenir fou, il entendait des voix. Maintenant, il n'y a plus personne à la station, or c'est la saison où on doit absolument intervenir et traiter la population si on ne veut pas avoir une recrudescence de palu. Je me suis demandé si...

– Je suis certain que vous trouverez un jeune médecin qui rêve de faire carrière à l'Institut.

– L'inconvénient, c'est leur jeunesse.

Joseph se plongea dans ses notes. Sergent soupira et se dirigea vers la porte.

– Il faut analyser en priorité la moelle osseuse des porcs.

– Je m'en occupe, dit Joseph. Au fait, est-ce que vous m'autorisez à emprunter la Juvaquatre dimanche prochain ?

C'était un bâtiment de trois étages, blanchi à la chaux, accroché à mi-parcours d'un de ces escaliers pavés qui zigzaguaient au-dessus de Bab-el-Oued et aboutissaient dans la Casbah, chemin escarpé parsemé de figuiers de Barbarie et de touffes de roseaux. Sur les paliers, des enfants jouaient à la toupie, aux noyaux d'abricots ou aux osselets, chaque maison était imbriquée à ses voisines et elles semblaient se soutenir les unes les autres.

Joseph, sur le conseil de Maurice, gara la Juvaquatre dans un virage de la rampe Valée et ils commencèrent à décharger. Il fallait gravir une vingtaine de marches, passer sous une voûte, grimper un raidillon, descendre un escalier et, après le tournant, on trouvait l'immeuble de Christine. Son appartement donnait au deuxième étage de la courette intérieure et, comme l'avait observé Maurice : « Si on n'a aucune vue, au moins il fait frais. » Il n'arrêtait pas de répéter : « Qu'est-ce qu'il fait bon ici ! »

Ils firent un premier voyage, manquèrent se casser la figure, Maurice avait mal au dos, pas que ça à faire, et trouva deux Arabes qui, pour trois francs six sous, déchargèrent, montèrent les meubles, les cartons et les caisses qui envahirent bientôt le nouveau logement de Christine.

Elle n'avait pas déménagé de gaieté de cœur et s'était résolue à prendre ce logement excentré et peu pratique, uniquement parce que le loyer était peu cher. C'était provisoire, le temps que ses finances s'améliorent, elle n'avait plus que ses cachets de théâtre depuis que Radio Alger s'était passée de ses services.

– Tu n'aurais pas dû la laisser s'installer dans ce quartier, c'est mal famé, avait dit Joseph à Maurice quand ils cherchaient l'adresse.

– J'ai voulu lui prêter de l'argent, mais tu la connais, madame est indépendante, je lui ai proposé de rester dans son appartement et de payer la part de Nelly, elle a refusé. Comme si je l'avais insultée.

– Je ne savais pas.

– J'aurais préféré. Une femme que tu ne payes pas, tu ne sais pas combien elle te coûte.

Joseph ne retrouva pas son chemin et ne s'en rendit pas compte immédiatement. Il se perdit.

Ce n'était pas étonnant, en sortant de l'immeuble, il ne fallait pas se tromper, tourner au bon endroit, il n'était pas familier de ce décor tarabiscoté. Il aurait dû prendre le deuxième escalier à droite, pas le premier. Il continua, persuadé d'être sur la bonne route. Ou probablement avait-il la tête ailleurs, quelque chose qui le tracassait et qu'il ne voulait pas reconnaître. Il se disait : « Ils commencent à me casser les pieds, ces deux-là. »

Il déboucha sur une place inconnue, revint sur ses pas, tourna à droite, monta un escalier, en descendit un autre, passa par une ruelle qu'il n'avait jamais empruntée, descendit une enfilade de marches étroites, aboutit sur un terre-plein qui servait de dépotoir, refit le chemin en sens inverse. Les maisons étaient identiques, les rues se ressemblaient. Il était désorienté. Il arriva à un carrefour, vit un vieil Arabe adossé à un mur. L'homme était posté derrière un gros fût en métal avec un couvercle sur lequel était fixée une roue de loterie multicolore.

– Un zoublie, mon ami ?

Il comprit que Joseph ignorait de quoi il parlait, leva le couvercle, plongea la main à l'intérieur et en sortit une gaufre dorée en cornet qu'il lui tendit.

– Zoublie, très bon.

Joseph goûta la gaufre.

– C'est très bon, en effet.

Le vieil Arabe fit tourner la roue, l'aiguille prit de la vitesse puis s'arrêta sur le rouge. Joseph reçut un autre biscuit et lui donna deux pièces de un franc.

– Merci, mon ami, merci.

Joseph s'éloigna vers l'est. Dans son dos, il entendait la voix du vieil homme : « Marchand d'oublies... marchand d'oublies... »

*

Depuis quelques semaines, c'était une litanie de bonnes nouvelles. Chaque jour, on apprenait dans le journal que Patton ou de Lattre avait libéré Marseille, Paris, Nîmes, Dieppe, Lyon ou Anvers. Ce 9 septembre 44 allait rester gravé dans les mémoires. Et pas seulement parce que la veille les Allemands avaient embarqué Pétain et Laval dans leur fuite.

On était débarrassé d'eux et, enfin, on respirait, on se sentait libre.

– Sergent a appelé. Il faut que vous le rejoigniez de toute urgence à l'hôpital Mustapha, avait lancé madame Armand à Joseph.

En cette journée splendide, avec son ciel immaculé, son soleil écrasant et cette délicieuse brise venant du large qui rendait la chaleur supportable, dans cette atmosphère de liesse permanente et de vie à nouveau légère, un enfant de six ans était mort de la peste. Oui, de la peste. Pas au fin fond de la Chine ou de l'Inde, en France. Pas dans un pays moyenâgeux, mais dans cette ville blanche et fière, dans une préfecture moderne, en plein milieu du XXe siècle. D'un seul coup on basculait, horrifié, trois ou quatre siècles en arrière. Et ils étaient tous atterrés.

Le médecin de famille avait soigné l'enfant pour des douleurs musculaires sans remarquer les minuscules gonflements sur sa peau. Quand les ganglions étaient apparus sur les cuisses, il était trop tard. Il était déjà déshydraté, à l'agonie. La voisine qui l'avait gardé pendant trois jours venait à son tour d'être admise à l'hôpital, ses terribles maux de tête, sa forte fièvre et le sang qu'elle crachait révélaient la redoutable peste pulmonaire, la tueuse aveugle qui ne laissait aucune chance. Le professeur Bérieux, le patron de l'hôpital, avait appelé Sergent en renfort, mais pour la peste pulmonaire, ils savaient qu'il n'y avait rien à faire, que la femme aussi était perdue, elle était comateuse et il n'existait à ce stade aucun traitement connu.

La seule chose qu'ils pouvaient faire, c'était d'essayer de sauver les vivants et d'empêcher la propagation de l'épidémie.

La peste se répandit moins vite que la rumeur de la peste. On disait que dans la montagne, il n'y en avait jamais. On racontait que les Allemands l'avaient laissée derrière eux pour se venger. Une guerre bactériologique, sinon comment l'expliquer ? Ou des commerçants égyptiens ? Non, des marins maltais ! C'est peu dire que ce fut l'affolement et la panique. Les plus avisés quittèrent Alger mais on signalait aussi des cas au Maroc, à Oran et à Tunis.

On va donc tous mourir. Maintenant ? Alors que la guerre est finie !

Les journaux rappelaient que dans les temps sinistres, elle fauchait un quart de la population.

Parfois la moitié !

Les gens restaient calfeutrés chez eux ou sortaient avec un mouchoir ou un masque. On ne se serrait plus la main, on se regardait des heures dans les miroirs, on se scrutait, et le plus petit bouton, la moindre rougeur, se transformait en terreur. On chassait les gens des commerces à coups de poing s'ils étaient pâles ou avaient toussé. Les médecins, les infirmières, les hôpitaux étaient assaillis de centaines, de milliers peut-être, de patients épouvantés qui les suppliaient de s'occuper d'eux, se battaient pour passer devant, leur promettaient de l'argent, leur donnaient leurs bijoux, criaient, pleuraient, les insultaient, les menaçaient.

Alger la coupable se précipitait en masse dans les églises, on priait, *Confiteor Deo omnipotenti*, on implorait, *Ideo precor beatam Mariam semper Virginem*, on se frappait la poitrine, *Mea culpa, mea culpa, mea maxima culpa*, et on promettait, on promettait. *Indulgentiam, absolutionem et remissionem.*

Dans toute la ville, plus un cierge à brûler. Et on avait supprimé l'eau des bénitiers.

Sergent et les médecins de l'Institut se lancèrent dans une course contre la mort pour fabriquer un vaccin à partir des ganglions du gamin et de la femme. La pulpe des bubons était remplie d'une purée d'un bacille court, trapu, à bouts arrondis, assez facile à colorer avec de l'aniline. Ensemencée sur gélose, elle donnait un développement de colonies blanches transparentes. Ils la mirent en culture sur un bouillon à l'étuve à 28° et obtinrent en une semaine un vaccin chauffé atténué qui fut inoculé à des souris. Huit jours plus tard, elles étaient toujours vivantes.

Sergent réunit le personnel médical. Chacun était libre de refuser. Il fut clair, il ne pouvait jurer, compte tenu de la précipitation et du délai de prémunition, qu'il n'y avait aucun risque.

Ils se firent tous vacciner.

Pendant ce temps, une vingtaine de cas étaient apparus. Les premiers furent le père du gamin, deux ouvriers qui travaillaient sur les quais dans un hangar rempli de chiffons et trois dockers. On détecta de minuscules gonflements sur leur peau, de la taille d'une tête d'épingle, entourés d'une aréole rosée. L'ensemencement d'une gouttelette du liquide retiré de cette minuscule ampoule donnait toujours une trace de bacille de peste.

Aucun doute possible. Une piqûre de la puce du rat.

Après une courte incubation, la fièvre débutait brutalement, accompagnée de céphalées insoutenables, de douleurs musculaires, d'asthénie, de vomissements et de nausées, le bacille atteignait les ganglions lymphatiques. La peste bubonique était la moins grave. Dans la moitié des cas, avec un sérum antipesteux, le bubon suppurait au bout de quelques jours et, même si la convalescence était longue, le malade affaibli s'en sortait. Mais quand elle se transformait en septicémie, il n'y avait rien pour la soigner. Souvent, le bacille passait dans les poumons. Quand le malade toussait, c'était un aérosol de bacilles qui atteignait son entourage et, malheureusement, la peste pulmonaire était mortelle en trois jours.

Début novembre, un soldat américain fut contaminé. Andy McLean venait du Wisconsin et fut mis à l'isolement à l'hôpital militaire Maillot. Les médecins de l'armée américaine étaient déterminés à utiliser le remède miracle, la pénicilline G dont on avait entendu parler depuis le début de la guerre mais qui n'avait encore jamais été utilisée in vivo. Le traitement fut appliqué aussitôt aux malades hospitalisés, ils moururent tous dans les quinze jours. Ce fut une période difficile de tension, d'incertitude et de découragement. Sur les conseils de Paris, on utilisa les sulfamides, un autre produit nouveau, mais il fallut plusieurs semaines pour trouver les bons dosages avec la sulfadiazine et l'association avec la sérothérapie.

Les Américains s'opposèrent vigoureusement au piégeage des rats et imposèrent une méthode testée en Californie – épandage d'appâts sains, puis épandage d'appâts toxiques, à chaque fois avec un autre raticide : baryum, arsenic, chlorure de chaux. On aspergea la ville de DTT à 5 % dans du kérosène et en poudre à 10 % dans du talc. C'était joli, on aurait cru qu'il avait neigé.

Jamais le port d'Alger ne fut autant nettoyé.

Il fallut s'occuper de plus de cent malades, suivre leur famille, leurs collègues, leurs voisins, brûler les literies, les draps, les couvertures, les vêtements. Le travail fut considérable et dura plusieurs mois.

Comme les autres médecins de l'Institut, Joseph travailla nuit et jour, dormant quelques heures sur un lit de camp, mangeant sur le pouce ce qu'on lui préparait. Il faisait le tour des hôpitaux, testait les nouveaux traitements, examinait la foule de ceux qui se croyaient malades et réalisa des milliers de diagnostics en utilisant un frottis coloré avec du bleu de méthylène. Il devait aussi remonter le moral des familles, leur dire qu'ils cherchaient sans relâche ; les résultats étaient encourageants mais le mal loin d'être vaincu.

Des mesures de prophylaxie générale avaient été décrétées. Les chats et les chiens errants furent éliminés. Finis le cinéma, le théâtre, les concerts, les transports collectifs, les réunions politiques ou religieuses, les activités sportives, les courses de chevaux, les bains publics, les boîtes de nuit et les bordels. Interdits jusqu'à nouvel ordre.

La MP, la police militaire américaine, veillait à faire respecter la loi. Quand on voyait arriver ces malabars avec leurs têtes de Chéri-Bibi, nul n'avait envie de discuter ou de pinailler. Il n'y eut d'ailleurs aucune contestation. Ils trouvèrent que, contrairement à ce qu'on leur avait dit, les habitants de cette ville avaient l'esprit civique. Les hommes, un peu perdus, traînaient bien dans les rues sans trop savoir quoi faire, hésitant à aller boire un coup au bistrot (les kémias étaient prohibées) ; des groupes incertains se formaient, se parlaient en se surveillant du coin de l'œil, échangeaient les mauvaises nouvelles et se séparaient vite car il n'y avait rien de bon à dire.

À la nuit tombée, Alger était vide et déserte.

En sortant de l'hôpital, Joseph croisa Mathé assis sur un banc du jardin Marengo, il lisait un roman qu'il annotait.

– Cela me fait plaisir de vous voir, Joseph, comment vous portez-vous ? demanda-t-il. Vous avez l'air fatigué. Vous n'auriez pas une cigarette ?

Pour une raison inconnue, les débitants n'étaient plus approvisionnés. On revenait au marché noir.

– Qu'allons-nous devenir s'il n'y a plus de tabac ?

– Gardez le paquet, Albert, je peux en avoir autant que j'en veux, je fréquente beaucoup l'armée américaine en ce moment.

– J'accepte avec plaisir, mais laissez-moi vous offrir ce livre. Vous parlez anglais, je crois. C'est un roman exceptionnel. Il est passé inaperçu.

Ils ne s'étaient pas revus depuis le mois de septembre à la générale des *Frères Karamazov*, un texte impossible à adapter qu'il avait pourtant réussi à maîtriser, quatre heures bouleversantes, avec ces personnages éternellement insatisfaits, souffrant de ne pouvoir aimer mieux, embarrassés par leur liberté, à la recherche d'une force morale pour vivre le monde devenu un enfer. Christine jouait Katerina d'une façon admirable et Nelly une Grouchenka plus vraie que nature.

– J'ai envie de passer maintenant aux *Possédés*. Qu'en pensez-vous ?

Depuis la fermeture des théâtres, Mathé était réduit au chômage, cela ne le dérangeait pas. Il écrivait. Il ne demanda pas quand l'épidémie finirait mais posa mille questions très pointues, cliniques même, que jamais personne ne lui avait posées. Et aussi une qui l'obsédait particulièrement :

– Pourquoi l'épidémie a-t-elle lieu maintenant ?

– La peste existe de façon endémique en Algérie et autour du Bassin méditerranéen depuis la nuit des temps.

– Mais pourquoi cette recrudescence maintenant ?

Joseph n'avait pas la réponse. Il évoqua les nouveaux traitements qu'essayaient Bérieux et Sergent. Quand Joseph demanda pour quelles raisons il s'intéressait tant à l'origine de cette maladie, Mathé resta énigmatique.

– Dites-moi, Joseph, est-il vrai que le bacille de la peste ne meurt ni ne disparaît jamais, qu'il peut rester pendant des dizaines d'années endormi dans les meubles et le linge, qu'il attend patiemment dans les chambres, les caves ?

– Il existera toujours. Nous n'arriverons jamais à l'éliminer complètement. Il attendra certainement tapi quelque part le bon moment pour resurgir et tuer. Ce sera une lutte éternelle.

– Comme le mal au fond de nous, alors ?

Il l'invita à dîner, ils ne trouvèrent aucun restaurant ouvert à Bab-el-Oued, marchèrent bras dessus, bras dessous en fumant comme des bienheureux le long du front de mer pendant une heure sans croiser âme qui vive, comme s'il n'y avait plus un être humain dans cette ville maudite. Padovani était fermé, ils aperçurent une lumière, cognèrent à la porte. Pado leur ouvrit exceptionnellement, parce que c'était eux. Ils partagèrent de la coppa, une omelette aux lardons et leurs dernières cigarettes.

– N'ayons pas honte d'être heureux tout seuls.

La peste recula sans qu'on sache très bien si c'était dû à la fin de la saison sèche, aux mesures drastiques d'élimination des rongeurs, à l'incinération des déchets, à l'emploi massif de DDT, à la quarantaine des malades et de leurs proches, aux sulfamides ou à la conjonction de tous ces efforts. On dénombra quatre-vingt-quinze cas de peste. Certains dirent beaucoup plus.

Le jeudi 23 novembre 44 avait pourtant été une journée horrible, plus horrible que les autres. On a beau se raisonner, la douleur des autres finit par vous envahir et devenir insupportable. Quand Joseph rentra chez lui, il avait envie d'un bain brûlant, d'y rester des heures pour oublier ce qu'il voyait, ce fatalisme qui l'envahissait, le contaminait à son tour, cette résignation insidieuse face au malheur, et surtout pour effacer, anéantir cette odeur infecte qui l'étouffait et l'empêchait parfois de respirer. Il voulait aussi commencer le livre que Mathé lui avait offert, un roman américain, *They Shoot Horses, Don't They ?*, pas encore traduit en français.

– Vous, vous allez aimer, pas seulement parce que c'est un livre sur la danse, parce que c'est un livre sur la survie.

Quand il arriva devant sa porte, il remarqua une feuille de papier blanc pliée glissée dans l'encoignure. Il la déplia et découvrit l'écriture de Christine. « *Il est arrivé un malheur à Maurice. Viens vite.* »

« Mon Dieu, pensa-t-il, il l'a attrapée ! »

Il fut parcouru d'un frisson, se précipita dans les escaliers. Courut comme jamais il n'avait couru et sonna à la porte de Maurice. Christine lui ouvrit. Elle restait immobile.

– Où il est ? demanda Joseph.

– Dans le salon.

Maurice était effondré dans le fauteuil, le visage en pleurs, il se leva avec peine, tomba dans les bras de Joseph qui le serra contre lui.

– Il est mort… il est mort, murmura Maurice.

– Qui est mort, Maurice ?

– Mon frère, mon petit frère Daniel.

– Je ne savais pas que tu avais un frère, Maurice, tu ne m'en avais jamais parlé.

– On ne s'entendait pas très bien mais c'était mon frère.

Daniel Delaunay, le frère cadet, venait de mourir lors de la prise de Strasbourg par la 2e DB, il avait vingt et un ans et il était fâché avec son père ; ils ne se parlaient plus depuis des années, parce qu'ils n'avaient pas les mêmes idées. Quand Joseph lui demanda lesquelles, Maurice haussa les épaules. Ce n'était pas une bonne période pour la famille Delaunay : Hélène, sa sœur chérie, venait de se marier avec l'enfant de salaud qui lui avait fait un môme au début de la guerre.

– Tu te rends compte ? Un plombier-zingueur ! Un Rital en plus !

C'était un ouvrier de l'entreprise familiale, un type en apparence très sympathique et qui cachait bien son jeu, il avait été prisonnier pendant des années en Poméranie, mais de ça non plus il ne voulait pas parler parce que ça le dégoûtait.

Joseph travaillait comme deux mais il y avait un avantage, il ne voyait plus personne. Il retrouvait cette solitude qu'il avait connue à l'ouled Smir, même si c'était sous une forme plus pernicieuse (avec beaucoup de monde autour).

Il commença par refuser l'invitation de Christine pour le soir de Noël, prétendant qu'il était de garde, mais elle insista tant qu'il accepta :

– Fais un effort pour Maurice, il est si triste. Tu es son seul ami. Il a l'impression que tu ne veux plus le voir. Ça lui ferait tellement plaisir.

– Et à toi ? demanda Joseph.

– À moi aussi, bien sûr, tu es bête.

Et puis, Maurice joua les divas, il ne savait pas s'il allait pouvoir venir, un jour c'était certain et le lendemain il attendait une réponse imminente mais il ne voulait pas dire ni quoi ni qu'est-ce, juste que c'était une invitation à une messe privée de gens très importants et qu'il ne pourrait pas refuser. Christine n'appréciait pas ses tergiversations :

– Tant pis pour toi. On ira à la messe tous les deux. Tu ne me laisseras pas tomber, Joseph ?

– Oh non.

Finalement, Maurice ne fut pas invité.

À neuf heures, un millier de fidèles au moins se pressaient dans l'église Saint-Joseph. La foule s'agglutinait dans les allées et sur les marches extérieures. Jamais on n'avait vu autant de monde. Maurice avait une place réservée au premier rang. Christine était assise à sa droite et Joseph à sa gauche. Ce dernier n'avait jamais assisté à une messe de minuit. C'était comme un concert mais en latin, avec des chants harmonieux et agréables.

Et puis, quelqu'un se mit à tousser. Une toux aiguë, râpeuse, étouffante. Une femme probablement.

Joseph se retourna mais il y avait tellement de monde qu'il était impossible de la repérer. Il se pencha à l'oreille de Maurice :

– Avec cette église bondée, si c'est une personne infectée, il va y avoir cent ou deux cents morts. On aurait dû interdire cet office.

– Dieu nous protège.

À la sortie, alors qu'ils piétinaient, il aperçut Nelly. Elle vint embrasser Joseph et lui présenta son ami, il ne comprit pas son nom mais reconnut un des comédiens de la troupe, ils n'eurent pas le temps de se parler.

– Tu nous excuses, lança Christine, le dîner nous attend.

Elle tira Joseph par la manche.

– Elle a un de ces toupets, celle-là.

Christine avait bien fait les choses, elle avait tenu à les inviter dans son appartement, sa cuisine était minuscule. Elle avait tout peint en blanc. C'était la première fois qu'ils s'y retrouvaient ensemble. Les carottes au kemoun et la choucbouka étaient délicieuses, le faisan rôti fondant avec des citrons confits, Maurice se régalait. Il y avait un parfum de bonheur dans l'air, on se serait cru comme avant.

– Vraiment là, Christine, il n'y a rien à dire. Un vrai cordon bleu.

Il finit la bouteille de boulaouane, en ouvrit une autre. Christine était aux anges.

– Doucement, Maurice, j'ai la tête qui tourne.

Il remplit les verres généreusement. Joseph avança la main pour l'arrêter.

– Ah non, Maurice, moi aussi, ça bouge un peu.

– Encore un chouïa, quand c'est bon, ça fait pas de mal.

Ils trinquèrent et, à la demande de Christine, formulèrent un vœu. Chacun porta un toast, Maurice à leur vieille amitié, Joseph à la fin imminente de la guerre et elle, à ce repas merveilleux, à ce moment magique pour qu'il ne finisse jamais.

Il y eut un long silence, ils burent deux trois gorgées, ils se sourirent, tout semblait flotter autour d'eux.

– Et ta sœur ? demanda Joseph pour relancer la conversation. Comment va-t-elle ?

– Je n'en sais rien et je m'en fous !

– Ah bon ?

– Ce sont mes pauvres parents que je plains. En ce moment, avec les réquisitions, on ne trouve plus à se loger à Paris, ma sœur, son affreux et le môme, ils vivent à la maison. Je ne sais pas comment les parents supportent ce Rital. En plus, c'est un coco. Papa en est malade. Le gendre du patron, il ne pouvait pas le laisser simple ouvrier, il l'a nommé responsable de chantier. On ne peut pas dire, il a été réglo, remarque, un mec qui fait un môme à une femme s'il ne l'épouse pas, c'est que c'est un salaud et un fumier.

– Tu exagères, dit Joseph.

– Régulariser, c'est la moindre des choses, non ?

À cause de l'épidémie, il n'y eut pas de réveillon à Alger. Avoir échappé à autant de malheurs aurait dû les rendre joyeux, il leur restait la sourde oppression de l'angoisse et une lassitude mêlée d'amertume. L'année qui arrivait s'annonçait pourtant meilleure que les précédentes avec l'espérance d'un monde enfin apaisé, mais personne, absolument personne, n'eut envie aux douze coups de minuit de se souhaiter une bonne année. Joseph était de garde à Maillot.

– Ça y est, on est en 45, docteur Kaplan, lui dit une infirmière.

Il s'en fichait. Les nouvelles du front n'étaient pas bonnes. La guerre tardait à finir. Joseph pensa à son père. La semaine précédente il lui avait parlé toute la nuit et il se demanda où il se trouvait à cette heure.

*

Joseph venait de s'endormir ou peut-être ne dormait-il pas. Un bruit inhabituel le tira de sa torpeur, on frappait violemment à sa porte. Il se leva avec peine, les coups continuaient. Une voix de femme criait : « Docteur Kaplan, docteur Kaplan. » Sa montre indiquait trois heures et demie.

– Qu'y a-t-il ? demanda Joseph.

– C'est pour Christine, dit la voix à travers la porte. Elle m'a dit de venir vous chercher.

Il ouvrit à une femme boulotte d'une soixantaine d'années aux cheveux raides et peroxydés.

– Il faut que vous veniez, docteur, elle ne va pas bien.

– Que se passe-t-il ?

– Je ne sais pas. Je suis sa voisine. Elle va très mal.

Il s'habilla précipitamment et ils partirent. Ils ne trouvèrent aucun taxi, ils prirent l'avenue de la Marne, remontèrent le boulevard Guillemin et l'interminable rampe Valée. Il marchait de plus en plus vite, la distançait.

– Attendez-moi, docteur, attendez-moi.

– Dépêchez-vous, voyons.

Il avait cinquante mètres d'avance. Il l'attendit, le cœur battant.

« Pourvu qu'elle ne l'ait pas attrapée, pensa-t-il. L'épidémie recule, mais on ne sait jamais. »

Elle le précéda dans les escaliers, elle avait la clef. Il n'était pas revenu depuis le réveillon de Noël. Christine gisait recroquevillée sur son lit, inconsciente, les bras serrés sur le ventre, les poings fermés, à peine recouverte d'un drap dont le bas était rouge mat, une flaque noire s'étalait sur le carrelage, des gouttes coulaient à travers le matelas.

Et cette plainte, ce faible râle, infime bourdonnement sur le point de s'éteindre.

Elle était blanche, la transpiration avait figé ses cheveux, son rimmel avait coulé, son front était brûlant. Il lui prit le pouls, tâtonna pour le trouver, il était filant et imperceptible. Soudain, elle se mit à hoqueter, sa respiration devint saccadée, ses mâchoires claquèrent, elle étouffait, sa poitrine se soulevait à la recherche d'un peu d'air.

– Ouvrez la fenêtre, vite.

Il prit le drap mais sa main y était agrippée, il tira fortement pour le soulever. Son ventre, ses cuisses, ses jambes étaient maculés de sang.

– Bon Dieu, murmura-t-il, elle a avorté.

Il se pencha, voulut l'examiner, elle résistait, il dut forcer pour écarter ses poings et l'étendre sur le dos.

– Aidez-moi, tenez-la aux épaules.

Il palpa légèrement le bas de son ventre, à peine l'eut-il effleuré qu'elle cria comme s'il l'avait transpercée avec un fer rouge.

– Cela fait combien de temps qu'elle est comme ça ?

La femme hésita, inquiète. Elle se frotta le menton et la joue.

– Depuis... avant-hier soir. Le monsieur m'a dit que ce n'était rien, qu'elle allait récupérer. Quand ils sont arrivés, il la soutenait mais elle marchait. Hier, elle avait mal au ventre, elle m'a donné votre adresse, elle m'a dit d'attendre encore, que ça allait passer, elle a pris deux aspirines, moi je fais des ménages toute la journée, quand je suis rentrée, elle gémissait, elle était dans les vapes, je suis venue vous trouver...

– Elle fait une septicémie, chaque minute compte, je ne peux rien faire pour elle ici. Si on appelle les secours, on va en avoir pour une heure au moins. On est tout près de l'hôpital El Kettar, on va la transporter là-bas, vous allez m'aider.

Dans le placard, il trouva un drap, le déplia sur le sol, ils la déposèrent dessus et, chacun à un bout, entreprirent de la soulever, mais elle ne restait pas droite, se roulait en boule et ils n'y arrivaient pas.

– Je vais la descendre.

Il la prit dans ses bras, elle était molle comme une poupée de chiffon. Il cherchait chaque marche du pied à l'aveugle. Christine disparaissait complètement dans le drap. La femme lui ouvrait le chemin. La nuit commençait à s'éclaircir. Dans la rue, il décida de continuer ainsi. Il remonta la rampe Valée déserte, il y avait quatre cents mètres à parcourir. La femme essayait de le soulager en portant les jambes mais elle le gênait plus qu'elle ne l'aidait. Au bout de cent cinquante mètres, Christine pesait une tonne, Joseph avançait par saccades, s'arrêtait, faisait trois quatre pas, s'immobilisait, repartait, son cœur tambourinait, ses muscles se contractaient. Au loin, il apercevait les hauts murs de l'hôpital. Il poursuivit en se cambrant et, hors d'haleine, ne pouvant plus la porter, la posa sur le capot d'une voiture garée.

– Allez chercher du secours à l'hôpital, qu'ils viennent avec un brancard, vite.

La femme disparut. Christine ne bougeait pas. Joseph la dégagea du drap. Elle ne râlait plus, il colla son oreille contre sa bouche, il n'entendait plus rien, il écouta ses pulsations, il n'y avait aucun battement perceptible.

Il lui caressa le front, le visage.

– Je t'en prie, Christine, ne t'en va pas. Ils vont venir dans une minute. Je vais m'occuper de toi. Tout va aller bien maintenant. Je te jure, Christine, ça va aller.

Elle était livide, les lèvres grises, immobile comme dans un linceul, il lui parlait tout doucement, peut-être l'entendait-elle. Peut-être.

Elle était glacée, il la prit dans ses bras pour la réchauffer, il lui soufflait sur le visage.

Des pas retentirent, deux hommes en blanc arrivèrent en courant. L'un d'eux reconnut Joseph :

– Docteur, vous êtes en sang !

– Dépêchez-vous !

Ils la posèrent doucement sur le brancard et ils remontèrent vers l'hôpital.

Dans son malheur, Christine eut un peu de chance. Ailleurs, il est probable qu'elle serait morte de cette infection généralisée. En débarquant, les médecins de l'armée américaine avaient apporté leur pénicilline miracle mais aussi les nouvelles poches Baxter qui maintenaient sous perfusion intraveineuse. Christine resta quatre jours entre la vie et la mort, puis l'antibiotique prit le dessus. Elle avait subi un avortement à l'eau savonneuse. D'après le docteur Rodier qui l'avait suturée, c'était la poire à injection mal utilisée qui infectait et déchirait. Les perforations étaient fréquentes, les complications incessantes, les séquelles permanentes. Si elle s'en tirait, elle ne pourrait plus avoir d'enfant.

Joseph passait souvent la voir, il travaillait dans un autre bâtiment, à l'écart, où étaient suivis une quinzaine de patients encore hospitalisés pour les suites de la peste pulmonaire.

Christine récupérait lentement mais ses ennuis n'étaient pas finis. Elle se nourrissait à peine, avait beaucoup maigri, elle restait allongée, les yeux dans le vague. Quand une infirmière entrait, elle ne la regardait pas. Quand on lui demandait si elle avait bien dormi ou si elle se sentait mieux, elle ne répondait pas.

Elle murmurait : « J'ai pas faim »… et il fallait la nourrir comme un bébé, lui tenir le verre pour qu'elle prenne ses médicaments. Elle était trop faible pour marcher, s'effondrait dès qu'on essayait de lui faire faire trois pas. Elle n'écoutait aucun conseil pour se rétablir et semblait indifférente à son propre sort.

La seule chose qui la préoccupait, c'était sa coiffure. Joseph lui avait acheté un miroir, une brosse et un peigne en corne et elle passait son temps à se lisser les cheveux, à en être épuisée. Elle s'affolait quand une infirmière rangeait ces instruments, il fallait qu'ils restent sur la tablette, à portée de vue.

Le soir, Joseph s'asseyait au pied de son lit ; comme il ne voulait pas parler de son boulot, il lisait le livre que Mathé lui avait offert et le traduisait au fur et à mesure, souvent il demandait si elle était d'accord avec son interprétation, comment elle aurait traduit, elle le fixait, faisait un effort de mémoire.

– Je ne sais pas, Joseph, je sais plus, disait-elle, épuisée.

– Tu veux que Mathé passe te voir ? Il s'inquiète, tu sais.

Elle répondait non de la tête.

– Et Nelly ? Tu veux qu'elle vienne ? Elle m'a demandé de tes nouvelles. Elle s'inquiète aussi.

C'était non, toujours non. Elle lui tendait la brosse et il la coiffait encore ; quand il s'arrêtait, elle mettait sa main sur la sienne pour le guider. Elle disait : « S'il te plaît. » Le peigne pénétrait lentement ses cheveux noirs. Il continuait et elle était contente.

– Merci, Joseph, merci.

– C'est à moi de te remercier. Si un jour, je ne peux plus être médecin, je pourrai toujours faire coiffeur.

Et il réussit à la faire sourire.

– Docteur, un policier veut vous voir.

À son arrivée à l'hôpital, Joseph trouva l'inspecteur Nogaro assis dans la salle d'attente. L'inspecteur Nogaro ne ressemblait pas à un flic, il était chétif avec un foulard en laine beige autour du cou parce qu'il attrapait des angines à répétition, avec des quintes de toux qui le soulevaient et lui faisaient des joues de trompettiste de jazz.

– Dès qu'il y a un microbe, c'est pour moi. Je suis vraiment content de faire votre connaissance, docteur Kaplan.

Il transpirait et n'arrêtait pas de se tamponner le front avec son mouchoir. Il avait des poches sous les yeux qui lui donnaient un air de cocker fatigué qu'il savait utiliser pour obtenir des confidences et des aveux sans en avoir l'air. Il ramenait ses cheveux de l'arrière vers le sommet de son crâne dégarni et collait de la brillantine pour qu'ils tiennent dans un mouvement impeccable. Il avait aussi un feutre gris qu'il faisait tourner autour de sa main et ne mettait jamais sur sa tête.

– Je ne sais pas comment vous pouvez travailler dans cette ambiance, je vous admire, moi je deviendrais neurasthénique. Dites-moi, docteur, entre nous, elle est terminée cette épidémie ou quoi ? Allons dehors, je vous invite à prendre un café.

Sa voix était impressionnante, on avait du mal à croire qu'un corps si frêle puisse produire un son si grave. Nogaro compensait habilement sa petite taille en agitant les mains en permanence. Comme un chef d'orchestre, il ponctuait chaque phrase de mouvements allegro ou moderato qui captaient l'attention.

Nogaro n'avait pas bonne réputation. Cela l'attristait car il aimait son métier, lui avait sacrifié sa famille et ses amis. Ce n'était pas facile d'être policier aujourd'hui, de quoi avoir le tournis, surtout pour les policiers honnêtes qui n'avaient fait qu'obéir à leurs supérieurs. Un jour on leur ordonnait d'arrêter les juifs et les communistes, le lendemain c'étaient eux qui commandaient, un jour il fallait éliminer le marché noir et maintenant, c'étaient les trafiquants les patrons, ces retournements brutaux expliquaient que l'inspecteur Nogaro se soit retrouvé sur la touche.

Depuis, il se tenait à carreau et faisait le sale boulot. On lui refilait les plaintes dont aucun flic ne voulait, les enquêtes pourries étaient pour lui, il était donc devenu le spécialiste algérois des avortements clandestins, ses collègues avaient horreur de ces affaires poisseuses où il fallait patauger dans la misère humaine et où même les victimes vous haïssaient.

Ils s'assirent en terrasse. Nogaro connaissait le patron et le serveur. Il chassa un mendiant qui l'importunait et, enfin silencieux, fixa Joseph en plissant les yeux.

– Je vous ai tellement cherché, docteur Kaplan, à une époque pas si lointaine. Vous avez opportunément disparu et vous m'avez donné beaucoup de travail. Personne ne savait où vous étiez, votre patron ne comprenait rien, vos collègues tombaient des nues, votre amie s'inquiétait, votre concierge ne vous avait pas vu partir. Pfutt, disparu comme par un coup de baguette magique. Vous n'êtes pas nombreux à être passés entre les mailles. Remarquez, vous avez bien fait. À ce moment-là, on ne savait pas ce qui allait arriver, on nous donnait des listes, on nous disait : Allez chercher Untel. On obéissait. Comment faire autrement ? Et puis vous êtes réapparu, je suis content pour vous. Je voudrais savoir, cela n'a plus aucune importance aujourd'hui, où étiez-vous passé ? Comment avez-vous fait pour partir ? Où êtes-vous resté caché si longtemps ? Juste par curiosité personnelle.

– Vraiment, vous ne le savez pas ?

– Non, je vous jure.

– Alors, ne comptez pas sur moi pour vous le dire. On ne sait jamais.

– Garçon, deux autres cafés… Les gens considèrent que l'avortement n'est pas si grave, une fatalité de la vie. Pour beaucoup de femmes, c'est comme un mauvais rhume, on l'attrape une fois par an, quelque chose d'inéluctable. Mais c'est un crime, docteur, un crime capital, pareil que la trahison devant l'ennemi. Il y a eu deux exécutions d'avorteuses ces dernières années, quatorze condamnations à perpétuité et une trentaine à vingt ans de taule. Chaque année, rien qu'à Alger, les avortements clandestins font une vingtaine de victimes, probablement le double ou le triple parce qu'on nous dissimule les décès, vos collègues font de faux certificats.

Dans cette ville, il n'y a pas une famille, vous entendez bien, pas une, qui n'ait pas de sang caché, et je ne compte pas les Arabes, chez eux c'est une hécatombe, il faut m'aider, docteur, il faut en finir avec ce massacre.

– C'est un peu embêtant, vous comprenez.

– Non, je ne comprends pas. Vous avez le droit de vous taire, je ne pourrais rien faire contre vous. Si vous vous taisez, ils continueront et vous deviendrez leur complice.

– Vous toussez toujours autant ? Il faut que je vous examine.

– Ne me dites pas que...

Assise dans le lit, le dos calé contre deux gros coussins, Christine restait prostrée depuis des jours, on aurait pu la prendre pour une statue mais de temps en temps sa bouche s'agitait comme si elle marmonnait ou peut-être était-ce une contraction, un banal tremblement.

Joseph restait souvent dans l'entrebâillement de la porte à la regarder. Lui, il savait qu'elle parlait et à qui elle s'adressait.

– Vous avez les résultats, docteur ?

– Pas encore, inspecteur.

– Pourquoi c'est si long ?

– Ça part à l'Institut, il faut mettre les prélèvements en culture, faire les analyses, on en traite cinq mille par semaine, vous avez tous les symptômes de l'angine chronique. Rien d'autre.

– J'ai la gorge qui me brûle terriblement.

– Ne vous inquiétez pas, si c'était la peste, vous seriez déjà mort.

Joseph l'examina rapidement, lui palpa le cou et l'œsophage.

– Vous n'avez pas arrêté de fumer ?

– Ce n'est pas facile, docteur. On ne peut toujours pas l'interroger ?

– Non, elle est encore en état de choc.

– J'ai vu la voisine, elle n'y est pour rien et ne sait pas grand-chose. Vous connaissez un nommé Maurice Delaunay ?

Joseph regardait ailleurs, comme s'il n'avait pas entendu.

– Comment vous voulez que j'y arrive si vous ne m'aidez pas ? Je dois remonter à celui ou à celle qui a pratiqué cette boucherie d'avortement pour l'empêcher de continuer à nuire.

– Elle ne me dit rien, Maurice est son ami, c'est probablement lui le père, il a donné de l'argent à la voisine pour qu'elle s'occupe d'elle.

– Vous êtes sûr qu'on ne peut pas lui parler à elle ?

Christine ne voulait pas se lever, elle avait peur d'avoir mal, à lui faire monter les larmes aux yeux, le souvenir de la douleur insoutenable, elle faisait non de la tête, implorait Joseph du regard. Il parlementa, sans lui laisser la possibilité de résister, elle était contractée, les muscles comme des pierres, il lui tapotait la main, il insista tellement qu'elle se redressa et s'assit, elle hésitait, encore paniquée. À tâtons, son pied chercha le sol, elle sentit le froid rassurant, avec l'infirmière ils l'encadrèrent, elle s'appuya sur eux, ils la soulagèrent de son poids, il lui parlait d'une voix chaude et gaie, on aurait dit un père dans un bac à sable. Elle posa par terre la pointe du pied droit, puis l'autre, elle se recroquevillait mais elle fit quatre pas, penchée, le dos voûté, avec des cris courts à cause de cette souffrance qui ne venait pas. Puis sa respiration se calma et avec lenteur elle se redressa. Elle avançait, aux aguets, sentant une sorte de boule dans le ventre, mais pas d'élancements… « C'est bien, c'est bien, encore un pas, appuie-toi », disait la voix de Joseph. Il sentait l'os de son bras, celui de sa hanche.

Et elle se disait : « Oh mon Dieu, je n'ai plus trop mal. »

Ils allèrent s'asseoir sur un banc dans la cour de l'hôpital. Ils prirent le soleil, regardèrent le ballet étourdissant des hirondelles. Elle lui demanda une cigarette. Il n'aurait pas dû lui en donner une, il le savait, elle aussi. Il attrapa son paquet de Bastos, d'une tape en fit sortir une, elle la prit, ne le remercia pas. Elle sourit et la renifla avec un soupir de bonheur. Il craqua une allumette, protégea la flamme de ses mains, alluma la cigarette de Christine en premier. Elle aspira la fumée profondément avant de la souffler vers le ciel.

Elle rangea ses affaires, elles tenaient dans son cabas en osier. Si ce n'était cette maigreur accrochée à ses pommettes, elle avait plutôt bonne mine, on aurait pu croire qu'elle revenait de la plage. Elle se coiffa les cheveux en arrière et les retint avec une barrette en ivoire. Elle se dévisagea longuement dans la glace.

– J'ai une tête épouvantable.

– Franchement, je ne trouve pas, répondit Joseph, assis sur le bord du lit.

Elle semblait perdue.

– Tu veux qu'on parle ?

Elle fit non de la tête, il empoigna son sac. Il la raccompagna chez elle en taxi. Devant l'entrée de l'immeuble, elle lui dit qu'elle allait se débrouiller, qu'elle allait y arriver, il ne fallait pas qu'il s'inquiète, tout allait bien maintenant. Elle lui prit la main, la serra.

– Merci, Joseph, merci pour tout.

Joseph travaillait sans relâche, courait d'un hôpital et d'un dispensaire à l'autre. Il voyait peu Christine, il passait souvent chez elle, frappait à sa porte, il savait qu'elle était là mais elle ne lui répondait pas, il lui glissait des mots : « *Donne-moi de tes nouvelles* », ou : « *Si tu as besoin de quelque chose, n'hésite pas* », il attendait qu'elle le contacte mais elle ne lui demandait rien.

Deux fois, il croisa la voisine mais elle passa comme si elle ne le voyait pas.

Sergent l'interrogea sur ce qu'il comptait faire, il avait un grand projet. Il désirait lui confier la direction de l'antenne de l'Institut qui allait ouvrir à Constantine. Joseph aurait dû être heureux de cette proposition mais, depuis quelques semaines, une autre idée l'obsédait, il voulait rentrer chez lui dès la fin de la guerre.

– Réfléchissez, dit Sergent, nous ne sommes pas pressés, c'est normal d'avoir le mal du pays, vous pouvez prendre trois mois de vacances, vous y avez droit, mais il faut revenir, Kaplan, on a besoin de vous.

Joseph n'avait jamais revu l'inspecteur Nogaro. Il pensait qu'il était passé à l'hôpital en son absence pour prendre les résultats de ses examens, mais l'infirmière lui indiqua que c'était le dernier dossier en attente. Joseph brûlait d'envie de savoir ce qu'il était advenu de son enquête.

Un jeudi soir, il se rendit au commissariat central de la rue d'Isly.

Quand il poussa la porte de son bureau, l'inspecteur

Nogaro était en train de téléphoner, cigarette au bec. En voyant Joseph, il raccrocha brusquement sans prévenir son correspondant et se redressa, aussi résigné qu'un futur fusillé.

– Je vous écoute, dit-il en fermant les yeux.

Joseph le rassura, ses examens étaient satisfaisants. Nogaro ne voulut pas le croire, il y avait certainement quelque chose de grave sinon il ne se serait pas déplacé. Joseph insista de sa voix de docteur. Rien de rien. Nogaro écrasa lentement sa cigarette.

– Alors, c'est la der des ders, je vous le jure. Sur la tête de mes enfants. Allez, on va fêter ça. Vous ne pouvez pas savoir à quel point je suis soulagé.

Il sortit une bouteille d'anisette de son placard, soupira profondément.

– L'eau est tiède, on va s'en boire une dehors. Vous m'avez fait la peur de ma vie.

– Je venais aux nouvelles.

– À propos de quoi, docteur ?

– L'histoire de l'avortement.

– Ah non, pitié ! Fini et classé ! Je ne veux plus en entendre parler !

C'est au comptoir du bistrot attitré du commissariat que Nogaro lâcha ce qu'il avait sur le cœur. Il avala son anisette comme s'il n'avait pas bu depuis une semaine et, avant que Joseph ait fini la sienne, s'en fit servir une autre, sans eau, avec deux glaçons.

– Oh, que c'est bon. Allez, remets-nous ça. Elle est pourrie cette ville, docteur. Vous n'avez aucune idée de ce qui se passe derrière ces belles façades, c'est Alger la puante, oui. À en avoir le vertige. J'attends ma mutation, pardon, ma promotion.

Après la troisième anisette, Nogaro resta un long moment silencieux, avec la lèvre inférieure qui s'agitait. Il mit une main sur l'épaule de Joseph et serra fort.

– Vous pouvez me dire pourquoi les femmes tombent toujours amoureuses des tordus qui les font tourner en bourrique et les traitent mal et jamais des types bien qui sont à leurs pieds ?

– Pas toujours, quand même.

L'ancienne sage-femme, Nogaro l'avait arrêtée rapidement. Grâce à Maurice. Il l'avait balancée en deux minutes. Elle avait déjà été condamnée pour avortements en métropole et interdite d'activité. Elle prétendait rendre service aux femmes en détresse. Elle n'exerçait sa basse besogne que dans les beaux quartiers. On avait saisi son horrible matériel et un carnet vert où elle tenait une comptabilité elliptique de son commerce florissant. Plusieurs médecins lui envoyaient des patientes, elle les commissionnait. Ils avaient joué les offusqués, juré sur Jésus Marie Joseph que les initiales, ce n'était pas eux, une machination bien sûr. La femme refusait de livrer ses complices, ç'aurait été reconnaître l'organisation criminelle. Elle se faisait payer une fortune, jamais moins de sept mille francs, souvent beaucoup plus. Le Maurice s'était fait dépouiller de dix mille. L'unique satisfaction de ce dossier à vomir. Lui, on avait une preuve, on aurait pu l'attraper, mais il avait des appuis en haut lieu. À ce niveau, aucun flic n'était assez stupide pour insister quand on lui disait de regarder ailleurs. Le procureur avait décidé de poursuivre la seule sage-femme. Elle croupissait maintenant dans l'infâme prison Barberousse. La sanction ne serait probablement pas trop sévère. Le cahier vert avait malencontreusement disparu, il y avait trop de noms dessus (lui, il les avait vus et oubliés).

Dans le contexte actuel, il n'était pas utile de lancer un procès qui aurait remué autant de boue et sali des familles comme il faut. Et puis, phénomène assez curieux, les femmes se remettaient à faire des flopées d'enfants.

On se demandait bien pourquoi.

Un dimanche matin, Joseph revenait du marché Triolet quand il aperçut Maurice qui l'attendait au bas de son immeuble. Sa première réaction fut de faire demi-tour mais Maurice l'avait déjà rejoint.

– Écoute, Joseph, je ne peux pas venir chez toi à chaque fois que je veux te parler. Fais-toi installer le téléphone.

– Il y a quatre ans d'attente.

– Je vais te mettre sur la liste prioritaire. Après tout, tu es médecin.

– Je n'en ai pas besoin. Tu peux me joindre à l'Institut dans la journée.

– J'ai appelé plusieurs fois, on ne te transmet pas les messages ?

– Je suis sans cesse en déplacement, j'ai un travail considérable, j'ai réussi à sauver mon dimanche matin, mais après le déjeuner je retourne au labo.

Avant qu'il ait pu esquisser un geste, Maurice lui avait pris le bras.

– J'ai une grande nouvelle à t'annoncer, mon vieux. Je vais me fiancer.

Joseph ouvrit la bouche, stupéfait, et laissa tomber son sac de provisions qui se répandit sur le sol sans qu'il pense à récupérer ses pommes de terre et ses tomates qui roulaient dans la rue en pente.

– Pas possible !

– Ouais, c'est incroyable, non ?

Le visage de Joseph s'éclaira.

– Je suis tellement content que tout se termine bien.

– Cela n'a pas été facile, crois-moi, son père est un homme difficile, de la vieille école, et puis, c'est une des plus grandes familles d'Algérie. Il a vu que j'étais sincère. J'adore Louise, et il a dû prendre ses renseignements sur les Delaunay de Paris, sur ma situation aussi. Et il a accepté. C'est sa fille unique, tu comprends. Tu es un des premiers à qui je l'annonce. Tu sais que Louise t'adore, elle regrette de ne pas te voir plus souvent. On compte sur toi pour la cérémonie, le troisième dimanche de juin, il y aura le Tout-Alger. Je suis heureux, tu ne peux pas savoir !

Ils restèrent quelques secondes à se dévisager. Le sourire de Joseph avait disparu.

– Ben, tu pourrais me féliciter.

– Je retourne en Tchécoslovaquie, mais même si j'avais été là, je ne serais pas venu.

Christine avait retrouvé Joseph chez *Maximin*, le grand restaurant derrière l'Opéra, ils n'y étaient jamais allés ni l'un ni l'autre (c'était trop cher). Trois jours auparavant, il lui avait déposé un mot pour l'inviter à dîner. « *Pour fêter mon départ* », avait-il précisé. Christine avait mis sa robe coquelicot à volants qui l'amincissait encore plus, elle s'était fait une mise en plis et maquillée comme avant, les hommes l'avaient suivie du regard. À son arrivée, Joseph s'était levé, soulagé, elle était en retard, il avait eu peur qu'elle ne vienne pas. Il avait commandé une bouteille de pomerol 29, un de ses collègues lui avait dit que c'était le meilleur vin du monde. Elle était là, à s'extasier sur le décor Belle Époque, les femmes élégantes et les hommes si distingués. La guerre semblait loin. Ils trinquèrent à la paix prochaine, à leur amitié et à leur avenir. Elle lui posa mille questions sur Prague, sur sa jeunesse, s'étonnant de le connaître depuis si longtemps et de savoir si peu de choses sur lui, sur son pays et sur sa famille.

– Pourquoi n'en as-tu jamais parlé ?

– Je ne sais pas grand-chose de toi non plus.

Elle trouva le vin merveilleux. Le sommelier expliqua que 29 était une année grandiose, il parla avec émotion de son velouté divin, il fallait le garder un temps en bouche, le faire chauffer un peu pour sentir le cassis et derrière, la discrète note de réglisse, boire lentement. Ils fermèrent les yeux, laissant ce merlot les envahir de bonheur.

– Tu pars quand ?

– Le 19 avril. Et toi, tu vas faire quoi maintenant ?

– J'en ai assez du théâtre avec trois bouts de ficelle et des tournées miteuses. En plus, je suis tricarde à Radio Alger. Je pense aller à Paris. Je veux faire du cinéma, c'est là-bas que ça se passe. C'est le moment ou jamais, je vais avoir trente-quatre ans, après il sera trop tard.

– Ne t'inquiète pas, on te donne vingt-cinq ans, pas plus.

– Tu es gentil, Joseph. Tu savais que Maurice était plus jeune que moi ?

– Ah non, pas du tout, fit-il d'un air étonné.

– Il a six ans de moins, c'est beaucoup, non ? Un matin qu'il dormait, j'ai regardé sa carte d'identité. Parfois, je m'amusais à le titiller, je voyais que ça l'embêtait, je n'insistais pas, je m'en fichais. Les hommes sont curieux. Pourquoi me l'a-t-il caché ?

– Je l'ai revu il y a quelques jours, il est venu m'annoncer ses fiançailles.

– Ça y est ! C'est vraiment fini.

Elle hocha la tête, se força à sourire, but une gorgée puis une autre.

– Il ne tourne pas beaucoup la tête ce vin. Tu la connais ?

– Je l'ai vue deux ou trois fois, je croyais que c'était une amie.

Christine devint rouge, ses yeux brillaient, elle essuya une larme furtive, sourit encore, les lèvres serrées.

– Il ne faut pas m'en vouloir, je suis toujours dans le tunnel. Comment ai-je pu en arriver là ? Tout rater à ce point. Tu veux le savoir ? … C'est comme un poison qui paralyse ton cerveau et te fait agir contre toi-même. Tu penses une chose et tu fais le contraire. Tu as un rêve et tu te débrouilles pour qu'il échoue. Je voyais que ça n'allait pas bien, qu'il s'éloignait. Il ne cherchait plus de prétextes. C'est à ce moment-là que j'ai basculé, quelques mois avant ton retour. C'était facile pour lui de me repousser, il n'avait qu'à me répéter ce que je lui avais dit cent fois : sachons nous aimer et rester libres, gardons notre indépendance, soyons ensemble parce que nous le voulons et non à cause d'une quelconque obligation. Tu te souviens quand j'ai refusé de l'épouser, il me suppliait à genoux, le pauvre, je ne prenais pas de gants pour le rejeter, quelle imbécile j'ai été, comme il a dû souffrir. Je m'étais presque résignée à le perdre quand il y a eu cette histoire avec sa sœur à Paris, cet homme qui l'a épousée quatre ans après lui avoir fait un enfant. J'ai cru Maurice quand il a affirmé que c'était la moindre des choses de régulariser ou qu'il aurait été le pire des salauds de la terre. Il en fait toujours trop. J'aurais dû le comprendre. J'ai agi à l'opposé de mes idées, j'ai bafoué allègrement mes convictions, je me suis persuadée qu'il avait changé et je me suis fait faire un môme. Pas difficile. Quand je lui ai annoncé, il a été désorienté. J'ai cru un instant que j'avais gagné et puis, il a réagi d'une façon imprévue, je ne m'attendais pas à ce qu'il m'épouse, non, mais à ce qu'on vive ensemble avec un enfant entre nous. À côté, il aurait pu avoir sa vie, il m'a prise à mon propre piège, il a été redoutablement malin, si je gardais le bébé on ne se reverrait plus jamais, il ne voulait pas qu'on construise notre relation sur une manipulation, il se sentait piégé, ce n'était plus de l'amour mais de la contrainte, je faisais du chantage, il avait sa fierté, jamais il ne pourrait l'accepter, il m'a dit : « Si tu n'avortes pas immédiatement, c'est fini entre nous, tu dois choisir, c'est moi ou cet enfant. » Il a tellement insisté, je ne savais plus où j'en étais, je me sentais coupable. Il avait l'air blessé et malheureux, une fois il a pleuré, il criait que ce serait fini à cause de moi, que j'allais nous séparer à jamais, que je devais laisser un espoir à notre couple. « Tu n'as donc aucun amour pour moi ? me disait-il. Je te promets, on ira vivre à Paris après la guerre. » Je changeais d'avis sans arrêt, j'étais complètement perdue. Moi le bébé, je m'en fichais, ce que je voulais, c'était lui, qu'il reste avec moi. Avoir ne serait-ce qu'une chance que ça continue comme avant. Finalement, j'ai cédé, j'étais convaincue que j'avais été abominable et que tout allait s'arranger, que c'était cet enfant qui était l'obstacle entre nous, j'étais épuisée et pas très fière de cette histoire. Il s'est occupé de tout, il m'a emmenée chez cette femme, ça ne s'est pas très bien passé, il m'a raccompagnée chez moi, je l'avais beaucoup déçu, il m'a dit tout de suite que c'était terminé entre nous, qu'il ne supportait pas la trahison, j'étais la seule responsable, le reste tu le connais. Le pire de tout, tu vois, c'est que je ne lui en veux pas.

– Si j'avais su tout ça, je lui aurais mis mon poing dans la figure.

– Ça n'aurait servi à rien, Joseph. Tout est ma faute, je n'aurais jamais dû vouloir l'obliger, je ne comprends pas comment j'ai pu me renier à ce point. La dernière des midinettes a plus de jugeote que moi.

Maurice l'envahissait, l'encombrait, elle se répétait, butait contre ses souvenirs, les embellissait comme s'il y avait un avenir pour eux, Joseph l'écoutait en hochant la tête, et puis elle se tut, resta longtemps perdue dans ses pensées, marmonnant probablement encore au fond de sa tête.

– Écoute, Christine, tu partais avec un gros handicap : tu n'as pas un rond. Maurice vient de réaliser le rêve de sa vie, il va faire fortune, il doit avoir de l'affection pour Louise mais surtout, il épouse la fille du plus gros propriétaire terrien d'Algérie.

– Ce n'est pas vrai, pas Maurice, il n'est pas intéressé.

Il n'y avait plus de vin, Joseph demanda une autre bouteille, elle ne voulait pas, elle avait trop bu, il n'avait plus de cigarettes, la salle s'était peu à peu vidée, les serveurs, le maître d'hôtel attendaient patiemment. D'un geste, Joseph réclama l'addition, on la lui apporta aussitôt dans une jolie boîte en cuir rouge, il fut effaré du montant, il devait y avoir une erreur, ce n'était pas possible qu'une bouteille de vin coûte ce prix-là, pourquoi en avoir commandé une deuxième ? Il n'allait pas se mettre à éplucher la note devant Christine.

– Il y a un problème, Joseph ?

– Non, tout va bien. Il fait chaud ici.

Il laissa l'équivalent d'un mois de traitement et un pourboire qui lui valut des remerciements. Il demanda un paquet de cigarettes, la maison le lui offrit.

Dehors il faisait bon, il lui proposa d'aller boire un verre à l'*Aletti*, elle était fatiguée, elle n'avait plus l'habitude et préférait rentrer, il la raccompagna chez elle. Alger était désert, ils marchèrent côte à côte sous les arcades du boulevard de la Marne, il lui donna sa veste et elle accepta, elle s'arrêtait de temps en temps devant les vitrines, elle avait besoin d'une paire de chaussures, d'une veste de demi-saison aussi, elle voulait savoir s'il aimait le marron qui était très à la mode. Ils montèrent la rampe Valée sans un mot et arrivèrent devant son immeuble.

– Je veux te remercier pour tout, dit-elle, sans toi je ne sais pas ce que je serais devenue.

– Le principal, c'est que tu remontes la pente, que tu retrouves tes forces.

– On s'écrira ?

– Bien sûr.

Ils s'embrassèrent sur les joues, elle lui rappela qu'elle c'était toujours trois. Il sentit son parfum, une odeur familière de jasmin et de citron.

– Bonne chance pour ta nouvelle vie.

– Toi aussi.

Elle s'écarta, alluma la lumière dans le couloir, lui fit un signe de la main, il entendit ses pas dans l'escalier. Il attendit, poussa un soupir et s'éloigna.

Dans ses zigzags, la rampe faisait une épingle à cheveux et le coude formait une plate-forme qui surplombait la ville endormie. La lune rousse éclairait la mer brillante. Il alluma une cigarette et c'est à cet instant précis, au moment où la flamme de l'allumette jaillit, que la vie de Joseph Kaplan bascula.

Ce ne fut pas le fruit d'une réflexion mais plutôt d'une impulsion, il eut soudain le sentiment d'être invincible. Souvent pendant les années immobiles en Tchécoslovaquie, calé devant un feu de bois, il reviendrait sur ce moment fatidique. Il était 23 h 26 à sa montre. Pourquoi n'avait-il pas poursuivi son chemin, n'était-il pas allé boire une coupe tout seul ou n'était-il pas rentré chez lui pour faire ses valises ? D'où diable cette idée invraisemblable avait-elle surgi pour s'imposer comme une évidence ? Il chercha longtemps la réponse, en vain, et arriva à la conclusion que les hommes (lui aussi, en l'occurrence) se comportaient comme des imbéciles congénitaux dès qu'ils croisaient la femme de leurs rêves, perdaient leurs défenses naturelles, oubliaient les leçons de leur père et se comportaient comme des coqs de salon. Il n'était pourtant plus un gamin, il avait trente-quatre ans, il était reconnu par ses pairs comme un médecin compétent, au diagnostic percutant, un travailleur infatigable au dévouement de bonne sœur.

Son ancienne réputation de séducteur invétéré ne lui fut d'aucune utilité à l'instant où il frappa quatre coups contre la porte en bois. Il entendit des pas de l'autre côté, le bruit de la clef dans la serrure. Christine apparut, elle tenait une brosse à la main, elle ne manifesta aucune surprise en le voyant.

Il y eut quelques secondes de silence comme si le temps était suspendu… Il redevint le gamin de seize ans qui avait osé se déclarer à sa voisine, la si jolie Milena, le cœur battant, avec ce courant électrique, alternatif et glacé, qui lui parcourait la colonne vertébrale, lui hérissait le poil, lui amollissait les jambes avant qu'elle ne lui lance : « Tu es vraiment stupide, Joseph Kaplan ! » et lui claque la porte au nez…

– Oui Joseph ?

– Christine, je t'aime, je suis follement amoureux de toi.

Elle ne bougea pas, peut-être se demanda-t-elle s'il ne lui faisait pas une mauvaise blague.

– Ah bon ? fit-elle.

– Oui, je t'aime. Il fallait que tu le saches.

– Je n'aurais pas cru… C'est drôle, Nelly me l'avait dit, il y a longtemps.

– Est-ce que tu veux venir avec moi ?

– Où ça, Joseph ?

– Je te l'ai dit, je rentre en Tchécoslovaquie. Christine, est-ce que tu veux devenir ma femme ?

– Quoi ?

– Est-ce que tu veux m'épouser ?

Elle ne répondit rien. Elle voyait bien que ce n'était pas de la rigolade, il avait l'air sérieux et mie de pain d'un homme qui demande une femme en mariage. Si elle serrait les dents, ce n'était ni de la colère ni de la moquerie mais elle sentait un tremblement au fond de son estomac et un rire nerveux, presque mécanique, l'envahir, et elle ne voulait surtout pas rire.

– Si tu préfères, on n'est pas obligés de se marier, ça dépend de tes idées de maintenant, moi ce que je veux, c'est qu'on vive ensemble.

– Tu me prends au dépourvu. Je ne m'attendais pas du tout à ça.

– Je comprends. Tu veux qu'on en parle ?

– Je préfère réfléchir. Tu ne pars pas tout de suite ?

– Dans une semaine.

– Laisse-moi du temps. Il faut que je fasse le point, que je me pose des questions sur ma vie. Tu es sûr de toi ?

– Et comment !

Elle hocha la tête, lui adressa un sourire et ferma la porte.

Joseph retourna à son appartement, assez content de lui. Il faut toujours analyser une situation sentimentale avec de la distance, ne pas s'emballer, se répétait-il, elle ne lui avait pas dit non, c'était le principal, il pouvait encore croire à sa bonne étoile. Sa réaction, la tonalité de sa voix, ses questions montraient que cette hypothèse ne lui paraissait ni invraisemblable ni farfelue. Bien sûr, elle n'avait pas dit oui non plus, elle ne lui avait pas sauté au cou en criant « Youpi ! » Il ne se faisait pas d'illusions, elle ne débordait pas d'amour pour lui, de la sympathie assurément, de l'amitié aussi, il savait qui occupait ses pensées mais, pensait-il, couché dans son lit, soulagé d'une sorte de poids, tout avait changé.

Combien de temps faut-il pour réfléchir ? Pourquoi est-ce aussi long ? se demanda cent fois Joseph au cours de cette semaine interminable où il prépara son départ. Les jours passaient et il n'avait aucune nouvelle de Christine. Il essayait de se mettre à sa place (mais ce n'était pas facile). Lui, il aurait accepté tout de suite. Il devait faire un véritable effort pour ne pas se précipiter chez elle, il tournait dans le quartier dans l'espoir de la croiser, passa à plusieurs reprises devant l'entrée de son immeuble, il ne la vit pas. Son humeur s'assombrissait. « Elle ne veut pas me dire non, elle a dû trouver ma proposition tellement saugrenue qu'elle ne mérite qu'un silence apitoyé. »

Pas bon signe.

Sergent offrit un grand pot d'adieu pour son départ, ce n'était pas l'usage à l'Institut de faire des fêtes et des mondanités, de recevoir autorités et notables, mais il voulait, comme il l'exprima dans son beau discours, lui manifester publiquement son estime et l'espoir qu'il reviendrait bientôt dans ce pays où il n'avait que des amis, ce pays auquel il avait tant donné et où il avait encore tant à faire.

– Merci beaucoup, monsieur le Directeur, mais il ne faut pas y compter, répondit Joseph de façon laconique.

À plusieurs reprises, il avait pensé convier Christine à cette soirée, pour lui montrer de quelle considération il jouissait et à qui elle pouvait unir sa vie, mais il y avait renoncé. Il le regrettait amèrement.

« J'aurais dû essayer. Elle aurait changé d'avis. »

Le personnel et les invités mirent sa réserve sur le compte de l'émotion, en vérité Joseph était sombre, presque désespéré, il réalisait à quel point sa demande était vouée à l'échec, plus il y pensait, plus il se trouvait ridicule, cette femme l'avait regardé uniquement parce qu'il était le meilleur ami de son amoureux, jamais il n'y avait eu le moindre doute, ou peut-être cette fois unique, il y avait longtemps, quand sur la piste de Padovani ils avaient dansé *Volver*, ce tango vénéneux, il avait senti son corps se raidir, frémir, se relâcher, cette pression légèrement plus forte, à peine discernable, sa peau caressait la sienne, son souffle retenu. Son épaule appuyait un peu, la jambe aussi, se souvenait-elle encore de ces trois minutes d'abandon ? Elle ne pouvait pas ne pas l'avoir remarqué. Par la suite, elle avait toujours refusé ses invitations. Maintenant, il avait hâte de quitter cette ville et surtout de tout oublier.

Joseph avait acheté deux grandes et solides valises. Il passa son après-midi à y transférer le contenu des cinq moyennes, il voulait voyager sans encombre. Il avait fait le tri dans ses affaires, ne gardant que ce qui lui serait utile dans les brumes du Nord. Un brocanteur lui avait proposé un mauvais prix pour le reste. De son séjour algérien, il rapporterait quelques vêtements et l'intégrale, patiemment reconstituée, de Gardel.

Il hésitait à laisser ses autres microsillons quand, vers 18 heures, on sonna à sa porte. Il ouvrit et resta interdit, la bouche ouverte.

– Ça va ? demanda Christine d'une voix inquiète.

– C'est que je ne m'attendais pas… Tu veux entrer ?

– Non, j'ai plein de choses à faire. C'est à quelle heure le départ demain ?

– À midi.

Elle jeta un œil sur le côté et découvrit les piles de livres et de vêtements entassés.

– Tu emportes tout ça ?

– Ça, c'est ce que je laisse, j'ai réussi à mettre l'essentiel dans deux valises.

– Moi, je n'y arrive pas.

– Ah bon, je m'en doutais.

– J'ai beaucoup d'affaires, de robes auxquelles je tiens, une montagne de livres que je ne peux pas abandonner, c'est toute ma vie, tu comprends ?

– Tu acceptes ? Tu viens avec moi ?

Elle fit oui de la tête.

– Tu es sûre de toi ?

– Oh oui. Il faut que je te dise, Joseph, je suis très heureuse. Je te remercie de ta proposition, c'est comme une lumière qui vient de s'allumer dans ma vie, une bouffée d'air frais, je crois que nous deux, c'est possible. On a bien le droit à une deuxième chance, non ? Mon problème, c'est qu'avec tout ce que je dois emporter, je ne sais pas comment faire.

– J'ai deux valises, si tu veux.

– Ce serait l'idéal.

Joseph sentit des ondes monter de ses jambes, traverser son corps de bas en haut. Il avait envie de hurler, de libérer l'énergie primale qui le secouait, mais il se retint, serra les lèvres et lui offrit un sourire crispé.

Oui c'est vrai, Christine avait beaucoup hésité. Au cours de la semaine, elle avait changé d'avis à plusieurs reprises mais jamais pour refuser la proposition de Joseph, uniquement pour déterminer la raison majeure qui la poussait à accepter.

Peut-être avait-elle eu cette angoisse archaïque, à la moitié de sa vie, de se retrouver seule et de vieillir sans une épaule amie sur laquelle s'appuyer. Ou bien elle s'était dit que c'était une occasion inespérée. Elle avait déjà rejeté Maurice à deux reprises, cela ne lui avait pas réussi. Elle n'était pas amoureuse de Joseph mais il n'était pas désagréable, au contraire, c'était un bel homme, elle avait vu les regards brillants des femmes qui le suivaient sur la piste, avait souvent entendu des observations flatteuses à son sujet. Il dansait merveilleusement, aimait rire, sortir et s'amuser, s'intéressait au théâtre, au cinéma et à la littérature, Mathé l'estimait vraiment (c'était un critère) et leurs idées politiques étaient assez proches. Il était assurément bien plus intelligent et cultivé que Maurice, infiniment moins macho aussi, mais ce critère, curieusement, n'avait pas joué dans sa décision.

Avait-elle pensé qu'il valait mieux tenir que courir ? À

trente-quatre ans elle ne pouvait plus se montrer exigeante, c'était aussi l'opportunité de quitter ce pays maudit où elle avait tant souffert. Ou, en interrogeant son cœur, avait-elle senti pour lui ce tremblement qui signale que celui-là, sait-on jamais, est peut-être le bon numéro, comme ces graines insignifiantes qu'on plante sans trop savoir ce qui en sortira ? Et puis, se répétait-elle comme pour s'en convaincre, la sagesse populaire n'affirme-t-elle pas que les meilleurs mariages sont fondés sur l'estime et la confiance, que bonheur et amour sont deux choses fondamentalement différentes, certainement antinomiques, et qu'on a arrêté de compter les imbéciles de son espèce qui les ont confondus ?

Avait-elle renoncé à ses convictions féministes, se disant que c'était un beau parti ? Probablement pas, Christine n'était pas une femme intéressée. Ou avait-elle plutôt fait le bilan de sa vie passée ? Depuis ce comédien merveilleux qui l'aimait à la folie et l'avait abandonnée six mois plus tard, puis ce guide bilingue qui avait de si beaux yeux, une femme, deux enfants et une maîtresse enceinte et ce professeur de gymnastique qui voulait divorcer mais y avait renoncé à cause de la pension alimentaire, sans parler de Maurice, pourquoi donc était-elle toujours tombée amoureuse d'hommes qui lui mentaient et la trahissaient ? Était-ce un manque de chance ou son destin ? Elle prit conscience que les élans de son cœur ne lui avaient apporté que déconvenues et désillusions, et ce cynisme qui l'envahissait. À chaque fois qu'elle avait jeté son dévolu sur un homme, elle avait fait le mauvais choix et c'était une conclusion désespérante.

Dans le maelström de son esprit, il n'y avait qu'une certitude : elle avait confiance en Joseph, elle ne pouvait dire pourquoi cette conviction emportait tout, il ne la trahirait pas, c'était une évidence, une force, une terre promise.

Joseph attendait Christine sans impatience. Le grondement des moteurs s'accéléra, le bateau se mit à vibrer. Il suivit avec attention les dernières manœuvres de chargement. À aucun moment il n'eut la moindre crainte, il savait qu'elle ne changerait pas d'avis.

Cinq minutes avant l'appareillage, un taxi s'arrêta devant le bateau. Christine en sortit et se précipita vers la passerelle.

Joseph se revoyait à son arrivée, perdu dans l'affairement du port, il n'aurait jamais imaginé qu'il resterait si longtemps, près de sept années s'étaient écoulées. Il avait tant appris, il se sentait fort à présent, prêt à affronter le monde, il quittait ce pays avec regret et pensait que peut-être, un jour, ils reviendraient s'y installer. À moins qu'ils n'aillent vivre à Prague ou à Paris.

Il irait où elle voudrait.

Joseph avait raté son entrée dans le port, il ne voulait pas manquer son départ. Accoudé au bastingage du pont supérieur du *Gallieni*, Christine près de lui, il regarda la ville s'éloigner lentement, il lui montra le musée des Beaux-Arts et à côté le bâtiment principal de l'Institut qui ressemblait à un palais mauresque, elle reconnut l'Amirauté et, perchée au sommet, la masse toujours imposante du Fort-l'Empereur. Le vent leur ramenait dans le visage la fumée âcre des cheminées, Christine se fichait du travelling arrière, elle se sentit barbouillée et courut se réfugier dans l'étroite cabine de Joseph. Elle put à peine ouvrir la porte et s'étendre sur la couchette, les deux grandes valises de l'un, les cinq moyennes de l'autre et quelques sacs empêchaient tout mouvement. Il vit seul Alger disparaître comme si la mer avait submergé la terre.

Ils passèrent l'après-midi assis dans des transats à se chauffer au soleil et à parler. En fin de journée, le vent se leva, la mer devint grise et grosse, ça tanguait et le pont se vida, Christine se sentit à nouveau mal et retourna dans la cabine. Le *Gallieni* avait dû être un fier paquebot du temps de sa splendeur avant-guerre, la première, mais il avait tant et tant bourlingué qu'il était passablement déglingué et rouillé. Une des deux cheminées grinçait à chaque fois qu'il affrontait une vague, menaçant de s'effondrer, les passagers étaient inquiets, ça faisait rire les marins qui juraient qu'il était comme neuf. Joseph passa voir Christine à deux reprises, elle avait le teint pâle et envie de vomir.

Vingt-huit heures après le départ, le vendredi 20 avril 1945, ils débarquèrent à Marseille et Joseph se demanda comment ils allaient voyager avec autant de bagages.

Le plus compliqué fut d'obtenir des informations. Il y avait des files d'attente interminables pour décrocher le moindre renseignement. Quand à la gare Saint-Charles, après avoir patienté pendant trois heures, Joseph demanda deux billets pour Prague, un guichetier lassé lui expliqua que les trajets par l'Allemagne étaient suspendus. Aucun train en partance de Marseille. Fallait se renseigner à Paris. Au suivant.

Les journaux racontaient la résistance désespérée des troupes allemandes qui bloquaient sur chaque front l'avancée inexorable et la jonction des troupes américaines et soviétiques ; les commentaires des spécialistes étaient pessimistes, d'après eux la guerre pouvait durer encore plusieurs mois.

– Le mieux serait de passer par la Suisse et par l'Autriche, conclut Joseph. Mais les Américains ne sont toujours pas entrés dans Vienne. On aurait dû attendre la fin de la guerre à Alger.

– J'ai quelque chose à te demander, dit Christine. Puisqu'on est coincés, est-ce qu'on ne pourrait pas aller voir ma mère ?

– Vas-y, je t'attendrai.

– Non, je veux te la présenter, c'est important pour moi. Je vais lui envoyer un télégramme.

Le voyage pour Saint-Étienne dura une journée, avec trois changements. Une véritable expédition. À cause des valises, ils durent payer un supplément comme s'ils étaient quatre. Pour une raison inconnue, le train resta bloqué trois heures à la gare de Valence. Ils descendirent du wagon pour respirer. Joseph en profita pour acheter des cigarettes et de la bière. Assis sur le quai numéro 2, Christine lui raconta sa jeunesse, il ne l'interrompit pas une seule fois, ne posa aucune question. Elle ne s'était jamais confiée à personne, même pas à Maurice.

Son père était mort lors de la bataille de la Marne dans les premiers mois de la guerre, elle avait quatre ans, sa mère lui avait répété des dizaines et des dizaines de fois, sans jamais s'énerver, qu'il ne reviendrait pas, il était là-haut et les protégeait. Christine levait la tête, cherchait avec patience au milieu des nuages, scrutait le ciel pendant des heures en plissant les yeux, ne voyait rien d'autre que des formes bizarres et des oiseaux, elle ne comprenait pas bien pourquoi il ne descendait pas les rejoindre, elle souriait et demandait à nouveau : « Quand est-ce qu'il revient papa ? »

L'homme dans les nuages l'accompagnait partout. Elle avait grandi avec cette présence, gardait comme des reliques les trois photographies de son héros de père et sa croix de guerre posthume rouge et jaune. Quand elle eut dix ans, Christine fut horrifiée que sa mère imagine refaire sa vie et affirme éhontément que c'était pour son avenir. Elle détesta pour toujours cet industriel débonnaire, pas mort pour la France, qui avait osé lui dire : « Maintenant, ma chérie, tu peux m'appeler père. »

Pendant les huit ans où elle avait vécu sous son toit, jusqu'à sa fuite théâtrale, elle lui avait donné du monsieur, s'efforçant avec constance de lui rendre la vie pénible et aussi insupportable que la sienne.

Christine avait quitté brutalement le domicile familial à dix-huit ans, elle avait suivi un comédien lyonnais venu jouer *Phèdre* au théâtre Massenet, avait assisté, fascinée, pendant une semaine, à chaque représentation, et à la sixième scène de l'acte cinq, au récit par Théramène de la mort d'Hippolyte, au même endroit, au même moment, avait éclaté en pleurs sans pouvoir se retenir :

Elle voit Hippolyte, et le demande encore.
Mais, trop sûre à la fin qu'il est devant ses yeux,
Par un triste regard elle accuse les dieux ;
Et froide, gémissante, et presque inanimée,
Aux pieds de son amant elle tombe pâmée.

Et elle était tombée follement amoureuse (mon Dieu, qu'est-ce qu'il était beau) ou, plus probablement, comme ce méchant comédien le lui avait dit en la renvoyant chez ses parents : « Ce n'est pas moi que tu aimes, Christine, c'est Hippolyte. »

Mais Christine n'était pas retournée chez elle. Après avoir séché ses larmes, elle avait poursuivi sa route vers Paris, bien décidée à devenir comédienne, elle n'avait qu'un rêve, une obsession peut-être, jouer *Phèdre*. Sa mère aurait dû s'affoler et prévenir les gendarmes, les lancer à la recherche de sa fille mineure, elle n'en fit rien, soulagée d'être enfin débarrassée d'elle. Pendant six ans, Christine ne donna aucun signe de vie. En 34, elle avait donc vingt-quatre ans, une tournée la ramena à Saint-Étienne, elle invita sa mère à venir la voir jouer. Madeleine passa l'embrasser pendant la répétition, trouva sa fille bien belle puis, sous prétexte d'une course à faire, repartit sans assister au spectacle, ni lui demander son adresse ni ce qu'elle avait fait de sa vie. Christine en avait été mortifiée.

La gare de Châteaucreux avait été bombardée un an auparavant et une partie était encore fermée au trafic. Christine et Joseph attendaient à la brasserie de la gare, leurs valises empilées formant un rempart autour d'eux. Christine restait silencieuse, plongée dans ses pensées, elle laissait ses cigarettes se consumer sans presque y toucher, en rallumait une machinalement, regardait sa montre, demandait l'heure toutes les cinq minutes.

– Elle ne viendra pas. On ferait mieux de s'en aller.

Madeleine arriva, les chercha en pivotant, ne les vit pas et dut penser qu'ils étaient repartis. Christine la désigna d'un mouvement du menton. C'était une femme mince, habillée avec distinction d'une robe jaune et d'un manteau beige comme si elle allait à l'Opéra, une mèche blonde tombait de sa voilette assortie qu'elle ramenait sans cesse sur son oreille. Christine se leva, sa mère l'aperçut, s'immobilisa. Elles allèrent l'une vers l'autre, elles ne faisaient pas mère et fille, elles s'embrassèrent sans effusion, échangèrent quelques paroles, Christine désigna Joseph de la main. Madeleine le détailla en levant le menton. Elles revinrent vers lui.

– Maman, je te présente Joseph.

– Bonjour, madame. Vous voulez boire quelque chose ? Un thé, un café ?

– Je n'ai pas beaucoup de temps, j'ai des courses à faire.

Elle s'assit sur le bord de la chaise.

– Vous vous connaissez depuis longtemps ?

– Depuis sept ou huit ans, répondit Christine à sa place, mais ça ne fait pas longtemps qu'on est ensemble. J'étais avec quelqu'un d'autre mais ça n'a pas marché. Joseph est médecin et on retourne chez lui en Tchécoslovaquie.

– Mais c'est encore la guerre là-bas !

– On doit attendre quelques semaines, ça va se terminer bientôt, on se disait qu'on pourrait rester un moment ici, se retrouver un peu. Vous pourriez faire connaissance et...

Madeleine se dressa comme un ressort. Christine et Joseph se levèrent aussi.

– Je suis désolée, ma fille, il n'en est pas question. Il ne faut pas m'en vouloir, mais Daniel ne veut plus te voir. Il m'a dit ce matin que si tu remettais les pieds à la maison, il s'en irait sur-le-champ, il faut comprendre, je n'ai plus que lui, toi tu es jeune, tu as ta vie, moi s'il s'en va, je suis perdue. Il faut reconnaître que depuis que tu es partie, tout va bien, c'est un vrai bonheur entre nous, c'est triste à dire, j'aurais préféré que ça se passe autrement mais il faut croire que ce n'était pas possible. Je t'aime beaucoup, je t'ai toujours aimée, même si tu crois le contraire. Tu resteras toujours ma fille mais je préfère que tu t'en ailles. Je te le dis franchement, si tu as besoin de quoi que ce soit, dis-le-moi, mais ne reviens plus, ce n'est pas la peine.

Elle sortit une épaisse enveloppe blanche de son sac et la posa sur le guéridon, s'approcha de Christine, se dressa sur la pointe des pieds et déposa un baiser sur sa joue, elle fit un signe de tête à Joseph.

– Je vous souhaite beaucoup de bonheur et... et...

Elle cherchait ses mots. Un instant ils crurent qu'elle

allait changer d'avis, se jeter dans les bras de sa fille, lui dire de rester, elle soupira et tourna les talons. Ils la suivirent du regard, elle disparut au coin de la rue.

– Tu as vu comment elle est ! Je n'aurais pas cru. Elle ne changera jamais.

Ils se retrouvèrent tout bêtes dans la gare si triste de Saint-Étienne, Joseph serait bien allé visiter la région mais, au regard de Christine, il comprit que c'était une idée abominable et affirma que c'était une plaisanterie. Le premier train en partance allait à Grenoble.

– Allons là-bas, dit Christine, dépêchons-nous.

Elle se leva, laissant l'enveloppe sur la table. Joseph regarda à l'intérieur, il y avait une grosse liasse de billets de banque.

– Tu oublies quelque chose.

– Je n'en veux pas de son argent.

– Tu ne vas pas le laisser !

– C'est son fric à lui. Je refuse d'y toucher. Tu n'as qu'à le prendre si tu veux.

Il mit l'enveloppe dans la poche intérieure de sa veste et appela un porteur pour les valises. Ils arrivèrent à Grenoble sous une pluie torrentielle. Ils ne savaient trop quoi faire. Attendre ou poursuivre vers la Suisse… Aller le plus loin possible. Soudain, en détaillant le panneau d'affichage, le visage de Joseph s'éclaira.

– Je sais où nous pouvons aller.

– Où ça ?

– À Chamonix. J'en rêve depuis des années.

Les hôtels étaient fermés ou réquisitionnés et accueillaient des réfugiés qui traînaient dans les rues ou prenaient le soleil couchés dans l'herbe. Joseph et Christine trouvèrent de la place à l'hôtel Splendid aux Praz-de-Chamonix, un hameau qui jouxtait la ville. Madame Moraz accepta avec plaisir de les héberger pour quelques jours, les installa dans la grande chambre du premier étage avec vue sur le Mont-Blanc et balcon. Elle ne s'attendait pas à avoir des clients avant l'été, elle s'ennuyait ferme et fit la conversation comme si elle n'avait pas parlé depuis des années. Grâce à sa famille, elle était épargnée par le rationnement. Ils dînèrent ensemble dans la cuisine, finirent sa soupe aux pommes de terre et aux saucisses fumées. Il y avait encore des combats au col du Saint-Bernard et au mont Cenis, les FTP et des troupes allemandes se battaient toujours pour le contrôle des crêtes. Il faisait un temps magnifique et ce grondement qui roulait parfois dans la vallée, ce n'était pas le tonnerre mais le crépitement des armes automatiques.

– Il ne faudra pas trop vous éloigner. Il y a pas mal de déserteurs allemands. À priori, ils vont plutôt vers la Suisse mais on ne sait jamais.

Comme ils étaient les premiers touristes à revenir depuis des années, elle leur fit d'office le tarif « jeunes mariés » avec petit-déjeuner compris. Elle était sûre que ça leur porterait bonheur et à elle aussi, elle en avait bien besoin.

Joseph ferma la porte à clef.

Jusqu'à cet instant, Joseph et Christine formaient un couple improbable. Depuis le départ d'Alger, ils ne s'étaient jamais retrouvés tous les deux dans une chambre à coucher. Il n'y aurait aucun imprévu, pas de tempête, de train en retard, de contretemps maternel, rien qu'eux et leur volonté. Peut-être leur avait-il fallu ce délai supplémentaire pour s'habituer à cette idée, il ne voulait pas la brusquer, elle ne voulait pas le rejeter, ils se retrouvèrent en tête à tête, dans cette maison au silence de cathédrale, ressemblant à ces enfants perdus dans la palpitation d'une nuit de noces d'un mariage arrangé par les familles, et même si c'étaient eux qui l'avaient organisé, ils se sentaient aussi gauches et empruntés, ils savaient l'un et l'autre que ce n'était plus une belle idée mais un corps inconnu avec qui ils étaient censés passer le reste de leur vie et se découvrir, se donner, faire le grand saut dans le vide, devenir intimes, dévoiler leurs secrets, en finir avec cette amitié bâtarde, plus proches désormais que de n'importe qui, avec la même appréhension, la même crainte, va-t-on s'entendre, va-t-on se trouver ? Avons-nous suffisamment envie l'un de l'autre, pas seulement pour cette nuit mais pour les milliers d'autres nuits et d'autres jours ? Peut-on se remettre d'avoir fait les choses à l'envers, dans un sens différent de l'ordre universel où on s'aime d'abord, où on s'aime tellement qu'on décide de rester ensemble pour la vie ? Avant cet instant redouté, ils avaient connu bien des aventures, mais elles ne leur étaient d'aucune utilité.

Assise nue sur le tabouret de la salle de bains, Christine redoutait de rejoindre Joseph, l'angoisse l'empêchait de respirer. Peut-être, en attendant, son cœur se calmerait-il ou bien allait-il finir par se briser et elle mourrait là sur ce carrelage blanc. Elle avait peur que la douleur revienne, cette douleur insoutenable comme un couteau brûlant qui lui parcourait les entrailles et lui déchirait le ventre, elle ne sentait plus aucun élancement, sa cicatrice ne la tiraillait plus. Deux mois à peine depuis ce soir sinistre et elle redoutait encore que cette souffrance inouïe l'assaille à nouveau et l'anéantisse. Quand elle se leva, ses jambes tremblaient, elle passa de l'eau froide sur son visage et découvrit dans le miroir une femme blême aux traits tirés. Elle éprouva alors ce sentiment oublié qui l'avait si longtemps habitée, elle avait fait tant d'efforts pour le dissimuler, l'étouffer, le détruire, mais elle le sentait poindre, la colère revenait, enfin, comme une fleur qui s'épanouit au soleil, cette bonne vieille colère qui la faisait réagir au quart de tour, défier le monde, hurler, crier, revendiquer et combattre sans craindre les coups et les échecs. Elle décida que Maurice ne lui gâcherait pas la vie une deuxième fois.

Ils passèrent deux semaines magnifiques, se découvrirent comme à tâtons, avec incrédulité, se demandant pourquoi ils avaient attendu si longtemps et risqué de passer à côté l'un de l'autre, sans deviner que la vie rêvée était là, tout près, à portée du regard, il suffisait d'ouvrir les yeux, de dire oui, et autant que cette entente révélée, leurs discussions les rapprochaient infiniment. Ils se parlaient pendant des heures comme s'ils s'étaient rencontrés la veille, se posaient mille questions, reconstituaient avec bonheur les pièces du puzzle mais ils restaient parfois aussi sans rien dire, côte à côte, à regarder la montagne.

Elle espérait apercevoir un chamois.

Ils arpentaient les chemins autour de Chamonix, chaque jour ils partaient pour une nouvelle balade, ce n'étaient pas de vrais montagnards, la matinée était bien entamée quand ils mettaient le nez dehors. Ceux qui les voyaient passer n'avaient aucun doute, ces deux-là étaient des amoureux, pareils à des adolescents ; une façon de marcher un peu en apesanteur, de se tenir la main, comme un cordon ombilical, ou de s'accompagner, de devancer le geste de l'autre ou de lui poser la main sur l'épaule sans y penser. Les Chamoniards les regardaient avec bienveillance, se disaient : ils en ont de la chance ou ça fait du bien de voir des gens comme eux.

Le lendemain de leur arrivée, les gens qui les croisaient leur disaient déjà : « Je crois qu'on va avoir une belle journée », ou : « Comment ils vont aujourd'hui ? » Joseph appliquait d'instinct la vieille méthode de maître Meyer, Christine était plus physionomiste, ils répondaient à chacun, saluaient, souriaient, s'arrêtaient pour bavarder un moment, on connaissait leurs prénoms, savait d'où ils venaient, et on aurait pu croire qu'ils étaient du pays.

Un sacré beau pays.

– On est drôlement bien ici, hein ?

– Si on s'y installait ?

– Oh oui.

– Écoute, on va à Prague et après on revient ici et j'ouvre mon cabinet.

– Et moi, je donnerai des cours de théâtre.

La mère Moraz leur préparait de grands casse-croûtes, elle leur indiquait la direction mais ils se trompaient à chaque bifurcation et demandaient leur route aux paysans ou aux bergers qui faisaient paître vaches et moutons dans les prés. Ils se rendirent compte que ces hommes adoraient décrire leur montagne et en parlaient comme d'êtres vivants. Ils évoquaient leur caractère, leur duplicité ou leur générosité, Joseph était attiré par les sommets, il aurait aimé rencontrer Frison-Roche, il avait adoré *Premier de cordée* découvert en feuilleton quand il était perdu au fond du bled. Certains affirmaient qu'il était militaire, d'autres dans la Résistance. Ils sympathisèrent avec Jacquard, un guide de leur âge cousin de madame Moraz qui s'ennuyait à cultiver son arpent (lui, il rêvait de l'Himalaya).

Pour une somme ridicule, il les emmena dans les impénétrables gorges de la Diosaz jusqu'à ses cascades vertigineuses où ils se seraient perdus sans lui. Deux jours plus tard, ils partirent à l'aube vers le lac Blanc, Jacquard leur avait fourni les chaussures et les provisions, ils avaient la montagne pour eux seuls, c'était, paraît-il une chance unique. Quand ils se trouvèrent au bas de la Flégère, ils furent effarés, c'était monumental, à pic, beaucoup trop haut pour eux, jamais ils n'y arriveraient, ils mourraient avant. Jacquard leur conseilla la technique des cent pas qui marchait très bien avec les Anglais. « Vous baissez la tête, vous avancez sans réfléchir, vous comptez jusqu'à cent, vous vous retournez et vous décidez si vous continuez », ils repérèrent le point d'où ils étaient partis, les vaches ressemblaient à des fourmis, l'unité c'était cent pas, ils montèrent pendant quatre heures, arrêtèrent de compter, la pente était raide et caillouteuse ou herbeuse et molle, ils faillirent renoncer chacun leur tour, leurs cuisses pesaient une tonne, leurs mollets étaient durs comme du fer, leurs poumons brûlaient mais, au moment d'abandonner, ils trouvaient un peu de force pour repartir. Jacquard les attendait, leur recommandait de trouver leur rythme, d'arrêter de fumer à chaque pause, il leur donnait à boire gorgée par gorgée.

À midi, ils arrivèrent au lac Blanc, c'était bien plus qu'une récompense, jamais ils n'auraient pu imaginer une pareille féerie : à perte de vue face à eux, la mer de Glace et le mont Blanc, les Drus, les Grandes Jorasses et l'aiguille Verte, si près qu'ils auraient pu les toucher. C'était si merveilleux qu'ils voulaient rester encore, convaincus d'être arrivés au paradis.

Enfin, enfin, le monde était beau.

Il fallut que Jacquard insiste pour qu'ils redescendent. Ce fut beaucoup plus difficile qu'ils ne l'auraient cru.

– C'est que vous n'êtes pas bien équipés.

Jacquard avait un cousin qui leur vendit des chaussures de marche, de vrais godillots, et des après-ski insubmersibles en fourrure à un prix d'avant-guerre. On n'en ferait plus jamais des comme ça. Ils hésitèrent, ça ferait un gros sac de plus.

Sa main la cherchait dans le lit, Joseph ouvrit un œil. Christine n'était plus à côté de lui. Il tendit l'oreille, elle n'était pas dans la salle de bains. Il alluma la lampe de chevet, 6 heures à peine, les vêtements de Christine avaient disparu de la chaise en osier. Il se leva et découvrit l'enveloppe posée sur la table à son intention. Il n'eut pas besoin de l'ouvrir pour savoir ce qu'il y avait à l'intérieur. Il s'habilla rapidement et descendit. Elle finissait son café au lait dans la cuisine. Elle avait les traits tirés et son regard de côté des mauvais jours. Il remarqua une valise près de la porte. Il posa la lettre sur la toile cirée.

– Je prends le car dans une demi-heure.

– Ah !

– Ce n'est pas ce que tu crois. Il faut que je retrouve ma mère, elle me pourrit l'existence depuis toujours, je ne pourrai pas partir en faisant comme s'il ne s'était rien passé, on doit s'expliquer toutes les deux, mettre nos histoires sur la table, je ne la laisserai pas se défiler encore une fois. Si elle a quelque chose à me reprocher, elle devra me le dire franchement et moi aussi je lui dirai ce que j'ai sur le cœur, il faut vider l'abcès. J'y vais et je reviens, ce ne sera pas long. J'ai besoin de quelques jours, Joseph, je vais revenir, crois-moi.

– Je ne veux pas te décourager, mais d'après ce que j'ai vu, cela ne servira à rien. Il vaut peut-être mieux attendre, vous écrire, par courrier c'est souvent mieux. Quand il y a un vrai problème, c'est impossible de le résoudre en discutant, on est trop à vif. Et puis, on ne va pas au bout du monde, tu pourras retourner la voir quand tu veux.

– Non, il faut que j'y aille.

Elle prit le car de 6 h 45 pour Annecy avec une correspondance pour Grenoble. Joseph attendit sans se faire de bile, il se mit à relire *They Shoot Horses, Don't They ?* Il fut à nouveau submergé par cette histoire désespérée et commença à la traduire en tchèque. Il se souvint de ce que Mathé lui avait dit un soir à Alger : « C'est le point d'interrogation le plus important. »

Christine fut de retour trois jours plus tard, elle souriait et s'ingéniait à parler de la pluie et du temps pourri qu'elle avait eu.

– Raconte.

– Il n'y a rien à en dire. C'est une pauvre femme. Tu avais raison, on s'écrira.

On a tous un talon d'Achille. Même les plus forts ou ceux qui ne l'ont pas encore trouvé. Quelqu'un laissé sur le côté, négligé ou blessé, à qui on n'a pas su parler et, comme une vague, revient avec le mot de trop ou le geste maladroit ; le talon de Christine, c'était sa mère, elle ne pouvait pas vivre avec, pas vivre sans non plus, elles étaient faites pour ne pas se comprendre, on aurait pu croire qu'avec l'âge, cette épine la ferait moins souffrir mais c'était une plaie lancinante et, si elle n'en parlait jamais, elle y pensait chaque jour, c'était, comme disait Nelly, son point d'Archimède, qui la soulevait, lui tordait le ventre, la réveillait la nuit, auquel elle ne pouvait résister et le pire, Christine était convaincue qu'il y avait une solution, qu'un jour cela s'arrangerait, elle en aurait fini avec cette mauvaise conscience, elle ne savait pas encore que les vieilles blessures sont des sables mouvants ; quand on fait un pas solide, le suivant nous entraîne vers le fond.

Lorsqu'ils faisaient l'amour, elle ressentait parfois une douleur soudaine comme une piqûre au fond du ventre qui lui arrachait un cri, mais pas question qu'il l'examine, il n'était pas son médecin.

– Il vaut mieux peut-être qu'on arrête d'avoir des relations le temps que la cicatrisation soit totale.

– Combien de temps ?

– Quelques semaines, deux, trois mois.

– Tu es fou ! Il faut que tu sois doux, c'est tout.

Il fut d'une infinie douceur, toujours.

Christine avait le sommeil envahissant, elle se collait à Joseph, attrapait son épaule, emmitouflait sa jambe avec la sienne, il n'avait plus beaucoup de place mais c'était si agréable de l'avoir contre lui, de l'entendre respirer, de sentir les battements de son cœur, ou peut-être était-ce le sien, il ne savait plus.

Elle fut réveillée la première par le vacarme de la sirène, la lumière du jour traversait le volet et les plis du rideau, Joseph dormait contre elle, tenait son bras, l'empêchait de bouger, elle ne voulut pas le réveiller, il avait l'air si heureux. Elle lui caressa le visage, l'embrassa sur le front. Il ouvrit un œil, l'aperçut, lui sourit.

– Il y a le feu ? murmura-t-il.

– Les Allemands n'ont plus d'aviation. Ce sont les Américains qui nous bombardent !

– On ferait mieux de se mettre à l'abri.

Soudain, les cloches de l'église Saint-Michel se mirent à carillonner. Ils étaient en train de s'habiller quand des coups retentirent à la porte.

– Réveillez-vous ! criait madame Moraz.

Christine lui ouvrit, la propriétaire avait les larmes aux yeux.

– La guerre est finie !

– Vous êtes sûre ?

– Les Allemands ont capitulé ! C'est signé ! C'est le plus beau jour de ma vie.

Christine secouait la tête d'incrédulité, elle tomba dans les bras de Joseph, il la serra de toutes ses forces, longtemps.

– Enfin !

Dans les rues, les gens se félicitaient, s'embrassaient, agitaient des drapeaux tricolores.

– On s'en va tout de suite, dit Joseph. Maintenant, on peut passer. Par l'Allemagne, ce sera difficile, mais par la Suisse et l'Autriche, ça devrait être possible. Il faudrait aller à Zurich au consulat tchèque, c'est le plus proche, ils nous diront quelle est la bonne route.

Il demanda à madame Moraz comment ils pouvaient rejoindre Zurich. Ils devaient trouver un chauffeur qui accepte de partir immédiatement. Un de ses cousins qui faisait le taxi refusa, à cause des déserteurs allemands qui infestaient la zone frontière, personne d'autre n'accepta.

Finalement, elle décida de les accompagner elle-même. Elle espérait trouver de l'essence en Suisse pour revenir.

Ils montèrent dans leur chambre préparer leurs bagages. Christine suivait du regard Joseph qui ne savait plus comment tout ranger. Elle avait l'air tendue et gênée, s'approcha de lui, hésita, fit demi-tour. Joseph appréhendait qu'elle ait changé d'avis. Il la rejoignit près de la fenêtre.

– Il faut que je te dise quelque chose de très important, Joseph. J'aurais dû t'en parler avant et tu dois le savoir avant qu'on parte ensemble. Et si tu veux, pour nous, tu pourras changer d'avis et je ne t'en voudrai pas.

Il la fixait d'un air inquiet. Elle restait silencieuse, tête baissée, elle cherchait ses mots :

– Je ne veux rien te cacher. Si on doit vivre ensemble, ce sera dans la franchise et la transparence… je ne pourrai jamais avoir d'enfant. À Alger, le docteur Rodier m'a dit que ce serait impossible.

– Ne t'inquiète pas, je le savais, si on ne peut pas en avoir, ce n'est pas grave, on en adoptera, les orphelins, il doit y en avoir beaucoup.

– Tu es vraiment sûr ?

– Ce seront nos enfants, ce sera notre famille, on va se marier et on sera heureux, crois-moi.

– Pour se marier, il vaut mieux attendre un peu, il faut qu'on soit vraiment sûrs l'un de l'autre, non ?

– Quand tu voudras, mais tu ne devrais pas trop attendre, il faut battre le fer quand il est chaud, peut-être qu'après je n'aurai plus envie de toi.

– Ne te moque pas de moi, Joseph. Pas avec ça. Comment on va à Prague ?

– Il n'y a pas de chemin direct pour aller à Prague, c'est toujours loin.

Madame Moraz était de bonne volonté mais son coupé Simca 8 d'avant-guerre avec sa maigre banquette arrière et son coffre anémique ne pouvait contenir que deux valises. Il fallut se résoudre à des sacrifices douloureux, ils laissèrent la quasi-totalité de leurs affaires en dépôt à l'hôtel.

– Ça nous donnera une bonne raison de revenir les chercher, affirma Joseph.

Il emporta les deux paires d'après-ski en fourrure, ses diplômes, travaux et attestations de Pasteur, pour les montrer à son père, et les disques de Gardel parce que c'était la seule chose sur terre qui lui soit indispensable. Christine l'obligea à prendre aussi deux chemises et un pull.

Contrairement à ce qu'ils craignaient, le voyage se passa sans incident, ils ne virent pas l'ombre d'un déserteur mais partout des villages en liesse et des fêtes improvisées.

Grâce à un douanier, cousin de madame Moraz, ils passèrent sans encombre le poste-frontière très encombré de Vallorcine et, à 16 h 15, le 8 mai 45, madame Moraz les déposa devant l'immeuble du consulat tchécoslovaque de Zurich.

Au deuxième étage, un homme était en train de punaiser une affichette manuscrite assez mal écrite sur la porte. Il expliqua en allemand à Joseph que le consulat était désormais fermé pour une durée indéterminée. Cela faisait une dizaine d'années que Joseph n'avait pas parlé allemand et il chercha ses mots. L'homme essaya en tchèque, devint chaleureux, et ils discutèrent deux minutes. Joseph était bien embêté et traduisit à Christine :

– Monsieur est le consul, on doit s'adresser à l'ambassade à Berne.

– Je suis désolé de ne pas pouvoir vous aider, poursuivit le consul qui parlait aussi le français.

– Vous savez comment on peut aller à Prague ?

– C'est actuellement impossible. Aucun train ne traverse l'Allemagne, les lignes sont coupées, l'armée Rouge occupe le nord, et même si vous trouviez un véhicule, il faudrait un tas de laissez-passer, il est préférable d'attendre la réouverture de la ligne ferroviaire, ce ne sera plus très long, deux ou trois semaines tout au plus.

– On ne va pas rester coincés ici ! s'exclama Christine. Ou on retourne à Chamonix.

– Allons à la gare, on se renseignera là-bas, proposa Joseph.

Le consul le dévisageait en plissant les yeux.

– Excusez-moi, dit-il au bout d'un moment, vous ne seriez pas Joseph Kaplan ?

– Si.

– Je suis Pavel… Pavel Cibulka.

– Pavel ?

– Tu ne me reconnais pas ? Pavel ! On a fait notre bar-mitsva ensemble, c'était en 23, tu ne te souviens pas ? On s'est croisés plus tard au *Lucerna* en avril 34 si ma mémoire est bonne, tu faisais des études de médecine, déjà tu ne m'avais pas reconnu, tu avais des problèmes avec le doyen pour agitation socialiste.

– Pavel, je suis navré, j'ai un vague souvenir, tu lisais très bien l'hébreu, je crois ?

– J'étais déjà doué pour les langues.

– J'ai un problème avec les visages, je ne suis pas du tout physionomiste.

– Tu es médecin, alors ?

– Oui, et j'aimerais bien retourner au pays.

Avec ses bonnes manières, son phrasé distingué, son sourire de cardinal, Pavel Cibulka n'avait nul besoin de justifier de sa fonction. Mince, les cheveux clairs ondulés, il incarnait le parfait diplomate jusque dans ses vêtements anglais et aurait pu aussi envisager une carrière de jeune premier s'il n'avait été convaincu que la diplomatie était la seule voie digne d'accueillir son talent. À la fin de ses études de droit, il avait intégré le ministère des Affaires étrangères et, après différents postes aux quatre coins du monde, dont celui, prestigieux, de premier secrétaire de l'ambassade de Moscou, il avait été nommé à Berne avant-guerre. Il y avait passé plusieurs années à ne rien faire, représentant du gouvernement provisoire en exil à Londres. Il s'apprêtait à présent à abandonner son poste zurichois pour regagner Prague et participer à la révolution qui s'annonçait.

Après de longues années de réflexion, il en était arrivé à la conclusion qu'il n'y avait rien, absolument rien à espérer du système politique et économique qui avait conduit à cette guerre monstrueuse, engendrée par les démocraties impuissantes et complaisantes. Comme il eut le temps de l'expliquer à Joseph et à Christine au cours des deux journées du voyage, il fallait détruire ce monde capitaliste et sanguinaire, éliminer les tenants de l'ordre ancien, en finir avec l'exploitation et reconstruire une véritable démocratie pour le peuple. Cet espoir avait un nom, c'était le Parti communiste tchécoslovaque, qu'il rejoignait pour le combat le plus important que le pays avait à livrer. Il voulait que son vieil ami l'accompagne dans cette lutte, lui qui avait, dès la faculté, bataillé pour les idées socialistes. Finis les bavardages stériles et les discussions de café, le moment était venu de passer à l'action.

Joseph ne pouvait pas vraiment discuter avec Pavel, il avait des réponses imparables à toutes ses objections :

– Ne t'inquiète pas, Joseph, nous résoudrons tous les problèmes.

Christine, surtout, était emballée. Elle qui s'était battue pendant des années pour les idées pacifistes trouvait le programme de Pavel d'une justesse lumineuse et c'était comme une nouvelle foi qui lui était donnée.

Bénéficiant d'informations confidentielles grâce aux télégrammes diplomatiques, Pavel avait organisé son retour en passant par l'Autriche, dont l'ouest et le nord étaient sous contrôle américain, et il envisageait de rejoindre la Tchécoslovaquie par Innsbruck, Salzbourg et Linz.

Sa Fiat 508 Balilla n'était ni très grande ni très rapide mais elle avalait les kilomètres. Quand Pavel était fatigué, Joseph prenait le relais. Ils roulèrent toute la nuit et s'ils ralentissaient ce n'était pas à cause des barrages américains mais des cohortes interminables de réfugiés autrichiens qui fuyaient l'Armée Rouge et encombraient les routes. Ils dormaient tour à tour, perdaient des heures à trouver de la nourriture, Pavel s'énervait de ce temps perdu. Des soldats d'infanterie du 12e corps d'armée américain leur donnèrent des boîtes de conserve, de l'essence aussi, épatés que Pavel parle l'argot de Brooklyn, appris lors de son stage aux Nations unies.

Deux jours après avoir quitté la Suisse, ils arrivèrent en vue de la Tchécoslovaquie. Malgré le passeport diplomatique de Pavel, ils mirent trois heures pour passer la frontière à Dolní Dvŏrištĕ et furent obligés de s'arrêter plus loin. La route était bloquée. Une nouvelle frontière coupait le sud du pays et plus personne ne passait, les Américains respectaient la ligne de démarcation décidée à Yalta. Au-delà, la 2e armée ukrainienne empêchait tout passage. Pavel se présenta à un officier russe, on l'emmena. Il revint deux heures plus tard, on les autorisa à franchir le barrage.

Le jeudi 10 mai, à 18 h 30, ils entrèrent enfin dans Prague.

Dix ans que Joseph avait quitté sa ville natale, il était persuadé qu'il allait se sentir perdu mais il ignorait que l'on n'est jamais étranger chez soi. On croit avoir oublié parce qu'on n'y pense plus mais rien ne s'efface jamais des lieux de la jeunesse, ni les images, ni les couleurs. Les souvenirs revenaient, sans surprise, comme s'il était parti la veille, chaque chose était désespérément à sa place, plus petite que dans sa mémoire, capitale décatie avec son soleil voilé, ses murs noirs, son château incongru, le barnum des voitures sur les pavés disjoints et cette sensation désagréable que rien n'avait changé, hormis trois immeubles éventrés et les magasins fermés. La guerre était passée sans laisser de traces.

Pavel roulait doucement, Christine s'émerveillait de ce décor de théâtre, il partageait les mêmes sentiments, avec le regret aussi de ne pas être plus désorienté. Ce fut lui qui leur fit remarquer le seul véritable changement : à chaque carrefour, il y avait des soldats russes en armes, c'était normal après tout, l'Armée Rouge avait libéré le pays.

Pavel parlait de ce peuple ami à la résistance hors du commun qui avait perdu des millions d'habitants dans cette guerre barbare et capitaliste, de son armée héroïque qui avait abattu le nazisme quasiment sans autre aide que son courage, de son chef lumineux qui voulait construire un monde meilleur. Pavel parlait mais seule Christine l'écoutait, Joseph reprenait possession de son territoire, se disait que Prague était vraiment la plus belle ville du monde.

Oui, Joseph était de retour et jamais de toute sa vie il ne se sentit autant pragois qu'en ce drôle de mois de mai.

Combien de temps faut-il pour devenir amis, quelques mois ou quelques années ? À eux, il leur fallut deux jours à peine pour qu'ils se sentent indispensables les uns aux autres, comme s'ils s'étaient toujours connus. Pavel revenait avec insistance sur leur bref passé commun, peut-être le besoin de légitimer leur amitié nouvelle, de la rendre inéluctable. Ils avaient fréquenté à la même période la Grande Synagogue et son école, eu les mêmes professeurs et les mêmes camarades. Peu importe si Joseph ne se souvenait de personne, il avait l'impression que son cerveau était ouvert aux courants d'air qui emportaient tout ce qui n'était pas indispensable.

– Tu te souviens du grand Tomas au moins ? ... Vous étiez assis côte à côte. Tomas, voyons, son père était dans les assurances.

– Ah oui ! fit Joseph pour lui faire plaisir.

Pavel essaya aussi de se trouver des souvenirs communs avec Christine. Elle, par contre, avait une mémoire de mille-feuilles. Malgré leurs efforts, ils ne se découvrirent aucune relation ou connaissance à partager. Pavel n'était jamais allé en Algérie et n'avait fait que passer par Paris ; malgré ses efforts, il n'avait jamais réussi à s'y faire muter, son rêve était de devenir ambassadeur à Paris.

– C'est sûr, un jour j'y représenterai mon pays.

Joseph refusa que Pavel le dépose devant chez son père ; il y a des choses qu'on ne peut faire que seul et sans témoin. Pavel se gara sur la place Malé Nămĕstí, non loin de l'hôtel de ville. Joseph descendit de la Fiat et parcourut à pied les deux cents mètres jusqu'à l'angle des rues Kaprova et Valentinska ; il avançait tranquillement, les mains dans les poches, comme n'importe quel habitant du quartier, sans un regard pour les décorations Art nouveau des façades ternies surchargées d'arabesques racoleuses et d'imitations de Mucha.

Il fut presque surpris que l'immeuble soit toujours là, il n'aurait pas été étonné de trouver un immense trou à la place, mais rien n'avait bougé, sauf la plaque professionnelle de son père qui n'était plus sur le mur de l'entrée ni celles du dentiste du troisième et des autres médecins, on voyait encore la trace noircie des rectangles enlevés et les trous dans la pierre. Au coin, le magasin d'antiquités était toujours là avec les mêmes croûtes autrichiennes. La loge de la concierge était fermée, la liste des résidents derrière la vitre avait disparu. Il monta les escaliers sans allumer la lumière, les marches en bois craquaient sous son poids. Il s'arrêta sur le large palier du deuxième étage, tendit l'oreille sans entendre le moindre bruit puis il tira la sonnette, deux coups longs. Il recommença au bout de trente secondes. C'était sûr, il n'y avait personne dans l'appartement familial.

Devait-il attendre, laisser un mot ou revenir ?

Il redescendit, et arrivait au rez-de-chaussée quand la porte de l'immeuble s'ouvrit, une vieille femme courbée, très maquillée et aux cheveux blancs recouverts d'une voilette noire entra avec peine, un sac à provisions dans une main et une canne dans l'autre. Joseph lui tint le battant, elle avança, se redressa avec un sourire pour le remercier et soudain, se figea comme si elle avait vu le diable, les yeux exorbités, la lèvre tremblante, la respiration coupée. Puis elle tendit le bras avec une infinie lenteur, posa sa main sur le menton de Joseph, palpa ses lèvres, ses joues, et enfin, une lumière apparut dans ses yeux, elle se détendit.

– Merci mon Dieu, merci, murmura-t-elle. Oh, Édouard, je suis si heureuse de te revoir.

– Je ne suis pas Édouard, madame, je suis Joseph, son fils.

Elle le fixa avec son sourire épanoui, acquiesça plusieurs fois de la tête.

– Édouard, quel bonheur tu me fais !

Elle se rapprocha, attira Joseph contre elle et le serra du plus fort qu'elle pouvait. Ils restèrent ainsi, l'un contre l'autre, enlacés.

– J'avais tellement peur qu'ils t'aient fait du mal, je le redoutais, mais tu es là, sain et sauf, c'est la volonté de Dieu.

Elle lui tapota l'omoplate et desserra son étreinte. Joseph fut envahi par un sentiment bizarre.

– Vous… vous êtes madame Marchova ?

– Anna, voyons.

– Cela fait si longtemps, madame Marchova, je ne vous aurais pas reconnue.

– Tu me vouvoies maintenant ? Je t'ai pourtant fait sauter sur mes genoux et j'ai bien connu ton père, un homme d'une grande distinction qui connaissait l'empereur. Ne fais pas cette tête ahurie, Édouard, ton père Gustav, tu t'en souviens encore j'espère, tu lui ressembles d'ailleurs, on pourrait te confondre avec lui.

Madame Marchova était la propriétaire de ce bel immeuble de rapport, de celui d'à côté et d'un autre à Podoli. Contre vents et marées, surtout contre son ingrate belle-fille, son incapable de fils n'ayant pas droit au chapitre, elle se maintenait dans ces lieux. De constitution fragile, elle avait pris soin de sa santé, enterré son mari adoré depuis un demi-siècle déjà (le temps passe si vite) et louait ses appartements à des médecins renommés qu'elle consultait sans rendez-vous quand elle se sentait patraque. Elle venait de fêter son quatre-vingt-seizième printemps et, si elle mélangeait les personnages et les souvenirs de sa vie, en oubliait beaucoup et ressuscitait des visages du temps glorieux de l'Empire, elle avait bon pied bon œil, riait pour un rien et se portait comme un charme, à part ce mal de dos vicieux qui lui transperçait les reins et la cuisse. Son fils aîné, qui était le premier homme de la famille à atteindre l'âge de soixante-dix-sept ans, désespérait de jamais hériter ; ses tentatives pour faire admettre sa chère maman dans une maison de santé s'étaient heurtées à un obstacle imprévisible, elle pratiquait les meilleurs spécialistes de la ville et aucun n'aurait osé attester que cette vieille dame si délicieuse était un peu accrochée aux étoiles, pour reprendre l'expression effrontée de ce fils cupide. Ils concluaient : de la fatigue, de la distraction tout au plus, et les juges classaient le dossier. Madame Marchova refusait d'admettre que sa mémoire lui jouait des tours car elle se souvenait de détails que personne ne se rappelait ; elle était capable de réciter par cœur la liste complète des souverains autrichiens et de leurs épouses depuis Otton Ier, ce qui était pour sa belle-fille la preuve de sa sénilité. Elle restait donc dans son appartement trop grand et eut la dernière joie de sa vie en voyant revenir cet Édouard Kaplan qui la soignait si bien de sa sciatique et dont elle avait eu toutes les raisons de croire qu'il avait disparu corps et âme.

Elle invita Édouard à fêter son retour et à finir le fond de madère qui avait traversé la guerre. Joseph, qui n'en avait pas bu depuis très longtemps, renonça à revenir sur cette méprise. Elle lui avait gardé son appartement et lui donna une clé ; personne n'avait pénétré chez lui depuis deux ans, à part Irina, la femme de ménage qui, une fois par mois, venait aérer et faire la poussière, c'est fou comme ça se salissait à Prague même avec les fenêtres fermées. Elle lui faisait cadeau des deux années de loyers impayés, tant pis pour la couleuvre et la vipère, elle maintenait le montant du loyer à son niveau d'avant-guerre, un cadeau quand on voyait les prix pratiqués aujourd'hui.

– Des bons locataires comme toi et ton père, on n'en fait plus, c'est un tel bonheur de te savoir revenu. Avec une mine superbe, en plus.

Christine et Pavel attendaient dans un café enfumé situé sous les voûtes de la place, ils commençaient à s'inquiéter et s'apprêtaient à partir à sa recherche.

Joseph s'assit, finit le verre qui se trouvait devant lui et resta pensif.

– Mon père a été arrêté il y a deux ans, je n'ai pas réussi à savoir si c'était avant ou après l'attentat contre Heydrich. Lors d'une rafle, tous les juifs du quartier ont été regroupés, et depuis on ne les a pas revus.

– Je t'avais prévenu, Joseph, dit Pavel, ils ont certainement été déportés dans des camps, en Pologne ou en Allemagne. Mon père a disparu au camp de Terezín, au nord de la Bohême. On avait quelques informations, des témoignages, des photographies aériennes, on avait du mal à croire ce qu'on racontait, mais les photos prises par les Russes après la libération du camp d'Auschwitz sont effroyables et ce que les Américains ont découvert, il y a quinze jours, quand ils sont arrivés à Dachau, à deux pas de Munich, est tout aussi insoutenable.

– Tu crois qu'il n'y a aucune chance de le retrouver vivant ?

– On va se renseigner, je te le promets, mais pour mon père je n'ai aucune illusion.

Ils commandèrent trois cafés.

– De quoi vous avez parlé pendant deux heures ? demanda Christine.

– Il paraît que je ressemble comme une goutte de bière à mon père quand il avait trente-cinq ans, et à mon grand-père aussi.

Il leur rapporta la confusion de la vieille femme, leur montra la clef de l'appartement. Il était tard, ils ne savaient pas où dormir, Christine voulait s'y installer, Joseph refusa, elle insista, c'était idiot de payer un loyer et de ne pas en profiter. Ce fut leur premier différend. Il s'énerva, il devait être fatigué par le long voyage, retourné par l'émotion, il ne pouvait concevoir de s'installer chez son père, à sa place, sans lui demander son avis, et le remplacer, non, ce n'était pas possible. Jamais ! Elle fut surprise par cette réaction, pensa qu'il était trop sentimental. Et loin de le lui reprocher, elle le trouva émouvant.

Pavel leur proposa de venir chez lui, le temps qu'ils trouvent un point de chute. C'est ainsi qu'ils s'installèrent dans l'appartement que son père occupait avant sa disparition. Cela ne dérangeait pas Pavel. Ni son père.

Christine ne fut pas dépaysée par la vie à Prague qui ressemblait à celle de Paris ou d'Alger. Ils dînaient rarement chez eux, sauf quand Pavel invitait ses amis. Ils sortaient beaucoup, agrandissaient chaque soir le cercle de leurs connaissances, discutaient des nuits entières dans des bars animés sur la meilleure manière de changer le pays, et ils n'avaient plus le moindre doute sur le chemin à emprunter, buvaient des hectolitres de bière et, hormis la cuisine immangeable, elle aurait pu se croire à Montparnasse.

Les boîtes de nuit de Prague rouvraient, on s'y entassait pour écouter du jazz de La Nouvelle-Orléans et y danser. Ils aimaient particulièrement le *Lucerna*, un club enfumé que Joseph avait beaucoup fréquenté dans sa jeunesse ; ils discutaient ferme pour déterminer si cette musique était capitaliste car américaine ou au contraire révolutionnaire, manifestation spontanée de l'oppression des Noirs défavorisés et opprimés de ce pays compliqué.

Un soir, une femme de leur âge, aux cheveux courts qui portait une robe rouge échancrée, se planta devant leur table.

– Vous… vous êtes Joseph Kaplan ? demanda-t-elle.

Joseph leva la tête et acquiesça.

– Vous… tu ne me reconnais pas ?

Il détailla cette belle jeune femme, chercha dans sa mémoire, en vain.

– Tereza… Tereza Kimlova, c'était avant-guerre, tu faisais des études de médecine.

– C'est vrai, fit Joseph, embarrassé. Et vous… enfin, et toi aussi, non ?

– J'étais inscrite en littérature, je suis professeur de lettres. J'ai changé peut-être ?

– Je me rappelle mal.

– On dansait souvent ici. Tu as disparu sans prévenir.

– Je suis navré, je ne me souviens pas bien.

– Joseph, tu devrais nous présenter, dit Pavel en ajustant son nœud papillon.

– Tereza, c'est mon ami Pavel.

– Enchanté, mademoiselle, Pavel Cibulka, je suis de Brno. (Il lui serra la main avec un immense sourire.) Ravi de vous rencontrer, Tereza, moi je suis diplomate.

– Et je te présente Christine, ma compagne.

– Ah, fit Tereza. Bonsoir.

– Christine, traduisit Joseph, c'est Tereza, une ancienne camarade.

– Vous êtes française ? dit Tereza en français.

Christine répondit oui de la tête et se poussa pour lui faire une place sur la banquette. Pavel lui offrit une cigarette, demanda ce qu'elle voulait boire, elle hésitait, il faisait chaud.

– Une bière ?

– Volontiers.

Il partit lui en chercher une. Tereza regardait Christine.

– À vos vêtements, j'aurais pu deviner que vous étiez française.

– Je suis désolée, je ne parle pas du tout tchèque. Je vais vivre ici maintenant et…

– Ce n'est pas difficile, si vous voulez, je peux vous apprendre.

– Avec grand plaisir.

Personne ne s'est jamais demandé pour quelles raisons deux femmes qui ont aimé le même homme peuvent facilement devenir amies, peut-être à cause de cet homme en commun ou alors elles s'en fichent. Entre Christine et Tereza, ce fut une évidence, il n'y eut ni ambiguïté ni rivalité, ni rancœur ni jalousie. Tereza n'était pas du genre à revenir en arrière, elle était heureuse pour Joseph qu'il ait rencontré Christine et puis il y avait Pavel, lui il était libre, il la regardait avec insistance, ce ne devait pas être un hasard si Joseph et Pavel étaient toujours ensemble.

Le patron des lieux possédait la plus grande discothèque de musique sud-américaine du pays et passa *Nostalgias*, un tango argentin mélancolique et douloureux, parfait quand on a trop bu et qu'on devient sentimental.

– Tu ne m'invites pas ? demanda Christine.

– Plus tard, personne ne danse.

– Fais-moi danser, je t'en prie.

Elle se leva, Joseph la suivit, il lui prit la main, ils allèrent sur la piste. Ils étaient seuls à tournoyer, tout le monde les regardait. Ils n'avaient, au bout du compte, dansé qu'une seule fois, il y a si longtemps. Elle se laissait guider, s'immobilisait au bon moment, repartait avec lui, anticipait chaque mouvement, se laissait emporter très loin, on aurait dit qu'ils avaient dansé ensemble des milliers de tangos.

Un autre couple les rejoignit, et un autre, Pavel invita Tereza.

– Je ne sais pas très bien danser, dit-elle.

– Et moi pas du tout.

– Je ne conserve aucun souvenir de cette femme, comment ai-je pu l'oublier, hein, Christine ? Surtout qu'elle a le même prénom que ma mère.

– Tu ne m'as jamais parlé de ta mère.

– J'avais une dizaine d'années à sa mort, je l'ai oubliée, je ne pense jamais à elle.

Christine avait pris de bonnes résolutions et avait décidé d'apprendre immédiatement à parler le tchèque, une langue sèche où il n'y a que des consonnes qui claquent. Ce ne fut pas facile, les gens qu'elle rencontrait, les nombreux amis de Pavel, ceux plus rares de Joseph, parlaient français, souvent en le massacrant un peu, mais ils tenaient à lui montrer que c'était leur langue étrangère préférée. Quand ils s'exprimaient en allemand, ils s'excusaient presque. Elle leur demandait de lui parler en tchèque, elle avait besoin de pratiquer, de se faire reprendre et corriger, ils acceptaient, rectifiaient sa prononciation qui les amusait beaucoup et, très vite, poursuivaient en français. Tereza lui donna cinq fois par semaine des cours particuliers. Au bout de trois mois, Christine suivait les conversations et, au bout de six, elle parlait couramment, mais elle conserva toujours un léger accent.

Heureusement, l'appartement du père de Pavel, à côté de l'Académie de musique, et d'où on apercevait la Vltava boueuse, était assez grand pour que tous y logent. Joseph lui proposa de partager le loyer et les charges, il accepta volontiers. Entre son congé sans solde pour finir son livre, commencé pendant son exil suisse, et l'à-valoir misérable de son éditeur tchèque, Pavel n'avait plus un rond mais il avait des espérances.

Son chef-d'œuvre s'appelait *La Paix de Brest-Litovsk, diplomatie et révolution*, une somme de plus de mille pages sur ce traité fondamental qui avait failli bouleverser le monde. Quand il était premier secrétaire à l'ambassade de Moscou,

Pavel avait eu accès à des archives inédites, une vraie mine d'or historique. Ses révélations résonneraient comme un coup de tonnerre, il comptait sur la publication de ce texte pour établir sa réputation et espérait de multiples traductions. Au début, Christine appréciait que Pavel lui explique en détail les finesses byzantines de ce jeu de dupes et les dessous machiavéliques de cette négociation si compliquée, elle en profitait pour parfaire son vocabulaire.

– En tchèque, Pavel, en tchèque.

Mais au bout d'un moment, cette histoire ne l'intéressa plus tellement. Elle avait le tournis avec tous ces télégrammes diplomatiques, elle se perdait dans le ballet des négociateurs aux noms imprononçables et hésitait à lui dire que ça lui cassait les pieds.

Pavel fut assez déçu que Christine refuse de taper son manuscrit sur son Underwood portable sous prétexte qu'elle n'était pas secrétaire mais comédienne. Elle n'apprécia pas qu'il insiste, sous le prétexte fallacieux que cet exercice aurait été un excellent apprentissage pour sa nouvelle langue. Il la trouva soupe au lait mais ne lui en voulut pas.

– On peut toujours essayer, non ?

– Non !

Le 9 juin, Pavel accompagna Joseph au camp de Terezín, Christine voulut absolument être du voyage. Ils firent les soixante kilomètres sans échanger le moindre mot, arrivèrent en milieu de matinée en face de la forteresse. Hormis les trois rangées de barbelés qui couraient sur les murs, elle ne paraissait ni hostile ni inquiétante. Trois soldats ukrainiens montaient la garde et leur en interdirent l'entrée. À la demande de Pavel, l'un d'eux alla chercher un officier. Ils patientèrent un long moment, n'osant rompre le silence qui les enveloppait, comme s'il n'y avait plus aucun être vivant à des kilomètres à la ronde, pas un oiseau ni un souffle de vent. Il revint avec un médecin-major. Ce dernier ne pouvait leur donner l'autorisation de pénétrer dans l'enceinte du camp en raison d'une épidémie de typhus qui y sévissait encore. Il n'y avait aucune exception à cette interdiction.

Depuis sa libération un mois auparavant, le camp avait été en grande partie vidé des dix-sept mille prisonniers qui y avaient été entassés ; il avait été transformé en hôpital de fortune pour ceux qui étaient trop malades ou n'avaient plus la force de se déplacer. L'armée américaine leur avait donné des caisses d'antibiotiques, ils étaient inefficaces pour les cas les plus graves, c'est-à-dire pour ceux qui étaient restés. Le médecin-major se sentait désespérément impuissant, avait dix décès chaque jour dont, la veille, paraît-il, un grand poète français. Quant aux archives, ce n'était pas sa préoccupation immédiate, les Allemands en avaient brûlé une partie avant de fuir, il ferait faire des recherches dès que possible. Pavel et Joseph discutèrent pendant plus d'une demi-heure avec lui. Le médecin-major serra chaleureusement la main de Joseph, heureux de rencontrer un confrère du célèbre institut français, et lui promit de l'aider à retrouver la trace de son père.

– De quoi vous avez parlé si longtemps ? demanda Christine à Pavel.

– Il m'a confirmé ce que je redoutais. Des histoires circulaient sur Terezín. En Suisse, j'avais rencontré un membre de la Croix-Rouge qui y avait fait une tournée d'inspection. Je l'avais interrogé, j'avais toutes les raisons de penser que mon père y était interné et je m'inquiétais. Ce diplomate m'avait rassuré ; à l'entendre, c'était une prison modèle, je le connaissais, ce n'était ni un sympathisant des nazis, ni un imbécile, mais un honnête homme. Son compte rendu contredisait d'autres informations mais je n'avais aucune raison de douter de lui, de ce qu'il avait vu de ses propres yeux et vérifié : à peine trois ou quatre personnes, propres, correctement habillées dans des cellules pimpantes avec des pots de fleurs aux fenêtres, des pelouses entretenues par des jardiniers détendus, une bibliothèque avec une salle pleine de lecteurs, une cuisine bien approvisionnée, un salon de coiffure où on faisait des mises en plis, des échoppes où les détenus pouvaient acheter de la nourriture, deux cafés où ils pouvaient s'attabler, certains jouaient du violon ou de la clarinette, d'autres les écoutaient, il y avait un groupe de jazz, il avait assisté à une représentation d'un opéra joué par les prisonniers avec un chœur d'enfants qui avaient l'air heureux et en pleine santé. Il avait aussi remarqué un détail qui ne trompait pas : les femmes étaient maquillées ! Les nazis avaient tourné un film pour faire taire les rumeurs… Je l'avais vu à l'ambassade, cela m'avait rassuré, bien sûr, ou peut-être ai-je voulu croire qu'ils n'étaient pas complètement des monstres, que dans mon pays c'était différent, que mon père allait s'en sortir. Eh bien, on en a maintenant la preuve, c'était une mystification, une mascarade, tous les acteurs de cette diabolique supercherie ont été assassinés comme quatre-vingt-dix pour cent des juifs tchèques. Terezín était un camp de concentration comme les autres, les conditions de vie y étaient terrifiantes, il y a eu ici trente ou quarante mille morts de faim, de dysenterie ou du typhus, c'était surtout l'antichambre d'Auschwitz… Tu ne reverras jamais ton père, Joseph.

Ce génocide eut des conséquences imprévisibles, seule une

infime partie des survivants émigrèrent en Israël, les autres intégrèrent massivement le Parti communiste tchèque.

En Tchécoslovaquie, ils en avaient la certitude, ils vivraient dans un monde radieux.

Les semaines qui avaient suivi la Libération avaient été ambiguës, la guerre était omniprésente, envahissait encore le quotidien et suintait des consciences, étau dont on ne pouvait se défaire. Il fallait pourtant laisser en arrière ces années noires, tenter de repartir, d'avancer sans penser toujours au passé, essayer d'oublier pour ne pas sombrer, s'organiser, travailler, faire des projets et recommencer à vivre, tout simplement.

Quand Joseph passa par la place de l'Hôtel-de-Ville, il découvrit qu'une partie était écroulée. Il poussa jusqu'à la rue Kaprova. L'immeuble paternel était toujours étrangement silencieux. Il ouvrit la porte de l'appartement avec la clé que madame Marchova lui avait donnée. L'électricité avait été coupée, il avança dans la pénombre, buta sur des objets à terre, écrasa du verre, ouvrit les volets pour avoir de la lumière, découvrit avec stupéfaction que l'appartement avait été cambriolé. La bibliothèque était retournée, les livres éparpillés, le buffet ouvert, la vaisselle cassée jonchait le sol, les coussins des fauteuils et des deux canapés étaient éventrés, les tableaux avaient disparu des murs, le phonographe était démembré, son bras arraché, les disques brisés comme si on s'était amusé à les jeter sur les murs. Apparemment les cambrioleurs détestaient Gardel, sa collection était en miettes, ils n'aimaient pas Bach non plus, les *Variations Goldberg* avaient subi le même traitement.

Dans chaque pièce, le désordre laissait penser à une fouille méthodique.

Le cabinet médical était sens dessus dessous, les produits de la pharmacie dispersés, les flacons avaient explosé sur les murs, y laissant des traces mauves, rouges et jaunes. Dans la chambre de son père, il aperçut le parchemin avec l'arbre généalogique de sa famille reconstitué par son grand-père Gustav, il avait été froissé en boule mais n'était pas trop abîmé. Il l'enroula avec précaution, chercha le tube de cuir vert, il avait glissé sous le lit, il récupéra les deux morceaux et mit le parchemin à l'intérieur avec difficulté. Sa chambre était dévastée, la laine sortait du matelas, ses livres étaient en deux ou trois morceaux, il trouva la couverture arrachée de l'*Histoire d'un savant par un ignorant* de René Vallery-Radot et chercha, en vain, l'autre moitié dans le capharnaüm. Dans le bas de l'armoire, il découvrit une caisse en bois avec une dizaine de disques de Gardel qui avaient échappé au massacre, il les emporta comme des reliques.

Dans le vestibule, il remarqua, seul signe d'ordre de cet appartement bouleversé, que le courrier avait continué à arriver, la femme de ménage de madame Marchova l'avait déposé sur la desserte, en piles régulières, il y en avait onze. Elle n'avait rien rangé ni remis en état et n'avait pas dû se donner trop de mal, à en juger par la couche de poussière qui recouvrait les meubles et les filaments qui se soulevaient sur son passage.

Il sonna à la porte du rez-de-chaussée, entendit madame Marchova crier : « J'arrive, un moment, j'arrive », mais elle mit plusieurs minutes à lui ouvrir. La vieille femme était courbée et accrochée à sa canne, le dos en point d'interrogation, elle réussit avec peine à redresser la tête et lui sourit.

– Oh, Édouard, je suis si contente de vous voir. J'ai tellement mal. Vous ne pouvez pas savoir. Je n'ai pas la force de monter vous voir.

– N'essayez pas, madame Marchova, cela ne servirait à rien, mon cabinet est ailleurs maintenant. Il y a un médicament qui serait efficace mais je ne sais pas où le trouver en ce moment. Je vais m'en occuper. Tenez, je vous ai apporté le loyer.

Joseph déposa une liasse de couronnes sur la table.

– Je reviendrai dès que possible.

En sortant de l'immeuble, sa caisse sous le bras, Joseph réalisa que son père n'était jamais retourné chez lui après la mise à sac de son appartement. Il resta immobile dans la rue Kaprova dans le soir qui venait, envahi d'une chaleur qui le suffoquait. Il voulait juste se rapprocher de son père, se retrouver un peu aussi, mais on lui avait tout pris. Tout.

Les assassins étaient aussi des voleurs.

Ce fut la dernière fois que Joseph retourna dans l'appartement familial.

Joseph fut admis au Parti communiste tchécoslovaque le 26 juin 1945, il ne posa aucune question et aucun des responsables ne s'en posa à son sujet. Une bonne recrue, sympathisant de la première heure recommandé par Pavel, membre de longue date. Joseph connaissait la doctrine. Il ne comprenait pas comment il pouvait exister une seule personne sur cette terre meurtrie qui ne soit pas d'accord pour en finir avec l'exploitation éhontée de l'homme par l'homme. Comment pouvait-on ne pas partager ces idées ?

Quand il s'exprima lors de la réunion qui statua sur son adhésion, il fit sourire les participants par sa vision toute médicale du communisme. Le capitalisme était une maladie latente comme la rougeole ou la grippe, véhiculée par l'égoïsme, la cupidité et l'avidité, le bon traitement était la solidarité entre les hommes et le désintéressement ; le Parti mettrait en place le principe fondamental de prophylaxie et d'hygiène sociale : de chacun selon ses moyens, à chacun selon ses besoins ; le vaccin s'appelait justice et progrès social.

– Pas stupide, dit le secrétaire de cellule, ni complètement faux, un peu original.

Joseph ne fut pas le seul à adhérer, loin de là. En deux ans, plus d'un million de Tchèques rejoignirent, volontairement et avec enthousiasme, le parti de la résistance aux nazis. En finir avec les exploiteurs et les inégalités, le moment était venu pour les travailleurs de prendre leur destin en main et de rêver d'une alternative au vieux monde qui s'écroulait.

Tereza adhéra aussi. Christine hésita : en France, elle aurait adhéré mais ici, elle ne comprenait pas un mot de ce qui se disait aux réunions, ils parlaient tellement vite, et même si sa nouvelle amie lui traduisait, elle voulait d'abord maîtriser la langue avant de s'engager.

Joseph trouva immédiatement un poste à Motol. On manquait de spécialistes en biologie, la direction lui demanda de développer le service de maladies infectieuses, Motol était l'hôpital de ses études, plusieurs de ses anciens condisciples y travaillaient et, au bout de quelques semaines, c'était comme s'il n'avait jamais quitté ces lieux. Il se sentait chez lui.

Les services vétérinaires du ministère de l'Agriculture le sollicitèrent dès son arrivée. Une maladie mystérieuse entraînait des convulsions et paralysait le train arrière des porcs qui mouraient en nombre. Joseph se mit à arpenter la Bohême en tous sens. Les nombreux élevages étaient décimés par un virus qui s'attaquait au système gastro-intestinal, essentiellement au début de l'engraissement, et atteignait le système nerveux. Il détecta une variante endémique de la maladie de Teschen et découvrit qu'une grande partie du cheptel était atteint. Heureusement, le virus n'était pas toujours pathogène, il passa près de deux ans à mettre au point un vaccin mais le nettoyage régulier à grande eau des étables fut le meilleur traitement qu'il proposa.

Entre Pavel et Tereza, cela ne traîna pas. Ils s'étaient trouvés. Une chance comme il en arrive une fois dans une vie ou au grand maximum deux (pour les plus chanceux), c'était une osmose, et cette douce euphorie se cumulait, se confondait avec la mue inéluctable du pays, aventure tout aussi excitante, nous allons être vraiment heureux.

Tereza se trouvait tellement bien chez Pavel qu'elle y restait de plus en plus souvent, passait chez elle pour se changer et finit par s'y installer trois semaines après leur rencontre. C'était la pagaille ; la cuisine prit des airs de champ de bataille, il y eut des tiraillements sur la façon de comprendre et d'appliquer la division marxiste du travail. Pavel commit l'erreur de demander à Christine de s'occuper de quelques tâches ménagères sous le double prétexte qu'il avait besoin de recueillement pour venir à bout de son livre et qu'elle ne faisait rien hormis apprendre du vocabulaire et tenter de se dépêtrer de cette grammaire alambiquée. Elle remplissait des heures durant les cahiers d'écolier que Tereza lui donnait et s'entraînait avec patience aux subtilités infinies des déclinaisons, genres et substantifs tchèques.

– Tu es sérieux, Pavel ?

– Tu as le temps, ça nous rendra service.

– Est-ce que tu m'as bien regardée ?

– Dans une république socialiste, les femmes et les hommes travailleront de la même façon.

– Raison de plus pour te mettre à la vaisselle.

Un appartement se libéra dans l'immeuble voisin, Joseph et Christine y emménagèrent aussitôt. Les difficultés du quotidien soudain effacées, il ne resta plus que l'amitié. Ils se voyaient désormais pour le plaisir.

Joseph voulut faire venir leurs affaires restées à Chamonix mais il fut effaré du prix qu'on lui réclamait. Il décida qu'ils iraient les chercher à leur prochain voyage, ils furent obligés d'acheter d'autres vêtements.

Trois mois plus tard, Pavel et Tereza invitèrent Joseph et Christine à dîner. C'était la première fois qu'ils n'étaient que tous les quatre, ils avaient une grande nouvelle à leur annoncer et voulurent absolument qu'ils la devinent. Joseph pensa que Pavel avait enfin terminé son livre.

– Quand même pas, j'ai besoin d'un an pour tout taper et corriger.

Christine imagina que Tereza s'était décidée à reprendre ses études.

– J'ai hésité mais je n'ai plus le courage.

– Tu as été nommé ambassadeur ? essaya Joseph.

– Ça va venir, je ne m'inquiète pas.

– Tu es enceinte ? s'enquit Christine.

– Pas tout de suite.

– Vraiment, on ne voit pas.

– On va se marier !

– Ce n'est pas vrai !

– Vous voulez être nos témoins ?

Ils fêtèrent cette annonce avec une nouvelle bouteille de riesling de Valachie, région d'origine de Pavel, il adorait ce vin blanc fruité qui se buvait comme de l'eau et rendait gai.

– Je lève bien haut mon verre à notre beau pays et à notre bonheur à tous.

Ils trinquèrent avec entrain. Soudain, Pavel s'immobilisa, pensif.

– Tu ne te sens pas bien ? demanda Tereza, inquiète.

– Mes amis, j'ai une idée, lumineuse bien sûr. Marions-nous ensemble, je veux dire le même jour. Ce serait extraordinaire. On fera la noce pendant trois jours et trois nuits.

Joseph regarda Christine qui ne disait rien.

– Pourquoi pas, ce serait amusant.

– Il faut qu'on en parle, Joseph.

Cette nuit-là, Joseph et Christine ne rentrèrent pas chez eux immédiatement, ils marchèrent longtemps dans les ruelles du Hradčany, sans se parler. Il attendait qu'elle aborde la question, elle aussi. Ils s'assirent sur un banc du jardin Wallenstein, les statues sous la lune prenaient des formes mystérieuses, il faisait si doux en cette nuit de septembre. Il lui proposa une cigarette et ils fumèrent tranquillement.

– Tu veux te marier, toi ? fit-elle.

– Je veux bien.

– Écoute, Joseph, on n'est pas là depuis très longtemps, toi tu es actif, moi je passe mes journées à apprendre le tchèque, je commence à peine à aligner trois mots. Laisse-moi encore du temps, et il faut que je trouve du travail, je ne peux pas rester à ne rien faire. Et puis, le mariage, c'est pour fonder une famille, non ?

– Moi, j'ai envie de vivre avec toi, marié ou pas marié, c'est pareil. On va être leurs témoins et peut-être que la prochaine fois, ce sera l'inverse.

On ne peut pas arrêter l'Histoire, c'est un courant tumultueux, souvent douloureux. On sortait de plus de cinq années d'une sale guerre et même les vainqueurs étaient amers et sans joie, enfin une fenêtre s'entrouvrait, une lumière d'espoir éclairait les âmes noircies, on allait avoir un monde meilleur, c'était une certitude pour tous, une évidence. Il y avait bien encore quelques opposants, comme des épines dans le pied, les capitalistes essayaient de sauver les meubles et les anciens partisans du Reich tentaient de se faire oublier, mais l'enthousiasme et l'espoir dominaient.

Tous avaient hâte d'en finir avec le vieux monde.

La situation politique était inédite, jamais on n'avait connu une telle configuration : un gouvernement d'union nationale, des conservateurs slovaques aux communistes tchèques, gouvernait le pays, coalition hétéroclite présidée par le vieil Edvard Beneš, auréolé de son exil à Londres et du soutien de Staline.

On reconstituait la Tchécoslovaquie, née après la Première Guerre mondiale de la réunion de trois territoires : la Moravie, la Bohême et la Slovaquie, ces deux derniers n'ayant en commun que leur frontière et, dans le sud, la région des Sudètes, véritable bombe à retardement qui avait donné à Hitler un bon prétexte pour entrer en guerre.

Le grand règlement de comptes pouvait commencer, monopolisant les discussions pendant de longs mois et unissant provisoirement tous les partis dans un nationalisme forcené. Les décrets Beneš allaient enfermer dans des camps puis expulser par la force vers l'Autriche et l'Allemagne les deux millions et demi de Sudètes, Tchèques d'origine allemande, coupables désignés d'une faute collective, et plus de quatre cent mille Tchèques d'origine hongroise vers la Hongrie, et leurs biens allaient être confisqués sans indemnités.

Personne ne contesta vraiment ces mesures, elles ne semblaient ni injustes ni cruelles, on les considéra comme un simple retournement de l'Histoire. Les crimes nazis avaient atteint une telle démesure qu'aucun Tchécoslovaque, de droite ou de gauche, n'imagina l'avenir sans châtiment, on ne pouvait plus vivre ensemble, côte à côte, comme s'il ne s'était rien passé, une expiation massive était une juste punition pour les silences, les complicités tacites ou actives. Dans les meetings, les cafés, les mêmes mots revenaient, leitmotiv purificateur : il faut rester entre nous.

Comme l'expliqua Pavel au cours d'une réunion : « Peu importe qu'ils aient collaboré ou non, ils sont allemands et on ne veut plus d'eux ici ! »

Le pays, déjà exsangue, perdit près d'un quart de sa population.

Joseph partait pour l'hôpital à sept heures. Christine travaillait à la maison. Toute la matinée, elle s'appliquait à devenir tchèque et s'appuyait des devoirs en pagaille, des exercices, des déclinaisons, des conjugaisons, apprenait sans problème trente mots chaque jour, les reprenait depuis le début et les mémorisait facilement. Elle lisait des livres pour enfants et déchiffrait le journal de la veille. Elle faisait d'énormes progrès grâce à Tereza qui, après ses cours, lui donnait une leçon particulière d'une grosse heure qui se prolongeait toute la soirée.

Pour l'aider, il avait été décidé qu'ils ne parleraient plus un seul mot de français entre eux. Ils oubliaient assez souvent mais au bout de deux semaines, c'était automatique, ils se parlaient en tchèque, à toute vitesse, elle suivait tant bien que mal et arrivait à se mêler à la conversation, ils corrigeaient ses erreurs de syntaxe, de grammaire et de vocabulaire et, à la fin de l'année, elle parlait assez couramment.

L'après-midi, Christine partait en voyage, elle découvrait Prague, quel que soit le temps, même quand il pleuvait – et il pleuvait souvent –, elle allait au hasard, sans guide ni plan, le nez en l'air, elle notait ce qu'elle voyait sur un carnet, interrogeait les passants, ils étaient heureux de la renseigner, lui disaient : « Vous êtes notre première touriste depuis… (ils cherchaient dans leurs souvenirs)… avant la guerre ! »

La vie recommençait.

« Je ne suis pas une touriste », répondait-elle avec un accent qui les amusait. Ils voyaient qu'elle faisait des efforts pour parler tchèque, on la prenait parfois pour une Italienne ou encore une Hongroise, ça dépendait.

Elle aimait profondément cette ville insolite, noire et bariolée, désuète, où les gens avaient le temps de bavarder et de s'écouter, le patchwork des styles et les traces superposées de sa splendeur qui s'effaçait. Elle se perdait souvent, tournait en rond, s'épuisait à monter et à descendre et puis s'arrêtait, prenait des notes, s'efforçait d'écrire en tchèque et prit l'habitude de se repérer au Château et à la Vltava, elle finit par s'y retrouver comme si elle était née à Prague et par s'approprier chaque quartier. Quand elle les questionnait le soir, elle se rendait compte qu'ils ne connaissaient pas si bien leur ville, des morceaux seulement, ils avaient plein d'a priori sur certains arrondissements, elle voulait qu'ils viennent découvrir une rue ou une maison, elle insistait, ça les agaçait.

La seule ombre qu'il y eût jamais entre Christine et Joseph survint quand elle rangea les disques de Gardel en haut de l'armoire, elle en avait assez d'entendre cette voix sirupeuse dès qu'il rentrait le soir, elle préférait le jazz, « C'est quand même plus vivant, non ? », et surtout, cette musique était trop mélancolique, Joseph s'avachissait en l'écoutant.

Tereza et Pavel se marièrent le samedi 15 décembre 45, avec Christine et Joseph comme témoins. Le maire lut, épaté, le télégramme amical de félicitations adressé par Rudolf Slánský, le secrétaire général du Parti. La cérémonie avait été reportée à deux reprises. La première fois, le marié avait dû s'absenter pour un voyage urgent à l'étranger, il était resté évasif sur la destination. Au milieu d'un cours, Tereza avait révélé à Christine que son chéri était à Moscou pour une durée indéterminée, on ne pouvait en parler à personne. À son retour, Pavel, d'habitude si bavard, évoqua des questions administratives sans intérêt. La deuxième fois, ce fut Joseph qui partit précipitamment à cause de l'épidémie porcine qui ravageait un élevage dans le Sud. Pavel tenait absolument à se marier avant la fin de l'année, pour la finir en beauté, comme il disait, ils étaient un peu superstitieux, craignaient une sorte de malédiction et, jusqu'au dernier moment, ils attendirent avec angoisse, persuadés qu'un nouveau contretemps viendrait les empêcher de convoler.

Un mariage joyeux sans flonflon, avec deux douzaines d'amis de toujours réunis dans un restaurant de Smichov. Ils firent la fête et chantèrent jusqu'à l'aube, burent tout le vin que Pavel avait apporté et vidèrent en grande partie la cave.

Joseph était venu avec une partie de sa collection de Gardel, ils poussèrent les tables, se serrèrent, il ouvrit le bal avec Christine, les autres les rejoignirent, seuls Pavel et Tereza faisaient banquette.

– Je vais t'apprendre, dit Joseph en entraînant Tereza. Détends-toi, regarde-moi dans les yeux et dis-toi que, pour les trois prochaines minutes, je suis Pavel, l'homme de ta vie et que tu as décidé de me séduire.

– Qu'est-ce qu'elle danse bien ! dit Pavel, soudain émerveillé.

Christine l'invita à danser un tango, il refusa, il avait le sens du ridicule depuis son plus jeune âge, elle insista tant et tant qu'il finit par accepter en soupirant. Il ne se débrouilla pas si mal, n'écrasa pas les orteils de Christine et, au bout d'une minute, ils tournaient et se déhanchaient avec élégance.

– Pavel, je peux te demander quelque chose ? dit-elle en tchèque.

– Bien sûr, Christine.

– Tu sais, je suis comédienne, et c'est la première fois que je reste si longtemps sans rien faire, j'ai besoin de monter sur une scène, de jouer, sinon je ne pourrai pas rester ici, il faut que tu m'aides à trouver un rôle, même court.

– Ne t'inquiète pas, à Prague, je connais tout le monde ou presque, et pour moi, il n'y a que deux degrés de séparation.

Cette affirmation fut formulée en français avec une telle évidence, son visage était à la fois si catégorique et détendu, que Christine n'osa pas lui dire qu'elle n'avait rien compris.

Il commençait à neiger quand ils sortirent, un peu éméchés. Ils se souhaitèrent encore et encore mille bonheurs à tous et rentrèrent en se soutenant les uns les autres. Pavel ne tenait pas bien le vin blanc de son pays (ça le rendait mélancolique). Christine remarqua que Tereza avait l'air soucieux, les flocons s'accumulaient sur ses cheveux et lui donnaient l'apparence d'une vieille femme.

– Qu'y a-t-il ? demanda Christine. Tu es triste ?

– Je crois que je suis enceinte, murmura-t-elle.

– C'est merveilleux. Pavel doit être fou de joie.

– Je ne lui ai rien dit. J'attends d'être sûre. Il y a quelques années, j'ai fait une fausse couche, j'ai peur.

Pavel était un stratège, un maître du billard à trois bandes avant, il connaissait beaucoup de gens utiles et importants, ou qui allaient le devenir, et quand ils lui étaient inconnus, il trouvait un ami qui les lui présentait. Il invita à dîner un vieux copain du Parti, journaliste d'une rubrique Spectacles, qui arriva avec Emil Pelc, un jeune et brillant comédien qui venait d'être recruté au théâtre Vinohrady pour jouer le rôle de Banquo dans *Macbeth*, la première pièce importante montée sur la scène pragoise depuis la Libération. Comme par hasard, Emil se retrouva assis à côté de Christine. Ils parlèrent de leurs pièces préférées, celles qu'ils avaient jouées, celles dont ils rêvaient ; ils n'eurent besoin que de cinq minutes pour se trouver des amis communs à Paris et une passion partagée pour Piscator (le plus grand de tous les metteurs en scène). Elle trouva des mots miraculeux pour évoquer son adoration de Racine, sa détermination à adapter et jouer *Phèdre*.

– Mais comment retrouver la musique du texte français ?

Elle eut une intuition, il ferait un Hippolyte grandiose. En deux secondes, Emil en fut convaincu et il la présenta à George Frejka, le metteur en scène, qui faisait la distribution.

Ce dernier tergiversa deux semaines, les essais n'étaient pas concluants, il n'aimait pas son accent et son jeu trop raide. Elle ne comprenait pas bien ses réflexions et avait un temps de retard pour enchaîner les répliques. Il s'apprêtait à lui dire qu'il lui écrirait quand Emil lui rappela qu'il y avait aujourd'hui un arrière-plan historique, il ne pouvait le négliger.

C'est ainsi que Christine décrocha son premier rôle dans son pays d'accueil.

Tous les comédiens de la terre le jurent : la taille du rôle n'a aucune importance, seules la qualité et la force du personnage les attirent. Frejka crut se débarrasser d'elle en lui confiant le rôle de la Deuxième sorcière, c'est-à-dire le plus court de *Macbeth*.

Seize lignes !

– Il exagère, non ?

Elle espérait la Première sorcière avec ses cinquante-deux lignes et sa grande tirade et commença à la travailler pour le convaincre.

– Tu pètes plus haut que ton cul, ma petite ! lança-t-il, excédé.

Elle ne maîtrisait pas encore assez les subtilités de la langue pour s'émouvoir de cette semonce. Elle postula pour Hécate car, malgré ses vingt-cinq lignes, c'était un emploi important. Ou à la rigueur, Lady Macduff. Frejka, pour avoir la paix, lui donna le rôle de la Troisième sorcière. À prendre ou à laisser. Elle accepta avec plaisir.

Christine avait donc trente-trois lignes à apprendre, plus les quinze lignes du chœur des sorcières. Le rôle le plus crucial de sa carrière. Jamais aucune actrice, dans aucun pays, n'a répété autant un texte aussi court. Chacun leur tour, Tereza et Joseph le lui firent réciter. Joseph qui, sauf pour les visages, avait une mémoire d'éléphant, fut le premier à connaître la pièce par cœur. Pavel lui donna aussi la réplique. Pendant des semaines, après le dîner, ils prenaient place dans le salon ; Pavel jouait Macbeth, Tereza Lady Macbeth et Joseph les autres rôles, il avait tendance à donner des indications sur le jeu, on l'écoutait volontiers.

Frejka trouva qu'elle apprenait à une vitesse folle, sa diction étrange faisait merveille, elle incarna une Troisième sorcière très convaincante, et quand la comédienne qui jouait Lady Macduff fut renversée par une voiture, Christine la remplaça au pied levé. Personne dans le public ne décela son origine étrangère et ne remarqua qu'elle jouait les deux rôles. Elle eut droit, comme ses camarades, à des applaudissements enthousiastes.

Pour Pavel, l'annonce de l'arrivée du bébé fut une surprise. Il mit un bon moment avant de comprendre que son tour était venu.

– C'est incroyable ! n'arrêtait-il pas de répéter. Je n'en reviens pas.

Un soir, il ne trouva pas Tereza, elle avait été hospitalisée. Elle avait perdu du sang et s'était évanouie. Son médecin détecta un décollement du placenta et une tension anormale, l'obligea à rester couchée pendant toute la durée de sa grossesse, à peine avait-elle le droit de se lever quelques minutes. Elle, si active, eut le plus grand mal à supporter cette immobilisation forcée. La nuit elle ne trouvait pas le sommeil à cause des nausées.

– Je suis une loque, je n'en peux plus.

Elle avait une peur panique de perdre cet enfant et redoutait de révéler sa première fausse couche à Pavel. Ce fut une crainte inutile. Quand elle la lui apprit, il n'y accorda aucune importance.

Christine passa beaucoup de temps avec elle. Elle lui faisait la lecture du journal, lui changeait les idées avec les derniers potins du théâtre, et alors que chez elle, elle ne touchait jamais au moindre ustensile, se mit à cuisiner, – elle accepta même, sans trop se faire prier, de doubler les quantités pour que ce pauvre Pavel ait quelque chose à manger en rentrant le soir –, des choses pas très compliquées, bien sûr, des carottes râpées, des œufs durs et des côtes de porc avec des pâtes à la tomate, de la purée aussi, ça remontait le moral de Tereza ; elle qui n'avait pas d'appétit picorait des pommes frites qu'elle adorait et vomissait souvent. Par moments, pour des raisons inconnues, elle se mettait à pleurer.

Et puis, un miracle se produisit, on ne peut pas appeler autrement la résurrection de Tereza. Son médecin, la sage-femme et même Joseph reconnurent que la science avait des limites et qu'on ignorait encore tout de la psychologie de la douleur.

Un soir, il était 18 h 10 très précisément, Christine venait de partir au théâtre, Tereza était seule et avait froid, dehors il neigeait, elle se leva avec mille précautions pour remettre du bois dans le poêle, s'assit sur le canapé du salon, remonta la couverture sur ses jambes, se dit que la soirée allait être longue, quand elle aperçut le manuscrit de Pavel, posé sur un coussin ; elle l'avait vu si souvent travailler dessus, elle pensait que c'était sa marotte, son hobby, il lui en avait parlé, bien sûr, et avec passion, elle lui avait posé quelques questions, mais plus par politesse que par intérêt, sans mesurer la portée de ce texte, jamais elle ne l'avait lu ni même survolé. Elle ouvrit l'épais volume, attrapa une poignée de feuilles et en commença la lecture. Pavel écrivait comme un enfant, avec des lettrages appliqués, penchés, bien ronds. Dans la marge, il y avait des ajouts superposés en anglais ou en russe, des abréviations et des chiffres. Elle lut et elle oublia tout, sa fatigue, ses soucis, où elle se trouvait. Elle était à Petrograd en 17 et à Brest-Litovsk, elle s'attendait à un livre soporifique et indigeste sur un vague traité oublié, elle découvrit un roman d'aventures avec Lénine, Trotski et Kamenev dans les rôles principaux et le tumulte de cette révolution sauvée in extremis par cette paix désastreuse.

Elle finit les vingt-trois premières pages sans y penser, prit un autre paquet, continua, absorbée et fascinée.

Quand Pavel rentra de sa réunion, il était tard, le poêle s'était éteint, il la trouva avec une pile de feuilles posée sur les cuisses.

– Qu'est-ce que tu fais, chérie ? Tu vas avoir froid.

– C'est extraordinaire, Pavel, extraordinaire.

– Tu trouves ? fit-il, bouleversé.

– Pourquoi ne m'en as-tu pas parlé avant ?

– Je n'arrête pas, personne ne m'écoute.

Tereza s'attaqua aux trois énormes chemises tenues par une cordelette, contenant chacune cinq à six cents feuilles non numérotées à dévorer, des fac-similés en russe et en allemand de télégrammes diplomatiques, d'articles de presse, de courriers. Elle mit onze jours à lire le tout ; la nuit, elle en oubliait ses nausées et le jour ses misères. De l'avis unanime, la lecture du manuscrit de Pavel agissait sur elle comme un médicament d'une rare efficacité et sans aucun effet secondaire.

Personne ne réussit à déterminer si elle avait aimé ce texte parce qu'il était exceptionnel ou parce qu'il avait été écrit par l'homme de sa vie. Peut-être un peu des deux. Quelque chose changea entre eux à partir de ce moment-là, elle le regarda avec des yeux émerveillés et Pavel aima encore plus cette femme qui l'admirait tant.

Quelques jours plus tard, Tereza demanda à Christine de descendre du haut de l'armoire la machine à écrire Underwood dont Pavel ne savait pas se servir, et elle se mit à taper le volumineux manuscrit. La machine posée sur ses cuisses, à raison de deux à trois heures chaque jour, elle reproduisit chaque page avec minutie. Elle espérait terminer avant l'accouchement mais avait sous-estimé le travail.

Le 12 juin 46, elle donna naissance à un garçon superbe de trois kilos trois qui restait couché à côté d'elle en la dévisageant d'un air sérieux pendant qu'elle poursuivait la frappe. Il écoutait avec ravissement le tapotis des doigts de sa mère sur le clavier, la chanson des tiges métalliques sur le rouleau et, à chaque fois qu'elle arrivait en bout de ligne, il riait quand la clochette du retour chariot retentissait.

Pavel avait voulu l'appeler Ludvik, comme son père, Tereza n'y vit pas d'inconvénient. Elle ne vit pas plus d'objection quand il lui donna Brest comme second prénom, l'officier de l'état-civil trouva ce deuxième prénom curieux, hésita un instant, mais l'inscrivit quand même pour ne pas se fâcher avec un membre aussi important du Parti.

Jusqu'à sa publication en septembre 1950, en deux volumes par un éditeur tchèque, et un an plus tard en russe, Tereza retapa intégralement les mille six cent quatre-vingt-sept pages du manuscrit de *La Paix de Brest-Litovsk, diplomatie et révolution* à trois reprises, au gré des incessantes modifications apportées par Pavel ; Ludvik Brest ne la quittait pas du regard.

Tereza fut toujours persuadée que son fils était devenu journaliste parce qu'il avait été bercé pendant des années par le cliquetis de la machine à écrire.

Chaque mois, Joseph retournait rue Kaprova, il passait voir madame Marchova, lui réglait le loyer, déposait une enveloppe sur la table, il aurait pu s'en dispenser ou envoyer un mandat, mais il s'en était fait une règle, autant pour bavarder pendant une heure avec la vieille dame que pour la soulager de ses maux. Elle lui offrait un doigt de madère, elle avait une combine pour s'en procurer des flacons et commençait par un « Où j'en étais resté, Édouard ? ». Elle l'entretenait du feuilleton de sa vie, des efforts désespérés de sa toupie de belle-fille pour la déposséder de ses biens, des couverts en argent disparus de la commode, de son collier de perles soi-disant égaré, de la mollesse de son bon à rien de fils qui la laissait la dépouiller, de sa persévérance à résister et à survivre pour les embêter, de son immense satisfaction à ouvrir un œil le matin ; son cœur fatigué continuait à frétiller. Encore une journée de gagnée. La piqûre d'Édouard lui faisait un bien immense, après elle se redressait, ne sentait plus ce maudit dos, sa pommade à l'odeur de camphre lui chauffait les reins et la requinquait. Quand l'hyène demandait de ses nouvelles, quelle jouissance de lui apprendre qu'elle se portait merveilleusement, « *Mieux qu'hier et moins bien que demain* », lançait-elle en français. Et elle voyait le menton pointu de sa bru frémir et ses lèvres plissées disparaître un peu plus.

– Ah, mon Édouard, quelle chance j'ai de t'avoir.

Fin janvier 46, Pavel, portant ostensiblement une pile d'assiettes, rejoignit Joseph qui était dans la cuisine en train de faire la vaisselle.

– Il faudrait qu'on puisse parler tranquilles, dit-il à voix basse. J'ai une grande nouvelle à t'annoncer. On se retrouve demain rue Tynska pour déjeuner. Pas la peine d'en parler à Christine, ni à personne.

Pavel aimait bien faire des mystères et laisser des phrases en suspens. On ne savait pas trop ce qu'il faisait, il était appointé par le ministère des Affaires étrangères mais restait d'une discrétion de chaisière sur son activité précise.

– Je travaille pour mon pays, répondait-il aux importuns qui le questionnaient.

Joseph attendait en lisant le journal, le restaurant était plein, mais ils avaient leur table réservée sur l'estrade. Pavel arriva sans se presser, serra la main à une douzaine d'habitués, rejoignit son ami, s'assit dos à la salle et passa commande. Il parla des déplacements de Sudètes qui s'amplifiaient et des réactions de la communauté internationale, il refusait d'utiliser le terme d'« expulsion » pour des raisons historiques et attendit la fin du repas et qu'il n'y ait plus personne à proximité pour faire signe à Joseph de se pencher vers lui.

– Tu sais qu'il va y avoir bientôt des élections, le Parti cherche à présenter des hommes et des femmes qui incarnent toutes les composantes de la population. Dans ton arrondissement, on a pensé à toi comme candidat. Qu'en dis-tu ?

– Je suis communiste, c'est certain, malheureusement je n'y connais rien.

– On ne te demande pas de diriger le Parti mais d'être député.

– Je n'ai aucune culture juridique, tu me vois rédiger une loi ?

– Tu n'auras rien à faire d'autre qu'écouter les débats et voter comme les camarades.

– Il va y avoir une campagne électorale, je n'ai pas une minute à y consacrer.

– Écoute, Joseph, c'est une chance exceptionnelle, il y a des milliers de gens qui seraient fiers d'être à ta place et toi, quand ton parti te demande de faire quelque chose pour lui, tu pinailles.

– Je ne suis pas sûr d'être la bonne personne, c'est tout. Et à l'hôpital, avec tout le travail que j'ai, ils risquent de ne pas apprécier mes absences.

– Ils seront ravis, crois-moi. On t'a choisi, Joseph, pour ce que tu es aujourd'hui et pour ton passé, c'est un grand honneur.

– Il faut que j'en parle avec Christine.

– Elle est gentille, je l'aime beaucoup, mais c'est ta décision à toi, elle n'a rien à voir là-dedans. Tu dois accepter, Joseph.

– Ce serait drôle qu'on devienne députés tous les deux, non ?

– J'aurais bien aimé mais j'ai une mission plus importante à accomplir. À toi je peux le dire, je suis chargé de surveiller Jan Masaryk.

– Le ministre des Affaires étrangères !

– Il est anticommuniste, libéral et proaméricain. Je dois l'encadrer. Crois-moi, c'est un travail considérable. Mais ne t'inquiète pas, je t'aiderai.

Joseph appréhendait la réaction de Christine. Il passa au théâtre, assista à la fin de la représentation, heureux de voir qu'elle se débrouillait très bien avec ses deux rôles et en rentrant à pied à la maison, il évoqua la proposition de Pavel. Elle s'immobilisa et son visage s'éclaira.

– Tu vas être député ? s'exclama-t-elle.

– Ce n'est pas encore fait. Il faut être élu.

– Oh, Joseph, je suis si fière de toi.

Elle se jeta à son cou et l'embrassa en le serrant très fort contre elle. À aucun moment, il n'évoqua ses hésitations, au contraire.

– Tu as pris la bonne décision, poursuivit-elle. Et crois-moi, on va gagner.

Joseph ne sut jamais qui lui en avait parlé, mais quelques jours plus tard, le directeur de l'hôpital vint frapper à la porte de son laboratoire pour le féliciter, non il n'y aurait aucun problème pour ses absences pendant la campagne et après son élection non plus, parce que c'était une certitude, il serait élu, tout le monde voterait pour lui dans le quartier. Ses collègues le remplaceraient avec joie.

Ce n'était pas gagné. L'issue était incertaine et il n'y avait aucun moyen de prévoir le résultat, plusieurs formations politiques importantes s'affrontaient. On n'avait qu'un seul indicateur : le nombre de personnes aux meetings. Jamais auparavant on n'avait connu une telle affluence. La foule vibrait, interrompait sans cesse l'orateur pour l'applaudir et hurler « Le peuple au pouvoir ! » Il y avait dans l'air un tel enthousiasme que c'était un bonheur de se laisser porter par cette onde revigorante. Joseph découvrit avec satisfaction qu'il n'était pas le seul à ne rien connaître à la politique. Le Parti les guidait, ils n'avaient qu'à porter ses décisions et à les expliquer.

Fin mars, Joseph assista au VIIIe Congrès du Parti communiste tchécoslovaque, il fut impressionné autant par son organisation impeccable que par le monde qui se pressait pour assister aux débats. Pavel le présenta à Slánský, le secrétaire général du Parti, qui avait l'air de l'apprécier beaucoup, et à Gottwald, le Premier ministre en personne.

– Ah, c'est toi le savant de Pasteur, dit ce dernier. Tu as une circonscription difficile. Il faut te battre, camarade.

– Tu peux me faire confiance, répondit Joseph.

Une matinée entière fut réservée à l'investiture des trois cents candidats. Joseph fut acclamé, Christine en eut les larmes aux yeux.

Pavel ne partageait pas cette certitude euphorisante que leur victoire était inéluctable. En face, chez les socialistes, au Parti populaire ou chez les démocrates, il y avait autant d'affluence aux meetings, peut-être même plus dans certaines régions, et ils criaient aussi fort. Le Parti restait prudent dans ses prévisions : en dessous de trente sièges, ce serait une catastrophe, jusqu'à cinquante, la logique ; autour de soixante-dix : une immense victoire.

Pendant deux mois, toutes les villes furent occupées par une armée en campagne, il fallait quadriller le terrain et en chasser les ennemis. Les incidents entre colleurs d'affiches furent innombrables ; à ce petit jeu, le Parti avait une arme secrète : les camarades du syndicat des métallos étaient des costauds, les autres finirent par renoncer. Les palissades des chantiers et les murs des villes donnaient l'impression que seuls les communistes existaient et avaient des convictions, parlaient de justice, d'espoir et d'avenir. Des millions de tracts furent distribués à chaque carrefour, dans les cafés, sur les marchés, dans les gares, et les passants n'avaient pas intérêt à les refuser ou à les jeter à terre. Les réunions se succédaient dans les usines, les entreprises et les administrations.

Le résultat des élections du 26 mai 46 fut une divine surprise : 114 députés sur 300 ! Avec 40 % des voix, le Parti communiste était, et de loin, la première formation politique du pays. Edvard Beneš, réélu président de la République, demanda à Klement Gottwald de former un gouvernement d'union nationale. Les communistes se virent attribuer neuf des principaux sièges, le ministère des Affaires étrangères leur échappait encore, Jan Masaryk s'accrochait à son fauteuil.

Joseph fut élu dans le quatrième arrondissement de Prague avec un score de 61 % des voix et commença une nouvelle carrière.

Pendant les deux années qui suivirent, Christine n'arrêta pas de travailler. Ce n'étaient jamais des rôles importants mais cela ne lui posait aucun problème ; elle faisait ce qu'elle aimait le plus, être sur une scène, fondue au milieu d'une troupe d'acteurs, répéter et fabriquer un personnage pas à pas, le faire sortir du néant, le construire d'une multitude de détails insignifiants, comme ces tableaux pointillistes où des milliers de taches assemblées finissent par donner la vie. Chaque soir, elle participait à ce mystère constamment renouvelé de la représentation de l'illusion, elle était enfin heureuse, elle jouait et, hormis quelques tatillons, personne ne remarquait son accent. Elle acceptait les tournées en province avec plaisir, découvrait des villes inconnues, des bourgades perdues au fin fond de la Bohême et de la Moravie où rien n'avait bougé depuis le siècle précédent, avec un théâtre municipal immense, un château rococo décati et une bataille oubliée, une archiduchesse d'Autriche, un maréchal d'Empire. Des provinciaux ravis lui faisaient visiter leur brasserie qui faisait la meilleure bière du pays mais, à part eux, personne ne le savait.

Christine ne regrettait pas Alger, elle n'y pensait plus. Elle s'habitua à ce ciel désespérément gris et à son soleil pâlichon.

Avec Tereza, elle adhéra au Conseil des femmes tchécoslovaques qui se battait pour obtenir l'égalité totale avec les hommes et pour harmoniser travail et vie de famille. On l'y accueillit sans problème au nom de l'internationalisme prolétarien. Elle y rencontra des femmes de tous les milieux et de tous les partis. Elle leur expliqua la situation des femmes en France, leur mise sous tutelle, l'interdiction qui leur était faite de gérer leurs biens librement, d'ouvrir un compte en banque ou de demander un passeport sans l'accord de leur mari. Elles étaient toutes d'accord, c'était une chance de vivre en Tchécoslovaquie.

Joseph réussit sans trop de difficultés à concilier activités professionnelle et politique. Il participait à toutes les réunions de l'Assemblée et fut élu rapporteur de la Commission de la Santé publique. Le gouvernement d'union nationale bénéficiant d'une majorité écrasante, chaque loi était négociée au préalable, il n'y avait pas besoin de discuter pendant des jours. Comme ses camarades, il chahutait ceux qui tergiversaient et proposaient des amendements inutiles, manœuvres désespérées pour sauver de misérables avantages personnels. Enfin, l'heure était venue où l'intérêt général était privilégié. Il avait du mal à sauver du temps pour l'hôpital, il avait désormais son laboratoire autonome de microbiologie et deux collaborateurs parcouraient les routes à sa place.

Il y a deux façons d'écrire l'Histoire : dans l'action, au moment où elle s'accomplit, ou à tête reposée, longtemps plus tard, avec le recul du temps, quand les passions sont apaisées. Le point de vue est alors si différent qu'on se demande comment ces faits ont pu avoir lieu, on a du mal à en comprendre les acteurs, leurs motivations, leur inconscience. Tous les Tchèques qui ont vécu les événements de février 48 se sont posé cette question, se sont interrogés sur les raisons de leurs choix. La plupart n'ont trouvé qu'une seule réponse : à cette époque, nous étions sincèrement convaincus d'avoir raison et on ne savait pas ce qui allait se passer. Après coup, c'est plus facile d'être lucide, on a eu accès à des témoignages, des archives, et on connaît le résultat du match.

Quand le ministre de l'Intérieur communiste démit huit commissaires divisionnaires pour les remplacer par des sympathisants, renforçant la mainmise du Parti sur la police, les ministres modérés exigèrent le retrait du décret et mirent leur démission dans la balance, les syndicats et les milices populaires lâchèrent dans la rue des centaines de milliers de manifestants déchaînés. Le président Beneš, malade et affaibli, craignant une guerre civile, abandonna les démissionnaires, désigna à nouveau Gottwald comme chef d'un gouvernement sans réactionnaires. Jan Masaryk accepta de conserver son portefeuille de ministre des Affaires étrangères. Dix jours plus tard, le 13 mars, on retrouva son corps défenestré au pied de sa salle de bains du palais Cernin.

Une foule immense, comme on n'en avait jamais vu, assista à ses funérailles. Pavel, agacé par la suspicion générale, refusa d'aborder la question. Lui, d'ordinaire si affable, s'énerva et se mit à crier. Pendant deux semaines, il resta invisible.

L'enquête de police conclut à un suicide.

Des élections, où seuls les partis du nouveau gouvernement purent présenter une liste, furent organisées dans la foulée et donnèrent une majorité écrasante au Parti communiste. Beneš démissionna, Gottwald devint président à sa place, le Parti était installé au pouvoir.

Le coup de Prague était terminé.

Au début de cette année 48, un autre événement majeur bouleversa la vie de Christine et de Joseph. Ils suivaient de près l'évolution de la situation, convaincus qu'il fallait en finir une fois pour toutes avec les conservateurs bornés et les pseudo-démocrates, balayer ces nantis avec leur morgue d'Ancien Régime. Oui, on ne devait plus discuter, c'était inutile, du temps perdu, le moment était venu de prendre les armes et de se battre.

Eux ou nous.

Joseph faisait des apparitions en coup de vent à l'hôpital, par acquit de conscience, il passait l'essentiel de son temps au siège du Parti et à l'Assemblée. Les réunions et les manifestations se succédaient, souvent agitées, avec des opposants qui faisaient le coup de poing contre les syndicats, des affrontements violents entre groupes d'étudiants et la police qui chargeait.

Christine défilait avec les artistes, quelquefois en cortège avec Tereza et les professeurs, Ludvik Brest participait en hurlant à l'unisson, elles le portaient tour à tour sur la hanche et essayaient de l'endormir. Christine agitait sa banderole des heures durant, criait à en avoir la voix éraillée pendant les représentations. Elle se sentait fatiguée et molle, mettait cette lassitude sur le compte de ces journées tumultueuses, du rôle à jouer le soir, des discussions interminables, des nuits écourtées et des cigarettes, Joseph lui conseillait de se reposer mais lui-même était épuisé.

– C'est une mauvaise période à passer. Encore un coup de collier et on aura la paix.

Et puis, un samedi après-midi, début mars, lors d'une réunion au syndicat, Christine s'endormit. Personne ne s'en était rendu compte. Mais quand la secrétaire de section fit une pause pour reprendre son souffle, on entendit un ronflement dans le silence. Sa voisine lui donna un coup de coude, elle se réveilla, confuse et honteuse.

Elle alla consulter un médecin qui lui prescrivit des examens à faire et lui annonça qu'elle était enceinte.

– C'est impossible, docteur, répondit-elle. Je ne peux pas avoir d'enfant. Non, vraiment, je vous assure, c'est physiquement impossible.

– Alors c'est un miracle, madame.

Personne n'a été en mesure d'expliquer ce qui s'était passé. Ni Joseph, ni aucun de ses collègues de l'hôpital appelés en renfort. Il n'y avait aucun doute, Christine était enceinte.

De deux mois.

Un grand professeur, qui avait bien connu le père de Joseph, confirma : « Soit votre docteur à l'époque s'est trompé, ce genre d'erreur arrive souvent, soit quelque chose au fond de vous s'est réparé tout seul, un peu comme le bras d'une étoile de mer ou la queue d'un lézard. »

Soudain, tout était différent. Le monde venait de changer. Eux aussi. Jamais ils n'avaient reparlé d'Alger ou de Maurice, c'était inutile, ils s'étaient installés dans le présent, ils étaient heureux ainsi, et voilà que l'échelle de leur couple s'allongeait, la vie leur donnait un avenir.

– On va avoir un bébé, nous !

– Comme Pavel et Tereza !

– Un enfant, comme Ludvik Brest !

– C'est merveilleux !

– Tu préfères une fille ou un garçon ?

– Je ne sais pas. Et toi ?

– Moi je préfère un garçon.

– Moi aussi.

– Et si on se mariait maintenant ?

– Oh oui.

Les non-communistes ayant été chassés des postes de responsabilité, Pavel bénéficia du grand ballet diplomatique qui suivit la nomination du nouveau ministre des Affaires étrangères. Un temps il espéra Bonn mais on le trouva trop jeune, il fut nommé ambassadeur en Bulgarie, à trente-huit ans ce n'était pas si mal. Il pouvait espérer un poste prestigieux, Londres ou peut-être Paris, dans les dix prochaines années.

Ce n'était pas une capitale stratégique mais Pavel était décidé à donner du lustre à ce pays frère, sa connaissance du russe lui permit d'apprendre le bulgare en deux mois. Avec Tereza et Ludvik, ils emménagèrent dans l'immense ambassade de Sofia où ils menèrent une existence qui n'avait rien de socialiste. Tereza, habituée à son train de vie d'enseignante, eut du mal à s'habituer aux réceptions quotidiennes, aux dîners diplomatiques et aux mondanités, elle trouvait le logement de fonction trop luxueux, le personnel trop nombreux et hésitait à lui donner des ordres. Elle ne parlait que le tchèque et le slovaque et était exclue des après-midi des femmes d'ambassadeurs qui s'invitaient à tour de rôle à prendre le thé et jouer au bridge, elle passait son temps à lire et à s'occuper de Ludvik, elle lui faisait classe chaque jour, il lisait et écrivait à quatre ans, parlait tchèque et quelques mots de bulgare.

Ils invitèrent Joseph et Christine à venir les voir mais monsieur le député n'avait pas une seconde à lui et madame avait des répétitions.

Tereza se mit à détester cette ville sinistre.

Christine s'attendait à devoir garder la chambre comme Tereza mais très vite, son appréhension disparut, elle se sentait bien dans sa peau. Joseph voulait qu'elle mange de la viande rouge, lui faisait la guerre pour qu'elle arrête de fumer, elle disait oui, encore deux trois jours, promis, elle négociait : juste une cigarette après chaque repas, je t'en prie. Son ventre s'arrondissait à peine, sa taille s'épaississait légèrement, elle continuait les répétitions du Brecht et jouait chaque soir. Elle interrompit les tournées au cinquième mois, et encore, il fallut que Joseph proteste vivement.

Au début du huitième mois, elle cessa de jouer. George Frejka s'était énervé, ils étaient en train de massacrer *La Bonne Âme du Se-Tchouan*, il y avait des limites à la trahison, ce n'était pas normal que Shen Té ait un bidon pareil.

« C'est une prostituée, pas une mère de famille ! »

Les deux derniers mois furent les plus pénibles, Tereza et Ludvik lui manquaient, Christine s'ennuyait, elle n'avait plus rien à faire qu'à regarder son ventre gonflé et le ciel toujours gris, et à guetter le signal des contractions.

« Il n'est pas pressé d'arriver », se disait-elle.

Elle allait sur le balcon même quand il pleuvait, regardait les gens qui se baladaient dans la rue, c'était un peu d'animation, elle fumait une demi-cigarette. Joseph partait à l'aube, rentrait à minuit, elle se sentait si seule dans l'appartement vide.

Elle écrivit à Tereza qui s'empressa de venir aider son amie.

Helena naquit le samedi 9 octobre 48. Un bébé joufflu avec des yeux étonnés, des cheveux noirs qui couvraient ses oreilles et une peau soyeuse. Elle agitait les poings devant son visage comme un boxeur. Elle dormait sans arrêt, il fallait la réveiller pour la faire manger. Christine avait l'impression de jouer à la poupée, un sentiment confus de perdre son temps, elle attendait des bouffées de passion et elle était déçue qu'il ne se passe rien ou si peu. Tereza l'aida énormément, elle adorait s'occuper de la petite, lui donner son bain, la langer. Elles passaient leurs journées ensemble, Ludvik examinait avec circonspection la nouvelle venue et l'adopta définitivement quand il fut autorisé à la prendre dans ses bras.

Tereza n'avait pas envie de retourner en Bulgarie. Au bout de six semaines, Pavel vint la chercher.

– Je n'arrive pas à m'habituer à cette vie, dit-elle, je ne suis pas faite pour jouer à l'ambassadrice. Je regrette de ne pas pouvoir te soutenir davantage, Pavel.

– On peut s'arranger, si tu veux. Un mois sur deux, c'est mieux ?

Ils repartirent ensemble. Tereza prit l'habitude de faire de fréquents allers-retours mais elle restait de plus en plus longtemps à Prague.

Un jour d'ennui, pour la première fois depuis son arrivée, Christine écrivit à sa mère pour lui annoncer cette naissance et lui envoyer trois photographies de sa fille.

Début décembre, Christine se sentait comme une tigresse en cage. Elle alla au théâtre Vinohrady pour suivre les répétitions. Helena dormait dans sa poussette, elle passa de main en main sans se réveiller. Ils s'émerveillèrent, ses doigts si forts les étonnaient, elle ouvrit les yeux, esquissa un sourire. Ses *arheuu* les firent s'exclamer de bonheur (elle les répétait à chaque fois qu'ils la caressaient sous le menton). Ils tentèrent de deviner à qui elle ressemblait mais Christine ne le savait pas. Ils la félicitèrent pour ce bébé si réussi et quand George Frejka insista pour lui donner le biberon, Christine ressentit soudain un amour inconnu pour cet enfant.

– Allez, dit-il, au boulot, on est en retard. (Il s'assit avec Helena dans les bras.) Ne parlez pas trop fort, elle dort.

Même si Christine ne jouait pas, elle était là, avec ses camarades, et c'était presque pareil, elle s'asseyait derrière George qui dirigeait. De temps en temps quand il hésitait, il se retournait, sollicitait son avis, elle répondait d'un signe de la tête. Il suivait presque toujours son opinion. Il la recommanda à un ami qui montait un Goldoni pour le début de l'année, elle ferait une superbe bourgeoise vénitienne.

Joseph ne partagea pas son enthousiasme, Helena était trop jeune, sa mère pouvait bien lui consacrer du temps, elle remonterait sur scène quand la petite irait à l'école. Il lui vantait les avantages à vivre dans un pays socialiste, la loi sur l'assurance nationale qu'il venait de voter prenait en compte la femme au foyer, élever ses enfants était désormais considéré comme une profession pour le droit à la retraite.

– Il faut être raisonnable, elle a besoin de toi, tu ne crois pas ?

Christine accepta. Joseph avait raison, elle se sentait coupable ; la nuit porta conseil, elle se ravisa dès le lendemain :

– Puisque nous vivons dans un régime socialiste, nous sommes égaux. Pourquoi tu ne t'en occuperais pas ?

Ils finirent par trouver une organisation : Christine gardait la petite le matin et une nourrice l'après-midi. Joseph participait à l'effort collectif et restait avec Helena le soir, quand Christine allait au théâtre.

En janvier 49, Christine reçut un colis de France, sa mère lui adressait une longue lettre pour la féliciter et la remercier des photos d'Helena. Elle lui envoyait une brassière rose avec des boutons papillons qu'elle avait tricotée au point plumet, parce que c'est le plus raffiné, et en laine d'agneau mélangée, parce qu'il n'existe rien de plus doux et de plus chaud, et bien sûr avec des chaussons ajourés.

... Je dois te dire, ma chérie, que je ne m'y attendais pas. Cette naissance est le plus beau cadeau de Noël que j'aie jamais reçu, j'en suis si heureuse pour toi, il n'y a rien de meilleur qu'un enfant pour une femme, j'ai hâte de la voir, de la prendre dans mes bras, de l'embrasser, j'espère qu'un jour cela sera possible, je trouve qu'elle ressemble à ma mère, le haut de son visage surtout...

Christine demanda à Joseph s'il pensait qu'ils retourneraient un jour à Chamonix pour récupérer leurs affaires, en espérant que madame Moraz les ait gardées. Après ou avant, ils pourraient passer à Saint-Étienne, sa mère connaîtrait Helena. Le moment était peut-être venu qu'elles se retrouvent.

– On a déjà prévu quinze jours de vacances cet été au bord de la mer en Bulgarie avec Tereza, Pavel et les enfants, je ne peux pas m'absenter, j'ai un tel travail en commission à l'Assemblée. Pourquoi tu n'irais pas la voir avec Helena ?

– Tu crois que j'obtiendrai un visa ? Personne ne peut plus en avoir.

– C'est différent, toi tu es française, tu es libre de sortir quand tu veux. On va faire une demande. S'il y a une difficulté, je sais à qui m'adresser.

– Je veux bien mais pas tout de suite, je ne peux pas partir avant la fin du Goldoni.

La Villégiature eut des critiques mitigées et une carrière réduite, cet amour sacrifié au profit d'intérêts financiers et des conventions sociales n'était pas dans l'humeur du temps.

Christine prit le train avec Helena début avril, Joseph les accompagna à la gare, c'était la première fois qu'ils se séparaient pour une durée aussi longue, elles lui firent de grands signes d'adieu au départ du train.

Pendant leur absence il ne vit pas le temps passer. Le ministre de la Santé publique lui avait demandé un rapport pour lutter contre la tuberculose chez les mineurs, il profita de ses soirées et de ses dimanches de célibataire pour le rédiger et préconiser l'ouverture de trois sanatoriums.

Un mois plus tard, Joseph retourna à la gare Hlavní Nádraží pour attendre le train de Paris. Elles arrivèrent avec une heure de retard, Christine revenait avec deux valises supplémentaires, elles avaient fait les boutiques à Saint-Étienne et à Lyon. Sa mère leur avait reconstitué une garde-robe. Helena sauta au cou de son père, elle ne voulait plus se détacher de lui.

– Comment ça s'est passé ?

– Comme s'il n'y avait jamais eu de problème entre nous, on s'est beaucoup parlé, j'ai été heureuse de retourner en

France, de revoir ma famille et mes amis, mais j'avais hâte de revenir. J'ai regretté qu'on n'y soit pas ensemble. J'ai téléphoné à la mère Moraz, elle a toujours nos affaires.

– On ira les chercher dès que possible, je te le promets.

Plusieurs groupes s'affrontaient au sein du Conseil des femmes tchécoslovaques, la réforme du Code civil cristallisait les affrontements entre une minorité de conservatrices et une majorité de progressistes qui souhaitaient en finir avec la domination masculine et exigeaient l'exclusion des minoritaires. Tereza et Christine n'étaient pas les dernières à participer aux commissions et aux assemblées et espéraient, comme leurs camarades, se débarrasser de celles qui s'opposaient à l'avènement de la femme communiste.

En septembre 49, quand Milada Horáková, chef de file des minoritaires, fut arrêtée, ce fut un soulagement. Avec elle, douze complices qui préparaient un complot furent démasqués par la police. La loi fut votée en décembre : elle supprimait le statut du chef de famille, l'homme perdait sa position décisionnaire au sein du couple, le contrôle du mari sur sa femme était supprimé, le divorce par consentement mutuel pour mésentente profonde et permanente était adopté.

Une victoire immense contre les réactionnaires.

En mars 50, Christine eut peur d'être de nouveau enceinte. Elle ne comprenait pas son corps indiscipliné. Helena était un accident de la nature. Christine tergiversa deux mois avant de consulter un médecin. Ce dernier lui confirma ses craintes.

– C'est les mystères de la vie, répétait-il, il n'y a pas d'explication.

Elle aurait quarante ans dans quatre mois, il lui conseilla de se ménager et d'éviter les longues répétitions. Christine hésitait à le garder, elle se trouvait vieille et pensait qu'elle avait mieux à faire que de pouponner encore. Elle avait une semaine pour se décider, après il serait trop tard. Elle l'annonça à Joseph le soir même. Quand elle vit son regard et son sourire, elle lui dit qu'elle aussi était infiniment heureuse. Il comprit qu'elle n'était pas emballée et lui promit qu'il serait plus présent, ils auraient une belle vie.

– Avec deux enfants, on formera une vraie famille.

Elle refusa deux propositions, toujours des rôles secondaires, et décida de se consacrer entièrement à l'adaptation de son *Phèdre*, en plan depuis trois ans. George lui avait promis son aide pour le monter. Elle se heurtait à un obstacle insurmontable : elle pouvait traduire, rendre les idées et les sentiments, mais la musicalité de Racine lui échappait, même en forçant les rimes ou avec des vers bancals. Elle passa des heures à travailler avec Tereza ou Joseph, Pavel s'y mit aussi, il avait été poète en ses jeunes années, il aurait pu être comédien, il déclamait avec talent. Mais en tchèque il n'y avait aucune mélodie, jamais rien de sublime. Ils reconnurent l'impossibilité de retrouver cette harmonie mais elle s'acharna.

Le procès de Milada Horáková et de ses acolytes commença fin mai 1950. Des milliers de Tchèques écrivirent au tribunal pour faire part de l'horreur que ces crimes de conspiration et de trahison leur inspiraient et pour exiger un châtiment exemplaire. Huit jours plus tard, le verdict tombait : quatre condamnations à mort, quatre à perpétuité et quatre à des peines d'au moins vingt ans. La justice du peuple triomphait. Christine trouva cette sanction monstrueuse et absurde, il n'y avait ni preuve, ni aveu ; leurs fautes ne méritaient pas la mort, une peine de prison tout au plus. D'après Joseph, c'était un signal envoyé aux ennemis du régime, leur enjoignant de cesser leurs manœuvres. Plusieurs comédiens pensaient que c'était une mise en scène du régime qui voulait se donner le beau rôle. Les voisins, les amis, personne ne pouvait imaginer que dans ce pays on exécutât la mère célibataire d'une adolescente de seize ans, une femme qui n'avait commis d'autre crime que de s'opposer au Parti. Les uns et les autres étaient convaincus que la grâce interviendrait. Des milliers de télégrammes affluèrent du monde entier pour réclamer l'indulgence. Churchill, Eleanor Roosevelt, Einstein, Chaplin et bien d'autres supplièrent le président Gottwald de faire preuve de clémence et de générosité.

Le 27 juin 1950, Milada Horáková et ses trois complices furent pendus.

Christine fut horrifiée. Un frisson de dégoût et d'amertume honteuse. Elle se précipita pour vomir. Elle avait mal au cœur, sa grossesse devint un cauchemar. Autour d'elle, personne ne protestait, ne réagissait, on disait – et Joseph le premier : « Après tout, si elle a été condamnée, c'est qu'elle était gravement fautive. Dans notre pays, on ne pendait pas les innocents. »

C'était une rengaine.

Un jour, Christine se réveilla et se rendit à l'évidence. Il était probable, certain même, que Milada Horáková était coupable, puisqu'elle avait été condamnée et pendue.

Ce n'était pas possible autrement.

Le 16 décembre 1950, Martin arriva. Une semaine en avance. Sa naissance fut difficile, douloureuse et épuisante. La sage-femme appela le médecin à la rescousse. Jamais personne n'avait entendu une femme hurler comme Christine. Ses cris résonnaient dans l'hôpital et pétrifiaient d'effroi. Comment pouvait-on souffrir autant ? Ils pensèrent : son cœur ne résistera pas. Les veines de ses tempes se gonflaient, devenaient noires, ses yeux l'abandonnaient. Christine vécut huit heures en enfer. À l'instant où le docteur se disait qu'il devait sauver la mère, Martin surgit d'un coup et sans crier, dans un flot de sang. On le crut mort, son cœur ne battait plus, il fallut le réanimer, il était aussi harassé que sa mère.

Christine mit des mois à se remettre. Quelque chose en elle avait l'air cassé, on ne savait pas quoi. Quand on lui demandait comment elle se sentait, elle répondait : « Vide. » Elle passait des heures à se coiffer avec sa brosse, lissant ses cheveux qui tombaient sur ses épaules. Sa mère écrivit trois fois, Christine lisait la lettre, la laissait tomber sur le sol, ne lui répondait pas. Tereza venait la chercher pour se promener avec les enfants, elle préparait son fameux gâteau au miel et aux amandes. Christine en grignotait à peine quelques miettes. Ils finissaient par sortir sans elle. George vint la voir à deux reprises mais elle ne s'intéressait plus ni au théâtre ni à ses potins. Elle avait renoncé à *Phèdre*, restait des heures sur le canapé les yeux dans le vague, laissait ses cigarettes se consumer. Helena ne la quittait plus, jouait près d'elle avec une poupée sans faire de bruit. La nourrice s'occupait de Martin et de la maison. Joseph rentrait plus tôt, il voulait qu'elle sorte, respire le bon air, marche un moment.

– Je suis si fatiguée, Joseph.

Il insistait, pas question de se laisser aller. Quel que soit le temps, ils partaient tous les quatre vers le château, il prenait Martin dans ses bras, Helena par la main. Ils faisaient un tour d'une bonne heure. Christine retrouvait des couleurs, et au dîner, elle devait manger deux tranches de rôti, pour son bien.

Chaque jour, une mauvaise nouvelle. Un voisin ou une connaissance était arrêté. Des enseignants, des ouvriers, des agriculteurs, des fonctionnaires, des gens croisés mille fois. Ils n'avaient pourtant pas l'air de conspirateurs. On se disait : elle, ce n'est pas croyable, lui non plus, ce ne sont pas des agents ennemis, pas eux. Pourtant, ils avouaient leur participation à la machination capitaliste. Derrière le masque de l'innocence se dissimulaient des traîtres diaboliques, ils reconnaissaient leur culpabilité, c'étaient des êtres abjects, ils tentaient d'empêcher le pays de construire le socialisme. On vivait une guerre intérieure. Il fallait les éliminer, purger l'administration et les entreprises, empêcher la propagation de ces idées nocives. Purger pour retrouver un corps sain.

Il fallait se méfier. Des autres. De ceux qu'on connaissait depuis toujours, ils cachaient leur jeu, leur appartenance au complot. Il n'y avait plus de confiance possible. En personne. Même les proches étaient suspects. Que pouviez-vous vraiment savoir des activités secrètes et inavouables de votre père, de votre mari ou de votre sœur ? Chacun se mit à contrôler ses paroles. Une réflexion spontanée, un doute naturel, un commentaire pessimiste, une plaisanterie maladroite, et c'était l'accusation et la prison. Et surtout, ne jamais prendre en pitié ceux qui avaient été arrêtés ni leur famille éperdue, oublier que la veille encore ils étaient vos parents ou vos amis. Ne leur manifester aucune compassion, les rejeter comme des chiens galeux. Désormais, il fallait élever la suspicion en principe de vie.

De survie.

Depuis que Pavel avait découvert ce coin de paradis terrestre, nul n'imaginait aller ailleurs. Chaque année, ils retournaient à Irakli, ils ne trouveraient jamais mieux, ni aussi beau, ni aussi désert. Ces vacances se méritaient. Le voyage de Sofia à Varna durait dix heures dans un train préhistorique qui aurait fait la fierté de n'importe quel musée du rail et dégageait une fumée piquante et puante, et encore deux heures de voiture pour rejoindre Irakli, dans les environs d'Obzor où l'ambassadeur louait une maison au maire, un cabanon plutôt, au confort sommaire, avec trois chambres et une terrasse en bois ouverte qui servait de salon-salle à manger, mais avec ce retour à la nature originelle, on n'avait besoin que de lumière et de chaleur. D'un côté, le premier voisin était à cinq cents mètres, de l'autre des kilomètres de plage ondulée de velours paille. La mer Noire les emplissait de bonheur.

Elle était leur possession.

Il y en avait toujours un ou une pour s'étonner qu'un imbécile ait pu prétendre que cette mer était noire. Turquoise, non ? Ils cherchaient sa véritable couleur, toutes les teintes de bleu y passaient.

Ils étaient inséparables comme les oiseaux migrateurs qui traversaient le ciel.

Ce mois d'août 51 était divin, on se laissait bercer par le vent léger, Tereza préparait chaque jour une recette locale donnée par la femme du maire, une crème à base de carottes émincées macérées dans du yaourt et de l'huile d'olive, qui protégeait des coups du soleil. Tout le monde en mettait, sauf Pavel qui en avait horreur. Il devint si rouge qu'il dut rester une semaine sous l'abri en osier. Christine se souvint que sa mère lui avait appris des rudiments de cuisine et les régala d'un coq au vin et d'une tarte aux pommes. Quelquefois, Son Excellence se baignait à poil comme un anarchiste (« Nous sommes tous égaux non ? »). On était au bout du monde, si bien, ensemble. Joseph et lui faisaient des concours de planche, un mystère de les voir flotter.

On ne parlait que de la famille et des enfants, de rien d'autre, de leurs étonnements, de leurs jeux, du premier bain de Martin, blotti contre son père, il ne savait pas marcher et n'avait pas eu peur de la vague, de la complicité de Ludvik et Helena qui ne se quittaient pas, de cette vie si douce. On aurait voulu qu'elle dure toujours, oublier Prague, rester dans ce coin oublié de Bulgarie heureuse.

Ils dînaient le soir sur la terrasse, Joseph avait élevé la rôtisserie au rang d'art majeur, avec ses saucisses et ses grillades au feu de bois.

Pavel et Tereza voulaient un deuxième enfant mais il ne venait pas.

– Ne vous inquiétez pas, il arrivera sans vous demander votre avis, affirmait Christine.

– Tu vas nous en faire un troisième ?

– Oh non !

La nuit les accaparait, un enchantement, Pavel étalait la carte des constellations sur la table. Ils les cherchaient dans la Voie lactée et s'imprégnaient du parfum des tilleuls en fleur.

Si des Martiens en soucoupe volante avaient débarqué à Prague, la surprise aurait été moins grande que celle des Tchèques découvrant dans le journal du 28 novembre 51 l'arrestation, la veille, de Rudolf Slánský, secrétaire général du Parti communiste, et de treize hauts dirigeants, tous ministres ou membres du Bureau politique. Le chef d'accusation de trahison était invraisemblable. Comment croire que ces communistes de toujours aient pu être payés par les États-Unis et espionner au profit d'Israël ? On avait l'impression qu'une nouvelle guerre venait d'éclater.

Pavel avait disparu le 27. Il avait, paraît-il, quitté l'ambassade de Sofia dans le courant de l'après-midi. Le matin, il avait présidé une réunion avec ses collaborateurs et déjeuné avec eux, détendu comme à son habitude. Il les avait laissés pour travailler à un rapport sur les performances de l'agriculture bulgare. À 3 heures du matin, le 28, la police avait débarqué à Prague, espérant le trouver à son domicile, réveillant Tereza qui ne voyait pas ce qu'on pouvait reprocher à son mari, menaçant les fonctionnaires de téléphoner au camarade Slánský, sa femme était une amie personnelle, pour lui révéler leur attitude honteuse. Les policiers avaient éclaté de rire. Ils avaient retourné l'appartement sans vergogne, emporté des dizaines de dossiers, des cahiers, des lettres, des articles découpés de journaux et les épreuves de la traduction russe de *La Paix de Brest-Litovsk, diplomatie et révolution*. Ils n'avaient rien dit d'autre, juste qu'ils reviendraient s'occuper d'elle quand ils en auraient fini avec lui.

Tereza sonna à 6 heures du matin chez les Kaplan. Elle était en larmes, ne pouvait se retenir, Ludvik aussi qui ne l'avait jamais vue dans cet état. Helena, qui ne pleurait jamais, se joignit à lui. Christine les berçait, voulait qu'ils se couchent, se rendorment, en vain. Tereza tremblait, se tordait les mains. Joseph essayait de la rassurer, ce ne pouvait être qu'une méprise, une absurdité administrative comme il en arrivait quelquefois au pays de Kafka. Cette réflexion eut l'effet inverse, elle la prit au premier degré. Il fallut attendre trois longues heures à se morfondre, à faire mille suppositions contradictoires, à tourner en rond et à se ronger les ongles, à fumer et boire un litre de café. À 9 heures, Joseph téléphona à un ami au ministère pour obtenir des informations. Son visage se décomposa. Tereza comprit : ce n'était ni une confusion, ni une erreur, sa vie venait de basculer dans l'horreur.

– Slánský a été arrêté ! Clementis, Fischl, London et Hajdú aussi.

– Oh, mon Dieu !

Les Bulgares cherchèrent Pavel partout. La police d'Obzor fit un saut jusqu'à Irakli pour vérifier si, par hasard, le fugitif ne s'était pas réfugié dans le cabanon sur la plage. On pensa un temps qu'il avait demandé asile aux Américains ou à une autre délégation ; on supposa qu'il disposait de la complicité d'un réseau clandestin, sa disparition mystérieuse confirmait sa culpabilité. Difficile à admettre, mais il n'était nulle part.

Volatilisé.

À moins qu'il n'ait mis fin à ses jours. Dans ce cas, on retrouverait un jour son corps gonflé sur la côte ou le long du Danube ou de l'Iskar, en crue à cette époque. Cette thèse, aujourd'hui officielle, s'appuyait sur deux arguments incontestables : nul ne pouvait quitter librement la Bulgarie, la police politique soutenait, avec raison, que ses frontières étaient les mieux gardées ; et puis Pavel n'avait emporté ni affaires personnelles, ni argent. Un fuyard n'aurait pas manqué de voler les fonds de l'ambassade, dont mille huit cent cinquante dollars en espèces (on avait seulement constaté l'absence de son livre sur sa table de chevet). On continua à le chercher pendant quelques mois.

Par principe.

Pavel restait introuvable. Tout le monde, sa famille et ses amis aussi, fut convaincu qu'il avait disparu à jamais. Il s'était probablement suicidé ou, comme le pensèrent certains qui se gardèrent d'évoquer publiquement cette hypothèse, on l'y avait aidé ou poussé.

Pendant une année, ce fut un déchaînement contre Slánský et les treize accusés, condamnés avant même d'avoir été jugés. Leurs proches les accablaient, leurs femmes les rejetaient, leurs enfants les dénigraient, des complices furent arrêtés par dizaines. Le procès des quatorze dura huit jours, on avait l'impression que, par moments, les accusés récitaient un texte appris d'avance, plusieurs réclamèrent pour eux-mêmes la peine capitale. C'était bien la preuve absolue de leur culpabilité, non ?

Massée devant les postes de radio qui retransmettaient les délibérations en direct, la population fut obligée d'admettre l'impossible. Slánský et les autres avouaient leurs crimes, des déclarations claires, précises, avec des détails qui ne trompaient pas, les accusés reconnaissaient leurs activités antinationales, il n'y avait plus de doute possible.

On pleurait en les écoutant.

La sanction pour haute trahison, espionnage et sabotage fut à la mesure des crimes avoués : onze condamnations à mort, trois à la prison à perpétuité. Huit jours plus tard, ils furent pendus.

Personne ne les pleura.

Ludvik s'était habitué à vivre entre Prague et Sofia, aux interminables voyages en train, mais les déplacements avaient cessé. Au bout d'une semaine, il avait demandé quand il verrait papa, Tereza avait répondu : « Bientôt mon chéri. » Il y avait eu le déménagement, il avait perdu sa chambre, ils se retrouvaient dans un appartement gris, il posait chaque soir la même question, Tereza répondait chaque fois : « Bientôt, mon chéri. »

Trois mois après la disparition de Pavel, elle déposa une demande de divorce. Il fut prononcé deux mois plus tard, elle récupéra son nom de jeune fille et la garde de son fils. Cette nuit-là, quand il demanda : « Quand il va revenir, papa ? », elle s'agenouilla, le prit par les épaules, avala sa salive, les mots lui éraflaient la gorge comme du gravier :

– Il est mort, mon chéri, tu comprends ? Papa est mort, il a disparu, pour toujours. Tu peux penser à lui mais tu ne le verras plus jamais. Papa, c'est fini. Tu n'as plus de papa. Il nous a quittés. Je vais m'occuper de toi, tout va aller bien, ne t'inquiète pas, je suis là, je ne te quitterai pas, je serai toujours avec toi.

À plusieurs reprises, Ludvik revint à la charge, Tereza lui répondit que son père pensait très fort à lui, il resterait son garçon adoré, elle le serrait contre elle et lui promettait de l'aimer toujours. Ils passaient des heures à regarder les photos d'avant, à parler de Pavel, à se rappeler les bons moments, les rires, les jeux, les promenades et les vacances. De beaux souvenirs.

Et puis, ils ne parlèrent plus de lui.

Joseph trouvait que Tereza n'aurait pas dû lui dire que son père était mort. Christine pensait, au contraire, qu'elle avait eu un courage inouï. Elle était son unique amie, avec elle Tereza n'avait pas besoin de dissimuler :

– J'ai la certitude, moi, qu'il est vivant, quelque part où on ne peut plus l'atteindre, il pense à nous à chaque instant, il sait que nous ne nous reverrons jamais, il ne peut nous prévenir pour ne pas nous compromettre, on doit faire comme s'il était mort, mais il vit, j'en suis sûre.

– Je le crois aussi, répondit Christine.

Tereza avait hésité à quitter son grand appartement près de l'Académie de musique parce qu'elle ne voulait pas s'éloigner de Christine, mais elle n'avait plus les moyens de payer le loyer. Elle avait trouvé un modeste deux pièces à Čelákovice, une lointaine banlieue, à proximité du lycée où elle avait obtenu un poste d'enseignante. Christine et Joseph étaient les seuls à ne pas lui avoir tourné le dos et à la soutenir.

Pavel s'était envolé depuis plus d'un an. Était-il mort ou vivant, libre ou prisonnier ? Joseph s'était renseigné, au risque d'être suspecté ; être député n'offrait aucune protection, on en avait arrêté des plus importants, aussi Tereza lui demanda-t-elle de ne plus intervenir. Elle avait tiré un trait sur le passé, brutalement, comme un abcès qu'on crève d'un coup, on a mal, on crie et puis la douleur disparaît. Elle devait le faire pour avoir une chance de survivre, pour en donner une à Ludvik, il avait le droit, à six ans, à une vie normale.

Une collègue du lycée s'inquiétait de voir Tereza se morfondre, elle aussi avait connu cette situation, son mari avait été arrêté deux ans auparavant, elle avait été obligée de divorcer et de le renier. Il était toujours en prison et elle était sans nouvelles de lui.

– Tu vas devenir folle si tu continues à penser à Pavel sans cesse, dit-elle.

Elle l'invita chez elle et lui mit un tricot entre les mains. Tereza se souvenait de sa propre mère et rien ne pouvait plus la dissuader, elle ne voulait pas lui ressembler. Mais son amie insista tant qu'elle se laissa faire et retrouva les réflexes oubliés de son enfance. Elles parlèrent tout l'après-midi en tricotant, de rien d'important, des enfants, du lycée et du concert de Tchaïkovski à la radio.

Tereza adopta le tricot comme principal passe-temps. Elle tricotait et elle ne pensait plus à Pavel. Elle fit des pulls à Joseph et à Christine, à Ludvik et à Helena. Le plus compliqué, c'était de se procurer la laine mais grâce à Joseph, elle n'en manqua jamais. Un jour, elle vit dans un journal de mode des pulls écrus de style irlandais, elle réussit à les reproduire d'instinct, sans patron. Elle était vraiment douée.

C'est à cette époque qu'apparut sur le visage de Tereza ce sourire qui ne la quitta plus : il détonnait avec le climat ambiant et le drame qu'elle avait subi, un sourire discret, qui la rajeunissait, lui donnait un air doux et ce visage serein et apaisé de bonne sœur.

Le dimanche qui suivit l'exécution de Slánský, Tereza fut invitée à déjeuner par Christine et Joseph. En ce début décembre 52, il pleuvait sans cesse. Depuis quelques semaines, ses anciens voisins bavardaient, à nouveau, avec elle, s'extasiaient sur Ludvik, si grand pour son âge. Avec son costume gris, sa cravate rayée, son air réfléchi, ils lui trouvaient une ressemblance étonnante avec son père. Ils lui tapotaient le menton et commençaient par s'exclamer : « Oh, qu'est-ce qu'il ressemble à... », ou : « Il sera grand comme... », et soudain ils s'immobilisaient, jetaient un coup d'œil à la ronde pour voir si on les avait entendus et affirmaient que le gamin était le portrait de sa mère si gentille. Ce qui ravissait Ludvik.

Durant le repas, Christine ne dit quasiment pas un mot ; pendant une heure, Tereza et Joseph parlèrent des enfants, des compliments que Ludvik écrivait tout seul, des progrès extraordinaires de Martin, il venait de fêter ses deux ans et s'emberlificotait dans des phrases interminables. Helena les inquiétait un peu, à quatre ans, c'était une enfant menue et solitaire, qui restait des heures à donner des ordres à sa poupée ou à dessiner des arbres. Elle avait un appétit d'oiseau et ne mangeait que des biscuits. Tereza se souvenait que Ludvik, en Bulgarie, était difficile avec la nourriture et...

– Vous n'avez rien d'autre comme conversation ? l'interrompit Christine.

– De quoi as-tu envie de parler ?

– Peut-être de ce qui vient de se passer. On revient au Moyen Âge et personne ne dit rien. Vous êtes aveugles ou quoi ?

– Que veux-tu dire ? demanda Joseph.

– Vous ne trouvez pas ça extraordinaire, vous, que sur les quatorze condamnés, il y ait eu onze juifs, ça signifie quoi ? Vous avez perdu la mémoire ? Cela ne vous rappelle rien ? Moi, je suis horrifiée, pas vous ?

– C'est ridicule ! s'emporta Joseph, comment peux-tu colporter de pareilles infamies, il n'y a pas d'antisémitisme dans ce pays, pas plus qu'en URSS ! C'est insulter nos démocraties populaires et se faire le complice objectif de nos ennemis capitalistes que de le prétendre. C'est un pur hasard. Slánský et les autres étaient juifs de naissance. Une simple étiquette. Ils ne croyaient pas et ne pratiquaient pas, ils étaient athées, ils n'ont pas été poursuivis parce qu'ils étaient juifs mais traîtres et criminels. C'est la triste vérité. D'ailleurs, moi-même, je suis d'origine juive, je n'ai jamais été inquiété, au contraire, j'ai été nommé directeur de mon laboratoire et professeur à l'université de médecine.

– Tu crois vraiment ce que tu dis ? demanda Christine.

– C'est un fantasme, nous sommes des communistes, nous nous sommes battus contre les nazis et les fascistes, ce sont les Russes qui ont libéré les camps, c'est facile d'échafauder des complots machiavéliques. J'ai entendu dire aussi qu'on poursuivait les Tchèques qui s'étaient engagés dans les Brigades internationales. Même si la plupart de ceux qui ont été exécutés sont partis combattre en Espagne, pourquoi leur en voudrait-on pour cela ? C'est une fable !

– Toi, tu as de la chance, tu n'es pas allé en Espagne. Cela fait beaucoup de coïncidences, tu ne trouves pas ?

– Tu ne devrais pas tenir de tels propos, heureusement, nous sommes entre nous. D'autres pourraient mal les interpréter. Je te le jure, Christine, ce n'est rien d'autre qu'un hasard.

Tereza se leva, il était tard, elle devait rentrer, préparer ses cours du lendemain. Elle refusa que Joseph la raccompagne en voiture, avec le train, c'était assez rapide. Elle les invita à venir déjeuner chez elle, pas le prochain dimanche, elle était prise, mais le suivant, maintenant elle était correctement installée, elle pouvait les recevoir, il faudrait se serrer, elle y tenait. Elle préparerait des côtelettes et des saucisses grillées.

– Si tu me prends par les sentiments, ce sera avec plaisir. Va pour dimanche en quinze.

Après son départ, Joseph fit remarquer que Tereza avait surmonté cette épreuve avec beaucoup de courage et de dignité, elle avait réagi avec une force de caractère qu'on ne lui supposait pas, sans jamais se plaindre. Il lui trouvait même un air épanoui, plus qu'avant.

– Méfie-toi des apparences, Joseph, ce sont souvent les personnes les plus tristes qui ont les plus beaux sourires.

Fin 53, Christine en termina avec *Phèdre*, elle y avait consacré six années, avec de longues interruptions qui lui avaient été salutaires. En vérité, elle conservait une frustration, un sentiment amer et désagréable de ne pas avoir achevé le travail, la conviction qu'elle n'arriverait jamais à faire mieux, peut-être aussi la découverte de ses limites, elle ne savait si elle devait poursuivre, et combien d'années, ou tout jeter à la poubelle, Joseph l'encourageait à passer à autre chose, elle butait sans cesse sur les mêmes passages, les mêmes problèmes sans solution, il lui disait d'être positive, de s'accrocher au sens, pas à la musicalité, elle n'obtiendrait jamais les deux.

George Frejka la sortit définitivement de cette impasse. Il montait *La Tempête*, elle jouait Iris et lui servait d'assistante. Il demanda à lire la dernière version. Le lendemain, il la félicita avec sincérité, la meilleure adaptation jamais réalisée en tchèque, il en lut aussitôt des passages aux autres comédiens, attirant leur attention sur la finesse de la traduction et son habileté à retrouver le rythme du texte original. Avant qu'elle ait pu le remercier, il conclut : « On va la monter ta pièce, ce sera notre prochain spectacle. »

Il s'arrangea avec la direction du théâtre qui planifiait la programmation et exigeait des textes un réalisme socialiste qui participe à l'éducation des masses et à l'édification de l'économie ouvrière. Il présenta *Phèdre* comme une pièce marxiste-léniniste montrant les ravages des sentiments individuels au détriment de l'action collective et les dérèglements antisociaux auxquels peuvent aboutir les passions humaines.

George hésita avant de prévenir Christine qu'elle ne pourrait pas jouer Phèdre, elle n'avait plus l'âge, il s'attendait à une réaction violente, elle fut d'accord avec lui, elle s'y était résignée depuis longtemps, il pensait lui confier le rôle d'Ismène, elle réussit à obtenir celui d'Œnone, autrement plus important. La pièce fut un triomphe, reçut des critiques enthousiastes et dépassa les deux cents représentations, Christine fut obligée de repartir en tournée, elle adorait cela. Ce succès la troubla ; personne n'avait remarqué la faiblesse de son adaptation (et son imposture, pensait-elle), ni à quel point elle était loin de Racine, cela ne la découragea pas, elle se lança dans *Bérénice*.

Un soir, Christine remarqua qu'Helena s'était emparée de la brosse et qu'elle se lissait interminablement les cheveux. Christine se mit en colère et la lui arracha des mains.

Saint-Étienne, 17 septembre 1956

Ma chérie,

J'ai une horrible nouvelle à t'annoncer. Daniel est décédé, il y a vingt-neuf jours maintenant. Le choc a été à la mesure de la surprise, il paraissait si fort, jamais malade, jamais fatigué, avec ma hanche douloureuse je peinais à le suivre. J'ai essayé si longtemps de ne pas l'importuner avec mes maux, il me donnait de son énergie, je m'étais faite à cette idée que je partirais avant lui, je me suis évanouie en le découvrant sans vie dans son bureau, je ne peux toujours pas le croire, me répétant à chaque instant que c'est un mauvais rêve, je crois entendre ses pas dans le couloir et espère un miracle, qu'il apparaisse, jovial et décidé, mais c'est un silence de cimetière qui m'entoure, et seule dans cette maison si grande, si vide, j'attends avec impatience le moment de le retrouver.

Je repense à ces jours bénis où tu étais là avec Helena, quelle joie tu nous as donnée, je ne te remercierai jamais assez, ce fut une telle satisfaction que vous fassiez la paix après ces années perdues et vous découvriez enfin. Je le revois encore jouant au cheval avec elle sur le dos, il y a si longtemps que je ne l'avais pas vu rire, il aurait été tellement heureux de connaître Martin, il m'en parlait souvent, quelle tristesse qu'il n'ait pu l'embrasser. C'est un beau garçon que tu as, et, moi aussi, j'aurais eu un grand bonheur à le voir et à le serrer contre moi, mais je ne veux plus me plaindre, il avait horreur de cela.

Le docteur Charron me pousse à me faire opérer de la hanche par un chirurgien à Paris ; aujourd'hui, me répète-t-il, ce ne serait qu'une formalité, je n'en suis pas convaincue, il me faudrait surtout du courage et je n'en ai aucun, j'ai du mal à me déplacer, je ne sors plus qu'avec peine dans le jardin ou peut-être est-ce cette immense fatigue qui m'enveloppe et me pousse à ne plus bouger. J'ai décidé de rester ainsi et préfère demeurer coincée dans mon salon que dans un fauteuil d'invalide.

Je regarde vos photographies et j'ai l'impression que vous êtes tout à côté.

Envoie-moi de tes bonnes nouvelles, ma chérie, d'Helena et de Martin aussi. T'avoir écrit a éloigné la douleur de mon cœur, je vous embrasse tous tendrement.

Madeleine, ta mère qui t'aime tant.

Cette lettre arriva à une période où Christine ne jouait pas, elle devait commencer à répéter. *Le Cercle de craie caucasien* début décembre. Elle hésita à partir, affirma que sa mère n'avait pas besoin d'elle mais d'une garde-malade. Elle ne supportait pas ses jérémiades et ses reproches voilés. Cinq minutes après, elle la plaignait d'être si seule et se reprochait son ingratitude. Joseph l'encouragea à aller passer quelques semaines en France pour lui présenter Martin. Christine aurait voulu emmener Helena aussi mais elle aurait dû manquer l'école pendant un mois. Tereza promit de s'occuper d'eux.

Christine fit sa demande et obtint son visa en quinze jours. Joseph et Helena accompagnèrent Christine et Martin à la gare Hlavni Nádraží, ils se firent de grands saluts sur le quai et le train disparut lentement.

Joseph et Helena ne revirent plus Christine et Martin. Elle ne revint jamais.

Le lundi 26 novembre 1956, Christine et Martin n'étaient pas à la descente du train de Paris. Pour rassurer Helena, si joyeuse de les retrouver, Joseph affirma qu'ils avaient dû le rater. Afin de chasser l'impression poisseuse qui l'envahissait, il voulut téléphoner en France, à Madeleine, mais les appels internationaux étaient quasi impossibles depuis un poste privé. Le lendemain, il se rendit à la Poste centrale, attendit deux heures, l'opératrice l'informa qu'il n'y avait plus d'abonné au numéro demandé. Joseph fit faire une recherche, la mère de Christine ne figurait pas dans le Bottin du département de la Loire.

Était-il arrivé un accident, avaient-ils été retardés par une grève, un contretemps ? Martin était-il tombé malade, la mère de Christine s'était-elle fait opérer ? … S'il y avait eu un problème, Christine l'aurait contacté, le téléphone de Joseph était resté muet. Il se posa mille questions. Quand il marchait dans la rue comme un somnambule ou se tenait à l'Assemblée, sur son banc. Et la nuit, pendant des heures et des heures, lorsqu'il se réveillait cinq minutes après avoir trouvé le sommeil. Partout, tout le temps, il y pensait. Une obsession.

C'était une absence insupportable.

Il se demanda, bien sûr, si elle n'avait pas été effrayée par la répression de l'insurrection de Budapest trois semaines auparavant. À Prague, les journaux et la radio avaient défendu la ligne officielle et l'intervention soviétique. Autour de lui, on évitait d'en parler, on vivait comme si personne n'était concerné mais Joseph savait que ce massacre avait eu une énorme répercussion dans les pays occidentaux, est-ce que cela avait influencé Christine ? Parfois, il pensait que c'était la cause déterminante de son abandon, d'autres fois il se disait que c'était quelque chose de plus profond, de plus lointain, et que ces événements n'étaient pas intervenus dans sa décision de les abandonner. Il obtint un rendez-vous au ministère des Affaires étrangères, fut reçu par un directeur adjoint qui lui promit de contacter l'ambassade à Paris, elle seule pouvait s'occuper de cela.

Joseph fut surpris par la réaction d'Helena, elle ne posa aucune question sur sa mère. Elle entendait ses réflexions, ses doutes, elle voyait son visage se durcir, elle subissait ses silences à table, quand son regard se perdait dans le vague et qu'il oubliait d'avaler la nourriture dans sa bouche, ses sourires appuyés, ses caresses sur ses cheveux et sa joue comme si elle avait encore trois ans. Helena lui prenait la main et la serrait contre elle.

– Ne t'inquiète pas, Joseph, je suis là, ça va aller.

Joseph s'attendait à avoir des problèmes avec la Sécurité intérieure et avait préparé des réponses : sa femme avait abusé de sa confiance, lui avait toujours été irréprochable, il était une victime, pas un ennemi de l'État ; comment pouvait-on imaginer qu'un père renoncerait à son fils et l'abandonnerait ? Il n'avait commis aucune faute, aucun délit, il se répétait que sa bonne foi ne pouvait pas ne pas être reconnue. Il savait aussi que ce n'était pas suffisant. Les autres, innombrables, qu'on avait emprisonnés ou pendus, étaient-ils plus coupables que lui ? Cette société si organisée ne fonctionnait pas seule, comme par miracle, il devait y avoir quelque part un homme dans un bureau qui décidait ; sur quels critères, bon sang ? Qui tournait la roue de cette loterie mystérieuse ?

En pleine nuit, il y eut un coup de téléphone, il dormait vaguement, le temps qu'il réalise, se précipite, Helena l'avait devancé, la sonnerie s'était arrêtée, elle criait des « Allô, allô ? » désespérés. Était-ce une erreur ? Christine ? ou… ? À chaque coup de sonnette, il sursautait, ressentait une palpitation quand il ouvrait la porte à un voisin ou à un ami qui venait aux nouvelles ; dans la rue, des hommes au visage inquiétant le bousculaient, des voitures ralentissaient ; il ne recevait aucune convocation.

Le 8 décembre, il poussa la porte du commissariat de Kongresova, fut reçu par un inspecteur. Ce dernier l'écouta avec attention, quitta le bureau pendant une heure, revint accompagné d'un homme aux cheveux blancs en bras de chemise qui ne se présenta pas. Joseph dut raconter son histoire à nouveau. À la fin, l'homme resta silencieux, eut une moue. Rien à faire. Christine était française, on ne pouvait pas l'empêcher de quitter le pays, mais on n'aurait jamais dû accorder de visa pour Martin. Il ordonna à l'inspecteur d'enregistrer la plainte de Joseph.

– Ne vous faites pas d'illusions, dit-il en sortant.

Le temps s'évanouissait, chaque instant l'éloignait d'eux, sa vie était comme un bateau qui sombrait, il les sentait disparaître, meurtri par l'absence et la trahison, il savait que son fils pensait à lui, il avait dû poser une foule de questions, comme Ludvik avec Pavel. Il frissonna, il redoutait la réponse que Christine avait dû lui donner.

Non, il en était sûr.

Helena le secoua en pleine nuit : « Joseph, réveille-toi, j'ai eu une idée. » Il devait se rendre en France, aller les chercher. Il trouva ce conseil évident, comment n'y avait-il pas pensé lui-même, il retrouverait Christine à Paris ou à Saint-Étienne, c'était une certitude. Où qu'elle se cache. Et il ramènerait Martin. « Merci ma chérie, je suis fier de toi. » On lui refusa son visa, sans explication, on devait craindre qu'il n'en profite pour fuir lui aussi. Il demanda à son ami, le ministre de la Santé publique, d'intervenir en sa faveur. Deux jours plus tard, il lui téléphona : « N'insiste pas, Joseph, tu n'auras jamais de visa. »

Joseph garda plusieurs semaines le fol espoir que Christine allait téléphoner, les prévenir : il y avait eu un impondérable, tout était rentré dans l'ordre et elle allait rentrer. Il fallait donc guetter son coup de téléphone. Ils se succédèrent devant le combiné, décrochant en une seconde, raccrochant au nez de ceux qui osaient les contacter. Joseph annula ses rendez-vous, il dispensa Helena d'école, ils restaient plantés dans le salon, attendaient un appel qui ne venait pas, un miracle, tour à tour ils se relayaient, se passaient les consignes. Joseph parlait beaucoup avec Helena, ne lui cachait rien de ses démarches et de ses états d'âme, il ne se rendait pas compte que sa fille n'avait que huit ans, il la voyait plus grande. Une femme de petite taille. Helena ne comprenait pas la raison de la désertion de Christine, on était si bien ensemble. C'était illogique, un de ces mystères qui régissent le monde, un tremblement de terre intérieur où les sentiments sont sens dessus dessous. Elle en voulait à Christine d'avoir abandonné Joseph, de lui avoir causé autant de douleur, de tracas, et d'avoir kidnappé Martin. Ça, elle ne le lui pardonnerait jamais, elle n'avait pas le droit de le voler. Martin, c'était sacré, personne n'avait le droit d'y toucher.

Helena fixait le téléphone, attendait l'appel impossible. Elle pensait : « Au moment de choisir, maman a préféré Martin, moi, elle m'aimait moins. » À elle, pas un mot, pas une carte postale, pas un appel, rien. Elle ne devait pas compter beaucoup pour sa mère. Elle chercha quelle faute elle avait pu commettre. Comment sait-on que l'on vous aime ? Il devait y avoir un signe, une trace. Elle sentait une brûlure sur ses joues, elle fermait les yeux, profondément humiliée, refoulait ses larmes, non, elle ne pleurerait pas, plus jamais. Elle prit une décision comme seule une enfant de huit ans a le cran de le faire : elle décida de la punir en ne parlant plus jamais d'elle, en l'effaçant pour toujours de son cœur.

Joseph fut convoqué au ministère des Affaires étrangères, l'ambassade de Paris avait renvoyé le dossier, les démarches officielles s'étaient avérées inutiles : les autorités françaises considéraient Martin comme français, leur mariage n'ayant pas été retranscrit n'avait aucune valeur en France, Joseph devait se résigner, ils étaient impuissants, sauf si Christine revenait en Tchécoslovaquie ou dans un pays frère.

Ce soir-là, Joseph décida de faire un grand ménage, il appela Helena pour qu'elle participe. Elle ne répondit pas, resta dans sa chambre. Il déchira les photos, découpa celles où Christine apparaissait avec Helena ou Martin. Il lança dans la cheminée l'album de photos relié en cuir et le regarda s'embraser lentement. Il jeta les souvenirs conservés par Christine, ce qui pouvait rappeler sa présence, ses vêtements, ses objets, ses livres, les affiches de théâtre, les programmes, les manuscrits des pièces, ses onze brosses à cheveux, les après-ski de Chamonix, les treize cahiers de l'adaptation de *Phèdre*, il trouva aussi les deux carnets de *Bérénice* oubliés dans le tiroir, ce détail lui fit supposer que sa désertion n'avait pas été préméditée. In extremis, il se ravisa et garda *Bérénice*.

Quand il vida la cheminée de ses cendres, il ne restait rien de son passé. Au cœur de l'album calciné, il trouva une photo miraculée, gondolée et aux bords noircis, une photo de Christine et d'Helena à la campagne. Il était content que cette photo ait fait l'effort de se sauver, il l'essuya avec soin, tenta de l'aplatir, attrapa le premier livre qui lui tomba sous la main et la rangea dans *Lumière d'août*, où il l'oublia.

Une nuit, il ressortit Gardel de l'armoire, enleva la poussière des disques, s'offrit un récital et retrouva son vieil ami. Le matin, il demanda à Helena s'il ne l'avait pas dérangé.

– Oh non, je l'adore, moi aussi.

C'est à cette époque que Joseph ralentit le pas, seule

Helena le remarqua. Quand ils marchaient côte à côte, elle le devançait et était obligée de l'attendre. Il avait les épaules basses et n'était plus jamais pressé. Elle lui prenait la main et s'accordait à sa vitesse ; même quand il l'accompagnait à l'école ou à sa leçon de piano et qu'il aurait fallu se dépêcher, ils allaient comme pour une promenade.

Tereza venait les aider le dimanche et les jours de vacances, elle s'occupait de la maison, rangeait, faisait des courses, sa présence apaisait Joseph. Ils passaient des après-midi à écouter des disques, Gardel bien sûr et aussi Smetana qu'elle adorait. Tereza se faisait prier pour s'asseoir devant le piano et leur offrir quelques polkas. Ludvik jouait à quatre mains avec Helena ; avant, il refusait, mais sa mère lui avait dit d'être gentil avec elle. Il lui avait appris à jouer aux échecs. Au départ, Helena n'en avait pas envie, elle avait fait un effort, elle se débrouillait pas mal pour une fille. Même si elle bavardait en jouant, on ne peut pas trop en demander.

Helena était petite quand Pavel avait disparu, elle ne se souvenait de rien. Elle interrogea Ludvik. Cinq ans déjà. Il n'y pensait plus et n'en parlait jamais avec sa mère. Non, il n'était pas triste, c'était au lycée, avec les garçons de son âge, que cela lui posait un problème, sinon, il se débrouillait.

– Toi, tu as perdu ta mère, moi j'ai perdu mon père, nous sommes à égalité.

– Non, j'ai perdu un frère aussi.

Joseph passait chaque soir un moment avec sa fille, il lui lisait un conte, des histoires de prince courageux et de princesse perdue, de fée grenouille et de fantôme chat, qui se passaient en Bohême au Moyen Âge, et il n'avait pas intérêt à sauter une ligne. « Encore une », disait-elle, mais elle se levait tôt, elle devait dormir, il la bordait et l'embrassait.

– Bonne nuit, ma chérie, dors bien.

– Bonne nuit, Joseph, à demain.

– C'est bizarre cette habitude que tu as prise de m'appeler par mon prénom.

– Ludvik ne dit jamais papa quand il parle de son père, il dit : « Pavel ».

– Moi, je suis là, et je préférerais que tu m'appelles papa.

Helena a dit « Oui, papa » et elle a continué à l'appeler « Joseph ». Il s'était dit que c'était une lubie de fillette, il l'avait laissé faire. Ça n'avait jamais changé.

HELENA

Personne n'aimait ces paysages escarpés et hostiles, ces terres obscurcies, ces étendues désolées, ces forêts dénudées.

Sauf Helena.

Ceux qui vivaient là redoutaient les hivers interminables, les journées grises où le soleil n'apparaissait jamais. Sauf elle. Même quand soufflait le vent pointu du nord-est venu de Pologne que redoutaient les sangliers et les loups. Trop de neige cette année-là, les animaux ne pouvaient plus gratter l'écorce des arbres et mouraient de faim.

Cette vallée à l'écart, au fin fond de la Bohême, à la lisière de la Moravie, était toujours moins inhospitalière que le monde qui l'entourait. Là, on vivait sans craindre ses voisins. En basse saison, il n'y en avait pas. On était si loin de Prague. Dans un pays oublié. Avec le printemps, les jours heureux finiraient, ils devraient à nouveau se méfier de tous : des malades, de leurs familles, des infirmières et des visiteurs, baisser la tête, ne plus parler. Le mauvais temps s'éternisait. Les vieux paysans juraient que depuis trente ans, on n'avait pas vu un mois de mars aussi impitoyable. Si ça continuait, ce serait comme en 37, le sol n'aurait pas le temps de dégeler, la récolte serait perdue ou dérisoire.

Tant pis pour le Plan.

L'année 1966 avait été catastrophique. À six reprises, la route et le téléphone avaient été coupés. Helena et Joseph étaient les seuls à se risquer dehors. Le vent polaire tourmentait les bêtes autant que les hommes. Joseph n'avait jamais envie d'affronter la glacière. Helena insistait pour qu'il l'accompagne. Il avait beau protester qu'elle lui cassait les pieds. Il avait le droit à cinquante-six ans de rester au chaud dans son fauteuil à bouquiner et à rêvasser les pieds au bord de la cheminée en fumant sa pipe. Il voulait se faire griller des saucisses au feu de bois. Elle lui criait qu'elle en avait assez de l'entendre râler comme un vieux bougon. Elle avait besoin de sortir respirer, il n'allait pas la laisser seule.

Qu'est-ce qui arriverait si elle croisait un loup noir ou un ours et qu'elle glissait ?

Elle inventait chaque jour une menace nouvelle, il n'avait pas le cœur de l'abandonner. En maugréant, il s'habillait avec trois pulls et deux écharpes. Il grognait encore plus parce qu'elle souriait, ça l'énervait, elle réussissait toujours à le tirer dehors, surtout depuis que le chasse-neige avait dégagé la route et qu'il n'avait pas reneigé. Du sanatorium au village, il y avait deux kilomètres en pente douce, un bout de chemin sans se presser, entre deux congères, sans jamais croiser âme qui vive ni le moindre véhicule. Ce n'était pas une jolie promenade.

À Kamenice, la neige n'était jamais blanche.

On y vivait comme dans un bocal. Sans aucun horizon. Joseph avait mis ses après-ski en fourrure achetés à Chamonix. Des chaussures pareilles, on n'en faisait plus aujourd'hui. Elles étaient inusables. Helena savait à qui il pensait en les regardant. À quoi bon le reprendre ? Elle l'attendait sur le pas de la porte, il se dépêchait de la rejoindre pour éviter que la chaleur s'enfuie. Il lui racontait une fois encore les promenades au lac Blanc ou dans les gorges de la Diosaz comme si c'était la première fois.

Longtemps, elle avait bataillé dès qu'il évoquait ses souvenirs de Paris, de Chamonix ou d'Alger, elle avait renoncé. Elle se disait qu'avec les années il finirait par cicatriser, ses blessures s'estomperaient, mais plus il en parlait, moins il guérissait. Elle s'était rendu compte qu'il y prenait du plaisir, plus fort que la tristesse et l'amertume. Ou comme ces alcools forts qui vous rendent malades et dont on ne peut se passer parce qu'ils vous tournent la tête et vous font oublier. À qui d'autre en aurait-il parlé ? On ne choisit pas ses souvenirs. On les étouffe ou on les chasse mais ils reviennent sans vous demander votre avis.

C'était son histoire aussi, que ça lui plaise ou non.

Après le dîner, lors des interminables soirées de l'hiver de Bohême, il restait devant la cheminée à fumoter sa pipe, un léger sourire aux lèvres, le regard perdu dans le mystère des flammes, dans l'extase d'un homme qui chantonne dans sa tête. Des fois, elle l'entendait marmonner, comprenait qu'il s'adressait à son père disparu.

Helena savait qu'elle ne devait pas le déranger.

Joseph vagabondait dans le musée de sa mémoire. Il s'attardait près du feu de camp sur la plage d'Alger, entendait une diabolique guitare manouche qui l'embarquait dans ses arpèges affolants ou un air d'accordéon, revoyait la piste tamisée des bains Padovani et le sourire chaloupé de Marcelin sur l'estrade d'une guinguette des bords de Marne où il tournait dans une valse interminable et, à chaque tour, c'était un nouveau visage heureux, une autre femme radieuse qu'il enlevait dans un tourbillon sans fin.

Il fermait les yeux, oscillait, perdait l'équilibre et emportait sa cavalière dans la ronde. Il faisait des efforts pour se rappeler les traits de Viviane, ne se souvenait que de ses maudits talons, de ses bouclettes élastiques, une réminiscence de mimosa, de Nelly et de son rire rauque, de ses yeux verts insolents, et le visage lancinant de Christine s'imposait, elle lui souriait, figée.

Et cette odeur d'orange tenace dont il ne savait plus d'où elle venait.

Joseph et Helena firent demi-tour dans le tournant qui débouchait sur la coopérative, remontèrent d'un pas tranquille. Des fois, ils se faisaient attraper par Jaroslav ou Barbara qui sortaient pour soigner et nourrir les bêtes, et ils étaient obligés d'aller boire deux trois verres de cet alcool de prune maison qui tuait les microbes mieux que n'importe quel médicament, de discuter encore et encore de ce temps de misère qui n'en finirait jamais.

Ce soir-là, aucune chance de les voir traîner dehors.

Que ce soit à Prague, à Brno ou partout dans le pays, il n'y aurait que des chats dans les rues, les restaurants seraient fermés, les spectacles feraient relâche. Les rares touristes à fréquenter la capitale se demanderaient quelle catastrophe mystérieuse avait vidé la ville. Inquiets et perdus, ils se réfugieraient dans leurs hôtels en quête de chaleur humaine mais personne ne répondrait à leurs appels.

Ce 13 mars 1966, la Tchécoslovaquie allait affronter l'URSS en finale du championnat du monde de hockey sur glace qui se disputait à Ljubljana en Yougoslavie. Les plus vernis regarderaient le match à la télévision, les autres, c'est-à-dire la quasi-totalité de la population, se regrouperaient autour d'un poste de radio pour suivre la retransmission. Bien sûr, ce n'était pas un match comme les autres. Si les Tchèques étaient des fous de hockey prêts à s'entre-tuer quand ils soutenaient leur équipe de club, l'équipe nationale, c'était sacré. Même pour les Slovaques qui étaient toujours de mauvaise foi.

Quand ils avaient mis une branlée à l'Allemagne de l'Est puis à la Pologne, les Tchèques avaient vécu quelques jours sur un gros cumulus. Par charité envers des pays frères, on n'avait fait que des commentaires sportifs, mais pour chacun ce fut un bonheur inouï et, comme l'avait observé Ludvik, une jouissance quasi sexuelle. Quand ils avaient battu les États-Unis puis le Canada de justesse, les Tchèques, pour la première fois depuis des lustres, avaient ressenti un trouble inconnu, beaucoup s'étaient interrogés sur cet étrange sentiment qui les poussait à se sentir marxistes en face des Américains. Les Tchèques n'avaient rien contre les Suédois, ils les avaient écrasés avec une détermination rageuse dans l'espoir d'affronter l'ogre russe en finale, de l'étriper, de lui crever les yeux encore vivant, de le saigner, le dépecer avec lenteur et délectation, le couper en mille morceaux avec un couteau mal aiguisé et le faire crever dans les pires douleurs.

Même si personne ne s'était mis d'accord sur ce programme alléchant, tout le monde en rêvait.

Joseph n'aimait pas le hockey, il s'en fichait royalement. D'habitude, il ne manifestait que du mépris pour ce sport de bûcherons dégénérés, pourtant il sentait monter en lui une palpitation inhabituelle, une excitation dont il aurait juré qu'elle lui était devenue étrangère. Il n'aurait raté ce match pour rien au monde. Il pressa le pas. Helena se fit distancer.

– Dépêche-toi, ma fille, on va rater le début !

– Quand on est ensemble, tu n'es pas obligé de parler en français.

– Pourquoi diable Karel n'a pas raclé ces marches ? râlait Joseph. On va avoir un accident.

Avec la semelle de ses après-ski, il donnait des coups de talon sur la glace qui les emprisonnait.

Une centaine de personnes s'entassaient dans la salle de repos du sanatorium, on avait écarté les tables sur le côté, mis les chaises en rangs d'oignons et des fauteuils au premier rang, face au poste de télévision. Le personnel, d'ordinaire si difficile à réunir, était là au grand complet, les membres de la coopérative aussi, le maire du village, l'instituteur, le secrétaire de cellule, avec femmes, enfants et amis, assis par terre. La plupart étaient debout et heureux d'être là, devant le seul poste de télévision accessible à des kilomètres à la ronde.

Quand Joseph apparut, Ludvik, assis sur une chaise au deuxième rang, lui lança :

– Joseph, j'ai eu le plus grand mal à te garder un fauteuil. Helena, viens là, à côté de moi.

Il lui désigna la place libre à sa droite. Elle lui déposa un baiser sur la bouche et elle adressa un salut à des amis dans la salle.

– Enfin, le grand soir est arrivé, dit Ludvik.

– Tu ne crois quand même pas que nous allons gagner ? répondit Helena.

– Bien sûr que si. On a une vraie chance.

– Dans tes rêves, oui. Ils jouent comme des dieux et nous comme des chèvres.

– Tu es défaitiste, Helena. Nous sommes les meilleurs.

– Après eux.

Joseph enleva son manteau, le secoua, renifla à plusieurs reprises.

– Vous êtes dans un sanatorium, bon sang, il est interdit de fumer ici.

– C'est fermé, il n'y a pas de malade, objecta Jaroslav.

– Je vous invite à regarder la télévision chez moi, il faut respecter le règlement.

– Cette télévision est la propriété du peuple tchèque, Joseph, comme toi et moi et tout ce qui est ici.

– Moi, je n'appartiens qu'à toi, dit Karel à Marta à voix haute.

Il déclencha les rires de l'assistance et des « Moi aussi » ; des « T'as pas de chance », et des blagues grivoises sur ce qu'il était encore possible d'acheter et de vendre.

– Moi aussi, dit Ludvik à Helena au creux de l'oreille.

– Tu es mon chéri, répondit-elle de la même façon, mais je ne t'appartiens pas.

Joseph s'assit dans le fauteuil, se pencha vers son voisin.

– Tu remarqueras, camarade secrétaire, que nos compatriotes sont indisciplinés. Je comptais sur ta présence pour les ramener à la raison.

– C'est un grand jour, Joseph, il faut savoir fermer les yeux.

Joseph sortit son paquet de Sparta et lui offrit une cigarette.

– On aérera après.

Les deux équipes venaient d'entrer sur la patinoire de Ljubljana, les joueurs faisaient des circonvolutions gracieuses pour se détendre et se préparer.

– Faut les tuer ! hurla une voix d'homme.

En cette soirée du dimanche 13 mars 1966, le pays était arrêté. Quatorze millions de Tchèques et de Slovaques, enfants compris, d'habitude si enclins à se déchirer pour leurs équipes de club, communiaient ensemble, réunis pour une fois dans un rêve partagé (foutre une trempe à l'équipe russe de hockey). Il faudrait un miracle, pensaient-ils tous en regardant leurs joueurs s'échauffer. Les rares communistes s'adressèrent à Karl Marx en personne, ils ne pouvaient rien demander à Lénine qui devait soutenir les siens. Les mécréants murmurèrent des prières secrètes à saint Venceslas, les croyants, plus nombreux, à sainte Agnès, on avait besoin d'un coup de main. Ce n'était pas gagné d'avance, ils avaient en face d'eux la meilleure équipe du monde, le meilleur entraîneur, l'ennemi bénéficiait de moyens illimités et de la confiance des champions toujours vainqueurs. Il lui manquait pourtant une chose : l'envie irrésistible de tuer son adversaire, attisée par une haine sourde, tapie, une envie exacerbée de revanche, oui, les joueurs tchèques étaient prêts à mourir comme des gladiateurs, à se sacrifier et à répandre leur sang sur la glace. Le ballet des joueurs n'en finissait pas. Joseph se tourna vers Ludvik :

– Qu'est-ce qu'ils attendent pour commencer ?

Soudain, le poste diffusa l'hymne tchèque, les joueurs s'immobilisèrent, les spectateurs du sanatorium se levèrent, gonflèrent la poitrine, reprirent en chœur la douce mélodie romantique : « Où est ma patrie ? L'eau ruisselle dans les prés… » Plusieurs avaient les larmes aux yeux, à la fin, ils pleuraient presque tous, ils reniflèrent, se séchèrent les yeux et s'assirent pour profiter de l'hymne martial de l'Union soviétique.

– On va les ratatiner ! lança Joseph.
– Ils vont se dépasser ! répondit Helena.
– Il faut combien pour gagner ? demanda Joseph.
– Un but d'avance, expliqua Ludvik.

Les deux équipes se faisaient face. Douze joueurs tête baissée, en équilibre sur la pointe de leurs patins, la crosse assurée dans les mains gantées, prêts à s'élancer, à rentrer dans le lard de l'adversaire, à l'écrabouiller, le réduire en poussière et lui faire regretter d'avoir osé les défier. La finale du championnat du monde allait commencer dans quelques secondes.

Tereza pénétra dans la salle, salua quelques personnes dans l'assistance, rejoignit Joseph et se pencha vers lui.

– Tu as un appel de Prague, le ministère de l'Intérieur.
– Pas maintenant, prends-le.
– C'est important, paraît-il, il ne veut parler qu'à toi. Il en a pour deux minutes.

Joseph se leva avec peine et suivit Tereza dans son bureau en maugréant.

– Ils le font exprès, j'en suis sûr.

Il prit le combiné. Tereza le fixait, inquiète.

– Docteur Kaplan, j'écoute.
– Bonsoir, professeur, colonel Lorenc, de la Sécurité intérieure.
– Excusez-moi, mais qu'est-ce que vous faites à Prague ? Vous n'avez pas de radio ? Pas de télévision ? Ce n'est pas le moment.
– De quoi parlez-vous ?
– Du match !
– Quel match ? Ah oui, aucune importance. Je vous

appelle parce que demain, vous recevrez un malade particulier que vous prendrez en charge.

– Nous ne sommes pas prêts, le sanatorium n'ouvre que dans un mois, on est encore en travaux et avec le gel, on a pris du retard.

– Vous vous débrouillerez. C'est un ordre du président, il vous apprécie beaucoup. Il s'agit d'une personnalité étrangère qui a de graves problèmes de santé, on nous a confirmé que vous étiez notre meilleur spécialiste. Il faut le sauver, absolument. Pour des raisons de sécurité et de confidentialité, vous fonctionnerez avec un personnel réduit au minimum.

– C'est impossible, les malades vont arriver à la mi-avril.

– Ce sera votre priorité absolue, votre seul et unique patient. Les autres seront envoyés ailleurs.

– Ce sont des gens que j'accompagne depuis des années, je ne peux pas les abandonner… et si je n'ai qu'un malade, je ne pourrai pas tenir mes objectifs.

– Vous en êtes dispensé. On avisera le ministre de la Santé publique. Vous allez soigner un camarade uruguayen qui est très malade.

– Quoi ? Je ne parle pas espagnol et personne ici…

– Il parle couramment le français. Comme vous. Comprenez bien, c'est une mission d'importance nationale, vous devez réussir, nous savons que nous pouvons avoir confiance en vous, l'officier accompagnateur vous donnera vos instructions. Inutile de préciser que cette affaire doit rester secrète.

Sept à un !

Quand fut sifflée la fin du match, il y eut un silence accablé, vingt ou trente secondes de prostration pour sortir du cauchemar. Hagards, englués et salis, les Tchèques supportaient le poids millénaire des vaincus. Ludvik fut le premier à secouer cette torpeur, demanda comment on disait « branlée » en russe. Ceux qui connaissaient la traduction n'eurent pas le cœur de répondre. Après cette défaite humiliante, beaucoup partirent les épaules basses. Certains restèrent. Ensemble, la déroute paraissait moins amère, ils eurent une discussion molle et désabusée sur ce qu'aurait pu être la bonne stratégie. Que dire de cette partie effroyable ? Y avait-il même une stratégie possible ? On aurait dû se battre comme des héros, on avait été simplement banals. Les Russes s'étaient amusés comme un chat avec une souris. Pouvait-on jouer autrement ? Faire circuler le palet ? Avoir une ligne d'arrière infranchissable plutôt que ces glands figés et satisfaits d'être seconds ? N'avions-nous pas été trop respectueux de ce redoutable adversaire ?

– Il aurait fallu les bourriner, à la slovaque, leur écraser les chevilles, leur dézinguer les genoux, les coudes dans le pif, le croche-patte vicieux et viser les couilles.

– Non, là, Jaroslav, je ne suis pas d'accord, on ne doit pas s'abaisser à jouer comme eux, nous autres Tchèques sommes de vrais sportifs, des artistes du palet et de la glisse.

– Alors, on est foutus, on perdra toujours.

Bien sûr, l'arbitre était un vendu, il n'avait sanctionné aucune de leurs fautes innombrables, leur antijeu systématique, il avait infligé des exclusions injustifiées et des pénalités pour des hors-jeu imaginaires. Bref, un match contre les Russes.

Joseph restait perdu dans ses pensées. Il avait raté les deux premières périodes, était revenu au début de la troisième, avait fixé l'écran noir et blanc où s'agitaient des ombres, sans suivre le match, repensant à la conversation avec le colonel, à son ton à la fois doucereux et comminatoire. La Sécurité intérieure : ces deux mots produisaient toujours une peur panique et archaïque. La dernière fois qu'il avait eu affaire à eux remontait à la disparition de Pavel. Il avait été interrogé longuement. Il aurait pu être arrêté pour avoir été son meilleur ami et finir dans un camp. Joseph n'ignorait rien de la sinistre réputation de la police politique et de sa puissance exorbitante. Elle était au-dessus des lois, elle avait les siennes que personne ne connaissait, n'avait de comptes à rendre à aucun ministre, à aucun juge. Elle décidait quelle sanction il fallait prononcer, qui serait pendu ou emprisonné. On ignorait sur quels critères elle agissait, qui en faisait partie ou non, elle était nulle part et partout. Joseph savait que la Sécurité intérieure était dirigée en sous-main par le KGB. Il n'y avait donc rien à dire. Juste se taire et espérer survivre.

Il se leva, s'étira et essaya d'accrocher les conversations alentour.

– C'était bien ? demanda-t-il à Helena.

– Arrête, ça a été une catastrophe.

– Contre les Russes, c'est perdu d'avance. On ne devrait jouer que les matchs qu'on est sûrs de gagner.

Helena dormait contre Ludvik, blottie nue contre son dos. Le réveil sonna, Ludvik l'arrêta aussitôt, il alluma la lampe de chevet, se passa les mains sur le visage pour se réveiller.

– Quelle heure est-il ? marmonna Helena.

– Quatre heures et quart. Tu as dormi ?

– Je ne sais pas. Il fait froid.

Il chercha sa chemise, elle était en boule sur la chaise, il se leva avec peine. Helena essaya de le retenir, ne put l'attraper et remonta la couverture. Il s'habillait déjà. Elle se redressa.

– Pourquoi si tôt ?

– Vaclav vient me chercher. Notre train part à six heures de Pardubice.

– Tu reviens quand ?

– Pas avant l'été. J'ai tellement de travail au journal. Tu viens à Prague ?

– Je veux me présenter à l'Académie du cinéma. Je vais préparer le dossier d'admission. Éteins la lumière, j'ai sommeil.

– Tu ferais bien de retourner dans ta chambre avant qu'ils se réveillent.

– Oh, ils s'en fichent.

Ce fut à la fin d'une journée brumeuse et au froid mordant, que l'homme arriva. Le malade reposait à l'arrière d'une ambulance militaire précédée d'une somptueuse Zil 111 noire qui brillait comme un miroir. Dans la région, personne n'avait jamais vu de voiture pareille. Elle n'avait rien à envier aux plus belles américaines. Helena guettait depuis le matin et prévint immédiatement Joseph. Il accueillit les arrivants au bas des marches que Karel avait nettoyées. Un homme blond et imberbe, d'un âge indéfinissable entre trente et cinquante, en costume gris, descendit de la Zil en tenant un cartable.

– Lieutenant Emil Sourek, j'accompagne le malade.

Il parlait lentement et d'une voix de basse.

– Qui sont tous ces gens ?

– Le personnel du sanatorium et les ouvriers qui refont les cuisines.

– On vous avait prévenu, professeur Kaplan. Nous avons besoin de très peu de monde.

Sourek se tourna vers ceux qui attendaient sur le perron, accoudés aux fenêtres ou disséminés sur les marches :

– Écoutez-moi tous. Je suis le lieutenant Sourek, de la Sécurité intérieure – il détachait chaque syllabe, faisait attendre la suivante comme s'il pesait chaque mot. C'est moi qu'il faut regarder, pas la voiture. Nous avons un malade particulier, il a besoin de calme. Le sanatorium est réquisitionné, je compte sur votre totale discrétion. Seuls quelques-uns d'entre vous vont rester. Les autres vont retourner chez eux. Ne vous faites aucun souci, vous serez payés normalement. Les ouvriers reviendront plus tard, on vous préviendra. Y a-t-il une question ?

Il attendit trois secondes, pivota sur lui-même, scrutant chaque visage,

– C'est dommage, il n'y a jamais de questions.

Il semblait triste du mutisme général, il s'arrêta sur Joseph.

– De qui avez-vous absolument besoin pour le soigner ?

Pris de court, Joseph réfléchit.

– Du docteur Kautzner, de Léa, mon infirmière-chef, de Marta, de Karel, de…

Sourek ouvrit sa sacoche, en sortit une liasse de papiers qu'il consulta avec attention.

– Kautzner ? … Non, lui ce n'est pas possible, Léa comment ?

– Léa ? … Konrad.

– Ce n'est pas possible, non plus.

– J'insiste, ma compagne nous aidera, ma fille aussi mais elles ne sont pas infirmières.

Sourek compulsa une autre feuille.

– Et mademoiselle Zak ? Elle est très bien.

– Elle débute, s'il y a un problème, j'ai besoin de Léa.

Ils négocièrent un moment. Finalement, Joseph fut obligé de se débrouiller avec deux personnes : Léa comme assistante et Marta en cuisine.

– Les autres, rentrez chez vous. Tout de suite. Ne vous inquiétez pas, docteur, tout va bien se passer, sinon, on fera appel à une aide du ministère.

Une fois qu'ils furent tous partis, les deux chauffeurs firent glisser la civière. L'homme d'une quarantaine d'années avait le visage émacié, un nez court, des arcades sourcilières protubérantes, une couronne de cheveux, des yeux clos cernés, emmitouflé jusqu'au menton dans une couverture de laine jaune. Joseph lui prit le pouls en regardant sa montre, posa sa main sur son front, l'homme entrouvrit les yeux quelques secondes.

Joseph avait fait préparer la chambre d'angle à côté de son bureau. Elle était la plus spacieuse et bénéficiait d'un cabinet de toilette. Aussitôt après avoir déposé le malade sur son lit, les chauffeurs repartirent dans leurs véhicules respectifs. Un autre homme avec une parka en cuir accompagnait Sourek. Trapu, le teint mat, les cheveux ondulés, il ne se présenta pas, il parlait uniquement à l'oreille de Sourek et s'installa d'office dans la chambre attenante. Sourek expliqua qu'il fallait laisser en permanence la porte ouverte pour qu'il puisse garder un œil sur le malade. C'était son garde du corps. Joseph trouvait cela curieux, ridicule même, il ne craignait rien ici, Sourek était d'accord mais il n'y pouvait rien. Quand Joseph voulut examiner le malade, il ferma la porte de communication, l'homme la rouvrit aussitôt, se planta dans l'entrebâillement et le fixa d'un air impassible. Joseph demanda à Sourek d'intervenir, il lui était impossible de soigner quelqu'un avec une surveillance dans le dos ; si on n'avait pas confiance en lui, il ne pourrait rien faire.

– Il me faut aussi son dossier médical.

– Quel dossier médical ? On n'en a pas. Il est arrivé chez nous il y a une semaine, on ne savait pas qu'il était malade. Quand son état s'est aggravé, on vous a contacté.

Sourek alla trouver le garde du corps. Ils se parlèrent à l'oreille en mettant la main devant leur bouche, l'homme fit non de la tête, Sourek dut insister, Joseph entendit sa voix qui s'emballait, l'homme finit par obtempérer. Avant de fermer la porte, il sortit de sa parka un pistolet automatique qui ressemblait à un Mauser et le posa, bien en vue, sur la table de nuit sans quitter Joseph du regard.

Joseph examina le malade, palpa la base de son cou. Il dormait en ronflant légèrement et sifflait en expirant. Il ouvrit les yeux, resta quelques instants en suspension, il paraissait épuisé. Un faible sourire apparut, ses paupières tombaient.

– Vous comprenez le français, je crois, ne vous inquiétez pas, on va vous soigner.

L'homme acquiesça d'un imperceptible mouvement de tête et replongea dans sa torpeur. Joseph posa la paume sur son front, fronça les sourcils. Léa l'aida à le déshabiller, prit sa température, il avait 39,5 et une tension artérielle basse. Il était d'une extrême maigreur, à peine cinquante kilos pour environ un mètre soixante-quinze, ses côtes et ses os saillants, une peau claire, des traces de blessures anciennes sur le corps, une cicatrice sur le dos de la main gauche, une longue estafilade sur la cuisse droite. Le souffle court, il respirait avec difficulté et des tremblements intermittents le faisaient frissonner. Joseph l'ausculta méticuleusement. Aidé par Léa, il le redressa avec difficulté. L'homme essaya de soulager son poids en prenant appui sur ses talons. Joseph écouta longuement ses battements cardiaques et le murmure respiratoire. Il lui attrapa le pied, le rabattit sur sa cuisse ; quand Joseph voulut porter sa main droite vers son épaule gauche, le patient gémit, le mouvement lui arracha un cri de douleur.

– Je pense qu'il a un méchant palu.

– Vous croyez, docteur ? s'étonna Léa.

– Ça fait des années que je n'en ai pas vu d'aussi avancé.

L'homme ouvrit les yeux.

– Vous avez mal à la tête ?... Vous m'entendez, monsieur ?

– Oui, répondit-il d'une voix imperceptible.

– Et des vertiges ? Vous avez des vertiges ?

– Oh oui... j'ai... la malaria.

– Est-ce que vous savez où vous avez été contaminé ?

Il s'était rendormi.

– Léa, vous lui faites une prise de sang et on le met sous perfusion. Il nous reste de la quinine ?

– Pas beaucoup.

– Donnez-lui la dose maximale. Il faut en demander à Prague et de la chloroquine surtout. Ils doivent nous en envoyer de toute urgence. En plus, il a quelque chose aux poumons.

Léa lui montra les doigts jaunes de nicotine.

– J'ai vu.

À cette heure tardive, la Pharmacie centrale des hôpitaux était fermée, le temps était compté. Joseph demanda à Sourek d'intervenir. Il s'enferma dans le bureau de Joseph, donna deux coups de téléphone et le rejoignit dans son laboratoire.

– On sera livrés demain. Pour la chloroquine, il faudra attendre un ou deux jours, on la reçoit de l'étranger.

– Vous savez où il a attrapé ce palu ?

– C'est important pour le soigner ?

– Cela fera gagner du temps. On a des traitements et des dosages différents suivant les types de moustiques.

– Je vais me renseigner. Vous pouvez le vacciner ?

– Malheureusement non, il n'y a pas de vaccin contre le palu.

– J'ai entendu dire qu'il arrivait d'Afrique, du Congo je crois, surtout ne le répétez pas.

– À qui voulez-vous que je le répète ? Il s'appelle comment, notre inconnu ?

– Ramon.

Un naufrage. À l'époque, il n'avait pas trouvé d'autre mot.

Après deux mandats consécutifs de député, Joseph n'avait pas souhaité se représenter aux élections, il en avait eu assez de se poser des questions sans réponse sur son idéal en perdition, de se demander pourquoi et comment tout était parti de travers. Au responsable du Parti qui s'en étonnait et assimilait son départ à une désertion, il avait dit : « Il faut laisser la place aux jeunes. » Il avait cru que c'était une bonne excuse, il s'était vite rendu compte que c'était le plus mauvais des arguments, il était un des plus jeunes de l'Assemblée et le premier à renoncer volontairement à un poste si avantageux. À la demande du ministre de la Santé publique, Joseph avait participé à un ambitieux programme de lutte contre la silicose et la tuberculose qui faisaient des ravages chez les mineurs de fond et s'était fait nommer directeur de ce sanatorium flambant neuf du nord de la Bohême. Le plus difficile avait été de convaincre Tereza de l'accompagner. Quand ils étaient allés visiter le chantier, trois heures d'une route interminable, elle avait trouvé la région sinistre et loin de tout.

– On sera heureux ici, loin de tous.

Joseph lui avait expliqué son malaise, avec elle il pouvait parler sans peur. Il ne voulait plus dissimuler ses opinions et soutenir qu'ils vivaient dans une démocratie parfaite, que tous les problèmes étaient en passe d'être résolus quand la situation n'avait jamais été pire. Il ne supportait plus l'optimisme gluant de ce catéchisme socialiste qui les ensevelissait dans une tombe collective. Intolérables aussi la foi obligatoire en un avenir radieux, l'interdiction d'émettre le moindre doute pour ne pas passer pour un traître et le devoir de s'extasier sur les réussites d'un régime dont il ne voyait que les échecs. Joseph n'avait ni la force de résister, ni le courage de fuir à l'étranger. Juste besoin de s'éloigner et de faire son métier.

Une question de survie.

Tereza était prête à abandonner son poste d'enseignante mais elle refusait de quitter Prague pour émigrer dans ce trou perdu. Elle, au contraire, avait besoin de vie, d'agitation, de sorties, d'amies, pas encore l'âge de prendre sa retraite à la campagne.

Joseph voyait approcher avec appréhension l'ouverture du sanatorium et reculait sans cesse sa décision. Quand il la regardait, il se disait qu'il n'arriverait pas à vivre sans elle, le lendemain, tant pis, elle exagérait, après tout, Prague n'était qu'à deux cents kilomètres. Il avait beau lui peindre le projet sous les plus belles couleurs : là-bas ils vivraient tranquilles,

les paysans se fichaient de la politique, Ludvik aimait faire du sport, Helena adorait la nature et pourrait avoir des animaux, les enfants auraient chacun leur chambre, ils profiteraient du grand air et auraient aussi un bon lycée, Tereza refusait d'en entendre parler. Elle devait penser que Joseph renoncerait et fut surprise lorsqu'il lui annonça son départ. Il avait inscrit Helena à l'école pour la prochaine rentrée mais il ne voulait pas qu'ils se séparent.

Le soir, quand Tereza lui apprit que Joseph et Helena s'installaient à Kamenice, Ludvik, du haut de ses quatorze ans, se révolta.

– Quand on se quitte, c'est qu'on ne s'aime plus, lança-t-il à sa mère. Je croyais qu'on formait une vraie famille. Tu m'as toujours dit d'écouter Joseph comme si c'était mon père, et maintenant, je dois le perdre aussi ? Alors, cela ne voulait rien dire ? Helena est comme ma sœur et je ne vais plus la voir, je ne comprends rien. Tu aurais dû me demander mon avis avant de décider. Je ne compte pas ? Ce que je pense n'a aucune importance ? Moi aussi j'aime la campagne. Je ne veux pas qu'on reste juste tous les deux.

Au mois de juillet 1960, Joseph, Tereza et les enfants emménagèrent dans le grand appartement de fonction du sanatorium. Joseph n'avait pas tort, la vie y était plus paisible qu'à Prague, ici on se préoccupait seulement du ciel, des bêtes et des récoltes. Tereza n'avait pas tort non plus, l'hiver durait six mois et on ne parlait que d'agriculture, elle s'y ennuyait. Joseph la fit embaucher comme responsable administrative, elle n'y connaissait rien mais elle se débrouillait et personne ne s'en rendit compte. Elle se disait qu'avec le temps, elle s'y ferait ; le principal, se répétait-elle chaque jour, c'est d'être tous ensemble.

En ce mois de mars 66, cela faisait près de quinze ans que Pavel s'était volatisé. Tereza n'avait jamais reçu aucune nouvelle. Longtemps elle était restée aux aguets, certaine de recevoir un jour un signe de lui ou une information. S'il avait réussi à se sauver, il aurait trouvé le moyen de lui faire passer un message : je suis vivant, à Londres, à Paris ou ailleurs, je vais bien et je pense à vous. Mais rien. Elle pensait maintenant que ce silence n'avait qu'une explication : Pavel était mort, sinon, elle en était sûre, il se serait manifesté d'une manière ou d'une autre. À présent cela n'avait plus beaucoup d'importance, mort ou vivant, cela revenait au même. La vie avait continué, sans lui. Il était là, pourtant, à la première place dans le cimetière de sa mémoire, aux côtés de son père emporté par une crise cardiaque et de son frère tué pendant la guerre et dont on n'avait jamais retrouvé le corps.

Parce que Ludvik et Helena avaient besoin de pulls pour affronter l'hiver glacial de Bohême, elle s'était remise au tricot ; ici, aucune difficulté pour se procurer de la laine. Elle excellait dans l'entrelacement des mailles et des couleurs et tricotait ses torsades à la mode irlandaise qui lui valurent le respect des femmes de la région. Son seul regret était de n'avoir jamais trouvé les mots pour convaincre Helena de se mettre au tricot.

– C'est une activité rétrograde, avait-elle lancé, je tricoterai quand les hommes s'y mettront !

Joseph non plus n'avait eu aucune nouvelle de Christine. Lui ne s'attendait pas à en recevoir. Ses démarches s'étaient fracassées contre le mur infranchissable des conventions internationales. Il ne lui en voulait plus de s'être sauvée, peut-être à sa place aurait-il fait comme elle, il s'en voulait surtout de sa naïveté, d'avoir cru qu'on pouvait construire un bonheur, le fabriquer comme un meuble de cuisine. Un soir, mais il avait trop bu (et l'alcool de prune encourage les accès de lucidité), il eut une sorte de révélation, il imagina un parallèle entre son destin et celui de son pays, le même espoir forcé, les mêmes rêves insensés et massacrés, ou était-ce une simple coïncidence ?

Depuis la fuite de Christine en 56, Helena n'avait jamais évoqué sa mère, ne serait-ce qu'une seule fois. Elle n'avait jamais posé la moindre question à Joseph, la réponse à : Pourquoi ? qui avait tant obsédé son père ne l'avait pas effleurée ou elle n'en avait rien laissé paraître. Lui, il aurait aimé en discuter avec elle ; il se disait, elle est trop jeune, plus tard, quand elle sera grande, je lui raconterai, je ne lui cacherai rien, elle saura tout. Mais les années passaient, maintenant Helena avait presque dix-huit ans et il attendait toujours qu'elle aborde ce sujet douloureux mais elle avait réglé le problème depuis longtemps déjà.

Il y avait dans l'année un mauvais jour, le 16 décembre. Joseph ne pouvait pas ne pas y penser. C'était l'anniversaire de Martin, il va avoir quinze ans, non seize ans… Le malaise revenait, pernicieux ; une ou deux semaines avant, il se sentait envahir par une vieille colère, lui d'habitude si affable devenait cassant, son agressivité augmentait au fur et à mesure qu'on se rapprochait de la date fatidique. Ce soir-là, on ne faisait pas la fête, il posait juste une assiette sur la table entre lui et Helena, sans le moindre commentaire, rien qu'une place entre eux pour se dire, on ne l'oublie pas, il est toujours avec nous. Joseph aimait à penser que son fils se souvenait de lui, de sa vie à Prague et qu'il la regrettait comme il regrettait de ne plus voir son père et sa sœur. Il se doutait de l'explication que Christine avait pu lui donner, et chaque année, comme un poison, un flot de haine le submergeait.

Une année pourtant, c'était le 16 décembre 59, Helena, qui avait alors onze ans, avait demandé :

– Est-ce qu'on le reverra un jour, Martin ?

– Bien sûr, ma chérie.

– Tu crois vraiment ?

– Un jour, nous serons tous réunis.

Et puis, lors du réveillon 57, Joseph avait invité Tereza à danser une valse.

– Tu te souviens quand on était jeunes ?

– Tu parles si je m'en souviens, c'est comme si c'était hier.

– Tu danses drôlement bien.

– Toi aussi.

Tereza était une femme pragmatique, avec la tête sur les épaules, elle aimait sincèrement Joseph mais pas au point de s'enterrer vivante avec lui au milieu de nulle part. Elle avait tant insisté que Joseph avait conservé son appartement pragois, elle faisait de nombreux allers-retours en train, incapable de supporter longtemps les hivers interminables et les étés romantiques de Kamenice. Joseph prétextait que ses absences nuisaient au bon fonctionnement du sanatorium.

– Il faut me prendre comme je suis et ne pas trop m'en demander, Joseph. Déjà avec Pavel, je ne supportais pas de rester à Sofia. J'ai besoin de respirer, Prague c'est ma vie.

En 63, quand Ludvik obtint son baccalauréat, il s'inscrivit au département de journalisme de l'université des lettres.

Il s'installa dans l'appartement et Tereza fut obligée d'augmenter la fréquence de ses séjours dans la capitale.

– Je ne vais quand même pas abandonner mon fils.

Joseph mit du temps à s'habituer à cette existence à éclipses, il y trouva aussi un avantage, cela lui permettait d'avoir sa fille pour lui seul. Quand ils se retrouvaient à dîner tous les deux dans la grande salle à manger, ils savouraient ces tête-à-tête, les repas duraient deux heures.

– Cela ne te dérange pas, toi, que Ludvik soit parti ?

– Il fait ses études.

– Vous ne vous voyez plus beaucoup.

– Si, pendant les vacances.

– Tu ne veux pas retourner à Prague ?

– Oh non, il y a trop d'agitation.

– Je pensais que vous aviez fait des projets.

– Joseph, les filles aujourd'hui ne croient plus au prince charmant. J'ai envie de travailler, de profiter de la vie, pas de fonder une famille.

– Et tu veux faire quoi ? Tu y as réfléchi ? Quand on en avait parlé, tu pensais te présenter à l'Académie du cinéma de Prague ?

– J'hésite. Ça dure quatre ans ! C'est long.

– Quand on a vu *Les Amours d'une blonde*, tu as dit que c'était la mise en scène qui t'intéressait. C'est une bonne idée. Je t'aiderai.

– Ce dont je rêve aussi, tu vois, c'est d'être comédienne… Qu'est-ce que j'ai dit, Joseph ? Hein ? Pourquoi tu me regardes comme ça ?

– Comment va Ramon ? demandait Sourek, toujours inquiet, trois ou quatre fois par jour.

Ramon Benitez Fernandez resta une semaine entre la vie et la mort, avec une forte fièvre stationnaire. Par moments il claquait des dents, se recroquevillait dans son lit, voulait enlever la perfusion. La nuit, il avait des quintes de toux effrayantes qui le soulevaient du lit et le laissaient pantelant comme un boxeur tabassé. Il fallait parer au plus pressé, lui permettre de respirer. Des piqûres de corticoïdes vinrent à bout des crises d'asthme et l'administration de quinine en intraveineuses de sa fièvre.

La mesure de la parasitémie par frottis sanguin ramena Joseph vingt-cinq ans en arrière, il retrouva immédiatement les gestes pratiqués si souvent à Alger. Les résultats de l'analyse montraient une densité parasitaire anormalement élevée, probablement une surinfection due au *Falciparum*, un moustique très actif en Afrique centrale, résistant à la quinine qui faisait des ravages et pour lequel il n'existait pas de prémunition naturelle. Mais sans chloroquine, Joseph ne disposait d'aucun traitement efficace. Pour des raisons inconnues, il fallut attendre sept journées interminables, Sourek relançait sans cesse le directeur de la Pharmacie centrale, même les menaces n'y pouvaient rien : le produit venait de Suisse.

– Vous comprenez, professeur, expliqua-t-il à Joseph, on ne l'utilise pas dans notre pays. Il n'y a pas de paludisme chez nous.

Sourek passa d'autres coups de téléphone et le médicament arriva par la valise diplomatique. Joseph voulut contacter l'Institut Pasteur pour connaître les dernières préconisations sur ce traitement et sur la nouvelle doxycycline dont il ne savait rien, peut-être aussi pour parler avec Sergent ou un autre des médecins qu'il avait connus. Sourek répercuta la demande à Prague, une autre journée perdue : « Réponse négative : nous devons être capables de nous débrouiller seuls. » Joseph insista, Sourek fut cassant : « Inutile de discuter ! »

Malgré un électrocardiogramme de contrôle peu convaincant, Joseph prit le risque d'employer la chloroquine à la dose maximale. En deux jours elle vint à bout de l'accès paludéen.

Joseph organisa une garde permanente : Léa, Tereza et Helena se relayaient à son chevet toutes les deux heures, quand il le pouvait Joseph prenait son tour.

Ramon émergeait peu à peu. Sourek s'adressait à lui et à son garde du corps dans un espagnol hésitant. Joseph, Tereza et Helena communiquaient en français, Ramon le parlait couramment, Léa pas du tout. Ils passaient beaucoup de temps à se traduire les uns les autres. Quand ils oubliaient, ce qui arrivait souvent, Sourek répétait, fébrile et énervé : « Qu'est-ce qu'il a dit ? »

Très vite, Ramon voulut se lever. Joseph trouvait que ce n'était pas prudent.

– Je ne peux pas rester au lit, c'est plus fort que moi.

– Qu'est-ce qu'il a dit ?

Il vacillait sur ses jambes, on le fit asseoir dans le fauteuil près de la fenêtre. Marta lui prépara une purée de pommes de terre à sa façon, avec des oignons émincés. Ramon essaya de porter une bouchée à ses lèvres, sa main tremblait, il en renversa. Léa s'assit à côté, lui prit la fourchette, lui essuya la bouche avec une serviette qu'elle voulut lui attacher autour du cou.

– Arrêtez, je ne suis pas un enfant ! lança-t-il.

Léa ne parlait que le tchèque et elle continua. Il recula vivement la tête avec une grimace. Helena s'approcha, posa la main sur l'épaule de Léa.

– Laisse, je vais m'en occuper.

Elle s'assit à sa place, prit un peu de purée, avança la main. Il gardait la bouche fermée.

– Il faut vous nourrir, reprendre des forces, après vous le ferez seul, dit-elle en français.

Il la fixa longuement, comme s'il la découvrait, hésita un instant et ouvrit la bouche. Il mangea lentement, avala avec peine, reprit son souffle. Après la cinquième bouchée, il secoua la tête, épuisé.

– N'insiste pas, dit Joseph. Reposez-vous, monsieur. On est trop nombreux dans cette pièce, tout le monde dehors. Léa, tu te chargeras des soins, on se partagera la garde avec Tereza et Helena.

Ramon fit signe à Joseph d'approcher.

– Je veux marcher, lui dit-il à l'oreille.

– Vous n'êtes pas en état. Il vaut mieux attendre.

Il fit non de la tête, s'arc-bouta sur ses coudes et réussit à se soulever. Joseph d'un côté, son garde du corps de l'autre, il fit quelques pas dans le couloir, les bras écartés, ils le portaient plus qu'il ne marchait. Ramon s'arrêta, anéanti par l'effort, haletant, les repoussa sans ménagement et revint à sa chambre en titubant, on avait l'impression qu'il allait s'écrouler, le garde du corps le suivait les mains en avant, prêt à le rattraper, il s'effondra sur son lit.

Avec son unique malade, Joseph aurait pu rattraper son retard, lire les numéros de *La Revue du praticien tchécoslovaque* qui s'empilaient, ranger son bureau et mille autres choses encore qu'il n'avait jamais le temps de faire, mais il était aussi occupé que si le sanatorium avait été plein. Sourek l'accaparait pour la rédaction de son rapport quotidien, il y apportait un soin tatillon et réclamait sans cesse des précisions.

– À Prague, ils adorent les détails. Je ne peux pas me contenter de dire qu'il va mal, je dois expliquer l'évolution de la maladie, ce que vous faites, les difficultés que vous rencontrez et votre pronostic.

– Lieutenant, vous ne me demandez pas de trahir le secret médical ?

– C'est la Sécurité intérieure qui vous l'a confié, vous comprenez ? Vous êtes en service commandé. Notre vie n'a aucune importance quand l'intérêt supérieur du pays est en jeu. Et puis, quelle importance, nous n'intervenons pas dans le traitement, on vous demande juste de le soigner et de nous dire ce qu'il a.

Joseph savait qu'il ne pourrait y échapper, seuls les morts sont à l'abri. Il donna les noms des maladies, des microbes, des bactéries, précisa les analyses auxquelles il procédait chaque jour, leurs résultats et les conclusions qu'il en tirait. Sourek notait.

– Doucement, docteur… Vous pouvez m'épeler « hypoglycémie » ?

Quand Joseph aborda la question de la pénurie médicamenteuse, Sourek leva la tête, cessa d'écrire.

– Est-ce vraiment important ?

– Le traitement prend du retard parce que la Pharmacie centrale n'a aucun stock et seulement de vieux médicaments à nous proposer. Pour les gens importants, elle s'approvisionne en Suisse et en Autriche, on doit faire venir l'isoprénaline d'Angleterre et la doxycycline est un antibiotique américain.

– Je ne peux pas écrire ça !

– Vous voulez qu'il vive ou qu'il meure ?

– Doxycycline, combien de y ?

La première fois, Sourek lui donna son rapport à corriger, il y avait tellement de termes médicaux qu'il n'arrivait pas à se relire et craignait d'avoir commis des erreurs.

Joseph se mit en colère quand, au dîner, Tereza et Helena lui apprirent qu'il les avait pressées de questions et menacées. Il exigeait qu'elles servent d'informateurs.

Joseph se rendit dans la chambre de Sourek et entra sans frapper.

– Laissez ma femme et ma fille en dehors de tout cela ! Elles me donnent un coup de main parce que vous m'avez privé de mon équipe médicale.

– Mon rapport doit refléter la réalité. Je rapporterai votre mauvais état d'esprit.

Ramon était un sujet d'étonnement, voire de stupéfaction pour Joseph. Jamais de toute sa carrière, il n'avait vu un malade aussi atteint, à la limite du coma ou de la syncope, se dresser comme un automate, ignorer à ce point sa fatigue, comme si son corps et son esprit étaient dissociés. N'importe quel être humain serait resté écrasé au fond de son lit, à cultiver cette parcelle d'énergie qui l'animait encore, lui il s'en fichait et n'écoutait personne.

Joseph entra dans sa chambre, Tereza avait assuré la dernière garde de nuit.

– Par moments, il délire, dit-elle à voix basse. Il a beaucoup de fièvre.

Joseph lui posa une main sur le front et lui prit le pouls, Ramon ouvrit un œil.

– Alors toubib, comment ça va aujourd'hui ? fit Ramon.

– C'est à vous qu'il faut demander ça, vous avez l'air

fatigué ce matin. C'est la chloroquine, je vous ai administré une dose d'éléphant.

Joseph attrapa son stéthoscope, logea les embouts dans ses oreilles et posa la membrane du pavillon sur sa poitrine. Il ferma les yeux pour se concentrer, déplaça lentement l'appareil, écouta les bruits ventilatoires.

– Il y a quelque chose que je dois vérifier. On va vous transporter à l'hôpital de Pardubice, on n'a pas le matériel ici. Eux, ils ont une très bonne installation de radiodiagnostic avec un amplificateur de brillance dernier cri. On fera une radio et après on sera fixés.

Ramon poussa un soupir.

– Mes poumons ne sont pas très beaux, j'ai un vieux point de tuberculose.

– C'est ce que je veux examiner. Ça se soigne.

- Il n'y a rien à faire. Ne vous acharnez pas, toubib, je ne veux pas servir de cobaye.

Ramon dormait, le souffle court et la poitrine en peine. Assise sur la chaise en face du lit, Helena lisait à la lumière d'une lampe posée sur la table de chevet. Le silence de la nuit régnait dans le sanatorium. Ramon ouvrit un œil, la regarda lire un moment. Peut-être fut-ce l'arrêt de son ronflement qui fit lever la tête à Helena. Il lui sourit faiblement.

– Comment vous sentez-vous ? demanda-t-elle.

– Il y a eu des jours meilleurs.

– Vous voulez boire ?

– Je veux bien.

Elle versa de l'eau dans le verre, l'aida à boire, il posa sa main sur la sienne.

– Vous avez la main brûlante. Vous avez encore de la fièvre.

– Vous vous appelez comment ?

– Je suis Helena, la fille du docteur Kaplan.

– Vous êtes infirmière ?

– Non, mais à force, je m'y connais, je lui donne un coup de main.

Elle se rassit, il ferma les yeux, elle reprit son livre.

– Vous lisez quoi ?

Elle lut de sa voix un peu grave :

– « Je meurs enfin, et pour n'espérer jamais aucun bon succès, ni dans la vie, ni dans la mort, je m'obstinerai et resterai ferme en ma pensée ; je dirai qu'on a toujours raison de bien aimer, et que l'âme la plus libre est celle qui est le plus esclave de la tyrannie de l'amour ; je dirai que celle qui fut toujours mon ennemie a l'âme aussi belle que le corps, que son indifférence naît de ma faute, et que c'est par les maux qu'il nous fait qu'Amour maintient en paix son empire… »

– Oh, *Don Quichotte…*, cela fait si longtemps, continuez, c'est tellement beau.

– « Toi qui fais voir, par tant de traitements cruels, la raison qui m'oblige à traiter de même la vie qui me lasse et que j'abhorre ; puisque cette profonde blessure de mon cœur te donne d'éclatantes preuves de la joie qu'il sent à s'offrir aux coups de ta rigueur, si, par bonheur, tu me reconnais digne que le pur ciel de tes beaux yeux soit troublé par la mort, n'en fais rien[1]… »

Elle leva les yeux, Ramon dormait, apaisé, elle continua sa lecture pour elle.

1. Traduction de Louis Viardot, éd. BeQ.

Ce Ramon était aussi un cas d'école, un de ces patients dont les professeurs raffolent pour coller leurs étudiants. Joseph ne se souvenait pas avoir croisé un malade qui collectionnait autant de pathologies. Son analyse de sang révéla une dysenterie amibienne mal soignée, une des causes de sa faiblesse et de sa maigreur. Quand Joseph le lui annonça, il ne fut pas surpris.

– Je vais vous mettre sous antibiotiques, on ne peut pas prendre de risques.

– C'est impossible, je suis allergique à la pénicilline. Il faudrait des sels de réhydratation.

– Je vais m'en procurer mais, dans votre état, cela ne sera pas suffisant. On a réussi à obtenir un nouvel antibiotique qui pourrait être très efficace contre votre palu et la dysenterie.

– Je ne les supporte pas.

– On n'est pas allergique à tous les antibiotiques, on vous a donné de la doxycycline ?

– C'est quoi ? Une tétracycline ?

– C'est de la même famille. Vous vous y connaissez ?

– Toubib, je vais vous confier un secret, je suis médecin moi aussi. Je n'ai jamais pratiqué, ou alors il y a longtemps et à l'occasion. Mais, si vous pensez qu'il le faut vraiment, je veux bien essayer.

– Il ne devrait pas y avoir de problème. À la première réaction, on arrête le traitement.

– Pour l'asthme, je ne veux plus prendre de cortisone, ça me fait gonfler.

– Je vais vous donner un médicament qui est en test, une adrénaline de synthèse, une évolution de l'isoprénaline, mais en moins dangereux, c'est aussi un bronchodilatateur. Avec ça, vous serez bientôt sur pied.

– Dans mon malheur, j'ai eu la chance de tomber sur le seul médecin tchèque qui s'y connaisse en maladies tropicales. Où avez-vous appris ?

– J'ai suivi les cours de biologie à Pasteur, à Paris, puis l'Institut m'a envoyé à Alger.

– C'est une ville que je connais bien.

– J'ai travaillé sept ans à l'Institut Pasteur d'Alger, beaucoup de recherche, beaucoup de terrain, dont trois ans dans un coin perdu. Après, vous pouvez tout soigner, je suis revenu à la fin de la guerre. J'ai adoré vivre là-bas, même si cela n'a pas toujours été facile.

– J'y suis allé souvent mais je ne connais pas le pays. Les Français y vivaient bien.

– C'est vrai, ils avaient la belle vie, les indigènes un peu moins. Dans le bled où j'étais, la misère était infernale.

– Je m'en doute.

– Non, à ce point, tant que vous ne l'avez pas vu de vos propres yeux, vous ne pouvez pas comprendre ce que ça veut dire.

Quand Joseph entra dans la chambre, la première chose qu'il sentit, ce fut l'odeur âcre du tabac. Ramon, assis dans le fauteuil, regardait la campagne par la fenêtre, son garde du corps était couché sur le lit. Sur la table, dans un cendrier, un moignon de cigare était écrasé.

– Qui a fumé ici ? demanda Joseph.

– C'est moi, fit Ramon, l'air détaché.

– Vous êtes fou !

– Pourquoi ?

– Vous avez une crise d'asthme aiguë. Dans votre cas, c'est totalement interdit.

– Par qui ?

– Par moi, par la médecine.

– Je suis asthmatique depuis ma plus tendre enfance, j'ai toujours vécu avec, j'ai toujours fumé, ce n'est pas aujourd'hui que je vais m'arrêter.

Joseph se baissa à son niveau. Ramon le fixa, étonné, les sourcils en accent circonflexe.

– Écoutez-moi bien, chez vous ou ailleurs, vous ferez ce que vous voudrez, mais vous êtes dans mon sanatorium et ici, c'est moi le patron. Soit vous m'obéissez, soit vous vous en allez. Pas question que je vous soigne dans ces conditions.

– Je ne sais pas pourquoi mais je vais vous écouter toubib. Cela dit, vous avez tort, un cigare n'a jamais fait de mal à personne.

– Arrêtez de m'appeler toubib et dites à votre garde du corps d'enlever ses pieds du lit.

« Ah, Carlitos comme tu nous manques, pensait Joseph en posant un autre 78-tours de Gardel sur son Gramophone. Quelle plus belle musique au monde, quel plus grand bonheur ? »

Chaque soir, après dîner, il se permettait une ou deux cigarettes et, avec les quatre-vingt-sept disques de sa collection, s'offrait un concert privé, même si certaines chansons revenaient plus souvent. Comment ne pas écouter encore et encore *Volver* ou *Por una cabeza*, pourquoi se serait-il privé de ce plaisir ? La magie opérait toujours, la voix aérienne l'emmenait si loin, le faisait autant frissonner, de vieux souvenirs de tourbillons l'envahissaient, des vrilles divines d'accordéon. Quand il fermait les yeux, il revenait rue de Lappe ou à Robinson. Certains soirs, quand il n'y tenait plus, il invitait Tereza à danser, il poussait la table basse et ils tournaient trois minutes.

– Encore un ?

– Avec plaisir.

Tereza se débrouillait bien, elle le connaissait depuis si longtemps, le suivait dans ses pas mesurés. Elle s'était un peu empâtée mais pour le tango cela n'a aucune importance quand on le danse de l'intérieur.

Bien sûr, il avait appris à danser à Helena. En vérité, elle le lui avait demandé. En 57 ou 58, il ne savait plus trop, elle avait neuf ou dix ans, il écoutait *Volver* interminablement. Elle s'était approchée de lui, avait posé sa main sur la sienne, lui avait souri tendrement.

– Joseph, si tu m'apprenais à danser ?

Il lui avait pris la main, y avait déposé un baiser, elle était menue, pas très grande, incertaine.

– Mademoiselle, voulez-vous m'accorder cette danse ?

Il aurait voulu lui enseigner les pas de base, que l'on tournait dans le sens inverse des aiguilles d'une montre, comment placer sa main ou se laisser guider, mais c'était inutile, elle savait déjà.

Et ils avaient dansé.

Helena était très douée. Elle tenait de son père sa légèreté, avec cette façon de pivoter comme sur du verre, de ne jamais faire peser son bras, de sentir un millième de seconde à l'avance où elle devait aller et d'anticiper comme s'ils n'étaient qu'un.

Cela avait duré longtemps, et puis, avec les années, ils avaient moins dansé, elle n'avait pas la même passion, elle en avait soupé du tango argentin. Elle préférait cette musique assourdissante qui venait d'un autre monde. Joseph avait encore des amis qui voyageaient, des députés, des hauts fonctionnaires, ils lui avaient rapporté, sous le manteau, des 33-tours qui, de ce côté du Mur, valaient plus cher que l'or. Avec Ludvik, elle écoutait dans sa chambre pendant des heures les Animals et les Beatles, une privilégiée, une fille d'apparatchik, la seule dans le coin à avoir un blue-jean, un vrai.

Elle ne supportait plus les chansonnettes en espagnol.

Elle, elle pleurait quand elle entendait *Don't let me be misunderstood*.

Joseph n'avait pas à se plaindre de son vaste appartement de fonction au premier étage de l'aile droite, même le ministre n'en avait pas un plus beau. Le salon s'ouvrait sur la campagne en arc de cercle et les bois alentour qu'il apercevait à la lueur du clair de lune qui venait d'apparaître entre les nuages. Derrière la vitre, il guettait la lisière de la forêt, quelquefois, des cerfs ou des sangliers traversaient la clairière, mais ce soir-là aucun lièvre ne batifolait sur la neige qui emprisonnait encore ce versant venteux. Il n'avait jamais su quel fonctionnaire imbécile avait décidé de construire un sanatorium à cet endroit, il n'y avait pas de pire lieu pour accueillir des malades, avec un microclimat malsain, il y faisait toujours froid et humide, et souvent, hiver comme été, les nuages percutaient la colline et l'enveloppaient de brume pendant des jours. Mais, si on n'avait choisi que des sites parfaits, il n'y aurait eu aucun sanatorium dans ce pays.

Joseph s'inquiétait de n'avoir aucune nouvelle du ministère, ils avaient pourtant été prévenus de la réquisition. Le lendemain, il téléphonerait encore à Prague pour savoir ce qu'allaient devenir les autres malades.

– Vivement qu'il se rétablisse et s'en aille, dit-il à Tereza et à Helena qui lisaient dans le canapé, et que notre vie normale reprenne. Maintenant qu'on a chassé les ouvriers, les travaux sont en plan, ils ne reviendront pas avant l'année prochaine, j'ai eu tellement de mal à les obtenir. Tant pis, on se débrouillera pour utiliser la cuisine dans l'état où ils l'ont laissée.

Il chercha un disque, le plaça sur le plateau, abaissa délicatement le bras. Un grésillement sortit de l'amplificateur dissimulé dans le boîtier. Helena poussa un soupir. Joseph s'assit dans le fauteuil, alluma une Sparta et ferma les yeux pour écouter *La última copa* :

Je l'aimais, les amis, et je l'aime
Et jamais je ne pourrai l'oublier
C'est pour elle que je m'enivre
Et, elle qui sait ce qu'elle fait

Des coups répétés furent frappés à la porte. Tereza alla ouvrir. Ramon apparut, un sourire en coin, son garde du corps derrière lui. Joseph les rejoignit, puis Helena.

– Bonsoir, docteur, lança-t-il, ne vous inquiétez pas, tout va bien. J'ai entendu cette voix, cela m'a fait un choc, vous ne pouvez pas savoir. J'ai cru que je devenais fou, que j'avais une hallucination, je ne m'y attendais pas. Vous connaissez Gardel ?

– Malheureusement, c'est sa passion, répondit Helena.

– Vous n'aimez pas Gardel ?

– Ça sent la naphtaline, vous ne trouvez pas ?

– Oh non, pas Gardel, il est merveilleux.

– Ah, tu vois, fit Joseph. Vous voulez vous joindre à nous ?

– Avec plaisir, docteur… *Vete a acostar*[1], dit-il au garde du corps.

Il lui ferma la porte au nez, avança avec prudence et se laissa choir sur le canapé.

– Vous avez l'air fatigué, dit Tereza.

– Ça va mieux. La fièvre est tombée mais je me sens à plat.

– C'est normal, reprit Joseph, il faut vous reposer.

– Je n'en peux plus de rester couché.

Ses yeux fixaient le paquet de cigarettes sur la table basse. Il interrogea Joseph du regard.

– Dans votre état, c'est hors de question.

– J'en crève d'envie. C'est ça qui m'empêche de respirer.

– Non, c'est votre asthme, et vous le savez aussi bien que moi.

Joseph prit le disque sur le plateau et le rangea dans la pochette imprimée. Ramon se leva avec peine, refusa l'aide de Tereza et rejoignit Joseph. Il se mit à feuilleter les disques rangés à la verticale, en sortit des caisses pour lire les titres.

– Vous les avez tous, c'est incroyable.

– Il en manque quelques-uns qui sont vraiment introuvables.

– Oh… *Tomo y obligo*, ma mère adorait Gardel et ce film, *Luces de Buenos Aires*, elle m'a emmené le voir deux fois quand j'étais jeune.

Il donna le disque à Joseph, qui le posa sur le phono.

– Merci… Je n'ai pas l'oreille très musicale, poursuivit Ramon, je confonds les musiques, mais Gardel c'est sacré.

1. Va te coucher.

Il s'assit dans le fauteuil, les volutes d'accordéon s'élevèrent lentement, Ramon retrouvait les paroles au fur et à mesure, les murmurait pour lui-même :

C'est ma tournée, mon gars, sortons les verres
Car j'ai besoin de tuer le regret.
Sans ami, sans patrie, loin de ma terre,
Je veux noyer ma peine à tes côtés…

À la fin de la chanson, il resta un moment perdu dans ses pensées, on entendait le bruit du bras qui revenait sans cesse.

– … Ce sont de vieux souvenirs, dit-il enfin. Je ne suis pas d'un tempérament mélancolique. Je ne pense jamais au passé. Mais je me rappelle qu'à la mort de Gardel, j'avais sept ou huit ans, ça a été dramatique, ma mère était effondrée, c'est la seule fois de ma vie où je l'ai vue pleurer, mon père aussi. Pourtant il avait eu un différend avec Gardel, avant qu'il soit célèbre, ils s'étaient battus, je crois, il était anéanti. Pour nous, la vie venait de s'arrêter sur terre.

– Grâce à lui, le tango est devenu universel, dit Joseph.

– En Argentine, c'était un dieu vivant, beaucoup plus qu'un chanteur populaire. Chacun pleurait comme s'il avait perdu un frère ou un ami intime. Ce fut un vrai deuil national, à Buenos Aires, il y avait au moins un million de personnes à son enterrement. Tout le monde était bouleversé. Cela fait trente ans et je m'en souviens comme si c'était hier.

Joseph le fixa avec intensité.

– Bien sûr.

Les progres de la science (en général) et les nouveaux produits des laboratoires impérialistes (en particulier) contribuèrent à sauver Ramon. Pour le tirer d'affaire, Joseph avait été obligé de tenter des associations médicamenteuses à des doses jamais expérimentées auparavant.

Neuf jours après son arrivée, Ramon était à peu près remis sur pied, mais autant que le talent de Joseph ou la constitution insubmersible du malade, ce fut Marta, la cuisinière, qui contribua à sa résurrection. Marta, qui n'avait jamais fait d'études culinaires et ignorait même que cela pût exister, qui savait juste lire et compter mais ne lisait rien et n'avait pas grand-chose à compter, qui avait appris sur le tas à la cantine peu réputée du ministère des Anciens Combattants, était, avec les années, devenue l'alliée indéfectible de Joseph dans les guérisons du sanatorium.

Le premier jour, elle lui avait servi sa purée aux oignons, ils remarquèrent tous que Ramon avait senti d'abord et ouvert les yeux après. Les jours suivants, toujours dans un piètre état, il avait eu droit au même traitement mais, à chaque repas, le nombre de fourchetées ingurgitées augmentait de deux ou trois unités. Quand Tereza ou Léa essayaient de le nourrir, Ramon secouait péniblement la tête et gardait la bouche fermée. Lorsque c'était Helena, il se laissait alimenter.

– Allez, encore une pour me faire plaisir.

Et il faisait cet effort. Elle était donc devenue sa nourricière attitrée. Il mangeait lentement la purée, refusait quand c'était trop chaud, et elle soufflait sur chaque bouchée pour la refroidir avant de la lui présenter. Quand l'antipaludique commença à produire son effet, Ramon se redressa sur son oreiller, Marta ajouta une de ses fameuses boulettes rôties de la taille d'une orange, pétries avec de la mie de pain trempée dans du vin blanc. Joseph trouvait que ce n'était pas une alimentation pour un grand malade.

– Un peu lourd peut-être, les paludéens n'ont pas d'appétit.

En apercevant le plat, Ramon exigea de se lever, s'assit pour la première fois en face de la table, tira lui-même la chaise.

– On est heureux de le voir ainsi, dit Sourek avec un sourire surprenant de reconnaissance.

Ils étaient autour de lui, émus comme les courtisans qui assistaient au repas du roi. Helena lui présenta l'assiette. Elle était copieuse. Ramon découpa la boulette avec la fourchette et l'engloutit avec de la purée.

– Y en a encore ?

– Qu'est-ce qu'il a dit? fit Sourek.

Ce soir-là, il en avala une et demie, à la satisfaction générale. Le lendemain, quand Joseph l'examina, Ramon l'interrogea.

– J'espère qu'il y aura des boulettes à midi ?

Marta n'eut pas besoin de se casser trop la tête pour savoir quoi lui préparer. Elle aimait les hommes qui ne faisaient pas de chichis, celui-là aimait les assiettes bien remplies. Par le truchement d'Helena, il lui disait que c'était délicieux et qu'il n'avait jamais rien mangé de meilleur. Elle le soignait avec encore plus de sollicitude que les autres malades, un bel homme aussi, même s'il ressemblait à un chat dépenaillé, avec la peau sur les os, quelle pitié de le voir avancer de son pas de vieillard, les épaules voûtées, elle avait peur qu'il s'écroule.

Sourek se trouvait confronté à un problème qu'il ne savait pas résoudre. À peine la fièvre était-elle tombée, Ramon s'était levé et avait décidé de sortir se dégourdir les jambes. Joseph l'avait raisonné en usant de cette diplomatie paternaliste que les médecins utilisent pour venir à bout de leurs patients récalcitrants ; il avait invoqué sa faiblesse, l'action des antibiotiques, le risque de prendre froid et ses poumons fragiles. Joseph devait l'impressionner, Ramon n'osa rien dire et alla passer son courroux sur Sourek qui prenait un thé à la cuisine. Comme dans tous les sanatoriums, on n'entendait pas une mouche voler, le bruit de sa fureur résonna dans le bâtiment, une colère en espagnol avec des grossièretés inouïes à faire dégringoler un oiseau migrateur en plein vol. L'écho en parvint à Joseph, heureusement, il ne comprenait pas cette langue exotique et se dit : « Il récupère bien le gaillard, je suis content. »

– Est-ce que je suis libre ou est-ce que je suis en prison ? hurla Ramon à Sourek qui ne se permettait pas de rétorquer. Comment peut-on m'interdire quoi que ce soit ! Pour qui se prend-il ce toubib ! Vous avez intérêt à arranger cela au plus vite ou ça ira mal pour vous. Et je vous préviens, je veux pouvoir fumer ! Et des cigares !

Ramon partit en claquant la porte, l'officier alla voir Joseph dans son bureau et, sous le sceau du secret, se confia à lui.

– Je suis obligé de vous révéler, professeur, que Ramon Benitez est un camarade très important, une personnalité même, les instructions le concernant viennent de…

Il ne finit pas sa phrase, le visage soudain paralysé, avec son index il désigna à plusieurs reprises le plafond en opinant de la tête.

– Je connais le président Novotný, j'ai soigné sa femme et son fils, je lui en toucherai deux mots.

– Vous m'avez mal compris, poursuivit Sourek en baissant la voix, cela vient de beaucoup plus haut encore, du plus haut qu'on puisse imaginer…, du sommet de l'Union soviétique. Il parle d'égal à égal avec… On ne peut rien lui refuser. Vous ne pouvez rien lui interdire.

– Lieutenant, un malade, c'est un malade. Vous me l'avez confié parce que je suis le seul médecin dans ce pays à pouvoir le soigner. Il va mieux mais il n'est pas tiré d'affaire. Croyez-vous qu'on vous pardonnera s'il fait une rechute ?

Sourek devint le souffre-douleur de Ramon qui n'arrivait à rien dire à Joseph. Quand ce dernier l'auscultait et lui demandait : « Y a-t-il un autre problème dont vous voudriez me parler ? » Ramon réfléchissait quelques secondes avant de répondre : « Je ne vois pas, non, tout va bien. » Puis il s'en prenait à ce pauvre lieutenant, hurlait, l'insultait, lui lançait au visage ce qui lui tombait sous la main, et Sourek n'avait d'autre solution que de venir négocier avec Joseph qui conservait un calme qui l'étonnait lui-même et répondait : « Non, c'est non ! »

Ramon tournait dans sa chambre comme un guépard en cage, en zigzags irréguliers, se cognait au lit, heurtait le fauteuil, allait en quatre pas de la fenêtre à la porte, s'asseyait trente secondes, se relevait, regardait par la fenêtre le morne paysage enneigé et se rongeait les ongles qu'il avait pourtant très courts.

Quand on frappait, il répondait en espagnol, et Sourek ou son garde du corps apparaissait. Il leur claquait la porte au visage et s'énervait, toujours en espagnol. Il criait à suffoquer, avait des quintes de toux que son nébuliseur ne parvenait plus à calmer.

On tapa à la porte, il cria : « *¡Que pasen*[1] *!* » On ne lui obéit pas, il ouvrit à Helena.

– Je n'en peux plus, lâcha-t-il, à bout de souffle. J'ai de

1. Entrez !

l'électricité qui me traverse le corps. Je ne supporte pas de rester enfermé. Je crois que je vais mourir ici.

– Bon, on va aller faire un tour.

– Votre père ne veut pas que je sorte.

– Je m'arrangerai avec lui, dit-elle en prenant la couverture en laine blanche et verte dans l'armoire. (Elle la lui ajusta sur les épaules.) Vous ressemblez à un empereur romain.

– Il ne va pas être content.

– On ne va pas discuter pendant des heures. Allez, on y va.

Elle lui fit signe de passer, il sortit dans le couloir. Elle disparut à l'étage du dessus un instant et revint, vêtue de son manteau. Ils prirent l'escalier intérieur, passèrent par l'économat. Elle ouvrit la porte, un vent froid leur sauta au visage.

– Mettez la couverture sur votre tête… Comme on fait avec les nourrissons.

Elle se saisit des pans de la couverture et l'emmitoufla complètement, laissant juste une ouverture pour les yeux. Elle lui tendit la main.

– L'escalier est mal orienté, ça gèle sans arrêt, il faut faire attention.

Ils descendirent avec précaution les marches brillantes, il s'appuyait sur elle, de son autre main il s'accrochait à la rampe. Ils arrivèrent en bas, elle réajusta la couverture.

– Tenez-la. Vous n'avez pas froid ?… (Un *Non* sortit de la couverture.) On va vers la coopérative. Si vous vous sentez fatigué, vous me prévenez.

Helena leva la tête et aperçut Joseph qui, derrière la fenêtre de son bureau, les bras croisés, les suivait du regard. Il lui sembla immense, il ne répondit pas à son signe de la main.

Quelques trous de ciel bleu apparaissaient et un pâle soleil éclairait les nuages. La route avait été dégagée jusqu'au sanatorium, la neige noircie, repoussée dans les champs, s'accumulait sur un bon mètre, les congères commençaient à fondre, l'eau ruisselait comme s'il avait plu. Ils marchèrent en silence, côte à côte, de la buée sortait de la fente de la couverture. Au bout de cent mètres, le sanatorium disparut derrière le tournant, elle prit trois mètres d'avance, l'attendit, il rabattit la couverture sur ses épaules, il était ébouriffé et transpirait.

– Ça va ?

Il fit signe que oui, il respirait rapidement.

– On continue ? demanda-t-elle.

– Est-ce que vous fumez ?

– Oui.

– Vous n'avez pas une cigarette ?

Elle le fixa avec un sourire étonné. Elle allait lui dire qu'il exagérait, il la devança :

– Vous savez, dans l'état où sont mes poumons, cela ne changera rien.

Il y avait dans les yeux noirs de cet homme un mélange de fragilité et de détermination, d'enfance et de désespoir, quelque chose qu'elle n'avait jamais vu avant et qui la bouleversa.

– Je vous en prie.

Elle sortit son paquet de Petra du manteau, lui donna une cigarette, en prit une aussi. Elle gratta une allumette, il inclina la tête pour l'allumer, inspira une longue bouffée, ferma les yeux et souffla la fumée avec ravissement.

– Oh, merci. Vous ne pouvez pas savoir à quel point ça fait du bien.

– On va continuer à se vouvoyer longtemps ?

– Je ne crois pas, non. J'ai les pieds tout mouillés.

Elle baissa la tête, ses chaussures noires de ville émergeaient dans la gadoue.

– Surtout, ne le dis pas à ton père.

Le retour fut plus long, la couverture glissait, un pan traînait sur le sol mouillé, Ramon la remettait sans cesse sur ses épaules, il avait chaud et froid en même temps, il avançait plus lentement, la respiration hachée, il avait oublié son nébuliseur.

– Je ne sais pas ce que j'ai.

– C'est peut-être la cigarette, non ?

– Tu n'as pas honte de m'en avoir donné une ? Tu ne sais pas que je suis asthmatique ?

Elle allait répondre quand elle vit ses yeux brillants, elle chercha son paquet dans sa poche, alluma une cigarette.

– Tu en veux une ? Mais avec ce que tu as, je te le déconseille. Les pieds, ça va ?

– Ils sont glacés. Tu es très belle, tu sais.

– Quel âge as-tu, camarade ?

– Arrête de m'appeler camarade, je vais avoir trente-huit ans.

– Tu pourrais être mon père.

– Quel âge a ton père ?

– Cinquante-six ans.

– Je pourrais être son fils aussi.

– Tu as vingt ans de plus que moi.

– Et toi, comment me trouves-tu ?

– Fatigué.

Ils paraissaient tous tellement grands, alignés sur les marches de l'escalier du sanatorium à les regarder revenir, Helena un peu en avant et Ramon à quelques mètres. Joseph descendit au-devant d'eux, Helena passa sans s'arrêter, il rejoignit Ramon, ramassa la couverture qu'il venait de laisser tomber.

– Je vais traîner combien de temps comme ça ?

– Il faut de la patience, vous savez bien.

Ramon monta les marches avec peine et le souffle court, en prenant appui sur le bras de Joseph. Son garde du corps et Sourek les rejoignirent.

– Ce n'est pas très prudent de partir sans nous prévenir, dit Sourek en espagnol.

– Qu'est-ce qu'il y a ? J'ai plus le droit de me promener ? De quoi vous avez peur ? Que je me fasse tuer par la CIA ?

– Je vous en prie, il y a des oreilles ennemies.

– Il n'y a pas un Américain à cent kilomètres à la ronde !

– On ne les voit pas mais ils sont là.

– Espèce d'imbécile, vous y croyez ! Foutez le camp !

Sourek et le garde du corps remontèrent rapidement les marches et disparurent. Ramon se retrouva seul en face de Joseph.

– Cet abruti a peur que je me fasse enlever par la CIA.

– Vous avez beaucoup attaqué les États-Unis, c'est normal qu'ils ne vous aiment pas.

– Vous savez qui je suis ?

– Ramon Benitez, citoyen uruguayen… ou argentin peut-être.

– Qui vous en a parlé ?

– Vous. Votre passion pour votre compatriote Gardel vous a trahi, et puis un ancien médecin asthmatique couvert de blessures et qui présente quelques ressemblances physiques avec un guérillero connu.

– Je vous en prie, n'en parlez à personne. Vous croyez que je vais récupérer ?

– Je vous le promets. Mais, vous devez être raisonnable.

– Si j'avais été raisonnable, je ne serais pas là.

Je suis argentin mais j'ai oublié l'Argentine. Cela fait si longtemps que j'en suis parti, j'ai l'impression que c'était un autre homme, une autre vie ; en douze ans, un retour de quelques heures seulement et sans revoir les miens ni cette ville que j'aime tant ; Buenos Aires est un tango et moi un Argentin indigne, je ne sais pas danser ; aujourd'hui j'ai si peu d'amis argentins à mes côtés, de vrais amis, comme des frères, pas des connaissances, que souvent je me dis que je suis un étranger dans mon propre pays, je m'en suis détaché, éloigné volontairement, parce que je pensais que, là-bas, rien n'était possible ; pour quelles raisons me suis-je si peu préoccupé de ma terre natale ? l'abandonnant aux réactionnaires et aux militaires. C'est vrai pendant ma jeunesse, je ne m'intéressais pas à la politique, j'ai regardé de loin les mouvements de protestation et l'agitation étudiante, je vivais avec ce sentiment étrange et puissant que mon pays, c'était l'Amérique latine, le continent de la misère, des opprimés et des victimes de l'impérialisme, il y avait pourtant tellement de luttes à y mener, j'ai laissé à d'autres le soin de combattre, ils ont été éliminés si rapidement que c'est comme s'il ne s'était rien passé, nous avons abandonné ceux qui luttent ; ce que nous avons réussi à Cuba, nous aurions pu le faire en Argentine, ce sera notre prochain combat, là-bas tout est possible, le fruit est mûr.

Joseph était mécontent, il ne pouvait le dissimuler, et Helena était mécontente parce qu'il était mécontent après elle. Joseph s'était fait une raison, quand quelque chose lui déplaisait chez sa fille ou chez Tereza, la plupart du temps, il n'en laissait rien paraître et la colère s'évanouissait vite. Le lendemain, il n'y pensait plus, cela ne valait pas la peine de se heurter et de se blesser. Il tenait à ce que l'harmonie règne dans sa famille, s'évertuait à la protéger de ces humeurs qui pourrissent la vie de chaque jour, se disait qu'il était préférable de ne pas s'agresser et pensait qu'il y avait peu de choses, très peu vraiment, qui valaient que l'on se fâche.

Ce soir-là pourtant, son irritation se devinait sur son visage de bronze, sa bouche disparue et ses deux poings posés sur la table, l'incendie ne demandait qu'à se propager et Tereza jetait de l'eau sur la braise qui couvait en monopolisant la conversation et en racontant les derniers potins de la coopérative : Miroslav avait surpris Magda au lit avec Milos, en plein après-midi.

– Vous vous rendez compte ? En plein après-midi !

Probablement aurait-elle réussi à faire passer l'orage si Helena n'avait jugé utile d'en rajouter :

– Mais pour qui ils se prennent ces paysans bornés, ils n'ont pas encore compris qu'ils ne sont pas propriétaires de leurs femmes comme d'une vache ou d'un chien à qui on donne un ordre ?

Oui, tous les efforts de Tereza se révélèrent inutiles, Helena le remarqua aussitôt sur le visage de son père qui devint rouge.

– Ça suffit ! cria-t-il en tapant du poing. (La soupe se mit à tanguer et faillit verser.) Je te préviens, je ne veux plus, tu entends, je ne veux plus que tu sortes avec monsieur Benitez. Je ne peux pas l'enfermer à clef, s'il veut aller faire un tour, qu'il y aille, mais seul !

– J'ai voulu l'aider, c'est tout, il avait l'air tellement perdu.

– Tu n'as pas à te promener avec lui. Sourek peut y aller, ou son garde du corps. Et moins tu auras de contacts avec Ramon, mieux ça vaudra.

– C'est toi qui m'as demandé de donner un coup de main, j'avais autre chose à faire, et de plus intéressant, crois-moi.

– Tu t'impliques trop. Tu dois apprendre à rester à ta place.

– J'ai quel âge, d'après toi ? Je te l'ai déjà dit, Joseph, je suis bientôt majeure et tu n'as pas à me donner d'ordres.

– Tant que tu seras chez moi, tu feras ce que je te dirai.

– Si tu préfères, je peux partir demain.

– Je te dis simplement que tu dois rester à l'écart de cet homme.

– Je ferai ce que je voudrai, tu n'as pas à me dire ce que je dois faire !

Elle se leva, furieuse, jeta sa serviette à terre et quitta la table. Joseph était navré, sa colère était retombée. Helena ouvrit la porte et tomba nez à nez avec Ramon.

– Qu'est-ce que vous voulez ? dit-elle en tchèque.

– Il faut me parler français. J'ai frappé mais personne n'a répondu. J'ai entendu des cris. Tout va bien ?

– Vous désirez quelque chose ?

– Les soirées sont longues, je m'embête dans ma chambre. Je n'ai personne avec qui parler, enfin parler vraiment.

– Entrez, monsieur Benitez, fit Joseph en les rejoignant avec un sourire accueillant.

– Pas de protocole, appelez-moi Ramon, tout simplement.

Peut-être était-ce dû à son état de fatigue mais Ramon n'aimait pas rester seul, il avait besoin de compagnie, il appréciait, comme il leur expliqua, la douceur de leur foyer familial, cette chaleur humaine qui lui manquait aujourd'hui, de parler de choses et d'autres, de rien, de la vie qui passe tout simplement.

Tereza lui proposa une assiette de soupe. Rien ne lui aurait fait plus plaisir mais il avait déjà mangé. Il accepta quand même, elle sentait si bon cette soupe aux pois. Il ramassa la serviette d'Helena, la lui rendit, ils s'assirent autour de la table et poursuivirent le repas en évoquant le temps assez doux pour la saison et la fonte des neiges qui annonçait le printemps, ils en avaient bien besoin après ce méchant hiver.

– Je peux vous demander quelque chose, Joseph ?

– Bien sûr, Ramon.

– Auriez-vous la gentillesse de me passer un disque de Gardel ?

– Qu'aimeriez-vous écouter ?

– Si vous aviez... *El día que me quieras.*

Joseph apprécia en connaisseur, trouva le disque immédiatement, remonta la manivelle et actionna le bras du phono.

– Vous allez voir, dit Ramon à Helena, c'est de la grande poésie.

Joseph revint vers la table. La voix de Gardel s'éleva, chaleureuse et aérienne. Ramon marmonna les paroles pour lui-même et ils pouvaient les suivre sur ses lèvres :

El día que me quieras
la rosa que engalana,
se vestirá de fiesta
con su mejor color.

– Vous savez, Ramon, Joseph est un merveilleux danseur, dit Tereza.

– Arrête.

– Oh, montrez-moi, répondit Ramon, je vous en prie.

Joseph rajusta sa cravate et présenta son bras à Tereza.

– Invite plutôt ta fille, elle danse mieux que moi.

Il pivota vers Helena et avança la main.

– Ça fait si longtemps qu'on n'a pas dansé ensemble, Joseph.

– Allez, pour me faire pardonner.

– Tant pis pour toi.

Elle se leva, il ouvrit les bras, et ils se mirent à tourner, lentement, chacun de leurs mouvements était en symbiose avec la musique, ils se devinaient tellement qu'il était impossible de dire qui dirigeait l'autre, il s'enroulait sur elle, elle ondulait sur lui, on aurait dit un prince et une princesse dans un film.

Ramon les suivait du regard, la bouche entrouverte. À la fin de la chanson, personne ne prêta attention au grésillement du tourne-disque, ils ralentirent imperceptiblement et s'immobilisèrent au bout de quelques secondes, Ramon applaudit.

– Bravo, bravo, c'était magnifique.

Joseph fouilla dans sa collection et mit un autre disque de Gardel :

– Tu veux danser ? demanda Helena à Ramon.

– Malheureusement, je danse comme une bûche, tu me détesterais.

Ils dînèrent en musique, chose qu'ils ne faisaient jamais.

– Où avez-vous appris à danser comme cela ? interrogea Ramon.

– En regardant les autres, je pense, personne ne m'a appris, oui, j'ai su de façon spontanée. La valse et le tango sont de vieilles passions, répondit Joseph.

– Il n'y a que mon père qui danse encore le tango dans ce pays.

– Tu m'apprendras ?

– Moi, je ne suis pas très tango.

– J'ai été très heureux de cette promenade cet après-midi, ça m'a fait le plus grand bien. J'espère que nous en ferons d'autres ?

– Si mon père est d'accord.

Ramon n'eut pas besoin de demander, Joseph donna son autorisation, à la condition qu'il se couvre la tête et le cou et soit raisonnable.

– Il faudrait lui trouver des chaussures, les siennes prennent l'eau, poursuivit Helena.

– Je le savais ! s'écria Joseph. Dans votre état, il ne faut surtout pas vous enrhumer.

– Tu fais quelle pointure ?

– Du quarante et un.

– La même taille que Ludvik, dit Tereza, je vais vous en apporter une paire.

– Vous êtes obligés de vous tutoyer ? demanda Joseph après son départ. Je n'aime pas ça.

– Il a besoin de se sentir à l'aise, c'est tout.

Ramon prit l'habitude de venir dîner chaque soir, il préférait cette ambiance familiale à sa chambre monacale et à un repas en tête à tête avec Sourek. Il y avait comme un rituel, Joseph mettait quelques disques de Gardel mais ils évitèrent de danser à nouveau. Ramon avait bon appétit, il ne se faisait pas prier pour reprendre de chaque plat, demandait leur nom en tchèque, il n'y avait pas besoin de lui répéter, il avait une mémoire étonnante mais sa prononciation laissait à désirer. Il retint une centaine de mots qu'il mettait bout à bout pour féliciter Marta, son accent la faisait rire, elle le rectifiait, il allait souvent dans la cuisine en chantier et arrivait à se faire comprendre pour lui commander ses plats préférés. Très vite, il tutoya Joseph.

– C'est plus simple, non ?

Au début, Joseph eut plus de mal, Ramon le reprenait souvent. Il demanda à Tereza si cela ne la dérangeait pas et, comme elle n'y voyait pas d'objection, ils se tutoyèrent aussi.

Une fois par semaine, Ramon se livrait à un exercice obligatoire. Ses cheveux repoussaient vite et sa calvitie fabriquée disparaissait, le sommet de son crâne se couvrant d'un duvet noir et dense. Son garde du corps jouait au coiffeur. Il lui mettait une serviette sur les épaules, lui mouillait la tête et, délicatement, avec un rasoir, il enlevait les cheveux apparus, guidé par le contour de la couronne qu'il égalisait avec des ciseaux. Sourek, en face de lui, tenait le passeport uruguayen à la main et guidait le garde du corps. Le visage de Ramon finissait par ressembler à celui anonyme et passe-partout de sa photographie d'identité, ce qui le satisfaisait quand il se découvrait dans la glace.

– *Esta perfecta, hombre.*

Chaque jour aussi, vers trois heures, Ramon s'asseyait dans un des grands fauteuils de l'accueil. Il attendait Helena. Il ouvrait un livre étroit à la couverture blanche et froissée qu'il portait toujours sur lui, en lisait une ou deux pages ou il ne faisait rien, les yeux dans le vide. Parfois aussi, il écrivait dans un carnet vert qui tenait avec un élastique. Quand quelqu'un passait et lui demandait comment ça allait, il répondait : « Je ne sais pas. » Il fixait les énormes chaussures de Ludvik que

Tereza lui avait données. Elles pesaient un poids fou. Elles brillaient, c'était dommage de sortir avec, elle les astiquait avec conviction, Ramon lui avait dit : « Ne te casse pas la tête, Tereza, inutile de te donner autant de mal. » Elle était pleine d'attentions avec lui. Il avait hérité d'autres affaires de Ludvik, un anorak bleu, une écharpe en grosse laine, marron et verte, avec le bonnet assorti et des gants bardés de cuir qu'il utilisait quand il avait le temps de faire du hockey. Ramon regardait fondre la neige par la fenêtre, le plancher de la terrasse commençait à apparaître, plus loin, la forêt se dessinait, des paquets de neige tombaient des sapins, la chute se répercutait de branche en branche et, d'un coup, l'arbre surgissait comme s'il s'ébrouait après l'interminable hiver. C'était un spectacle dont il ne se lassait pas. Et puis Helena arrivait : « On y va ? » Elle le calfeutrait avec l'écharpe, ajustait le bonnet sur les oreilles et la nuque, ils partaient en balade. Ils descendaient vers la coopérative. Les paysans les saluaient de loin. Personne ne s'arrêtait de travailler pour bavarder avec eux. Ils poursuivaient jusqu'à la route, continuaient par la clairière ouverte par les bûcherons, s'asseyaient sur les troncs empilés, et là, ils fumaient une cigarette.

Une seule, avait prévenu Helena.

Ramon la savourait, tirait dessus jusqu'à s'en brûler les doigts, il essayait d'en avoir une autre, négociait, jurait que ça ne lui faisait pas de mal, au contraire, mais Helena tenait bon. Ensuite, ils rentraient, sans trop se presser.

– Dis-moi une chose, Helena, es-tu communiste ?

– À qui je réponds ? À l'ami ou au dirigeant ?

– Ne te moque pas de moi, je ne dirige rien du tout.

– Dans ce pays, les communistes ont été pendus ou jetés

en prison. Plus personne n'y croit. On fait semblant pour avoir la paix.

– C'est triste, non ? Peut-être que tu te trompes ?

– Faisons des élections, des vraies et tu verras.

– Toi, tu as envie de quoi ?

– Moi, à la première occasion, je me sauve.

– Et tu veux aller où ?

– En Amérique. Je rêve d'aller à San Francisco.

– Oh non, ne me dis pas ça. C'est un pays horrible, le totalitarisme impérialiste avec des élections libres.

– Je ne crois pas, non. Je veux faire du cinéma et ce que bon me semble sans avoir un censeur sur le dos, vivre mes rêves et pas ceux des autres.

Je suis médecin mais je n'ai soigné presque personne, c'était le rêve de ma jeunesse. Pourquoi aurais-je fait six ans d'études sinon, passé des milliers d'heures le cul sur une chaise en bibliothèque et obtenu mon diplôme avec les félicitations du jury si ce n'était pas pour sauver des vies ? Pourquoi suis-je parti courir l'Amérique latine comme un vagabond ? Pour ne pas m'installer, bien sûr. Ce mot m'a toujours fait horreur, dans tous les sens du terme. Je n'ai pas eu peur de soigner des lépreux à mains nues, je savais quoi faire, mais face à ceux que la misère a détruits, à qui on a volé leur dignité d'être humain, face à cette vieille grand-mère asthmatique que j'ai regardée mourir, j'étais impuissant, totalement impuissant, la cause de ses maux n'était pas dans ses poumons. Cette misère noire m'a toujours effaré, c'est la pire des maladies. Le fléau universel. Le médecin n'a d'autre traitement contre l'extrême dénuement qu'une parole creuse de réconfort, son médicament soignera la conséquence, jamais l'origine du mal. Aucun médecin ne pourra jamais s'atta-

quer à la maladie de la misère et de l'exploitation. Les exploités n'ont pas besoin de compassion mais de fusils. Voilà pourquoi j'ai renoncé à exercer, je ne le regrette pas. À Cuba, pendant la guérilla, je me suis trouvé confronté à un choix fondamental, il fallait fuir, abandonner le superflu, je n'ai pas hésité une seconde, j'ai laissé les médicaments et j'ai gardé les munitions. Nous avons gagné parce que nous avons eu le courage d'affronter la mort. C'était pourtant une belle idée de vouloir soigner les hommes, pourquoi a-t-il fallu en plus que je veuille les rendre heureux ? Est-ce seulement possible ? Quelle est la bonne réponse à l'exploitation des hommes ? N'y a-t-il pas d'autre alternative que de prendre les armes ? Mais aujourd'hui, ici, si loin de chez moi, après tout ce qui s'est passé, une question m'obsède : Ai-je vraiment trouvé ce que je cherchais ?

Joseph, Tereza et Helena contemplaient Ramon en train de manger. Il engloutissait le contenu de son assiette comme s'il s'agissait d'une compétition, à peine Tereza l'avait-elle remplie qu'en quelques coups de fourchette, il la vidait.

– Vous n'êtes pas pressé, osait Joseph, nous avons toute la soirée.

– Vous en voulez encore ? proposait Tereza.

Il avançait son assiette, elle le resservait. En vérité, Ramon ne prêtait aucune attention à ce qu'il avalait. De la nourriture comme de l'essence qu'on rajoute dans un réservoir pour que la voiture avance.

– Arrête de te dépêcher, pourquoi tu manges si vite ? demanda Helena.

Ce fut la deuxième fois qu'il évoqua sa vie d'avant :

– J'ai pris de mauvaises habitudes. À une certaine époque, avec mes hommes, on ne mangeait pas tous les jours, et même on ignorait quand et si on remangerait. On ne craignait pas nos ennemis mais de mourir de faim, on en était réduits à sucer des cailloux et à mâchouiller de l'herbe pour se souvenir à quoi servaient nos mâchoires. Aussi, quand on arrivait à s'alimenter, on pratiquait d'instinct la stratégie du chameau, se remplir la panse au maximum en prévision des jours de disette, c'est idiot bien sûr, mais c'est un réflexe de pauvre et il faut avoir eu très faim pour comprendre que ce n'est pas idiot.

Ce dimanche midi, Ramon arriva tôt, Tereza mettait la table, Helena l'aidait. Ramon voulut participer, les protestations de Tereza ne purent le dissuader d'apporter sa contribution, les tâches ménagères le concernaient aussi.

– Il faudrait éduquer les camarades tchèques qui ont du mal à s'y faire, dit Tereza.

– Parle pour les gens de ta génération, répondit Helena. Aujourd'hui, les jeunes n'ont plus ces problèmes.

– Je me suis souvent demandé à quoi servaient les révolutions, maintenant je sais, conclut Ramon. Où est Joseph ?

– Il se relance dans la cuisine africaine. Faites attention, il est assez susceptible avec ça.

– On se tutoie, Tereza.

Joseph, installé sur la terrasse, avait profité du temps clément pour ressortir son matériel qui avait dormi tout l'hiver. Il l'avait conçu de mémoire, peu après son installation à Kamenice, dessinant les plans et n'hésitant pas à recourir aux services du maréchal-ferrant pour les pièces en métal compliquées. Cette machine d'un bon mètre de haut ne ressemblait à rien de connu en Europe de l'Est. Montée sur roulettes avec un bac rectangulaire assez grand pour contenir un mouton, surmontée d'une grille en fer réglable à trente centimètres au-dessus de la braise, elle affichait un poids respectable. Il était également le seul à savoir la faire fonctionner et à avoir le droit d'y toucher. L'appareil permettait de rôtir en plein air de la viande de bœuf, des côtelettes de porc et des saucisses de toutes sortes.

Enfin, presque.

Malgré de nombreux essais, il n'avait jamais réussi à retrouver le goût de cette saucisse piquante et si délicieuse dont il raffolait à Alger. En partant, il n'avait pas pensé à demander la recette. Il avait essayé de la retrouver, en vain, et les trois bouchers, dont le sien à Prague qu'il avait sollicité, avaient fait preuve de bonne volonté, testé différents poivres et épices, ajouté du cumin, de la marjolaine, du raifort, d'autres condiments encore, c'était souvent original, mais cela n'avait rien à voir avec la merguez, la vraie. Joseph en parlait à Tereza, à Helena, à ses amis et ses relations, avec un peu d'émotion dans la voix. Il devait se contenter des saucisses tchèques, âcres et grasses, qu'il fallait enrichir d'oignons à profusion ou de paprika pour en oublier l'acidité. Rien de comparable en densité et en nervosité à cette chère saucisse africaine.

Joseph se flattait (et à juste titre) d'avoir introduit le barbecue en Tchécoslovaquie. Et si, depuis, quelques imitateurs s'y étaient mis, il restait le seul à considérer cette pratique culinaire comme une science. Joseph s'était bien gardé de leur révéler les nombreux secrets de cuisson qu'il tenait de Padovani lui-même. Autant dire du Mozart de la merguez algéroise.

Il avançait sur ses souvenirs ensoleillés comme s'il marchait pieds nus sur du verre.

Joseph, présentement, attisait les flammes avec un carton qu'il agitait devant le foyer. Quelques braises apparaissaient et disparaissaient derrière une abondante fumée qui lui piquait les yeux.

– Que fais-tu, Joseph ? demanda Ramon en s'approchant.

– Oh, Ramon, je prépare un barbecue à la façon algéroise. Tu connais ?

– Et comment ! Rien ne pouvait me faire plus plaisir. Tu sais que tu as en face de toi un champion du barbecue.

– Ah bon ? fit Joseph en le toisant.

– Ce sont les Argentins qui ont inventé le barbecue. Chez nous, ça s'appelle un *asado*, ce n'est pas de la grillade mais un art. Qu'est-ce que tu utilises comme bois ?

– Je prends des sarments de vigne, ils sont bien secs pourtant, je ne comprends pas.

– Tu es trop courant d'air, il faut mettre le brasero contre la maison, à l'abri du vent.

Joignant le geste à la parole, il déplaça avec peine la lourde machine et l'adossa à l'arête du mur. Joseph allait lui expliquer qu'il n'avait pas besoin de son aide, il était le spécialiste incontesté à des centaines de kilomètres à la ronde, quand il constata que l'âtre ne fumait plus.

– Tu vois, ce n'est pas compliqué, poursuivit Ramon. Les Argentins savent en naissant que le vent tournoyant est l'ennemi de l'*asado*. Tu connais l'Argentine ?

– Non.

– C'est un beau pays.

– Pourquoi tu n'y es pas resté ?

– Je me pose souvent cette question en ce moment… Il faut attendre qu'il y ait de la cendre sur les braises avant de mettre la viande sur la grille.

Joseph disparut dans la cuisine attenante, Ramon attisa délicatement les braises avec le carton, Joseph revint en portant un plat avec des morceaux de viande et des saucisses courtes qu'il posa sur le rebord de la fenêtre. Il prit une entrecôte et la salière.

– Je peux me permettre de te donner un conseil, Joseph ?

– Bien sûr Ramon.

– Il vaut mieux retirer le gras pour éviter que cela coule et fasse des flammes, et il ne faut pas saler la viande, sinon elle sèche.

– Tu faisais comme ça, en Argentine ?

– C'est loin, j'étais môme, c'était de vraies fêtes, l'occasion de retrouver les parents et les amis, jamais moins de vingt personnes, souvent plus. À la villa Nydia, là où ma famille habitait à côté de Córdoba, il y avait un grand parc. Avec mes frères et sœurs, c'est nous qui nous occupions de l'*asado*, tout le monde en redemandait et, je te jure, on salait après.

Avec le couteau affilé, Joseph enleva la graisse autour de la viande, déposa les morceaux sur le gril puis les saucisses.

– Je pense que le gril est à la bonne hauteur, dit Joseph.

– Je crois, confirma Ramon en se baissant pour vérifier. La flamme est parfaite.

Ils surveillèrent la cuisson deux minutes sans parler, Joseph s'apprêtait à retourner la viande quand Ramon l'arrêta.

– Ce n'est pas encore cuit, il ne faut retourner la viande qu'une seule fois, à mi-cuisson, comme ça elle reste plus tendre.

– Comme tu veux, mais je pense que les saucisses sont bien.

Il en prit une avec la fourchette et la donna à Ramon qui la goûta avec précaution, mastiqua lentement et fit la moue.

– À Alger, poursuivit Ramon, j'ai mangé des saucisses extraordinaires, un peu piquantes, tu connais ?

– Et comment, mais c'est impossible de trouver des merguez ici.

– Pourquoi tu es allé à Alger ?

– J'avais failli m'engager dans les Brigades en Espagne mais c'était la fin. J'ai eu cette proposition de l'Institut Pasteur, pour un jeune médecin, ça ne se refuse pas. C'est la meilleure des écoles. J'ai quitté l'Algérie en 45 après l'épidémie de peste.

– La peste ? À Alger ?

– Elle est endémique dans tout le Bassin méditerranéen. On n'en parle pas beaucoup mais elle existe bel et bien et elle sévira longtemps encore. Elle s'est propagée de façon fulgurante, il y a eu beaucoup de morts.

– C'est très contagieux ?

Joseph fit oui de la tête.

– C'est cuit, non ?

Ramon examina la cuisson des différents morceaux, les retira du gril et les posa sur l'assiette.

– Moi, quand j'étais étudiant, je suis parti avec un copain en moto, nous sommes allés de Buenos Aires à Caracas, je ne sais pas si tu te rends compte de la distance. Au Pérou, on est resté un mois dans une léproserie.

– Des lépreux ! Ça doit être horrible ?

– Oui, mais ce n'est pas très contagieux. J'aurais aimé être médecin comme toi.

– Rien ne t'en empêche. Après tout, tu es diplômé.

– J'ai voulu autre chose. Je ne sais pas si j'ai eu raison.

Tereza et Helena se régalèrent du barbecue, bien meilleur que d'habitude, elles en reprirent deux fois, Ramon alla faire cuire quelques morceaux lui-même, de son côté, il n'en mangea qu'une fois, il n'avait pas trop d'appétit. Joseph trouva la viande plus moelleuse, elles félicitèrent Joseph pour cette réussite.

– C'est grâce à Ramon, c'est un artiste du barbecue, pardon, de l'*asado*.

– Tu nous avais caché ce talent, dit Helena.

– Dans mon pays, c'est le plat national.

– Tu connais bien Alger ? demanda Joseph.

– J'y suis allé plusieurs fois, pour raisons professionnelles. Je n'ai pas eu le temps de visiter. Ça m'a beaucoup plu.

– Tu es allé chez Padovani ?... Un restaurant sur la plage, à la sortie d'Alger. Il y a une terrasse sur pilotis, on danse sur la mer, c'est magnifique.

– J'aurais bien aimé mais j'y étais en voyage officiel. La prochaine fois, j'irai. Padovani, tu dis ? Je m'en souviendrai.

– Avec ça, il faudrait un petit gris de Boulaouane, bien frais, soupira Joseph, ce serait le bonheur parfait.

Il prit son verre, Tereza et Helena l'imitèrent.

– Bonne santé à Ramon.

Tereza et Helena trinquèrent avec Ramon, formulèrent des vœux de prompt rétablissement.

– À vous aussi, je souhaite plein de bonnes choses.

À peine eut-il bu une gorgée de vin qu'il commença à tousser, on crut qu'il avait avalé de travers, la toux s'amplifia, le souleva de la chaise, il étouffait, n'arrivait pas à reprendre sa respiration, en quelques secondes son visage devint gris, il donnait l'impression d'un homme qui se noie.

– Où est l'inhalateur ?

– Dans ma chambre, réussit-il à murmurer entre deux quintes.

Helena quitta la pièce en courant. Joseph lui prit le pouls.

– Ouvre la fenêtre, dit-il à Tereza.

L'air frais envahit la pièce. Joseph le soutint par les épaules.

– Redresse-toi, détends-toi, du calme, ça va passer, essaye de respirer par le ventre, par à-coups, comme ça, doucement.

Helena revint avec l'inhalateur, Sourek et le garde du corps la suivaient. Joseph arma l'appareil.

– Souffle à fond.

Ramon expira, ouvrit la bouche ; Joseph mit l'embout de l'inhalateur dans sa bouche, délivra une dose.

– Aspire… lentement.

Sourek faisait deux rapports par jour, dont un le matin par téléphone. Il occupait le bureau de Joseph deux bonnes heures, d'abord il préparait son entretien et les points qu'il allait aborder, classés par ordre d'importance. Il ébauchait des réponses aux questions éventuelles, reprenait le compte rendu de la veille et les points laissés en suspens, ensuite il y avait l'appel proprement dit, passé à dix heures pétantes et qui durait au moins une demi-heure. Puis Sourek rédigeait un « rapport intermédiaire » où il retraçait avec le plus de précision possible la teneur de l'entretien et qui lui permettait d'établir le rapport de l'après-midi, plus complet et circonstancié, qu'une voiture venait chercher à 17 heures.

Joseph ignorait à qui il téléphonait et pour quelles raisons c'était si long. Chaque jour, on lui réclamait de nouveaux détails. Joseph ne put jamais savoir qui se cachait derrière ce pronom indéfini, c'était quelqu'un, au ministère ou ailleurs, au-dessus de Sourek, qui n'avait aucune connaissance médicale et exigeait des réponses précises.

– On trouve que vos explications manquent de rigueur scientifique.

– La maladie évolue sans prévenir, elle ne m'obéit pas.

– Le problème, c'est que ça change sans arrêt, un jour il va bien, le lendemain il rechute.

– Si cela ne tenait qu'à moi, il serait déjà rétabli et loin d'ici. C'est un homme usé et, quand on ajoute le palu, la dysenterie et l'asthme, cela fait beaucoup. En plus, il n'a pas bon moral.

– Ah ! Je n'en ai jamais parlé ; cela pourrait expliquer pourquoi il est odieux avec moi.

– Avec nous, il est très gentil. Je ne sais pas s'il est déprimé parce qu'il est malade et qu'il ne supporte pas de se voir diminué ou s'il y a autre chose, de plus profond, de plus ancien et d'extérieur à ses maladies.

– Vous sous-entendez un problème psychologique ?

– Je ne suis pas spécialiste mais il a les symptômes d'un homme qui fait une dépression. Il faudrait peut-être recourir à un psychologue, quelqu'un qui pourrait l'aider.

– C'est très embêtant. Si ça ne se voit pas trop, il vaut mieux ne pas en parler.

Dans l'appartement de Joseph, le plateau reposait sur la table basse comme une plante ou un bibelot, une décoration à laquelle il ne prêtait plus attention. Dans le temps, il jouait aux échecs avec Helena mais elle était devenue trop forte. Ludvik encore plus. Ce jeu l'ennuyait. Il n'avait plus la patience et pas envie de réfléchir. Quand le dimanche il neigeait tellement qu'il était impossible de sortir sans craindre de disparaître ou lors des interminables nuits d'hiver, quand les soirées s'étiraient au-delà de l'ennui, Tereza lui proposait une partie et il acceptait, elle s'appliquait mais il arrivait presque toujours à la battre.

– Non, tu es mauvais joueur, je gagne aussi souvent que toi, affirmait-elle.

Ce soir-là, quand Ramon s'assit dans le canapé, il avait froid, Tereza lui prêta une écharpe en laine grenat, épaisse et douce, qu'elle avait tricotée et qu'il mit sur ses épaules, il posa son regard sur la table basse.

– Oh, un jeu d'échecs.

C'était celui de Pavel. L'ambassadeur d'URSS le lui avait offert pour son anniversaire, trois mois avant sa disparition. Tereza adorait ce damier en marbre veiné de vert et ses pièces en ivoire finement sculptées (Pavel était toujours sa lumière intérieure et secrète).

– Il est magnifique, ajouta Ramon en prenant une tour et admirant le raffinement de la figurine.

– Je crois qu'il vient de Chine, d'après ce qu'on nous a dit.

– Je n'en ai jamais vu d'aussi beau. Et vous jouez avec ?

Joseph aurait dû le prévoir mais manqua d'à-propos.

– Bien sûr.

Ramon prit le jeu à deux mains et, avec précaution, le souleva. Les pièces tremblèrent mais aucune ne tomba, il le posa avec délicatesse sur la table entre eux.

– Joseph, à nous deux.

– Je n'ai pas très envie, Ramon, ça va être long.

Ramon fit pivoter l'échiquier, Joseph se retrouvait avec les blancs devant lui. Tereza s'approcha, Helena s'assit sur une chaise. Ramon enleva l'écharpe.

– Jouons-la rapidement, pour nous échauffer, cela fait si longtemps que…

– C'est toujours ce qu'on dit, l'interrompit Joseph avec un sourire.

La partie fut expédiée en trente minutes. Ramon fixait le plateau avec une attention extrême, il avançait ses pièces comme un chat, à peine le voyait-on s'en saisir qu'il les avait déjà posées, Joseph lui jetait des coups d'œil à la dérobée, il se mordillait la lèvre, se pinçait la joue. Au vingt-troisième coup, il garda les yeux plissés un long moment, leva son regard vers Ramon qui restait concentré sur le jeu, puis il soupira et renversa son roi.

– Mes félicitations. Mais tu m'as cueilli à froid.

Ils se serrèrent la main par-dessus l'échiquier.

– Une revanche ?

– Pas maintenant, je vais préparer une tisane.

– Helena, tu sais jouer ? demanda Ramon.

– Et comment !

– Viens plutôt m'aider, fit Joseph en se levant.

– Moi, je veux bien en faire une, je te préviens, je ne suis pas une championne, dit Tereza.

Elle s'assit à la place de Joseph et ils remirent les pièces à leur place. Helena suivit son père de mauvaise grâce dans la cuisine. Joseph mit de l'eau à bouillir.

– Si tu joues avec lui, il faut que tu le laisses gagner.

– Ça ne va pas ?

– Ce serait mieux, pour lui.

– Je ne vois pas pourquoi.

– Il faut toujours que tu discutes pour tout. Pour une fois, tu ne peux pas faire ce que je te demande sans poser de question ?

– Je jouerai comme d'habitude et, s'il est meilleur, il gagnera.

– Moi, je l'ai laissé gagner.
– Ah oui ? Je ne m'en étais pas rendu compte.
– Je n'étais pas dans un bon jour.

Je m'appelle Ernesto. Chez moi, on m'appelait Ernestito pour ne pas me confondre avec mon père. On avait le même prénom. C'est la tradition chez nous. Le petit Ernesto, voilà qui j'étais, je n'aimais pas être petit et j'ai tout fait pour qu'on l'oublie. Mes parents m'ont élevé comme j'aurais rêvé, libre et sans contrainte, d'eux je n'ai reçu qu'amour et bienveillance, le meilleur exemple du monde pour l'éducation, mon père m'a toujours aidé à m'accomplir, mes six enfants pourront-ils garder de moi autre chose que le souvenir d'un barbu qui les a fait sauter sur ses genoux pendant cinq minutes ? Je les ai abandonnés à leurs mères et ne me suis jamais occupé d'eux. Que peut faire un homme pour ses enfants si ce n'est leur préparer une bonne vie, leur donner le meilleur pour qu'un jour ils puissent se dire, mon père a été un bon père. Moi, j'ai voulu qu'ils vivent dans un monde meilleur et plus juste. À la réflexion, je me suis surtout préoccupé de l'avenir des autres et j'ai négligé mes propres enfants. Jamais je n'avais mesuré combien j'ai dû leur manquer, comme ils me manquent à moi-même aujourd'hui. Peut-être n'étais-je pas vraiment fait pour avoir des enfants. Mon dernier s'appelle aussi Ernesto, je ne connais même pas la couleur de ses yeux, je me souviens à peine de son visage, il a moins d'un an et je l'ai porté deux fois dans mes bras. Ce n'est pas moi qui ai choisi son prénom mais ma femme, je n'étais pas très chaud, j'ai vu que ça lui faisait plaisir, alors j'ai dit : pourquoi pas ? Comme je ne suis pas un mari très présent, probablement a-t-elle voulu m'appeler encore quand je ne serais pas là. Mais je me demande si c'est vraiment une bonne idée pour un garçon de s'appeler Ernesto Guevara aujourd'hui.

Ramon aurait eu du mal à y couper. Quand Tereza l'avait vu si mal équipé pour affronter le froid incisif des collines, elle lui avait prêté les affaires de Ludvik mais ce dernier avait laissé peu de choses dans son armoire. Un soir, après le dîner, Ramon écoutait un disque de Gardel, elle s'était assise à côté de lui sur le canapé pendant que Joseph et Helena débarrassaient la table.

– Est-ce que tu as froid, Ramon ?

– Il fait bon ici.

– J'ai envie de te tricoter un pull irlandais comme celui de Joseph. Qu'en penses-tu ?

– Il est magnifique, j'ai vu le même à New York. Mais c'est inutile de te donner cette peine.

– Tout homme a droit à un beau pull.

Ramon se dit que c'était sans doute la coutume dans ce pays et qu'il serait impoli de refuser. Ils se levèrent en même temps. Elle donna une feuille et un crayon à Helena et attrapa son mètre à ruban.

– Lève les bras, je vais prendre tes mesures.

Elle lui entoura le torse avec le mètre.

– Quatre-vingt-six…, tu n'es pas bien épais, Ramon.

– Tu pourrais dire comme Don Quichotte : « Je sens de nouveau sous mes talons les côtes de Rossinante. »

Elle lui fit plier le bras et mesura les longueurs de l'épaule au poignet, de l'aisselle à la hanche et la taille, Helena les inscrivit sur la feuille.

– Tu es tout en os. Pourtant tu manges bien.

– Je suis parti de loin. Cela fait quelques jours que Joseph ne m'a pas pesé. J'avais repris cinq kilos en un mois.

– On se demande où tu les as mis.

– Dis-moi, qui est Ludvik ?

Avec le redoux, la neige avait disparu. Ramon et Helena, assis à la lisière de la clairière sur un empilement de troncs d'épicéas équarris, lui sur le sommet, elle à l'étage du dessous, fumaient une unique cigarette qu'ils se passaient l'un l'autre. Ils entendaient le bruit de râpe des scies, la cognée des haches, les cris des bûcherons qui reprenaient le travail après la fonte. S'ils étaient allés au bord de la forêt, ils les auraient aperçus dans le dévers de la pente. Ils se faisaient chauffer au faible soleil qui traversait la frondaison.

– C'est mon petit ami. Il fait ses études à Prague. Il revien dra cet été.

– Il étudie quoi ?

– Journalisme.

– C'est vraiment ton petit ami ?

– Et le seul que j'ai eu, si tu veux tout savoir.

– Excuse-moi, tu couches avec lui ?

– Ça nous arrive, en effet.

– C'est bizarre, non ?

– Pourquoi ?

– C'est le fils de Tereza.

– Oh, je comprends. Tereza n'est pas ma mère et Ludvik n'est pas mon frère. Mon père s'est remarié avec elle et ils sont venus vivre avec nous. Maintenant, c'est vrai, je considère Tereza comme ma mère, je reconnais que c'est une relation un peu particulière.

– Et tu es amoureuse de lui ?

– Pourquoi tu me poses cette question ?

Il ne répondit pas, elle leva la tête vers lui, il tirait sur le mégot une bouffée de haute précision, à s'en brûler les doigts, et l'écrasa sur le tronc.

– On est presque un vieux couple, on se connaît depuis toujours. Entre nous, c'était écrit.

– Et ta mère ?

– Ma mère ? Elle a disparu. Il y a longtemps.

Elle n'est pas triste quand elle parle de sa mère. Elle devait être jeune quand elle est morte et Tereza l'a remplacée complètement. Je n'ai pas voulu poser de questions. Je lui en pose déjà trop. Elle, elle ne m'en pose aucune. J'aurais pu lui parler de ce vide immense au fond de moi et qui m'aspire irrésistiblement, il y a presque un an, ma mère est morte et je n'étais pas là, elle m'a appelé au secours, on a refusé de lui dire où j'étais, qu'a-t-elle pu imaginer ? Elle voulait que je vienne la retrouver, que je sois à ses côtés dans ce moment d'éternité où nous nous séparons. J'aurais tellement voulu lui tenir la main, je lui aurais donné ma force, je l'aurais retenue, je lui aurais accordé cette joie ultime de voir son fils avant de partir. Mais ce 19 mai 65, j'étais à des milliers de kilomètres de Buenos Aires, au fin fond de la jungle africaine, en déroute, en perdition, cherchant à comprendre pourquoi tout s'écroulait, pourquoi les Africains refusaient de se battre, comment éviter le fiasco de notre guérilla aventureuse. Je suis sorti de cette catastrophe détruit moralement et physiquement à l'agonie, ce n'était pas seulement l'échec hallucinant de toutes mes idées mais la manière calamiteuse dont ce désastre s'était produit, nous nous sommes comportés comme des amateurs, aveugles et bornés. Les pieds nickelés de la révolution, voilà ce que nous avons été. Et, le pire de tout, c'est que, par mon aveuglement, mes maladresses, mes erreurs répétées, j'ai été le seul et unique responsable de cette pitoyable pantalonnade militaire. Et au milieu de cette déconfiture, j'apprends son décès. Personne n'avait pensé à me prévenir ! Je la savais malade d'un mal inguérissable. Et tout ce que j'ai pu faire, là-bas, quelque part au milieu du Congo, c'est une veillée funèbre à notre manière, lui chanter quelques-uns de ces tangos de Gardel qu'elle aimait tant.

Lorsque Sourek lui apprit qu'à Prague on était très content de lui, Joseph sentit une bouffée de chaleur envahir son visage et un léger tressaillement lui parcourir le dos. Le lieutenant ne distribuait jamais de récompense, ne disait jamais merci, Joseph connaissait trop la manière de fonctionner de la Sécurité intérieure pour avoir encore la moindre illusion et se tint sur ses gardes, attendant l'estocade.

– Je vous assure, professeur, poursuivit Sourek, le colonel Lorenc apprécie beaucoup votre collaboration. D'après vous, est-ce qu'il peut partir ?

– D'un point de vue médical, la crise de palu est guérie et son asthme stabilisé. Il n'est pas à l'abri d'une rechute mais pour moi, il peut quitter le sana.

– Quand j'ai abordé la question, il ne m'a même pas répondu.

– Je ne peux pas le mettre à la porte. Il est faible, il doit se reposer.

– Il y a trop de choses que nous ignorons. Ce qu'il raconte à votre fille, par exemple, ils se promènent matin et soir. De quoi discutent-ils, hein, vous le savez, vous ? Et pendant le dîner, aborde-t-il des sujets politiques concernant l'URSS ou les USA ?

– Jamais.

– Que dit-il ?

– On bavarde de choses et d'autres. Rien d'important.

– On veut tout savoir, tout ! l'interrompit Sourek.

– Ce que vous me proposez ne me plaît pas ! Je n'espionne personne !

– Tant pis pour vous, je vais faire mon rapport.

Sourek n'en eut pas le temps. Joseph croisa Ramon, il était assis dans un des fauteuils de l'accueil et attendait Helena.

– Ça ne va pas, Joseph ? Tu es tout rouge.

Ce n'était pas prudent de révéler ce qui devait rester secret, pas malin d'évoquer les machinations, mais Joseph était trop bouleversé pour se contenir.

Ramon était furieux. Jamais on ne l'avait entendu crier aussi fort. Sourek ressemblait à un enfant fautif. Ramon l'entraîna dans le bureau de Joseph et ils téléphonèrent à Prague. Sourek servit d'interprète avec son colonel ; la communication fut brève. Sourek et le garde du corps firent leurs bagages en un rien de temps et se retrouvèrent en bas du grand escalier. Joseph vint lui demander s'il pouvait faire quelque chose. Sourek n'avait pas l'air de lui en vouloir mais Joseph savait qu'avec un officier de la Sécurité intérieure, il ne fallait jamais se fier aux apparences.

– S'il se passe quelque chose d'important, appelez ce numéro, dit Sourek à voix basse en lui donnant une feuille de papier pliée en quatre.

– Comment saurai-je si c'est important ?

– Pour nous, tout est important.

La voiture qui venait chercher chaque jour le rapport de Sourek arriva à 17 heures. Ramon discuta à l'écart avec son garde du corps qui l'embrassa et s'installa à l'arrière. Sourek avança vers Ramon, claqua des talons et s'inclina avec déférence.

– Je vous présente mes respects, mon commandant.

– Foutez le camp !

Le regard terrorisé, Sourek resta tétanisé quelques secondes puis comme un automate fit un salut militaire à Ramon mais sa main tremblait devant son front. Il recula de plusieurs pas et s'assit à côté du chauffeur. La voiture disparut dans le tournant.

– Bon débarras ! lança Ramon.

– Pourquoi a-t-il si peur de toi ? demanda Joseph.

– Je n'ai qu'un mot à dire et il disparaît de la surface de la terre. C'est compliqué à expliquer en cinq minutes, disons que Leonid Brejnev a besoin de moi.

– Tu connais Leonid Brejnev !

– Très bien et Kossyguine et tous les autres. Après ce qu'ils nous ont fait, ils ne peuvent rien me refuser.

– Excuse-moi, je suis peut-être indiscret, mais que vous ont-ils fait ?

– Khrouchtchev et eux, toute cette clique, ce sont des lâches, ils ne pensent qu'à sauver leur peau et à durer le plus longtemps possible, ce sont des bureaucrates. En vérité ils haïssent les communistes et ils nous ont mis dans la merde, pour longtemps, à cause d'eux, on n'arrivera jamais à s'en sortir.

– Sourek m'a donné un téléphone. Je dois les informer sur ton compte.

Il lui montra le bout de papier.

– N'oublie pas de téléphoner, Joseph. Et ne t'inquiète pas, cela n'a strictement aucune importance. Appelle-les chaque jour pour leur donner de mes nouvelles. Et si, par hasard, un jour, ils t'embêtent, dis-leur que tu es mon ami.

Un jour peut-être, si j'en ai le courage et surtout la patience, j'écrirai ce que je sais, ce que j'ai vu, entendu et supporté, et je dénoncerai la plus grande imposture de notre époque : la confiscation et l'élimination de l'idéal communiste par le Parti communiste d'Union soviétique. Il n'y a pas moins communiste que ces gens-là. Ce sont des planqués, des lâches, des bureaucrates qui ont réussi à se hisser au sommet du pouvoir, n'espèrent et n'attendent qu'une chose : s'y maintenir le plus longtemps possible. Par tous les moyens. Leur unique obsession est de profiter au maximum des avantages de leurs fonctions. Le Présidium du Soviet suprême n'est rien d'autre que le conseil d'administration d'une entreprise qui a pour seul objectif de conserver son pouvoir phénoménal. Le reste – la misère, l'exploitation de l'homme par l'homme, la lutte des classes – sont des arguments qui leur servent de leurres pour justifier leurs actions et manipuler les imbéciles qui y croient encore. Ils refusent tout affrontement avec leur ennemi naturel. Le capitalisme, l'impérialisme et les exploiteurs du monde entier ont de beaux jours devant eux. Ils n'ont rien à craindre des Soviétiques. Les Américains peuvent balancer des millions de bombes sur le Vietnam, avancer leurs pions au mieux de leurs intérêts, ils n'ont rien à redouter des communistes soviétiques. Nous avons perdu définitivement le combat le 28 octobre 62. Ce jour-là, Khrouchtchev a trahi ses promesses et retiré ses missiles de Cuba. Il a cédé au bluff américain et perdu la face devant le monde entier. Jamais, les Américains n'auraient engagé la guerre nucléaire les premiers. Sans agression directe. Ce repli a été celui de nos espoirs. Après, tous les combats étaient voués à l'échec. Il n'y aura plus entre eux que des escarmouches, pour se partager les miettes. Mais il n'y aura plus de choc frontal. Parce que les dirigeants soviétiques, soi-disant communistes, ont choisi leur camp. Ce n'est ni celui de la liberté ni celui des opprimés. En vérité, ils haïssent les communistes et, à cause d'eux, nous n'avons plus d'avenir.

L'éviction de Sourek n'était pas passée inaperçue. Depuis la cuisine, Tereza, Helena, Marta et Karel avaient suivi son départ avec effarement. Qu'un être humain (étranger de surcroît) ose s'en prendre à un officier de la Sécurité intérieure, l'insulter et l'humilier publiquement relevait de l'inconcevable, quelque chose qui n'avait pas de nom dans le langage courant. Non pas qu'ils en soient chagrinés le moins du monde (au contraire), mais c'était tellement blasphématoire qu'ils n'auraient pas été étonnés qu'une bombe atomique s'écrase aussitôt sur cette vallée perdue de Bohême pour les punir d'avoir été les témoins de cette transgression criminelle. C'était certain, ils étaient fautifs d'avoir vu et entendu et de pouvoir transmettre ce que nul n'aurait pu imaginer dans ce pays. Ils se demandaient s'ils n'avaient pas été les spectateurs d'un mirage collectif.

Karel se dépêcha de disparaître, suivi de Marta. Tereza fut envahie par cette vieille et sourde angoisse qui l'avait habitée si longtemps et qu'elle croyait effacée de sa mémoire et de son corps. Sans rien dire, elle leur emboîta le pas.

Helena, restée seule dans la cuisine, mit de l'eau à chauffer. Elle entendit du bruit et se retourna, Ramon venait d'entrer.

– Je fais du thé, tu en veux ?

– Avec plaisir mais très fort.

Ils restaient côte à côte, à attendre le frissonnement de l'eau.

– Est-ce que tu sais qui je suis ?

– Un communiste sud-américain, si j'ai bien compris.

– Ton père ne t'a rien dit ?

– Non.

– Tu ne lui as rien demandé ?

– Non.

– Il ne t'a pas parlé de moi ?

– Il ne parle jamais de ses malades.

– Je suis Guevara.

– Qui ça ?

– Ernesto Guevara. On m'appelle le Che. Tu as dû entendre parler de moi ?

– Non, excuse-moi, ça ne me dit rien.

– La révolution, à Cuba ?

– Déjà, la politique ne m'intéresse pas en Tchécoslovaquie, alors Cuba, franchement, je m'en fiche un peu, je ne sais même pas exactement où c'est. Tu m'en veux ?

– Non.

– Si, je vois bien que tu m'en veux. Mais je ne veux pas mentir, on est en train de crever du mensonge dans ce pays, moi, je ne veux plus mentir.

– Je comprends, quand j'avais dix-huit ans, la politique, je m'en fichais aussi.

– Finalement, je dois t'appeler comment : Ramon ou Ernesto ?

– Comme tu veux.

L'échec sans appel de la lutte africaine m'a ouvert les yeux, il est impossible d'entreprendre aucune action sans le soutien de la population. Si les exploités ne se révoltent pas, ne veulent pas se battre pour changer leur destin, le révolutionnaire est un fruit stérile, un être machinal. Sans eux, rien n'est possible, c'est pour cela que nous avons réussi à Cuba et échoué en Afrique. Cette interminable maladie, cet immobilisme auquel je suis contraint, ce silence effrayant qui me renvoie à moi-même m'amènent à un douloureux constat. Depuis toujours, les mêmes idées m'ont animé, les mêmes sentiments m'ont conduit : à la violence de l'exploitation devait répondre la violence des opprimés, je ne voyais pas quel autre chemin il était possible d'emprunter, sauf à renoncer à notre espoir d'un monde nouveau. Pendant ces années, la haine a été l'essence de mon corps, la haine de l'ennemi qui m'a poussé à le détruire, au-delà de mes limites humaines, et, quand je regarde ce que je suis devenu, je mesure à quel point je me suis éloigné de la raison même de mon idéal. Je ne suis pas sûr de m'être toujours battu pour la bonne cause mais plutôt pour de sombres besoins tapis au fond de moi. Tous les êtres humains haïssent la guerre, la redoutent et l'évitent. Quand on a commencé et mis sa foi dans l'engrenage, quand on a goûté à la guerre, on ne peut plus s'en passer. On ne peut plus s'arrêter, on veut recommencer. Le moment est peut-être venu pour moi d'abandonner cette course éperdue.

Helena avait l'impression de ne pas avoir fermé l'œil de la nuit. Elle ignorait quelle heure il pouvait être, elle alluma la lampe de chevet : cinq heures moins vingt. Elle se résigna à se lever et enfila sa robe de chambre. Elle emprunta l'escalier pour se rendre à la cuisine, arriva sur le palier de l'accueil. Elle allait continuer à descendre quand elle s'immobilisa, aux aguets, un silence de cimetière régnait dans le sanatorium.

Dans la pénombre, elle aperçut une silhouette et alluma la lumière. Ramon était assis et la regardait.

– Qu'est-ce que tu fais dans le noir ?

– Je n'arrivais pas à dormir.

Elle s'assit dans le fauteuil près de lui.

– Moi non plus... Ça va ?

– Tu crois que je dois partir ou rester ?

– Je ne sais pas.

– Ton père dit que je suis guéri.

– Il y a des malades qui restent plusieurs mois ici, le temps de se rétablir complètement. On a beaucoup de mineurs qui ont les poumons silicosés. Il y en a qui viennent parce qu'ils en ont le droit, d'autres pour respirer le bon air et se reposer, profiter de la cuisine de Marta, presque des vacances, il y en a qui viennent pour oublier leur famille et leurs soucis. L'année dernière, un ancien mineur m'a dit qu'il venait parce qu'on avait la télévision.

– Qu'est-ce que je fais ?

– C'est à toi de décider, chacun a ses raisons de rester ou de partir.

À force de passer devant la coopérative, Ramon avait manifesté l'envie d'y faire un tour. D'habitude, les patients du sanatorium y allaient sans formalité, ils bavardaient avec les paysans qui les accueillaient chaleureusement et n'hésitaient pas à passer du temps avec eux. Certains malades s'y sentaient tellement bien qu'ils donnaient un coup de main pour les foins ou bricoler.

Helena demanda quand Ramon pourrait la visiter mais Jaroslav resta évasif, il n'avait absolument pas le temps. Elle expliqua que c'était un malade comme les autres, qui voulait découvrir leurs méthodes de production. Pour la première fois, Jaroslav se montra brutal, pas question que ce Ramon vienne ici.

– Je te connais depuis des années, Jaroslav, cela ne te ressemble pas. Il y a quelque chose que tu me caches. Tu as reçu des instructions ? Qu'est-ce qu'ils t'ont demandé ?

Jaroslav la fixa droit dans les yeux.

– Va-t'en, Helena, et laisse-nous tranquilles !

Elle ne voulut pas faire d'histoires, à quoi bon en parler à Joseph ? Elle affirma à Ramon que les paysans de la coopérative étaient trop pris par leurs travaux pour s'occuper de lui.

– Ah bon, dommage, fit Ramon. Ce n'est pas comme chez nous.

À partir de ce jour, Helena évita la coopérative. Au lieu de descendre par la route, elle empruntait le chemin de terre derrière le sanatorium, et ils rejoignaient les bois en faisant un détour.

De temps en temps, deux ou trois fois par semaine, Ramon se mettait à étouffer, l'air lui manquait, ce n'était pas forcément après avoir fumé une cigarette (au contraire, jurait-il, fumer lui asséchait les poumons et lui faisait le plus grand bien) ou après avoir marché pendant deux heures ou monté la colline. Même s'il refusait de l'admettre, cela arrivait quand il forçait trop. Il devenait blême et émettait un râle assez faible, la poitrine agitée de soubresauts, il s'asseyait, des fois à même le sol, fouillait dans sa poche, attrapait son inhalateur, l'agitait, renversait la tête en arrière, plaçait l'embout au fond de sa gorge et aspirait une dose. Il restait une ou deux minutes, les yeux fermés, à retrouver sa respiration, puis se relevait et repartait.

Ramon était surpris qu'Helena soit si peu curieuse et ne lui pose aucune question sur sa vie passée, comme si elle ne s'y intéressait pas. Ils s'assirent au sommet d'une pyramide d'arbres abattus.

– C'est qu'on a perdu l'habitude, expliqua-t-elle. Dans ce pays, poser une question, c'est toujours suspect. Les gens se demanderaient si tu ne cherches pas à les espionner. Il y a des dizaines de milliers d'individus qui travaillent pour la police, on ne sait pas qui, évidemment. Elle est partout et nulle part. On nous a tellement mis en garde que nous avons appris à nous surveiller en permanence. Joseph dit que c'est une épidémie sociale et que nous sommes tous contaminés. Alors, on ne se parle plus ou on ne se raconte rien de confidentiel, uniquement les banalités du quotidien, et encore, si tu dis que le prix des pommes de terre a augmenté ou que tu n'as pas trouvé de côtes de porc au marché, c'est que tu es probablement un ennemi du peuple et certains sont en prison pour ça.

– Tu te méfies de moi ?

– Bien sûr que non. Ici on l'oublie un peu parce que nous sommes loin de tout, mais chacun vit comme dans une prison, sauf qu'on a plus d'espace. Personne ne se sent vraiment libre.

– Tu te rends compte que c'est le contraire de ce que l'on voulait au départ, de ce pour quoi nous nous sommes battus ?

– C'est possible, mais il n'y a que le résultat qui compte. Dans ton pays, on peut s'exprimer librement ?

– Ce dont les exploités ont besoin, c'est de pouvoir nourrir leur famille sans mourir au travail, de se soigner et d'éduquer leurs enfants gratuitement, la liberté d'expression viendra plus tard. Elle est surtout utilisée par nos ennemis pour nous attaquer.

– Tu te trompes complètement, Ramon. C'est aussi important de se sentir libre que de manger à sa faim.

Le soleil éclairait doucement la clairière. Ramon ôta son pull écru et resta en chemise. Helena prit son paquet de cigarettes, en offrit une à Ramon. Elle enleva son manteau et s'en servit comme coussin. Ils restèrent à fumer côte à côte, assis sur le rondin, les yeux fermés, le visage tourné vers le ciel. Soudain, Helena entendit une voix qui l'appelait. Elle se redressa et aperçut son père et Tereza à quelques dizaines de mètres. Ils se promenaient dans la forêt et, de temps en temps, Joseph criait : « Ohé, Helena, Ramon. » Ils approchaient de la pile de bois.

– C'est Joseph, chuchota Helena, s'il te voit fumer, il va hurler.

Helena et Ramon se dissimulèrent comme des enfants. Le souffle court, elle se tapit derrière un tronc et mit un doigt sur sa bouche pour lui signifier qu'il ne devait pas faire de bruit. Elle jeta sa cigarette à terre et l'écrasa, Ramon tira une dernière bouffée et, sans se dépêcher, éteignit son mégot. Helena agita la main pour dissiper la fumée. Tereza et Joseph étaient maintenant à quelques mètres d'eux, lui se serait bien assis un moment pour se reposer, mais Tereza avait envie de continuer leur promenade. Ramon les observait par une fente entre deux troncs. Helena le tira par le bras et il se baissa. Joseph et Tereza passèrent devant le tas de bois sans les remarquer et poursuivirent leur chemin en bavardant.

Helena et Ramon entendirent leurs voix décroître. Elle ferma les yeux, reprit sa respiration, elle semblait dormir, il se rapprocha sans bruit, mit la main sur sa joue, lui caressa le front du bout des doigts, elle ne bougea pas, un infime sourire apparut sur ses lèvres. Il posa sa bouche sur la sienne, elle l'enveloppa de ses bras, ils s'embrassèrent, avec fièvre, les doigts d'Helena remontèrent sous la chemise de Ramon, elle balayait son dos comme si elle en prenait possession, la main de Ramon souleva sa jupe, elle le serra contre elle avec une force imprévisible. Ils firent l'amour avec précipitation et fébrilité, sans se dévêtir, collés l'un à l'autre, gauches, avec de petits cris de bonheur, puis ils restèrent longtemps à se regarder, sans rien se dire, leurs deux visages rapprochés.

Ce fut un dîner bizarre. Quelque chose avait changé mais ni Joseph ni Tereza ne pouvaient dire quoi. Helena répondait par monosyllabes et fixait son assiette. Ramon ne mangea presque rien, Tereza s'inquiéta de sa santé.

– Non, je t'assure, Tereza, ça va.

– Tu n'as pas l'air bien, observa Joseph. On fera des analyses demain.

Helena quitta la table avant la fin du repas, elle devait préparer son dossier d'inscription. Ramon prétexta un peu de fatigue pour s'éclipser à son tour.

Dans la nuit, ils se retrouvèrent, forcément. Ramon avait attendu que le calme revînt dans la maison. Il traversa le sanatorium dans l'obscurité, pieds nus, monta les escaliers et donna deux coups à la porte de la chambre d'Helena. Elle ouvrit aussitôt.

– Il faudrait qu'on parle, dit Ramon.

– De quoi ?

– De tout ça, de ton père aussi.

– Je m'en fous.

Elle l'attira vers lui, l'embrassa, sans le quitter du regard. Elle lui enleva sa chemise et dégrafa sa ceinture, le pantalon de Ramon tomba. Elle déboutonna son pyjama et le laissa glisser au sol. Ils étaient nus, face à face, ils avaient la peau incroyablement blanche. Ils tombèrent dans les bras l'un de l'autre, elle l'entraîna sur son lit et s'allongea sur lui.

Après avoir fait l'amour, ils restèrent longtemps immobiles. Elle lui caressait la poitrine.

– Je vais partir demain, dit Ramon.

– Pourquoi ?

– Je ne peux pas rester, je me sens mal à l'aise vis-à-vis de ton père. Je préfère m'en aller.

– Si tu t'en vas, je pars avec toi.

– J'ai une vie compliquée, et tu n'étais pas prévue, ça ne va pas être facile nous deux.

– Tu ne veux pas que je vienne avec toi ?

Il tardait à répondre. Elle se redressa légèrement.

– Je vais aller voir Joseph, je vais lui parler, murmura-t-elle.

– Tu sais, il ne faut pas que tu te fasses d'illusions.

Elle lui posa la main sur la bouche, puis l'embrassa.

Joseph préparait du café dans la cuisine quand Helena le rejoignit. Il portait sa robe de chambre bleue. Il fut surpris de la voir levée et habillée de si bonne heure.

– Tu veux du café ? demanda-t-il.

Elle s'assit. Il posa deux bols sur la table et attendit que le café passe.

– Qu'est-ce qu'il y a ?

– Pourquoi tu me poses cette question ?

– Tu as un drôle d'air.

– Je vais partir avec Ramon.

– Quoi ?

– On va partir tous les deux. Tout à l'heure.

– Vous allez où ?

– Je ne sais pas. À Prague, probablement.

– Que se passe-t-il, Helena ?

– Je suis amoureuse de lui.

– Tu es folle !

– C'est comme ça, je n'y peux rien.

Le café était en train de passer mais Joseph ne le retirait pas du feu. Il attrapa la chaise d'une main et s'assit comme une masse. Il secoua la tête avec des yeux perdus.

– Tu te rends compte avec qui tu veux t'en aller ?

– Tu ne le connais pas, personne ne le connaît.

– Tu sais l'âge qu'il a ?

– Cela n'a aucune importance.

– Et Ludvik ?

– Il comprendra.

– Non, je te jure, ce n'est pas un homme pour toi, dit-il d'une voix faible. Pas lui.

Elle se dirigea vers le fourneau et retira la cafetière qui commençait à bouillir.

– Écoute, Helena, on a tous des tocades dans la vie. On ne peut pas toujours contrôler son corps. Des fois, il est plus fort que nous, on ne peut pas résister. Mais avec lui, tu n'as rien à attendre, rien à espérer. Cela ne durera pas. Crois-moi. Je dis ça pour toi. Je ne veux pas que tu souffres.

Elle fixa Joseph droit dans les yeux.

– Je t'en prie, ne m'en empêche pas.

– J'ai peur pour toi.

Elle approcha la main comme si elle voulait prendre la sienne mais elle se ravisa.

– Ne t'inquiète pas, Joseph.

Ramon avait demandé à passer un coup de fil. Joseph lui avait laissé son bureau. Ramon avait essayé de s'expliquer mais Joseph l'avait regardé d'une telle façon qu'il avait renoncé.

Vers 11 heures, une voiture noire arriva, conduite par un homme inconnu qui portait un blouson gris. Le chauffeur rangea leurs deux valises dans le coffre. Ramon et Helena montèrent à l'arrière, sans hésitation.

Sur les marches du sanatorium, Joseph et Tereza les regardèrent partir. Tereza posa son bras sur l'épaule de Joseph et se serra contre lui.

Dans la voiture qui les conduisait à Prague, Ramon avait le regard qui se perdait à travers la vitre, la campagne défilait sans qu'il y prête attention. Helena lui jetait des coups d'œil à la dérobée. Il se mordillait la lèvre inférieure. Dans le rétroviseur, elle apercevait le visage émacié du chauffeur. Elle se demandait s'il était tchèque. Elle prit son paquet de cigarettes, fit semblant de chercher ses allumettes dans sa poche et s'adressa à lui :

– Vous avez du feu, s'il vous plaît ?

L'homme continua de fixer la route sans répondre.

– C'est le chauffeur de l'ambassade, il ne parle que l'espagnol, dit Ramon. *Dame fuego, Diego.*

L'homme ouvrit la boîte à gants, prit une boîte d'allumettes, Ramon la donna à Helena.

– Merci, dit-elle. Tu veux une cigarette ?

– Pas maintenant. Je te remercie.

– À quoi tu pensais ?

– Enfin, une question. Finalement, tu ne sais pas grand-chose de moi et de ce que j'ai fait, je vais t'en parler, on va avoir le temps. Je suis venu dans ce pays parce que, après la déroute africaine – je te raconterai ça plus tard aussi –, je ne voulais pas rentrer chez moi dans cet état, j'avais besoin de faire le point, de comprendre ce qui s'était passé. Quand je suis arrivé à Prague, il y a deux mois, j'allais si mal que je n'imaginais même pas pouvoir me rétablir. J'avais tellement tiré sur la corde qu'elle avait fini par se rompre. J'étais persuadé que c'était la fin et j'étais désespéré de mourir si loin de chez moi, sans revoir ma femme et mes enfants. Le gouvernement tchèque m'avait installé dans une maison de la banlieue de Prague, c'est là où nous allons maintenant. J'y suis resté quelques jours et, quand ma santé s'est détériorée, ils ont fait venir un toubib, je revois sa tête, le malheureux, un médecin peut raconter des histoires à un patient, lui assurer qu'il va s'en sortir, qu'il doit garder espoir, même si lui sait que c'est foutu, mais il ne peut pas tromper un autre médecin. Est-ce cet échec épouvantable, ces maladies accumulées ou les deux, mais je n'avais plus aucune force et je n'arrivais plus à respirer. Dans mon semi-coma, j'ai entendu ce médecin leur dire que c'était la fin et qu'il n'y avait plus rien à faire. Lorsque vient ce moment, à quoi bon continuer ? Il faut savoir s'arrêter. Mais ils avaient tous l'air de tenir à moi comme à la prunelle de leurs yeux, comme si je leur étais plus indispensable que leur mère, je ne comprenais pas leur sollicitude, ils venaient à mon chevet me remonter le moral et m'encourager à lutter, ma survie était devenue leur priorité absolue. Je me suis retrouvé au sanatorium, je n'ai pas eu mon mot à dire. Je me suis dit, c'est là que je vais mourir, ce n'est pas si important, il faut bien mourir quelque part. Moi, je voulais en terminer au plus vite, je n'avais plus envie de souffrir, de traîner, et puis, à l'instant où je t'ai vue, dans la chambre, le premier soir, tout d'un coup, j'ai eu envie de continuer à vivre.

– C'est Joseph qui t'a sauvé.

– C'est vrai. Mais c'est toi qui m'as donné envie de vivre. Sans toi, je serais mort.

Ramon prit la main de Helena et lui sourit. La voiture s'immobilisa à un passage à niveau.

– C'est vrai que tu es médecin ?

– Ton père ne t'a rien dit ?

– Il ne parle jamais de ses patients.

– Il ressemble à l'homme que j'aurais aimé être. Je crois que j'aurais fait un bon médecin aussi. J'aimais ça. J'étais proche des gens. J'aurais pu être utile. Et puis, le destin en a voulu autrement.

Ramon et Helena s'installèrent dans la villa de Ladir que le gouvernement tchèque avait mise à la disposition de l'ambassade cubaine. Le réfrigérateur avait été rempli. Il y avait des géraniums en fleur dans les parterres. Le quartier était tranquille. Le chauffeur déposa leurs deux valises dans l'entrée. Ramon et lui discutèrent à voix basse puis il s'en alla.

– Comment tu trouves ? demanda Ramon. Ça te plaît ?

– Ce n'est pas mal mais c'est une banlieue perdue.

– Je ne savais pas. Prague est loin ?

– Au moins quinze ou vingt kilomètres. Il doit y avoir un train.

– On a un chauffeur. Il attend dehors.

– Ce n'est pas très pratique.

– Dans un hôtel, on serait sous surveillance constante. Au moins ici, on n'a pas ce problème. Mais si tu préfères, on peut trouver un hôtel à Prague.

– Non, on sera bien ici.

La première chose que fit Ramon, avant même d'enlever sa veste, fut d'ouvrir une boîte en bois sur le buffet. Il parut soulagé. Elle contenait une vingtaine de cigares cubains. Helena n'en avait jamais vu d'aussi énormes. Ils étaient fabriqués par un de ses amis, le meilleur *torcedor* de La Havane, ils faisaient près de vingt centimètres de long et dégageaient une odeur âcre qui ravissait Ramon. Il la respirait avec délectation comme si c'était un parfum. Il voulut absolument qu'Helena y goûte. Il en alluma deux en chauffant l'extrémité à la flamme d'une longue allumette et lui en donna un.

– C'est trop fort pour moi, dit Helena en chassant de la main la fumée qui envahissait la pièce. Et je ne sais pas si c'est très conseillé pour ton asthme.

– Je vais te dire une chose, la fumée du havane asphyxie le dragon qui sommeille dans ma poitrine. Cela faisait longtemps que je ne m'étais pas senti aussi bien. Il ne faut pas exagérer, mais deux cigares par jour n'ont jamais fait de mal à personne. Au contraire.

Même si Helena ne voyait pas où il y avait un risque, Ramon refusait de sortir avec ses cheveux qui avaient repoussé. Depuis qu'il avait chassé Sourek et son garde du corps, il se rasait lui-même le sommet du crâne. À deux reprises, il s'était coupé, et la dernière fois, une estafilade avait saigné abondamment, depuis, il avait négligé de le faire.

Il demanda à Helena si elle voulait l'aider. Il s'assit sur une chaise, sortit son passeport de sa poche et lui montra la photo à laquelle il devait ressembler impérativement. Elle posa une serviette sur ses épaules, humidifia ses cheveux et, avec précaution, passa le rasoir et retrouva parfaitement le contour de la couronne. Il voulut aussi qu'elle en réduise l'épaisseur et, avec des ciseaux, elle égalisa le tour de sa tête.

– Merci beaucoup, Helena, c'est parfait, dit Ramon, en s'examinant dans la glace. J'ai retrouvé ma tête de comptable. Personne ne peut me reconnaître Mais toi, tu me préférerais peut-être avec des cheveux, comme un jeune homme.

– Moi, je m'en fiche.

Et elle le prit dans ses bras et l'embrassa.

Je voudrais crier mon bonheur au monde entier, hurler ma joie, faire des pirouettes, rire et chanter à tue-tête, j'ai tellement envie de partager cette excitation, je la croyais impossible, comment garder pour soi une pareille émotion ? Quand elle me regarde, j'ai la chair de poule et je me sens comme un gamin de seize ans qui vient d'embrasser celle qu'il aime, je suis sûr que si je tendais la main, je pourrais attraper la lune et la lui offrir. Mais je ne dirai rien, personne ne le saura.

Elle, est-ce qu'elle s'en doute ?

Je ne sais pas trop ce que nous sommes venus faire ici. On va attendre, ne pas précipiter les choses. Qu'est-ce qu'elle peut vouloir vraiment ? En a-t-elle même une idée ?

Il reste quelques problèmes à résoudre, j'ai juste besoin de temps pour tout régler, mais il y en a un de taille qui m'écrase complètement. J'ai vingt ans de plus qu'elle, c'est probablement irrémédiable et c'est pour ça que je ne dois rien brusquer.

Chaque jour avec elle sera un jour gagné.

Tout bien considéré, avoir un chauffeur à sa disposition pour vous conduire où vous voulez, c'est très pratique. Au début, Helena était gênée, tout le monde la regardait.

– Dis-toi que c'est comme un chauffeur de taxi mais avec un seul client.

Le premier jour, elle avait voulu prendre le train, il avait fallu marcher trois kilomètres jusqu'à la gare de Ládví et là, patienter une heure pour monter dans un train brinquebalant qui s'arrêtait longtemps à chaque station et mit un temps interminable pour arriver à Prague. Diego, lui, était toujours disponible. Il pouvait attendre une journée entière, assis sans bouger ; dès que Ramon sortait de la villa, il mettait le contact.

– La nuit, il ne dort pas dans sa voiture quand même ?

Diego connaissait Prague et sa banlieue mieux qu'Helena. Pas besoin de lui indiquer le chemin. Il les déposait toujours au pont Mánes et, quand Ramon et Helena voulaient rentrer, ils le retrouvaient derrière l'arrêt du bus où il restait garé sans que jamais un agent de police lui dise quoi que ce soit.

Du pont Mánes, Prague leur était ouvert, ils pouvaient aller dans toutes les directions, vers la vieille ville ou le Château, le hasard de leurs pas les guidait. Ils arpentaient la ville des hauteurs du Hradčany à l'Opéra et du couvent Sainte-Agnès à la forteresse de Vyšehrad, ils se baladaient, le nez en l'air, Ramon avançait lentement, examinait chaque monument comme s'il voulait le mémoriser à jamais, il posait des questions précises sur l'architecture : « Pourquoi y a-t-il des statues sur les toits ? » ou : « Comment est-ce que ça a pu devenir si noir ? » Helena était incapable de lui répondre, elle découvrait des coins où elle était passée cent fois sans y prêter attention, ils achetèrent un guide d'occasion d'avant-guerre, ils étaient les seuls à faire du tourisme, on les prenait pour des étrangers.

Ramon aimait les rives sinueuses de la Vltava et ils y revenaient sans cesse.

Ils allaient souvent se reposer dans des cafés mais, quand elle lui fit découvrir la brasserie *Slavia* avec son immense baie sur le quai du fleuve, sa vue sur la colline de Petřin et le Château, ils devinrent des habitués. Ramon aimait par-dessus tout rester assis sur une banquette et bouquiner tranquille. Il avait trouvé sa place, en face du tableau du buveur d'absinthe, et détaillait la jeune femme mystérieuse en vert, probablement la tentatrice démoniaque, il fut déçu d'apprendre qu'on ne servait plus d'absinthe et que c'était une boisson interdite.

Ils lisaient côte à côte, bavardaient avec des voisins de table, Helena faisait l'interprète. Quand ils avaient faim, ils mangeaient des petits sandwichs, des œufs durs et du fromage de tête.

– Qu'est-ce qu'on est bien ici, dit Ramon. Tu ne trouves pas ?

– D'après toi, dans cette salle, combien y a-t-il de membres de la police politique qui nous observent ? Est-ce ce retraité qui lit le journal et qui est si sympathique, les joueurs d'échecs avec qui nous avons discuté, les deux femmes qui papotent près de la fenêtre ou les étudiants qui rigolent dans le fond ? la fille un peu nerveuse, là-bas, qui attend son amoureux, les ouvriers qui boivent une bière, la caissière qui ressemble à un bouledogue ou le patron ou encore cet homme seul qui fume cigarette sur cigarette en regardant ses ongles ? À moins que les policiers n'attendent dehors ? D'après toi ?

– Il ne faut pas tomber dans la paranoïa. On croit toujours

que la police est omniprésente, qu'elle a des yeux et des oreilles partout, mais en vérité, elle ne sait pas grand-chose. Et puis, franchement, est-ce que nous sommes si intéressants que ça ? À quoi ça leur servirait de nous espionner ? Il faudrait vraiment qu'ils aient du temps à perdre.

Rapport de W.F. Vendredi 10 juin 1966.

Les susnommés sont restés au café Slavia de 16 h 40 à 18 h 25. C'est leur deuxième passage aujourd'hui (voir rapport précédent). Ils se sont parlé à l'oreille pendant dix minutes à voix basse (est-ce qu'ils se méfient?). Je n'ai pu entendre leur conversation, ni lire sur leurs lèvres. Lui a pris un thé et a insisté pour qu'il soit bien fort (est-ce un signal codé?), elle a commandé un café puis des sandwichs. À un moment, ils ont eu un fou rire, je ne sais pas pourquoi. Il lui a pris la main et l'a embrassée. Ils ont lu aussi, lui un livre en espagnol qu'il a tiré de sa poche et elle, mon journal. En entrant, ils ont suivi pendant dix minutes la partie des joueurs d'échecs, puis ils ont parlé du temps si agréable avec un retraité de la mairie et membre du Parti. Avec moi, c'est surtout elle qui a parlé pour me demander de lui prêter mon journal et si je trouvais que le fromage de tête était bon. À part au serveur, ils n'ont adressé la parole à personne d'autre. Le serveur est peut-être un complice. À vérifier. La surveillance se poursuit. RAS.

Note du lieutenant Sourek : Le serveur est aussi un de nos agents. Lui demander son rapport.

Helena entraîna Ramon au monumental Musée national parce que la pluie s'était mise à tomber. Helena n'arrivait pas à se rappeler à quand remontait sa dernière visite, ni avec qui, peut-être avec Tereza, il faudrait qu'elle demande à Ludvik, à moins que ce ne soit encore plus lointain…

– Il y a un problème ? demanda Ramon en la voyant immobile et soucieuse.

– Non, rien, de vieux souvenirs, allons-y.

– Tu sais, moi, les musées, ça m'ennuie. Traîner pendant des heures devant des tableaux, ça me casse les pieds. Je préfère aller me balader.

– C'est surtout un musée de sciences naturelles.

Ramon adora les collections de paléontologie et d'archéologie, c'était une de ses passions. Ce jour-là, il lui raconta qu'après ses études, il avait eu la chance de parcourir l'Amérique latine, il avait admiré les temples mayas du Guatemala et escaladé les pyramides perdues dans les forêts primitives du Yucatán, il était fasciné par cette civilisation de bâtisseurs et de mathématiciens qui, alors que Rome n'existait pas encore, disposait déjà d'une langue d'une subtilité exceptionnelle, avait inventé le système décimal et des calendriers astronomiques d'une fabuleuse précision, avant de disparaître pour des raisons mystérieuses. Ramon était intarissable. De sa voix rauque et douce, il décrivait les ascensions vertigineuses, l'asthme qui lui coupait le souffle autant que les splendeurs qu'il découvrait. Il parlait aussi de la vie misérable des paysans, lointains descendants des constructeurs, et de sa rage devant le pillage des monuments. Helena l'écoutait sans l'interrompre, il voyait bien qu'elle buvait ses paroles et il continuait encore, l'emmenant avec lui dans le dédale de la cité mythique de Chichén Itzá, la plus grande et la plus fascinante des villes mayas. Il s'était promis d'y retourner et le moment était peut-être venu d'accomplir cette promesse. Il remarqua ses yeux qui pétillaient et ce fut la première fois qu'il parla d'avenir.

– Ce serait bien d'y aller ensemble, non ? Ça te dirait ?

– Oh oui.

Quand ils se promenaient dans Prague, Helena croisait quelquefois des amies de lycée ou des connaissances de Ludvik. Au début, elle avait préféré éviter les environs du Hradčany mais elle en rencontrait tout autant dans la vieille ville et elle se résigna. À moins de rester enfermés dans la villa, il n'y avait pas d'autre solution. Ce n'était pas tant Helena qui attirait leur attention que l'homme à moitié chauve au sourire énigmatique qui l'accompagnait. Un étranger qu'elle présentait comme un ami de son père et à qui elle faisait visiter la ville. C'était une bonne explication, sauf quand elle croisait les mêmes à plusieurs reprises, elle remarquait les sourires narquois et précisait qu'il était en visite officielle et là, plus personne ne souriait.

– Tu as plein de blessures partout, c'est incroyable.

Ils étaient nus dans le lit défait, avec la faible lueur de la lampe de chevet qui vacillait. Ramon haussa les épaules, pas par forfanterie bien sûr, il ne se souvenait pas, c'était si loin.

– Celle-là, c'était où ?

L'index de Helena suivit une cicatrice le long du cou de Ramon. Elle le fixa d'un air interrogateur, il lui sourit.

– Tu ne veux pas me dire ?

– Je ne sais plus, c'était dans une autre vie.

– Et là, qu'est-ce qui s'est passé ?

Elle avait posé la main sur une autre cicatrice sur sa cuisse blanche et fine. Il répondit par une moue.

– Tu t'es beaucoup battu ?

Il fit oui de la tête et la prit dans ses bras.
– C'est fini tout ça.
– Je sens tes os.
– J'ai repris du poids, pourtant.
– Tu es maigre encore.
Ils restèrent un moment silencieux, blottis l'un contre l'autre.
– Tu veux que je te pose des questions, c'est ça ?
– Oui, je veux que tu saches tout de moi.

Rapport de L.S. Mercredi 15 juin 1966

À 10 h 15, ils sont descendus du véhicule de l'ambassade et se sont éloignés à pied par le pont Mánes. L'homme était tête nue, vêtu d'un costume en serge gris, la femme était habillée d'une jupe en tissu beige et d'un corsage blanc avec un tricot bleu sur les épaules. Ils ont emprunté l'avenue Krizovnicka. Ils se sont arrêtés à plusieurs reprises pour inspecter les bâtiments. Lui a tout le temps le nez en l'air. Nous n'avons pas pu déterminer ce qu'il regardait. Elle a acheté un paquet de cigarettes au café du Théâtre (derrière le Théâtre national), elle est ressortie puis est rentrée à nouveau avec l'homme et ils ont pris chacun un café, lui a mangé trois brioches aux pommes, elle n'a rien mangé. Ils se sont engagés dans l'avenue Národní jusqu'à la station Mustek, ils ont discuté sur le trottoir puis sont allés s'asseoir sur un banc du jardin du Muséum. L'homme a lu un livre qu'il a sorti de sa poche, elle s'est fait chauffer au soleil. À un moment il lui a désigné du doigt quelque chose. Ils ont bavardé la tête levée mais nous n'avons pas pu voir ce que c'était. Trente-deux minutes plus tard, ils sont repartis par la rue Vodičkova. Rue Lazarská, l'homme a eu un malaise, probablement une crise d'asthme, car il a utilisé un inhalateur qu'il avait dans sa poche droite. Au bout de quelques minutes, ils ont poursuivi leur chemin par la rue Spatena et la rue Ostrovni, toujours en observant le haut des immeubles. À 13 h 08, ils ont pénétré dans le café Slavia.

Ramon et Helena étaient assis sur un banc du square, il faisait si bon ce matin-là. Ramon leva la tête : en face de lui, au sommet d'un palais, des statues anachroniques au cou tournoyant et aux bras comme des ailes dansaient au bord du vide et semblaient prêtes à s'envoler dans les nuages. Il ne se lassait pas de ce spectacle et de leur légèreté de funambules. Ils fumèrent une cigarette puis il prit son livre et commença à lire. Helena renversa la tête, remonta sa frange et se fit bronzer. Elle ouvrit un œil, le regarda longtemps, il finit par le remarquer et lui sourit.

– Qu'est-ce qu'il y a ?

– Qu'est-ce que tu lis tout le temps ?

– Oh, c'est mon livre de chevet. Il ne me quitte jamais.

Il lui montra la page de garde.

– Je ne connais pas, dit-elle. Il y a un poète tchèque qui porte le même nom, Jan Neruda.

– Je crois qu'il a pris son nom par admiration pour sa poésie. Pablo, c'est le plus grand poète du monde. J'ai toujours eu l'impression que c'était mon compagnon, mon unique ami, je ne l'ai rencontré qu'une fois, quand on le voit, il ne ressemble pas à un poète, mais c'est l'homme le plus libre que j'aie jamais croisé, je le porte contre mon cœur, il ne m'abandonne jamais. Souvent, dans la Sierra Maestra, pendant la guérilla, le soir, je lisais ses poèmes à mes hommes, pour la plupart, c'était la première fois qu'ils entendaient de la poésie, ils adoraient ça, c'est cela aussi la révolution. J'ai même enregistré un de ses recueils sur une bande. Je ne sais pas si ce sont les plus beaux vers du monde, cette question ne m'intéresse pas, mais ce sont ceux que j'aime le plus. Ils me touchaient désespérément déjà quand j'étais jeune homme, je les récitais à ma cousine, ils sont ancrés au fond de moi.

– Tu m'en lis un ?

– Attends, je vais te traduire mon préféré, il n'avait pas vingt ans quand il l'a écrit.

Ramon feuilleta le recueil, s'arrêta sur une page et prit sa respiration :

J'aime l'amour des marins qui embrassent et s'en vont,
ils laissent une promesse et jamais ne reviennent
dans chaque port attend une femme,
les marins embrassent, et s'en vont
et puis, une nuit, ils se couchent avec la mort,
dans le lit de la mer…

Au café Slavia, Ramon et Helena devinrent rapidement des habitués. Pour faire partie de la famille, il ne fallait pas grand-chose : venir régulièrement, dire bonjour, bavarder avec les uns et les autres. Ramon les intriguait tous. Qu'est-ce qu'il faisait cet oiseau-là ? On voyait si peu de touristes. Helena expliqua que c'était un ami uruguayen qui travaillait au ministère de l'Agriculture de son pays et qui en profitait pour prendre les eaux à Karlovy Vary. Cet étranger qui bredouillait quelques mots de tchèque parut à tous immédiatement sympathique. Surtout que Ramon n'était pas chiche de ses cigares. Personne n'en avait jamais vu de pareils. Il en offrait à qui en voulait et se fit beaucoup d'amis ainsi. De temps en temps, Helena prenait le cigare de Ramon, tirait deux trois bouffées et commençait à y prendre goût.

– On n'a jamais joué aux échecs ensemble, dit Helena en lui rendant son cigare.

– Tu sais jouer ?

– Pas très bien.

– C'est toujours ce que disent les bons joueurs. Je me méfie des gens modestes.

Il lui laissa les blancs. Contrairement à lui, elle réfléchissait longuement avant chaque coup. Elle gardait la tête baissée et fixait l'échiquier, complètement absorbée par le jeu. Lui, il ne se lassait pas de la dévisager. Il aurait peut-être mieux fait d'être plus attentif au jeu. À chaque coup ou presque, elle lui prenait une pièce. En se dégageant d'une mise en échec, il commit une erreur qu'elle exploita aussitôt et elle lui prit un cavalier. Il était en difficulté.

– Je te trouve très agressive. Où est-ce que tu as appris à jouer comme ça ?

– C'est Ludvik. Lui, c'est un champion. Il fait des tournois. C'est l'école tchèque de l'attaque permanente ou l'anti-école russe, si tu préfères.

– Je me disais que ça ne pouvait pas être Joseph, il ne joue pas très bien.

– Il s'en fiche, il laisse gagner ses invités.

– Tu penses vraiment me battre ?

– D'après toi ?

Il resta un moment à réfléchir et déplaça son fou. Elle sentit le danger et roqua, la reine de Ramon allait être menacée, il dut sacrifier son deuxième fou. Le retraité de la table voisine s'approcha pour suivre la partie et les enveloppa de la fumée de son cigare. Ramon avait compris qu'il aurait le plus grand mal à s'en sortir et pratiqua une politique de terre brûlée en procédant à des échanges systématiques. Elle n'eut d'autre solution que de reconnaître l'égalité.

– Je m'en veux, je n'ai pas su finir, reconnut Helena.

– Tu joues vraiment bien. D'habitude, je gagne toujours. Une autre ?

– Demain, peut-être.

– Si vous voulez, je suis à votre disposition, dit le retraité à Ramon.

– Qu'est-ce qu'il a dit ? demanda Ramon à Helena. Elle traduisit.

– Avec plaisir, répondit Ramon en replaçant les pièces sur le plateau.

Helena avait un regret qui la poursuivait sans qu'elle puisse s'en défaire : elle ne pouvait emmener Ramon au cinéma pour voir un film de la nouvelle vague tchèque, aucun ne passait en espagnol ou en français. Elle aurait pourtant tellement voulu les lui faire découvrir, elle avait l'impression que si elle n'y arrivait pas, il y aurait toujours un vide entre eux, un abîme même, parce que, à ses yeux, c'était fondamental.

Un soir, ils étaient allés jusqu'au *Lucerna* où passaient encore *Les Amours d'une blonde.* En désespoir de cause, elle s'était demandé si elle ne pourrait pas lui traduire au fur et à mesure mais il avait trouvé que c'était une drôle d'idée.

– Ne te fais pas de bile, dit Ramon, un jour, je verrai ce film, ils le passeront en espagnol.

– Oui, mais peut-être pas, et tu ne comprendras jamais ce que je voulais te dire.

Elle était navrée qu'ils ne puissent y aller ensemble. C'était ça le plus important. Être ensemble pour partager cette émotion et pouvoir en parler après.

Dans le hall du cinéma, il y avait des photographies du film, elle les replaça dans la chronologie mais elle n'arriva pas vraiment à lui raconter, ce n'était pas l'histoire le plus important mais le reste, ce qu'il y avait dans les regards et les silences et entre les scènes, ce qui n'était pas filmé.

– C'est l'histoire de notre pays depuis près de vingt ans, le résultat de la destruction systématique des individus, les plus belles idées broyées, le mensonge et la lâcheté érigés en principes d'une société figée, le nivellement par la médiocrité et cette conviction profonde, enracinée dans la jeunesse, que seule une troisième guerre mondiale arrivera à nous libérer. Voilà où nous en étions arrivés. Et puis, certains se sont mis à détourner les codes, à écrire entre les lignes, à construire des dramaturgies à double sens, à fabriquer des images qui disent le contraire de ce qu'on voit. Avec humour et dérision, nos armes préférées. Dans ce film, tu aurais vu comment on peut élever l'allusion et le deuxième degré au niveau d'un art de survie, parler de politique d'une façon subversive sans en avoir l'air et raconter ce que vivent les gens, leur tristesse, leur désenchantement, leur désarroi et le fossé immense qu'il y a entre nous sans que la censure s'en rende compte.

Helena avait envoyé un dossier d'inscription à la Famu, l'école de cinéma de Prague. Il y avait plus de candidats que de places disponibles. Elle devait passer devant la commission d'admission. Elle attendait la convocation et craignait d'être recalée.

Parce qu'elle était trop jeune.

Le dimanche 19 juin, il était presque minuit quand on sonna à la porte de la villa. Ramon sortit et, sur le perron, discuta en espagnol pendant une dizaine de minutes avec un homme aux cheveux blancs d'une cinquantaine d'années, vêtu d'un costume élégant, qu'Helena n'avait jamais vu. À travers la fenêtre, elle aperçut Diego qui attendait, garé devant la maison. Puis l'homme monta à l'avant de la voiture qui s'éloigna.

Ramon resta une minute dehors puis rentra. Il lui annonça d'une façon un peu sèche qu'il devait partir le lendemain, il ne pouvait pas en dire plus, ni où il allait, ni combien de temps allait durer son déplacement. C'est pour avoir ce rendez-vous qu'il était venu en Tchécoslovaquie mais sa maladie l'avait obligé à tout reporter. Il n'avait pas le choix et espérait que ce ne serait pas trop long. Une histoire de quelques jours.

Elle sentit qu'il était inutile de poser la moindre question.

Cette nuit-là, il lui fit l'amour avec une intensité particulière, une sorte de rage inconnue. Soudain, elle fut persuadée que c'était la dernière fois, qu'il le savait aussi et qu'ils ne se verraient plus. Elle étouffait, il y avait un cri qui ne sortait pas de sa poitrine. Elle le regarda, il lui sourit, la caressa, elle se colla à lui mais ne dit rien de son pressentiment et se laissa aller comme jamais.

Il était bouillant. Elle se demanda s'il n'avait pas de la fièvre, s'il n'était pas à nouveau malade.

– Tu as incroyablement chaud, dit-il. Tu te sens bien ?

Elle ne savait plus qui d'elle ou de lui avait le corps brûlant. Ou peut-être était-ce tous les deux.

Ils étaient nus l'un contre l'autre dans le noir, ils ne dormaient pas. La lumière du réverbère de la rue passait par les interstices des volets.

– Fais-moi confiance, je vais revenir, dit-il d'une voix douce.

– Tu vas faire quoi après ? Tu vas repartir ?

– Le combat n'est pas fini. Il y a des luttes partout.

– Je ne comprends pas bien. Vous avez réussi à abattre un régime pourri, pourquoi ne pas conforter cette victoire ?

– Tu as raison, après la révolution, il faut construire des usines, des routes et des écoles, cultiver la terre et soigner, mais les bureaucrates prennent le pouvoir et ne le lâchent plus. Les hommes comme moi n'ont aucun avenir.

– Tu vas faire la révolution toute ta vie ?

– J'espère.

– Alors, la révolution, c'est ton métier ?

– D'une certaine façon, oui.

Ramon se leva tôt. Helena dormait encore. Il prit une douche, se rasa de près, mit le costume bleu marine rangé dans l'armoire. Il recommença trois fois son nœud de cravate. Il vérifia que son passeport se trouvait bien dans sa poche, sortit des papiers d'une valise et les rangea dans un cartable en cuir. Ils ne se parlèrent pas beaucoup pendant le petit-déjeuner. Il lui dit qu'elle pouvait rester ici jusqu'à son retour.

Elle fit oui de la tête.

Il y eut deux coups d'avertisseur. Ramon se leva sans avoir fini son café, il regarda par la fenêtre, mit sa veste, écrasa sa cigarette et ajusta sa tenue dans la glace. Il ressemblait à un homme d'affaires. Il posa un baiser sur le front d'Helena, lui caressa la joue, elle prit sa main et l'embrassa. Il s'écarta, sortit sans se retourner. Elle entendit la porte de la villa claquer puis le moteur de la voiture qui s'éloignait, elle resta longtemps à fixer la toile cirée.

Helena rassembla ses affaires et partit dans la matinée. Elle ferma les volets, poussa la porte, et fit à pied les trois kilomètres jusqu'à la gare de Ládví en portant sa valise. Elle ne savait pas trop où aller, elle n'avait rien décidé. En vérité, elle n'avait envie d'aller nulle part. Une impression de chien abandonné. Le train puait la rouille. Ou peut-être était-ce ces banlieusards avec leurs mines de ferraille. Jamais de toute sa vie, elle ne s'était sentie si seule. À cet instant, elle n'était plus sûre de rien, elle se demandait si Ramon l'avait aimée ou s'il avait juste voulu baiser avec elle. Il y a des questions auxquelles il ne faut jamais répondre. Elle hésitait à repartir pour Kamenice.

« Pas tout de suite, pensa-t-elle. Et puis non, qu'est-ce que j'irais faire là-bas ? C'est fini tout ça maintenant. Mais je ne dois pas être prisonnière de cet homme ni de personne. Je dois me débrouiller seule. Oui, il faut que je me secoue. »

Le paysage des usines qui défilait était encore plus sinistre que d'habitude. Elle posa son front contre la vitre froide. Il était là, dans le reflet de la glace, avec son sourire de petit séducteur et son sourcil relevé. Elle ne voulait pas se sentir occupée par lui. C'est ça l'amour, l'envahissement ? se dit-elle. Elle ferma les yeux et pour la première fois entendit les guitares rock joyeuses du film. Et puis, il y eut cette évidence, elle était comme Andula, l'héroïne des *Amours d'une blonde,* qui, après de vagues promesses, avait cédé au beau pianiste, passade d'une nuit, et se retrouvait délaissée, avec ses illusions perdues. Andula était son amie la plus proche et, comme elle, elle survivrait. Avec lui dans la tête. C'était presque rassurant.

Ce n'était pas du cinéma.

Le train arriva à Prague. Helena ne connaissait personne chez qui débarquer à l'improviste. Elle avait besoin de temps et de tranquillité pour faire le point et savoir ce qu'elle voulait. Il y avait bien l'appartement familial à côté de l'Académie de musique mais Ludvik y habitait et elle ne se voyait pas sonner, l'air enfariné, et lui demander si elle pouvait s'installer. Comme s'il ne s'était rien passé. Elle ignorait ce que Ludvik pensait d'elle. Était-il seulement au courant de ce qui était arrivé ? Elle ne lui avait rien dit. Et il était probable que ni Joseph ni Tereza ne lui en avaient parlé. C'était à elle de le lui annoncer. Elle était incapable d'imaginer sa réaction quand il saurait. Serait-il bouleversé ou en rirait-il ? Ou serait-il violent et en colère ?

Non, pas Ludvik.

Elle alla le chercher à la sortie de son travail. Après la faculté, Ludvik avait été embauché comme journaliste au *Rudé právo*, le journal du Parti. Elle prit le métro, descendit à la station Jiřího z Poděbrad et, après 15 heures, s'installa au café à l'angle de la rue Slezská. À travers la vitre, elle apercevait la porte du journal. Elle ignorait à quelle heure Ludvik sortirait, et même s'il se trouvait à l'intérieur. Il avait mentionné, avec une certaine fierté, ses horaires élastiques jusqu'au bouclage, à minuit, et elle se demandait si elle devrait patienter si longtemps. Quand il était venu en mars, il avait évoqué quelques tiraillements à la rédaction mais il ne s'était pas étendu sur la question. Elle attendit, les yeux rivés sur la porte d'entrée du journal. Elle prit trois cafés et des petits sandwichs. À 19 heures, elle aperçut Ludvik qui arrivait avec deux hommes. Ils discutaient de l'autre côté de la rue. Elle sortit du café, sa valise à la main, et alla à sa rencontre. Il la découvrit d'un air étonné.

– Helena ! Qu'est-ce que tu fais là ?

Helena n'avait pas prévu cette question, ni celle-là, ni aucune autre.

– J'étais dans le quartier…

– C'est gentil. Tu aurais dû aller à la maison.

– J'ai oublié les clefs.

– Écoute, je rentre de reportage. Je tape mon article et j'arrive. Tu peux m'attendre là si tu veux, ce ne sera pas long.

Le café était rempli de journalistes qui discutaient à voix haute de l'actualité. Elle n'avait pas besoin d'acheter le journal, elle n'avait qu'à les écouter : au Vietnam, les bombardements s'accéléraient, le président Lyndon Johnson menaçait d'envoyer ses bombardiers raser Hanoi et Haiphong. Ce conflit interminable serait probablement au centre des discussions entre Brejnev et de Gaulle qui venait d'arriver à Moscou en voyage officiel. Il ne fallait pas compter sur les Chinois empêtrés dans leur Révolution culturelle pour intervenir. La une du journal se ferait sur la résolution votée à l'unanimité par les participants du XIIIe Congrès du Parti communiste tchécoslovaque qui exigeait l'arrêt immédiat des hostilités.

– C'est sûr que les Américains vont être terrorisés par cette résolution, lança un journaliste.

Les autres, autour de lui, éclatèrent de rire.

Helena les dévisagea avec effarement. Elle n'avait jamais entendu quelqu'un se moquer ouvertement du Parti et que ce soient des journalistes du journal dudit Parti lui paraissait invraisemblable. Elle s'attendait à voir la police surgir qui se précipiterait pour arrêter ces blasphémateurs. Non seulement il ne se passa rien, mais ils continuèrent en toute impunité. Ludvik la rejoignit à 23 h 10, il salua plusieurs personnes de la main, s'assit face à elle et commanda des sandwichs et une bière.

– Tu connais ces gens ? murmura-t-elle à voix basse en désignant le groupe bruyant derrière eux.

– Ce sont des collègues.

– Ils se sont moqués du Parti et des résolutions du Congrès !

– Ce n'est pas grave, ils sont tous membres du Parti. Tu sais ce qu'on dit : « Il ment comme le *Rudé právo.* » Ils veulent en finir avec ce brouillard permanent dans lequel nous vivons. Les choses changent. On est en train de noyauter le Parti de l'intérieur pour le faire évoluer vers la démocratie. Tu te rends compte, le Congrès vient de voter un programme de libéralisation économique. Ici, nous sommes nombreux à soutenir Dubček et à vouloir en finir avec Novotný et les vieux stals.

– C'est très dangereux ce que tu dis, tu devrais faire attention à ne pas parler en public. Je t'en prie, ne te fais pas remarquer.

– Tu t'intéresses à la politique, maintenant ?

Ludvik avalait les sandwichs comme s'il n'avait pas mangé depuis deux jours, il finit sa bière et en commanda une autre.

– Tu ne manges rien ? demanda-t-il.

– J'ai comme une boule à l'estomac… Ludvik, il faut que je te dise… j'ai rencontré quelqu'un.

Il la fixa, incrédule, et resta silencieux quelques secondes.

– Qu'est-ce que ça veut dire ?

– Ça veut dire qu'entre nous, c'est fini.

– Ah bon.

– Excuse-moi, mais je ne savais pas comment te le dire.

– J'apprécie ta franchise. Au moins, c'est clair.

– Je suis désolée si j'ai été un peu brutale.

– Tu as eu raison, Helena, et moi aussi je vais te dire une chose. Entre nous, ce n'était pas possible. Ça n'aurait pas duré. Notre histoire était induite par nos parents. On suivait le chemin qu'ils nous avaient tracé depuis toujours. On est plutôt comme frère et sœur.

– Tu as de curieuses relations avec ta sœur. Tu as l'air d'avoir oublié, mais c'est toi qui m'as dévergondée et qui voulais sans arrêt qu'on fasse l'amour.

– Je n'ai pas eu beaucoup à insister.

– Oui, mais moi au moins, je ne pensais pas que je couchais avec mon frère.

Ludvik et Helena quittèrent le café avant la fermeture. Un ami journaliste proposa de les avancer en voiture et les déposa au pont Legii. Ils poursuivirent à pied. Ludvik porta la valise jusqu'à la tour de péage et s'arrêta pour allumer une cigarette.

– Attends, dit Helena en ouvrant son sac.

Elle en sortit une boîte allongée et, à l'intérieur, attrapa deux cigares.

– Tu fumes ça ? s'exclama-t-il.

– Tu verras, on s'y fait.

Elle craqua une allumette et, comme elle avait vu Ramon le faire, chauffa le bout du cigare avant de l'allumer et de le donner à Ludvik, puis elle alluma le sien. Ils s'accoudèrent à la rambarde du pont et fumèrent en regardant les eaux noires de la Vltava.

– Les parents t'ont rien dit ? demanda Helena.

– Non, on ne se téléphone pas souvent. Et j'ai été occupé.

– C'est la personne avec qui j'étais qui fumait ça.

– C'est assez fort. Vous n'êtes plus ensemble ?

– Je n'ai pas envie d'en parler.

– Si on ne peut pas se parler tous les deux, avec qui alors ?

– C'est le malade qui a été amené au sanatorium après la finale de hockey. Un étranger, un homme… je ne sais pas comment dire… énigmatique.

– Je ne l'ai pas vu, j'étais déjà parti.

– Jamais je n'aurais cru tomber amoureuse d'un homme comme lui. Ça s'est fait sans que je m'en rende compte. Et maintenant, je suis vraiment accrochée. Il est parti je ne sais pas où et j'ai l'impression d'être comme un avion qui tombe en vrille sans plus personne aux commandes. Il a dû retourner dans son pays et il n'a pas voulu me le dire.

– Tu n'en sais rien en définitive. Tu te fais peut-être des idées.

– Quand il était en face de moi, je le croyais. À cent pour cent. Rien qu'à son regard, j'étais persuadée qu'il disait la vérité. Je n'avais pas le moindre doute. Il a dû réfléchir. On s'est laissé emporter. En vérité, nous n'avons rien à faire ensemble. Tout nous sépare : il a vingt ans de plus que moi, il est marié et il a cinq ou six enfants, il habite à l'autre bout du monde et il a un drôle de métier. C'est pour ça qu'il est parti. Avant que ce soit impossible de revenir en arrière et qu'on soit trop malheureux.

– Qu'est-ce qu'il fait dans la vie ?

Helena allait répondre mais se retint, elle haussa les épaules, tira à deux reprises sur son cigare et suivit des yeux la fumée qui s'élevait.

– Aucune importance. Allons-y.

– Attends, il faut que je te dise quelque chose.

Elle se tourna vers Ludvik qui jeta son cigare dans le fleuve et resta un instant silencieux. Elle dut tendre l'oreille, il parlait à voix basse, comme à lui-même :

– Moi aussi j'ai rencontré quelqu'un, il y a longtemps déjà, ce n'était pas sérieux, la femme d'un collègue, un bon copain, et puis c'est devenu une vraie histoire, je ne peux même pas t'expliquer, on allait se mettre ensemble quand il est tombé malade. En plus, ils ont deux jeunes enfants et il les manipule. Quand on est tous les deux, ça se passe tellement bien mais c'est le reste autour, on n'arrive pas à s'en sortir. Lui, il fait du chantage à l'affection et elle, elle n'arrive pas à couper le cordon. Au début, je pensais qu'il allait se résigner mais ça traîne, maintenant il doit se faire opérer, elle ne sait plus quoi faire, il faudrait qu'on trouve une solution et pour l'instant, il n'y en a pas. On doit attendre que les choses se décantent. Il faut croire que les histoires d'amour sont toujours très compliquées.

– Ce n'est pas l'amour qui est compliqué, c'est nous.

– C'est vrai, quand on était ensemble, c'était simple… Tu m'en veux ?

– Pourquoi ?

– Pour tout ça.

– C'est la vie qui est comme ça.

– Je vais te dire une chose, je ne devrais peut-être pas d'ailleurs, mais je ne regrette rien.

– Moi non plus.

Helena se réinstalla dans sa chambre et retrouva ses affaires avec plaisir. Elle se réveilla en fin de matinée. Ludvik était parti sans la réveiller. En l'absence des parents, l'appartement lui parut encore plus agréable.

Dans l'après-midi, elle passa à la Famu pour voir où en était son dossier mais la responsable ne put lui dire quand la commission d'admission la convoquerait. Peut-être pas avant le mois de septembre. En sortant, elle tomba sur son amie Vera qu'elle n'avait pas vue depuis près d'un an. Vera allait travailler comme deuxième assistante sur le premier long-métrage d'un ancien de la Famu qui serait tourné en Slovaquie fin juillet et elle proposa à Helena de la présenter au premier assistant qui cherchait à renforcer son équipe. Helena accepta avec enthousiasme.

Ludvik avait des horaires très irréguliers. Il s'en fichait et acceptait tout ce que lui demandait son chef de service. Il pouvait suivre les débats ennuyeux d'un congrès sans sourciller, interviewer un cheminot héroïque à l'autre bout du pays ou mener une enquête sur les mérites de la gymnastique collective, il restait enfermé à rédiger ses articles toujours trop longs puis il avait deux jours de repos. Le plus difficile, c'est que chaque jour il voyait Magda, il était si heureux de la voir (s'il ne l'avait pas vue, ç'aurait été encore plus dur), elle travaillait au service des abonnés du journal, elle lui donnait des nouvelles du traitement de Petr, il s'en foutait mais il en demandait quand même, parce que comme ça, il était avec elle. Il y avait des hauts et des bas, les médecins n'avaient pas l'air de savoir. Ludvik avait dit que s'il mourait, ils seraient libres et pourraient vivre ensemble. Lui était prêt à s'occuper des mômes, elle avait été choquée qu'il puisse proférer une horreur pareille. Le soir, il l'accompagnait à l'hôpital, ça leur permettait de rester une demi-heure de plus ensemble, il la laissait à la porte. La veille, il avait même attendu une heure qu'elle ressorte mais quand elle l'avait vu, elle avait éclaté en pleurs et il ne savait pas ce qu'ils allaient devenir.

– Qu'est-ce que tu ferais à ma place ? demanda-t-il à Helena.

– Si elle l'abandonnait maintenant, elle se le reprocherait toute sa vie. Il faut que tu sois patient et que tu tiennes, coûte que coûte.

– On dit que les épreuves renforcent l'amour.

– Oui, c'est ce qu'on dit.

Helena rencontra le premier assistant qui lui demanda d'un ton condescendant pourquoi elle voulait faire du cinéma.

– Parce que ça occupera tous mes jours et toutes mes nuits et qu'il n'y a rien de mieux à faire dans la vie, non ?

Il l'embaucha aussitôt sur le film qui entrait en préparation. Ce n'était pas bien payé mais les frais étaient pris en charge. Helena espérait qu'avec ce travail elle penserait à autre chose qu'à Ramon. Elle l'aida dans le découpage et les repérages. Il n'avait jamais vu une assistante aussi jolie qui bossait autant.

Dommage qu'elle soit aussi revêche.

Un après-midi, n'y tenant plus, Helena prétexta qu'elle était malade et prit le train pour Ládví. Elle se disait que Ramon était peut-être rentré et se morfondait sans savoir comment la retrouver. Elle mit deux heures pour arriver devant la maison fermée. Elle sonna, personne ne répondit. Comment savoir s'il n'était pas revenu et reparti ? Elle posa la question à un voisin qui la dévisagea d'un air méfiant et s'éloigna sans répondre. Elle griffonna quelques mots sur un bout de papier, nota son adresse à Prague. Il n'y avait pas de boîte aux lettres pour le déposer. Elle essaya en vain de le glisser dans l'interstice de la porte, il n'y avait aucun espace pour le faire tenir. Elle se dit qu'il fallait laisser un message qu'il comprendrait s'il le voyait et ne trouva rien d'autre que de nouer son écharpe rouge à un des barreaux de la grille.

Cela faisait maintenant sept jours que Ramon était parti. Sept journées interminables sans nouvelles. Même en allant loin, se disait-elle, même si vous menez de longues négociations politiques, cela ne durait pas aussi longtemps. Pas une semaine. Lui-même n'avait pas l'air de penser que ça durerait autant. Bien sûr, s'il avait dû la prévenir, il n'aurait pas pu la joindre. Combien de temps faudrait-il attendre encore ? À partir de quand devrait-elle estimer que c'était sans espoir ? La seule personne à qui elle pouvait poser la question était Ludvik et il ne connaissait pas la réponse.

Trois jours plus tard, il l'invita à dîner pour lui remonter le moral. Il affichait sa mine des mauvais jours. Après avoir goûté au vin blanc de Moravie, il lui révéla que Petr avait été opéré avec succès. Et le pire, Magda était aux anges.

– En ce moment, dit-il en vidant son verre, je ne suis pas très optimiste. Petr aurait pu mourir, à toi je peux le dire, ça ne m'aurait pas vraiment dérangé. J'aurais été là pour la suite, je lui aurais remonté le moral. Maintenant, il va nous faire une convalescence pendant des mois et il sait se faire plaindre, le salaud. Je crois que ni toi ni moi ne devons nous faire trop d'illusions sur la suite des événements. Ton Ramon, il ne reviendra pas. Dix jours ! Pourquoi est-ce si long ? Où il a pu aller, qu'est-ce qu'il peut faire, hein ? Non, loin des yeux, loin du cœur, il s'est rendu compte que votre histoire était trop compliquée et qu'il s'était mis dans un guêpier pas possible. Il s'est dit, le mieux, c'est de laisser tomber et de se barrer. Il n'a pas eu le courage de te le dire en face, c'est humain. Qu'est-ce que tu vas faire ?

– Pour l'instant, je travaille sur le film. J'escomptais que ça m'occupe la tête mais il est là, comme un fantôme, partout où je vais, il marche avec moi, il s'endort avec moi, il me réveille, il s'incruste dans toutes les personnes à qui je parle. Cela ne me dérange pas vraiment. Même ici, quand je parle, il est là en surimpression. Peut-être que, lorsque le tournage commencera, il disparaîtra.

– J'ai droit à quelques jours de repos, Et si on allait à Kamenice, pour voir les parents, ça te changerait les idées et ça leur ferait plaisir.

– Je n'ai pas envie de les voir. Je t'en prie, ne leur dis rien.

Le jeudi 30 juin, Helena était dans la cuisine en train de préparer le dîner de Ludvik quand retentirent des coups de sonnette appuyés.

– J'y vais, dit Ludvik.

Il revint une minute plus tard, embarrassé.

– Qui c'est ?

– Il y a un type au crâne dégarni et avec un costume bleu marine qui s'exprime en français et demande si tu es là.

Helena ne prit pas la peine de se sécher les mains et d'enlever son tablier. Elle se précipita dans l'entrée. Ramon attendait sur le pas de la porte. Elle s'immobilisa quelques secondes. Bêtement, elle demanda : « C'est toi ? » Elle voulait juste être certaine qu'il ne s'agissait pas d'un de ces mirages diaboliques qui l'avaient trompée si souvent. Elle ne remarqua pas ses traits tirés mais seulement son sourire imperceptible qui s'agrandissait. Un frisson rayonna dans chaque parcelle de son corps et s'attarda dans sa colonne vertébrale, son visage devint rose, sa lèvre inférieure trembla légèrement.

« Faut pas que... », se dit-elle, mais même cette pensée s'évanouit.

En une seconde, la boule au creux de son ventre s'envola et elle retrouva sa légèreté. Il ouvrit les bras, elle s'y jeta.

– Ramon, Ramon, Ramon.

Jamais aucune femme ne l'avait étreint avec autant de force. Ils restèrent longtemps serrés l'un contre l'autre.

« C'est incroyable la force qu'elle a », pensa-t-il en se sentant vaciller.

Elle lui caressa le visage, palpa chaque centimètre de sa peau comme si elle voulait s'assurer que c'était bien lui.

– Comment tu m'as retrouvée ? murmura-t-elle.

– Quand j'ai vu ton foulard à la grille de la villa, j'ai demandé à Sourek où tu étais et il m'a donné l'adresse. Pour ce genre de choses, ils sont très efficaces.

– Tu as l'air fatigué.

– Ça va aller.

– Viens, je vais te présenter à Ludvik.

Il la suivit dans le salon où Ludvik attendait.

– Ludvik, c'est Ramon.

Ils se serrèrent la main avec franchise et Ludvik se demanda en le détaillant : « Mais que peut-elle bien trouver à ce rond-de-cuir ? »

Ludvik lui proposa de partager son repas. Ramon le remercia, il n'avait pas faim. Ils restaient là, à piétiner et à se sourire sans savoir quoi se dire. Helena disparut et revint avec sa veste.

– Merci pour tout, Ludvik, dit-elle. Je n'oublierai jamais. (Elle l'embrassa sur la joue.) Bonne chance et garde espoir.

Ramon et Helena descendirent les escaliers en courant, ils marchèrent en se tenant par la main le long des quais de la Vltava puis remontèrent vers le Château. L'été avait pris possession de la ville. Ramon scruta les statues ailées posées sur les toits des palais, anges déguisés, femmes aguicheuses ou prophètes difformes qui semblaient sur le point de s'envoler ou de se jeter dans le vide. Il remarqua un café avec trois guéridons dehors, ils s'assirent en terrasse et commandèrent des bières.

– Tu ne peux pas savoir à quel point je suis heureuse que tu sois là. J'ai eu peur que tu m'aies oubliée.

– J'étais coincé. Avec la visite de De Gaulle, il y a eu des contretemps, ça a duré plus longtemps que prévu. On a passé notre temps à se faire des reproches. Il n'y a rien à attendre des Russes. Leur communisme n'est qu'une variante du capitalisme. Ce sont les meilleurs alliés des Américains. En fin de compte, cette réunion n'a servi à rien. Ils m'ont baladé. Rien ne bougera plus jamais. Nous avons perdu. Je leur ai dit que j'arrêtais tout.

– De quoi tu parles ?

– De rien. Cela n'a plus d'importance maintenant.

Elle ouvrit son sac, prit son paquet de cigarettes, lui en proposa une.

– J'ai fini tes cigares. Ils ont eu du succès. Regarde ce ciel bleu, Ramon, cette douceur, est-ce qu'on se croirait à Prague ? C'est tellement merveilleux que tu sois là.

– Je suis revenu mais je vais repartir, Helena.

– Ah bon, dit-elle, désappointée.

Il fit oui de la tête. Son visage se contracta.

– Et je voulais savoir si tu accepterais de venir avec moi ?

La jambe d'Helena se mit à trembler, elle craignait de bouger. Elle se demandait s'il avait bien voulu dire ce qu'elle avait entendu ou si c'était encore son imagination qui galopait. Sa respiration s'accéléra comme si elle venait de courir. Elle releva lentement la tête, l'interrogea du regard.

– Oui, je voudrais qu'on parte ensemble. J'ai eu le temps de réfléchir ces derniers jours et je suis sûr de moi, on peut essayer de faire quelque chose ensemble. Je ne veux pas te faire de promesses mirobolantes, ce n'est pas mon genre. Jusqu'à présent, j'étais convaincu qu'un homme n'était pas fait pour vivre toute sa vie avec la même femme mais cette évidence a complètement disparu grâce à toi. Une certitude m'a envahi et je sais aujourd'hui que tu es la femme, la seule femme avec laquelle je veux vivre chaque jour de ma vie. Je me sens neuf comme un jeune homme. Nous pourrions aller dans mon pays, en Argentine. Là-bas, je suis libre de faire ce que bon me semble. À Buenos Aires ou à Córdoba. Si tu savais comme c'est beau Córdoba, comme on y vit bien, comme on y sera heureux. On vivra comme tout le monde, je partirai le matin travailler à l'hôpital, je rentrerai un peu fatigué, et le soir, on se promènera. Le samedi, on ira danser, tu m'apprendras. Toi, je ne sais pas ce que tu feras, tu verras, il y a des tas de choses à faire, on aura des enfants si tu veux, on aura les miens aussi qui pourront venir nous voir, on fera une belle famille ensemble. Et à chaque instant, on se dira quelle belle vie que la nôtre.

– Toi, tu n'es pas fait pour ce genre de quotidien, tu vas regretter.

– Il faut que tu saches une chose, il y avait depuis toujours en moi une violence, une haine même, qui a guidé mes actions ; toi, tu as tué ma colère, elle était tapie dans mon cœur, insatiable, eh bien, cette rage s'est évanouie. Et quand j'ai regardé au fond de moi, il n'y avait plus que toi. Je ne suis pas devenu indifférent au bonheur des hommes, je voulais vraiment changer le monde, je n'ai pas réussi mais au moins, moi, il ne m'a pas changé. Je viens d'avoir trente-huit ans, j'ai consacré ma vie à me battre pour ces idées, à essayer de les faire triompher, j'espère sincèrement que ça se fera mais je ne prendrai plus un fusil pour ça, il y a d'autres chemins. Je ne suis pas certain d'avoir pris les bons. Des gens plus jeunes, avec plus d'enthousiasme et de détermination, y arriveront mieux que moi. Peut-être aurait-il fallu explorer d'autres voies, accepter ce qui m'a toujours répugné, aller plus loin dans la violence, mais je n'ai jamais cru au terrorisme et à la stratégie du désespoir. Si c'est cela la solution, je la refuse, ce n'est pas ma conception de la lutte. Je pense, aujourd'hui, que la partie est truquée et perdue d'avance parce que ceux qui devaient se battre ont trahi leur camp et choisi le confort et la tranquillité. Seuls, nous allons nous faire massacrer. Sans toi, j'aurais continué mais tu es là. C'est toi qui m'as ouvert les yeux et qui me donnes le courage de tourner la page. Il n'y a rien à espérer de l'avenir. Il n'y aura pas de lendemains qui chantent. La seule chose à laquelle on puisse s'attendre, c'est que demain soit pire qu'aujourd'hui. C'est pour cela que nous devons être heureux, ensemble et maintenant.

– Mais la révolution, c'était ton idéal.

– Tout est fini, Helena. Depuis longtemps d'ailleurs, mais je n'en avais pas pris conscience. Les Russes veulent par-dessus tout que rien ne change et ils nous abandonnent. Nous n'avons plus aucune chance de nous en sortir par le combat. On doit donc essayer une autre voie. Ce qu'on n'a pas pu arracher par les armes, il faut l'obtenir par la négociation et le parlementarisme. J'avais préparé plein d'autres choses à te dire pour te convaincre de m'accompagner, que j'étais certainement le meilleur homme que tu pourrais jamais rencontrer, que notre différence d'âge ce n'était rien du tout parce que le plus important c'est de s'aimer, j'avais trouvé des tas d'arguments formidables mais je ne m'en souviens plus. Ah oui, je voulais te dire que tu ne me connais pas encore, je sais faire plein de choses, et j'espère que tu vas accepter parce que sinon, je ne sais pas ce que je vais devenir.

Pour se donner une contenance, Helena prit son verre mais il était vide. Elle alluma une cigarette.

– Si tu as besoin de temps pour réfléchir, ce n'est pas un problème, prends le temps qu'il te faudra, c'est normal. Et pose-moi toutes les questions que tu veux. J'ai envie d'une cigarette aussi.

Elle lui donna sa cigarette.

– C'est tout réfléchi, dit Helena. On part quand tu veux et où tu veux. Je suis infiniment heureuse, Ramon, tu ne peux pas savoir. Mais il y a une chose que je veux te demander avant. Une seule.

– Bien sûr.

– Pour moi, c'est important, très important même. Tout le reste, je m'en fous. Promets-moi de me le dire si un jour tu changeais d'avis. Je t'en prie, Ramon, ne me mens jamais.

– Je te jure, je te dirai toujours la vérité.

On voudrait toujours rester le même mais ce n'est pas possible, la vie c'est l'évolution. L'homme que je suis aujourd'hui n'est pas celui d'il y a dix ans. La révolution, c'est une affaire de jeunesse, on ne peut pas continuer la guérilla jusqu'à devenir un vieillard, non ? Il faut être fort, sans états d'âme et plein de certitudes. Quand un révolutionnaire n'a pas la chance de mourir jeune, il finit obligatoirement dictateur et bourreau. Saint-Just est mort à vingt-sept ans. À un moment, le courage consiste à s'arrêter et à passer à autre chose. Un jour, il faut poser son sac, baisser son fusil, vivre une vie d'homme et élever des enfants. Je ne peux pas continuer à être le seul révolutionnaire de la terre. Ma décision est prise, je vais redevenir médecin. À Córdoba, j'espère. Je pars avec Helena, c'est la femme avec qui je veux vivre. Je lui ferai connaître l'Argentine, mon père et ma famille, elle apprendra l'espagnol et se sentira vite chez elle car c'est un pays accueillant. Mais je pourrais vivre n'importe où avec elle. Quand elle le voudra, nous aurons des enfants. Je tourne une page de ma vie et vais découvrir l'anonymat des gens heureux. Nul n'entendra plus jamais parler de moi, et, d'ici un an, personne ne se souviendra de moi.

Ils se réinstallèrent dans la villa de Ládví. Comme s'il n'y avait eu aucune interruption. À deux reprises, Helena posa des questions à Ramon sur ce qui s'était passé pendant son déplacement. Il fumait des cigarettes qu'il sortait d'un paquet de couleur bleue avec des caractères cyrilliques, il répugnait à en parler.

– À quoi ça sert de discuter quand on sait qu'il n'y a aucune solution ? répétait-il. Je leur ai annoncé qu'ils ne devaient plus compter sur moi, que je voulais faire autre chose de ma vie.

– Et qu'est-ce qu'ils t'ont répondu ?

– Rien. Il est question qu'on parte le 19 juillet. Tu n'as pas changé d'avis ?

– Si tu crois que tu vas te débarrasser de moi aussi facilement, tu te trompes, Ernesto.

– Je préfère que tu m'appelles comme ça. Ramon était un imposteur.

– Pour moi, tu seras toujours Ramon, mais j'aime Ernesto aussi.

Ramon l'encourageait à retourner à Kamenice deux ou trois jours, il lui proposa même de l'accompagner et de s'expliquer avec son père.

– Tu ne vas quand même pas aller demander ma main à Joseph. D'abord à notre époque, ça ne se fait plus, et ensuite que feras-tu s'il te dit non ?

– Je l'apprécie beaucoup et il m'a sauvé. On se serait parlé, il aurait compris. On se serait quittés en bonne entente.

– Je ne suis pas assez courageuse pour le lui dire en face.

– Réfléchis bien, Helena, si ça se trouve, tu ne le reverras pas avant longtemps ou peut-être même jamais.

– Ne me dis pas une chose pareille.

– Vas-y seule alors.

L'idée de se retrouver en face de son père lui paraissait une épreuve insurmontable. Elle craignait son regard quand elle lui annoncerait qu'elle l'abandonnait pour toujours. Joseph ne lui ferait aucun reproche, elle le connaissait, il lui souhaiterait d'être heureuse et affirmerait, avec sincérité, que son seul désir était son bonheur. C'était elle qui ne pouvait se résoudre à l'embrasser pour la dernière fois de sa vie.

Comment peut-on se dire adieu quand on s'aime autant ?

Quand on se sépare, c'est avec l'espoir de se retrouver un jour, sinon c'est comme mourir chacun de son côté. Elle décida de lui écrire. Elle s'assit dans un fauteuil du salon, un bloc de papier sur les cuisses, elle marqua : « *Joseph* » en haut de la page et resta avec le stylo en l'air sans savoir comment poursuivre. Il y avait tant de choses qu'elle voulait lui dire, cette vieille cicatrice qui la faisait encore souffrir et dont elle n'arrivait pas à se dépêtrer. Elle griffonna, biffa, ratura et, à la quatrième tentative, se leva et rangea le bloc de papier.

– Je lui téléphonerai avant de partir. Ce sera plus… enfin moins…

Le vendredi, Helena téléphona au premier assistant et lui annonça qu'elle devait renoncer au film. Il voulut savoir pourquoi, elle n'avait pas envie de discuter, il essaya de l'en dissuader, elle raccrocha rapidement. Elle passa à l'appartement familial mais Ludvik n'y était pas. Elle lui téléphona au journal pour l'informer. Il lui souhaita bonne chance. Elle récupéra quelques affaires. Huit jours à patienter avant de prendre l'avion pour Vienne, puis Alger pour Lisbonne et Rio ou peut-être Madrid pour Mexico, puis l'Argentine, mais il pouvait y avoir un vol par Dakar. Ramon ne savait pas encore précisément quel chemin ils emprunteraient pour Buenos Aires ni s'ils devraient s'arrêter en route quelques jours pour régler certaines affaires ou voir certaines personnes, il restait évasif et attendait des réponses.

Quand Ramon retrouva Helena à la villa, il avait l'air ennuyé. L'ambassade cubaine tardait à lui donner son parcours. De plus, Helena devait impérativement obtenir un visa de sortie. Ramon avait demandé qu'elle en soit dispensée mais c'était impossible. Cela ne devait être qu'une formalité.

Le lendemain, Diego les déposa devant le 4, rue Bartolomejska. Helena connaissait de réputation cette adresse sinistre et entra dans le bâtiment avec appréhension. C'était le siège de la Sécurité intérieure. Beaucoup de gens qui y avaient pénétré n'en étaient jamais ressortis. Les Pragois faisaient un détour pour éviter de passer sur ce trottoir où certains juraient avoir entendu des hurlements monter du sous-sol.

Surtout la nuit.

Sourek les reçut avec une déférence un peu forcée, il les précéda dans un bureau anonyme du rez-de-chaussée et sortit deux imprimés d'un classeur. Il commença par parler en tchèque à Helena mais Ramon l'interrompit et voulut qu'il s'exprime en français.

– Il existe deux visas de sortie, poursuivit Sourek, le visa numéro 1 à date fixe où votre retour est prévu de façon impérative, et vous ne devez pas manquer de rentrer au jour dit, et le visa de sortie sans date de retour qui implique que vous renoncez à revenir en Tchécoslovaquie.

– Je ne sais pas quand je reviendrai, répondit Helena.

– Donc, c'est définitif. Vous avez bien conscience de ce que cela veut dire ?

– Il n'y a pas moyen de faire autrement ? demanda Ramon.

– Pas à ma connaissance. Si vous souhaitez quitter le pays de façon définitive, nous vous accorderons le visa numéro 2, il n'y aura aucun problème. Mais si vous souhaitez revenir un jour, il faudra remplir à ce moment-là une demande de visa d'entrée depuis une ambassade et je ne peux pas vous garantir qu'il sera accordé. Je crois qu'il n'y en a jamais eu. Je préfère être franc pour que vous preniez votre décision en connaissance de cause.

– Vous faites du chantage ! s'exclama Ramon.

– J'exécute les ordres, ce n'est pas moi qui décide. Je dois ajouter que souvent, le visa numéro 2 entraîne une destitution de la nationalité tchèque.

– Ce n'est pas normal ! s'exclama Helena.

– Écoute, si tu veux réfléchir, dit Ramon, il est encore temps. On n'est pas pressés. On peut rester ici. Après tout, on n'en a pas parlé mais on pourrait s'installer à Prague.

Sourek fixa Ramon, se demandant s'il était sérieux ou s'il plaisantait.

– Ma décision est prise, dit Helena calmement. Je veux quitter ce pays.

– Comme vous le souhaitez.

Il lui présenta le formulaire 2, elle remplit les cases et le signa. Sourek vérifia que tout était conforme, il eut l'air satisfait, tamponna le document et le signa à son tour.

– Vous aurez votre visa dans quelques jours.

Helena n'avait pas le moral. Elle était persuadée qu'on ne lui donnerait jamais ce visa et qu'elle resterait prisonnière à jamais mais Ramon était catégorique : les autorités tchèques ne pouvaient rien lui refuser et elle se laissait convaincre. Il s'amusait à la taquiner :

– En vérité, je me demande si tu m'aimes vraiment ou si tu profites de moi pour fuir ce pays.

– Je vivrais avec toi n'importe où. Même à Prague si on n'avait pas pu faire autrement. Mais ce sera tellement mieux de vivre dans un monde où il n'y a pas de police politique, où l'on peut faire ce qu'on veut, voyager sans entraves, s'exprimer sans avoir à se surveiller en permanence, à jurer qu'on est heureux quand on crève de peur. C'est vrai, je veux m'en aller parce que je sais que le bonheur, je ne le connaîtrai jamais ici.

Ramon ne s'était pas trompé. Cinq jours plus tard, Sourek

apporta le précieux visa dans une enveloppe marron. Jamais, précisa-t-il, cela n'était allé aussi vite. Probablement attendait-il un remerciement pour sa diligence. Il fut dépité que Ramon le reçoive sur le perron et lui claque la porte au nez.

– C'est le visa numéro 2, dit Ramon à Helena. (Il examina le document avec attention.) Il y a six tampons ! Avec ça, tu es sûre que Brejnev en personne a donné son feu vert.

– Tu plaisantes ?

– Pas tant que ça. Ici, rien ne se fait sans l'accord du KGB. On prend l'avion le 19 juillet pour Moscou, ensuite direction Buenos Aires, mais je ne sais pas où nous ferons escale.

– Tu es sûr que tu ne veux pas retourner à Cuba ?

– Je n'ai plus rien à y faire. Bien sûr, il y a ma famille là-bas, on pourra quand même les voir. J'espère qu'ils viendront en Argentine embrasser le docteur Guevara.

– À Cuba, tu étais médecin aussi ?

– Tu ne devineras jamais ce que je faisais.

Elle resta quelques secondes dans l'expectative.

– ... J'étais banquier, je dirigeais la Banque nationale.

– Toi ! Mais tu étais compétent ?

– Absolument pas. Ça s'est fait d'une curieuse façon. Après la prise du pouvoir, on était réunis autour d'une immense table. À l'autre bout, Castro désignait le responsable de chaque ministère. À un moment, je l'entends demander : « Y a-t-il un communiste dans la salle ? » Moi, je lève la main. J'étais le seul d'ailleurs. J'ai été très surpris quand il a poursuivi d'un air étonné : « Bon, Ernesto, tu es nommé président de la Banque nationale. » Je ne m'y attendais pas, surtout que je n'y connais rien et que l'argent ne m'a jamais intéressé. Après la séance, je suis allé le voir et je lui ai demandé pour quelle raison il m'avait désigné. Il m'a répondu : « Quand j'ai posé la question : "Y a-t-il un économiste parmi vous ?" tu as levé la main… » Au départ, cela n'a pas été facile, crois-moi, mais je me suis accroché, cela m'a appris que je pouvais tout faire, même ce que je n'aimais pas.

Avant le départ, Ramon fut occupé par des réunions à l'ambassade dont il ne voulait pas parler. Diego venait le chercher le matin et le ramenait le soir. Le 18 juillet, il confirma à Helena que le départ était prévu pour le lendemain après-midi.

Il voulut faire un dernier tour dans Prague, ils arpentèrent la vieille ville, montèrent jusqu'au Château et dînèrent dans un restaurant que Ramon appréciait.

Pendant la nuit, Helena ne cessa de tourner dans le lit sans trouver le sommeil. Elle se leva sans réveiller Ramon, passa dans le salon et s'assit dans le fauteuil. Elle cala le bloc de papier sur ses cuisses.

« Je suis au pied du mur, se disait-elle. Je ne peux pas partir sans lui écrire. Ce n'est pas possible. Il ne comprendrait pas. »

Elle écrivit en haut à droite : « *Prague, mardi 18 juillet 1966* », et en dessous : « *Joseph* ». Elle alluma une cigarette puis resta longtemps devant la feuille blanche sans savoir par quoi commencer…

… Il est tard et, au dernier moment, je trouve enfin le courage de me lancer. Depuis un mois que nous sommes ici, je n'ai pas réussi à t'écrire, encore moins à te téléphoner. Tu as dû attendre un mot ou un appel et être déçu de mon silence. Ce n'était pas que je redoutais quoi que ce soit de toi. C'était de moi que j'avais peur et aussi de réveiller de vieux démons.

Ramon dort dans la chambre à côté. Nous allons partir ensemble. Oui, nous partons demain en Argentine. Nous allons vivre là-bas, dans son pays. Il me l'a demandé et je n'attendais que ça. Je veux te dire que je suis immensément heureuse. J'ignore combien de temps cela durera, huit mois ou huit ans, je ne me pose pas la question, je pars sans autre espoir que de vivre avec cet homme au jour le jour et le temps qui nous sera donné. J'ai la certitude que chaque jour que je vivrai avec lui sera le plus beau de ma vie.

C'est tellement loin où nous allons, tellement différent d'ici. Il y a un Mur entre nous. Et il n'est pas près de tomber. C'est vrai, il se peut que nous ne nous revoyions jamais, rien que d'écrire ces mots est une déchirure. C'est tout cela que je n'arrivais pas à te dire avant.

Et puis, son ombre est revenue me hanter. Au moment de m'enfuir, comme elle, sans te prévenir ni me retourner, je me dis que je ne t'ai pas beaucoup aidé. Je ne t'ai pas tendu la main, je t'ai laissé avec ta douleur, je le regrette maintenant. Nous avons porté cette plaie béante chacun de notre côté sans oser nous en parler, je sais que tu n'as jamais cessé de penser à elle et que mon départ va raviver cette douleur. Peut-être aurais-tu voulu que nous la partagions mais j'avais fermé la porte pour ne pas sombrer. Tu n'auras pas eu de chance avec les femmes de ta vie.

Quand j'écris cela, je suis bouleversée parce que ni toi ni moi n'étions préparés à cette séparation brutale, mais j'ai la sensation d'accomplir mon destin. Tu m'as toujours appris qu'il ne fallait ni se trahir ni calculer ses sentiments, et tu m'as si souvent répété que, quand on a la chance de connaître le bonheur, même fugitivement, on n'a pas le droit au moindre remords, que j'ai la conviction de t'être fidèle et je sais aussi que, malgré la tristesse, malgré l'abandon, tu seras heureux pour moi et ne m'en voudras point.

Nous penserons l'un à l'autre chaque jour de notre vie et rien, jamais, ne pourra rompre ce lien.

Au revoir, papa.

Leurs affaires ne prenaient pas trop de place. Celles de Ramon dans une valise plus petite que celle d'Helena. Diego les chargea dans le coffre. Ramon devait passer à l'ambassade pour régler certains détails, il ne savait toujours pas si un rendez-vous était prévu ou non à Moscou. Helena avait décidé de faire un saut à l'appartement. À cette heure, Ludvik serait certainement au journal. Elle lui laisserait la lettre pour qu'il la remette à Joseph quand il irait à Kamenice dans les prochains jours. Il y avait aussi quelques livres qu'elle n'imaginait pas ne plus avoir à portée de main.

– Est-ce que je peux prendre une autre valise, uniquement avec des livres ? demanda-t-elle.

– Emporte tous les livres que tu veux, tu n'es pas près d'en trouver en tchèque. On se retrouve à l'aéroport. Si tu veux, Diego peut venir te chercher pour t'y conduire.

– Je n'en ai pas pour longtemps. Je prendrai le bus. Je préfère. Je veux faire mes adieux à Prague.

Quand ils quittèrent la villa, ils ne prêtèrent pas attention à une voiture noire qui les suivait discrètement (mais toutes les voitures étaient noires). Diego laissa Ramon à l'ambassade et déposa Helena à côté de l'Académie de musique. Elle pénétra dans l'immeuble sans remarquer la voiture noire qui se garait à proximité.

L'appartement familial était silencieux. Ludvik avait dû partir tôt car son lit était défait et la vaisselle s'empilait dans l'évier. Elle posa la lettre bien en évidence sur le buffet et lui écrivit un mot pour lui demander de la remettre à Joseph.

Mon Ludvik,

Je pars dans trois heures pour l'Argentine et, malheureusement, je crains que nous ne nous revoyions plus. Notre pays me sera bientôt interdit, j'en suis triste bien sûr, mais je ne regrette pas ma décision. Je voulais te dire que tu auras toujours la première place dans mon cœur. Tu resteras à jamais mon meilleur ami. Je compte sur toi pour remonter le moral à Joseph. Il ne sait rien encore. Ça va lui faire un choc. Accompagne-le. Il t'aime comme son fils. Dis-lui que je suis heureuse. Je prends quelques livres dans la bibliothèque, j'espère qu'ils ne te manqueront pas. Je garde la clef de l'appartement avec moi et tant que je vivrai, je conserverai un infime espoir de revenir et de vous serrer tous contre mon cœur.

Helena récupéra des vêtements dans son armoire. Puis elle se mit à choisir les livres, resta un long moment à effleurer les rayons de la bibliothèque, passant en revue ses compagnons de jeunesse. Elle se trouva confrontée à un dilemme imprévu. Il y avait ceux qui étaient comme des petits cailloux dans sa mémoire, à côté desquels elle était passée. Cela valait-il la peine de s'en charger, de faire confiance à la critique qui affirmait qu'ils étaient indispensables ? Elle se dit qu'il fallait avancer, que ceux qui étaient lus n'étaient plus à lire. La valise n'était pas assez grande pour les contenir tous. Elle dut en écarter certains, elle les soupesa, se demanda si elle arriverait jamais à aimer autant Joyce qu'Hemingway. Elle emporta *Lumière d'août*, pour rien au monde elle ne s'en serait séparée. Elle jaugeait ses vieux Faulkner quand le téléphone se mit à sonner. Elle hésita un instant et, au bout de cinq sonneries, elle décrocha.

– Allô, Ludvik ! fit une femme.

Helena ne reconnut pas immédiatement cette voix affolée.

– Tereza, c'est toi ?

– Oui. Qui c'est ?

– C'est moi, Helena.

– Ah, tu es à la maison, oh, mon Dieu, ton père a été arrêté !

– Quoi ?

– Ce matin, à l'aube, ils ont débarqué et ils l'ont emmené.

– Pourquoi ?

– Ils n'ont rien dit. Ç'a été très brutal. Ils ont cassé la porte, ils l'ont même frappé au visage, il a saigné du nez.

– Mais pourquoi ?

– Il a protesté, il s'est énervé, il n'aurait pas dû. C'était la Sécurité intérieure.

– Tu es sûre ?

– Malheureusement, je les connais. J'ai eu suffisamment affaire à eux.

– Qu'est-ce qu'il a fait ?

– Rien du tout. Il y a des années qu'il ne s'occupe plus de politique. Je ne sais plus quoi faire, j'ai appelé un vieil ami au ministère mais il n'est pas encore arrivé. Je me disais que Ludvik, lui, il saurait. Il n'est pas là ?

– Il doit être à son travail. Quand je suis arrivé, il était parti. Mais je vais l'appeler. Ne t'inquiète pas, ça ne peut pas être grave, ça doit être une erreur ou…

Elle ne finit pas sa phrase. Une angoisse soudaine l'envahit, elle fronça les sourcils, sa respiration s'accéléra.

– Helena, ça va ?

– Oui, Tereza, je vais lui téléphoner. Je te tiens au courant.

Helena raccrocha. Elle se sentait emportée par une vague qui la suffoquait, elle résistait, luttait contre une idée horrible qu'elle refusait de formuler. Pourtant, Joseph lui avait si souvent répété que les coïncidences n'existaient pas. Pas dans ce pays. Elle redoutait le moment où elle devrait se confronter au hasard.

« Non, ce n'est pas possible, se disait-elle. Il ne peut pas y avoir de relation. »

Elle chercha le numéro de téléphone du journal dans son carnet, le trouva sur un exemplaire du *Rudé právo* qui traînait. La standardiste lui demanda de patienter. Helena adressa une prière à un dieu inconnu pour que Ludvik lui réponde. Après l'avoir fait attendre une minute, la standardiste lui annonça que Ludvik était en reportage à l'extérieur et qu'il ne repasserait pas avant le soir. Helena ne voulut pas laisser de message. Sa main tremblait en raccrochant.

Le carillon de la porte d'entrée retentit.

Elle se précipita, persuadée que Ludvik revenait et que ses ennuis allaient disparaître. Elle ouvrit au lieutenant Sourek. Il était accompagné d'un homme plus jeune, lui aussi en uniforme. Sourek la salua d'un mouvement de tête et entra sans demander l'autorisation. L'autre policier resta en retrait, les mains croisées derrière le dos.

Helena recula comme un automate jusqu'au mur. Elle aurait voulu s'évaporer, se fondre dans le papier peint, elle s'attendait à ce qu'il la frappe ou sorte son revolver et lui tire dessus à bout portant. Elle n'était pas effrayée à la pensée de mourir. Mais Sourek pénétra dans le salon, se retourna, lui sourit et attendit qu'elle le suive.

– Asseyez-vous, dit-il d'une voix basse.

Elle se laissa tomber dans le fauteuil. Il s'assit face à elle et consulta sa montre.

– Nous avons peu de temps devant nous, poursuivit-il d'un ton très doux, comme s'il faisait la conversation à une amie. Nous ne nous connaissons pas très bien. Nous n'avons pas eu l'occasion de beaucoup discuter à Kamenice. Les circonstances étaient si particulières. Vous savez qui je suis ? (Helena fit oui de la tête.) C'est bien. Moi, je sais deux trois choses sur vous. De mauvaises fréquentations. Un état d'esprit individualiste comme les jeunes de nos jours. Nous avons un dossier sur vous. Tereza vous a informée de l'arrestation de votre père. Je dois vous dire que c'est grave. Très grave même.

– Qu'est-ce qu'il a fait ?

– Il est accusé de trahison et d'espionnage.

– Vous vous trompez ! Il se préoccupe uniquement de soigner des malades.

– C'était en effet une couverture pratique.

– C'est invraisemblable.

– Les proches des criminels sont les derniers à se douter de leurs agissements. Mais je ne suis pas venu pour discuter de la culpabilité de votre père. Il avouera. Tout le monde avoue. Nous avons sur lui un vieux et gros dossier qui remonte à la disparition de Pavel Cibulka. Vous étiez très jeune à l'époque mais vous avez dû en entendre parler. Votre père l'a aidé à s'enfuir. D'autres crimes encore. Plus récents. Nous avons des témoins. Il y aura un procès et il sera condamné. Obligatoirement. Pour ces crimes, la sanction habituelle est la peine de mort. Par pendaison. Ce n'est pas une certitude absolue, il peut être condamné à perpétuité, envoyé dans un camp de travail. C'est assez dur à vivre à ce qu'il paraît.

– Pourquoi vous acharner sur lui ? Je vais en parler à Ramon.

– Votre père peut aussi avoir une crise cardiaque cette nuit. Sait-on jamais ? À son âge, avec la fatigue, la tristesse. Ou dans quelques jours. Malheureusement, vous allez partir et vous ne pourrez pas le soutenir dans cette épreuve.

Helena le dévisageait, essayant de décrypter le sens caché des mots. Sa panique avait disparu. Sourek affichait un sourire contrit puis il regarda à nouveau sa montre. Un silence pénible s'installa, troublé par le tic-tac de l'horloge, le second policier ressemblait à une statue. Sourek prit une cigarette, l'alluma sans en proposer une à Helena. Il souffla la fumée en hauteur et agita la main pour la disperser.

– Vous devriez vous dépêcher, vous allez rater le départ, lança-t-il. Vous avez rendez-vous dans quarante minutes. L'avion ne vous attendra pas.

– Qu'est-ce que vous voulez ? demanda-t-elle.

Sourek soupira et fixa ses ongles.

– Il existe une possibilité de sauver votre père. Une seule.

Il tardait à continuer, comme s'il voulait ménager son effet. Son sourire amical restait accroché à ses lèvres.

– Je vous en prie, murmura Helena.

– Je vais être direct, écoutez bien ce que je vais vous dire, je ne le répéterai pas. Si vous renoncez à partir, si vous restez ici, nous abandonnerons les poursuites contre votre père. Il sera libéré très rapidement. Il pourra reprendre ses activités. De votre côté, vous suivrez vos études à l'Académie du cinéma. Et on oubliera tout. La vie reprendra comme s'il ne s'était rien passé. Si vous décidez de partir, il sera condamné. Son destin est entre vos mains. À vous de choisir.

– Et Ramon ?

– Il doit s'en aller. Sans vous. C'est la condition sine qua non du marché.

– Je ne sais pas s'il va accepter.

– À vous de lui dire que vous avez changé d'avis : vous avez réfléchi, vous ne voulez plus partir, vous ne l'aimez pas assez pour tout abandonner.

– Il ne me croira pas.

– Peu importe qu'il vous croie. L'important, c'est qu'il s'en aille.

– Et s'il refuse ?

– Tant pis pour votre père. Vous devez le convaincre.

– Pourquoi faites-vous ça ?

Sourek allait répondre, se retint, haussa les épaules, écrasa sa cigarette.

– Si vous êtes d'accord, dans une demi-heure, vous appellerez l'aéroport. Vous pourrez vous entretenir avec Ramon. Je vous laisse réfléchir.

– C'est tout réfléchi.

– Non, non, pas de précipitation. Quelle que soit votre décision, je veux que vous en pesiez les avantages et les inconvénients. À tête reposée. Vous n'aurez jamais dans votre vie de choix plus important à faire, vous pouvez y consacrer un peu de temps.

Il prit une autre cigarette dans son paquet. Cette fois, il lui en proposa une.

Helena ferma les yeux pour se concentrer sur Joseph. Elle avait déjà pris sa décision. Il ne lui avait pas fallu plus d'une demi-seconde. Elle était sûre d'elle. Elle ne savait pas si c'était bien ou pas, c'était une évidence, il n'y avait même pas à en discuter. Ce n'était même pas un choix. L'alternative n'existait pas. À ce moment précis, devant ses yeux clos, ce n'était pas le visage de Joseph qui surgissait, pas celui de Ramon non plus. Christine s'imposait. Qu'elle avait refoulée depuis dix ans. Dont il ne restait qu'une photo à la maison. Une seule qui avait échappé au feu expiatoire de Joseph. Une photo en noir et blanc aux bords dentelés, noircie par la flamme sur le côté droit, trouvée par hasard dans *Lumière d'août*. Un champ avec, en arrière-plan, une meule de foin et, plus loin, un morceau de rivière entre des sapins. La mère donnait la main à sa fille. Helena devait avoir sept ans et un fichu blanc sur la tête. Peut-être l'été avant sa disparition ? On ne voyait pas bien le regard de Christine qui plissait les yeux face au soleil. Oui, Christine lui donnait la main, elle n'imaginait probablement pas qu'elle allait la lâcher pour toujours. Il ne lui restait de sa mère que cette unique image. Elle n'en conservait aucune autre. Tout le reste avait été effacé. Helena se souvenait de cet après-midi plein de soleil, de cette lumière blanche, de leur promenade au bord de la rivière et de leurs rires. Ou peut-être avait-elle fabriqué ces souvenirs ? C'est souvent ce qui arrive quand on en a tellement besoin.

Sourek répéta à Helena ce qu'elle devait dire et taire, ce qu'elle devait obtenir et la meilleure manière d'y arriver. Un peu pédagogue, un peu metteur en scène. Il lui proposa des phrases qui avaient fait leurs preuves et lui suggéra le ton à employer :

– Soyez sèche et très calme. Restez maîtresse de vous. Très

important, conservez une diction posée. Vous êtes déterminée. Vous ne serez ni la première ni la dernière à changer d'avis. Il ne comprend pas ce que vous dites ? Votre revirement est incompréhensible ? Tant mieux, il sera déstabilisé. Vous n'avez ni à vous expliquer, ni à vous justifier. Ce qu'il pensera de vous ou ses états d'âme n'ont plus aucune importance. Surtout, ne lui répondez pas. Vous n'êtes pas là pour discuter mais pour signifier votre décision.

Sourek s'assura qu'elle avait parfaitement compris les conditions du marché, lui promit que Joseph serait libéré aussitôt Ramon envolé, elle pouvait avoir confiance. Pas question qu'il s'engage par écrit. Sa parole était suffisante. Il n'avait aucune raison de lui mentir. Aucun intérêt surtout. Joseph était juste une monnaie d'échange. Il la laissa avec son assistant.

Il y avait peu de voyageurs dans l'aéroport de Ruzyně. Sourek repéra immédiatement Ramon assis à la cafétéria du rez-de-chaussée. En vrai professionnel, il prit le temps de l'observer. Avec son costume, sa cravate unie et son crâne dégarni, Ramon ressemblait à Monsieur Tout-le-monde. Une valise marron était posée près de la table. Personne ne lui prêtait la moindre attention. Ramon lisait un livre, fumait une cigarette et, de temps en temps, guettait l'arrivée d'Helena. Il regarda sa montre, reprit sa lecture. Sourek fit un signe de la main à une hôtesse derrière un guichet puis se dirigea vers Ramon. Ce dernier dressa la tête en entendant son nom dans le haut-parleur et aperçut en même temps Sourek qui venait vers lui.

« Monsieur Ramon Benitez est demandé de toute urgence à l'accueil des passagers », répéta le haut-parleur.

– Je crois que vous êtes demandé à l'accueil, dit Sourek.

Ramon se leva et suivit Sourek, qui interrogea l'hôtesse et traduisit pour Ramon.

– On vous demande au téléphone.

Sourek désigna la cabine située derrière le stand. Ramon y pénétra, ferma la porte et décrocha le combiné.

– C'est moi, Ramon, je ne savais pas comment te joindre, dit Helena.

– Ça va ? Tu es en retard. Tu veux que Diego vienne te chercher ?

– Ce n'est pas la peine, je ne viendrai pas.

– Qu'est-ce que tu dis ?

– Je ne partirai pas avec toi.

– Mais pourquoi ?

– Je ne suis pas prête à tout abandonner, à partir à l'autre bout du monde, à quitter ma famille. Pas encore.

– Ce matin…

– Je sais mais c'est trop précipité, ça va trop vite.

– On avait décidé, c'était d'accord.

– Ramon, j'ai besoin de plus de temps.

– C'est maintenant qu'on doit partir. Après, ce ne sera plus possible. Tu as un visa, c'est une chance, profites-en.

– Plus tard, peut-être.

– Qu'est-ce que tu crois ? Il a fallu que je me batte pour l'obtenir. Tu n'en auras pas d'autre.

– Je ne peux pas partir comme ça.

– Helena, je ne pourrai pas t'attendre. C'est notre vie qui est en jeu. Ne gâche pas tout. On sera heureux, je te le promets, nous deux ce sera une histoire merveilleuse.

– Je t'en prie, n'insiste pas, je ne veux pas partir.

– Mais je m'en fiche de l'Argentine, moi ! Si tu y tiens, je veux bien rester ici. Tu vois, comme ça, il n'y aura pas de problème, plus besoin de visa. On s'installe à Prague. Tous les deux. Ça te va comme ça ? Ta vie ne changera pas, c'est moi qui m'adapterai.

Helena fut prise de court. Elle ne savait pas quoi répondre. Cette hypothèse n'avait pas été envisagée. Elle interrogea du regard le policier qui suivait l'entretien avec l'écouteur. Ce dernier secoua la tête. Il n'avait pas d'arguments à lui proposer. Helena hésita.

– Allô, Helena ? fit Ramon. Tu m'écoutes ? Qu'est-ce que tu en penses ?

– Tu n'as pas compris, je ne veux plus vivre avec toi. C'est fini, tous les deux. Tu dois partir seul.

Ramon écarta le combiné, il avait la bouche ouverte, cherchait son souffle. Un instant, il pensa avoir une crise d'asthme, fouilla dans sa poche mais il n'eut pas besoin de son inhalateur et retrouva une respiration hachée. Il ferma les yeux, tentant de rassembler ses esprits. Quand il les rouvrit, à travers la vitre il aperçut Sourek.

– Qu'y a-t-il, Helena ? Il y a un problème ?

– Mais non.

– Que tu aies peur de partir, d'abandonner ton pays, ta famille, je peux le comprendre, c'est une décision difficile. Mais que tu me dises que tu ne veux plus de moi, comme ça, au téléphone, c'est incohérent. Que se passe-t-il ?

– Rien, j'ai changé d'avis, c'est tout.

– Je ne te crois pas. Je te connais et je ne te crois pas. On va en discuter de vive voix. Tu es où ? Chez toi ?

– Oui.

– Ne bouge pas, j'arrive.

– Et ton avion ?

– Je m'en fous de l'avion !...Dis-moi, Helena, ils t'ont fait du mal ?

Helena se tut, elle serra les lèvres pour refouler le cri qui montait et hoqueta.

– Ils ont arrêté Joseph ! hurla-t-elle.

– Quoi ?

À cet instant, le jeune policier à côté d'Helena coupa la communication.

Ramon donna un coup de poing sur la tablette de la cabine, ouvrit la porte avec brutalité, se jeta sur Sourek, l'attrapa par les revers de sa veste et se mit à le secouer.

– Qu'est-ce que vous avez fait ? Bande de salauds !

Sourek lui agrippa les mains, un policier se précipita pour le ceinturer.

– Calmez-vous ! lança Sourek. Je vais vous expliquer.

Sourek affrontait Ramon du regard. D'habitude, il baissait la tête et cédait tout de suite. Ramon relâcha son étreinte.

– Suivez-moi, dit Sourek en remettant son uniforme d'aplomb.

Ils passèrent derrière le comptoir et marchèrent le long d'un couloir. Sourek précédait Ramon. Le policier suivait en portant la valise de Ramon. Ils pénétrèrent dans une salle où deux policiers classaient des fiches. En voyant Sourek, ils se levèrent et sortirent immédiatement. Sourek ferma la porte, présenta une chaise à Ramon et s'assit sur le rebord de la table. Ramon préféra rester debout.

– Qu'est-ce que c'est que cette histoire ? Vous avez arrêté Joseph ?

– En effet.

– Pourquoi ?

– Cela ne vous concerne pas. C'est une affaire intérieure.

– Ah non, pas à moi. Je vous pratique depuis assez longtemps pour savoir que tout se décide à Moscou et que vous êtes là pour exécuter les ordres qu'on vous donne.

– Les seuls ordres que je reçois viennent de mon supérieur hiérarchique, j'ignore qui lui donne les siens. Mais à vous, je peux le dire, le dossier de Joseph Kaplan est très grave. Il risque gros. C'est pour cela que sa fille n'a pas envie de voyager.

– Je vais rester pour l'aider.

– Ce n'est pas prévu.

– Je ne partirai pas sans avoir revu Helena et sans savoir ce qui arrive à Joseph.

Sourek secoua la tête. Il avait une mine désolée. Il prit son paquet de cigarettes dans sa poche, en proposa une à Ramon, qui refusa, puis consulta sa montre.

– Votre avion part dans quarante-cinq minutes.

– Vous savez qui je suis, Sourek ? Il faut vraiment que j'appelle Novotný ou Brejnev, c'est ça que vous voulez ?

Sourek retourna le téléphone qui se trouvait sur la table et le poussa vers Ramon.

– Appelez qui vous voulez. Castro aussi, peut-être, ou votre ambassade.

– Je n'ai pas l'intention d'appeler l'ambassadeur depuis un téléphone sur écoute. Ramenez-moi à Prague.

– Vous n'avez pas compris. Vos soutiens vous ont abandonné. Votre tour est passé. Joseph Kaplan a été arrêté pour espionnage. Chez nous, c'est l'accusation la plus redoutable. Il sera condamné. Si, en plus, sa fille fuit à l'étranger sans espoir de retour, l'abandonne au plus mauvais moment, cela confirmera le tribunal dans sa conviction de culpabilité. Au contraire, si elle reste, qu'elle soutient son père, il y aura peut-être une mesure de clémence exceptionnelle.

– C'est du chantage, c'est de la folie !

Ramon attrapa le téléphone, chercha le numéro de l'ambassade dans un calepin. Sourek sortit et resta devant la porte. Il regarda à nouveau sa montre. Ramon discuta en espagnol. Sourek entendit des éclats de voix à travers la cloison mais la conversation était incompréhensible, il l'écouterait plus tard, à tête reposée. Puis le ton de Ramon baissa, se fit mesuré. Sourek colla son oreille contre le mur. Au bout de quatre minutes et dix secondes, Ramon raccrocha avec brutalité et le silence se fit. Sourek entrouvrit la porte. Ramon était prostré, face au combiné. Sourek attendit. À travers l'entrebâillement, il apercevait Ramon de dos, la tête entre les mains. À un moment, il fut agité d'un soubresaut. On aurait dit qu'il pleurait, Sourek pensa que ce n'était pas possible. Pas lui. Un spasme peut-être. Son asthme, certainement. Puis l'asthme se calma. Au bout de quelques minutes, Sourek le rejoignit.

– Ils me laissent tomber, murmura Ramon, le visage blême.

– C'est un problème qui ne concerne pas votre pays, c'est tout.

– Laissez-moi la voir juste un moment et je partirai.

– Ce n'est pas possible.

– Cinq minutes. Ce n'est pas grand-chose.

– On ne peut plus la joindre. Elle est en chemin pour voir son père à la prison.

– Si je m'en vais, Joseph a-t-il vraiment une chance de s'en sortir ?

– Il y a dix ans, il aurait été pendu. Aujourd'hui, il s'en tirera.

– Il y aura des poursuites contre Helena ?
– Bien sûr que non. Elle va reprendre une vie normale.

Le Tupolev 114 décolla avec du retard. Aucune explication ne fut donnée. Il n'y avait pas beaucoup de monde à bord. L'avion se remplirait à l'escale de Moscou. Le personnel de bord était très compétent. Il avait reçu la consigne d'être attentionné avec cet Uruguayen chauve qui était resté accroché au hublot lors du décollage à scruter les nuages sous l'horizon et qui, malgré ses quintes de toux, fumait comme un pompier caucasien.

À Moscou, il ne descendit pas pour se dégourdir les jambes. Quand l'hôtesse qui parlait espagnol lui demandait s'il voulait quelque chose, il ne répondait pas, il secouait la tête. Pendant l'interminable voyage, elle n'entendit pas le son de sa voix et pensa qu'il était muet. Il ne dormit à aucun moment, ne mangea rien, accepta un jus d'orange. Il fumait et, quand il ne regardait pas le ciel, il passait son temps plongé dans un recueil de poèmes.

Un jour, bien que nos souvenirs soient une voile
plus loin que l'horizon
et ton souvenir soit un navire
échoué dans ma mémoire,
apparaîtra l'aurore pour crier avec étonnement
en voyant les frères rouges à l'horizon
marchant joyeux vers l'avenir[1].

1. Poème d'Ernesto Guevara.

*

Assis sur une paillasse en béton, Joseph attendait dans une cellule obscure. Une faible lumière électrique parvenait par un vasistas, une puanteur de pisse et d'ammoniaque l'empêchait de respirer. Il avait des élancements au coude gauche, il se l'était peut-être cassé quand il avait glissé dans les escaliers du sanatorium. Il osait à peine le toucher. Il guettait les bruits à travers la porte en fer et percevait des sons indistincts. Il ne savait pas quelle heure il était, ni depuis combien de temps il croupissait là. On ne lui avait pas laissé le loisir de mettre sa montre.

Joseph avait été tiré de son sommeil quand la porte de sa chambre à coucher avait été ouverte violemment. Six hommes y avaient pénétré, l'avaient maintenu au sol et menotté dans le dos. Quand il avait exigé des explications, il avait reçu une forte gifle sur la joue et le nez. Tereza avait été repoussée sur le lit sans ménagement. Ils l'avaient embarqué, pieds nus et en pyjama, sans lui laisser le temps de s'habiller. Joseph n'avait pas compris pourquoi ils lui avaient enfoncé un sac sur la tête, il avait trébuché et dévalé les marches. Il s'était retrouvé ballotté dans un camion ; après une longue route, il avait descendu d'autres escaliers, senti le froid d'un souterrain, et il avait été jeté dans cette cellule. On lui avait enlevé la cagoule et les menottes.

Et, dans son pyjama déchiré et taché de sang, Joseph avait soif.

« Qu'est-ce que j'ai fait ? » se répétait-il. Il cherchait ce qui lui valait ce traitement. À en avoir mal à la tête. Quand on fouille dans les recoins de sa mémoire, on trouve toujours des escarbilles oubliées dont on n'est pas fier, des fautes escamotées et des secrets qui ne le sont probablement plus. Joseph cherchait quelle faute il avait commise. Mais il ne trouvait pas.

La porte de la cellule s'ouvrit en grinçant. Joseph se leva sans qu'on lui demande. Le policier lui fit signe de sortir. Au début, leurs pas résonnaient, ils retenaient leur marche comme dans un ballet et, à l'arrivée, il n'y avait plus aucun bruit. Des couloirs non éclairés sur la droite et la gauche. Des portes en fer. Des cellules ou quoi d'autre ? La salle d'interrogatoire était située au bout d'un interminable tunnel souterrain. Une vaste pièce rectangulaire peinte en marron, mal éclairée, avec au milieu une table en bois noir et deux chaises en fer.

La première fois, Joseph se trouva face à un officier corpulent d'une cinquantaine d'années dont le ventre boursouflait la vareuse (et lui fit penser à un dindon). Joseph se dit : « Je ne dois pas avoir cet état d'esprit, je dois le convaincre que... » L'officier ne lui jeta pas un coup d'œil, absorbé par la lecture de plusieurs feuillets dactylographiés devant lui. Un policier en uniforme, assis derrière une table près du mur, écrivait dans un registre. Un autre gardait la porte.

– Je vous écoute, Joseph Kaplan, dit l'officier sans relever la tête.

– Pourquoi suis-je traité de cette façon ?

– Vous avez l'intention de me faire croire que vous l'ignorez ?

– Il doit y avoir un malentendu.

– Pourquoi tous les gens que nous arrêtons nous prennent-ils pour des imbéciles ?

– Que me reprochez-vous ?

– Vous ne savez pas, bien sûr ?

– Non. Je ne vois pas.

– Vous êtes innocent, probablement ? Comme tous les autres. C'est connu, nous arrêtons de préférence des innocents. Nous faisons mal notre travail, c'est cela ?

– Je ne voulais pas dire ça.

– Donc, vous reconnaissez.

– J'ignore ce que vous me reprochez.

– Vous recommencez. Vous pensez aussi que nous sommes injustes et bornés ? Que c'est encore une erreur judiciaire ?

– De quoi suis-je accusé ?

– Vous avez un gros dossier, Joseph Kaplan. Vous devez avoir des complices haut placés pour avoir échappé si longtemps à la justice.

L'officier leva enfin la tête. Il avait deux mentons superposés, des poches sous les yeux, des poils lui sortaient du nez (comme un sanglier, se dit Joseph) et ses dents étaient jaunes.

– Qui sont-ils ? demanda-t-il en détachant chaque syllabe.

– Je n'ai aucun complice. Je n'ai rien fait.

– Nous savons beaucoup de choses, il ne faut pas nous prendre pour des imbéciles.

– Ce n'est pas mon intention.

– Je suis content de voir que vous acceptez de collaborer.

– Je ne sais pas quoi vous dire.

– Vous me faites perdre mon temps et c'est mauvais pour vous.

L'officier fit un signe de la main, le policier près de la porte se rapprocha de Joseph.

– J'ai très mal à l'épaule et au coude, dit Joseph à l'officier. J'ai certainement quelque chose de cassé. Il faut que je voie un médecin.

– Après tout, vous êtes médecin, consultez-vous vous-même.

Il replongea aussitôt le nez dans son dossier.

Helena, Tereza et Ludvik se présentèrent en début d'après-midi au siège de la Sécurité intérieure. Le policier de service derrière son guichet leur enjoignit de s'asseoir sur un banc de la salle d'attente, ils y restèrent à guetter les allées et venues. Quand, après 18 heures, Ludvik réclama des nouvelles, un autre policier sembla les découvrir, passa un coup de téléphone et lui dit de retourner s'asseoir. Vers 21 heures, un autre policier leur lança qu'ils devaient s'en aller. Personne n'était au courant de leurs démarches. Helena insista, demanda à parler au lieutenant Sourek. Le policier derrière le guichet passa un autre coup de fil et, quand il raccrocha, lui dit que le lieutenant n'était pas là et qu'ils devaient sortir immédiatement. Ils se retrouvèrent sur le trottoir désert de la rue Bartolomejska. Ils n'avaient obtenu aucune information et ne savaient même pas si Joseph se trouvait détenu ici ou ailleurs.

Il n'y avait plus de chaise. Joseph était fatigué mais n'osa pas en demander une à l'officier assis derrière le bureau. Les enquêteurs changeaient à chaque interrogatoire et recommençaient de zéro. Celui-là devait avoir une trentaine d'années mais faisait plus jeune, avec une certaine bonhomie dans ses traits. Il valait mieux ne pas se mettre mal avec lui. Joseph avait une barbe de plusieurs jours et les cheveux en bataille. Son pyjama était crasseux, maculé de taches, la veste ne tenait plus que par un seul bouton. L'officier regarda sa montre et, soudain, plissa le nez, détailla Joseph des pieds à la tête.

– Vous puez la merde !

– Je crois, oui. Je suis désolé. Il n'y a pas d'eau pour se laver. Dans la cellule, il y a juste une rigole où je peux faire mes besoins.

– Je ne comprends pas votre ligne de défense, Joseph Kaplan. Vous feriez mieux d'avouer tout de suite.

– Je n'ai commis aucune faute.

– Nous inventons, nous sommes des sadiques.

– Je suis un citoyen qui respecte les lois de son pays.

– Nous avons des preuves de votre culpabilité.

– Ah oui, lesquelles ? Montrez-les-moi.

– Des enquêtes ont été faites. Nous avons des témoins.

– De quoi suis-je accusé ?

– Parlez-moi de Pavel Cibulka.

– Pavel ?

– C'était votre ami ?

– Oui. Enfin, jusqu'à son départ.

– Ah ! Vous reconnaissez qu'il est parti, vous l'avez aidé, sinon comment le sauriez-vous ?

– Je voulais dire jusqu'à sa disparition. S'il lui était arrivé quelque chose, on l'aurait retrouvé.

L'officier se tourna vers le policier qui prenait des notes.

– Tu as bien noté que l'accusé reconnaît avoir été l'ami de Pavel Cibulka. Ça, c'est grave.

– Je ne savais rien, je vous jure. Oui, nous étions amis, mais j'ignorais ce qu'il faisait. Moi, j'étais à Prague, à l'époque j'étais député. Lui, il était à Sofia, on se voyait deux fois par an.

– Si vous aviez su qu'il était coupable, vous l'auriez dénoncé ?

Joseph baissa la tête, il voyait le piège, il sentait les mâchoires se refermer.

– S'il avait été un criminel, je lui aurais dit de faire confiance à la justice de son pays.

– Ce n'est pas ce que je vous ai demandé. Si vous aviez su quelque chose le concernant, l'auriez-vous dénoncé ?

Joseph respira profondément. Une odeur aigre l'envahit.

– C'était mon ami. Je n'ai rien d'autre à dire.

Joseph arrêta de compter les interrogatoires après le septième ou le huitième, il ne savait plus, et il s'en fichait. Ils le ramenaient dans sa cellule et, un moment plus tard, venaient le rechercher. Quand il leur avait fait observer qu'on venait de l'interroger, il avait reçu deux méchantes gifles. Il fallait toujours répéter. Les enquêteurs ne communiquaient pas entre eux.

Et cette odeur infâme qui l'asphyxiait, il était obligé de respirer en mettant sa main sur son nez et sa bouche. Il ne trouvait pas le sommeil, ils devaient le surveiller par un trou dans le mur ; quand enfin il arrivait à s'endormir, ils le réveillaient, et quand il avait crié qu'il était épuisé, il avait reçu une autre gifle. Alors il ne disait plus rien, il les suivait, tête baissée, s'asseyait sur la chaise en fer, attendait les questions, toujours les mêmes.

Répéter qu'il était innocent.

Les interrogatoires se succédaient sans logique, avec l'unique objectif de le faire craquer. Il le savait. Ce que Joseph ne savait pas, c'est combien de temps il pourrait tenir. Avant de larguer les amarres, avant d'accepter, avant d'avouer. Juste pour avoir la paix. Joseph voulait dormir. Il se disait qu'il ne tiendrait pas le coup. Peut-être que, s'il leur disait quelque chose, ils lui foutraient la paix. Oui, c'était la solution, leur donner un os à ronger, les lancer sur autre chose.

Oui, mais quoi leur dire ?

Joseph avait perdu tous ses repères, quand c'était le jour et quand c'était la nuit. Il ignorait où il se trouvait, que la Sécurité intérieure avait annexé le couvent des franciscains situé en face du 4, rue Bartolomejska. On passait d'un côté de la rue à l'autre par un corridor qui ouvrait sur un réseau souterrain de cellules, de salles d'interrogatoire, de réunion et d'archives. Aucun des policiers ne savait ce qu'on reprochait à Joseph mais, comme on l'avait sous la main, qu'il avait été l'ami d'un ennemi du peuple, Sourek s'était dit qu'on pouvait profiter de l'occasion ; en lui pressant un peu le citron, ils obtiendraient certainement des informations. Après tout, pour pêcher, il faut juste lancer sa canne avec un hameçon et un appât, vous ne savez jamais si vous allez remonter quelque chose, ni quel poisson, ni sa taille.

C'est un des plaisirs de la pêche.

On interrogea Joseph sans relâche. Les meilleurs spécialistes de la maison se succédèrent, répétèrent les mêmes questions à en avoir la nausée, utilisèrent toutes les ficelles connues : la menace, les hurlements, la gentillesse, l'argent, les promesses, les insultes, les menaces encore ; on le priva de nourriture, de sommeil, de boisson, on le mit dans une cellule ignoble, il dut faire ses besoins à même le sol, on le laissa nu comme un ver pendant quarante-huit heures, on prit des photos de lui avec un flash, on le balada entravé d'une salle à l'autre, on lui donna des gifles avec des bagues, on lui tordit le bras gauche jusqu'à ce qu'il devienne bleu, on l'obligea à rester debout avec interdiction de s'asseoir jusqu'à ce qu'il s'écroule, on lui jura qu'il serait condamné à dix ans de camp de travail dans les effrayantes mines d'uranium de Jáchymov où personne n'avait tenu plus de deux ans, on lui fit entendre des hurlements de femme enregistrés, c'était Helena qu'on violait dans la pièce voisine et ils allaient tous lui faire son affaire. Joseph en eut les larmes aux yeux, trembla, mais il n'avait presque rien à dire. Ce qu'il aurait pu avouer, il le garderait pour lui. Il était persuadé qu'on le liquiderait, qu'il parle ou se taise. Il se souvenait qu'à la fin, deux hommes avaient planté un couteau dans le cœur de Joseph K. Il se suppliait de leur résister.

Tenir jusqu'au bout.

Le mardi 26 juillet 66, une réunion des responsables de la troisième section de la Sécurité intérieure en charge de la lutte contre l'ennemi de l'intérieur examina le cas de Joseph Kaplan. Sourek fit un tour de table des enquêteurs. Il avait au préalable analysé les rapports, lu avec attention les comptes rendus d'interrogatoires. Force était de reconnaître qu'on n'avait rien tiré de lui. Hormis un lieutenant qui préconisait la poursuite des investigations mais sans fournir de raisons objectives, les onze autres furent d'avis que cela ne servirait qu'à perdre son temps. Sourek reconnut son erreur. Personne ne lui en voulut. On ne pouvait pas réussir à tous les coups.

Souvent, le pêcheur ne ramène rien à la surface.

Après sept jours et six nuits, il fut donc décidé de libérer Joseph Kaplan. On lui permit de prendre une douche chaude, un coiffeur le rasa, on lui donna une chemise verte, un costume gris trop grand pour lui et des chaussures cloutées. On le fit attendre dans une cellule propre. Et, en fin d'après-midi, sans un mot, on le mit dehors. Joseph se retrouva rue Bartolomejska, leva la tête et ne vit que du ciel bleu.

Il souriait, se disant que ce ciel était magnifique, quand il vit Helena se précipiter vers lui. Elle se jeta dans ses bras. Elle l'embrassait, lui palpait le visage, les larmes aux yeux. Il lui caressa les cheveux. Ils restèrent serrés longtemps l'un contre l'autre.

Helena lui posa plein de questions mais Joseph ne voulait pas parler. Il ne dit pas un mot des conditions de sa détention ni des mauvais traitements qu'il avait subis. Même plus tard, avec Tereza, il refuserait d'en parler. Il avait horreur des gens qui se plaignaient (lui, personne ne lui avait planté un couteau dans le cœur). Il ne savait pas si c'était la peur qui lui clouait le bec ou s'il ne voulait pas devenir une victime.

Ou un peu des deux.

– Je suis là. Nous sommes à nouveau réunis. C'est le principal.

Joseph décida de rentrer à pied. Il avait besoin de se dégourdir les jambes et de respirer. Il savourait sa ville retrouvée. Il avançait en se tenant le bras gauche. Helena le trouva amaigri et fatigué.

– C'est ce costume de policier qui me donne mauvaise mine. Et Ernesto ? Où est-il ?

– Ernesto est reparti chez lui.

– Ah bon.

Elle baissa la tête, songeuse.

– Tu veux qu'on en parle ? dit-il.

– Ce n'est pas utile. Ça ne le fera pas revenir.

– Je crois que c'est une bonne chose. Vous deux, ça n'aurait pas marché.

– On ne le saura jamais. Tu sais, il t'aimait beaucoup.

– Moi aussi, je l'aimais bien. Helena, tu es jeune, tu as la vie devant toi. Ce n'était pas un homme pour toi.

Il la prit par l'épaule et ils avancèrent ainsi. Cette tempête les avait tourneboulés. Cela faisait longtemps qu'ils n'avaient pas éprouvé ce sentiment de calme. Ni Helena, ni Joseph n'évoquèrent les épreuves traversées. On fit comme si c'était une interpellation ordinaire pour lui, une séparation banale pour elle.

Une autre façon de continuer à vivre ensemble.

Joseph avait changé. Des choses qui, auparavant, ne retenaient pas son attention revêtaient désormais une importance particulière. Par exemple, il tenait à ce que la famille se réunisse au moins une fois par semaine. Ils étaient convenus de déjeuner ensemble tous les dimanches. Ludvik, qui n'avait pas une vie facile avec sa maîtresse (il ne pouvait la voir qu'un dimanche sur deux quand le Sparta jouait à domicile, au Letna Stadium, parce que son imbécile de mari ne ratait aucun match de son équipe favorite), s'arrangeait pour passer en coup de vent. De même, avant Joseph ne prêtait pas attention aux fêtes, maintenant il voulait les célébrer et « marquer le coup », comme il disait.

– Une famille, c'est comme une chorale, quand il en manque un, les autres chantent faux.

Quand il avait lancé cette affirmation, Tereza et Helena s'étaient regardées, surprises. Les anniversaires étaient désormais des étapes sacro-saintes. S'ils étaient à Kamenice, Joseph et Tereza revenaient exprès à Prague. Sinon, Helena et Ludvik faisaient le déplacement.

– Même pour une soirée, ça vaut la peine, non ?

La famille s'était agrandie. Le 13 avril 67, Antonin était né.

Un bébé tout rose avec un air posé et des yeux marron perçants. Helena le déclara de père inconnu. Personne ne posa de questions. Elle avait été admise à l'Académie de cinéma, des études chronophages avec des horaires de fou. Tereza avait hérité d'Antonin. Elle n'attendait que ça. Ça lui donnait une bonne raison pour fuir Kamenice et rester à Prague. Jamais bambin n'eut autant de brassières. Joseph en avait profité pour s'organiser et ne passait plus que trois jours au sanatorium, il avait réussi à faire embaucher un jeune médecin dévoué et consciencieux et espérait passer la main prochainement.

Le 9 octobre 67 était un grand jour. Helena fêtait ses dix-neuf ans. Pour l'occasion, Joseph avait décalé le déjeuner du dimanche au lundi soir. Pour une fois, tout le monde était à l'heure et personne n'était pressé. Tereza avait préparé un dîner de gala qui l'avait retenue tout l'après-midi dans la cuisine. Joseph s'était occupé d'Antonin, lui avait fait prendre un bain et l'avait langé. Helena arriva la dernière, à 19 heures, couverte de plâtre et de peinture, car elle travaillait aux décors d'un film. Elle prit une douche et donna le biberon à Antonin. Le dîner fut excellent et enjoué. Joseph apporta le gâteau au chocolat en le portant à bout de bras. Helena souffla ses dix-neuf bougies d'un coup. Ce fut le moment des souhaits et des embrassades. Puis chacun remit son cadeau. Tereza avait tricoté un pull violet.

– Je sais, ce n'est pas très original, mais un beau gilet, on en a toujours besoin.

Ludvik lui offrit *Quai des brumes*, de Mac Orlan. Helena, qui avait tellement aimé le film, fut folle de joie à l'idée de lire le roman qui l'avait inspiré et de pouvoir réfléchir au travail de l'adaptation. Joseph lui tendit un paquet enveloppé d'un papier blanc de la taille d'une boîte à chaussures. Helena découvrit un radio transistor portable Philips en plastique beige et vert.

– Tu as pu en avoir un ! s'écria-t-elle en lui sautant au cou.

– Il est inutile de me demander comment j'ai réussi à me procurer ce matériel capitaliste. Cela contribuera probablement à aggraver mon dossier. J'espère qu'il marche parce que, pour le service après-vente, il faudrait passer à l'Ouest.

L'appareil pesait dans les trois kilos, ses deux antennes métalliques permettaient de capter les ondes longues et moyennes. Helena demanda comment il marchait. Joseph enfonça un des cinq boutons de la façade, la radio se mit à grésiller. Il fit tourner la molette de gauche et capta différentes stations. Un speaker parlait en allemand, un autre en anglais. De la musique d'opéra, une discussion dans une langue inconnue, sans doute du hongrois, une publicité en français pour un magasin de meubles sur les Grands Boulevards. Joseph regarda le cadran des stations.

– C'est Radio Luxembourg.

Le carillon retentit pour le journal parlé de 21 heures :

– « L'actualité, ce soir, est dominée par la confirmation de la mort d'Ernesto Guevara en Bolivie… »

La première réaction d'Helena fut : « Non, ce n'est pas possible, ce n'est pas le mien. »

Joseph augmenta le son, ils se rapprochèrent et firent comme un rempart autour de l'appareil, tête baissée vers la lumière jaune.

– « …Les conditions de sa mort ne sont pas encore très claires. Il semble qu'après son arrestation hier par l'armée bolivienne, le Che, comme on le surnommait, ait été exécuté d'une rafale de fusil-mitrailleur tirée à bout portant par un soldat de l'armée bolivienne… »

« Ce doit être une confusion, une homonymie. Ce n'est pas lui. Pas mon Ernesto », pensa-t-elle.

– « … Au mois de mars de cette année, le Che avait engagé une action armée sur les hauts plateaux. Après de nombreux revers et depuis plusieurs semaines, cette guérilla paraissait désespérée, son groupe d'une vingtaine d'hommes était encerclé par les rangers de l'armée bolivienne que certaines sources affirment soutenue par la CIA. Ernesto Che Guevara avait trente-neuf ans et… »

C'est à ce moment-là que le monde se mit à tourner autour d'Helena, des images déformées se précipitèrent vers elle, des lumières et un hurlement, une intense chaleur remonta le long de sa colonne vertébrale et elle s'écroula.

Cet anniversaire fut le dernier qu'elle fêta de sa vie. Par la suite, Helena refusa que cette date soit évoquée et encore moins célébrée. Pendant une dizaine d'années, elle fut même incapable de donner sa date de naissance.

Moi, Helena Kaplan, je suis la seule au monde à connaître la vérité. Et personne d'autre ne la connaîtra que moi. Depuis son départ, il y a un peu plus d'un an, je n'avais reçu aucune nouvelle de lui mais j'avais toujours conservé un fol espoir de le retrouver. Je sais que c'était irréfléchi, mais comment faire pour refouler l'espoir ? Quand, malgré soi, une voix vous répète qu'il ne faut pas se résigner, que notre histoire ne pouvait pas s'arrêter ainsi, dans ce naufrage involontaire. J'étais certaine qu'il allait revenir nous chercher, nous enlever, Antonin et moi. Nous avons été arrachés l'un à l'autre, mais les liens qui nous unissaient ne pouvaient se dissoudre sur un ordre, ils n'ont pas disparu et Ramon m'accompagnera toujours.

À la faculté, courait la rumeur de la guérilla bolivienne mais les journaux ici n'en parlaient pas, et on ne savait pas que c'était lui. À la réflexion, ce fut une entreprise sans logique, politiquement absurde et sans préparation. Une action militaire désespérée, comme ces cavaliers chargeant sabre au clair devant des mitrailleuses. Héroïque et stupide. Et surtout, il a été complètement abandonné par les siens. Ils l'ont laissé se faire assassiner sans lever le petit doigt. Comme s'ils voulaient se débarrasser de lui et qu'il leur était plus utile mort que vivant. Personne doté d'un tant soit peu de jugeote ne serait allé se fourrer dans ce guêpier, dans ce pays hostile où personne ne parle l'espagnol, où les Indiens le considéraient comme un irréaliste dangereux. Quel homme sensé, avec son expérience, se serait lancé dans une aventure pareille, sans moyens, sans matériel, sans médicaments, sans communications, avec quelques dizaines de compagnons dépenaillés face à une armée bolivienne qui disposait de moyens considérables et du soutien de la CIA ? Ce ne fut pas un combat mais une chasse à l'homme, une mise à mort programmée, il n'avait aucune chance de s'en sortir, d'échapper à son destin, comme s'il voulait finir ainsi, fidèle à l'idée qu'il se faisait de la lutte, et se sacrifier pour le bonheur des autres, seul avec son fusil face au monde entier.

Oui, la vérité, c'est qu'il s'est suicidé.

*

Ludvik triomphait. Même s'il avait le triomphe modeste. Les progressistes communistes menés par Alexander Dubček, le nouveau secrétaire du Parti communiste, et le président Svoboda étaient en passe de réussir leur pari. Un programme ambitieux de réformes bouleversait le pays : suppression de la censure, liberté de la presse et de circulation, limitation des pouvoirs de la police, abandon du dirigisme économique et de la centralisation administrative, mise en place de la cogestion, de l'autonomie des entreprises et du fédéralisme.

Quand Dubček osa réhabiliter Slánský, Clementis et les victimes des procès de 52, ce fut vécu comme une provocation envers les Russes, mais ils ne réagirent pas. Il faisait beau comme jamais, on respirait le printemps, un frisson délicieux. Tereza et Ludvik se mirent à espérer. Peut-être auraient-ils enfin des nouvelles de Pavel et sauraient-ils ce qui s'était vraiment passé.

La peur avait disparu.

En juillet 68, les frontières s'ouvrirent. Pour une génération qui n'avait connu que la dictature, ce fut la ruée. Autour d'Helena, ils partaient tous : ses amis, ses relations allaient respirer ailleurs l'air de la liberté : professeurs, metteurs en scène, écrivains, journalistes, ils fuyaient en masse. On ne parlait que de cela. C'était à se demander s'il allait rester quelqu'un dans ce pays. Passer à l'Ouest était simple et facile, il suffisait de se ruer à la frontière allemande ou autrichienne, la barrière se levait, on avançait d'un pas et, hop ! on était libre.

Helena en parla avec Joseph. S'il avait accepté, ils seraient tous partis pour Paris (à l'exception de Ludvik qui ne voulait pas en entendre parler). Là-bas, Joseph aurait pu travailler, à Pasteur ou ailleurs. Mais Joseph se sentait trop vieux pour émigrer et recommencer de zéro. Plus que tout, comme il l'expliqua à Helena qui insistait, il restait parce qu'il ne se sentait pas assez malheureux pour s'enfuir.

Et puis, Ludvik réussit à la convaincre qu'il était inutile de partir.

– On est en train de gagner. On sera libres dans notre pays, pourquoi s'en aller ? Hein ? On pourra voyager, revenir, à quoi bon se sauver comme si on était coupables ? C'est aux stals de fuir.

Le pays changeait. Dans les articles de *Rudé právo* et des autres journaux, dans le ton des débats et de celui des présentateurs du journal télévisé. Jamais auparavant, personne n'aurait osé douter en public de la parole d'un ministre ou de la ligne du Parti, réclamer le multipartisme ou des rémunérations au mérite. Oui, un vent de liberté soufflait sur la Bohême. Tout n'était pas parfait, c'était certain. Mais la révolution serait douce et sans violence. On n'allait pas inaugurer une nouvelle dictature.

– Crois-moi, conclut Ludvik, ça vaut la peine de rester pour voir Dubček et Svoboda instaurer le socialisme à visage humain.

Le 21 août 68, les armées du Pacte de Varsovie envahirent la Tchécoslovaquie et balayèrent le « printemps de Prague ». Comment lutter à mains nues contre trois cent mille hommes appuyés par six mille tanks et cinq cents avions ? Entre deux et trois cent mille Tchèques profitèrent des frontières entrouvertes pour s'enfuir. Et trois jeunes Tchèques s'immolèrent pour protester contre l'invasion. Oui, par le feu.

La peur fit son retour.

Fin août, Helena revint à la charge. On pouvait encore passer en Autriche. C'était une occasion inespérée qui ne se représenterait peut-être plus. Joseph fut catégorique. Jamais il ne s'exilerait. Elle s'obstina jusqu'à l'extrême limite. Elle ne voulait pas se fâcher avec lui.

Le samedi 7 septembre, elle décida de partir le lendemain avec son fils. Quoi qu'il arrive. Antonin, qui d'habitude faisait des nuits complètes, pleura toute la nuit, comme s'il était malade. Elle le berça, le veilla et finit par s'endormir dans le fauteuil face à son berceau. Quand elle se réveilla le dimanche, il la regardait avec ses grands yeux ronds. Si Helena avait été seule, elle aurait suivi le mouvement général, elle rêvait d'Amérique et de San Francisco, mais il y avait Antonin. Pas question de l'abandonner ou de lui faire prendre le moindre risque à l'étranger. Ici, elle avait la certitude de gagner sa vie et de pouvoir le protéger.

Joseph n'avait pas envie de s'expliquer. L'insistance de Helena l'avait mis mal à l'aise. Il avait trouvé deux ou trois bons arguments pour justifier son refus, pensait qu'elle sauterait le pas et partirait avec Antonin. Lui, c'est ce qu'il aurait fait. Mais il ne l'encouragea pas à s'en aller. Autant se planter un poignard dans le cœur.

Après l'invasion, quand ça commença à chauffer, il vit à quel point les jeunes étaient excités et voulaient en découdre. Il savait qu'après, ce serait pire, que le Parti leur ferait payer leurs envies de liberté. Il se demanda alors si cela valait la peine de rester et de passer sa vie dans une prison à ciel ouvert. Peut-être pourrait-il recommencer ailleurs ? Mais pas à Paris. Il s'était juré de ne jamais y retourner. Il ne voulait pas y faire de mauvaises rencontres. Il y avait là-bas un fantôme qu'il ne voulait pas croiser. Et puis, un jour après l'autre, il n'y eut pas de répression brutale, pas de vengeance, et à la surprise générale, Dubček fut maintenu au pouvoir. Helena traversa une sale période, elle participa à tous les mouvements de protestation, et ça la déprimait plus que tout. Il fallut prendre sur soi, revenir en arrière, chasser ces rêves insidieux qui avaient enchanté le printemps.

Au début, Joseph avait imaginé qu'elle pourrait partir seule et lui laisser le gamin. Un soir, il lui avait dit entre deux portes :

– Ne t'inquiète pas, tu sais. Je serai toujours là pour Antonin. Je m'occuperai de lui.

Elle l'avait dévisagé comme s'il était devenu fou.

– Qu'est-ce que tu crois ? Que je vais laisser mon fils ? Pour qui tu me prends ?

Quelques jours plus tard, ils attendaient Ludvik qui était en retard pour le dîner. Tereza faisait jouer Antonin. Joseph eut un frisson. Il crut voir Christine. Helena regardait par la fenêtre, les yeux perdus dans le lointain, son épaule appuyée contre le mur, elle se coiffait et passait inlassablement, interminablement, la brosse dans ses cheveux courts.

Le 13 avril 69, on fêtait les deux ans d'Antonin. Ce jour-là, Ludvik attendit Helena à la sortie de l'Académie de cinéma. Elle ne fut pas surprise de le voir. Depuis quelques mois, il passait souvent la chercher. Il l'avait beaucoup soutenue pendant les mois qui avaient suivi l'invasion (en réalité, ils s'étaient soutenus mutuellement). Sans lui, elle ne savait pas ce qui serait arrivé. Il l'avait empêchée de commettre une grosse erreur en lui conseillant de ne pas poursuivre le mouvement de protestation avec ses camarades de l'Académie.

« Maintenant, cela ne sert plus à rien. Faisons notre travail et vivons tranquilles. »

De son côté, elle lui avait remonté le moral quand son amie lui avait signifié brutalement leur rupture. Magda avait téléphoné au journal. Il pensait qu'elle appelait pour lui donner rendez-vous à la cantine mais elle lui avait annoncé sans ménagement que c'était fini entre eux, leur histoire était une erreur, elle tenait à son mari et à sa famille plus qu'à tout. Petr avait montré sa générosité en lui pardonnant son écart, et donc adieu.

Ludvik en était resté tétanisé. Mais, passé le premier choc, il s'en était plutôt bien remis.

« Elle n'était pas si intéressante que ça, tu sais, c'était purement physique. Il n'y avait rien d'autre entre nous, tu comprends ? » avait-il dit à Helena.

Heureusement, Magda avait quitté le journal. Il n'avait plus à la croiser dans les couloirs. Elle avait suivi Petr à Ostrava, où il avait trouvé un poste de soudeur.

Ludvik avait acheté un jeu de cubes pour Antonin (il lui achetait un jouet par semaine) et un livre pour elle. Il lui achetait des livres d'occasion français (un par mois environ). On aurait pu craindre qu'après s'être tellement engagé avec les réformistes et avoir réclamé la démocratie en assemblée générale, Ludvik ait des problèmes avec la nouvelle direction, mais il avait été nommé chef de service au *Rudé právo*.

« Huit responsables ont fui à l'étranger, expliquait-il. Je ne me fais guère d'illusions, c'est un avancement pour combler les trous. »

Helena avait les pires difficultés avec le cours d'optique. C'était très technique. Elle n'en voyait pas l'intérêt mais il n'y avait pas moyen d'y couper. Ils marchèrent côte à côte et elle lui exposa ses problèmes de diffraction et de réfraction, de prisme et de dioptre, il l'écouta comme si cela le passionnait.

Elle s'arrêta pour allumer une cigarette. Il la fixa droit dans les yeux, il était assez rouge et respirait de façon hachée.

– Helena, est-ce que tu veux m'épouser ?

Elle ne sut pas trop quoi répondre. Peut-être avait-elle mal entendu.

– Tu veux qu'on se marie, tous les deux ?

– Je me suis dit que ce serait le meilleur choix qu'on pourrait faire. Qu'est-ce que tu en penses ?

– Je ne sais pas, Ludvik, il faut que je réfléchisse.

– Parce que moi, je t'aime vraiment. Je n'arrête pas de penser à toi. On était promis l'un à l'autre. Et même si on a attendu, ça nous a permis d'avoir plus d'expérience. Maintenant, ça renforce ma conviction.

– Je n'avais pas imaginé qu'on se marierait ensemble.

– Il n'y a pas longtemps, ça nous aurait semblé évident. On était bien tous les deux, non ?

– C'est vrai, mais il s'est passé tellement de choses dans nos vies. Je ne sais plus où j'en suis, je dois faire le point, Ludvik, laisse-moi du temps.

– Tu n'es pas pressée. Ce n'est pas une obligation, on peut aussi vivre ensemble sans être mariés.

Helena était gênée de se montrer si peu enthousiaste. Elle se refroidissait elle-même. Elle s'efforça de lui sourire, chercha une parole encourageante mais qui ne l'engagerait pas trop, quelque chose qui lui laisserait de l'espoir sans la ficeler. Aucune idée ne se présenta.

– Faut voir, fit-elle.

Helena ne savait pas quoi faire. Un jour, elle s'apprêtait à dire oui, et quand elle se trouvait devant Ludvik, elle se taisait. Mille raisons la faisaient reculer et quelques-unes pouvaient la décider à accepter. Elle tardait, craignait qu'il finisse par renoncer et s'affolait, pensait que c'était une sacrée opportunité. Elle ne se voyait pas avec un autre homme, faire la belle, rire, séduire, être aimée par un inconnu, cette seule idée l'horrifiait. Ludvik au moins, elle le connaissait. Peut-être que si elle le laissait trop lanterner, il finirait par se lasser et aller voir ailleurs. Elle n'avait personne à qui demander conseil. Joseph était le seul à qui elle aurait eu envie d'en parler, mais elle se doutait de sa réponse. À son tour, elle alla chercher Ludvik au journal.

– Tu es toujours d'accord pour qu'on se marie ?
– Bien sûr, je n'attends que ça.
– Et Antonin ?
– Si tu veux, je l'adopte.
– Il n'y a qu'à se marier.
– C'est formidable.
– Oui.

Joseph et Tereza furent ravis de ce dénouement. À nouveau, Joseph surprit, à deux reprises, Helena se brossant les cheveux, d'un geste machinal, toujours recommencé (mais il n'en parla à personne).

Oui, cela le dérangeait vraiment.

Ce fut un mariage socialiste. En petite pompe.

Il y avait eu de nombreux signes avant-coureurs. Des revendications d'indépendance, d'autonomie et de démocratie clamées haut et fort contre le Parti. En Pologne, en Hongrie et à présent en Allemagne de l'Est. Le pouvoir communiste ne réagissait plus. Comme ces cadavres qui continuent de tressaillir après la mort. En d'autres temps, cette agitation n'aurait pas duré cinq minutes. On aurait arrêté et condamné les meneurs, ça aurait calmé les autres. Jamais un Brejnev n'aurait toléré les rodomontades de Solidarność, il aurait envoyé les tanks à Gdańsk, ils auraient tiré sur les ouvriers du syndicat, ils en auraient tué jusqu'à ce qu'il n'y en ait plus dans les rues. Le monde entier aurait protesté et, après, on n'en aurait plus entendu parler. Et voilà que le meilleur allié de l'Empire commençait à gronder, des dizaines de milliers d'Allemands défilaient dans les rues à jour fixe. Silencieusement. Pacifiquement. Sans que personne s'interpose. Comme s'il n'y avait plus de police ou d'armée dans ce pays.

Ce n'était pas l'envie qui avait manqué aux dirigeants polonais ou allemands, ils auraient sans états d'âme zigouillé des milliers de leurs compatriotes, mais, en face d'eux, l'Empereur avait décrété qu'on ne tirerait pas. Et ils n'imaginaient même pas pouvoir désobéir. Gorbatchev, cet apparatchik secrétaire général du Parti communiste d'Union soviétique, avait décidé qu'on n'utiliserait plus la force pour contraindre le peuple. La liberté ne se discute pas, elle ne se marchande pas et ne se divise pas. C'est tout ou rien.

Dans la stupéfaction et l'incrédulité générales, la contagion se répandit dans l'Empire. Les régimes vermoulus, à bout de souffle, d'idées et de légitimité, s'effondrèrent à une vitesse sidérante. Le 9 novembre 89, le mur de Berlin s'écroula et le monde communiste sombra avec lui.

Joseph regretta que le premier dirigeant soviétique à avoir voulu instaurer un socialisme à visage humain ait été le dernier.

– Dommage surtout qu'il ait été communiste, répondit Helena en allant rejoindre les centaines de milliers de manifestants de la place Venceslas.

Une semaine après la chute du Mur et en deux jours, les Tchèques se débarrassèrent de leur Parti communiste sans qu'une goutte de sang soit versée. On jeta aussitôt les drapeaux rouges et les symboles de l'oppression, on retira le mur de fer barbelé qui ceinturait le pays vers l'Allemagne de l'Ouest : on pouvait enfin sortir librement du pays.

On pouvait y entrer aussi.

Début décembre, un ciel d'étain recouvrait Prague, le grésil commençait à verglacer. Dans les rues en pente du Hradčany, les passants faisaient attention à ne pas glisser. Chaussé de ses après-ski, Joseph avançait en tenant un sac de provisions. Il croisa une femme avec un chien, bavarda deux minutes avec elle, caressa la tête de l'animal et reprit son chemin. Sur le trottoir, en face de l'Académie de musique, un homme massif qui s'appuyait sur une canne lui barra le passage. Il portait un pardessus à chevrons clairs ouvert sur un ventre proéminent, une abondante chevelure blanche lui couvrait les oreilles et formait une queue-de-cheval sur sa nuque. Joseph s'écarta et dépassait l'homme, quand ce dernier l'appela dans son dos :

– Joseph !

Joseph se retourna lentement, l'homme vint à sa rencontre. Ils se dévisagèrent quelques secondes.

– Pavel ? murmura Joseph.

Pavel acquiesça. Ils restèrent ainsi à se redécouvrir, puis Pavel écarta les bras, sa canne lui échappa, ils s'étreignirent et s'embrassèrent.

– Ça fait combien de temps ? demanda Joseph, ému.

Pavel chercha un peu.

– J'ai fui en 51. Ça fait… trente-huit ans ! C'est si loin maintenant… Je suis tellement heureux, tu ne peux pas savoir, vieux frère. Tu n'as pas changé, toi, toujours aussi beau, moi j'ai pris quarante kilos.

– Pavel, je suis désolé, Tereza est morte.

– Ah bon ?

– L'année dernière, une méchante pneumonie. On n'a rien pu faire.

– Bon sang ! J'aurais tellement voulu la revoir.

– On a vécu ensemble pendant presque trente ans.

– Je ne savais pas.

– On était très seuls tous les deux.

– Je ne t'en veux pas. On n'a pas choisi nos vies. Je suis sûr qu'elle a été heureuse avec toi.

– C'était longtemps après ton départ et bien après celui de Christine.

– C'est pour ça ! J'aurais dû m'en douter. Un jour, c'était en mai 68, je l'ai croisée à Paris. Rue Vavin. Je l'ai reconnue et elle aussi, j'en suis sûr, elle m'a dit que je me trompais, qu'elle ne s'appelait pas Christine, mais c'était elle. La même voix, la même allure. Toi, tu n'étais pas physionomiste, moi si.

Joseph resta songeur, il s'efforça de sourire.

– Et puis Ludvik et Helena sont mariés, ils ont trois enfants.

Quand Ludvik ouvrit la porte, il découvrit un homme corpulent aux cheveux blancs en bataille dans l'encadrement de la porte et Joseph en retrait. Son regard alla de cet homme à Joseph, retourna à l'homme qui le dévisageait avec un sourire inquiet. Et puis, il comprit. Il resta pétrifié, des larmes se mirent à couler sans qu'il fasse rien pour les retenir. Il hoquetait, sa mâchoire tremblait, mais il n'arrivait pas à bouger. Ses pleurs attirèrent Helena.

– Qu'est-ce qu'il y a, Ludvik ?

Son mari pleurait dans les bras d'un homme âgé qui lui tapotait l'épaule. À son tour, elle découvrit Pavel. Elle lui sauta au cou, l'embrassa avec fébrilité et cria :

– Antonin, les filles, venez, votre grand-père est de retour !

Pavel était venu pour retrouver sa famille et l'atmosphère du pays (le brouillard lui manquait), pourtant il ne pensait pas rester longtemps. Une semaine au plus.

Ludvik dut insister, le menacer de ne plus jamais le revoir s'il repartait si vite. Pavel accepta (presque à regret) de s'installer chez lui. Il affirma que les revenants ne devaient jamais emmerder les vivants, sinon c'était un film d'horreur. Mais il se montra intraitable et refusa de passer les fêtes avec les siens. En arrivant, il ignorait ce qu'il allait trouver, qui était vivant ou mort. Il s'était préparé au pire depuis toujours et n'attendait rien de précis. Il y avait un trou de trente-huit années. Une vie entière. Il s'était organisé avec sa solitude, il avait besoin de temps pour s'habituer à l'idée d'avoir à nouveau une famille et se rappeler à quoi elle servait.

Il raconta la bonté et le courage d'un patron pêcheur turc, sa fuite dans la cale de son bateau, son arrivée au port de Kihikoy et sa vie difficile de réfugié politique à Paris, les amis qu'il s'était trouvés dans un club d'échecs. Comment il avait cru mourir de chagrin, s'était laissé aller à trop boire et trop manger, et puis comment la blessure avait fini par s'étioler et cicatriser. Comment il avait rangé Tereza et Ludvik dans un coin de sa mémoire, un beau souvenir qui ne le faisait plus souffrir.

– Une fois qu'on a réussi à faire son deuil, on n'a plus envie de retourner au cimetière.

Il découvrit ses petits-enfants. Antonin était en troisième année de médecine, parlait peu et écoutait attentivement, Anna voulait devenir journaliste dans la presse féminine et Klara, encore au lycée, n'avait envie de rien. Ce grand-père ressuscité, avec son catogan et sa vie mystérieuse, les fascinait, elles lui posèrent cent questions auxquelles Pavel ne sut pas répondre. Ses petites-filles l'interrogèrent sur les tendances de la mode parisienne. Pavel essaya de les secouer (mentalement). Cela le désolait de constater que la jeune génération ne pensait qu'à s'acheter des vêtements hors de prix, à regarder des séries américaines et à faire la fête.

– On s'est battus pour que vous ne soyez plus victimes de l'exploitation, pas pour que vous deveniez de gentils consommateurs.

– On pourra venir te voir à Paris ? demandaient Anna et Klara.

Antonin était le seul à s'intéresser vaguement à la politique. Pour les vacances, il préparait un grand périple à moto avec son meilleur copain (ils passaient leur temps libre à réparer une vieille Norton fatiguée) pour visiter l'Europe, découvrir les gens et comment ils vivaient. Après, quand il aurait son diplôme, il avait décidé de travailler quelque part en Afrique. En Tanzanie, peut-être.

Ludvik demanda un congé exceptionnel, mais avec les événements, il y avait tellement de travail que ce ne fut pas possible. Il réussit à grappiller quelques heures chaque jour pour passer du temps avec son père. Il n'arrivait pas à comprendre que Pavel veuille rester en France et ne revienne pas s'installer définitivement dans son pays.

– J'ai fait tellement d'efforts pour m'adapter qu'aujourd'hui je suis devenu français. Sans le vouloir. Mes copains sont comme moi, allemands ou russes, hongrois ou roumains, on en a parlé entre nous, aucun ne retournera en arrière. On a tourné la page. On viendra en vacances mais on rentrera chez nous, en France. C'est là qu'est notre vie aujourd'hui.

Pavel passait le plus clair de son temps avec Joseph. Ils se retrouvaient dans un café près de l'hôtel de ville puis se baladaient bras dessus, bras dessous. Malgré son opération du genou, Pavel avait toujours du mal à marcher. Il aurait fallu qu'il maigrisse mais il avait bon appétit et ses efforts s'avéraient inutiles. Cela l'énervait de voir Joseph aussi svelte qu'avant.

– Dis-moi, on va avoir quatre-vingts ans tous les deux, mais toi, on t'en donne soixante. Comment tu fais, Joseph ?

– C'est de famille.

– Tu te rappelles le voyage de Zurich à Prague ? On a pas mal changé, hein ?

– C'est vrai, mais au moins on est toujours là.

– Au fait, est-ce que par hasard, tu connaîtrais des éditeurs ici ? C'est pour mon livre.

Ils évitaient de trop parler du passé, ils n'en avaient pas plus envie l'un que l'autre mais parfois, c'était plus fort qu'eux. Ils étaient les seuls à pouvoir vraiment se comprendre. Il y avait un point sur lequel Pavel n'avait pas changé, qui le faisait se disputer avec tout le monde. Ludvik et Helena préféraient éviter la question et Joseph, lui, souriait et le laissait discourir. Pavel était resté communiste. Pur jus de la clandestinité et de la résistance. Et il ne se gênait pas pour hausser le ton ni pour apostropher ceux qui doutaient de la pertinence de sa conviction.

– Je suis toujours communiste. Et je n'ai pas l'intention de changer.

– Après ce qu'ils t'ont fait subir, tu n'es pas rancunier, objecta Ludvik.

– Vous n'avez rien compris. Ce ne sont pas les communistes qui m'ont fait des misères. Ceux-là, c'étaient des salauds et des traîtres à la cause. Nous les communistes, les vrais, on s'est toujours battus pour l'égalité, la justice, et contre l'arbitraire. J'y ai cru toute ma vie, ce n'est pas aujourd'hui que je vais retourner ma veste et hurler avec les loups.

– Des comme toi, on n'en fait plus beaucoup, papa.

– Vous allez voir, bande de cons, maintenant qu'il n'y a plus de communisme pour vous défendre, ce que vous allez prendre avec le capitalisme triomphant.

Pavel repartit au bout de douze jours. Il avait hâte de retrouver Paris, ses amis et ses parties d'échecs. Au moins, en France, il y avait encore des communistes. Plein. Il promit de revenir l'année suivante et à Joseph de s'occuper de lui. Pavel n'en démordait pas, il voulait faire des recherches.

– Je n'y tiens pas, dit Joseph. Je suis trop vieux. On ne pourra rien changer.

Cinq mois plus tard, en mai 90, Joseph reçut de Pavel une carte postale de la tour Eiffel. C'était la première fois que Pavel se manifestait. Au dos, il avait écrit : « *Je les ai retrouvés. Les nouvelles ne sont pas bonnes. Ce n'est pas utile que tu viennes.* »

Joseph hésita une minute, il aurait pu téléphoner à Pavel et demander des précisions, il attrapa une valise et y mit quelques affaires. Il décida de ne pas en parler à Helena. Puis, dans la salle d'attente de la gare, il pensa qu'il ne pouvait pas ne rien lui dire. D'une cabine téléphonique, il l'appela à son travail. Comme toujours, Helena était débordée et entre deux réunions. Joseph n'eut pas le temps de terminer sa phrase. À peine eut-il annoncé qu'il avait reçu une carte de Pavel et partait quelques jours ou plus à Paris qu'elle raccrocha.

*

Paris n'avait pas changé. Ou à peine. Quand il en était parti pour prendre son poste à Alger, jamais il n'aurait imaginé que cinquante-deux années passeraient avant qu'il n'y revienne. Et, si la veille, on l'avait interrogé, il aurait répondu d'un ton sans réplique qu'il n'y retournerait jamais. Et, dans le taxi qui l'amenait chez Pavel, Joseph était vraiment content de revoir cette ville mais il n'avait qu'une envie, en repartir le plus vite possible.

Pavel aurait voulu qu'ils aillent déjeuner dans un restaurant qui servait un cassoulet divin, prendre le temps de se retrouver et d'aller faire une partie d'échecs au jardin du Luxembourg. Il lui aurait présenté ses vieux potes, des Russes et des Hongrois, certains étaient de véritables champions, mais Joseph ne voulut rien entendre, il n'était pas venu pour se balader. Il refusa aussi que Pavel fasse appel à un nommé Igor, un chauffeur de taxi à la retraite, qui aurait pu les trimbaler gratis. Le jour même, ils prirent le train pour Meaux.

La Résidence des Châtaigniers était une maison de retraite cossue entourée d'un haut mur. Pavel et Joseph traversèrent le parc. Des femmes et des hommes âgés (mais beaucoup devaient être plus jeunes qu'eux) profitaient de la douceur de la journée, se promenaient, lisaient, bavardaient ou restaient assis à ne rien faire. Des infirmières aidaient certains à marcher. La directrice accueillit Joseph. Elle avait reçu la visite de Pavel la semaine précédente. Elle lui posa quelques questions sur ses liens avec Christine, évoqua l'irréversible dégradation de la mémoire de sa patiente, puis le pria de la suivre. Dans le hall et les pièces attenantes, beaucoup de femmes âgées impotentes attendaient on ne sait quoi.

– Je veux y aller seul, dit Joseph à Pavel, qui s'assit dans un fauteuil.

Au bout d'un couloir, la directrice frappa à une porte et, sans attendre la réponse, ouvrit. Joseph pénétra dans une chambre spartiate au papier peint à fleurs jaunes. Une femme était assise sur une chaise, le regard dirigé vers le parc, mais ne se retourna pas quand la directrice annonça qu'elle avait de la visite. Joseph la reconnut immédiatement. Christine avait des cheveux blancs qui tombaient sur ses épaules, elle se tenait droite, presque raide. Elle s'était empâtée. Sa main, posée sur sa cuisse, serrait une brosse ovale. Avec son visage lisse et peu ridé, elle ne faisait pas ses quatre-vingts ans. Joseph s'approcha, posa sa main sur son épaule. Elle ne tourna pas la tête. Il se plaça face à elle, s'accroupit. Elle le découvrit, scruta son visage. Au bout d'un long moment, un sourire apparut.

– Bonjour, Christine, c'est moi, Joseph... Tu me reconnais ?

– Oui, bien sûr, vous êtes le coiffeur. Je les voudrais plus courts. Sans la frange, ce serait mieux ? Qu'en pensez-vous ?

Christine lui tendit la brosse avec des yeux pleins d'espoir. Joseph la prit et déposa un baiser sur son front.

Pour le retour, Joseph demanda un taxi. Joseph resta silencieux et Pavel ne posa aucune question. Cela n'aurait pas servi à grand-chose.

Il y avait désormais des autoroutes partout mais les voitures n'avançaient pas plus vite.

– Ce serait bien si on pouvait voir Martin demain, dit Joseph.

– Avec l'administration, on ne fait pas ce qu'on veut. Tu as rendez-vous dans quatre jours. Avant, ce n'était pas possible.

Joseph fut obligé de prendre son mal en patience. Pavel lui trouva une chambre dans l'hôtel de la rue de Seine où il avait été veilleur de nuit pendant vingt-six ans.

Le lendemain, Pavel lui présenta Mahaut qui avait retrouvé Christine et Martin. Mahaut était un ancien policier antillais qui n'arrivait pas à décrocher. Il arrondissait sa retraite comme détective privé occasionnel grâce aux relations qu'il avait conservées dans la Maison et qui lui permettaient d'accéder à tous les fichiers.

Pavel et Mahaut se tutoyaient et étaient de vieux amis. Le dîner fut pantagruélique, effectivement le cassoulet était exceptionnel. À la fin du repas, Mahaut sortit une chemise en plastique rouge de sa sacoche et choisit deux feuilles de papier à l'intérieur. Il y jeta un coup d'œil, poussa un soupir et finit son verre de madiran.

– Je suis navré pour vous parce que vous êtes un homme bien, dit-il à Joseph, mais votre fils, Martin, est un voyou. Un petit voyou. Je ne vois pas ce qu'on peut dire d'autre. Il a commencé jeune et son casier judiciaire est désespérant. Une litanie de condamnations. Vols, violences et trafics en tout genre. Ç'a été de pire en pire. Avec les dossiers de mineur, il a quatorze condamnations à son actif. À quarante ans, il a déjà passé treize ans derrière les barreaux. Là, il purge une peine de cinq ans pour trafic de stupéfiants et il est mis en examen dans un autre dossier de stups qui est à l'instruction. Il va prendre encore quatre ou cinq ans et sans confusion de peine car il n'obtiendra aucune indulgence. Un collègue qui le connaît m'a raconté son histoire. Il s'est fait prendre à seize ans, au lycée, à dealer, puis dans des boîtes de nuit. Petit consommateur, petite condamnation, sursis. Au début, ils font pitié, on espère qu'ils vont s'en sortir, mais lui, il a continué, recondamnation, mise à l'épreuve, cumul de quatre sursis, cures de désintox, deal, réseau de trafiquants, coups et blessures. Il a fait le malheur de sa famille, son beau-père en a eu marre de raquer pour lui et il l'a foutu dehors, divorce avec la mère.

– Vous êtes sûr ? l'interrompit Joseph.

Mahaut fouilla dans le dossier, sortit une feuille de papier photocopiée recto verso.

– Elle s'est mariée en juillet 58 avec Georges Lavant. Et ils ont divorcé en 76.

– Ce n'est pas possible qu'elle se soit remariée, on n'a jamais divorcé.

– Je ne sais pas comment elle a fait. Il y a eu deux années où Martin s'est tenu tranquille. Il a vécu avec une femme mais elle l'a laissé tomber. Il n'y a rien à en tirer, croyez-moi. Les types comme lui ne s'en sortent pas. À son âge, un voyou reste un voyou. Ils ne savent pas quoi faire d'autre. Ils ont besoin d'argent facile. C'est une planche pourrie. Vous perdez votre temps avec lui. Oubliez-le et rentrez chez vous. Sinon, il va faire comme avec son beau-père et avec sa mère, il va vous dépouiller.

Assis derrière une table en bois, Joseph attendait dans un espace compartimenté par deux cloisons blanches montant à mi-hauteur. La pièce comportait sept boxes de chaque côté. D'étroits vasistas ouverts laissaient entrer un peu d'air dans cette salle surchauffée par le soleil. Un gardien en uniforme bleu marine, mains dans le dos, faisait des allers-retours dans le couloir de circulation ou s'immobilisait, dos à la porte, pour surveiller le parloir. Trois des quatorze boxes n'étaient pas occupés. Les détenus, de tous âges, en chemise ou en tee-shirt, bavardaient avec des visiteurs, la plupart avec une femme seule, certains portaient un enfant sur leurs genoux et la femme un autre. Beaucoup se tenaient la main par-dessus la table. Les néons leur faisaient à tous des têtes blafardes. La chaleur incommodait les enfants. Le bruit des conversations retenues se mélangeait dans un brouhaha d'où émergeaient les pleurs d'un bébé que sa mère berçait.

À côté de la porte, deux lumières, une bleue et une rouge, s'allumaient pour signaler les entrées et les sorties. Un surveillant ouvrit la porte de communication de l'extérieur. Joseph vit entrer un homme d'une quarantaine d'années avec un visage fatigué, des cheveux clairsemés et une barbe de plusieurs jours. L'homme portait une chemise rayée fripée et un blue-jean. Il s'immobilisa comme s'il était sur ses gardes.

Joseph avait pensé qu'en voyant Martin, il ressentirait un signal affectif ou une vibration, une clochette intérieure le préviendrait : c'est lui ton fils enlevé à l'âge de six ans. Il était convaincu que la voix du sang parlerait, qu'elle le soulèverait, les projetterait l'un contre l'autre, qu'ils s'étreindraient avec force en se donnant des tapes dans le dos. Martin aurait crié : « Papa, papa ! » Et Joseph : « Mon fils, mon chéri ! » En détaillant cet homme, Joseph se demanda si c'était bien Martin. Il se trompait peut-être. Il ne ressentait rien de particulier. Ils ne se ressemblaient pas.

C'était gênant.

Le regard de l'homme fit le tour de la pièce et s'arrêta sur Joseph qui occupait le seul box libre. Il se détendit et s'avança. Joseph se leva. Ils restèrent quelques secondes face à face.

– Monsieur, dit l'homme en le saluant d'un mouvement de tête.

– Martin ?

En entendant son prénom, Martin fronça les sourcils.

– On se connaît ?

– Martin, c'est moi. Je suis Joseph. Je suis ton père.

– Mon père ! Qu'est-ce que vous racontez ? Mon père, il est mort.

– Je suis Joseph Kaplan. Et tu es Martin, mon fils.

Le visage de Martin s'empourpra. Il eut comme un rictus de douleur et fut sur le point de crier. Il serra les poings.

– Elle m'a menti ! Ce n'est pas vrai. Ce n'est pas possible. Elle n'a pas fait ça.

Martin se mit à tanguer d'un pied sur l'autre, sa respiration s'accéléra. Il donna un violent coup de la main sur la table qui fit sursauter tout le monde. Des têtes se dressèrent au-dessus des cloisons. Le surveillant s'approcha.

– Qu'est-ce qu'il y a ?

– C'est rien, chef, dit Martin.

– On se calme, fit-il.

Il s'éloigna et reprit sa ronde.

Martin fixait Joseph d'un air hostile.

– Qu'est-ce qui me le prouve ? demanda-t-il.

– Pourquoi je viendrais te dire ça ? Quel intérêt ?

– J'en sais rien. Vous êtes peut-être dérangé. Comme elle.

– Tu ne veux pas t'asseoir ?

Martin se laissa tomber sur la chaise, Joseph s'assit en face de lui. Martin gardait les yeux fermés, la tête baissée. Il avait le front en sueur.

– Elle m'a toujours dit que vous étiez mort.

– Tu n'as aucun souvenir ?

Martin secoua la tête.

– Aucun ? répéta Joseph. Ni de moi, ni d'Helena ?

– Qui c'est Helena ?

– C'est ta sœur. Elle a deux ans de plus que toi.

– Ah bon… Non, je ne me souviens de rien. Elle m'a dit que vous aviez eu un accident, que vous étiez mort. Et puis, je n'y ai plus pensé. Il y avait bien quelques images dans ma mémoire mais je ne savais pas d'où elles venaient.

– Vous habitiez où ?

– À Saint-Étienne. Avec ma grand-mère. Et puis, il y avait Georges.

– Georges ? Son mari ?

– C'était comme mon père. On a aussi vécu à Paris. C'est confus dans ma tête. Pourquoi vous venez maintenant ?

– Tu peux me tutoyer.

- Pourquoi après tout ce temps ?

– Avant, ce n'était pas possible. Il y avait le Mur.

– Quel mur ?

– Le mur de Berlin.

– Mais c'était en Allemagne. Vous étiez en Tchécoslovaquie.

– On n'était pas libres. C'était une gigantesque prison. Avec des centaines de millions de gens à l'intérieur.

– Qu'est-ce que c'est que ces salades ? Vous n'avez rien fait pour me retrouver.

– Qu'est-ce que je pouvais faire ? Tu ne sais pas comment on a vécu. Ce n'était pas une plaisanterie. On était enfermés. Avec des miradors, des chiens policiers et des milliers de kilomètres de barbelés. Il y avait même une fausse frontière. Ceux qui la franchissaient croyaient être arrivés en Allemagne et ils se reposaient. C'était un piège pour les arrêter plus facilement. Je ne pouvais pas partir, il y avait Helena, elle était trop jeune, on se serait fait prendre. Et je ne pouvais pas l'abandonner. J'étais coincé.

– Mais pourquoi avoir autant attendu ? Je ne sais pas,

moi, si j'avais eu un enfant, on ne me l'aurait pas enlevé. Je me serais battu, je me serais défendu.

– J'ai essayé au début. Avec le ministère, avec l'ambassade, mais à l'époque, ce n'était pas possible, il n'y avait rien à faire.

– Qui me dit que c'est vrai ?

– Moi. Il faut que tu me fasses confiance.

– Confiance, confiance…

Martin éclata d'un rire aigre et toisa Joseph.

– D'accord, vous êtes mon père, et ça va changer quoi pour moi ? Vous allez me rendre mon enfance ? Je vais sortir d'ici ? Je vais avoir la belle vie ? Non, je suis là, au fond du trou. Et pour longtemps. J'étais persuadé que c'était à cause d'elle, parce qu'elle m'a emmerdé toute ma vie, qu'elle ne m'a jamais aimé, il n'y en avait que pour elle, ses rôles minables et sa carrière à la con, elle n'a pensé qu'à sa gueule et à se débarrasser de moi. Je croyais aussi que c'était à cause de cette molasse de Georges, c'était son larbin, juste bon à allonger les billets. En définitive, je m'étais trompé, vous avez une sacrée part de responsabilité. Vous avez bien réussi votre coup tous les deux. Bravo, j'espère que vous allez le regretter jusqu'à la fin de votre vie. L'autre, malheureusement, elle ne peut plus s'en rendre compte, elle a de la chance, elle est ailleurs. Mais quand elle avait sa tête, ça ne changeait rien. Ce n'était jamais sa faute, toujours la mienne. Oui, j'espère vraiment que vous allez regretter ce que vous m'avez fait. Parce que c'est à cause de vous que je suis là. Et que je suis seul. Oui, je suis tout seul sur terre.

– Je comprends, c'est normal que tu m'en veuilles. Mais je ne te laisserai pas tomber, Martin, moi je vais t'aider. Nous avons été séparés mais c'était malgré nous, nous pouvons surmonter cette épreuve. Je suis avec toi maintenant. On peut reconstruire un peu de vie entre nous. Ce ne sera pas facile mais il faut le vouloir.

– Ah oui, et comment ? Par un coup de baguette magique ? Hop, une cuillère de compassion, et envolées les années de merde ? Allez vous faire foutre, vous et vos regrets à la con. Je ne vous aime pas et je ne vous aimerai jamais. Pour moi mon père, c'est Georges. C'est le seul qui a compté pour moi. Écoutez-moi bien, la seule chose dont j'aie besoin, ce n'est pas de votre regard de curé et de votre gentillesse. Je n'en ai rien à foutre de votre affection. Aujourd'hui, j'ai besoin de pognon. C'est la seule chose qui pourra m'aider. Du pognon pour cantiner, améliorer cet ordinaire de merde et cette bouffe infecte. Du pognon pour l'avocat. Parce que, avec cet enfoiré qui ne se bouge pas, je vais crever ici.

*

À son retour à Prague, Joseph invita Helena à déjeuner. Cela n'arrivait jamais. Quand ils se voyaient, c'était toujours le dimanche en famille. Il avait besoin d'être tranquille pour parler avec elle. Elle accepta immédiatement.

Il lui raconta ses retrouvailles avec Martin. Joseph avait pris la décision d'aider son fils. Quoi qu'il arrive. Tant pis si c'était désespéré, voué à l'échec. Il voulait savoir si elle acceptait de s'associer à cette démarche et désirait avoir son avis. Il ne savait pas trop ce qu'il pouvait faire et craignait de ne pas avoir assez de temps devant lui. C'était devenu une obsession. Que se passerait-il s'il disparaissait ?

– Nous sommes les seuls à pouvoir lui tendre la main, non ?

Helena promit d'y réfléchir. Joseph évoqua la situation de Christine et sa maladie. Il suggéra que le moment était venu pour elle d'aller en France et de revoir sa mère au moins une fois, avant que ce ne soit plus possible et même si c'était inutile. Helena l'interrompit :

– Pour moi, elle est morte quand j'avais huit ans. J'irai en France pour mon plaisir mais certainement pas pour la revoir.

– Il faut que tu lui pardonnes.

– Pourquoi ? À quoi ça servirait aujourd'hui ?

– Pour que tu puisses trouver la paix. Moi, je lui ai pardonné.

– Je préfère vivre avec ma colère. Qu'elle soit vivante, morte ou inconsciente ne m'intéresse pas. Elle n'a pas eu pitié de moi, ni de toi, ni de Martin. Elle nous a brisés tous les trois. On a survécu tant bien que mal. Grâce à toi, je m'en suis bien tirée. Elle a détruit Martin. Je ne lui pardonnerai jamais. Je suis comme ma mère peut-être. Mais je préfère être comme je suis.

En avril 1996, après des palabres interminables, le Parlement tchèque vota une loi permettant à chaque citoyen de consulter son éventuel dossier à la Sécurité d'État. Pendant plus de quarante ans, la StB, la police politique, sous tutelle du KGB, avait surveillé la population. Des chiffres effarants et invérifiables circulaient. On disait que la politique secrète comptait seize mille employés, c'est-à-dire qu'un Tchèque sur mille y travaillait, il y aurait eu cent trente mille informateurs ou agents occasionnels, soit plus de dix pour cent de la population, et plus de cent mille dossiers constitués depuis 1948. On savait aussi que, dans les derniers mois, la StB avait détruit des dizaines de milliers de dossiers, les plus récents et les plus compromettants pour les fonctionnaires encore en activité.

Helena se souvenait de la réflexion de Sourek. Il avait mentionné son dossier. Elle voulait savoir ce qui s'était passé et espérait obtenir les réponses qui lui manquaient pour relier les fils épars de sa vie. Elle formula une demande de consultation, paya un droit de cinquante couronnes et attendit la réponse.

Ludvik soutenait que c'était inutile de remuer la boue, que cela ne servirait qu'à accabler le présent. C'était la position qu'il défendait au journal dont il était rédacteur en chef adjoint. Joseph partageait cet avis et ne voulait pas consulter son dossier, il était partisan d'une amnistie générale.

– Qu'est-ce qu'on va apprendre ? Toutes les choses pas jolies jolies qu'on a faites ? Il y en a marre des procès et des accusations. Qu'on le veuille ou non, ils ont réussi à faire de nous leurs complices. Ne les laissons pas nous pourrir notre avenir.

En décembre, Helena reçut une lettre du ministère de l'Intérieur lui apprenant qu'il existait un dossier à son nom dans les archives. Elle prit le train pour Pardubice où les dossiers avaient été centralisés.

Elle dut patienter une heure dans la salle d'attente avant qu'on appelle son numéro. Elle suivit un appariteur dans une salle carrée où se trouvaient quatre tables de travail. Trois étaient occupées par des hommes qui consultaient leur dossier sous la surveillance d'une femme en uniforme kaki assise sur une estrade. Un carton marron était posé sur le quatrième bureau.

La femme en uniforme vérifia l'identité d'Helena, lui demanda de s'asseoir, ouvrit le carton et en sortit un épais dossier beige tenu par deux sangles, contrôla à nouveau que c'était bien son nom qui figurait dessus. Helena avait le droit de prendre des notes, il était interdit de modifier les pièces, de les annoter, de les emporter, de les photographier ou de les photocopier. Tous les documents étaient cotés et devaient être replacés dans le même ordre.

Helena resta un moment immobile devant son dossier. Il portait le numéro 398181. Son nom était calligraphié avec une encre mauve. Dans le coin gauche, une étiquette avec la mention manuscrite : « *3ᵉ section – joint dossier de Ramon Benitez Fernandez le 20-07-66 : (il n'existe plus de référence Ramon Benitez) instruction 66-1625, colonel A. Lorenc.* » Deux tampons ronds, chacun avec une signature différente et illisible, validaient la jonction. Helena respira profondément et ouvrit son dossier. Il contenait 373 documents cotés, essentiellement les 42 rapports de Sourek au sanatorium, 25 relevés d'écoutes téléphoniques, 15 états de frais d'agents en déplacement, 176 rapports de filature pendant le séjour de Ramon et Helena à Prague, des enquêtes de voisinage et des notes d'informateurs et d'agents.

Et une lettre volée et un compte rendu d'une réunion d'assassins.

Et trois rapports à vomir. Et une facture monstrueuse.

La Havane, 9 octobre 1966

Helena,

J'étais bien décidé à ne jamais t'écrire. Je ne voulais pas te souhaiter ton anniversaire. Je n'avais pas envie de tomber dans ce sentimentalisme stupide. Ça ne sert à rien de remuer notre passé. On ne rattrapera pas aujourd'hui avec quelques mots ce que nous n'avons pas réussi à construire. Mais ce soir, il s'est produit un de ces clins d'œil que le destin s'amuse à mettre sur notre route pour nous rappeler à notre condition.

Je me demandais souvent à quoi avait pu servir la révolution à Cuba. Je viens d'en avoir la réponse sur un écran de cinéma. Je dois remercier d'abord cet échange culturel organisé avec la Tchécoslovaquie qui a permis cette projection. Et quand j'ai appris qu'on y jouait ce film, je me suis précipité. Je ne sais pas si j'ai adoré Les Amours d'une blonde *parce que c'est un film magnifique ou parce que tu l'aimais tellement ou parce que ça m'a rappelé Prague ou que je te voyais sur l'écran à la place de cette comédienne magnétique. Pendant une heure et demie, j'ai eu la chance d'être avec toi, on a dansé ensemble, je t'ai serrée dans mes bras et je t'ai aimée encore une fois. Je n'aurais jamais dû aller voir ce film. En sortant, je voulais revenir te chercher mais...*

Nos vies ne nous appartiennent pas. D'autres les écrivent pour nous. Je dois partir ailleurs. Nous ne nous reverrons pas. Je vais tenir un rôle que je n'avais pas envie de jouer, dans un mauvais film, avec une fin stupide, mais ce film aura certainement beaucoup de succès. Et il paraît que ce sera une grande victoire pour notre cause. Sauf pour moi.

Au moment de m'en aller, je voulais que tu saches à quel point j'ai pu t'aimer, tu as été une lumière merveilleuse, tu m'accompagneras toujours où que j'aille et je souhaite à chaque homme sur cette terre de connaître une femme comme toi.

Ne sois pas triste. Pense à moi comme je pense à toi.

Ernesto G.

Rapport n° 23/E.S. (réf. 398181), jeudi 30 juin 1966.

L'agent Ludvik Cibulka a téléphoné à 20 h 23. Il confirme le retour de Ramon Benitez. À peine était-il arrivé qu'Helena Kaplan est partie avec lui. Ils n'ont pas dit où.

Note Sourek : Activer agents autour de la villa de Ládví. Urgent.

Rapport n°30/E.S. (réf. 398181), vendredi 31 juin 1966.

L'agent Ludvik Cibulka a téléphoné à 11 h 31. Il vient de recevoir un appel d'Helena Kaplan, tout heureuse de lui annoncer sa décision de partir en Argentine avec Ramon Benitez. Ils vont déposer demain une demande de visa.

Note Sourek : recouper avec le relevé des écoutes téléphoniques de Ládví.

Rapport n° 41/E.S. (réf. 398181), mercredi 5 juillet 1966.

L'agent Ludvik Cibulka nous rapporte son dîner de la veille avec Ramon Benitez et Helena Kaplan. Le susnommé Ramon Benitez a affirmé que s'il n'avait pas le visa dans les 48 heures, il n'hésiterait pas à demander à l'ambassadeur de Cuba à Prague d'intervenir auprès du Président, et s'il le faut, il est déterminé à contacter le camarade Kossyguine avec qui il affirme entretenir les meilleures relations.

Reçu n°181-66, 23 juillet 1966 :

Je soussigné Ludvik Cibulka certifie avoir reçu du lieutenant Emil Sourek la somme de quinze mille couronnes (15 000) en espèces en rétribution de mes services.

Daté et signé par Ludvik Cibulka, visé par lieutenant Sourek

Note du lieutenant Sourek au colonel Lorenc :

L'agent Ludvik Cibulka demande à bénéficier d'une promotion au sein de la rédaction de *Rudé právo*. Avis favorable. C'est un idiot utile.

Compte rendu de la réunion d'urgence du dimanche 2 juillet 1966 au siège de la Sécurité intérieure à Prague.

Étaient présents : le premier secrétaire de l'ambassade de Cuba à Prague, l'attaché militaire de l'ambassade d'Union soviétique à Prague, le colonel A. Lorenc et le lieutenant E. Sourek.

Le colonel Lorenc informe les autorités cubaines et soviétiques de la demande de visa déposée la veille par Helena Kaplan, maîtresse d'Ernesto Guevara, alias Ramon Benitez, et de leur intention commune de quitter la Tchécoslovaquie pour l'Argentine où ils ont décidé de s'installer.

Le représentant du gouvernement cubain qualifie ce projet d'extravagant, contraire aux intérêts du gouvernement et du peuple cubains. Il indique que les autorités cubaines, en accord avec les autorités soviétiques, ont décidé d'allumer deux ou trois Vietnam, notamment en Amérique centrale et en Amérique latine. Il n'est pas besoin de s'étendre ici sur les raisons et l'importance stratégique de ce programme contre l'impérialisme et le capitalisme américains.

Ernesto Guevara est l'homme-clé de ce dispositif, il est utile à la cause prolétarienne. Il n'est pas question qu'il se soustraie aujourd'hui à ce plan longuement réfléchi et élaboré par les responsables cubains et soviétiques.

Comme le précise le représentant soviétique : On n'a pas besoin d'un Guevara heureux. Il convient donc d'empêcher par tous les moyens le départ d'Helena Kaplan.

Mais il est tout aussi indispensable, pour que l'opération réussisse, que Guevara soit tenu dans la plus totale ignorance de l'intervention des autorités ici présentes et qu'il soit persuadé et convaincu qu'Helena Kaplan renonce spontanément à son aventure antisocialiste.

`Le lieutenant Sourek a élaboré le plan suivant : la veille de leur départ en avion, Joseph Kaplan, père d'Helena, sera arrêté par la Sécurité intérieure et incarcéré. Le lieutenant Sourek mettra le marché suivant entre les mains d'Helena Kaplan : ou elle renonce à son départ et à sa relation avec Guevara, et son père sera libéré après le départ de Guevara, ou elle part avec lui et son père sera exécuté pour haute trahison. D'après le lieutenant Sourek qui la connaît bien, cette menace devrait être suffisante pour la faire renoncer.`

`Au cas où Helena Kaplan passerait outre, il est décidé qu'elle sera victime le jour même d'un grave accident de la circulation. Pour obliger Guevara à partir seul et à ne pas rester en Tchécoslovaquie. Si l'accident s'avère inopérant, l'élimination définitive d'Helena Kaplan aura lieu pendant son transfert à l'hôpital.`

Helena relut deux fois ce compte rendu. Bien que vingt-six longues années se soient écoulées depuis cette triste journée de juillet 1966 où elle avait été contrainte d'abandonner l'homme de sa vie, elle eut la chair de poule et se mit à pleurer. Cela ne lui arrivait jamais.

Elle avait tellement de raisons de pleurer.

Je m'appelle Joseph Kaplan et aujourd'hui, en ce dimanche 25 avril 2010, j'ai cent ans. Oui, cent ans. On pense que c'est un anniversaire particulier mais je dois dire qu'avoir cent ans n'est pas mieux ni pire que vingt-neuf ou cinquante-trois. C'est un âge comme un autre. Un peu plus rare peut-être. On me félicite comme si je venais d'accomplir une prouesse sportive, une sorte de marathon mais moi, je n'ai pas l'impression d'avoir gagné quoi que ce soit. Je me sens plutôt bien. Hormis le fait que je maigris et qu'il n'y a apparemment rien à y faire, je me porte comme un charme. On me demande souvent quel est mon secret, comment je suis arrivé à ce grand âge en aussi bon état, je ne sais jamais quoi répondre. Je bois un verre d'eau au réveil et c'est tout. Si j'avais dû avaler toutes les pilules que mon médecin avait voulu me refiler, je serais mort avant lui, empoisonné depuis longtemps. Je vis bien mieux que la plupart des gens que je croise et qui ont toujours un pet de travers. Moi, je pèse cinquante-six kilos et je ressemble à la marionnette de Don Quichotte. Je n'ai plus faim. Je vais disparaître parce qu'un jour une rafale m'emportera comme un cerf-volant ou le vent finira par passer à travers mes côtes mais ce n'est pas grave, il faut bien s'arrêter un jour. Pourtant, je ne cherche pas particulièrement à durer. Je m'en fiche de partir. Depuis toujours. Cela m'est profondément indifférent. Je n'ai pas plus peur de la mort que je n'ai eu peur de la vie. J'ai surmonté ma malédiction. Joseph K. était un personnage de Kafka. Ce n'est pas moi. Je n'ai rien à voir avec lui.

Ce qui m'étonne le plus, ce n'est pas d'avoir cent ans, c'est d'être en 2010. C'est quand je me retourne que je me sens vieux. Enfant, j'ai vu les misères de la Première Guerre mondiale et cette hécatombe qui nous paraissait ne jamais pouvoir être dépassée. Je me souviens de l'effroi suscité par la révolution russe et cette terrible grippe espagnole qui emporta ma mère. Il y a eu tant de guerres, tant de monstruosités que c'en est à désespérer de notre condition humaine, mais tant de progrès et de découvertes aussi. Je ne vais pas me mettre à énumérer la liste infinie des événements du siècle. Et de tous, si je ne devais en retenir qu'un seul, ce serait la chute du Mur. Parce que ce fut ce jour-là l'écroulement de la pire dictature de tous les temps, du plus grand mensonge de l'histoire de l'humanité. La vie aujourd'hui est dure mais au moins c'est une vie d'hommes et de femmes libres.

Difficile pourtant d'affirmer que je regarde l'avenir. Maintenant, les jours me sont comptés. Je peux voir les grains au fond du sablier. Bien sûr, je suis le dernier de ma génération. C'est une piètre satisfaction. Quand je me retourne, j'ai l'impression d'avancer dans l'interminable allée d'un cimetière. Je ferme les yeux et mon père revient. Il y a peu, j'ai réalisé que jamais, jamais, il n'avait élevé la voix contre moi. Je revois aussi tous ceux qui m'ont accompagné : Viviane et Nelly, Maurice et Mathé, Sergent et Carmona, Pavel et Tereza. Après moi, plus personne ne se souviendra d'eux. Quand je pense à eux, j'ai l'impression d'être une espèce en voie de disparition.

Et Christine, bien sûr... Christine... Oui, nous nous sommes aimés. Peut-être pas aussi fort ou aussi longtemps que je l'aurais voulu, mais elle fut la seule femme qui ait compté. Elle était lumineuse, je ne peux rien dire d'autre. Et il y avait en elle tellement d'éclat qu'elle brille encore aujourd'hui en moi. Quoi qu'elle ait fait, personne n'a le droit de la juger. Il y en a marre des juges. Des gens qui vous condamnent sans vous connaître. Au soir de ma vie, je peux dire simplement que si c'était à refaire, je recommencerais sans hésiter. Avec elle. Car je le sais, elle m'a aimé. Vraiment.

Il fait beau sur Prague, avec un vent chaud, on a ouvert les fenêtres.

J'ai cent ans et la chance inouïe d'être entouré de ceux que mon cœur aime. Helena, ses trois enfants et ses sept petits-enfants. Elle les a bien élevés. Ils font de belles choses. Ça n'a pas toujours été facile pour elle. Surtout après son divorce. Elle s'est séparée de Ludvik un peu brutalement mais les femmes de la famille ont toujours eu un certain caractère. C'est Antonin qui en a le plus souffert. Ils n'ont jamais voulu lui révéler qui était son père. C'était leur choix et je le respecte. Depuis la mort de Ludvik, nous ne sommes plus que deux à connaître la vérité. Helena ne la lui dira jamais, moi non plus. Quand j'écoute Antonin s'exprimer, dans ses gestes, dans son rire et dans sa générosité, je revois Ernesto.

Heureusement pour Antonin, il s'est trouvé un ami. Martin vit avec nous. Il va avoir soixante ans. Je suis retourné le voir plusieurs fois au parloir. Ce n'était pas très pratique mais cela en valait la peine. À la mort de Christine, il a obtenu une permission pour aller à son enterrement. Helena, elle, a refusé de venir. Martin n'a pas pleuré. Mais il a fait la paix avec son passé. Il a changé d'avocat et a fini par sortir de prison. Il vit à Prague avec moi. Il fait le guide pour des touristes français. On se promène souvent tous les deux. Il en connaît plus sur cette ville que moi. Il me pose plein de questions sur notre vie à tous. Il a retrouvé l'arbre généalogique qu'avait constitué mon grand-père et il a décidé de le poursuivre.

Je n'ai qu'un seul regret, un seul, c'est de ne plus pouvoir danser. Il y a quelques années déjà, Antonin m'a offert un baladeur avec l'intégralité des chansons de Gardel. C'est un tel bonheur de pouvoir retrouver ce vieil ami. J'écoute Volver *en boucle…*

«Je recommande au voyageur sensible, s'il va à Alger, d'aller déjeuner au restaurant Padovani qui est une sorte de dancing sur pilotis au bord de la mer où la vie est toujours facile...»

L'Été, Albert CAMUS

DU MÊME AUTEUR

LE CLUB DES INCORRIGIBLES OPTIMISTES, prix Goncourt des lycéens, 2009.

Édition exclusivement réservée
aux adhérents du Club
Le Grand Livre du Mois
réalisée avec l'autorisation des éditions Albin Michel

Impression CPI Bussière, juin 2012
à Saint-Amand-Montrond (Cher).
N° d'impression : 122105/4.
Dépôt légal : août 2012.
ISBN : 978-2-286-09084-5
Imprimé en France.